第四级火箭

赵雁 ◎ 著

作家出版社

谨将此部小说敬恭桑梓给为中国航天事业奋斗终身的父辈们

真挚的情感　高尚的追求

据了解，因赵雁创作的航天系列文学作品受到关注，2012 年在意大利举行的国际宇航大会组委会特向赵雁发出了参会的邀请函，显然，对方错把赵雁当成宇航科技工作者了。但这也从另一个角度说明赵雁创作的航天文学作品，科学性和专业程度都较强。这在文学领域里是比较少见的。

赵雁作为一名来自部队航天领域的作家，当过鲁迅文学院两届高研班学员，也因此听过两次我讲授中国探月工程的课，或许在这个层面上，让我来作序，我们有一个契合点，都是来自航天。

我知道赵雁的另一本报告文学作品《中国飞天梦》，用全景式的细节展现了中国航天人砥砺前行，艰难飞向太空的历程，让人读后回肠荡气，抚卷深思。

与《中国飞天梦》这类纪实文学作品相比，赵雁新创作的长篇小说《第四级火箭》也同样用文学的载体展现出了中国航天人半个世纪来默默无闻的奉献、创造和追求的风云之志。赵雁言她是"航二代"，是继承父辈梦想的一名士兵。她这本书也是奉献给先辈们的。的确，在这部小说里，她塑造了诸多从将军到科研人员及普通士兵和工人的形象。在他们喜怒哀乐奋发跋涉的征程上，历经种种精神和肉体的磨难，献出了青春、献出了智慧、献出了生命、献出了不可战胜的勇气和创造力。他们从事着国家高精尖的国防科研伟业，却生存在西北大漠上，风餐露宿，历经着普通人难以想象的艰苦。创业之初，衣食捉襟见肘，顾不上子女教育，每个人都一心扑在事业上，忘我工作。身为他们当中的一员，我深有体会。

回头说赵雁这航天类作品的出现，确有推陈出新之感，令人注目。有论者说这类作品，不仅仅是将航天这一高深莫测的科学架构，用了文学的形象展现于读者面前，更难能可贵的是，这类作品对科学思维比较贫弱的国人来说，还有一种穿壁引光的作用。在当今的文学创作中更显得弥足珍贵。这我不仅非常赞同，我还认为赵雁的航天系列作品，弘扬了热爱祖国、艰苦奋斗、自力更生、自主创新和团结协作的民族自信与科学精神。纵观国外这类文学作品，也有启人之志的感召。如影响过一代中国航天人的苏联影片《驯火记》，及大家熟悉的美国影片《阿波罗 13 号》等。

赵雁的《第四级火箭》，书名看上去也有些专业，但细读之，却知是作者将三级以下的火箭拟化了成了这众擎托举的人群，可以说中国航天事业的每一次飞腾，都同这个前赴后继的群体分不开，正是有了这第四级火箭的助推力，中国才有了令世界瞩目的航天成就。

诚然，我从事的月球探测与赵雁描绘的载人航天略有区别，但依托火箭飞向太空的轨道则是相似的。今天，中国建设空间站、探测月球和探测整个太阳系经天纬地的壮志凌云，世界有目共睹，也是国人引以为骄傲的。身为中国航天工作者中的一员，赵雁不辱使命，用结实的文字抒写出了这天地轨道上的彩虹一笔，令人叹为观止。我不是阁中人士，对青灯摇笔也不在行，但看到赵雁书中对航天人倾注的真挚情感则深受激励和鼓舞，心中充满了敬佩之情。

但愿赵雁能再接再厉，写出更新更佳的航天文学作品来。

中国科学院院士、嫦娥探月工程首席科学家

欧阳自远

2015 年 5 月 5 日

目 录

上篇

我们的时代

记住一段历史仅靠回忆往事是远远不够的。

这是一个夏日的傍晚。

居然有了 1958 年的声音。

1958 年，对中国意味着什么？

宏大的主题，一个已被盖上了所谓历史官印的年份。

这不是一个学术研讨会。只是一次普通聚餐时的随机话题。

仅仅是五六个平头百姓的私人聚餐。一个吃吃喝喝，聊聊家常，走动走动，增进情感的简单会面。

一只手就把这两个相隔 56 年，毫无干系的年份叠印在一起。让人有了久违的崇高和热血。

苏老今天的情绪特别激昂，银雪色的头发随着挥动的手臂微微跳动，也有了表达的欲念，那是细致到每个毛孔都要发出的声音。

这是间装饰考究的杭州餐厅，拱桥流水，叮叮咚咚；几朵睡莲慵懒地浮在水面上，显得姿容清丽。苏州园林风格的影壁雕琢细致，不经意地探出几缕竹叶，还有厅中几把飘摇悬挂的油纸伞，伞面上蝴蝶翻飞，一抹兰草，几点繁花，似乎看到了小家碧玉的莺莺娆娆，袅袅婷婷。定要把若干元素一揽身间，强调着它江南的身份。

所在包间的名字也好，"叠悦阁"。满桌的酒菜排放得还很工整，却也没有了最初的热气升腾。屋中所有的人，所有的杯杯盏盏都在恭敬地聆听一个声音：想想1958 年，那真是个不平凡的年代。对中国意味着一个崭新的开始，我们所有的荣耀都从那里起步！

苏老的语言，一贯的诗性。即便在如此随意的氛围中，他专业的美声在这样的语境中依然有着音乐的韵律，胸腔共鸣音厚实，具有穿透力，似乎要点燃在座的人久违的激情。你完全想象不到，这样的声音出自一个身陷沉疴的老人。

1958 年，1958 年，那该是怎样的一段岁月？

在座的其他人怎样想，葛羽珍并不知道。但她愿意竭尽全力去想，尽管难以想象。但 1958 年，她并不陌生。她的父亲葛校言也总在提起，母亲许子烈也常说。于是"1958 年"就刀刻般印在葛羽珍心里。

那是父母个人历史上重要的分水岭，从那一年起，一切都改变了。

不光他们，也是国人一个在记忆中难以消融的时代。

那是充斥火热激情的年代，只消一点点火星，就能点燃脚下尘埃的年代。那是个没有私心私欲的年代，每一丝空气，每一缕光亮，都为一个目标存在：建设祖国。哪怕考虑到个人的念头只是一闪即逝，也马上会羞愧得无地自容。那是一个建设的年代，下至三岁孩童上至耄耋老者，都投入到这场建设的洪流中。那是一个创造了几多奇迹的年代……

让我们暂且抱有对那个年代的所有想象吧！

这一天，许子烈杵着拐杖重重地敲击着地板，发出咚咚的声音，表示不满。撇着嘴向女儿告状，喏，你看看，又要全球通了！说来说去还不就那几句话。

葛羽珍眼睛都不用抬，就知道父亲葛校言此时的样子。一定又端坐在电话机旁，戴着老花镜，认真地翻看着他的"红宝书"。

"红宝书"为何物？就是他的通讯记录本，上面除了亲朋好友的电话，就是原来老战友的联系方式。每年都要逐一更新一回，为保险起见，还有一本备用。即便这样精心，也还是会碰到有的老战友住的干休所更换号码，联系不上。遇到这个情况，犟脾气的父亲会急得不知所措，固执地反复拨着那个空号，好像和电话有仇似的，恨不得把手指头戳短一截，下的是大力气，家中好几部电话都因此摁键失灵而被迫弃用。

葛羽珍真心疼，倒不是为了几个话机，而是担心他的手指会受伤，心情会受损。人老了，思维有了局限性。其实通过查号台问讯，总能找得到的。所以每次都是葛羽珍帮他联系到。这时，一辈子都崇尚批评使人进步，表扬使人骄傲的宗旨，疏于发出表扬信号的父亲，这会儿决不吝惜他的"赞美"：你还有点用，能帮你爸解决点问题了。

对这小儿科的表扬，葛羽珍从不心动，三十多的人了，早已成为社会和家庭中坚，还不能为你八十来岁的弱势群体解决点问题？

葛羽珍还知道，父亲昨晚肯定又没有睡好。这是他实施"全球通"的前奏，每次，葛校言做梦梦到那个地方，他一定休息不好。第二天，他肯定要守在话机旁，做回霸主，雷打不动。神奇的是，这毛病是周期性发作，一年总有那么几回。母亲总是很有宿命感地说，看来那地方是入了老头子的精髓了，逃不掉。

那个地方当然就是葛校言的魂魄，这点不容置疑。四十多年都泡在那里，进去的时候是胡楂子还没有硬透的青年，出来已是鬓染秋霜、行动迟缓的老者了。一辈子的精血全溶进那片土地，这样的地方能不牵着老父亲的魂吗？许子烈就是嘴头子硬，不愿意承认罢了，她和葛校言的姻缘也因那块地方而结。

那个地方是哪里？就是葛羽珍嘴里的"东风"。

这里必须重点强调东风的来历。

东风劲吹烽烟起

　　1958 年，岁次戊戌，太岁姜武，生肖狗年。这一年对中国人意味着什么呢？大跃进，三面红旗，超英赶美的雄心壮志。葛校言和许子烈充满革命浪漫主义的人生大事——结婚。全国各地都在大干快上，上天上山入海放卫星的口号一个跟着一个，人们的激情，人们的狂热，人们的昏头昏脑几乎遍布全国每一个角落。然而，此时在蛮荒的巴丹吉林沙漠腹地却出现了这样一支形态奇怪的队伍。这支由一些看上去似开荒者军人组成的队伍里，还夹杂着一两个高鼻梁黄眼睛的老外在指指点点。这让人甚感奇怪。因那时外国人在大中城里都鲜见，可他们却出现在了这风沙频起的不毛之地中，他们高大的身躯缩在绵大衣领子里，与周围拿着地图的中方军人形成反差。这些人在目视，在用望远镜观察。初一看上去，很像是查看地形地貌的外国间谍。周围正值盛年，又带着一脸神圣表情的中国军人叫那老外为盖杜柯夫少将，而这老盖借助着翻译，吐着尾音很长的俄语称身边的中国军人为陈将军和王将军。他们在谈着非常奇怪的导弹与卫星一类名词。那盖杜柯夫说话间还时不时将双手向空中张开、比划着。身边的中方陈将军与王将军则忽而双手抱肩谛听，忽而紧锁眉头向前张望。并不停地同盖杜柯夫争执着。他们行走的巴丹吉林沙漠腹地、西依祁连山脉，东临古弱水河畔。距离中蒙中苏边境都很近，从祁连山发源的黑河流经此地，形成一个曲状的月河。终于，盖杜柯夫向陈将军和王将军说：这太理想了。是另一个拜克努尔发射场。陈将军同王将军听罢也长出了一口气，脸上绽出了笑容。他们的目光共同投向了大漠上的落日，几乎同时吟出了王维的边塞诗：征蓬出汉塞，归雁入胡天。大漠孤烟直，长河落日圆。

这就是 1958 年。

也是葛校言的 1958 年。

现葛校言站在这大漠上，看着那缕缕被吹起的风沙，很诧异自己怎么会从朝鲜战场来到了这里。

那一刻，驻守在朝鲜西海岸的葛校言正在擦拭着自己苏式冲锋枪的枪管与弹匣，就在两小时之前，这支冲锋枪还在他手里张开双眼，注视着前沿阵地。现在这警戒的间隙中，他将帽子摘下露出虽年轻但已略微有些半秃的头，正在琢磨上级让其撤退的命令。他仰脖猛灌了一通常要节约的军用水壶中的水，抿了一下嘴角，眼神露出一丝困惑：这是要去哪呢？但命令是不容置疑和追问的。两天后，这疑虑的眼神也同样进入了美中央情报局局长史密斯深邃的眼眶中：那支共军的部队怎一夜之间就消失了？尽管前任司令官麦克阿瑟不喜欢他的情报机关，但他们的鹰眼还侦测到了这支神秘的消失的志愿军部队，这引起他的种种猜测。这部队怎会蒸发？怎会遁去？他们会出现在哪条坑道与战线上……？

他们却不知，这些如鬼魂的人，影影绰绰地爬上军用卡车盘旋在了盘山公路上，与另一支由陈姓将军率领的由工程兵、通信兵、汽车运输部队等各军种数万人马汇合泄进了这大漠戈壁中，从此，还些人就似成了一支影子部队，隐姓埋名了 20 余载。

葛校言就是当年这支队伍的一员。

葛校言在基地待了四十多年，直到六十多岁进了海阳的干休所。大半辈子的记忆都搁在基地。那些老人、老景、旧事，哪一样在心里搁着都占着重要的地方，哪一样都牵动他的心绪。

刚到干休所，葛校言有点不适应。干休所都是陌生的面孔，陌生的声音。大家来自系统分布在全国各地的不同基地，晚年回到自己或者配偶的籍贯所在的城市。只有苍老是共同的：花白的头发，皱皱巴巴的皮肤，沟壑丛生的脸。大家微笑点头致意，上前招呼着。

你是哪个基地来的？

我是××基地的。

哦，我知道。那里是搞测控的，也是我们东风发射基地分出去的。

噢？东风的？那可是咱们系统的元老啊！有多少基地和你们都是老子和儿子的

渊源，何止我们一家。

说的就是。你们基地的×××你认识吧？二十多年前我们就在一起搭班子。

怎么不认识，技术部的老政委。他现在无锡的干休所。你一直在东风？

可不是，建场去的。干了四十多年。

那可太不容易了，听说那里条件特别艰苦，你们是功臣啊！

艰苦归艰苦，但我还是习惯基地。到哪里去都宽敞豁亮，四四方方，横平竖直，整齐。一条马路并排走上四辆大卡车还富余，房子也不像这里挤挤挨挨，前头楼打个喷嚏，后楼跟着感冒。而那里连呼吸都要畅快些。

哈哈，你那儿是沙漠，这里是城市，不能比。

城市有啥？我们那里早都沙漠变绿洲了！

刚开始的那些日子，每天葛校言都要通过这样的聊天，来找到提气的感觉，也通过这样的谈话表达着自己的不适应。

确实很不适应。每天除了买个菜，在巴掌大的小院里遛遛弯儿散个步，要不就是到棋牌室打个牌下个棋，其余的时间都待在家，对着电视发呆，看着老伴横竖不顺眼地闹情绪，像极了蛮不讲理的老顽童。再说聊天，葛校言很快就失去和院子这些老干部聊天的兴致。

"瞎包，腻腻歪歪不痛快，简直说不到一块去！哪里像在基地，出门都是老哥们儿，去哪里都像回家一样，就是不拉呱儿，坐一会儿，抽根烟也舒坦。"

葛校言背个手，垂个头，一脸的愤愤不平。堵在老伴许子烈面前，却不看她，十足像个刺头，也不知从哪里来的恁多的牢骚怪话。葛校言是山东人，直肠子到底，说话不讲究的习性永远改不了了。许子烈把老花镜上飘出的眼风收回，嘟囔一句，我看你是烙下基地的病根，难治！便不再看他，低头去鼓捣桌上的一堆甘草杏，那是小老乡从基地回来探家专门给她带来的，也是她最喜欢吃的。酸酸甜甜，从嗓子眼里蹿下去的清香和回口生津的甘甜，超市里那些甜蜜素腌渍出来的蜜饯简直没法和它比。可惜，现在牙口不好，吃了倒牙，只能看着解馋。她用食品袋一袋袋分出来，准备将这戈壁滩的特产送些给邻居家尝尝。

葛校言确实被烙下基地的病根。那是关于故乡的。

他总是被女儿葛羽珍提问到同一个问题：

故乡在哪里？

哪里是故乡？

在葛羽珍的意识里，故乡只有一个，就是"东风"。那个在她的梦里总是出现，那个无论离开多少年，说话的口音还会被"东风"圈内人作为判定是否是自己人的最重要依据，甩不掉的"老甘味儿"。

尽管在所有要求填籍贯的各式表格中，她填写的总是父亲的籍贯，"山东莱阳"。然而她知道自己和那里是没有关系的，三十多年的时间，她总也没有机会到这个所谓的故土，真正地走一走，看一看。这个故土说起来对于她只是个认祖归宗的地方。

葛校言直到现在依旧乡音未改，一口大葱卷饼和鸭梨带出的爽利味道。可葛羽珍仅仅随父亲回去过一次。老家已没有什么血缘更近的亲属，父亲离家太久了，久的连认识他的老人也没有两个。老屋不在了，童年的池塘隐在田间，那条看上去比鹅肠粗不了多少，曾经印下了自己多少光脚印的小路如今连丝痕迹都没有留下。

祭扫了父母，葛校言在这处早已遍是杂草，还是早早托了堂嫂找到本家一个孙子七寻八拐才找到的坟前，其实也只是一块大致的位置。早年的坟地早已成了麦地，正靠在　条新开的路边。他在地垄边站了好久都不说话，站着站着就老泪纵横。好一会儿对葛羽珍说："出来六十来年了，我死前看来也是最后一次回来了，算是了了心愿，没什么遗憾了。丫头，你帮我好好看看！"

这就是父亲对故乡的情感。可对于葛羽珍，那只是个地理概念，是个与更多其他乡村没有差别的地方，她没有感到踏实、舒展，她只是在帮助完成父亲的心愿。在她试图查找父亲的家谱无果后，她就实在找不出自己与这块土地的关联，而当踏上返程列车，车窗后的景物越飘越远，越来越模糊直至消失，她知道自己已从情感上割裂了和那片土地的联系。

葛羽珍总有故乡在别处的飘零感。

今天的电话，让葛校言情绪低落。老伴许子烈一看，不消问，就心里有数了。他一定又听到老战友去世的消息。虽说到这把年纪，人生的终点已很清晰，葛校言对此倒是坦然，但是听到周围这些年纪比自己大或者还小很多的领导、同事或下属因为这样那样的原因离去的时候，他还是无法释怀。这两年，令人伤心的消息越来越多。人老了，伤心就是伤身，这样感伤的话题对高龄的葛校言的身体健康肯定无益。所以母亲就偏执地不赞成父亲打电话。其实电话没错，联系也没有错，但这样的话题总是难免。

去世的是崔伯伯，是葛校言与许子烈婚姻的见证人。

哪里是故乡

许子烈在七十多岁的时候，越来越多地感到了不安。

她的不安来自这个从心所欲之年的胡思乱想，自己的出发地究竟在哪里？

许子烈第一次发现手上那个小指甲盖大小的褐色的老人斑时，她独自坐在书房里，心头唏嘘，半下午都难以平静。几十年了，家里的大小诸事都由她来掌舵，已经习惯了忙碌、被别人需要。她走路的姿势，永远昂首挺胸，目不斜视，当遇到的阻力、压力越大，她的反弹力就越强。因为要强，她已渐渐不习惯葛校言的存在。日子过得真快，快得让她来不及整理，来不及反思，一切都停不下来，逼着她成为潮涨潮落中奋力前游的鱼儿。她偶尔会慨叹自己的孤单，更多时候却享受难得的独立。如今，渐渐增多、随处可见的老人斑已经不能引起她情绪的波澜，尽管不情愿，她还是慢慢接受了不被人需要、被淡忘，当然，她会用语言、用回忆来抵触现在的黯淡，比如以"那时候"、"当初"作为开头的话题，彼时的辉煌、被簇拥、没有什么搞不定的自负，此时的不情不愿，都从密集的语言讲述中释放出来。但是当她感觉髋骨连接左腿处好似加上了一把顽固的锁头，从起先的行动迟缓，到彻底迈不开步，不仅如此，时不时地透不过气的胸闷也会突然来袭。许子烈突然就触摸到了生命的暮凉，即使不愿意相信，但也难以抑制住心中绝望火苗的升腾。尽管她还奋力地挺直腰板，嘴头上也绝不服输，但她察觉出委顿和怯懦正一点点侵蚀着她的心灵、躯体。这样的委顿和怯懦迅速投射到身体，她越来越衰弱了，衰弱到需要用轮椅代步。可是心思却越来越密集。她总爱让女儿把她推到窗前，花白的头颅奋力前伸，看外面的繁花似锦，热闹铺排。看似隐了一层雾霾的空洞眼神里，分明透出了热烈。

她需要用蓬勃的思考抗衡老迈的躯体。

许子烈，名如其人。原是生了一堆女孩的外婆为了让长女能坚强刚烈，起个男儿名，也为后面能带出个有把儿的弟弟，讨个好彩头。没承想女儿真的一世刚烈，少了儿女情长的缠绵。

七十五岁的许子烈还记得刚搬来到干休所时，住在五楼的女主人被儿子背下楼，抱到轮椅上，被家人推着出来晒太阳的情形。除了感动，她还觉得这样的日子离自己很远。只是短短的几年，自己就疾病缠身，得的病还都是一般人不会得的怪病，属疑难病，各个脏器都在进入衰竭状态，而且几年前就因行动不便，绝少出门了。因为致病原因不明，所以治疗就不可能得心应手。在疾病面前，一辈子强势的许子烈却变得很无助，眼睛里蒙了一层淡淡的气雾，挥散不去。每天主要的任务就是虔诚和无辜地吃下越聚越多的各类药片药丸，药量早已超过了她的饭量。医生的话在她看来堪比圣旨，医生的一举一动、一句话都可能左右她的情绪，时而绝望时而颇受鼓舞。时间就在这些药片和医院医生，在鼓舞和绝望的轮回中越走越远，这些也组成了葛羽珍对母亲晚年的大部分记忆。

许子烈把身体的疾病归结在条件艰苦恶劣的基地身上。她的怨言也不是没有根据。许多在基地工作了几十年的老人不仅比内地生活的同龄人显得苍老，而且罹患各种癌症和疑难怪病的人很多，身体状况和寿命很多不及内地人。她总说如果不是在基地待了四十多年，早点回内地的话，她一定会像她的同龄人一样，含饴弄孙，上个老年大学参加个合唱团，也会有个幸福多彩的老年生活，最最起码也能上街买个菜看看街景，透透空气！

怨气归怨气，但只要话题指向基地，她的话便会滔滔不绝。实在提不起精神头应对，眼睛也总是努力睁着。每当这时，总能看见一抹闪亮在她的瞳仁里跳舞。孝顺的葛羽珍把母亲接到身边，毕竟这座城市的医疗水平在全国是顶尖的。

许子烈的身体还是不可节制地垮下去，越来越虚弱，眼里的气雾也越来越浓重。母女连心，葛羽珍背着母亲不知哭了多少回。在一次许子烈突然病情危急，送到医院抢救后，摸着母亲软软的不带一丝弹性的身体，葛羽珍骤然意识到要强一辈子、嘴也硬了一辈子的母亲可能随时都会离开自己。她横下心，等母亲身体缓过来，好些了，就将工作甩在一边，带着母亲往各式各样的医院"扑"。有名的无名的，大的小的，中的西的，特色的刁钻的，但凡能知道这个病的，能对这个病说出个一二三的，都往里"扑"。几乎每个医院看到母亲严重的病状，头一个反应就是"住院"治疗，但具体说起来又没有一个有效的方案，只有头痛医头，脚疼医脚。那段日子，葛羽珍每天除了上班，最重要的事就是对母亲所患疾病的研究。上网查、电话问，随身带的包里始终揣着笔和本，几次三番以后，笔记里的说道多了，再综合网上病友的心得，居然也总结出一套求医途径和治疗方案。与其将母亲丢在医院受罪，让医院左试试，右试试进行"探索"，葛羽珍索性按图索骥，在医生的用药指导下，把许子烈留在家中，自己充当了医生，中西医结合着来，一段日子后，许子烈的身体和精气神儿都有了明显改观。一贯将医院视为神灵的许子烈之所以这样配合女儿，也是对医院的说法死了心，既然没有办法，女儿的办法也是办法。

在葛羽珍看来，许子烈带给她的最大欣喜，不仅是身体的好转，还有母亲中心话题的转移。许子烈终于肯把葛家的故事讲给自己听了，原原本本不带一丝遮掩。而在许子烈生病前，回忆被她当成了软弱和服老的表现。在子女面前，她永远刚强有余温情不足，交流对孩子而言是奢侈品。即便零敲碎打地与孩子谈起过去，也是本着教育为主，正面的东西多，高高在上多，真情实感少，温情少。

葛羽珍不想更多去探究是什么让母亲改变，她只想贪婪地听母亲讲，因为家的故事就是一部故乡的历史。

许子烈是南方人，也许是十六岁就离开故乡出外闯荡的缘故，故乡在她眼里是一场永远也睡不醒的梦境。

在这个梦境里，粉粉的桃花，甜香的桂花随处可见，常年的碧绿，清澈的溪流，哪里都可以当作风景来欣赏。作成花串儿的栀子花、黄桷兰挂在女孩子的衣扣上可以清香一整天，一年四季花样翻新的新鲜水果，永远吃不够。女孩子的脸在这些天然美容品的滋养下，肤质自然细腻灵透。

七十五岁的许子烈虽然长期生活在西北，饱受干燥和风沙之苦，好在有从前的基础打底，皮肤的细腻程度连好些年轻人也自叹弗如。如果不是因为生病，脸色如蒙了层灰，显出黯淡色泽，她应该是个不打折扣的漂亮老太太。葛羽珍最羡慕母亲的好皮肤，趁着母亲心情不错，就去摸摸母亲的脸。许子烈总是佯装生气，骂女儿没大没小。葛羽珍撒着娇搂着母亲说："妈，真嫉妒你，你说你怎么不把你的皮肤遗传给我呀！你看看你，皮肤亮得像刚出炉的面包皮，怎么那么亮啊？忍不住就想摸，还想啃一口呢！"

出生在西北大戈壁的葛羽珍和姐姐们的皮肤可比母亲差很多。许是风沙的痕迹太重，她们的皮肤毛孔一律粗大，和白皙细腻无缘。只好借助各类化妆保养品。说

13

到护肤首当其冲的保湿，母亲就很不以为然。她常常和女儿说："我们那时候哪里用什么保湿品啊，蔬菜水果多吃，水多喝，一切全有了，怪就怪妈没给你们生对地方！"

在戈壁待了大半辈子的许子烈当然知道先天的水土气候，后天是无法弥补的。刚建基地的时候，新鲜水果和蔬菜对缺少绿色的戈壁滩是奢侈品，于是她就把味蕾中对故乡的记忆，全放在孩子们的名字上了，起得恶狠狠，她需要补偿。

除了大儿子外，三个女儿的名字分别叫得水灵灵的、香甜甜的，葛樱莓、葛蔬蕉、葛羽珍，要是能取四个字，许子烈还会多给女儿们几样水果。

在二十世纪六七十年代，漫天飞舞的都是像卫国红武勇兵、霞敏华英这样打上革命烙印的名字，取这样过于香甜的名字是需要勇气的。许子烈就曾因为孩子名字的问题，在一次交心会上被同事诚恳地指出这是她小资产阶级思想严重的其中一种表现。

许子烈对于这样的批评从不放在心里，我行我素。可孩子们在学校却因为这些不够"红"的名字，屡屡受到过同学们的嘲笑，老师在这事上也是睁一眼，闭一眼。几个孩子多次回来向母亲要求改名。许子烈也不含糊，教训孩子说，名字是爹妈给的，堂堂正正，叫定了！谁也甭想改！

转脸，许子烈就跑到学校找到老师，好一顿义正词严，炒豆子般的演讲，讲得老师直向许子烈道歉。许子烈不但照单全收，临走还甩一句，以后孩子再因为名字受委屈，我第一个找的还是老师，因为是你们的教育出了问题，是世界观出了问题。

得，大帽子扣得比别人说她还狠。

新中国成立前，许子烈的家在县城也是有些名气的商家，外公经营的酿酒厂，生意做到了省城，出的酒也在周边创出了名气。那时候，一家人住的是大宅子，穿的是细洋布和绸缎，孩子们的脚上皮鞋油亮，家里几个保姆老妈子，出门都是黄包车代步。在许子烈的印象里，外公爱上茶馆喝个茶；外婆爱打牌和麻将，牌局不是放在自家，就是江太太家，每次都是茶水果糖点心伺候，几个女人的大呼小叫倒让人端详出生活的安逸和平静。外婆穿戴讲究，首饰也配合着变着花样，每天踏出悦耳的高跟鞋声出门。偏黄并不显茂盛的头发被打整成密实的小卷，亮出高高的发际，倒也显得皮肤白皙的外婆洋派妩媚，再擦上口红胭脂，小小的许子烈看着都醉了。于是心里痒痒的，总是趁外婆不注意，偷出口红，把自己抹个醉酒八仙的样儿出门显摆。

那段时光被许子烈回味了一辈子。

然而，许子烈的家在乾坤扭转的年轮后步入了羁绊塞途、修桥补路的窘境中。

当街上那些张五刘麻杨老汉因为分到财主的东西，把腮帮子都快笑得掉下来的时候，许子烈胆小的外公一次次把家中的金条银圆上交组织，每开次会都交上一回。

外婆偷偷劝外公，学别家把这些硬通货用塑料包密密匝匝包起来，扔在厕所里，再趁挑潲水来家清理厕所的时候悄悄捡回来。这时候的人，饿死胆小的，撑死胆大的，全靠的是勇气和运气。外公几乎都被外婆说动了，也找来油纸密密匝匝捆了几个。可当他听说府街的马富宽因为这么干，被自己挑潲水觉悟高的远房舅母报告了政府，很快挨了枪子。于是，胆小的外公不仅把手头那几个捆儿一股脑儿交给了组织，还把外婆陪嫁的几件随身首饰一股脑儿撸下来也全给交了，说是要挣个表现。外婆怎么吵闹的，怎么要死要活地威胁，具体已记不清楚。但直到外婆终老前一年，还在为此事向许子烈数落她早已故去的丈夫。许子烈不知道，先父先母在另一个世界见面，会不会还要为此引发争执，吵嘴闹气。

并不能怪外婆度量小，实在是因了一个"穷"字。外公掏尽家底的捐献并没有带给他组织的丝毫信任。由于他总是一次次分解着交，让一次次尝到甜头的公家人总对"下一次"抱有过度幻想。在他们看来，外公是取之不竭的宝葫芦，外公每上交一次，东野巴人在高兴的同时，也添加了他们对外公这类人的仇恨，认为他"为富不仁"。冷不丁，你告诉他们没有了，交空了，再没有什么可想了，他们当然不能相信，他们有的只是更多的怀疑和憎恨。显然，外公没有掌握人基本的仇富心理。他指头尖的通融也没享受到，照样去上了几届学习班，每次学习班的批斗对象准是他。直到，他让店铺彻底姓了"公"，他家的成分才变成了"小业主"。

拿到证明那天，外公在组织"照顾"的狭小的空空如也的新"家"里，喝了个酩酊大醉。只有酒，没有菜。那酒虽是自己的场子酿的，可也得给钱，没有一分折扣，下酒菜是断然买不起的。还是原来的伙计，悄悄塞给他一小碟泡菜和十来粒花生米，还冲他使了几回眼色。

大醉的外公那天闹起了酒，哭得像狼嚎，闹腾了一夜。一贯反对外公喝酒的外婆，破天荒没有发出一声抱怨，面无表情，搂着五个大眼瞪小眼惊恐万状的女儿，枯坐床前到天明。

第二天，外公去了东门口，在岷江河畔当了纤夫。因为组织说了，外公不仅不能再不劳而获，而且还要到最艰苦的岗位进行脱胎换骨的改造。

对外公来说，干什么都可以，只要有工钱养活一家大小。外公对纤夫的劳动强度显然估计不足。先不说长时间浸泡在江水里，刺激的两条腿从酸胀到麻木再到刺痛的折磨，单说那搓成了小孩手腕粗的纤绳勒在外公细皮嫩肉的身体上的痛苦，就足以叫外公打退堂鼓。尽管外婆将外公肩上的搭布已一层叠一层，密密实实做得很厚了，可每次回到家中，外婆都能看到外公肩膀上身上新的和旧的血痕，有时肩膀上被绳子勒得已深深嵌入肉里，发炎肿胀，难以愈合。十月底的江风吹在身上，你已经能感受到它的硬度，每日的浸泡，风吹日晒，外公脸上手上腿上布满细碎的血口，火辣辣地蜇得生疼。但回到家的外公没有吐过一个字的苦，常常笑眯眯地向外婆和孩子们炫耀地举着他的胳膊，摸着日益丰满有型的二头肌说，还是组织说得对，这活路硬是锻炼人，我也有腱子肉了。倒是外婆看到总是伤痕累累，脚步因寒腿逐渐沉重的外公，受不了了，拖着五个孩子哭着去找了领导，说了一箩筐好话，加上揩不干的泪水，总算让外公回来了。

外公并不领外婆的情，因为回来了，薪水少了一半不说，还给弄到离县城最远的乡下进行所谓的支农社会实践，半个月才能回家一趟。小别的后果就是年富力强的父母又接二连三地生了四个孩子，虽说外公如愿有了两个儿子，但此时的家里经济状况更是雪上加霜。

许子烈的噩梦也从此开始了。

外婆在生活和生育的双重重压下，迅速变得衰老，紧锁的眉头捋都捋不开，疏黄的头发早已从细密的小卷换成了两根细细的小辫盘在头上，没有了妩媚，倒显得可怜巴巴，肉白色的头皮也忍不住从发隙内暴露出来。背上背着好像永远都在哭泣的弟弟，腰上扎着长及膝盖的脏污的蓝围裙，总是对大女儿不耐烦地大呼小叫。许子烈高声答应着，奔来跑去被支使着干这干那，跑得满头大汗，还是不能让外婆满意，挨打是家常便饭，不管有没有理由。打起来手也重，像打偷油贼，这是许子烈老搁在嘴边的话。

许子烈脾气犟，从不讨饶说软话，眼泪也不愿当面流，换来的就是外婆更结实的一顿打。在她看来，只有祖外婆心疼她，许子烈挨打后常跑到祖外婆家找安慰，祖外婆总是慈爱地哄劝她很久，直到外孙女沾满泪迹的笑脸重新绽放笑颜，祖外婆就会变戏法似的从饭桌上的盖碗下或床匣的箩筐里拿出专为外孙女留藏的糖果、一个红皮鸡蛋，或是一碗醪糟、两块点心什么的，总之都是许子烈在家享用不到的稀罕物。祖外婆那里磁石般吸引着许子烈。然而，跟祖外婆生活显然不现实。

许子烈的记忆中，奔跑就是她的符号。

进学堂年纪小常受同学追打，她只能跑；母亲追打她很执着，能追出一条街，她只有玩命跑；大些了，不甘心总挨打的许子烈因为敢打斗狠成了孩子头，也有了想投靠她寻求保护的孩子的进贡。打起架来闭着眼冲上去，毫不手软。跑，还是跑，叫着抓着挠着，光看着她不要命的阵势就把人唬住了。尽管常常伤痕累累，衣服不是撕破了，就是一片狼藉，许子烈觉着痛快，虽说外婆因为扯破的衣服露出脚趾的鞋子，打得她更狠，就这她也觉得痛快，因为自己也可以打别人了，打人总是有快感的。许子烈也因此多少理解了以打骂自己为家常便饭的母亲。因为淘气得比男孩子还出圈，就没有人当她是女孩，许子烈的性子也越发烈了。

因为是老大，外婆给她的鞋总不合脚，大出很多，那样可以多穿一年，如果运气好，下面的孩子还可以拣来穿。大鞋打脚，磨得脚面和脚后跟的皮肉先是起泡，后来就血肉模糊，很疼。刚开始许子烈就踩着鞋后帮拖着走，但这样费鞋，没有多久，鞋就坏了。母亲的精打细算落了空，许子烈自然还得挨打。后来许子烈索性把鞋用鞋带绑起，甩在肩头背着，打赤脚四处跑，进家门前再换上。久了，就长了双大脚。个子长得也不含糊，十来岁就长到一米七，在女子都以娇小著称的家乡，也算个另类。年龄不大，但身量已是成人模样的许子烈想离开家的心思也越来越重。

那时，属国步艰难时期，宣传鼓动工作是当务之急。许子烈所在的街道也是一样，各种群众活动很多。喜欢热闹的许子烈当仁不让成了积极分子，忙得不亦乐乎。她参加了腰鼓队、踩高跷、合唱队，因为个子高，还被推荐参加了篮球队。白净高挑的身姿，在哪支队伍里都很打眼。原来许子烈是家中主要劳动力，现在每天几乎不着家，外婆只有私下抱怨，却不敢公开对女儿参加活动表示不满，因为阻碍社会主义建设事业的罪名她可担不起。许子烈这样玩命积极投身集体活动，不是她喜欢出风头，而是借此打开离家的通道，因为积极分子招工优先。

不久，省城纺织厂来招工，十五岁的许子烈满怀希望，第一个报了名，结果招工的说她不够年龄，人家要十六岁以上。任凭许子烈怎么软磨硬泡也没有办成，在现场就哭了个稀里哗啦，梨花带雨的可怜样倒让招工的觉得亏欠她了。但原则就是原则，任许子烈怎么想不通，她就是没走成。

柳暗花明又一村。几个月后，一个兵工厂来县城招工，这回心灰意冷的许子烈都没有放在心上，结果却被主管招工的负责人偶然看到她打腰鼓。走在队伍里，许子烈鹤立鸡群，一招一式都有模有样，鼓点拿捏到位。鼓打得放松，身子扭得利索，动作流畅，人又投入，就显得好看。自然对许子烈的印象就加深了。接着负责人又专门去看了许子烈参加的篮球队比赛，虽未见她投篮的英姿，但抢球传球的灵巧和利落，就认定她是个文体骨干。这正是厂里缺的宣传鼓动的人才，年龄就二一添作五了。

兵工厂在许子烈心中可比纺织厂神气多了。兵工厂生产的东西是要送到战场和部队的，真刀真枪地干，神气！纺织厂生产的就是些花花绿绿的玩意儿，光荣感差了一截儿。又是女人扎堆儿的地方，许子烈不喜欢。想到工作可以逃脱外婆的打骂，家里干不完的活计，还可以挣钱寄回家，再也不用看外婆永远愁眉不展的脸，这比所有的不舍都重要。许子烈走的时候，眉毛头发里都藏着笑意，一滴眼泪也没掉。甚至看到母亲不停抹眼睛既感到不解又觉得可笑，难道家里省出一张嘴也会让母亲不高兴？不舍得还会在平时往死里打人，鬼都不信！

许子烈就带着无限憧憬，毅然决绝地走进这个全国数得着的大工厂。据说这个厂从前是蒋介石的五十兵工厂，造炮的。抗战时，日本人多次派飞机轰炸，兵工厂早已从地上转移到了山洞，终是没有让日本人得逞。新中国成立后，政府接手了工厂，继续为朝鲜战场提供大炮。厂子生产的"喀秋莎"改良炮能连发八发，连最初提供技术的苏联专家都称叹。这是个上万人的大厂，男人占了绝对优势。许子烈这批是厂子里招的第一批女工。因为名字像男的，许子烈被分到了绝对的男人车间——钳工车间。后来车间主任看到让许子烈这样细胳膊细腿的女娃娃当产品钳工，她根本搬不动，就给她调整到强度相对小的模具车间。可分配的师傅来领她时，一看是个女的，扭头就去找车间主任，说："搞啥子吗？女娃儿悬吊吊的，我是教她不教，干还是不干，我这里缺的是撑腰的，不是跳水泡菜！"

主任冲他一摊手，说："没办法，总厂搞错了，没法改。胡师傅，你看看，周围那么多大老爷们儿羡慕你还来不及呢，男女搭配，干活不累。"

正在主任那里说事的王师傅笑嘻嘻地插话道："老胡，我看你也别逮好卖乖，我要是你睡着都笑醒了。这徒弟你不要，我要了。"

胡师傅朝地下"呸"了一口,"要你操心?! 谁像你脑子里一天到晚琢磨歪道道。"回头对主任赌气表态:"行,这个女娃娃我可以带,但我有两个条件。"主任瞪着他,等着下文。

"第一,试用半个月,她要是娇气,我可不伺候!"说完顿了一下,深深盯了一眼王师傅,"第二,要是有人在背后瞎说八道,不管他是谁,我都不会依!"主任哈哈打着圆场,说没问题没问题。胡师傅就套上袖套,一阵风走了,豪气冲天。留下王师傅尴尬连连:这个老胡!

许子烈留下来了。对这个女徒弟,胡师傅是很尽心尽力的,即便有什么做得不好,也从不当着别人的面说她,给足面子。但许子烈还是很怕师傅,他总是不苟言笑,每天除了机器的嘈杂声,就是她和师傅默默干活的身影。

十六岁的许子烈已经出落得亭亭玉立。皮肤白皙清透,透着细腻的光泽,轻得几乎看不见的粉渗在肌肤中,人便显得生动起来。眼仁比旁人稍淡,轻巧的棕黑,衬着偏黄带些自来卷的头发,恰到好处,嘴唇像文了唇线,上唇两个小山峰,立体有轮廓感。平时爱绷着脸,可一旦笑起来,声音脆得毫无顾忌,前仰后合,早忘了外公培养淑女的教导。除了师傅,她谁也不怵。说起话来像个女高音,唱歌却走调得厉害。脾气也大,碰上厂子里那些爱和女孩子逗闷子的男工人,她可不管你年龄大小,资历高低,说瞪眼就瞪眼,嘴也不饶人。虽说长得是个大人模样,可到底是个孩子,进厂最初那半年,她常常想祖外婆梦到祖外婆,时常哭叫着"家家"从梦中醒来。同屋的人不知道她喊的什么,待知道原委,就成了厂里的笑谈。

别看她在厂里年龄最小,可凝聚力不小,很快有了一帮朋友,男男女女的,很是快乐。厂子里的人来自天南海北,还有从前接收过来的老工人,经历各异,口音多样。许子烈他们最排斥自认为产生剥削阶级的海波人,因为厂里那些海波人,大都是资本家、商人家的公子小姐,响应政府接受改造,自食其力的号召,来到工厂。因为文化水平高,大部分一来就分配到科室,描图管资料,比在车间轻省得多。自然优越感十足,一副谁也看不起的样子,任谁在他们眼里都成了乡下人。虽说到了工厂,但从前的做派不减,男的梳着飞机头,脚蹬三接头,穿着雪亮的白衬衣和大格子裤子,女的个个烫着发,穿着讲究别致,看上去确实很洋气,也用这些外在隔阂着其他人的情感。海波话在许子烈和工友们听来就是叽里呱啦,反过来,这些海波人听他们说话也是稀里哗啦,不懂。只有在互相攻击时取得共识:歪喇叭。海波人给他们多加一字：土歪喇叭。

许子烈刚进厂，就拿到每月二十一块钱，工资半个月分着发。这些钱在刚开始挣工资的许子烈看来可不少，小女孩的心性，让她看什么都新鲜，想尝试。工厂休礼拜四。每到这天一大早，许子烈和她的小姐妹坐轮渡过江到市里，打牙祭，看戏，买布按照厂里海波女孩子的穿着做衣服，又怕遭到嘲笑，就在花色和样式上做些小小的改良，或是加上些配饰，也别说，这些改良往往为服装原型添色不少，也有了自己的特点，加上许子烈身材高挑，天生一副衣服架子，顿时成了厂里的摩登女郎，走在路上，回头率很高。

许子烈酷爱照相，每半个月领到工钱的第一件事就衣着光鲜去城里的相馆大照特照一番。照相馆的师傅，有漂亮女孩当模特，照相也有情绪，左摆弄右摆弄，照的和拍的都乐得其所。下一次，再进城来，就会发现自己的照片被师傅放大了，着了色，摆在橱窗揽生意。那时，虽没有什么侵犯肖像权的说法，但许子烈也会不高兴，于是就到店里找师傅理论，当然也不会翻脸。师傅把照片当成得意之作，自然不舍得摘下。许子烈也就做了妥协，就和师傅讲好只能挂两周，因为被工友看见，怪话也难免。作为补偿，师傅再给许子烈照相会更尽心，有时候，会主动把好的片子着了彩色送给她。一来二去，城里几家相馆的师傅都和许子烈相熟起来。葛樱莓几姐妹从小就爱看母亲的照片，私下说，母亲很有明星范儿，和电影画报上的女演员相比，从服饰到气质长相都不逊色。葛家四兄妹总也看不够，结果就是每个人把母亲的照片偷偷藏起来一些，拿来自豪地和同学显摆。长大后，母亲的照片又成了几个儿女自家相册的藏品，倒是许子烈自己的相册变得支离破碎起来。

花钱大手大脚的许子烈工资常常撑不到月底，剩下的几天不是饿肚子，就只有借钱了。下个月，还是不长记性，又要过几天悲惨的日子。后来师傅看不过去，就把她的工资替她捏起来五块，月底再给她。

因为年纪小，工作后的许子烈情窦晚开，每天琢磨的就是怎么玩，身边的女孩子都谈起了恋爱，就她无动于衷。追求她的小伙子挺多，都被她视为不正经、思想不好，回绝了。那时候即便谈恋爱也谈得规矩含蓄，大家平时就是凑在一块玩，没有什么过分亲密，许子烈的姐妹们和男友图热闹也不避讳带着许子烈，她就没心没肺当那锃光瓦亮的电灯泡，还挺高兴。许子烈做过演员梦，还给北京电影厂写过信，寄过照片。那时的人，办事认真。电影厂的工作人员还真就回了信。说她形象不错，但还需要表演功底和文化修养，鼓励她好好学习努力。有些失望的许子烈叫上女伴又去照相馆照了一组戏剧照，手拿折扇，轻扶甜美女伴的腰肢，那眼韵情深谊长，扮得翩翩男生还真有一股风流倜傥的儒雅相。照片被着色精放，留作纪念，这大概是她今生唯一和戏剧沾边的举动。

两年后，响应号召，要让兵工厂在祖国大地遍地开花。许子烈便报名去了最艰苦的地方——塞北鹿城，建设新的兵工厂。能去那里是很光荣的事，要百里挑一，抽调的也是技术骨干。踌躇满志的许子烈在去新岗位报到时，需要在北京倒车，她除了去看了向往已久的天安门，也去了北京电影厂。其实她没有勇气真的走进去，只在写着"北京电影制片厂"的大牌子门口站立了一会儿，留个影。只这一站，她就觉得心愿已了，从此再不提演员梦。

爱情与阴谋

许子烈的爱情来得很模糊。

在她去鹿城的前一年，一天，许子烈收到家乡女友惠兰的来信，说她在部队当兵的表哥和战友将要来许子烈所在的城市出差，希望许子烈能热情接待。信上再三提醒许子烈以最好的精神面貌和百倍的热情招呼客人。

惠兰是许子烈的冒杆姐妹，从小一起。比许子烈大几岁，因家庭变故，惠兰日子过得艰难，小小年纪就成了寡母的顶梁柱，招工没成，当上了售货员。她长得不漂亮，骨子里却有股狐媚劲，很招男人。她也很会利用这点，真真假假的男朋友交了好几个。向别人介绍时，在她嘴里就全成了表哥。许子烈对此虽有了解，也有些轻看，却挡不住好友托付。

惠兰与所谓的表哥是在军民联谊会上认识的，当时表哥的部队刚从朝鲜战场下来，在小城短暂驻防。因为到商店买东西，认识了惠兰。一来二去，两人便熟识了。只是这位年轻排长尽管对惠兰有些倾心，但不能与驻地女青年谈恋爱的弦却一直绷着。部队随时开拔，以后的日子什么样子谁也无法预测，两人也就没捅破说开，交往虽有些暧昧，却始终保持距离。再往深了探究，其实距离规定都不是问题，一个漂亮又热情的女孩子可以让他动心，那别人呢？她是否也会一路热情？这些关键部分都让排长对惠兰心里没底。再说惠兰也是热心肠，偶然听说排长有个战友，是战斗英雄，正想找女朋友，驻地不行，外地的更好。惠兰当即擅作主张，将与许子烈一起去工厂的四位女友的照片给排长战友看了，那战友一眼就看上了许子烈。正好部队组织英模报告团去各地巡讲，许子烈所在城市因军工企业众多，便首当其冲。于是便有了惠兰写信让许子烈招待那一幕。惠兰之所以没有把事点透，是想着万一战友没有看上许子烈，事情也有个回旋余地，不会太伤许子烈，毕竟这年头军官是最可爱的人，是香饽饽，女孩子排队等着嫁。

这位排长的战友叫葛校言，葛校言个头不高，不到一米六五，这也是惠兰没有给许子烈点破的原因之一。

葛校言虽然在个头上不占优势，但人却精明能干，有勇有谋。据说他在前线乔装打扮带着几个人，摸了敌人一个排，缴获了一批美式精良武器。

英模报告会，许子烈因为当班没去听成。但听同事说了报告会的盛况，也知道了葛校言。等见面时，她对葛校言和那位排长表现出了那个年代对英雄应有的崇敬感情，当她看着他穿着精干的军装一招一式地出现在眼前时，敬佩之情油然而生。这葛校言也会来事，幽默而俏皮地夸她似《白蛇传》中的白娘子，他边说边形象地用甩袖动作比画着，让许子烈乐不可支，并心生了好感。这样，在极其有限的大半天时间里，她和女友调班腾出空来带着他们到戏院里看了川剧《长生殿》，吃了麻辣鲜香的重庆小吃。走时不仅赶到车站送行，许子烈还买了一大包特色食品，沉甸甸的袋子把纤细的腕子都勒红了，留下深深的印子。大大咧咧的许子烈就是个实诚人，一点也不会端着架子。她就想着不能辜负朋友之托，尽好地主之谊。

葛校言和战友早已久闻这座山城的盛名，还没有来过。现在有这样赏心悦目的女孩子陪着，感受最地道的城市品质，除了笑容满面，赞不绝口，虽然没有忘了此行的另一项重要内容，但也确实没有机会展开说。葛校言没有什么礼数概念，直到坐上火车，才想到自己的失礼，甚至连个见面的礼品也没准备。后来想想大家都是年轻人，不会太拘泥这些小节，自责一番也就过去了。

待知道惠兰的意图后，许子烈好似才反应过来，态度不免有些激烈："啊？哪里有相亲的甩着十根洋豇豆（空着手）就来看人的？太没把人当回事了吧！"

惠兰在回信中劝说道：傻女子不要斤斤计较，人家回来觉得非常不好意思，兜着圈子直跟我道歉。但是对你印象很好。毕竟男同志粗枝大叶惯了，考虑不周很正常。再说人家是战斗英雄嘛！你也不要老揪住小节不放，看条件，看本质，军官条件多好呀！你好好考虑！

此时，许子烈才开始认真回想葛校言的样子，站在一起差半个头，浓密的头发倒是将个头增加了两分，眼睛不大却老似笑眯眯的，军装穿得一丝不苟，皮鞋也很干净亮堂，人看起来挺和善。但要说什么特别印象和特殊感觉，一点儿都没有。

许子烈这会儿正碰上一件烦心事，关于师傅。

　　许子烈的师傅，姓胡，三十岁，是个单身汉，平时少言寡语，在厂子里他因为一手漂亮的钳工活，名气很大。说起来，胡师傅还有几分来历。师傅解放前是地下党员，虽说那时年龄不大，却非常富有斗争经验。在共产党接收兵工厂前，国民党将很多特务安插到工厂搞破坏，他和工友们为了保护工厂，做了很多工作。有一次还因为和特务搏斗，负了伤，落下了一条胳膊不能完全抬起来的后遗症。对于这段光荣历史，内向的他，本人从来不提，要不是听旁的老工人说，许子烈根本不可能知道。许子烈后来问他，他总是说，提那些搞啥子，过去那么久了。轻描淡写一笔带过。很多人关心他，替他张罗老婆，他也好像谈过一个厂校的老师，不知什么原因，后来没成。只是从此坚决拒绝别人的好意介绍，与感情绝了缘，平时也尽量避免和女同志说话。

　　自从许子烈当了他的徒弟，别人要是拿许子烈开他玩笑，他能马上和那人翻脸，不管那人是谁。厂子里有个和他同资历的师傅，看许子烈干活麻利，能吃苦，又知道胡师傅曾因带女徒弟找车间主任提过意见，就想把许子烈调到自己门下。师傅听说后，虎着脸找到那人，老王，你别打歪主意，家里有老婆孩子你还不安分。打主意打到我徒弟身上，你们休想！

　　王师傅觉得自己是一番好意，却被骂得灰头土脸，很没面子，从此和胡师傅心生芥蒂。

　　胡师傅和许子烈在一起工作，也不多说话，严肃得叫许子烈很怕他。但胡师傅却像背后长了眼睛，对许子烈异常关注。许子烈有个头痛脑热，总能在工作台上发现对症的药片，旁边的开水也晾上了。许子烈花钱没数，师傅除了替她掌管一部分钱，到了月底，许子烈总能在杯子下发现几张饭票，帮她度过月底的"危机"。甚至每个月，女孩子特殊的日子，许子烈痛经厉害，杯子旁边就有一小袋红糖。让许子烈既感动，又不好意思。"杯子"边的关切，许子烈不用问就是师傅干的。可是真要去向师傅道谢，师傅总不承认，要不就一脸严肃催促许子烈抓紧干活，说什么管这些闲事做啥子，有人给你，拿着用还不好！

　　日子长了，再不谙情事，许子烈也能琢磨出其中的意思来。再说，旁边也有了不少闲言碎语。尤其那个王师傅，闲话最多。再看看师傅，他也不表白，默默充当着许子烈的保护神，日增夜长的是他眼中的关切。好像说，小女子，你就是个铁疙瘩，我也要把你焐热了。许子烈心顿时慌了，要知道师傅大自己十多岁，对他除了尊重、感激，根本没有旁的感情。许子烈不知道该如何回报师傅的深情，原来不知道真相前，许子烈觉得是幸运和幸福，现在就只剩下负担和愧疚了。有段时间，老是乐呵呵，一副没心没肺模样的许子烈，变得深沉了，话少了，休息日也不进城了，在宿舍窝着不出门。见到师傅，表情不自在了，甚至把杯子也收了，不带进车间，愣憋着上班时间不喝水。

葛校言的出现，让许子烈有了另外的萌动。

虽然对葛校言谈不上满意，但毕竟条件不错，关键是可以堵住别人的嘴，也能让师傅断了别的心思。

葛校言像是配合似的，很快来了信。信的内容没有什么特殊，就聊聊近况，在学习工作上互相鼓励，末尾总是描红似的"致以革命的敬礼"，友好而平淡。来信的频率也不密，个把月一封。一来二去，许子烈没有咂摸出别的意味，心下的打算也就淡了。与惠兰通信时，有意无意问起"表哥和战友"，对方回答也冷淡，只说有段时间不见了，全没有了往日张罗的热情。后来，才听同乡的另一个女友说，惠兰又有了新的表哥。

不过，许子烈的心凉了，形式却做得招摇。

收到葛校言的来信，就当着师傅的面看，别人开她玩笑，她不理睬也不避讳。她当然看出师傅的脸越绷越紧，表情也越来越僵硬。她要的就是这个效果。师傅还是没话，对她依旧关照。许子烈心里急啊，她知道自己还不起师傅的好。

后来，葛校言连这种不咸不淡的信也没有了。没有原因，没有解释。许子烈也不去问，也没觉得可惜。认为部队的人不过如此，没有太多人情味。只是自己目前的困境就没有什么可抵挡了，为了这个，她的唇尖上起了很大的燎泡，好长时间不消。

正在许子烈别别扭扭熬日子的时候，鹿城筹建新厂，在全国兵工厂范围招人。许子烈想都没想，第一批报了名，还高兴得像中了头奖。别人告诉她，那里可是荒凉得很，什么都没有不说，一年里三分之二都是冬天，外面冷得能冻死人。自然见不到新鲜蔬菜，水果更是稀罕物，南方人根本受不了的。许子烈压根儿不在乎，那时她刚看了王丹凤主演的《护士日记》，讲的就是城市青年到边疆建功立业的故事，她正觉得热血沸腾呢！

师傅了解徒弟，许子烈走时他没有去送，只早早预备下一叠全国粮票放在许子烈的工装口袋里。许子烈看到粮票，当时就哭了，这些粮票太珍贵了，都是师傅嘴边一点点省下来的。许子烈跑去找师傅，师傅拿手一横，就把她挡在门外，不给她说话的机会。"好自为之"就是师傅送她的四个字。

到了鹿城，许子烈的血也从沸点到了冰点。真的是白手起家，什么也没有啊！每天大白菜、土豆过去，土豆、大白菜过来，主食大都是馒头，吃上顿白米饭，许子烈就能高兴好几天。好容易开点荤腥，多是膻味很重的羊肉，许子烈一闻就想吐，哪里还吃得下。从前丰润的嘴唇，先是起皮，然后裂出一道道血口子，疼得她龇牙咧嘴。许子烈一直长在青山绿水之地，刚去鹿城就被没遮没拦的风沙来个下马威。她人本身瘦，出门刚好一阵风吹来，闪了许子烈几个趔趄，赶紧拽住同伴的胳膊，好容易才站稳，才觉出脸刮得生疼，鼻子嘴巴头发里都是沙子，根本睁不开眼睛。

有"好吃嘴"之称的许子烈，在这里很难找到合心的吃食，找个电影院也要走很远，放的都是大城市早已过时的片子。照相馆倒是有，只是照相的顾客太少，摄影师经验有限，拍得最多的就是端端正正坐在那里，嘴里喊着：笑一个，——二—三！手上揿下快门的大头像、全家福。照出的相片不知是灯光的问题，还是什么，将人拍得表情呆滞，没有灵动，光影暗淡，没层次，统统大白脸，除了面孔不一样，角度、表情、动作设计也是千篇一律。许子烈曾和伙伴来光顾过几回，凑合着拍了两张照片，照片一角写着"姐妹情深"、"友谊万岁"，效果平平，也就没有了原先照相的兴致。

厂里的人来自全国很多工厂，一来二去就有了比较。好在从许子烈厂里调来的一帮人，因为基本功扎实，很快成了技术骨干，在哪里都受欢迎。许子烈因此腰板挺得格外直，一扫环境不适带给她的沮丧。由此，她也特别感谢当初师傅严格地培养。但内心里还有些不甘，为临走前师傅的冷淡，虽说对师傅谈不上爱情，可被人关爱呵护总是令人满足的，也是让人依赖的。于是这样的不甘就变成了悠悠长长的思念。许子烈不太善于隐藏自己的情绪，就给师傅写了好几封信，虽然只是说说工作和生活的近况，还是能捕捉到她的关切和思念。发出的信很久没有回音，许子烈有些灰心。

半年后，师傅来信了，讲的都是厂里的工作，好形势，鼓励许子烈的话，通篇读来完全像厂里宣传栏里的板报。只在末尾提了一句，为许子烈找了个嫂子，结婚了。信里掉出了张照片，师傅和他的女人并排靠坐着，脸上堆满笑容。细看，两人的笑容都很拘谨，也看不出两人的亲密。女人的长辫子一前一后搭在肩上，辫梢上停着两只蝴蝶结，刘海一看就是用卡子卷过，再一丝一丝梳开，撇在额头上，少点自然。穿着列宁装，翻出里面的花衬衣领子。大概崭新的衣服，总不是太贴合，就显得人局促。师傅就穿的是工装，也是新的，却是气宇轩昂。看着和女人不搭噶。这大概就是他们的结婚照了。许子烈反复看过信后，又嘲笑起自己的敏感。不过，她是真心为师傅高兴。趁着休息日，她到了城里最好的百货公司，耗尽所有买了条纯毛毛毯给师傅寄去，算作贺礼。这在当时可是重礼，为此她举债了好几个月。

后来，辗转听说师傅结婚很迅速，不吭不哈就从老家领来了媳妇，很慎重地给各车间的同事朋友散了糖和瓜子，连平时几无来往的一些工友也送到了。新媳妇低眉顺眼很配合丈夫，跟在丈夫身后，怯生生地笑着。在厂子师傅这里没住多久就回去了，师傅又恢复了以前的沉默，很少回老家，即便回去，三五天的，准定出现在厂里。

再后来，许子烈又听说师傅家倒是没耽误生孩子，师傅后来办的儿子百天酒，比结婚大张旗鼓，喝了酒的师傅据说当天表情异常丰富，说的话比一年说得多。

许子烈的心里一下空了，也轻松了，那阵心情也就格外好。葛校言的信也就在这时不期而至。想想，距离上次来信一年多了。这个比许子烈矮半头的英雄在许子烈的记忆里甚至有些模糊了。

信不长，口气却诚恳。他解释没有消息是因为部队突然接到命令，到新的地方工作了。因为安顿下来还要忙乱一阵，加上本身任务重，顾不上，通信就断了。葛校言说，后来和许子烈联系，结果信被退回，一打听才知道调走了，所以拖到现在。

此时的葛校言，正随部队的大批人马在陕西的一个部队集结待命，搞军事训练。

待命，就是等待命令。对部队下一步的任务、去向都不知晓，甚至连个时间表也没有。

这段时间，工作训练上的忙与累根本不能捆绑住生龙活虎的部队官兵的思维，因为对未知前景的猜测和憧憬，还有官兵们都不愿承认的不安，反而让他们异常活跃起来。葛校言就是这样，虽说革命工作不问出处，到哪里都是积极努力干工作。但对于前途未卜，一声令下即刻开拔的明天，葛校言既兴奋又躁动不安，好多平时来不及想，不觉重要甚至不在意的事，不仅都考虑上了，还有些时不我待的迫在眉睫之感。

信里，葛校言对许子烈表达了从前信中从未有过的热情，问长问短。说在地图上查到鹿城，还专门找来了地理书，他在书中仅有的不到两百字的介绍里，想象着那里的生活，想象着瘦得竹竿一样的许子烈被风刮得东倒西歪的样子。言语中不乏年轻人活泼俏皮的口吻，信中还关切地表示让许子烈"为了革命工作保重身体"，显示出少有的亲切。

这些许子烈当然感觉到了，心下也颇为受用。以前对葛校言的不满都被这两页信纸上的文字消解掉了。但她要强，再也不愿意往男女之情的深处考虑。所以看到"为了革命工作保重身体"这句话，当场就笑弯了腰。同伴不解，她就说，我又没有七老八十，还"为了革命工作保重身体"，真是好词学了用不对地方，笑死人了！同伴就打趣，这人肯定是看上你了呗！许子烈马上虎起脸，瞎说什么？写封信就是"看上"？给我写信的人多了……话还没说完，一个女孩子就抢过话头：那就是都"看上"了，哈哈！惹得大家都笑。

许子烈的脸一下烧红了，忍不住啐一口，说："你们的思想真不健康，看我不打你们！让你们瞎说！"于是和同伴在宿舍一通追逐打闹，不亦乐乎。

不过对葛校言的来信，因为消除了误会，许子烈比原来还是要上心许多。是因为葛校言的热情？还是因为远离家乡，一个不是来自身边熟悉的人的关切，更让自己感动？许子烈也说不清，总之他们建立了比之前更为紧密的联系。

葛校言的来信一封接一封，内容也越来越广，从家里的情况到他的经历，从这些年走南闯北的有趣见闻到看过的星星点点的风光美景，都一一写来，文字虽然干干巴巴，线穿豆腐干似的像流水账，美妙的东西流失了不少，但信里流露出的热情，以及字里行间透出的朝气和投身火热生活的英雄气概，许子烈都能浪里淘金般一一领受。单纯的许子烈很快受到葛校言的感染，她从最初的嘘寒问暖到对葛校言在广阔天地实现高远抱负的人生羡慕，两个人越谈越兴致盎然。于是每次读信就成了最让人喜悦也最盼望的事。尽管不曾见面，但两人却觉得越来越熟悉，越来越亲密。

不久，许子烈来鹿城后，盼来了第一次休假。她提前很久就计划上了。当工程师的三叔邀请她到武汉玩。对于还没有脱离贪玩年龄的许子烈，能去外面看看，实在令人向往，所以没一点犹豫马上答应下来。之前，她也兴奋地把这一消息告诉了葛校言。葛校言回信说，不知有无可能绕道来他这边看看。许子烈想想绕道的路程和有限的休假日期，也没太把对方的建议放在心上，只是全心全意为出行做准备。

临休假前，许子烈收到一封自称是葛校言老教导员崔旺才的来信，说葛校言没好意思说，他住院了，病还不算轻，要动手术。他们都知道葛校言很想见到她，正好听说许子烈有假，所以想请她来绕道看看，保证不耽误她的旅行。信末还说，如来，请将工作证等一干证明带齐全，方便购买车票。还专门交代了到达车站，拟制了电报内容。

许子烈收到信，心下琢磨了半天。到底什么病，需要单位领导给自己写信呢？可也没有时间再去写信问清楚了，写信一来一回要二十来天呢。她甚至连这封信意味着什么都没有好好考虑，单纯的她只想到，朋友病了能想到自己，说明在朋友心中的分量，不能辜负。再者，一段时间的通信，葛校言留给自己的印象还挺好。去慰问也没有什么不对。其实，许子烈心里也打鼓，一个女孩跑千里之外去看一个谈不上很熟悉的男同志，虽然知道对方很可靠，又是因为生病开刀的特殊情况，是不是也还是有可能被人诟病不自重呢？但许子烈性格里像男孩子不管不顾的劲头按捺不住跑了出来，甚至为自己的义气骄傲。她义无反顾地踏上南去的火车，看着车窗外舞动的风景，漂移的田野，窗玻璃的反光中她似看到了葛校言那期待的眼神。

葛校言确实病了，也确实做了手术，但不严重，是最常见的阑尾炎。他确实想与许子烈见面，却没有敢奢望过许子烈真的能来看他。老教导员写信的最初本意，是想让许子烈进一步了解葛校言的心意，其他的更多的是试探，有枣没枣打一竿子看看。葛校言也做好了失败的准备，因为他认为女孩子不会大胆到如此地步。

事情的进一步发展都随着许子烈踏上火车的瞬间改变了。

老教导员崔旺才是抗战牌的干部，做事干脆，有时甚至不讲章法，爱冒进。和他一起的老乡，好几个都成了团级干部，他却熬成了老营级。他是葛校言的教导员，曾带着葛校言参加了清匪工作队，他最喜欢葛校言的聪明，办事沉稳的劲儿，总夸这小子以后有出息。还想过把自家的妹子介绍给葛校言，哪知葛校言对此总是吞吞吐吐，一副不上心的样子。直到他发现葛校言通信的秘密。失望归失望，但崔旺才可不是个小肚鸡肠的男人。在他听说葛校言和许子烈认识几年了，还只限于纸上谈兵，什么都不明确时，急匆匆地把葛校言拉到宿舍，劈头盖脸一通训。本来就有些外凸的眼珠子显得更鼓了，像只气恼的青蛙。

"我看你小子打仗是把好手，怎么在女人方面那么熊？有写信的工夫，儿子都生出来了！"

葛校言看着教导员讲得激动，嘴角上泛起一点白沫。他专注地盯着那个白点随着嘴角的牵动晃来晃去，脑子里琢磨着是否提醒对方把它擦去。脸上就剩下傻傻僵僵的笑容，反倒鼓励得崔旺才更加跃跃欲试了。

"你听我的，不出半年保管你们有实质进展。你嫂子，我们结婚前只见一面，三天就拜了天地。这不家里的小子都五岁多了，我们也没有啥毛病。你们搞什么花花架子，忙活半天不够累的！"

别看崔旺才说得热闹，讲的时候，他心里完全不搂底。好在机会来了，葛校言动了阑尾手术，他简直觉得这条小阑尾就是个大功臣。关键是许子烈来看他了。

该出手了。

葛校言听到许子烈来驻地的消息，虽还在崔旺才面前绷着劲，可眼睛早已乐得成条缝，但还不放心地在教导员脸上寻找疑点，毕竟幸福来得快了点。当崔旺才把计划告诉他时，他差点一跃从床上蹦起来，完全忘了伤口的疼痛。

"我问你，到底喜欢不喜欢许子烈？"

"挺……还好！"

"那你小子就按照我说的做。咱们集结在这儿几个月了，随时准备开拔，那边什么情况谁都不知道。按我的经验，新建单位，苦不苦的咱当兵的都不怕，青山埋忠骨也说不定。你也老大不小了，先把大后方折腾利索，有了老婆孩子就踏实了，给你老葛家也好交代。到时你就甩开膀子跟着我大干就行了。我今天可是替你把路铺好了，别给我熊啰！"

"可人家啥态度我也不知道。万一不喜欢，咱们就被动了！"想到这，葛校言不无担忧。

"不喜欢会大老远来看你？我看，喜欢不到一定程度，都不可能看你。"崔旺才颇有把握。

"她要知道咱们骗她，肯定会生气。她的性格我知道，热情单纯，但眼睛里也揉不进沙子。"

"知道个屁！处对象和结婚是两回事，迈过结婚这个坎儿，就一切顺理成章。没有那么多哩咯啷！反正，过了这村没这个店，全看你自己。"

崔旺才一跺脚，把抽了大半的烟屁股一摔走了。葛校言有些六神无主地搓着手，也顾不上心里多腻烦教导员嘴角的白沫子，捡起未灭的烟头，狠狠抽了一口。一口下肚，顿时呛得上不来气，眼泪也跑出来，小腹上未愈的伤口扯得生疼。但神思却因这一激，定了下来。他根本不会抽烟。

许子烈走下火车，一眼就看到身穿洗熨干净的军装、伸着脖子左顾右盼的葛校言和他边上两个陌生的军人，这是她没有想到的。一路上，她始终沉浸在自己的想象中：她手捧鲜花，来到葛校言的病床前，像银幕上慰问伤员的感人场面。如今，葛校言看起来气色轩昂，赫然站在自己面前，压根儿没有病态，跟预定场景差得太远，她反倒不知道怎么办了。求证似的看着旁边的军人，迟疑地问道："怎么？你不是开刀了吗？领导给……"

候在一边的崔旺才赶紧凑近前来，截住话头。刚才一见眼前这位面容姣好的高挑女子，他就在心里暗暗为葛校言的好眼力叫好。奶奶的，像个仙女似的，葛校言艳福不浅啊！这会儿，他使劲拽拽军衣下摆，理了理军帽，紧走两步伸手握住许子烈的手，边满脸含笑地说：

"哈哈，小许，你可来了啊！你是功臣，是最好的良药，葛校言手术不假，可一听说你要来，恢复特别快！"

一旁的葛校言闻言有点尴尬，只是一个劲笑眯眯地说：就是，就是！

简单几句话，让年轻的，还缺少人生经验的许子烈颇为受用，她笑了，连连脆声说：好了就好！好了就好！

接着许子烈一双手就忙着在旅行包里翻找，将一只风干的颜色浓重的熏鸡拿出来，双手递到葛校言面前，一杵，一脸由衷地说："拿着吧，这是我妈寄给我的腊鸡，没舍得吃，给你拿来营养营养。"

崔旺才一边冲葛校言使劲挤眼睛，一边用肩膀碰碰葛校言："你看人家小许姑娘多有心，还不赶快接着！"

因为计划看了葛校言就走，并无几小时逗留时间。所以，许子烈按照电报上约定的内容，询问起车票的事。崔旺才马上说：放心，订好了。并把许子烈的工作证介绍信拿走了，不明所以的葛校言，刚想问拿它们干啥，却被老领导用胳膊肘杵着制止下来。

不知动用了什么功夫，崔旺才竟然搞到了一辆嘎斯吉普，让葛校言陪同许子烈先到县城四处看看。这可是首长礼遇，葛校言的小眼睛倏地亮了一下，又马上黯淡下来。他摸着脑袋，望着崔旺才。他是觉得影响不好，一个劲推托。

崔旺才急得瞪起眼，把葛校言拽到一边："你小子是战斗英雄，怕讲影响是吧？放心，车是我要的，影响不好算我的！板子打不到你身上。人家小许来一趟不容易，把人家姑娘陪好，否则回来找你算账！"

三个小时的时间在新鲜和愉悦中很快过去了。葛校言不仅陪许子烈在县城主街转了一圈，还带她看了县城最著名的历史古迹——箭楼和古刹。陪她吃了当地出名的油泼辣子面。红辣椒和蒜末激出了许子烈额头细密的汗珠，脸也像染了胭脂，越发容光悦色。葛校言自然越看越动心。虽然县城条件简陋，但葛校言是真用心，像对待首长那样礼仪周到。许子烈从没有享受过专车待遇，身边还陪着一位军人，许子烈既觉得新鲜受用，心里更觉得过意不去。对葛校言的好感也在短短几个小时内以几何量级递增。葛校言更是春风拂面，处处小心体贴。

两人回到营部刚坐稳，崔旺才就来找许子烈，还把葛校言打发走了。开门见山对她说：小许，能不能先不急着走？

许子烈一下蒙了，说，为什么？您交给我的任务我完成了，葛校言我也看了，难道还有什么？

小许，我就直话直说了吧！我希望你不走！

啊？不走？

小许，我这次写信叫你来，是藏了想法的。

想法？什么想法？

希望你能嫁给葛校言！

……不可能，这怎么可能？我们……我们就是朋友，我还小，没……还没想过结婚嫁人，就见过一面，通过几封信而已，根本不了解，这不可能！

突发的情况，让许子烈更蒙了，语无伦次，脸一下烧得通红滚烫，她脑子里反复闪出的就是"不可能"。她能听得见心脏快要蹦出胸口的剧跳声。此时，葛校言的形象再也没有这次见面时有的亲切，骤然变成一起阴谋的始作俑者，面目变得可憎，甚至那笑眯眯的样子也写上了奸狯。

"了解？还要怎么了解？葛校言有什么问题，我包到底！你看看他对你有多上心？你能这么大老远来看他，没好感，你能来？这就充分证明你们有感情基础，证明我老崔没有乱点鸳鸯谱！

"论岁数，我是葛校言的大哥，论级别，我是他领导。是看着他一步步成长起来的，踏实可靠，人又聪明，部队挺器重他。我看你也是个重情重义的好姑娘，葛校言不说，我也能看出来，心里也有你。现在，我们部队工作随时有变化。再上战场，再去战斗，都是有可能的。不是常说谁是最可爱的人嘛，葛校言就是，活生生站在你面前，更应该爱嘛！这回我这个大哥做主行不行？趁着今天你来了，赶紧先把事定了，以后有的是时间了解！"

崔旺才越说越觉得道理在自己这里，越来越慷慨陈词，根本顾不上许子烈的感受。许子烈却从慌乱中，渐渐冷静下来。一直扭到一边的脸，终于正对崔旺才。

葛校言呢？这也是他的意思？

他？他的意思和我的不会差哪儿去！

许子烈听了，有些生气，把头一扭往门口走。

可我没这意思，我找他去！

崔旺才有些悻悻地站在那里，又点上根烟。随着云雾上升，他的心头躁躁的：这丫头脾气还挺大。多好的事，是让你嫁最可爱的人，又不是地主恶霸，还委屈什么？就不信我老崔把你们捏鼓不到一起。想到这里，他赶紧摸摸口袋，琢磨着：工作证在我这儿，想走你也走不了。

葛校言没领崔旺才的情。

当他听气鼓鼓的许子烈说完，忙着对佳人一番安抚。接着就找到崔旺才，气得大叫。

"教导员，你真是好心办坏事，乱扯，许子烈会怎么看咱们当兵的？这不是地主恶霸抢老婆！我就是当和尚，也不会靠这个方式结婚。你把工作证给我！"

他一把抢过崔旺才手里的工作证，头也不回走了。

崔旺才更是哇哇叫：你小子真烧昏了头。

许子烈还是按时踏上了列车，心情却不平静。

事情发展太具戏剧感，因为葛校言的举动，许子烈反而不反感，觉得这个男人做事坦荡，好感更深一层。

既然教导员帮着捅开了这层窗户纸，送行的葛校言也不犹豫，表白大胆。害羞的许子烈对别的没记太清，只有一句话记得牢：如果你不嫁给我，我只有当和尚！

当列车将葛校言的影子已经甩得无影无踪，许子烈脑子也像飞转的车轮，这句话却越来越清晰。

葛校言和许子烈还是结婚了，否则就不会有后来关于故乡的故事。

年轻的许子烈觉得，葛校言真会为了自己出家当和尚！因为葛校言是战斗英雄。英雄都是说一不二。

这句话让许子烈记了一辈子，她也因为这句话做了人生中一次重大的决定。而且这个决定居然在父母那里得以通过，毕竟军官加英雄，一切的担心去掉了。

两个月后，许子烈第二次来到部队，就是抱着牺牲自己拯救他人的侠义心情来结婚的。

因为，部队已接到命令，十天后出发。

崔旺才最高兴，本来就阔大的嘴笑得合不拢，露出一口沾满焦黄烟渍的大牙。他高门大嗓地张罗着婚礼，还当仁不让地当上了婚礼司仪和证婚人。

婚礼仪式开始时，大家却找不到新娘子了。一番忙乱的寻找后，在连队灶房的角落里发现了许子烈。穿着红衣服，头发上也别着红发卡的新娘子蹲在地上，正哭得泪人似的。问她，她什么也不说。一群措手不及的男人，拉也不是，放也不是。还是来队探亲的副营长的媳妇有经验，努着嘴示意屋子里的男人们退出去，自己陪着许子烈在灶房劝了好半天。其实，在许子烈和葛校言拿到那张扣着鲜艳红章子的结婚证书的那一刻，许子烈突然感到了恐惧。她开始前前后后思量起这桩婚事，觉得自己在结婚这个重大的事上有些轻率。这次再见到葛校言，她反而感觉这个即将成为自己丈夫的男人非常陌生。他脾气怎样？爱不爱管人？会不会打人？晚上洗不洗脚……问号太多，一个也拉不直。身边没有一位亲人的许子烈越想越恐惧，越想越想躲，她开始想外婆，想父母，想姐妹们，唯独不想见葛校言。于是这个不满二十岁的新娘子抹着泪对副营长爱人说：嫂子，我不想结婚了！

嫂子微笑着拿湿毛巾敷着许子烈红肿凌乱的眼睛，一边劝说："没关系，大妹子，嫂子刚结婚时也和你一样，比你哭得还凶呢！马上就要从大姑娘变成小媳妇，害怕呗！可你今后的日子就稳当了，又多了个人疼你，护着你，你该高兴才是。女人都一样，迈过这个坎就好了！莫哭了，今天是咱们女人这辈子最漂亮的一天，挺俊的丫头，再哭就丑了！"

左等右等，当许子烈躲在嫂子身后走出灶房，还是慌慌的。但她的恐惧被等在外面热情高涨的战士们的欢呼声淹没了，昏头昏脑进了婚礼现场，也顾不上其他了。

崔旺才拽过胸前扎着红花、一脸窘迫的葛校言，忙着传授经验。

"这算啥，想当初，我老婆跟我拜堂那天，都哭晕死过去了。现在不照样死心塌地?! 女人嘛，就怕你对她好！"

婚是结了，但缺点甜蜜。结婚三天，许子烈就回了单位。

许子烈嘴硬了一辈子，说起结婚的事，总说当时自己年纪小，被葛校言骗了。从来不承认自己爱过葛校言。

结婚在年轻的许子烈看来，抛掉最初的恐惧过后，有的就是对未来的憧憬。厂子里的姐妹都很羡慕她，开玩笑说她是军官太太，以后可以享福了。享福，许子烈倒是没有奢望，但她多盼着婚姻能彻底弥补自己从小对爱的缺失，能有人保护。葛校言大她九岁，当时父母就因为他的年龄大提出唯一的异议。可许子烈觉得年龄大会疼女人，不认为是障碍。

　　许子烈爱看七侠五义、聊斋三国，也爱看苏联小说，看戏，看电影。什么《镜花缘》《西厢记》里的戏文，好些都能背出来，其中的浪漫元素也对她颇有影响。她希望自己的丈夫既要有男人气概，又要知书达理，感情细腻。

　　许子烈犯了年轻女孩的通病，这样的新好男人是理想的镜中月，注定和现实有不小的差距。

　　而婚姻在葛校言看来就是完成人生一件任务，跟完成其他战斗任务一样，完成得圆满，体现能力，但决不纠缠其中，因为人生还会有其他任务，需要一件一件来完成。

　　葛校言出身农村，父亲在他三岁时就病故了。母亲拉扯着几个孩子生活难以为继，因丈夫几兄弟早已分家，哪家都不易。母亲只好到城里当用人，就把葛校言寄养在丈夫的大哥家，按季拿钱回来。偏偏婶娘刻薄，大伯又怕老婆，凡事不做主。葛校言寄人篱下日子难过，每次吃饭，瘦小精明的婶娘一双眼睛滴溜溜，不离他的筷头，只要他的筷头伸向桌上烧得稍好点的菜盘，婶娘的眼睛就像刀子一样划他，多添点饭，婶娘的话就更难听了。不到五岁就和哥哥一起当起了放牛娃。渴了和牛饮一塘水，饿了就摘果子、吃点饲料豆饼充饥。有一次，葛校言得了恶痢打摆子，婶娘先是不闻不问，每天照旧催他干活，后来见葛校言病情渐重，下不了床，就到处大呼小叫说自己穷得没有钱请大夫。还是同村张家阿公抱来的一捆草药救了葛校言的命。

　　家乡解放，听说县上招兵的消息，十来岁的葛校言二话没说，撂下活计，和谁也没有商量，走了六十多里地，在县上苦等五天，终于当上兵。而这时婶娘的独子在十六岁溺亡，她就把葛校言当成了日后养老的寄托。听说葛校言当兵，百般不允，甚至绝食相逼。葛校言不为所动，只甩下硬邦邦一句：日后有我吃的，就不会让二老饿着，我供钱养老，但这个家我走定了，这个兵我也当定了，你们拦不住！

　　部队开拔前，葛校言匆匆跑回家一趟，婶娘以为他即便主意已定，也肯定是因为不舍，回家看看二老告个别。没有想到，葛校言是专门回来取他砍柴卖钱换来的一双蓝色球鞋的。他拿了鞋紧紧抱在怀里，连个多余话也没有。干得就那么绝！

急得婶娘堵在门口，将木栓插上门，一门心思想拦住他。哪承想被葛校言一把拉开，哧溜就窜出门去，一溜烟就跑没了影儿。瘦小的婶娘只觉得胳膊生疼，脚下也跟跄了好几步。这个举动彻底让婶娘绝望了，她对着葛校言跑走的方向大哭：我们到底养了你几年，难道你一点情分也不讲吗？晚上脱衣一看，胳膊青乌了一大片。婶娘好不伤心，拉着被角又抹了一晚上眼泪，从此一向爱说的她，话变得奇少，家中的事儿也不再管了，开始吃斋念佛，信了菩萨。

日后，葛校言果真是说到做到，发到手上的钱，从来就是一式三份，一份寄给母亲，一份寄给大伯，自己只留个零钱。因为母亲后来改嫁，葛校言觉得面上无光，一直不肯随母亲，家乡在他眼里就失去了亲切的意味。在他眼里，女人不能跋扈，女人更要温柔坚贞，对男人绝对服从。这是他心中认定的妇道。

结婚前，葛校言更倾心于许子烈的美丽，加上许子烈年纪比自己小得多，他认定能让许子烈顺从服帖。葛校言对女人少的可怜的认识证明他是大错特错了。

葛校言是典型的大男子主义，更谈不上熟谙女人心思，怜香惜玉什么的。新婚的热乎劲一过。他的脑子里填的就是工作。

三天婚假一到，许子烈和葛校言就各奔工作岗位忙上了，矛盾根本来不及显现。

此后两人就是书信和探亲假的见面相处。刚开始，许子烈数着日子盼着葛校言的来信，却难见踪影。其实，她也知道丈夫刚到新的地方，忙是肯定的。但毕竟是新婚，况且在新单位，葛校言各方面的情况怎样，她更希望知道。好容易盼来一封，根本不多说他自己的情况，总是寥寥数语，名曰保密。言语中早少了之前的情致和热情。要不就是一连串的问号，好像要用一双看不见的眼睛把许子烈一天到晚的行踪规律摸得清清楚楚，然后就是好像父亲教训女儿，老师教导学生似的一通"妻子须知"，少有柔情蜜意。这和结婚前的差距不是一星半点儿，失望之余的许子烈不再盼望来信。

因为是两地分居，许子烈的心性和从前没有什么变化，还是爱打扮爱玩爱热闹，还是厂子里有名的"花"，时不时引领一下厂子里的潮流，当当风尚标。比如素色带小花的"冬妮娅"衫，被她穿得婉约雅致，背带工装裤灯笼袖上装被她穿得一身豪迈，走到哪里都是风景。她大大咧咧的开朗性格使她拥有了好些男女朋友，但是她不饶人的嘴也不容有非分之想的男人近前，许子烈很喜欢这样热闹的氛围，热闹之余，她有时甚至在怀疑自己真的结婚了吗？

可是葛校言不喜欢，非常不喜欢。

刚结婚，只是在书信来往中做语意含糊的提醒。许子烈当成夫君在意自己的表现，还有些小小的满足。转过头想想自己没有什么超过男女友谊界限的言论和行为，也就不去在意。再者厂子里是男人的天下，低头抬头都是男同事，不来往好像并不现实。至于葛校言在心中反复提醒的注意家属形象，保持朴素大方本色，少出风头的言论，许子烈就觉得别扭。好容易得了自由，独立了，不再有父母的管束，自己挣钱自己花，打扮得漂亮和"形象""风头"无关啊。此时的许子烈正对做自强自立的新女性的言论推崇备至，自然对家属身份不以为然，她写信反驳葛校言，也要他好好考虑如何做好工人家属。所以一番自检后，她就没有太当回事，一切照旧。

葛校言虽意见在胸越积越多，却因天高皇帝远，够不着也无计可施。

西北新鲜的太阳

当初葛校言随部队开拔时，心里还不是特别清楚要去哪里，去做什么。但誓师动员大会的热烈气氛让他至今难忘。集结准备了这么长时间，每个军人就像上了膛的子弹，随时准备迸发，只等一声令下，他们愿意随时杀赴疆场。然而传递到他们耳边的是：执行国家级秘密任务。具体多长时间？什么位置？统统没有告知。神秘写在首长凝重的脸上，神秘写在让人周身热血沸腾的动员令中，而光荣就留在了每个人的决心书上。葛校言的决心书，他至今记得上面写的是：祖国需要我到哪里，我就到哪里！祖国需要我献身，我万死不辞！

部队出发的时候是在晚上，县城的人们多已进入梦乡。没有大红花挂身，锣鼓喧天的欢送场面，有的只是安静，快速，尽可能地不引起周边群众的注意。汽车在路上尽可能不鸣笛开灯，人员也被要求口令下传，不大声说话。似乎在一夜之间，这支集结部队的人员、物资、装备、辎重等就都不见了，所住院落干净，连张废纸片也看不见。

西去的深色闷罐车上，车厢里不时传出显然已压低了好几个分贝，但听起来依旧整齐豪迈的歌声："我们都是飞行军，哪怕那山高水又深。在那密密的树林里，到处都安排同志们的宿营地……没有枪，没有炮，敌人给我们造……"每个人的思绪却跑向那个遥远未知的地界，他们将面对怎样的敌人？怎样的困难？

列车途经兰州，却并没有要停下来的意思，继续西行。车上，葛校言和战友们多是有过参战经历，多次执行任务，受过严格部队教育的军人，早已习惯了奔袭。层层叠次的问号也都蜷缩在心头，脸色坦然，没有惊讶和质询。

向西，向西，一路向西。

向西北挺进。

坐火车转汽车加徒步行军。越走越荒凉，绿色消失了踪影，取而代之的大面积的灰黄。除了荒漠就是盐碱地。光秃秃的戈壁滩上只有一蓬蓬骆驼刺和芨芨草。茫茫大漠除了明晰的日月星辰，就是极端的冷热天气。"早穿袄来午披纱，晚上围着火炉吃西瓜"，说的就是那里的天气。干，干，太干燥。仿佛吸干了土地的水分，又迫不及待吸取人身体里的汁液，接着连火红的太阳也被榨得面目狰狞。

在沙漠中，葛校言随大队人马，靠着几峰骆驼，借助着指北针和军用地图，背着背包，负重徒步行军。十多个昼夜后，他们到达了指定地点。因为干燥难耐，葛校言一路贪婪地舔着嘴唇，想用口中越来越稀薄的口水做下最后抵抗，却越舔越干，越舔嘴越疼，嘴唇裂了几道血口，后来干脆不敢说话了，裂口上结了厚厚的脓痂。即便是这样，也没能让一向爱说笑的崔旺才憋住，他看着身边的葛校言，嘬着嘴发出含混不清的声音："小子，变樱桃小口的美人了哈！呼呼呼！哈哈哈！"

葛校言抬眼看看龇牙咧嘴想大笑却张不开嘴的崔旺才，唇上的血口子一道道的，随着他的笑声，一点点渗出血珠。"你也没好到哪里去。"说着也忍不住，呼呼呼，哈哈哈，努着嘴怪异地笑起来。笑声粗粝，压过了耳边西北风的狂呼乱叫。

那就是葛校言经历的年代。

那时，多路大军云集在此，帐篷连绵数百里。为了几千个蓝图、沙盘上的图案和模型都一个个落到实地，数百里的戈壁滩上灯光如昼，机鸣车响，人马喧腾。公路、铁路、机场、发电厂、通信、给排水、发射场、试验场、弹着区……也一点点呈现，一天天有了规模。

睡帐篷，抢镐锤，挖沙子……要在毫无生活依托的茫茫大漠中白手起家，谈何容易。葛校言所在连里一个战士在笔记中写道："天气再冷，冻不了我们的热心，花岗岩再硬，硬不过我们的双手。"

然而，戈壁的风是个烈性情的莽汉。狂烈的风沙和沙地的松软，让打桩支帐篷变得艰难，风过帐篷飞的画面时时上演。好几次，葛校言晚上和战友睡在帐篷里感觉越睡越冷，可是困得太扎实了，手和脚捆缚住一般，根本不受大脑指挥，就忍着。等冻醒睁开眼一看，头顶的是高高在上的天，哪里还有帐篷的影子。

于是，这些被黄绿军装裹着的铁汉们想法依靠背风点打地洞，如同在沙漠中为了生存下去的动物法则。半人深的大洞，开口边上用泥巴糊围起来，再铺上些软些的红柳芦苇草，便成了一个睡觉挡风的好去处。几个人分配一个洞坑，夜晚寒冷，衣服鞋帽全不敢脱，把能御寒的家伙，全招呼在身上了。但白天的超强度劳作，让战士们依旧睡梦深沉。但第二天早上起来，互相一打量，便乐不可支：个个像出土文物，除了脸上的表情是生动的，浑身上下被沙土蒙裹。一嘴的沙土吐犹不及。什么鼻孔、耳朵眼儿、眼睛、眉毛，是无孔不入，无缝不钻。一天乐两天乐，行！可是日子长了，大家就都乐不出来了。

还有关键的吃和喝。沙漠里水最金贵，一下来几万张嘴，更显不够用。于是，最初能喝上的就是又苦又咸又涩的盐碱水。吃的是长途运输来的土豆青稞面窝窝头，这些留在肚里的食物和盐碱水一中和，导致的直接后果便是肚子胀气，屁声连绵。再加上那个盐碱水是刮肠刮油的极品，在本没有油水的肚子里穿梭涤荡，纵然是鲁智深在世，也不可抵挡来自身体本能的反应。

几个月下来，戈壁的风沙和日光不仅褪去了葛校言的白净细致，脸上的皮肤也被强烈的紫外线灼伤，一层层蜕皮后，印上一块块红褐色的斑。更将他壮实的身型削去一截，像每天咽下的窝窝头抽抽巴巴，缺乏水汽和饱满。不过，他很满意自己的糙汉子形象。用崔旺才对他的评价说："这才是个爷们儿样！"

对葛校言来说，他在这里又找到在朝鲜战场真刀真枪打仗的激情。工地上人山人海，号子震天。扬镐挖地，挥锹铲土，肩挑背扛，即便身处深秋，却见一干人马布衫、小褂、背心上阵，散发的热量和热情足以烘暖和驱赶大西北的寒风。虽然没有战火硝烟，但开拓者的荣耀让他忘我，更忘家。每天累得沾枕头就着，除了部队出发前给许子烈写了信，葛校言好几个月都没有只言片语了。

一切工作都处在秘密进行中。

所有人刚到的第一节课就是"保密教育"。知道的不说，不知道的不问；上不告父母，下不告妻儿；写信收信由保卫部门统一邮寄，随时抽查。不管你怀着多么激动和自豪的感情，都必须埋在心里，即便是和自己最亲的人也不能随便说。当父母来信问孩子在部队的情况，孩子们总是一个很好一笔带过，问急了，就颇为骄傲地在信上"保密"两字的后面再添上重重的感叹号。在那个饱含热情的年纪，工作的神秘带来的兴奋足以驱赶走与世隔绝的孤单。有了自觉性，大家也就尽量减少通信，即便写信也是三言两语，报平安了事，更不要说谈情说爱，卿卿我我。

所以，相隔两地的葛校言和许子烈的交流稀少。

好不容易等探亲假到了，久别后的新鲜劲还没有过，还容不得两人斗争的情绪开始露头，假期又到了。

即便是短暂的假期，只要两人出去，葛校言也有强烈的感觉，无论在哪里，都能看到许子烈成为人群中的焦点。那些眼馋的目光总能刻满许子烈的衣衫，抠都抠不下来。葛校言男人的虚荣心在短暂的满足后，就是满心的不舒服。

他能做的不多，只能找各种理由限制许子烈出门。再者以帮老家还债，急需用钱为由，让许子烈每月寄钱给他，想以此来控制许子烈的花销。

许子烈是个热心肠，再说也是为人妻的本分，除了基本的生活费，她全拿出寄给葛校言，连吃饭的标准也降了一档。然而探亲时，她从葛校言老家的来信中才知道所谓欠债的事根本不存在。联想到好友对自己嫁个军官算是找到了靠山，一辈子不会吃穷受苦的羡慕，再想到自己一不靠二不要，丈夫反倒来要钱，顿感委屈。追问葛校言，他毫不示弱。

"难道咱们不需要攒点钱？像你每个月花个精光，以后有了孩子怎么办？老人养不养？有个特殊情况怎么办，我这是未雨绸缪！"得，葛校言还是没好意思把问题点透。

"人都说，嫁汉嫁汉，穿衣吃饭。我不需要靠你就罢了，你还靠这样的手段找我要钱。男人不该养家吗？"

"你不是自强自立的新一代妇女吗？……"

吵架自然没有结论。许子烈的愤愤却有许多。回想到结婚时，家里的纯毛毯，还是自己花大价钱托上海的工友买来，一路扛着坐车去结的婚。而葛校言连个定情信物也没有准备。这让姐妹们笑话了很久，说自己是倒贴。想拍张西式婚纱照，葛校言还直嚷嚷费钱，吵了几回。虽说婚纱照片最终照了，但心情却坏透了。再想起葛校言从前"甩着十根洋豇豆相亲"的事，许子烈从此认定葛校言的抠门。

葛校言的抠不是没有道理。

此间，基地遇到了麻烦。

三年自然灾害的影响开始全面波及基地。粮食供应骤然减少。

此时，正处在基地建设的关键时期，大家的体力负荷非常大。粮食供给不够，饥饿难耐的人们挖光了黑河两岸的灰灰菜，打光了方圆几十公里的沙枣，又去挖甘草，可吃多了甘草以后又鼻血不止。

骆驼刺是戈壁滩上一种生命力顽强的植物，骆驼以它为食，戈壁滩上随处可见。大家就判定，既然骆驼能吃，人也能吃！为此基地派人专门做了化验，证明里面含淀粉。就把骆驼刺割回去晒干磨成粉，与甘草叶子、玉米芯子一起粉碎，和着青稞面掺成杂面吃。这难以下咽、难以消化的"杂面"，成为当时餐桌上的一种主要食品。虽然咽下去艰难，但能果腹也是安慰。一段时间后，许多人患上了夜盲症、浮肿病、严重脱发。

葛校言他们用水要到150公里以外的地方去拉。一天，拉水车因故没有及时返回，连队的晚饭不得不取消了。操着一口陕西话的司务长也会安慰底下这帮饥肠辘辘的兄弟："今天晚饭给大家吃'高级水果'。"

于是，每人发了一个萝卜，三片白菜帮。这可是珍馐啊！

基地的基建工程最先竖起来的是一条专线铁路和几幢设施相当完备的专家招待所。那是供援华的苏联专家住的。听人家说在那个神秘小院的楼里面不仅有带白瓷澡盆的卫生间，可以舒舒服服洗热水澡。据说还专门建有宴会厅，就是外国电影里那个一群男女拿着酒杯四处游走，可以搂着女人跳舞的地方。因为基地天高地远，没有什么娱乐，为了满足外国人的习惯，也为了让他们安心工作，那里常常举办舞会，陪专家跳舞的都是火线文工团漂亮的女演员。国人们哪里习惯这些搂搂抱抱的洋玩意儿，何况是刚从战场回来的军人。所以陪专家跳舞也是按照一项重要的政治任务来给文工团员动员部署的。专家住的房间有三层防沙窗，半米厚的防寒隔热墙，屋子里有暖气，吃的也是小灶。那些只在反映资产阶级生活的电影里见到过的洋玩意儿，也会出现在不毛之地的大戈壁。每天有专机从北京、广州为他们运来鲜菜蔬果、面包、黄油、奶酪。到了周末，常有专机接洋专家回北京度假休息。

这些事，葛校言偶尔会听到一些消息灵通的战友说起，因为谁也没真见过，真假尚待考证。而且这样的生活听起来好像和自己的很遥远，做梦都难想象，完全是两个世界的事。所以，除了神秘和稀奇，葛校言和战友们只会在最困乏或者肚里饿虫难忍的时候，小声聊聊，打个精神牙祭，小小地羡慕一下。毕竟，这个基地的一切都是"保密"打头，军人不该有更多的好奇心。听说就是听说，葛校言除了在工地偶然会碰上几个高鼻梁蓝眼睛，头发灰白或者棕金的苏联专家被好些警卫和中方技术人员簇拥着，他也根本没有机会走近那块神秘的属地。

葛校言能看到的就是，从士兵到将军都是一样的。将军视察工地，也和士兵一起挥锹装土。挑的装土的筐子还非要装得满满的，挑起来晃晃悠悠，才咧开又是干皮又是血口子的嘴，笑得和孩子一样开心。眼角头发上身上也扑满灰黄的沙面，嘴唇嘴角也毫无二致地顶着血口子血泡，一看就是缺水缺新鲜蔬菜缺维生素的表现。战士打夯，将军在一旁把军服扣子一解，帽子一扔，两条胳臂左右使劲挥起来，嘴上喊着自编的号子："咱们好样的呼嘿，使大劲呀嘛呼嘿，一二三，端掉这只拦路虎哎嘿……"

大家一看将军亲自加油，干劲就更高涨了。将军看到一名小战士动作不熟练，虎口震伤了。连忙招呼卫生员包扎，自己立马脱下衣服，换战士下来。他朝手心一边吐口吐沫，搓搓手，拎着铁榔头就上阵了，根本不让其他人阻拦。

劳动间隙，他和大家坐在一起休息，一边擦汗一边拿着警卫员递过的行军水壶，和大家说："来，小伙子们，碰个杯，以水当酒敬大家！我知道你们很辛苦，不容易啊！但我们军人辛苦不叫苦。大家要清楚，你们现在挖的每一担沙石，打下的每一颗钉子，都事关发射场上的一段路、一间厂房，这可不是随便什么人能做的，都有机会做的！什么是光荣？这就是最大的光荣！"话音刚落，便被战士们的掌声盖住了。将军两手向下压了压，示意停下来，话锋一转："最近，大家窝头干菜不够吃，干活劲头不猛了？还有人对我们请来的苏联专家的伙食有了说道？呵呵，不稀奇！人是铁，饭是钢！咱们身上这百十来斤都靠五谷杂粮养起来的，没有填饱肚子，当然没有力气干活。大家放心，这些困难，我们都知道，也都在想尽一切办法解决。干部少吃点，也不会让我们奋战在一线，最苦最累的战士们饿肚子！"一番话再次让战士们沸腾起来。将军又示意大家安静，神情也严峻起来："国家目前正值困难时期，可全国人民都在勒紧裤腰带支援国防建设，支援我们基地建设，我们吃的是特供。很多老百姓还饿着肚子呢！苏联专家是我们请来支援我们搞建设的，是朋友，是国际主义战士，我们当然要尽一切所能保障他们的生活。中国是礼仪之邦，哪怕自己苦，也要把客人招待好！如果特供一点，能换来基地建设事业的大发展，哪怕我们饿肚子也值了！但我保证，如果我们这些当领导的在生活上搞特殊，搞腐化，你们的意见尽管提，我们随时接受大家的监督。

"困难是暂时的，咱们现在要提起精神，人有了精气神什么都不怕，拿出打鬼子的精神头，争取鼓捣出一个有大动静的，折腾他个地动山摇，任谁也不敢小看咱中国人！"

那天中午，将军和大家在工地共进午餐。多年后，葛校言依旧对那天吃的饭记忆犹新：盐水煮黄豆，干菜汤，汤里飘着的干菜叶扳着指头能数得过来，汤里没有一丝油星儿。还有拳头大小的杂和面儿窝头。一阵阵扬着沙面儿的风吹过来，每来一次，大家都慌忙用身体去挡，伸出手臂遮，好似伞花聚聚合合，汤桶里饭碗里还是逃不掉飘进一层沙子，吃着硌牙。但将军大口咀嚼着，大口啜吸着碗里清水般的汤，吃得津津有味。将军说着笑着，连带官兵们发出一阵阵的笑声，欢乐的感染力早已压过珍馐美味的诱惑。

风云突变卷残云

1960 年，岁次庚子，太岁卢秘，生肖鼠年，闰六月。

这一年八月许子烈来到基地，恰赶上那些拎着大包小裹的苏联专家撤离。送行的中方人员虽面带微笑，客气周到送行。复杂的心情却在胸腔里一路翻滚，送行的氛围也不免有些古怪和尴尬。两年里，他们和许多专家结下了深厚友谊。但友谊归友谊，如今苏联政府发难，他们还是难掩心中的失落与愤怒。面对着被遗弃和扔置戈壁上的仪器设备，心如绞痛。那孤零零的导弹发射架像没娘的孩子等待着奶水的滋养，有了几分悲凉。

而就在几个月前的建国十周年的庆典上，毛泽东还同赫鲁晓夫在天安门城楼上嘘寒问暖，握手言欢。让许子烈感到欣慰的是，她刚到就赶上了好消息。就在苏联专家撤走后的第 17 天，她从收音机里听到了新华社授权向全世界播发的公告：1960 年 11 月 5 日，我国第一枚地对地导弹，在西北地区发射成功，精确命中目标……

许子烈就是这一年调入基地，此时她已有了身孕。

为许子烈的调动，葛校言考虑了很久。

基地组建以来，因为条件艰苦，除了少数参加组建的女军人，女同志极少。建设阶段，出于保密和条件所限，根本没有家属随军这一说法。随着工程和生活设施初具规模，为了让大家安心工作，干部爱人随调工作开始有了松动。

葛校言当然日夜盼着许子烈能调在身边，有了女人的家也能有个家的样子。可这里的艰苦，他不知道许子烈能否吃得消。再者，许子烈原先在工厂干得不错，调到这里会分配她干什么工作，这还得听组织安排，许子烈能否适应新岗位还是未知数。最为关键的是，有了孩子，父母能吃的苦，舍得孩子也去受吗？孩子的教育问题怎么办？这样的顾虑，不止他有，周围很多家在内地的战友们都有，于是很多人选择了两地生活。他在考虑怎么做许子烈的工作。

在这个问题上，许子烈连个磕巴儿也没有打。反倒是她和葛校言做工作："当初跟了你，就是崇敬你是个英雄。英雄的老婆也不能当狗熊啊！主席也号召我们到最艰苦的地方去奋斗，什么岗位都光荣。老话说，嫁鸡随鸡、嫁狗随狗，男人到哪里，女人就该到哪里，什么苦不苦的，一家人在一起就没有什么苦的。再说，别人家的孩子能过，我们的孩子也能过。"

一脸的豪情，一脸的向往，毕竟许子烈还是个理想主义色彩严重的年轻人。

但她的话，深深打动了葛校言。尽管自诩老派的葛校言心里也是这么想的，可话从不怎么温顺的妻子口里说出，还是让葛校言感动莫名。

调动很顺利。因为许子烈本身就是兵工厂的人，是国家级重要单位，加上技术工人的身份，更是基地建设需要的，所以政审等各项审查一路绿灯。她很快进了修理厂。这个厂承担着基地特种装备的加工修理任务，各个门类的技术工种都有，可就是没女性，许子烈是头一份。所以一来就被安排到基地去参加业务集训。

初来到戈壁滩这个所谓的"家"，还是把看《护士日记》成长起来的许子烈给吓了一跳，彼时的豪言壮语在喉咙头里紧着，也有了含糊的意思。显然，电影里那个洋气的影星王丹凤所经受的"艰苦"和眼前比起来，还是小巫见大巫了。

房子是自己打的土坯，地上挖出坑，自己砌的土坯垒砌墙壁。那土坯是拿土，掺上沙子和碎草段，摔打搅拌，拌匀了，脱坯出来的。听说土坯很讲究沙土比例和搅拌时间，因为直接影响土坯的韧性和牢固程度。屋顶用胡杨木当檩，一根根红柳整齐地铺在胡杨木上，板子上又糊了厚厚一层泥。进了房子，满视野的土色泥巴色，门槛高高的，很容易绊着。门却小，得躬身进入。窗户小小的，采光很差，此时一束光线带着温暖钻到屋子里，让人感恩。所有的措施都是为了防无孔不入的风沙。人进屋好一会儿，眼睛才能适应屋子的光线。当脑子里无来由地想起了电影里国民党的牢房，许子烈心里就升起一些凛然。耳边却听葛校言说，这已算是条件不错的房子了，说是照顾带家属的，加上许子烈又怀了孕。

在许子烈还在左顾右盼，这里用手摸摸那里敲敲，一切感到新鲜的时候，葛校言已把包裹箱子打开忙着安顿新家了。想想丈夫两年来就是在如此环境生活，再看看他比从前多了几分粗粝的脸，许子烈心中涌起一丝柔情，也为自己刚才的不适应，惭愧起来。她掏出手绢递给满头大汗的葛校言，也跟着忙活起来。两人虽没有更多的言语，却都感觉到"夫妻同心，其利断金"的强大磁场包围着他们。此时许子烈并不知道未来他们还会经历什么，不过已悄悄打定主意，今后流泪往肚里咽，有事自己肩扛，体谅丈夫，绝不给干大事的葛校言拖后腿，不让外人看笑话。

说到怀孕，那时候的人要求进步心切，再者也认为怀孕生孩子是隐秘的令人害羞的事，所以，许子烈怀孕的事除了葛校言知道，几乎无人知晓。加上身材单薄，衣服也宽松，从身型上也看不出来。许子烈和大家一样，白天工作劳动，晚上政治学习，不仅不让照顾，工作也一样没落下。

葛校言在 M 试验部 W 站担任分队指导员，因为承担的都是与发射有关的重要岗位，工作量很大，所以更是成天泡在单位。什么东西都怕是第一次，何况是要上天的。"第一次"就意味着光全力以赴还不行，还要夜里想梦里想，时时想，正着想逆着想，抛开两边中间想。丝毫的疑点问题都要把它掐灭在萌芽中，所以封闭管理是必须的。

葛校言的单位在点号。

何谓点号？基地的机关和生活区叫首区，点号就是首区之外，撒落在大漠上的一粒粒珠子，靠着弯弯曲曲的内部军用铁路串起来的地方。这是说的文雅的词，如果更贴近西北地域生活的话，干脆像羊拉屎，更为贴切。基地的点号有几十个，有的点号多达数百人，有的点号就是三两个兵。有的点号是承担发射任务的，有的小点号，就是为了保障基地的交通运输枢纽，物资保障的"血管"——军用铁路通畅的。这里把铁路说成"动脉"，感觉很粗壮饱满，其实与漫无边际的戈壁沙漠相比，曲曲弯弯的铁路，实在像一截细细的线，太微不足道，随时会被风沙淹没。但铁路毕竟对基地太重要，还是"血管"贴切些。

无论人多人少，这些在沙漠中漂着的点号无一例外被孤独封闭深深浸染，无非感觉的程度或轻或重而已。

葛校言却忙得感觉不到孤单，甚至常常忘了安在首区的家和家中怀孕的妻子。

不过，妻子怀孕的消息还是让他欢喜不已。许子烈临产前，他趁着到上海出差的间隙，风尘仆仆地挑选了童车、奶锅还有长把煎饼锅、婴儿毯和小棉披风等很漂亮洋气的物件带回来，狠狠花了一笔钱，这样的风格和葛校言一向节俭的习惯非常不符，以致回来后半年才把欠同事的债还清。

更让许子烈感动的是，葛校言这次回来，怀里还抱着一只芦花鸡。原来在上海做工的葛校言的母亲听说消息，高兴得不得了。想到自己连儿媳妇的面也没见过，儿媳妇已经要给老葛家添丁加口了，这个当婆婆的太不称职。于是特意去乡下花高价买了这只肥壮的芦花鸡，专门给儿媳妇坐月子的。老太太巧手改造了手挎篮，把鸡路途的住处装得很舒适，还搭了方蓝花粗布的盖帘，说是遮了光，鸡好睡觉。又准备了丰富的鸡食料，妥妥帖帖。又一路颠着小脚，送到车站，对儿子千叮咛万嘱咐。基地只有校官灶偶尔还能供应上鸡蛋，所以这是一份怎样的礼物，是婆婆怎样的一片心意，许子烈心里掂得清。只是这只母鸡一路上把葛校言折腾惨了，硬座人多，连过道厕所都是人。小竹篮里放着鸡，他生怕鸡被人踩了坐了偷了饿了渴了跑了，一路尖着心，不敢睡觉，只要鸡咕咕一叫，他马上警觉如临大敌，忙着打开盖子去看看。他回家后和许子烈开玩笑说："人都没这么伺候过，哪里是鸡，分明是我的小祖宗。"

许子烈于是管这只鸡叫"小葛同志"。鸡不敢放在室外养，毕竟金贵。就放在家里养，可家里就是一间房，最大的家具就是那张用砖头门板垒起来的床。许子烈就在桌子边给"小葛同志"垒了个窝，像母亲对孩子一般，抱着"小葛同志"实地反复交代，指着它在那里安家落户。可"小葛同志"不管这一套，等到许子烈早上上班出了门，就跑出来溜达溜达，在这间能照进半间屋子阳光的干打垒里逍遥自在地漫步。它很争气，来到新环境只三五天就适应了，不负众望开始下蛋。可它下蛋的位置，选得格外讲究，极有仪式感。居然是许子烈和葛校言那张温暖的床。

许子烈是个爱干净的人，家里的床单不是白色就是淡蓝，一周一换，洗得时候，还喜欢在漂洗的最后一道撒上几滴花露水。这样把被单洗净晾干，再合着阳光的味道，是她的最爱。她就是合着这样的清香在这张床上品读着对葛校言的思念睡去，思想里小布尔乔亚的那点影响犹存。

没想到"小葛同志"也把这里当作宝地，每次把蛋下在床的正中间。这让许子烈气恼不已，纠正几次，仍不得改正。想想腹中的孩子，也就不再计较。于是给床搭上一块旧的花苦布，没想到"小葛同志"也很布尔乔亚地挑地方，只要搭了苦布就不下蛋，一来二去，许子烈再次妥协，自己每天躺在苦布上睡觉。

许子烈到现在还念念不忘"小葛同志"让她收获了七只宝贵的鸡蛋，然而"小葛同志"对许子烈的贡献只能到此了。在下了第七只蛋那天，终于耐不住寂寞，趁着主人忘记关闭的房门溜出去看世界，没想到被院里那些调皮的孩子和小战士们恶作剧地撵来撵去，受到惊吓的它只好躲在房后那堆柴火垛里，哪知那旮旯太窄，好容易挤进去，却再也挤不出来。

那几天，寻找"小葛同志"就成了许子烈的头等大事，她设想了多种意外，包括"小葛同志"被宰杀的惨烈场面，唯独没想到房后的柴火垛，这也是她日后说起来就后悔的地方。几个月后，邻居张嫂清理时，才发现"小葛同志"干成木乃伊般的遗体，没有完全闭上的眼睛饱含着对世界的不解和留恋。张嫂拎着"小葛同志"的尸体冲许子烈感叹："啧、啧，挺肥一只鸡，可惜连肉也吃不上了，真可惜啊！"

"小葛同志"事件让许子烈对以后日子的困难有了一定思想准备，却远远谈不上充分。许子烈知道葛校言在干大事。所以，虽说生孩子的事对她也是第一次，根本没有经验，但她没打算指望葛校言，也根本指不上。

听说女儿要生孩子，许子烈的妈妈早早就让子烈的大弟弟休学一学期去乡下帮人放鹅。她是老派人，考虑得比女儿更深也更周全。女人生孩子，不仅仅只是迎接一个新生命的到来，还关乎女人在一个家庭的地位。而这位军官女婿以后肯定是自己一家的靠山，所以她非常重视。

晒得黝黑结实的大弟给姐姐送上了大礼，两只大鹅。

许妈妈将鹅做成油渍鹅，这样的做法主要是考虑有个长保质期，还能确保鹅的肉质不干不柴，油气旺。再加上一大块猪板油。她特地到白铁铺去定制了白铁皮筒焊封起来给女儿邮寄过来坐月子。在预产期的头一个月，许子烈就把去医院的东西准备好，把准备的小衣服、小被子、小褥子整整齐齐叠好，旧衣服扯的尿布片都滚水消毒暴晒。这些准备，让许子烈踏实很多，对第一次生孩子的恐惧也减轻了一些。否则怎么办？许子烈要强，也不好意思让一堆男人知道自己怀孕的事。她才不去指望那些明摆着指靠不上的东西。所以要生孩子那天，她下午还在单位参加了除草平地的劳动。

晚上不到九点，她就觉得不对劲儿，宫缩一阵紧似一阵。好在之前，她和一起住在干打垒房子的邻居，雷参谋家的张嫂就通了气。

赶紧跑去敲门。

从家到门诊部的路并不远，在没什么更多遮挡物的戈壁，甚至可以在夜幕下看到那里透出的灯光。后面的一排库房改造的就是简陋的病房。许子烈却觉得遥远而漫长，坐在车上的她已经能感到身下湿漉漉一片，那是羊水破了。恐惧和疼痛让她不敢动，甚至连哭都忘了。她只记得全身在出汗，被冷风一吹，激回去，再出汗，再被激回去。

后来，许子烈才意识到自己当时是哭了，吓的。戈壁滩的冬天天寒地冻，尽管张嫂把许子烈从上到下裹得很厚实，身上还压着棉被。可眼泪一流出来马上结了冰，睫毛上都是冰霜。后来觉得眼睫毛粘上了，眨下眼都费劲，鼻尖好像一碰就能掉下来，许子烈收了泪，不敢再哭了。

张嫂与丈夫两个人一路用板车推着，好言细语宽慰着许子烈。此时的许子烈，觉得张嫂两口子才是自己的救星和亲人。在最困难的当口，丈夫葛校言的形象在她脑子里只是匆匆一闪而过。

凌晨三点多钟，葛校言、许子烈夫妇的第一个孩子出生了，男孩，哭声响亮。

一个多月后，这个肤白如雪，长得像墙上贴的年画娃娃的漂亮男孩子才有了名字，叫葛东风。除了有纪念出生地的意思在，那时的政治学习不是老在讲，东风压倒西风嘛。

逼出的辣妈

　　每个女人都对生育第一个孩子的记忆刻骨铭心，许子烈也不例外。难以想象的疼痛，丈夫不在身边的无助，滴水成冰的天气，都让她难以忘记。

　　葛校言是第二天赶回来的。他搭的拉煤的卡车坏在半路了。戈壁滩上很容易迷路，一脸煤灰的他靠着数电线杆子来辨识方向，走了一晚上。在大沙漠上，要是迷路了，只有死路一条。

　　和葛校言要好的战友听说他老婆生孩子，分头跑去找老乡朋友想办法。他们从校官灶司务长那里软磨硬泡张罗了几个鸡蛋。听说老婆生了个带把儿的小子，葛校言的眉毛都在跳舞。归心似箭的他捧着几个珍贵的鸡蛋，情急之下忘了煮熟，直接揣在挎包里带回来。打开一看，八个蛋坏了两个，流出的蛋液被冻得成了冰坨子，早就凝结在挎包里。心疼的葛校言又跺脚又拍大腿。最后想出一招，一点点把它们抠出来，洗一洗，再放锅里煮了，蛋花汤就成了蛋疙瘩汤，端给许子烈喝了。看到丈夫在身边忙前忙后，刚刚生产完，虽然虚弱，却也六神无主的许子烈一下就踏实下来。此时也顾不上讲究，端起大碗鸡蛋汤豪迈地喝下肚，用手抹嘴的架势像个不讲究的男人。早已饥肠辘辘的肚子也马上有了反应，响亮的肠鸣声让查房的医生露出了满意的笑容。如释重负的她沉沉睡去，还打起了小声小气的呼噜。

　　但葛校言对许子烈唯一的照顾也只能到此了。

　　葛校言只待了一天，就又要回单位。

　　这一天变得弥足珍贵。葛校言总趴在床边呆呆地望着儿子，却不敢抱这个软面条一般的小家伙，还害怕孩子在自己的臂弯漏出，掉在地上。好几次，他把双手使劲搓啊揉啊，试图让它们变得暖一些，软一些。鼓足勇气伸出手，又放下。终于还是放弃了。他怕无论怎么样小心翼翼，自己整天对付沙砾和铁疙瘩的手还是会蹭伤儿子柔嫩的皮肤。他不甘心，就目不转睛盯着看，甚至害怕自己被烈日烤灼过的双目刺伤儿子的眼，虽然小家伙大部分时间在酣睡，他还是把目光调整得能溅出水花，反正许子烈是头一次见到。看着看着，葛校言觉得特别不可思议。这小小软软皱巴巴的小家伙居然与他血脉相通，一脉相承，也会叫自己爸爸。而他对自己爸爸的记忆已然不清晰了，爸爸该是怎样当的，他还没有想清楚。生养孩子的概念，一方面他很模糊；另一方面，他也觉得很自然，讨老婆不就是为了生儿育女吗？但他觉得，这些都是小问题，甚至在想，下次回家，孩子也许就可以下地跑了，想起来，就让他信心满满。只有一点，他想明白了，那就是生养孩子的事儿是女人家的事，爸爸的任务就是负责把儿子培养成男子汉。所以，单位来电话，他什么都没多想，只想着回去怎么处理那些棘手的工作。再说把孩子交给许子烈他放心，谁让自己的老婆又要强又能干？所以葛校言虽说是一步三回头地告别了儿子，但走得很踏实。

许子烈在医院认识了产妇魏冬琴，她的孩子比许子烈早生几天，也是个男孩。因为丈夫也在"前头"工作，平时不怎么回得来。"前头"是基地人对发射阵地的称呼。两人同病相怜，关系很快近乎了。

魏冬琴是上海人，大学毕业就参军到了戈壁滩。她家世好，父亲在当年的上海名头很响。所以为了迎接孩子的出生，远在上海的老人储备了很多高价奶粉藕粉、婴儿用品、玩具什么的，大箱小包寄给女儿，每封信里还详细给女儿介绍育儿经，详细如百科全书，字里行间都是爱意。

那时，基地为了保密，规定除了妻子和未成年的子女，任何亲属不得来队，更不得请保姆。也有思儿心切的，看到孩子来信的信皮上写着：兰州市××支局，就以为孩子的单位就在兰州。自作主张千里迢迢赶来，在兰州拍来电报称：我在火车站门口等你来接。结果，自然没见到孩子。单位委托基地在兰州的相关办事人员送走了父亲。孩子在单位挨批不说，此事还成了以后保密教育的"典型事例"，常年开会都会拿出来讲一讲。

和许子烈比起来，魏冬琴无论是物质储备还是知识和心理的准备显然要充分细致得多。许子烈自然羡慕，于是带着虔诚的心情，认真跟着学了不少。她还见到过魏冬琴的丈夫，一个高大英俊的男人。他只要在病房，总是出出入入，一刻也闲不住。不是洗洗涮涮，就是擦擦弄弄，属魏冬琴的地头最干净利索。来时还不忘汤汤水水不断端上，捧到魏冬琴面前，再劝着她喝下去。这个时期的产妇，肚里油水都不足，就很羡慕。魏冬琴的丈夫就会多做些，分给大家。产妇虽然都推辞了，但这个男人的美好印象算刻上了。这会儿的魏冬琴微蹙眉眼，嘴角斜抿着上挑，眉眼含笑望着丈夫做着小女儿般的娇态。五官各处长得虽都属平淡的魏冬琴，却闺阁气息浓厚。俩人说话声音总是放得低低的，像怕惊扰到别人。看到这对夫妇浓情蜜意的样子，许子烈好生羡慕，心底也会有丝酸溜溜。

除了在丈夫面前才显露的闺阁情态，魏冬琴还是个温和细心的女人。她看许子烈没有丈夫在前照顾，就自己吃点什么都给许子烈留一碗。许子烈哪里好意思，总在推推挡挡。可这份情意也足以把两个女人的友谊加温了。于是出院时，在推来挡去中，魏冬琴坚决地给许子烈留下了两大桶稀缺货——上海奶粉。俩人又推挡半天。许子烈还是把钱硬塞到了魏冬琴兜里。即便如此，她还是兴奋了好几天。物质匮乏的年代，这两罐奶粉该是多大的情分？即便拿钱买，也是大情谊。两人相约，以后不论谁再生了姑娘，就当对方家的儿媳妇，这门未出世的娃娃亲就先定下了。

其实，这样的约定只是在特定场景下一种心情的表达。都是革命女性，谁也不会真去强求。但许子烈一辈子都在记魏冬琴的好，两个女人的友谊就此生根。

尽管有张嫂和一些同事爱人的关照，许子烈还是在生下孩子第三天开始下床活动。洗尿布片、照顾孩子的活儿也马上跟进了。同病房的几个产妇，虽说生的还不是头胎，可爱人在首区，照顾就能跟上，这让年轻的许子烈非常羡慕。

孩子的尿水多，尿布总在湿。许子烈每天都要埋首在水龙头下洗俩钟头，手被刺骨的冰水刺得生疼，就要披上大衣到楼外打开水，冷热水兑着洗。隔壁床的李姐就贴心地对她说："小许，戈壁滩的水冰，凉得透骨髓，你别傻乎乎仗着年轻就不管不顾，以后会落下病的。你这样可不行，赶紧给孩子他爸打电话吧。"

话说起来容易，但许子烈咬牙蹙眉想半天，还是做不到。平时聊天，她和葛校言都瞧不上动不动就拖丈夫后腿的家属。再说就算打了电话。她也料定葛校言不会回来。

产科与食堂隔着一栋楼，长廊来来回回的，打饭回来被寒风一吹，饭菜变得又硬又凉。就算拿开水来烫烫加温，也就是个温口，达不到可口。瘦得抽条的许子烈脾胃本来就弱，这样的冷饭吃下去，自然不会舒服。所以她不仅吃得少，胃也总是疼。产妇最怕吃不好，奶水也就不好，稀里咣当，孩子吃不饱，整天都皱着眉头，小嘴一撇一撇的，让人心生怜意。产科的护士小陈几次看到许子烈边吃开水泡饭，边偷偷地掉泪。出于同情，就和几个同事给葛校言的单位打了电话，说："你平时回不来，礼拜天也该回来看看，做点软和顺口的拿过来，给你爱人添补些营养，她身体弱，你应该清楚，到时孩子没奶吃也遭罪。"

没想到电话正撞在枪口上。

葛校言所在的分队，前两天在联试演练中，出现机器故障，最后查出是他下面的操作手误操作造成二极管烧毁，导致联试失败。现在从基地到试验部，从站里到队里，层层整顿，大会小会做了几次检查还没过关，让他焦头烂额。听到医院来电说的是这个事，以为是许子烈唆使的，心头一股火蹿上来，简直有点怒不可遏了。

"别婆婆妈妈的，我这里已经忙得脚不点地了。你告诉许子烈，女人生孩子养孩子天经地义，难不成比导弹上天还难？娇滴滴的做给谁看？大家都困难，有困难让她自己克服！"

"啊？你这个同志怎么这么说话？谁说生孩子养孩子就是女同志一个人的事儿了？"

护士小陈是江南人，他们家乡那里女人的地位可不低。她最反感大男子主义，所以还想针对葛校言的话理论几句。无奈说话慢声细气，没容她再继续说下去，那边的电话已经挂上了。小陈对着响着盲音的话筒，气哼哼地连说几个"简直太不像话！太不像话！"

小陈和几个护士叽叽喳喳，又是描绘又是评论地告诉许子烈这个消息，个个一脸的义愤。许子烈虽说心里有无数委屈，但当着这些热心肠的小护士还是忍住了，不仅如此，她还大度地替丈夫做着解释："他们单位忙，我们提前早就说好了，你看我现在挺好的，不碍事。"

男人在点号工作的人多了，女人自己在家的日子都是这样过来的。不过毕竟是生头胎，一般男人总要攒上十天半月的假期，把老婆的月子顶过去。葛校言这样的确实不多见。再说就算不惦记老婆，也该惦记这个带把儿的儿子吧？尽管心里揣着这些不满，但许子烈从来就认为讨要来的关心是没有诚意的，她指望着葛校言能自我醒悟。所以在心里多少还有点怪几个热心肠的护士好心办坏事。

说到底女人的耳朵根子软，被一群女人的小话灌得多了，积蓄起来就在肚里发了酵。再看看周围那些产妇丈夫的体贴，她心里酸溜溜地徒然生出怨气，而且小火慢炖，势头逐步旺盛。难道，打导弹火箭的就是石头缝里蹦出来的？心下就有了赌气的意思。就更不愿和葛校言打电话了。

赌气成不了英雄，因为身体不让许子烈称心如意。孩子还没出满月，许子烈就开始发烧，总也不退，后来又转成了风湿。一双手的指关节个个胀红粗大，像一根根小胡萝卜，握起拳头都费劲。还真让那几个大姐说着了，许子烈从此落下了月子里的病根儿。输液打针吃药，手段全上了，体温还是压不下来。本来就稀薄的奶水，味道也变成苦的，孩子吃一口就吐出来，根本不肯吃。饿得哇哇哭。喝了母乳，一时还不适应奶粉牛奶什么的，嘴沾上冲出的奶粉就哭，哭得撕心裂肺，气都喘不上来。急得许子烈满头大汗。几天折腾下来，奶水一下憋回去了。屋漏偏逢连阴雨，听着孩子哭闹不止，许子烈急得双眼起了麦粒肿，眼睛肿得睁不开。一团糟的局面不仅让她觉得坚持不下去，连看病的医生也看不过去。就开出住院通知单，又出面给葛校言的单位打了电话，葛校言这才跑回来。

抱着软面条一样的儿子，听着他哭的声量渐小，葛校言束手无策。冲奶粉的手哆嗦着，一会儿水加多了，一会儿水又烫了，葛校言急得发根都立起来了。找不到发泄的出口，家里的锅碗瓢盆被甩得叮当作响，连带桌子凳子腿也跟着倒霉。躺在床上的许子烈也躺不住了。

天也怨了，地也骂了，锅碗瓢盆桌子腿也数落一遍，葛校言终于忍不住向许子烈抱怨，说："别的女人也生孩子，怎么没见那么多事。"

许子烈终于没忍住还了一嘴："那是因为别人家的男人抱孩子的时间比你长。"

自打生了孩子，让葛校言照顾的话，许子烈一直没主动开过口。相较其他产妇，许子烈不仅和娇气不沾边，甚至粗放到不顾惜自个儿的蛮干，要不也不会得上风湿热。即便如此，自己不仅没换来丈夫嘴上的一句内疚，甚至连基本的理解也没有。许子烈隐忍了很久的委屈终于爆发了。

"孩子生下来，你给孩子洗过一次尿布吗？你知道儿子的胎记在哪儿吗？快两个月了，孩子的什么不是我管的？你操什么心了？不是我病得没办法，会让你回来？你摔摔打打的给谁看？"

"可你知道那边我忙的有时候连饭都顾不上吃，我闲着了？站里好些人有老婆孩子，都整得顺顺当当。谁也没那么多婆婆妈妈的事。你倒好，装可怜，自己是不吭声，电话都让别人打了，搞得我好像十恶不赦。最后，照顾你们娘儿俩的还不是我？"

"葛校言，你真是昧着良心说话，我这样是装可怜？"许子烈对着葛校言全身上下一通乱指，气得脸由红转白，泪水也恣意妄为地流下来，小巧的鼻头红红的。"我算把你看透了，当年骗我结婚时，什么法子什么劲都使了，现在孩子生了，你开始嫌我们麻烦？好吧，我们不用你管，不拖累你，自生自灭好了！你现在就走！呜呜……"控诉到最后，许子烈已是泣不成声，声音几乎是嘶喊。

"你简直不讲理，我什么时候说不管了？这是着急！唉！"葛校言看到妻子那么委屈激烈，情知说话过头了，却也不愿意服软，跺着脚，满屋子乱转，唉唉唉地叹气个没完。

眼看着两口子吵得不可开交，还是过来帮忙的张嫂过来解了围。

许子烈又住进医院，热心的张嫂暂时帮忙带孩子。葛校言医院、家里两头跑得欢实，光见忙乱，可因为没有眼力见儿，能插上手帮忙的时候有限。得点空，就趴在许子烈的病床上拿着个铅笔头在纸上画画弄弄。输着液的许子烈不敢睡着，肿着的眼睛翕开条缝，自己尖着心盯着输液瓶。唯一一次向葛校言张口说自己想吃点软和可口的饭，葛校言跑回家下的面，却煮得太烂成了一碗面糊糊端来，还忘了加盐。以后笨手笨脚只能给许子烈在食堂打饭。医院里的医生护士就笑话他。当着外人的面，葛校言绝对虚心，怎么说他都是笑眯眯。其实一肚子火拱着，过后免不了要在许子烈面前叨叨。许子烈心里别扭，等烧一退，立刻打发葛校言回单位。心里对葛校言的怨气算是攒下了。以后，两人再有什么磕磕碰碰，这些累积的矛盾都会成为最先出枪膛的子弹。

许子烈在医院也待不住，病稍好，便每天做完治疗就往家跑，自己看孩子。孩子五十六天，许子烈的产假到期。她就狠狠心把孩子送了全托。她下定决心，今后再大的难处，也自己解决，不和葛校言说。

那时为了解决工作人员的后顾之忧，基地办有婴儿托班。保育员没有条件受专门培训，就是把几个随军家属召集在一起就是了。什么育儿知识，什么相关物质准备都不完备。人员就那么十来个人，每个人要管五六个、七八个孩子，根本顾不过来。孩子被带得粗糙是一定的。

带孩子是件操心费力的事。放眼育婴间，满屋的小脑袋，一会儿这个哭了，一会儿那个又拉了。忙得保育员都恨不得多生双眼睛，多长两双手。孩子们也可怜。襁褓里的孩子就被绑在小床上躺着，稍大一点能坐的，会爬的，就绑在床栏上。不能活动不说，尿布有时也不能及时更换，小屁股常常被屎呀尿的沤得起一片片湿疹子，又痒又疼。等孩子大点能蹲痰盂了，阿姨就定时让孩子们裤子褪在大腿，整齐坐在痰盂上。碰上阿姨忙，没及时来给孩子擦屁股收拾残局，孩子一坐就是几十分钟，大冬天的也是如此。用许子烈的话说，小屁股都坐尖了。所以只要路过婴儿班，里边总是能听见孩子的哭叫。葛东风小时候身体基础没打好，三天两头生病，成天揪着许子烈的心。所以从儿子出生那天起，许子烈就对孩子有了强烈的歉意。

由于没有奶水，医院给许子烈开了证明，可以去军需仓库价拨（军队内部价格购买）点奶粉鸡蛋粉。可打开铁罐子，也不知是多少年的存货，早都返潮板结成了块儿。即便如此，这些东西也是不可多得的宝贝。

每天规定的哺乳期喂奶时间，许子烈总是旋风般第一个赶到，怀里揣着的奶瓶即便在大冷天，也是温乎的。奶瓶里的内容物不只是牛奶那么简单，什么豆粉藕粉蔬菜汁鱼汤啊，但凡能想办法寻得到的，但凡觉得有点营养的，都成了给儿子加餐的宝贝。基地农场也是凭证明供应每天半磅奶票，可牛奶稀里咣当，煮开了，基本看不见奶皮子，估计不是牛吃得灾害，就是工人嫌牛奶不够水来凑的思想作祟。她就求爹告奶托可靠的人帮忙联系附近的牧民，还得偷偷摸摸不能让别人知道，否则落上一个贪图享受、思想落后的帽子可不得了。再因此影响了葛校言，非得跟她闹上天不可。

趁礼拜天休息，许子烈会骑车或搭车赶很远的路，拿自己不舍得穿攒下的部队发的大头鞋或棉线手套和老乡换些羊奶、驼毛。这些寒区用品，很受牧民欢迎。羊奶一次不敢换得多，戈壁滩的阳光很是歹毒，一路来回折腾，放在塑料桶里的奶早就馊了。许子烈就和牧民学了做酸奶，做奶酪，只为储存的时间能长一点。驼毛是给孩子做棉衣棉被用的，因为它轻薄保暖，比棉花贵很多。但驼毛很脏，打理特别麻烦。要泡，要洗，要消毒，晾晒，手工撕理，以保证既铺展均匀又能不完全破坏纤维。晚上各单位都要组织政治学习，一直到熄灯号响，谁都不能例外。许子烈就利用午饭后的时间抓紧时间干家务活。可是以物易物的机会，一年有个两次就不错了，远水解不了近渴。还要想别的办法给孩子加强营养。为了给孩子补钙，就跑到校官灶要些鸡蛋皮，回来洗净烘焙，碾压成粉给孩子冲水喝。可儿子还是因为钙缺乏得了"串猪肋"、"鸡胸"，每当给儿子洗澡，摸着孩子前挺异常的小胸脯，许子烈就忍不住落泪。但所有这些她都没告诉葛校言。

儿子把许子烈磨熬成了一个泼辣的妈妈。

为了儿子，她可没少和婴儿班的阿姨干仗。一次，到那里给孩子喂奶，没等到门口，就能听见一个孩子凄厉的哭声。许子烈到底当了妈，凭着直觉分辨声音，一听就是儿子。她赶忙冲进去。眼前的一幕让她的肺都要气炸了。

原来儿子把大便拉裤子上了，阿姨此时正倒着提溜着儿子的腿，脏裤子被扔在地上，看得见大便的污迹。阿姨在水龙头下拿鬃毛板刷使劲地刷洗着儿子露出的屁股，天，那硬翘翘的毛茬扎在儿子屁股上仿佛扎在许子烈的心上。那时正值三四月间，戈壁滩的冰还未融化呢！看着被夹在臂弯下的儿子徒劳地挥舞着小手，奋力向上昂着头，脸憋得涨成紫红，尖利的哭声快把许子烈的心都要搅碎了。她像一枚蒸汽弹一下爆发了，掷出冲过去，一把夺过儿子，抢下阿姨手中的板刷狠狠扔出很远。遭受突然袭击的阿姨愣在那里，撸着袖管，两手湿漉漉地垂着好像两条垂死的鱼，一脸不知所措。此时，看着平时总是笑盈盈的许子烈双眼喷得出火，她张开嘴试图解释什么，被许子烈喝出的话堵住。

"孙桂香，怪不得你生不出孩子，看你造的孽，你下辈子都生不出孩子来。"

这句话可够歹毒，不光这辈子还搭上了下辈子。孙桂香"你，你，你"半天，终于拉汽笛般哭起来，比儿子哭得委屈多了。

孙桂香是军需股刘股长的老婆，结婚多年没有孩子，三天两头挨丈夫打。这在单位是一个公开的秘密。不过据说后来刘股长在孙桂香病逝后，又结过两次婚，都没生出孩子。看来许子烈是冤枉孙桂香了。这是后话。

孙桂香哭够了，撂下一句"许子烈，你给我等着！"的话，她拧着身子就一路蹿到站部找领导去了。

这次吵架的后果很严重。刘股长到站里告了许子烈的状。也导致好面子的葛校言和老婆第一次动了手。

那天是周六的晚上，本是一家人团圆的日子。葛校言也从点号回家了。

公用厨房里，正响着锅碗瓢盆交响曲。许子烈和邻居家的女人忙乎着做饭，厨房狭窄，转不开身。许子烈一边在菜板上当当切着菜，一边拿眼瞄着已经开始起烟的油锅。菜刚下锅，就听邻居家的女人喊，锅要扑了，她赶紧回头看架在桌上的小煤油炉。奶锅里的奶粉和鸡蛋粉的混合液咕噜噜顶着盖子，还是溢出一点儿洒在煤炉台上，这让许子烈心疼不已。这点奶粉蛋粉别看早都潮结成块，不知是多少年的存货，却是为儿子添加营养的主力。

等着把奶瓶灌好拿进屋，许子烈才看见葛校言正坐在床边哄儿子，满头满脸的沙灰配上四冲八翘的络腮胡，显得疲惫不堪。他又是快一个月不着家了。

葛校言伏着身子，手里拿着一只橡皮鸭，捏得吱吱响，想吸引儿子的注意力。儿子被围在被子枕头组合的包围圈中，丝毫没有被眼前这个对他而言显得陌生的男人存有一点好感，当然不配合，皱着眉看看他，接着就抽动嘴角，咧咧嘴开哭。眼泪口水鼻涕沾了一身一被。看到许子烈进来，反而哭得更卖力了。孩子因为前两天所受的"酷刑"发烧，还没有痊愈，所以哭闹不止，令小屋中的烦躁情绪滋生。

葛校言眼看已失去耐性，冲正摇晃奶瓶的许子烈嚷嚷："孩子自己都快爬到床边了，真摔下来怎么办？赶紧让他别哭，吵得脑瓜仁都疼。你这个当妈的把孩子带成什么样子了？"

回来没个笑脸，没两句温言软语的问候，已让本挺高兴的许子烈热情慢慢下沉，再听得丈夫一番谴责，火从心生。她看也不看丈夫，抱起儿子，将已试好温度的奶嘴塞进孩子嘴中。一肚子的委屈冲口而出。

"对，我不像当妈的。可你像当爸的吗？儿子马上六个月了，你抱过几次？他生病受难的时候，你在哪里？你知道吗？现在，我管儿子叫'铁蛋儿'，就是因为没我这个妈，也没你这个爸，他三天两头生病受折腾。感谢老天爷，他目前还能活蹦乱跳，不是铁蛋儿是什么？"说着她用脸贴一贴儿子的额头试试温度，又拍哄着孩子，眼圈就红了。

"行，你厉害。你厉害到不顾形象会和别人吵架损人了，简直就是个撒泼耍横的家庭妇女！你以为我不知道，人家告状都告到单位，告到我头上了。我今天就是专门回家和你谈这个问题的，要不还回不来呢！"

葛校言进屋前还调整情绪，想着用什么话起头，和老婆谈一谈。当妈的心疼孩子总是没有错，他这个当爹的也觉得保育员过分。要谈就是处理方法的问题。可还没等到正式开谈，两人先呛呛上了。还一句顶一句的炸，于是葛校言盘算半天的话早就跑爪哇国了，专拣刺激地说。

"爱告告去，告到天王老子地王爷那里也不怕！儿子现在还在发烧咳嗽，我还没告她虐待孩子呢！真不知她的心是肉长的吗？她以后要还这样对孩子，我的话更难听！你也甭专门回来和我谈，你要不是回来看孩子，就请走人，我们娘儿俩不需要。"

两人开始还尽量压着嗓音，后来顾不上了，声音越来越大。难得见面的夫妻这样将火星子顶上了天花板，大人吵，小孩哭，瞬间爆了棚。

葛校言好斗，即便在身高上不占优势。他还是认为世上很多事情，都要靠"动手"解决。于是，许子烈在推搡中挨了葛校言一巴掌，眼见白皙的右脸迅速红肿。其实，那一巴掌，葛校言自己也没想到会落下。但他的犹豫后悔仅仅持续了几十秒钟，就被许子烈眼中的仇恨藐视还有愤怒掐灭了。当然，这天葛校言的手臂上也收获了几条血道子。两人的"搏斗"以基本平局告终。

都说女人柔情似水，即便做不到水波无漾，老婆对丈夫也该是谦卑顺从的。许子烈对自己却从来都是针尖对麦芒，女人的三从四德到哪里去了？葛校言脑子里全是家乡那些对自家男人低眉顺眼、温言软语的女人的样子。

此时，他们的家已搬到一个合住的套间里。两口子打架的动静根本藏不住，隔壁自然得亲自上阵拉架。这一晚，葛校言被隔壁姚助理拉去同住，他老婆过来陪许子烈，不这样安排，也没法住。一晚上，任姚助理的老婆说破大天，许子烈基本没话。自感无趣的姚家女人哈欠连天，早早睡去。屋里一晚上都听得见床的另一侧发出吸鼻子的声音。

许子烈、葛校言都是好面子的人，这次折腾让俩人的关系伤筋动骨，很久都缓不过来。

葛东风吸收了父母的优点，长得像个小洋娃娃：皮肤细白到耀眼，黄黄的头发带点自来卷，被许子烈梳理成时髦的小分头。浅褐色的眼仁衬着微微泛蓝的眼白，让大大的眼睛清澈透亮。长长的睫毛带着圆润的弧度铺盖下来，像毛茸茸的扇面。鼻梁挺拔，唇红齿白，一笑就露出两只深深圆圆的酒窝。

许子烈爱漂亮，打扮儿子就成了她实现美好生活的一个蓝本。碰上葛校言到外地出差，她自己什么也不要，就央着他给儿子买礼物。儿子穿着带着飘带的蓝白条海魂衫，奶白色的背带裤，蹬着小凉鞋的形象让家属区的人即便在多年后，还觉得难忘和意犹未尽。只要是见过小东风的人，甭管男人女人，都想亲一亲抱一抱逗一逗。儿子俨然成了家属区的一道风景。

葛校言甚至为儿子的长相问题和人动了手。

那是许子烈和葛校言第一次带孩子探亲回老家的火车上。因为身高差异，葛校言和许子烈出门总是不愿意走在一起，在火车上两人也是分开坐。旅程总是枯燥的。就有人过来逗孩子。本是个平常的事，却因为那人不合时宜的发问，闯出祸事。

"孩子长得好像二毛子（混血儿），爸爸是新疆的还是老大哥（苏联人）呢？"

许子烈愣了，看了一眼闻声转头的葛校言，还没容回答，只见葛校言已从前面的车座站起走过来，他毫不客气地对那人说：麻烦你看清了，他爸爸在这里呢！

话音未落，便一手扶着那个人的肩头，一手用力地把胸脯拍得"啪啪"响，眉毛扬得老高。

那人不知说话随便惯了，还是存心挑衅，对着有些恼怒的葛校言，居然还嬉皮笑脸地说：我看不像，这么漂亮的孩子，没准搞错了。说完还嘻嘻地笑。四周传来哄笑。许子烈腾地站起来，红着脸冲着那人嚷嚷：你说什么呢？再说一句……不等许子烈说完，葛校言已一拳挥到那个男人身上。

"妈的，让你乱说话，老子揍你这个流氓！"葛校言的声音炸开了。车厢的人都惊奇地望向他们。

车厢顿时乱作一团。只剩下一脸尴尬的许子烈哄抱着受到惊吓的儿子，脸涨红。她一眼一眼翻着那个男人，看着两个打得欢实的男人，不拉不劝。在一边自言自语：让你嘴上没个把门的，我要是男人，也会狠狠抽你！活该！

人见人爱的葛东风在两岁生日的时候，才吃上了人生中第一个煮红皮鸡蛋。

刚搬来不久，与葛校言家隔两栋楼的徐大姐很快就被可爱的葛东风吸引了。

这个山东大姐生了三个女儿，成天都盼着能有个儿子，可左盼右等都没顺遂心意。见了葛东风，喜欢得了不得。于是，正儿八经和许子烈提了好几次，说要认下葛东风做干儿子。见了孩子就"我的宝贝儿啊"地又亲又啃，不舍得放手。这天，听说葛东风过生日，一早来葛家，拿着一双自己做的，绣着虎头的精致布鞋张罗着给干儿子换上，还塞给葛东风一个鸡蛋。趁着两个大人说着悄悄话，顽皮的东风拿着手里圆圆滚滚的鸡蛋就当成小皮球往地上拍，嘴里还高兴地喊着"球球，球球"。幸亏，鸡蛋已经煮熟。

许子烈和丈夫提到这事就忍不住落泪，日子再苦，大人都能熬，可孩子就可怜了。

葛校言就劝老婆："你就知足吧，谁家过得也不容易。我们郭团长，刚被照顾把家属孩子接来安了家。他家是三个小子，饭量都大，粮食定量根本不够。他还是校官呢，也愁得整天挠头。"

许子烈当然知道郭正义团长，他可是当年的红小鬼，大大小小的战斗经历多次，是从死人堆里走出来的。她还知道团长会想办法，在自己家里也搞起了供给制。还自制餐票，凭年龄长幼和对家里的贡献大小量化供应。为此，还对几个小子实行军事化管理，弄得一帮小子嗷嗷叫。为了多挣一口吃的，孩子们家务活抢着干，也不调皮捣蛋了。郭团长还准备向家里孩子多的同事推广呢！但东西就那么多，哪个孩子都是心头肉，也不能饿着谁，所以郭家的嫂子每天一睁眼就是琢磨填肚子的事。

"徐大姐拿来的鸡蛋，肯定也是人家藏着的宝贝，喜欢咱儿子才舍得拿出来的。这日子挺一挺，坚持坚持就过去了。"葛校言把一个煮熟的土豆剥好皮递到妻子手上，两人互相让了几回，被许子烈趁着葛校言说话的时候塞到嘴里。许子烈总是把自己的定量省给丈夫，嘴上却不讨巧。

"你吃了土豆就多坚持会儿。想想就难过，要是咱家芦花鸡不死，我儿子鸡蛋早都能吃腻了！"每每想到那只冤死的鸡，许子烈都心疼不已。

为了给饥肠辘辘的工作人员添点儿油水，基地还组织有经验、枪法好的人成立了打猎队去打黄羊等各种野物。那时戈壁滩黄羊成群，它们虽非羊类，但形态相似，食草，肉质鲜美，营养价值也高，颇得人的肚肠青睐。体态灵巧秀美的黄羊，还有着漂亮的羚角。每当群羊在戈壁奔跑，蓝天、褐黄色的戈壁、浅红棕的黄羊便组成了一幅独有的西北牧图，骤显大自然的风光，令人不忍去打破那份恬静。但饥饿已让人们失去了对闲情逸致的耐心。于是，一场场屠杀的悲剧在戈壁上演，随风逝去的不仅是车轮下滚卷的沙尘，还有悲悯的心怀。黄羊喜爱跳跃，弹跳力非凡，更是奔跑高手，耐力超强，可以与汽车角力。大概在戈壁旷野中成长，对外界少了些防备。所以，它虽然胆子不大，但纯净的心性似乎并不知道害怕侵入者，单纯得像个孩子，毫不设防地与你玩着赛跑的游戏。你追它跑，跑得比你还快；当你疲累不堪，它还会停下来，安静好奇地打量你。等你觉得它懈怠了，鼓足力气再撵，它又跑，再回头凝望，享受着互动的欢乐。那神情仍然无辜，在你眼里却似乎已有了挑衅的意味，怎么样？逗你玩儿！于是你感觉羞愤，咬着后槽牙拼尽全力全速前进，等热汗淋漓睁开眼，哪里还能看见这些鬼东西的踪影，只得无功而返。黄羊们最喜欢的追逐游戏终于让狩猎的人们失去耐性。败绩连连的猎手们渐渐摸索抓捕黄羊的办法，他们开着几辆加满油缸的汽车，开足马力，在大漠上狂奔，撵着黄羊四处围追堵截。这便是报复了。趁着黄羊疲于奔命的不留神，补上一枪，被射伤的黄羊依旧顽强奔跑，直到筋疲力尽。或是压根儿不用费枪弹，只等油耗多半，黄羊也累到极致，心脏便在体内炸裂开来，倒地毙命。在一旁养精蓄锐守候多时的猎手带着胜利者的心情把黄羊扛回来，每家分上一点儿。此时给肚里搞点油水已将彼时的血淋淋变得云淡风轻。又几年过去，不知是环境的变迁、水土恶化，还是猎手的打扰，安静的生活被人类侵入，这里的黄羊便几乎失去踪迹，如今更成了珍稀动物。失去了，所有的美好便回复眼前。基地的老人说起来，黄羊有着非同一般的矫健美貌和无辜眼眸，回忆便有了叹息和不忍，纷纷检讨起当年的"暴行"，一脸真诚。

基地建设初具规模，大批基地校级军官的子女被父母从全国的四面八方接到东风。原因很简单，基地的子弟小学——东风小学建成了。这些说话南腔北调的孩子们，让基地也涂抹上一丝活泼的色彩。孩子们的各路欢快如鸟鸣的口音很快便在校园里得到统一，改用便于交流的普通话。这其中也融入了天南地北的特色方言的影子，它们被"翻译"成普通话，加上一些当地甘肃口音的"佐料"，便形成了一套特色鲜明的基地口音，也成了日后东风子弟重逢辨识身份的"通行证"。

那些做老师的，有教育背景的干部家属们，便被动员调入，师资不够，还抽出部分军人干部到学校教书。所以学校就显出了和别处的学校的不一样。上课多少沾了些军人的气息。那些军事训练的日常用语很快被孩子熟知并挂在嘴上。

许子烈上班的单位会路过学校，里面传来的孩子们琅琅的读书声，总是会吸引她把脚步放缓。许子烈喜欢孩子，每天路过学校，都能令她一天的心情好起来。所以她总是和葛校言念叨，儿子要是有个弟弟或者妹妹，以后大了，上学也有个伴儿。丈夫深不以为然，说："饿着肚子养孩子，不是添乱吗？简直是妇人之见！"一番话，让许子烈再要个孩子的愿望暂时搁浅。

美丽加导弹

1964 年，闰年，岁次甲辰，太岁李诚，生肖龙年。这一年，爱看电影的许子烈在电影院里观看了《青春之歌》，影片里面的林道静成了她喜欢的女主角。还有一部纪录片《我国第一颗原子弹爆炸成功》令她血脉偾张。影片在放映机光柱的投射中，出现了原子弹爆炸时巨大的蘑菇云，让她牢牢记住 10 月 16 号这个日子，也记住了汗水从防化兵的防化服中倾倒出来的悲壮。这简直就如一道精神大餐刺激着许子烈的味蕾。

此前，许子烈就从大会小会的宣传教育中知道，研制原子弹的地方，是基地的兄弟单位，和他们一样地处疆北戈壁马兰，大家干着同样光荣的工作。所以，看了影片她更有一种特别的志冲云霄壮阔云天之感。如此硬气大当量级的铁家伙丝毫不影响许子烈去欣赏《青春之歌》里谢芳的美丽。她还不知道，她所生活的基地眼皮底下，早在第一次核爆炸之前的几个月，研制出的东风二号导弹就已发射成功。一年后，一颗新改型增大射程的中近程地地导弹再度成功利剑出鞘，这意味着基地里这些看似平凡的人，让自己的军队拥有了远程杀敌的运载工具，而且不止一种。但这一切，都是在她所不知秘密中进行的。

许子烈爱美，在单位是出了名的。

刚来基地，在一片男人的海里，女同志本来就是海中珍贝，浪花一朵。不穿军装的女同志则是那海上的白帆船，醒目耀眼。而许子烈更是黄沙绿海上的一抹红翎，简直就是夺目了。夺目的缘由来自她的发型，来自她的服饰穿戴，当然综合起来就是她的美丽。

刚来基地，把利落的短发烫出花的，仅许子烈一人，很是扎眼。她穿的衣服都是从前置办的旧货，虽从不穿红着绿般浓烈，在基地这方土地却显时髦和雅致，好像电影《护士日记》中的王丹凤的美丽，也有《上海姑娘》里白玫的风韵。春秋两季在大西北短得像过眼烟云，但许子烈也能把它过成惊鸿一瞥，过目难忘。

淡青毛衣外套上，一朵朵深沉的木棉花，里面是嵌着细细牙边的果色衬衣，深深浅浅并不杂乱，讲求的是色系搭配的自然过渡和对比色的出挑运用。双腿虽然裹在肥肥的裆裤之中，却在膝盖之下急收急敛，与粗劣的缅裆裤当然不能同日而语，更衬出她的修长干练。因为葛校言的反对，许子烈的夏天再也没有出现过裙子，每天只是简单的衬衣长裤而已。但她的衬衣在领子袖口的细节处都有讲究，简约中掩不住窈窕动人。即便在最笨重沉闷的冬季，她也会在沉沉的黑色和棕色中，在围巾，脖套，翻出的衬衣领，甚至衣襟点缀一星温柔、一抹亮色，成为枯燥中的风景。

许子烈的文化不高，却是天生的色彩搭配好手，她的美丽与浮在表面的艳丽和妖娆无关，就如出水芙蓉般干净清丽。大家都说她是衣服架子，什么衣服穿在身上都显得好看。虽然环境和收入条件不允许，许子烈好几年未添置新衣，但她却更愿意花心思在以往的旧衣服上。别小看一点小小的装饰，在许子烈眼睛里那就是赋予了灵性的美、生动的美，比商店里买的新衣更可贵。

她和葛校言单位的会计彭姐是无话不说的好朋友，彭姐生就一双巧手，针线、绣工、编织样样精细。恰恰弥补了许子烈不会针线的缺憾，许子烈的那点设计心思，都让彭姐帮她实现了。许子烈有一件黑色的金丝绒中式罩衫，没有腰身，哪里都是宽宽大大，很平常的样子。然而丝绒的质地和光泽，不仅令黑色有了泼墨的浓烈，还有光影耀动下的油润。那是许子烈的母亲在女儿怀葛东风时，做了寄来的。以后，在许子烈和彭姐的改造下，把衣服上的对襟改成斜襟，收了腰身，两侧做了开衩，塑料扣改成盘花扣，并在领口、襟边、袖口处非常细致地滚上细细的银色牙线，普通的衣服顿时添了古韵和贵气。许子烈特别喜欢这件衣服，即便后来不能穿了也不舍得丢弃。直到老年时还留着，只为存个念想。衣服的肘部的绒面早已磨平，边饰早都破了。

一件普通的套头单色毛衣，绣上了两枝傲放的腊梅斜穿前襟，就变成了同事邻居竞相模仿的样板。衣服小了，就加上同色系的布料，重新拆补裁剪，别具风格。基地的理发馆一般只理寸头、光头和短发，许子烈从来不去。就自己在家用电线弯成发卷夹子，再用火钳子夹，经历几次烫糊烫焦的摸索后，许子烈终于技艺娴熟，发型打整得自然有款。

就是许子烈的爱美，也给她惹了不少麻烦。

首先是葛校言，认为老婆的打扮扎眼，又深知自己和老婆在外貌年龄上的差距，生怕引发家庭的不安定因素。

在对裙子发出禁令后，他又对许子烈的烫发从颇有微词上升到责难重重，但衣服仅是改良并无不当，再则两口子为此吵了多少架记不清了，家中两只满身伤痕的搪瓷饭盆便是明证。

有一次，许子烈刚刚在彭姐家烫了头发，从点号回家的葛校言进屋见不到人，正感不爽。楼上妻子的笑声便像刺痛他神经的导火索，循声上来，再一看妻子头顶的发卷。火气便来了，更顾不上考虑颜面。一个念头就是把那些卷卷曲曲的头发全部干掉。于是扬言要扯着许子烈的头发剪秃了，剪刀都返身从家里取了捏在手里，让一边的彭姐左拉右劝方才作罢，场面尴尬得不得了。当天俩人回家，便扭打成一团，谁也不屈服。

许子烈在单位也遇到麻烦。

修理厂的厂长是名满脸络腮胡的山东大汉，当年在微山湖打过鬼子，是著名的铁道游击队成员。他常说，娶老婆得找山东媳妇，质朴能干会疼人，在家更是男人说一，她不敢说二。可想而知，他的大男子主义比葛校言更甚。当初，许子烈来到厂里，他就是一百个不愿意。厂子里除了男人，连轰隆作响的机器都散发着雄性荷尔蒙的气息，跑来个女人算怎么回事。更加上瘦高挑的许子烈看起来太秀气，一阵风都能把她吹走，能干什么？

厂长的想法也代表厂子里许多人的想法。许子烈能时刻感受到黏滞在身上的轻佻不屑的目光。大家都看热闹似的想看看这个年纪轻轻的女子到底怎样在男人的世界立足。厂子里的一些人甚至打起赌，赌她一年之内肯定调离。最初的日子确实难熬。

这一切，许子烈看得懂。她偏偏要在这里干出点名堂叫这帮男人看看。

许子烈在单位，很少和大家聊天，除了工作，一句废话没有。人家反映说她傲气，她也不辩驳，但许子烈舍得下力气学和干。

修理厂的厂子不大，无论是有关发射场的大设备还是办公需要的小家伙，不同门类、不同级别的铸造加工全在此，好多师傅都练就一专多能的功夫。不像原来在兵工厂，什么工种就干什么工种的活儿。

为了尽快适应，她在厂里尖着耳朵听，睁大眼睛看，只要老师傅传授点什么心得绝招，甭管是教她自己还是跟别人说，她都暗暗记下，然后马上上手实践，又是车又是焊，成天在一堆坯件和车床前忙乎，从来不怕脏也不喊累。许子烈有一双秀气的手，手指颀长，像个天生抚弄钢琴小提琴的。就这样一双手，在修理厂几个月下来，手掌、指肚、指关节到处都是茧子。倒是没有其他老师傅手掌纹路里都洗不脱的油泥，许子烈爱干净，成天拿毛刷子洗手。收拾洗干净了，但手粗硬，到处是毛刺和小口子，手上的肌肤也干瘪下来，没有了从前的滋润。

有一次开铣床，不小心伤了手，顿时皮开肉绽，血流如注。当时，许子烈的脸都吓白了，疼得她一头一身的汗，但她忍住了，没有大呼小叫惊动别人，自己偷偷跑到医院清创缝合做了处理，第二天又到班上。一只手上缠着厚厚的绷带，另一只手也没有闲着，领材料、做登记、打磨零件，什么事也没耽误。

生孩子这么大的事，她也一声不吭，最后一天还坚持上班。搞得想给她些照顾的组长，也不好对倔强的许子烈再说什么。不过，厂子里的男人从此对许子烈另眼相待了。

只有一样，许子烈爱美，谁也挡不住。

上班时间，大家都穿蓝工作服戴帽子，男女差别不大。上下班就不同了，许子烈每天像一道风景穿过几百号男人的目光，走起路来像脚下安了弹簧，动感活力。即便在大西北日光的强辐射下，也掩不住她脸上动人的白皙。许子烈压根儿没有卖弄之意，穿得也是严谨正派毫无轻浮之感，她从不想去揣度那些目光背后的含意。她就是简单地认为，穿得齐整漂亮，人就特别提气带劲，一天的心情都变得愉快。

厂长不这么想，他觉得在一个纯爷们儿的单位，来个女同志，已经让领导操心不少。再是个成天花枝招展，在一群多数没结婚的单身汉或老婆不在身边的准单身汉周围晃悠的漂亮女人，就有可能变成不稳定因素，祸乱军心，那问题就严重了。许子烈再能吃苦再能干，也抵不过她的破坏力。外面已有些风言风语传到耳朵里了，不能视而不见。

先是厂子开大会上强调。坐在主席台上的厂长眼扫全场，掷地有声，话筒被震得嗡嗡作响："基地建设正值艰苦创业期，我们的同志要保持艰苦朴素的作风，不要在生活上比高低，要把干劲拿到工作中，不要有风头主义，要踏实勤奋。"说了一大通云云。

　　唯一的女性坐在台下，大家都清楚这番话针对谁，可许子烈的表情一点变化没有。看到有人盯着自已看，她也目光执拗回盯着那人，直把对方看毛了，傻傻的像自己做错了事，赶忙把眼睛搁别处才罢休。

　　大会过后，没有在许子烈身上看到效果。于是派组长谈话，主任谈话，副政委谈话，最后亲自出山，层层加码。大意就是，要向工农意识看齐，讲贡献，不要讲穿戴，讲能力，不要讲风头。

　　许子烈也不是一般人。大会批评，小会帮助，个别谈话的压力，都没有让她屈服，甚至连一般女人的杀手锏武器——眼泪，愣是一滴也没掉。而是干脆地把家中箱子里的几件衣服全搬来，放在厂长办公室。一件件抖开。

　　"我的这衣服花吗？紧吗？薄吗？露吗？透吗？"

　　厂长一下没料到许子烈有这样的阵势，一时间也疑惑了，就摇了摇头。

　　在得到否定回答后，许子烈来了精神。

　　"我一没影响工作，二没影响大家。我也几年没有添置衣服了，这些衣服都是从前在国家的百货公司买的，没有一点出格的地方。现在很多旧了，小了，我无非花点心思小小改造了一下。我认为，这也是朴素节约的表现，与讲穿戴，出风头根本不是一个事。厂子就我一个女的，不可能把大家的眼睛蒙上不看我，这个是你们领导，是我都阻拦不了的。再说，我每天让自已邋邋遢遢，灰头土脸，自己工作起来都没干劲不说，还会影响工作效率。说起来厂领导脸上也没光吧？您说要像工农同志看齐，我本身就是个工人，我做好自已不就得了吗？"

　　一番话下来，屋里的空气顿时凝结了。这小女子胆大，敢公然和领导顶嘴。厂长强压着心中的不快，拿起桌上硕大的印着"劳动最光荣"红字的白搪瓷杯，喝口酽茶，又"噗噗"往地上吐着茶叶梗。再起身，就"啪"地拍了桌子。

　　"你还真有理！我说两句，你有十句等着。还把这些女人的东西抱到领导办公室，成何体统？示威啊你？不薄不透不露就是艰苦朴素？你还知道自己是工人，可你离工人阶级的标准还差得远呢！我看你的病根是思想里的，需要好好改造。回去马上给我写一份深刻检查交上来。另外，赶紧给我把头上那些羊毛卷儿处理掉，像什么样子！一个女同志这么能参刺，你家男人怎么管的？"

　　最后一句话，着实刺激到许子烈。她抱起衣服，就摔门而去。气得厂长在身后吹胡子瞪眼睛，她理也不理。

以后，许子烈是把烫发剪了，头发还保留着微微的弯度，还是有型有款，和大部分人的齐耳短发还是不一样。衣服倒是黯淡下来，但还是在细节处能捕捉到她的小心思，比如嵌牙边的小翻领，比如笔直的裤缝，比如几粒漂亮的珍珠贝扣，等等。这些改变，都没有影响她的美丽，照旧是厂子里的风景。她见了厂长，是能闪就闪，能绕就绕，实在躲不过，就低下眼皮子装没看见。弄得厂长倒有些挂不住，就悻悻地和旁边的人打趣：

"这个小许，还挺记仇！许子烈，真是烈啊！可够他家小葛喝一壶的！"

一件事，改变了厂长对许子烈的印象。

那两天，厂子里弥漫着一种异样的沉闷。

工厂的劳动强度大，所以养成了师傅们的性格多是粗粝爽快的。闲下来男人们爱聊个天，开点粗粗拉拉的玩笑，便于释放不良情绪。在车间，机器转起来，声音强度大，所以师傅们没有几个嗓门小的。有了他们，厂子里的气氛从来都是刚出锅的馒头——热气腾腾的。别看许子烈自己不爱扎堆儿，可她已经很习惯这样的氛围，没谁揣着、掖着，有什么高兴的烦心的，都摆在阳光下，放在明面上，说出来就过了，谁也不会在心底转筋。在工厂待久了，许子烈还真喜欢上这样的氛围，觉得痛快不累。

但那两天完全不同。厂长吊着个脸，眉头收得紧紧的，看着都让人愁，训人的频率出奇地高。一连召集开了几个会，最晚的到了半夜四点，鸡都打鸣了。召开的都是车间主任、组长级别的会。简陋的交班办公室，被这些大烟枪们熏了个乌烟瘴气，一塌糊涂，简直就成了毒气窝子。无论是上班还是休息时，大家除了必要的交流，基本无言。即便交流，也是尽可能降低分贝，有的甚至像了女人，学会咬耳朵。大家的表情比较一致，都是一式的诚惶诚恐。

据说上面交任务了，很急的活儿。可解决的方法一直悬而未决，这些主任、组长的没有人敢拍胸脯，厂长的白头发都急出来了。

许子烈肚里正怀着老二，快七个月了。怀这个老二可没老大省心，从开始折腾到现在，就没有让许子烈消停过，身子也早早开始发沉。孕吐让许子烈翻江倒海，觉得眼珠子都要掉出来。人前又得遮掩着，不好意思让身边这些男人看到。就只好每天带着一块酸萝卜切成小丁儿揣在身上，难受时，放几粒在嘴里，压一压顶一顶。也想嚼个酸角杨梅啥的，可戈壁滩也得有啊！班上再渴，也不敢喝水，生怕吐起来，遭人嫌恶，影响情绪。每天头昏脑涨，也顾不得研究发生在身边的异样。

会议范围层层扩大，始终无果。最后，干脆来了个全厂动员，发扬民主，不论出身，不论级别，不论老少，遍发英雄帖。

也就是这天，许子烈才搞清楚发生了什么。

又有新的发射试验，来自全国各个研制单位的试验队齐聚，基地成了各个单位的比武场，哪家掉链子都事关任务，事关荣誉。专门研制固体火药的单位作为主要参试者带着研制成果来到戈壁滩，偏偏，他们的试验结果非常不理想。经过多方分析，问题出在发射架上，便向基地提出，重新做发射架。乖乖，整来整去，是地主自己出了问题，任谁不急啊！

任务下到了负责特种装备修理任务的厂子。

司令员还是不放心，亲自召见了厂长。说的话可够不上亲切，而是战鼓咚咚响。

不管你们是不是金刚钻，都要把这个瓷器活完成好！只能成功，不许失败。就一个月的时间。多出一分钟，我处分你！

做这种发射架，需要加工十多米长的整体形导向装置导轨，而且导轨的平直精度高，误差度不能超过一毫米。调节机构的灵敏度要求也非常高。在这个几百号人的厂子里，别说兵改工的普通工人没干过，就是这些从北京、上海、青岛、南京大城市调来的六级工、八级工也是望而却步。当然，如果在具备很好机械加工条件的厂子，也不是不能实现。但这个以修理为主业的厂子里，设备陈旧，条件简陋是个不争的事实。

会上，出了几套方案，又都被毙了。

许子烈在会上没发言，也轮不上她说。可她的脑子没有闲着。回到家，她把工具书翻出来，拿着笔尺在纸上又是算，又是画，一直折腾到深夜。

奇怪，那天她居然没有呕吐。

第二天一早，厂长刚刚把办公室的窗户打开透气。又是一宿无眠，临天亮才在办公桌上趴着打个盹儿。不睡觉不怕，压力把这个一米八多的大老爷们儿堵得气都喘不匀了。妈的，还不如到战场真刀真枪杀上几个敌人，白刃见血不怕，这样软绵绵不知从哪里下手的招数，最狠。

厂长心里这么想着，手里下着劲儿，窗户被整得啪啪响。这工夫，许子烈就闯进来了，屋子里闷了一个晚上的复杂气息，差点冲她一跟头。她又要吐，顾不上说什么，捂着嘴急急慌慌又往外跑。

厂长有点摸不着头绪。难道又来找麻烦？这个时候来，真是不知死活，生往枪口上撞。我可不会像上次那么轻饶你！

正想着，许子烈又站在门口了，没急着敲门往里进，一手抚着胸口，一手拿着一叠纸。眼睛里明明还闪着晶亮的泪雾，脸上却掩不住喜色，甚至还飞着一抹红云。

"厂长，我有事向您汇报。"

厂长扬扬下巴，让她进来。

走近了，许子烈发现，厂长何止多出了白发，连硬硬的胡楂儿也被漂了白。

许子烈告诉厂长，她有办法解决难题。把近二十米的导轨化整为零，一米一段，加工完组接。但是现有的机床加工能力只能加工到九百毫米，还需要想办法挖掘一百毫米的潜力。

简直是胡闹，锻火操作本来就有自然误差，把十多个一米导轨连接起来的结果就是误差更大。要是能这么简单，也用不着他们几十个老师傅连着几天绞尽脑汁，还用你个小女子指手画脚。

许子烈明显感到厂长的不屑，不等厂长发言，马上拿出握在手上，一晚上的成果，抓起桌上的一截红蓝铅笔，开始了具体的讲解。

一开讲就是一个多小时。有争论，有疑问，有抢白，有解释。两人的姿态也从最初的站立，到坐着用手势比画，再到纸上演算画图。只见厂长连日来紧紧巴巴的脸色一点点舒展，后来干脆叫来几个老师傅一起讨论。不论是谁来提什么质疑，许子烈都是见招拆招，兵来将挡，水来土掩的架势。

讨论结束，屋子里几个人一下有了几分钟的静默，厂长把他的旱烟卷抽得吧嗒吧嗒的，得，几十年了，老习惯。几个老师傅一边互相传递着赞许的眼神，神情里还是有将信将疑的成分。毕竟是个四级工的小女子，能有多少见识。

"你能保证？"

"我能保证！"许子烈说得斩钉截铁。

"你用什么保证？我这里可没时间，没可能让你去试一试再说。"厂长背着手，在办公室走了两趟，再问。

"我可以拿命换！您不给我机会试，我就直接上。而且，我也没想过要试。"许子烈咬了下嘴唇，把散落到唇边的发丝往耳朵后一别，不示弱地盯着厂长。

又是一阵沉默。厂长看看她，就把目光放在地面上了，好似那里有定心的宝贝。

"有什么要求？"

"请在座的几个师傅帮忙指导就行。"

"好！你负责，厂子里全力配合。来来来，大家都表个态。"

　　等办公室的人都走空了。厂长的脑子还在翻腾，身上也变得轻飘飘的。这小女子硬气，手下这些男人没一个敢拍胸脯，她却敢，而且不留余地，简直比男人还男人。行吧，不说别的，从现在起，我的脑袋先挂她手上了，认也得认，不认也得认。他舒了口气，坐下，把鞋子脱了，架在办公桌上，摸出根烟，在桌上轻轻磕一下，点上，一个圆圆的烟圈一点点弥散开了，厂长这才觉得身上血流的速度匀净了。

　　第二天，葛校言突然出现在许子烈面前时，把许子烈吓了一跳。葛校言从没到厂子里来过，说工作各是各的，两口子互相掺和，让人笑话。可今天，他是明摆来掺和的。

　　厂子里的老金，是葛校言的老乡，两人岁数差一截，交情可不差。昨天，参加讨论的老金，回去扭头就给葛校言打了电话。电话里先是吞吞吐吐，后来干脆挑开了直接说了。说许子烈拿雷往自个儿脑袋上顶不怕，干砸了，可不是一个人的事，葛校言也甭想干了，厂子也完了。他问葛校言，他老婆哪里来的驴劲儿，能把话敢说破大天！

　　等葛校言听明白，才发现自己早一脑门子冷汗了。

　　今天专门请假回来，葛校言基本上是一副冲锋陷阵的架势来找许子烈的。他把许子烈拉到车间外，分析形势，摆出责任，好话歹话都说尽了。说许子烈胡闹，说她就是风头主义，平时衣着上出风头就罢了，可她现在拿着任务，拿着这么一个集体还想逞能出风头，她那点水平养个孩子都养不好，还能干这样的大事云云，总之话越来越难听，越说越顶心尖子。许子烈反而挺冷静，趁着葛校言说话的当儿，还跑到水房去吐了几回。这越发让葛校言暴躁之极。

　　结果，两人把值班室的门摔得啪啪乱叫，一前一后出了门。一个找搭车回单位，一个进了车间。临了还追一句：

　　"我等着看你怎么哭！"

　　"你休想看到！"

四发实弹证明，发射架的指标完全达到设计指标。

许子烈带着大家，仅仅用时二十一天。

对于这个结果，所有人都有些发蒙，许子烈也是。

二十一天里，许子烈就在交班房搭了个铺，天天住那里。本来全托的儿子一周回家一次，也全交给了邻居阿姨照看。她早已忘了自己是个女人，是个妻子，是个母亲，甚至也忘了肚子里还有一个没出世的孩子。而且老二争气，也不怎么在肚子里扑腾提醒，呕吐的次数也明显少了。她简直太享受这样的忘我投入，这些冷冰冰的铁疙瘩燃起了她全部的热情，命都可为此一搏，她需要证明。

可是，还没有等到厂长布置完庆功仪式，一条新的消息又让大家蒙了。

新问题出现了。为了知道固体火药离开发射架最初瞬间的燃烧性能，要用高速摄影机跟踪拍摄密度点，然而，却只抓到两三幅图像，显然无法满足需求。但这是设备的问题，还是火药的起步速度问题让大家争执不下。

这两天，厂长和试验队的技术人员一直在技术阵地的发射架下转悠。

问题必须解决。

这问题就像扎在许子烈心中的刺，她必须要把它拔掉。

见到厂长，许子烈开门见山，完全不给厂长说其他事情的机会。

"是想让固体火药离开发射架瞬间多留下痕迹是吧?"

厂长不知道对面的这个女子又在冒什么念头，连连点头。

"我想了想，不管是哪里的问题，都可再通过发射架改造来实现。到时甚至有可能不用高速摄影机。"

她顿了顿，也看到厂长眼里闪动的光焰。

"只要在发射导轨上多设点，火药通过每一点时，总要留下信号，只要通过仪器把信号接收，下来进行测试就可以。"许子烈把想法说了。

简单明了。当晚，试验队一方的技术人员赶到厂长家，一起开了会。试验队的沈技术员在会后，一脸疑惑地向厂长打听，许子烈从哪里毕业的。厂长从戴着的花镜的上方看看沈技术员，一脸坏笑。

"她是自学成才大学毕业的。"

疑问并没有减少。

在淬过火的合金钢导轨上打眼，不是轻而易举的事。

许子烈的答复却是轻飘飘的。

"打一打试试看!"

没有试的机会,只有十天时间。道理谁都明白。

一个孔的直径是一毫米,孔距二十毫米一个。两边的孔加起来近两千个。

厂里的技术权威,江城大学毕业的干部胡大伟跑到厂长那里发牢骚。

"这个女同志真是疯了!想出风头不是这个出法。完全揽了一个无法完成的任务嘛。对淬火钢,她又不是不知道,车工怕车细长杆,钳工怕钻小孔眼。还真以为嘴巴张张那么简单!"

厂长难得地保持了沉默。发射架的事确实让他刮目。可目前这个活……他也有点吃不准。但许子烈镇定的样子让他吃惊。他不知道许子烈的身体里怎么蕴含着如此能量。再相信一回又何妨?试验队自己没有好办法,可问题是必须要解决的。许子烈的办法值得尝试。算了,疑人不用,用人不疑。就是她了!

厂里组织了六人突击队,效果却不好。第一天下来,孔没打出几个合格的,却折断了十几个钻头。

许子烈的眉头也皱了一天。这任务不光需要突击,还得有技术。人海会战带来的手忙脚乱,也许越搞越乱。

她决定独自承担任务。

先在钻头上改进,接着在操作工艺上琢磨改进,之后就是没日没夜了。

十天后,一分钟没拖。近两千个孔整齐地出现在发射架导轨的合金钢壁上。

"小许,你干得太漂亮了,想看哪个阶段的结果,就看哪个阶段的结果,简直随心所欲。试验队的那帮人说,可以考虑报技术革新专项!你可是出名了!哈哈!"

厂长跑来告诉许子烈这个消息时,许子烈还一手油污,擦洗着车床,直到听完这个消息,手也没停。说真的,此时厂长的脑子里只有好消息,他就一直说着,看着许子烈擦洗着,动作着,也没注意许子烈没有说一句话。

一直拧紧的神经绷得太久,僵硬了。

慢慢地,慢慢地,许子烈就软倒在地上,好像电影里的慢镜头。当她的头碰在水泥地上,虽然只是轻微的,有点闷的声响,还是如炸雷一般,把愣在那里的厂长炸清醒了。

他去抱她,才发现许子烈宽大的、染着油污的工作服在腹部处有了明显的拱起。

瞬间，他身上的所有感知神经都启动了，洞察秋毫。当他抱起许子烈往外冲时，才看见挑起的裤管，露出袜口，把许子烈的脚踝勒出深深的印痕。许子烈的腿是肿的。他一下想起了当时许子烈到他办公室，又捂嘴慌张跑开，想起了再进门时，她含着笑意的脸，眼里的泪雾……

一时间，厂长真悔得只想抽自己。疏忽了，疏忽了。他一边跑，一边吼：快来人，帮忙去把板车拉来，马上去医院！

许子烈在医院睡了两天。她睡得真甜美啊！梦里的花花朵朵，瓜瓜果果，粉粉绿绿，香香甜甜，轻易地占据她的感官，姹紫嫣红的团雾耀花了她的眼，满嘴加了蜜般甜甜香香。她真想就一直这样睡过去，睡过去。

还是醒了，被搁在胸腹部游移的听诊器的冰凉惊醒的。

睁开眼，撞上好几张焦急的脸，许子烈定定神，终于辨认出那些面孔：医生的、护士的、丈夫的、工友的，大家齐刷刷地看着她，许子烈勉强笑了一下。只见大家绷紧的面孔缓和下来。

"真不要命了你?! 胎心弱，胎位不正，胎动异常。搞不好就是两条人命! 你还是当过妈的，难道不懂吗? 怀孕后，要及早做检查，发现问题，及早干预。可你呢? 还玩命，你的血色素不到六，供一个人都悬，还怎么供孩子? 简直拿生命开玩笑!"医生板着脸孔，一脸权威。"绝对卧床，加强营养。"

性急的老二，没给许子烈安胎的机会。一天后，许子烈被推进产房。

当葛校言在手术间外，颤抖着手在许子烈病危通知单上签上自己名字的时候，他突然觉得，对妻子自己真是了解得太少。

他恨不得抽自己，为之前的狠话，为所有的冷落争吵! 他又不甘心，这样一个强势的女人，是不会就如此撒手而去，她会有力量的。她和孩子都会好好地回到自己身边。葛校言知道自己贪心了，可他宁愿这样想。

近两千毫升的血液输进许子烈的身体。当躺在手术床上苍白柔弱的像纸片一样的妻子被推出来时。葛校言的泪收不住了，他哭了笑，笑了哭，样子像个饱受委屈的孩子。

那一刻他认定，许子烈就应该是他葛校言的女人。

昏迷的许子烈却没有看到葛校言的样子。

孩子早产，甚至没有哭声，像猫仔一般超轻，直接被送进了育儿箱。

等几天后，孩子终于抱到许子烈手上。许子烈的一句话让大家都惊呆了。

她怎么这么黑呢？抱错了吧？

老天，这就是这对九死一生的母女的第一次见面。

女儿葛樱莓的出生，没有让一直盼着有个给儿子做伴的妹妹的许子烈如之前想象的那样兴奋。

想象中应该像花儿一般漂亮的女儿，却是那样的丑：皮肤黑黄，脸长长的，让许子烈总怀疑是医生的产钳夹的。眼睛泡泡的，小小的，居然是个单眼皮，鼻梁塌得只有一点儿微微的拱起。嘴唇厚厚的，总是噘着。一天到晚总爱闭着眼睛哭，即便不哭时，也把小眉头紧锁，充满忧虑地打量着世界。粗短形状的眉毛淡的近乎看不见。

天啊，这哪里像漂亮的许子烈的女儿，与之前的葛东风真是天壤之别。

总结起来，她意识到问题。生葛东风时，葛校言在他们的床头贴了两张娃娃的年画，一男一女两个白胖娃娃穿着红肚兜骑在金红色的鲤鱼背上笑哈哈的，别提多喜气了，躺在床上，看着就高兴。而怀女儿，就没有这些葛校言嘴里所谓的花架子。

许子烈充满自责。女儿肤色的黑黄，大概是突击加班一个月，一个劲喝浓茶不让自己睡觉导致的。茶的颜色全上了脸面，想想她觉得对不住孩子。

葛校言倒是洒脱，第二次当爸的他也会抱着孩子哄一哄了，嘴里说：

"女孩丑点不怕，放在家是个宝，踏实省心！"说着，还笑眯眯地瞟一眼许子烈，被许子烈狠狠瞪一眼，还是好脾气地笑着。

这可不多见。

月子里，葛校言伺候得也勤勉，不仅老早和战友打过招呼，预留了几只猪蹄，还托在铁路管理处的老乡从清水镇——一条外界向基地运送补给的唯一中转铁路站点，向当地老乡高价买了一只黄嘴壳的来航鸡。对老婆上次生葛东风自己的不经心，葛校言心中是有些愧意的，只是不愿意对许子烈承认罢了。

葛校言也真没想到在他眼里稀拉散漫，我行我素，爱捯饬爱打扮的许子烈会有男人的豪气和干劲，把任务完成得如此漂亮，不仅立了功，也给他这个当丈夫的脸上贴了金。不照顾老婆，天理不容啊！

许子烈看到丈夫的转变，从前心里的冰也融化得差不多了，只是她和葛校言都倔，谁也不愿意服软。于是脸上还绷着，嘴也断不了数落，可心里早已云开雾散了。

心情好了，照顾也跟得上，尽管许子烈身子还是虚，但毕竟有了补充，奶水虽少，也够女儿吃个半饱。葛校言为了给许子烈添营养，还连着三天一大早跑到狼心山北面去打猎，野兔子、雉鸡，颇有斩获。顺带还给儿子抓了只刺猬带回家，压在坛子底下扣着养，防范它逃跑。却不料，这刺猬的缩骨功好生了得，每天晚上钻出来瞪着一双豆豆眼看世界，游玩，偷吃东西，发出愉快的咀嚼声响。当被发现时，则"害羞"地缩成一个刺球，保护着自己。

经历了难熬的任务和生死考验的许子烈心里一下空了，人也彻底放松下来。一向脾胃虚弱的她，胃口大开。突然就抑制不住地想念家乡的水果，想念舌尖上的甘甜，在这个除了风沙就是干燥的地方实在是奢侈的念想。

四月的天气，在发射基地还是春姑娘和人们玩着藏猫猫游戏的时候。春寒料峭，人们身上的棉服还不敢褪去。而此时许子烈的家乡，却是春意融融，正是大量樱桃、草莓上市的季节。带着弹性，天然油亮，红中透出橘亮的樱桃，旋在舌上，只轻轻一顶，便有汁水流出，润着唇舌、润着喉咙，丝丝的甜、俏皮的酸，却只是浅浅的晕染，让贪婪的你禁不住开始盘算下一颗的饱满。娇嫩的草莓带着甜美的羞涩，让主人摘取它的时候也变得小心翼翼，生怕触破了美丽的红衣。翘着手指捏着花瓣一般翠绿的叶把儿，一缕新鲜的清香便飘进鼻尖，放进口中，果肉便融化了，甜香的汁水丰富，热情奔放地滑入口腔的四面八方，唇色也变得红润，人也随之甜美灵动起来。

许子烈只要想想，就已经醉了。于是这两样她最渴望的、水灵灵的尤物便成了女儿的名字。

葛校言虽说觉得叫起来有些拗口，倒也随了妻子。许子烈有一点理由没有告诉他，樱桃、草莓也算水果家族的美女了，她盼望着女儿起了这样的名字，能尽快变得漂亮起来。

对葛樱莓的到来，最高兴的还有葛东风。

他快四岁了，全托在幼儿园，一周才回家一次。当他看到躺在妈妈身边，那个粉粉的，眉眼并不清晰的婴儿，一点也没有惊奇、陌生和排斥，他脚步轻轻地走过去，瞪着大眼睛，小声惊呼："妹妹，妹妹，我有妹妹了。"由衷地表示着他的兴奋和爱惜。这时，正在睡觉的妹妹醒来，打了大大一个呵欠，还无意识地吸了吸鼻子，看得大家都笑起来。

葛东风很想抱抱摸摸妹妹，于是一整天黏在妈妈和妹妹身边，也不闹着出去找小朋友玩。以后的每个回家的日子，他第一件事就是看看妹妹。把他在幼儿园攒的宝贝，可能是一颗水果糖，一朵小红花，或者一颗拾到的有花纹的玻璃扣子，他都很大方地要塞到妹妹的小手里，要是妈妈拦着，他会很不高兴。可惜妹妹太小，根本握不住，他不厌其烦地捡拾，没有一点不耐烦。

每次儿子回家，许子烈都将一些她这个月婆才能享受到的稀罕东西————一点猪蹄汤、鸡肉兔肉等留给儿子。儿子香香地吃一口，便咽着口水，抹抹嘴，一边用小手向妈妈这边推着碗，说：

"给妹妹吃，妹妹吃了好快点长大，我们能一起出去玩！"一副小男子汉有担当的样子。这情形惹得许子烈眼圈就红了。

一心想在妻子的第二个月子里将功补过的葛校言的愿望再次落空，不到十二天，单位就来电话，把他召回了。技术大练兵，谁也不能缺席。葛校言走时心里还惴惴的，怕许子烈的牢骚又止不住。没想到，许子烈听到消息倒很平静。

"没事，你去吧！我就是这命，认了！"

魏冬琴听说许子烈生了女儿，兴冲冲地跑到家里看她。一进门就笑眯眯地打趣："我来看我福大命大的儿媳妇来了！"说着放下一袋子大枣、红糖、小米、藕粉、猪棒骨、黄米酒，还有一袋自己包的芝麻花生汤圆，那是爱吃甜食的许子烈的最爱。

魏冬琴仔细洗了手，又把手在炉子上烤热乎了，才迫不及待抱起葛樱莓。魏冬琴看看孩子，再看看喜滋滋的许子烈，故意逗她。

"怎么不像妈妈呢？爸爸也不太像。你家小葛眼睛小点儿，可还是个双眼皮呀？"再看看一边的已经有点沮丧的许子烈，语气就更乐和了。

"兴许是个内双，稍大点就变过来了。人说女大十八变，以后咱们宝宝没准儿是个美人胚子也说不准呢！"

许子烈像接受检阅的部队，听到这里，总算有了喜色。

"你呀，别太不知足，母女心连心。她在肚子里就跟着你这个不要命的妈受了多少罪啊！这么贴心的儿媳妇我可是要定了！"

两个女人就抱着孩子，坐在床边，头挨头仔细地对葛樱莓的五官做着研究。

窗外的阳光气势十足地惠顾着这间充满婴儿奶香的屋子，暖洋洋的空间里传出两个女人快乐的笑语。

许子烈自己发明了一套婴儿操，每天早晚对葛樱莓亲手实施。捏鼻梁，捋眉毛，嘴角上提。不知是真有效果还是心理作用，女儿的样子确实在一天天舒展。晚上醒来，看看躺在身边女儿的眉眼，许子烈会悄悄地笑。

好消息接踵而至，厂里为许子烈请了功，很快获批。

专利的事倒是没有下文。但在厂长的积极争取下，许子烈破格提成技师，干部待遇。这在基地是头一份，也是厂子里上上下下最没有异议的。

蓝光之电

　　M 试验部是技术人员最集中的地方。"东风一号"打完后，部里一下来了好几个哈军工毕业的大学生。这让表情一贯严肃的司令员乐得脸上绽开了花。当天晚上就带着部长等几个领导来看望这些大学生。

　　这是突然来访，部里从上到下都没有准备。因为任务刚刚结束，又是一个漂亮的"首发"。部里破例给大伙放一晚上假，作为休整。人困马乏的干部战士，为了熬过肚子空空的煎熬，好些都睡下了。

　　所以当大家被集合到操场时，好些人以为又有新的任务了。结果站在操场土台上给大家讲话的司令员说出的一番话让所有人未来都记忆犹新："告诉大家一个好消息，今晚我给大家带来了宝贝，作为慰问我们秀才们的见面礼，更是特供给 M 部的慰问礼，你们辛苦了！"

　　正当大家疑惑时，五大盆飘着豆香的白水煮豆腐被几名战士抬到操场中央。刹那间，盆中的一汪细腻润滑，早已被大家的眼睛分解成了腹中的珍馐白玉。

　　底下掌声雷动。

　　司令听出了里面轻而易举的满足。眼睛里居然有了润意。他清咳两声，又说："每人一碗，管够！口重的，我这里备有辣椒酱。咱们也享受一下美味的天府豆花啊！"

　　那天，每位哈军工的骄子都吃上了司令亲手递上的豆腐。

　　这个景象，葛校言不能忘记。

　　他们同样是葛校言的宝贝。

无论是北京、上海、广州还是北大、清华、中山、同济来的大学生，入伍第一课就是下放连队，学习怎样当兵，普通一兵。

军训自不用说，那是贯穿始终的。学员兵一般都要到点号锻炼。基地的点号一般没有具体名称，都是数字取代。比如98号，就是某航区测量站"蓝光"工程营所在地。

复旦大学毕业的何友良就被分到这里。葛校言的手下。

工程营下属好几个中队。白白净净的何友良被分到四中队一班。四中队负责测量设备的维护使用，有三个基站，分散在戈壁十几公里的地方。三个基站白天值班，晚上站岗，人员一周一轮换。

这天，轮到何友良和小张值班。他们早早打好背包，到炊事班领了一周的粮食和蔬菜就出发了。

一望无际的戈壁荒原上，戈壁滩布满粗沙砾石，一些大大小小的沟壑毫无生气地横卧在上面，远处是连绵不断的光秃秃的青山群峰。这粗狂阳刚、博大辽远的干涸原野，表达着千百年来亘古不变的荒凉与寂寞。

到基站的路，脚下的沙子很细，走上去软软的，好像踩在松软的棉花垛上，吃不上劲。

天边已经燃起红云，越来越红，夕阳洒在沙子上，那些沙子就有了光泽，变得像珠粒一般晶透，错落规则的阴影，形成像海浪一样的沙波。何友良想起了初见大海的情景，相比之下，他觉得戈壁大漠的风景也很壮观。

"这里真漂亮，要是能照张相片就太好了。"

疾步往前走的小张看看颇有浪漫情致的何友良，不以为然。

"规定不让照相，来了一年半了，我还没照过相呢。"

"为什么?"

"保密!"

小张的话，让兴致勃勃的何友良有点泄气。不过偶尔点缀在单调沙漠中的一点点别样的颜色又让他有了好奇心。于是在小张的指点下，他认识了枝杈泛着白，犹如一簇簇冰雕的沙拐枣。还有约一两尺高矮，永远也长不高的球型植物。它的枝叶都被尖刺包裹，枝条上只有稀稀拉拉的指甲大小的圆叶，早已枯干。

他还从小张的讲述里知道了有着最执着的根系，与戈壁紧紧相依，可以将根深深地扎到三十多米深的地下以汲取水分的红柳。当被流沙掩埋时，枝干变成的根须，从沙层的表面冒出来，伸出一丛丛细枝，顽强地开出淡红色的小花。更在小张的讲述里感受着在深秋风中摇曳的枝头跳跃着的一串串金黄、紫红，在泛白树叶的衬托下显得格外美丽的沙漠之果——沙枣带来的浓香。当然还有大漠里的英雄树，有"生一千年不死，死一千年不倒，倒一千年不朽"之说，见证沧桑和奇迹的胡杨。

何友良在小张形象的描绘中充满了对未来的期待。

目的地终于到了。何友良看表，居然走了一个小时。那是只有几间土坯房和一个雷达天线构成的小点儿，周围是一排掩体。在暮色中广袤的戈壁上，显得那么孤单渺小。

和上一班做好交接，小张带着何友良为他介绍基站情况和值班要求。

站岗的警戒范围是小屋外方圆一百米的范围，任何人进入此范围，均要对口令。值班员白天值班做好机房维护，轮流做饭。晚上巡逻要带枪，下岗必须退出子弹。晚上俩人前后半夜轮流换岗。

这是何友良第一次站岗，一切新鲜。他背上冲锋枪，扎上腰带就往外走。被小张叫住。

"你的风纪扣没扣上，腰带也扎得不紧，不符合规定。"

"是！"何友良顿时一脸肃穆，立正敬礼。一阵忙乱下，军容一新，小张打量着他，郑重点点头。

"上岗！"

"是，班长！"

傍晚的大漠，依旧视线清透，少见的宁静无风。往西远远望去，主站的炊烟袅袅上升，残阳如血，一面红旗随风猎猎。何友良被眼前的边塞风光陶醉了。口中就溜出了那诗句：大漠风尘日色昏，红旗半卷出辕门。

天很快黑下来。周围很静，连呼吸声都清清楚楚，脚步声更被无限放大。何友良感到自己的心跳在加快。

夜深了，月亮仿佛晶透的白玉，高悬夜空，皎洁莹亮。

隐约传来脚步声，好像不止一个人的。何友良一边辨别着脚步的方向往前走了几十米，一边紧紧搂住枪，隐蔽在一个沙丘旁。等脚步声渐渐走近，大声喝道："口令！"声音远远传去，听得见回音，有点颤，有点劈。

"红柳！"

他听出是队长的声音，忙跳出来，迎上去。

"啊！是队长！"

队长并不答应。反问："口令！"

"驼峰！"他想起小张嘱咐过，站岗只认口令，不认人。

这才靠上前，看清和队长一道来的是营长葛校言。报到那天，他亲自把何友良送到队里的。何友良刚想开口向领导报告。只见葛校言把食指放在嘴边，又冲他摆摆手制止。

他们是来查岗的。几个人到了值班室，何友良刚想拉灯绳，队长说话："晚上不经允许，不许开灯的规定不知道吗？"

吓得何友良把手缩回去。他忘了，为了防止暴露目标，在值班手册上，是有这条规定。

等到检查完，离开时，葛校言使劲拍打了一下何友良的肩膀，一脸严肃。

"战士脑子里随时要有战斗意识，你还要加强条令规定的学习！"

尽管戈壁的夜晚冷得透骨，何友良还是感到身上隐隐的汗意。

一周很快过去，要回主站了。此时的何友良已经没有了最初的高涨情绪，路上的景致也全不在眼里。满脑子想的都是何时能摸上那些设备机器，真正干点发挥技术特长的事。当好普通一兵，他没意见。可除了当普通一兵，他应该还有更重要的使命吧？

因为有心事，何友良和小张一路上没怎么说话，只顾低头走。突然耳边传来闷闷的轰隆隆的声音，越来越响。不等何友良反应，只听小张大声喊道：

"快卧倒，护住头！沙尘暴来了！"

惊慌中的何友良顺着眼缝向外看去。

只见天突然摘掉了刚才还亮晃晃的太阳，一路暗下来，黄色一点点快速加深加重。只见天边一堵巨大的灰黄幕墙轰隆隆滚动着，如排山倒海之势向他们扑来，幕墙上翻滚着一群一群灰的黄的白的黑的云团压过来，仿佛一群怪兽突至。沙石被大风席卷而起，弥漫在空中，天地间混浊一片。何友良吓得大喊，第一反应就是跑。脚却被一只手死命拽住，紧接着，有人扑过来，压他身上。瞬间他们被风沙裹着翻了几个滚，身上被沙石击打得生疼，接着被裹进了天昏地暗的深渊……

不知过了多久，他似乎听见小张的喊声。他抬起头，才发现，身上覆盖着足足有一尺厚的沙土，眼里、鼻孔、嘴里，哪里都是沙子。脸上身上都是扎扎地痛。再看远处，一个沙的旋涡接着一个旋涡，高高地升起。几个旋涡旋在一起就形成一个风头，排成一溜儿还在向前扑，凶狠无比。远处的天空还像蒙着黑帐，这边的天已一点点亮起来，风声也渐小，只见细沙飞扬，打着旋，裹挟成片，匆匆远去。

再过一会儿，大漠恢复了宁静，天光大亮，找不到一点风的痕迹，好像一切都没有发生过。

他摸摸身上，还好，零件齐整。再看看小张，也是沙子里刨出的土人一个，脸上还沾有血迹，估计是沙石祸害的。何友良突然就委屈起来，像死里逃生的孩子一般，扑过来，抱着小张，在一个看起来比自己小很多的战士身上痛哭起来。

"班长！"

"没事了！你应该感到幸运。来戈壁滩没两天，就见识了沙尘暴。虽然没上过战场，但也站了岗，也算真正的兵了。再哭，就太不专业了哈！"

小张拍拍他的肩膀安慰着，慢慢将他推开。一边拍打着身上的沙土，一边老成地说。一番话，算是止住了何友良的泪水。

正整理行装，却看见远处有几个人向他们走来。他和小张赶紧伸长两臂猛劲挥舞。

那是葛校言带着几个战士。

此时的葛校言，算是老沙漠了。

黑暴来袭前，他的鼻孔已钻进了浓浓的沙土味，那是前兆。正在开会的他，马上给几个分队电话，得知何友良和小张交完班正在回来的路上。他暗暗叫道，糟了。也来不及再布置什么，摔下电话，抓起桌上的帽子，带上几名有经验的老兵就跑出营房。

坏了，车子开出去一会儿就冒了烟，水箱的温度仍在急剧上升，嘎斯车引擎的水箱成了沸腾的锅炉。汽车只好走走停停，像蜗牛似的喘着粗气向前移动。通信员是个不到二十岁的年轻人，刚开始看见一只只黄羊被汽车惊吓得四处逃窜的狼狈相，还发出几声开心的大笑。葛校言狠狠瞪了他一眼，通信员立刻噤了声。随着气温的上升，眼前除了黄沙还是黄沙，气氛慢慢沉寂下来，没人说话，大家表情都变得凝重惆怅。

黄沙如面，铺散开去，成一定角度向远方隆起，铺天盖地的沙丘似乎无边无底。戈壁滩的昼夜温差大，夜晚还冷得让人伸展不开，白日里竟然骄阳烈日。一个个沙丘像一个个巨大的蒸笼在腾腾冒着地气，蛇形的沙梁，每一粒沙砾，不动不摇，渐渐模糊了视线。汗水流入了眼，身上的水分蒸发了，这里的一切仿佛都被蒸熟了，死去了。

数不清的沙包，翻过一个还有更多，永远看不到尽头，在浩瀚的沙漠里的人仅仅是一粒沙，微不足道。车子早已开不动了，葛校言和通信员留下司机，干脆下车前行，远远地看见两个小黑点，葛校言一直揪着的心到了最高位。他三步并作两步拼命往前跑，顾不得脚下阻隔的软沙，踉踉跄跄。等他抓住何友良的臂膀，再看看小张，上上下下打量完毕，声音不似平常：

"好小子，好小子，要是这场黑暴让你们有点什么闪失，我可没法向上面交代啊！"说着，一边一个搂过两人，向主站走去。

"回来就好！你们吃苦了！"

何友良正式上岗了。

陈鹏亮技师带他。一来单位，何友良就听说过他，哈工大高材生，湖南人，人很和善。

走进机房，各种设备，操作面板上的各种开关、旋钮、按钮、红黄蓝绿的指示灯，都让何友良觉得新鲜，觉得亲切。陈技师一一为他介绍着设备的名称、用途。随后的一句话，让何友良振奋起来。

"这些设备完全是我们自己研制的，虽然还不算很先进，但为我们中国人争了一口气。现在以它为基础，更先进的设备也已经研制出来了。"何友良知道，陈技师指的是"蓝光"二期工程。

"这是一套可以和苏联媲美的导弹弹道轨道测量设备，已经进入安装调试阶段。投入使用后，我们的测量精度和速度都会有一个很大的提高，精度由原来的米级提高了几倍。"陈技师详细给何友良讲解着，末了的几句话让何友良跃跃欲试，"这里是年轻人大有作为的地方。你好好体会吧！你自己先看看。后面，我会带着你上机操作。"

何友良心里升腾起一种自豪，他钦佩地目送着陈技师的背影离开。自己转到机器设备后面，只见密密麻麻、粗细不等的电线从设备串引出来，相互交错，繁而不乱。他仿佛在这五颜六色的连接中看到了一连串的电子追踪讯号，划向云端。

每晚，葛校言最愿意做的事，就是守着营里的这帮宝贝疙瘩们，看他们守灯啃书本、画电路图、拿着用罐头盒、三合板制成的简易训练模型进行技术探讨。所属几个分队，他一一查看，一个也不会遗漏。每当看到大家在学习，他从不打断他们，也不会发出大的响动。此时在他的眼里，这些大学生已不是白天在自己手下挖沟扛枪的战士，而是随时可能带给他和周围世界惊喜的宝物；他时时提醒着自己要珍惜。这样的感觉，让他享受。

每年的四五月，都是基地的菜荒期，头年储存的大白菜、萝卜、土豆都吃差不多了。食堂里，就是脱水的干菜、粉条、罐头，饭桌上没有一点绿色和荤腥。这个周末，为了犒劳一下大伙儿亏空多时的胃，天没透亮，葛校言就带着几个战士背着捆竹竿，拆下两顶蚊帐出发了。

离营区五六公里的地方，就是基地唯一的一条河，弱水河的河道。这个季节，河道已断流，留下一个个大小不一的水坑。还是一次中队执行搜索任务时，无意中看见这里居然有鱼跃出水面。以后，这里就成了营里打牙祭的供应基地。当然每年不会超过两回，毕竟有水又有鱼的机会在戈壁真是难得。好的念想要细水长流，不能一次拼尽，还得留到关键时刻显身手。

到了目的地，司务长洪喜旺便挽起裤腿，脱下鞋袜，慢慢走入水坑，好像怕惊跑了水里藏着的宝贝。他在每个水坑都静静地站一会儿，感受着水里的变化。如果有鱼，脚面会痒嗖嗖的。当然，这只有有经验的老兵才能感觉得到。有鱼的水坑，则插上竹竿做了标记。虽是春季，戈壁的冰雪才刚融化不久，水自然是刺骨的冷。跑两三个水坑，就冷得受不了。于是大家轮换着下水。一圈转下来，插着竹竿的地方也就六七处。再挑上一两个动静大的水坑，几个人就扯着蚊帐下水了。

葛校言捉住的这条鱼真不小，头大，眼珠子红红的，鳞片在阳光的照射下闪着银光。再一看，炊事班的两个洋铁皮桶里已多半桶了，鱼在盆里挤挤挨挨地抢着冒出头，鱼鳃一鼓一鼓的。

"好！收队！晚上加餐！给这些学生兵好好补补！"

终于迎来了"飓风二号"任务。

这是新研制导弹的全程飞行试验。葛校言所在营负责惯性飞行段的测量任务。只有取得了准确的全程飞行参数，才能设计出发射程序，才可能精准投向目标。

一般试验任务周期，从导弹运送发射场开始，到导弹发射击中预定目标为止。

短则三四十天，长则两三个月。所以，每次任务都是如临大敌般紧张。

取消休假休息日，所有人员不得外出，全体动员，发布动员令，作政治动员。每个人都要写下决心书，大会表态发言。部队进入战备状态……

葛校言今天发火了，而且是对着他一直爱护有加的何友良。何友良此时已经从学员战士转成了技术干部。

今天是通电检测的第二天，这是项细致活儿。一个设备上有几百个测试点，测试数据一旦不在规定值内，则要调整。调整很麻烦，是整个设备调整，所谓牵一发动全身，往往需要多次，才能达到要求。

问题就出在何友良身上。他所报的电位值总是不准确，导致原定检测时间延后，耽误了整个分系统设备联试进程。

细究起来，是何友良准备工作不足造成。原来每个测试点的电位值都不同。由于晶体管的热稳定性差，会出现电位值漂移，需要预热几小时，才能测到准确数据。何友良预热时间不够。

这是一个低级错误，完全是责任心的问题。再问，原来连续每天加班，何友良撑不住了，昏头昏脑早忘了准备设备的事，等想起来，测试已经快开始了。最要命的是，他没有汇报，隐瞒了这个错误……

这让葛校言怒发冲冠。几个字他几乎是吼出来的："绝对不能原谅！"

葛校言发这么大火是有理由的。

三年前，也是一次发射任务，蓝光测试系统前期准备一切顺利，整个系统似乎一切正常。可就在任务前三天，发现接收机一个隧道二极管击穿。这是个关键元件，没有它，接收机无法工作，整个雷达测量系统就瘫痪了，就不会读出轨道参数。无形中也将印证苏联此前推测：没有他们苏老大，中国不可能自行研制出导弹，即便发射了，也无能力获得准确参数。

这是个国格问题。

最要命的是，这个元件没有备份。指挥中心下达死令：必须按期参加任务。没办法，作为技术支持的一家国内最大的研发院所背水一战，在三十小时后，从试制的几百枚元件中选出几枚，送到等待的飞机上。飞机就载着几枚米粒大小的宝贝直飞基地。最终，赶在任务前台试好了设备，完成了测量任务。

而造成这个事故的，正是葛校言所在中队的人。虽说，事故调查，是产品性能不稳定造成，非操作问题。可事情出在自己手里，葛校言还是不能原谅自己。

今天出了这样明显的事故，当然让他无法忍受。他关了何友良三天禁闭。还准备写报告给团里，要求处分何友良。

这三天里，何友良觉得窝囊懊丧透了，也把一辈子的泪都流光了。三天里，他滴水粒米未进。

营里，有人为何友良鸣不平。毕竟只是在任务准备期间出现的问题，后果并不严重。而且，追究起来，管理者也有责任。

处分报告到底没打，葛校言却决定自己在全营大会做检查。

全营大会上，他在上面做检查，何友良坐在下面，腰板立得挺挺的，一直咬着嘴唇听。面部表情严肃。别人以为他又要哭，却没看到一滴泪。

从那一天起，机房里分工非常明确具体，每个开关按钮，每个电线电缆、接头接点、插件插头，不仅专人负责，还有人员备份。互相监督检查。

发射日期下达了。

凌晨两时，一声紧急集合哨声，在杂沓纷乱后，很快将全营召集到操场。

此时的葛校言，一身布军装穿戴严谨，一改平时的不拘小节，脸上表情肃穆，不高的身量也有了威严感。

发射场上，一名指挥员站姿笔直，左手举着一面指挥用的小红旗，右手拿着银灰色的喇叭。脖子上挂着一块秒表。全神贯注指挥着一辆重型牵引车，牵引车拖着一枚体格巨大，像削尖了的铅笔一样的弹体，缓缓驶进场地。到达预定位置，手摆红旗，一声口令，牵引车戛然而止。油压起动机慢慢伸出刚劲有力的手臂，将弹体稳稳竖向被浓墨泼洒过的天空。油机分队开始发电，腾腾腾腾的马达声，像战鼓，更像决战前的号角，响彻发射场，也震撼着每一个参试人员的心。

在这里，葛校言的战前动员刚刚落音，只听他最后说："各单位带入机房，两小时后进入任务倒计时。"

只见操作分队敏捷登上操作台，打开仪器舱，开始最后的测试。这真是个激动人心的时刻，盼了一个多月了，也准备了一个多月。谁都盼望着得到检阅。上百人的操场鸦雀无声，除了心跳，连挪动一下脚步的声音都没有。片刻后，才响起各中队的报告声、番号声和整齐急促的脚步声。

就位完毕，调度一一点名。随后，教导员简短动员。等所有人刚把气息调匀，调度扬声器传来葛校言的口令："各号注意，请报告人员就位情况。"

"一号报告！"

"一号请讲！"

"一号人员就位完毕！"

"二号报告！"

"二号请讲！"

"二号人员就位完毕！"……

各号报告完毕，扬声器再次传来命令。

"各岗位注意，现在开始，各号请听从任务指挥部统一指挥！"

"一号！"

"一号明白！"

"二号！"

"二号明白！"……

机房里一片寂静。大家静静等待任务倒计时开始，就像战场上的将士等待总攻的号令。

扬声器传来几声咔咔声，接着便传来遥远而清晰的声音。

"各号请注意，'飓风二号'飞行试验现在开始倒计时，三小时准备！"

"飓风，东方明白！"

"天山明白！"

……

"泰山报告！"

"泰山请讲！"

"泰山370接收机出现短时故障！"

"抓紧排除。"

"泰山明白！"

……这时，所有人的心又提到嗓子眼上，连气都出不来了。几分钟后。

"泰山报告！"

"泰山请讲！"

"泰山370接收机故障排除，信号恢复！"

"密切观察！"

"泰山明白！"

此时，参试人员的眼珠子才恢复了转动。

时间一分一秒的流逝，三小时，既难挨也令人亢奋。终于听到十分钟准备号令，所有人各个表情严肃，两眼凝视设备，好像透视机，能穿透面板去审视设备中的每个部件。

总调度发出坚定而高亢的声音。

"10、9、8、7、6、5、4、3、2、1！点火！"

轰隆一声巨响，惊天动地。

只见纤长窈窕的导弹变成一条威武雄壮的火龙，张开利刃，在空中飞舞，勇敢捕捉着目标。

导弹发射，雷达天线已被引导到理论等待位置，发射机、接收机、各备份设备全部紧急如工作状态。

示波器的荧光屏中央，跳跃着一条深绿色的竖线，大家在静静等待目标出现。

几分钟后，荧光屏左侧闪出一条浅色竖线。何友良立刻报告：

"发现目标！"

随后，其余主副站相继发现目标。

指挥员下令："转入自动跟踪！"

当目标线和信号线逐渐靠拢重合。机房里的人脸色转晴，一脸喜悦。

"飓风发现目标！"

"飓风跟踪正常！"

"火箭飞行正常！"

……

"天山发现目标！"

"天山跟踪正常！"

"泰山发现目标！"

"泰山跟踪正常！"

……

几秒钟后，在万米高空，一阵耀眼的闪光，它衔住一枚黑色物体，紧紧咬住，之后爆炸粉碎。无数金属碎片，如天女散花般，纷纷扬扬，飘落在戈壁深处。

"导弹准确命中目标!"

一直安静的机房里传出掌声喝彩声。

"啊,击中了?!"

"我们的防空导弹真了不起!"

"各号注意,'飓风二号'全程飞行试验圆满结束。各号撤出阵地!"

走出门外,天际东方染上一抹橘红。

此时已是第二天凌晨。

营里所有人都在猜测,执行完任务,何友良或者葛校言哪一个会调离。传说,何友良是一位开国大将的外甥。

这次任务,何友良完成得很棒,第一个信号就是他最先发现的。

可是,没有。一切如常。

那以后,葛校言和何友良还成了好朋友。

当然那是后话了。

苦难重生

1966年，岁次丙午，太岁文哲，生肖马年，闰三月。

这年月让每个中国人记忆犹新，文革爆发，乾坤倒错，天旋地转。瓦斧雷鸣，黄钟毁弃。也许是想引发印证文化大革命的合理性，巧合的是，1966年10月27日9时，那些在今后岁月将被整、被斗、被揭发的异想天开的人，却让这国度第一枚装有核弹头的导弹在东风发射基地顺利升空，九分多钟后，核弹头精确在罗布泊试验场靶心上空的预定高度爆炸，一圈彩环随蘑菇云袅袅上升。葛校言同许子烈也是在报纸套红的最高指示下方看到了这一宣告。报道称各种测试、试验仪器工作正常，各项数据与理论设计基本一致，试验取得圆满成功。并再次强调从第一颗原子弹爆炸，到第一颗导弹核武器试验成功，美国用了十三年，我国仅用了两年多的时间。"两弹结合"试验的成功让人们在乱世伊始时的确兴奋了一阵子。播报新闻的播音员用高八度的声音宣布这是文化大革命的胜利成果，而全然忘了，这是文革前人们付出的多年辛勤汗水、鲜血及痛苦换来的水到渠成。

十月份，伴随着异样的振奋下了第一场雪，定义了戈壁滩的冬天总是早的。

许子烈从单位出来，天早黑透了。她顾不上和身边三三两两的同事打招呼，急匆匆地蹬上自行车就往幼儿园赶，不用看表，她就知道自己又迟了。

这会儿，儿子东风肯定又是眼泪汪汪地等在值班室，每次他都是最后被家长接走的孩子。

许子烈最恨儿子这点，爱哭。完全没有她和葛校言的刚烈劲儿。她都能想得出值班室杜师傅一口一口猛喝茶水，不时抬头看着挂钟，一脸不耐烦的样子。惨的是女儿，阿姨一定又早早把她哄睡了，忙活着自己的事儿呢。想着自己又要跟阿姨赔笑脸赔不是，还得忍着对方飘来的气哼哼的白眼，许子烈就觉得脸上肌肉发僵。

可不是嘛，今天是周六，谁都盼着能早点下班回家。一个礼拜，就一天能处理处理家务，和孩子们待一待。家长还总是迟到，耽误了自己下班，搁谁也不高兴。想着，许子烈的脚上就蹬得更使劲了，屁股也高高抬起离开了车座儿。鞋底子似乎被冻硬了，把一双冻得有些麻木的脚硌得生疼。犹豫间，正骑在冰溜子上的车轮打了滑，人差点儿摔下来。许子烈赶忙抓紧车把，身子在车上扭了半天，终于化险为夷。后面就传来糯糯的男声，说话间就来到跟前。

"小心着点儿！别急，今儿是周六，老葛的班车应该早到了。他该接孩子的！"是车间主任刘本宇，苏州人，人心细，疼老婆，只要有点空，家务就不会让老婆插手。加班忙起来，私下总一副痛心疾首的样子。最爱说的一句话："又要我老婆辛苦了，真对不住她啊！"

肉麻话谁也不避着，厂子里的这些男人都笑他"娘"，他也不在乎。

"嗨，指不上他，也就不想了。到现在，他也没搞清楚班车在哪里坐呢！能记得住孩子的样子，就阿弥陀佛了！"

"不能总这么忙，见了，我要说说他，女同志拖着孩子不容易的！"

葛校言才不会觉得不容易。许子烈心里想着，嘴上就不知该说什么，脚下又加了把劲，超过刘本宇。夜色中，飘来一句："我先走一步，孩子等呢！"

赶到幼儿园，一切和想象的一样。许子烈忙着把女儿揉巴醒，和阿姨和看门师傅连声道着对不起、添麻烦之类的老生常谈，其实人家耳朵早已磨起了茧子，神情也麻木了。没太多表情地向她挥挥手，表达着莫说了莫说了，说了也白说的态度。许子烈一脸羞愧地出了门，给女儿加个棉披风，又把她在车子前梁架着的小凳安置好，再训着哭兮兮的儿子把鼻涕擤了，爬上后座。车把上满满当当挂着的都是两个小家伙的东西，她就摇摇晃晃地骑着上路了。一边还在心里琢磨着明天吃点什么，一边叮嘱坐在后座的儿子抱紧她的腰。

还没进家，怀里抱着的女儿就打了一连串儿响亮的喷嚏。许子烈赶紧摸摸孩子的额头。一边就恨起幼儿园的阿姨。每次孩子都是睡了被揉醒，出门一招风，孩子最容易感冒。女儿都这样被折腾病了好几回，每次都是高烧。孩子一病，就不能送幼儿园，到时许子烈又该着急上火想办法。

许子烈也不好意思和单位请假，就把生病的孩子锁在家中。工间休息时，她拼命骑车往家跑，给孩子喂奶喂药。常常进家一看，孩子已经爬到了床的另一头的床沿，眼看就要掉下来。后来，她想了一个办法，买来一块长布，两头各自缝起一个口袋，中间留出比肚子大的空地，再往口袋里装上沙子，每次离家，就为盖好被子的孩子压上沙袋条，减少孩子的活动。但这个办法管用没两天就不行了，随着孩子一天天长大，她能用小脚丫一点一点把沙袋蹬开，危险也随之到了。

所以，每次孩子一病，许子烈就心惊肉跳。

还没把女儿弄踏实，儿子葛东风又在屁股后面起劲儿地咳嗽上了。每咳一声，许子烈都是一阵心惊肉跳。到家门口，没等腾出手去开门。门却开了，闪出了葛校言笑呵呵的一张脸。

许子烈觉得太意外了。

"真巧，我刚进屋。来，让爸爸抱抱！——叫爸爸！"葛校言摸摸儿子的头，就伸出手抱女儿，一脸的兴奋。

一直挺安静的小姑娘被眼前这个黑乎乎、又胡子拉碴、浑身味道大得冲鼻子的男人吓着了，嘴角往下拉着就要哭。葛东风也没出息到哪里，迅速跑到许子烈身后，拉着妈妈的衣襟，偷偷观察着葛校言。

"叫什么叫，你问问他们谁认得你？"别看夫妻俩好久不见，许子烈还是没有好口气，更懒得看葛校言悻悻然的脸色，扬手把儿子从身后揪出来。

"快洗手去，躲什么？你爸又不会吃了你！瞧你这点儿出息！"许子烈话里的不满，葛校言知道是说给自己听的，笑笑也不接话。葛樱莓快两岁了，还不会说话，让许子烈很犯愁。她总怀疑女儿是个哑巴。好在耳朵是灵光的，彭姐有经验，劝她别急，说女儿是贵人语迟，不当紧的。

好不容易把两个孩子安顿好，喂了感冒药，哄了睡下。许子烈才有了和葛校言说说话的心情，一边唠着，一边往嘴里塞着刚热好的半个剩馒头，就口玉米面糊糊，和她刚炒出锅的醋熘白菜帮。玉米面糊糊下得急了点，里面还有点没搅开的生面粒子。这就是她和葛校言周末的晚餐。

葛校言看看许子烈，起身从屋角那个木箱子上，掀开刚捂了一路的军大衣，抱了个黑乎乎的家伙儿摆在桌上，许子烈才看清，原来是台交流电子管的收音机，这可是个奢侈的物件。

刚刚阴转晴的脸，登时又变了。家里的钱钉钉铆铆，都有正用途，可不敢祸害。

"这是团里器材股长到西安出差，我托他买的，人家懂行。团长还夸我心细呢！

说我很少回家，家里肯定意见大，就用这个给老婆孩子解解闷吧。"一边拿眼睃着许子烈看反应，一边继续说："所以贵点就贵点，为老婆孩子，多贵都行啊！来，我放给你听听！"

葛校言除了刚结婚头几天，说话揉了蜜，可以后再也没有充分发挥的机会。今天一席话说得许子烈极不适应，甚至身上微微打了一激灵，脸都热起来。不管怎样，女人都受男人哄，许子烈也不例外。于是含意丰富地瞪了葛校言一眼，眼巴巴地等着听。

放出声来，虽然收到的台很少，效果却不错。

是许子烈喜欢的沪剧《芦荡火种》。她性格泼辣归泼辣，可还是喜欢兜兜转转、婉转悠长的唱腔。她一直喜欢老派歌星周璇，尤其嗲劲十足的《四季歌》《夜上海》等等，那是在新中国成立前家里的留声机里受的熏陶。在重庆那时，她天天憋着嗓子，嗯嗯呀呀地，走哪儿哼唱到哪儿，车间主任说她唱不健康歌曲，思想认识有问题。她当面吐吐舌头，虚心接受，转身照唱不误。到了基地，满眼的荒凉，满眼的阳刚，此前的五颜六色，花花朵朵，显见的不合时宜，慢慢就远了，也不奢望。

今天，久违的吴侬软腔洒满小屋，又革命又动听，许子烈自然高兴，却不想让葛校言看出来。就借口吵醒孩子，催着葛校言关了机子。她知道，葛校言今天早早回家，又这么殷情卖力，肯定有事要发布。

原来，葛校言调单位了。周一报到，领导叮嘱他回家看看，收拾收拾，做做准备。

新去的单位是发射团二营，承担各种发射任务的先头部队，是基地要害中的要害。还是在点号。许子烈早听人说过，那里出干部，别看苦，可那里的人，一个个的见谁脖子都是梗着的，特有优越感，傲着呢！

许子烈就笑着揶揄道："提拔啦？"

葛校言则一脸正色，"成天想什么呢？思想真够落后的。领导说，明年任务重，调我去是加强力量，准备打硬仗。"

"打硬仗？怎么了？"想着厂子里的大喇叭里，天天响着的播音员慷慨激昂的声音，说着加强战备的事儿。别看许子烈不是党员，对时事还是很敏感。加上，报纸上宣传的解放军打下美国 U2 无人飞机的事迹，打仗这根弦儿就被她随时绷着。就算一晚上没给葛校言递一句好话，其实心里还是心疼丈夫，替他担心。

"不该问的不问，你的保密意识哪里去了？"葛校言此时又恢复了一家之主的架势。

"广播上都说了，中国第一个合成了人工牛胰岛素，第一次成功给人换心，连第一颗原子弹都爆炸了，下一个该轮到我们了吧！"葛校言说着，就有点慷慨激昂了。

"就冲这些，以后我照顾不上家。你多担待着！啊?! 夫唱妇随，老理儿。还是团长说得对，累了闷了，听听广播，就算我陪着你们说说话了。"葛校言话锋一转，口气也缓和了，盯着许子烈看她的反应，笑容里多少有点示好的意思。

"行了，总算有句话，也算我没白忙活儿。别说以后，从前，也没指着你啊！我看，还是领导水平高，起码心里体恤我们这些当家属的，知道谁也不是从石头缝里蹦出来的，比你强！"

许子烈知道自己的毛病，刀子嘴豆腐心。可她就是管不住，说话永远梆梆硬。

"你知道啥？政委家的老婆孩子都在老家呢，人家老的小的一大家人，都是他老婆一个人管，不比你还辛苦？"想想又觉不妥，完全背离了回家的初衷，"困难忍忍就过了，大家都不容易！"许子烈翻了他一眼，表示早听腻了他的老一套。

"对了，今天在班车上遇到魏冬琴，她和同事在我们那儿采集气象数据。说已经好几天了，我一直没碰上过。才听人家说，她爱人就是发射团新上任的参谋长沈西元。我估计，你也不知道他们是一家……"

到底是久不见面，一晚上两口子东拉西扯，居然说了很多话。这在葛校言家里不多见。许子烈缝补着孩子折腾破的衣物，又张罗着给葛校言烧水擦澡，洗衣服，拾掇屋子，手里一刻不闲着。屋子里有了男人，到底烟火气旺一些，很安心，氛围难得的好。许子烈连眉眼也少了锋利，柔和地淡下来，人也生动了许多。葛校言看着忙碌的许子烈，心下突生一股强烈的满足感。

等躺在床上，已经很晚了。但俩人都挺兴奋。那天，两人好好温存了一番，做足了夫妻间的功课。

刚从吉普车跳下来，人还没站稳，营院里热火朝天的氛围就把葛校言包围了。

操场上，呼号连连，番号震天响。一个连队在进行战术训练。冬日的严寒被战士们透出的火热融化了，一张张年轻的脸上耳朵上被冻出红云，却能看到脖颈上的汗珠，头上似乎也热气升腾。再看不远处，十几个干部战士忙着搬一车铁箱子，在楼里进进出出。只听一个声音在反复嘱咐："慢着点，轻拿轻放，这些东西金贵，谁也赔不起呢！”

葛校言就笑，他喜欢这样的环境，刚来，就喜欢上了。

他紧紧风纪扣，正正军帽，赶紧进了办公楼。

“报告！”站在郭团长办公室门口，葛校言深吸了一口气，终于让自己平静下来。

屋子里，除了郭团长，还有一个人，参谋长沈西元。

沈西元，葛校言虽没见过，名字早已耳熟能详。他毕业于燕京大学，做过地下工作，是学生领袖。基地组建，专门把他从上海的单位挖来，不仅懂技术，军事训练也有一套，是基地的老典型。今天见到，果真是英武干练，军装就像是为他特制的，挺括齐整。

见到他来，两位领导上前热情握手。

“太好了，这下我们有了精兵虎将，等着打大仗，打胜仗！”

两位领导接见谈话，足以说明对葛校言的重视。明年发射团任务特别繁重，有好多发导弹要打。上面说，还会有重要任务，要做好人员配备，优中选优。所以组织上调他来发射一队任队长，就是基于这方面的考虑。

发射团长期从事一线技术工作，取得成绩多，有好的传统。人员组成有战士，有学生兵，思想存在多元化。现任务当前，必须树立临战思想，随时做好打硬仗的准备。各级班子必须要配强。强将手下无弱兵嘛。

“记住，任务只能成功，不能出事。出事，不单是技术问题，更是政治问题！”谈话末了，郭团长将葛校言的手使劲握了握，叮嘱道。

沈西元的话不多。临出门，才说：

“技术大练兵就要开始了，你马上着手准备，希望你们一队取得好成绩。”话音稳稳地，递给葛校言一个充满信任和鼓励的微笑。阳光下，他的牙齿洁白，闪着珠光。葛校言相信，在戈壁滩上，很难见到第二个有如此洁白牙齿的男人。第一次见面，沈西元给葛校言留下了深刻印象。

“请领导放心，我保证完成任务！”一股豪气聚拢在胸，葛校言回答得很响亮。

葛校言进入情况很快。在新年初开始的技术大练兵中，他带领的发射一队各项考核成绩，名列四个队的第一。因此，拿下了五月份全部六发任务，发发成功，毫无瑕疵。创下了发射团的纪录，受到基地领导的表扬。郭团长开会回来，立刻带着团里的几个领导直奔发射一队，见到葛校言，搐着葛校言的肩膀头，高兴地像孩子一样哈哈大笑。

"你小子行啊！我没看错你！老林见到我了，向我要酒喝呢。说他当初真不想把你这个宝贝疙瘩让给我。我说，酒该喝，但宝贝必须给，以后还要整出更响当当的动静来呢！对，你小子别翘尾巴，可得给我绷住了！"说得大家都笑起来。

参谋长沈西元几乎天天泡在几个发射中队，葛校言已经很熟悉这位上司了。

沈西元说话永远不温不火。现在他最关心葛校言的学习问题，专门给葛校言找了几本业务工具书，让葛校言好好看，有问题，随时问他。他总对葛校言说："当领导，管理很重要，还要把技术拿得起来，不仅服众，碰到问题能及时发现，谁也蒙不了你。"

葛校言聪明，爱学习，领导的话自然是当尚方宝剑，半年下来，他不仅熟悉业务，还能承担一些操作手的工作。这点让沈西元特别欣赏。

得空，两人也聊聊天。说起来，两家男孩差不多大，自然也有话题。

沈西元告诉葛校言，自己的儿子在妻子产假一结束，就送到上海姥姥家了。他们夫妻工作都忙，老出差，顾不上。妻子想孩子，总是哭哭啼啼的。

沈西元特别羡慕葛校言。每次，都要问问葛东风的情况。有时，出差回来，还惦记着给葛东风带回几本图画书，几件玩具。儿子一件做算术题的智力玩具，让他在幼儿园很出了一阵风头，就是沈西元买来送东风的。沈西元总提醒葛校言，让他抓好儿子培养，说下次同葛东风见面是要考试的。虽然话是这么说，却总是抽不出时间，一直也没有见到葛东风。

葛校言觉得这时的沈西元，一点也不像领导，倒是一个比自己合格的父亲。

就在葛校言带着部队技术大练兵如火如荼之际，家里却并不平静。

许子烈出事了。

来戈壁滩久了。戈壁的阳光是许子烈最喜欢的。因为它像自己的性格，敞亮坦白，没什么遮挡，一览无余。无论高兴还是难过，总喜欢在阳光下晾晒晾晒，直到耀的眼睛睁不开，回到屋子里需要缓上一阵，眼睛方能适应的地步，许子烈才觉得大脑和身体通透的爽。

今天，她端着泡着酽茶的大号搪瓷杯，杯子上面醒目地印着红字：为人民服务。站在厂房二层走廊顶头狭窄的阳台上，嘴里包着一大口茶，缓缓咽下。一边闭着眼睛，迎着一天中最刺目的阳光，耳朵在敏锐地捕捉着远处的声音。阵阵枪声和爆破声从远处的沙漠传来，好像暴烈的二踢脚，睁开眼，看到荡起的大片尘土。

正值全军军事大比武，基地的军事训练也搞得如火如荼，靶场荷枪实弹的训练经常进行，许子烈已经很熟悉了。不仅如此，她还知道住在附近的一些大点的孩子喜欢在部队训练后，结伴去靶场捡子弹壳和手榴弹的拉环，有时运气好，还能捡到完整的子弹头和弹头芯。前些天，她也像那帮嘎小子一样凑了把热闹。靶场看上去不远，真走起来，也花了俩钟头。一路上，她看到很多修筑好的战壕、掩体，还有很多摞起来的沙袋，是用来垫枪的。许子烈也试着把双肘搁在沙袋上，学着电影中战士比着枪瞄准的样子，感受着战场的气息。

不是许子烈无聊，此时的她真的盼望来一场战斗，她好像一名战士一般向往奔赴战场。

可是，如今她赋闲了。

自从许子烈几乎拿生命换来了厂子任务的完成。厂长彻底扭转了许子烈之前给自己的印象，对她器重有加，甚至偏爱。对许子烈，厂长心里多少有些愧疚。

许子烈在鹿城那个厂子里，就开始写入党申请，一写就是多年，但总是由于出身啊、爱美好打扮啊这些问题，入党的事儿迟迟难以解决。记得许子烈在病床上，见到来探望的厂长就说过："我是拿命在向组织靠拢，够诚恳了吧？难道还不能洗刷家庭出身的污点？再说出身也由不得我！"

要说，之前厂长觉得好打扮的许子烈小资产阶级倾向严重影响进步，离党员标准还差得远。以后，厂长再也不这么看了，想想连命都舍得献给革命事业的同志，党还有什么理由去怀疑她的忠诚呢？可是厂长毕竟不是党，厂长也不能代表组织。党委会上，几次讨论许子烈的入党问题，就是通不过。组织下的结论就是：许子烈同志要求进步是值得肯定的，但党员的标准不能以一时的成绩贡献作为评价标准，鉴于她的家庭出身和实际表现，还需要严格要求，继续磨练，向党靠拢。组织上继续进行培养考察。

每次支部书记找许子烈谈话，传达组织意见的时候，许子烈表面上都很镇定，也很虚心。可回到家，所有的委屈憋闷就控制不住了。好在孩子全托，丈夫不在家，她一个人可以随心所欲地哭泣，不用端着憋着，怕别人笑话。也曾经和葛校言抱怨过两次，葛校言每次都义正词严，说从她的态度上，就可以看出她离一个党员的标准差得远，不成熟，意气用事。真正的党员是宠辱不惊，会认为这是组织对自己的考验，也是对自己的爱护。以后，许子烈就憋着再也不说了。

此时，基地已正式下达"两弹结合"任务。为了确保不出问题，首先要从政治上把关。根红不红，苗正不正，是第一要素。于是一场全基地范围的清查工作开始了。

许子烈首当其冲被清理拿下。

其实许子烈的小业主身份并无多少险恶。可特殊时期特殊要求，清查工作比哪次都严格，组织对每个人都一一筛查，稍有模糊，就发函调查，甚至派人远赴家乡了解，大有"宁可错杀一千，绝不错漏一个"的架势。

厂子这一时期的加工维修任务很重，一天二十四小时待命，随时来活儿，随时干。厂子里就成立了突击队，作为技术骨干，许子烈也在其中。清查工作开始，有人提出质疑，把许子烈这样根不红苗不正的人放在如此关键岗位上，万一出了纰漏，就是国家民族的罪人，谁也负不起责！他们甚至了解到许子烈家从富裕到衰败的轨迹，居然得出结论，许子烈对共产党会不会有怨气，会不会做手脚报复都两说着。肯定不能安排岗位。

厂长虽是在战场上九死一生，早练就一副铁石心肠，还是颇有人情味儿的。眼见，许子烈连续经受打击，生怕她顶不住，自暴自弃。不管怎样，许子烈是个人才的认识，厂长一直坚持，到哪里他都不怕讲。人才，就要爱护。所以他亲自找许子烈谈的话。谈话很诚恳，规避了很多伤人的说法，更多的都是鼓励，说无论什么岗位，都要鼓足干劲，做出成绩。

就算领导不说，许子烈自己也能体会出事情的严重性。有些人的态度已经发生变化了，自己不仅从突击队出来了，甚至连厂子里的工作也不让干了。这还不够严重吗？可她面对厂长，还是把委屈担心咽下了，唯独没挡住眼里的泪。

尽管厂长从没当面向许子烈说过，但许子烈听说，之前三天两头的那些大大小小的运动，活动什么的，但凡矛头有指向许子烈的，厂长一直护着她，为她说话，还拍着胸脯做保证。已经帮许子烈过了很多关口了。这次，看来，厂长真是保不住了。

许子烈被派去参加劳动，在水库种水稻。

参加劳动，种水稻，并不是犯了错误的一种惩罚手段。而是基地这几年一贯坚持的大生产运动。基地虽然艰苦，但物资供应一直是由国家专门批准保障的。六十年代初期，整个国家都生活困难，到处饥荒。基地的粮食定量根本无法保证，基地很多人都患上了夜盲症、腹泻、浮肿的疾病。即便如此，基地还是要求每人每天节约一两粮食，支援周边的老百姓。那时候，上至将军下至士兵，能吃上一顿饱饭，都是最幸福的事。也是从那个时候起，基地开展了生产运动，开荒种地，种粮种菜，养猪养鸡养鱼。因为自然条件恶劣，水土流失快，土质差，碱性大，生产运动进行得并不顺利。要是哪家单位种菜种粮产量高，长势旺，基地就会在那个单位开现场会，介绍经验，司令员都有可能亲自参加。基地还挖了水库，在周边种水稻，每个单位都会派人参加劳动，这也是工作的一部分。但再苦再累，毕竟和工作在一线的感觉不一样。

在这波清查中，葛校言和沈西元都被牵连，都是因为自己的老婆。

许子烈的嘴向来不饶人，也该她倒霉。那天在政治学习上，车间的书记陪着基地政治部派下来蹲点的干事一起参加大家讨论，讨论的主题是"人民公社的优越性"问题。会上，干事做了一番热情洋溢的动员，鼓励大家敞开思想谈，说错了也不会挨板子，扣帽子，说出来就是为了厘清思路，统一认识。大家见蹲点的干部和善谦虚，没有架子，便很放松。一些平时横在心里困惑无答案的很多问题便被抛出来，讨论的气氛空前热烈，七嘴八舌提了一堆问题。

"您能给我们讲讲什么叫一大二公？什么叫三级所有制？什么……"

"我觉得人民公社好是好，就是农民吃饭吃不饱，这是为什么？"家在农村的人感同身受。

"既然领导在场，我也说说我的想法。人民公社应该讨论，但我们是搞导弹的，所有工作应为这个中心服务。食堂的小吴是学无线电的，是我们基地多么需要的专业，却来到修理厂食堂下放锻炼，烧火做饭，成天围着锅台转，当火头军。锻炼没有错，这种事谁都可以做，但他的专业他的本事别人可替代不了。眼看试验任务这么紧张，他却不能学以致用，连任务的边都沾不上，我们旁的人都觉得可惜，他自己自然更着急。再这样下去，他以前学的那些知识就要当咸菜被吃了。我们希望机关的同志把问题反映上去。"

仗义执言的许子烈没想到，意见是被反映上去了，却白纸黑字罗列两条罪状：胆敢认为人民公社不重要，藐视劳动人民，阶级立场有问题；公然抵制下放锻炼政策，是挑肥拣瘦的自由主义，右倾思想严重。

许子烈成了大会小会点名批评的对象。

说起魏冬琴，自然和她的家庭出身不好有关。上海的大资本家，说白了就是剥削阶级的子女，是需要进行改造的。基地还是爱惜人才的。当初能来基地，一是因为沈西元是基地挖来的技术骨干；二来魏冬琴本身是学气象专业的，也是基地急需人才，又积极要求到艰苦地方创业。再者魏冬琴的资本家父母早在新中国成立初，就把莫大的家产主动交给政府，还是开明的民主党派人士，在政府是挂了号说得上话的，几方面都不应该把人家拒之门外的。

但这回确实特殊，确实严格，没有丝毫变通的理由。魏冬琴也是被任务排除在外的同志，需要接受学习，参加劳动。

沈西元干脆被抽到附近的县上，和地方同志一起参加了"四清运动"。当然，谁也没明着说，都是工作需要，彼此心照不宣罢了。直到任务前夕，在试验部长的反复呼吁下，基地领导亲自过问，他才回到离开几个月的单位。

沈西元走之前，一直忙着向接替的人交代工作，人更是一直泡在几个中队，尤其是一中队。忙得天天神龙见首不见尾。他怕葛校言有压力，专门和葛校言说："你啥也不用想，就想任务。其他由组织来考虑。"

葛校言的一中队，经历了多次任务实践和技术考核，基本上已经确定为执行任务的种子选手。虽说，任务一天不执行，就存在变数。但种子选手的地位难以撼动。所以全团，甚至全基地都把眼睛盯在一中队上，一点风吹草动都无疑是九级风暴，压力太大。偏偏这当口，自己家里出事了。葛校言作为一队主官，生怕执行任务时，反倒把自己给排除在外，对他就是巨大的灾难。所以，思想上不起波动是不可能的。他太需要来自上级的支持。他当然明白参谋长话里的意思。说真的，当时眼泪一下涌到眼眶，他忍了又忍，深吸一口气。借口戈壁滩的阳光太猛，赶紧揉揉眼睛，才没在人前掉链子。

可是葛校言还知道，沈西元自身难保。

对沈西元被抽调工作组，团长一直持保留意见。任务当前，让懂技术，又懂指挥的沈西元调离，无疑就是卸掉左膀右臂啊，他的心里不好受！

于是，沈西元走前一晚，正在基地开会的团长专门请假回来和他告别。一路风尘，到了团里，脸也顾不上洗一把，直接就奔到沈西元宿舍。临出门没忘了拎上老婆从老家给他带的一瓶杜康酒。

宿舍里，沈西元的东西已收拾好，一个旅行包搁在地上，并不饱满。屋子里陈设简单，却很整洁，被子叠得方方正正，毛巾脸盆都像连队要求的一般，抻得平平整整，——摆放整齐，兵味儿十足。这也是团长欣赏沈西元的地方。虽是地方大学生，沈西元的军人气质却相当厚实。布料的军装也可以穿出毛料的感觉，永远板板正正，即便旧的已起了丝丝缕缕的毛边，也干干净净，见棱见角。脚下皮鞋锃亮，哪怕是双布鞋，也是纤尘不染。头发、指甲缝永远干净的找不见头皮屑和黑泥垢。无论什么时候，整个人看起来都是清清爽爽，和窝囊邋遢不沾边。做事细致干脆不琐碎，讲究细节，却不令人反感。记得那个苏联军事学院毕业的别克瓦廖夫，曾追着沈西元问，是否也上过军事学院。在得到肯定回答后，耸着肩膀晃着脑袋说，不可思议，他完美得像个骑士。这和他接触的很多粗犷的中国军人都不一样。团长对骑士不骑士的不感冒，但他觉得沈西元特给中国军人长脸。

沈西元正端坐在书桌前写着什么，见团长进来赶忙起身。

"您怎么回来了？正说，给您留封信，把有些工作再汇报一下，和您告个别呢！"

"不见你一面，心里不踏实啊，请假也得回来！"团长进门就看见了立在床边的行李包，眉毛扬了扬，神色就黯淡下来。

"你先去着，待几天。这事我必须向上反映，马上就要冲锋陷阵了，这时把大将调开，简直是胡闹！当初调到基地的人早都查了祖宗三代，能有什么问题？不能把知识分子的出身看得太重，关键看表现！这话聂帅早就说过，不是我编出来的。看他们怎么说。好钢就要用在刀刃上，你说是不是？"

话题被团长一提起来，还是挺激动。不等沈西元回答，团长顾自把酒瓶子重重放在桌上，啪的一声，音儿挺大，倒把自己和沈西元都惊了一下。

"来，今天特意把我的存货拿来，咱们喝上两盅，算给你饯行。团长张罗着又从口袋里掏出一小纸包盐水黄豆，一点儿雪里蕻咸菜，居然还有两根酱羊蹄子。团长拿着酱蹄子，得意地朝沈西元晃了晃："这可是从一所搞的，怎么样？咱也尝尝大厨的手艺。"

一所是基地专为苏联专家和接待高级首长修建的。当时为了满足苏联专家的西餐口味，专门从北京、沈阳等地方调了几个大厨师，听说其中有上过国宴的。一所在基地人心中，就是一处神秘所在，戒备森严，别说享受到它的食品，平时连走进去，都是不可能的。

一阵暖意涌上心头，沈西元忙张罗着收拾桌子，搬凳子。

"团长，您太客气了！还搞得这么丰盛，您能专门跑回来，已经让我非常不安了！"

"老沈，咱们就别说见外的话了。我知道你肚子里有话要说，我也好多事要在一起商量商量，说道说道！把茶杯子拿来，先满上，咱们坐下来慢慢聊。"

沈西元赶忙找出两个喝水的搪瓷杯，仔细用开水涮了两遍，才一人斟上半杯酒。原本沈西元没有酒量，喝一小杯就上头，但他今天把酒倒得和团长一样多。

团长就笑，说："这就对了，醉不醉的先倒上，气势上就有了。看来没白受咱发射团'有条件上，没条件，创造条件也要上'的作风的熏陶。"

团长点上一支自己搓的土烟卷，深吸一口，眼睛被浓重的烟火熏得有些睁不开眼。却又一连吸了几口。一腔的感慨却也被调动出来，推心置腹。

"过去打仗，摸爬滚打，出生入死，又苦又累，不觉得什么。想不到现在在戈壁滩上搞导弹，一无所有，白手起家，倒觉得比打仗要苦要累。导弹技术复杂，要求高，我的文化不高，不像你是喝过洋墨水的。说真的，我在团长这个位置上是如临深渊，如履薄冰，真比带一个团冲锋陷阵难多了。技术上没有你坐镇把关，我真的心里虚啊！但既然来了，干上了导弹，我们只有迎难而上。目前这种状况，我心里没底，咱们好好说道说道！"

团里下一阶段的任务让他们谁都放心不下。聊着聊着，就成了形势分析会。团里面，哪个人是什么特点，哪个人家里有什么困难，哪个人思想上有什么包袱，哪个人的性格特点，技术专长，一个个进入他们的视野，一个个在脑子里过。为的就是挑选最合适的任务人选。沈西元提出请团长做工作，一队不能没有葛校言。此时最忌军心涣散，而葛校言俨然是一队官兵的主心骨。作为领导，他们一起摸爬滚打过来的，自己了解葛校言，对葛校言的为人可以打包票。

团长也着急，团里发射任务大大小小也打了几十发。目前，队伍里几种思想并存，有的是无所谓，觉得打了几十发，这次也不会有问题。要么是惧怕，原子弹的威力可不是闹着玩的，"两弹结合"又是第一次，咱们刚研制出来的"铁疙瘩"性能可靠性到底怎样？谁的心里也没底儿！还了解到一些消极想法，类似"常在河边走，哪能不湿鞋"，认为差错难免。这些都是要命的思想。团长心里清楚，接受了任务，就意味着没有"万一"，一点儿问题都不能出。对于这些思想状况，部里、团里下了死命令，哪怕把嘴皮磨破，也要把思想政治工作细到发丝。几个月了，政委、政治部主任一直在基层蹲点，真真到了如临大敌，如履薄冰的状态。

沈西元则最担心技术预想不充分，虽然部队已经要求预想到每个具体的操作动作，而且层层把关。但他还是不放心，这几天总在琢磨缺漏项，又整理出了几页纸，他也想和团长交换一下意见。

两人就一直聊到后半夜，越聊越兴奋，酒也没顾上喝两口。葛校言的问题，团长向沈西元打了包票。有了领导的支持，沈西元这才觉得踏实下来。

已经有很长时间了，基地的形势都被紧张笼罩，让人透不过气。甚至在部队组织看电影时，战士们也是全副武装，打背包，背着枪甚至还扛着四十毫米火箭筒发射器。

今天下午，葛东风和葛樱莓兄妹俩早早地被妈妈接回家。昨天，单位战前动员会。通知除了任务官兵，基地其他人员及其所有家属孩子要做好转移准备，随时等待后撤。下午，许子烈放假在家，接了孩子，收拾东西。

这次发射导弹携带了原子弹头，危险性极大。在调试和发射过程中，万一出现情况，原子弹提前爆炸，所有人员将会立即化为灰烬，后果不堪设想。为确保人员安全，基地决定，在发射前，非直接参加发射的人员要全部临时疏散转移。许子烈他们不知道，为了应对出现意外情况，上级制定了详尽的应急处理方案和防护措施。甚至连总参、总后、空军、军区、铁道部、公安部都被发动起来，一起组织弹道下面的数万居民进行了临时疏散，做好了安全救护的准备工作。

说是收拾东西，其实也没什么可收拾的，每家每户都配备了压缩食品。之前，基地组织大家看了一部科教电影，说的是怎么做好原子弹辐射防护。要求大家准备一些白布单子，危险来时，蒙在身上。家里也没什么值钱的东西，只需要拿上御寒的衣物，和拆下的白被里。此时，许子烈的心里没着没落的，手上更是有一搭没一搭没了章法。她在想心事。

女儿跑过来，先是试探性轻轻拉拉妈妈的衣角，不见反应，干脆使劲扯扯。许子烈扭过头，见葛樱莓急着告状："妈妈，妈妈，哥哥要下楼去玩，让我不告诉你。然后说也带着我，我没去。因为我听妈妈话，哥哥不是听话的好孩子。"

奶声奶气，还大喘气，小胸脯一挺一挺的。说完，一直扬着小脸看着许子烈，等待妈妈的夸奖。葛樱莓两岁生日后，突然金口大开。第一声居然叫的就是"爸爸"。这让很少陪孩子的葛校言大为惊讶，也让许子烈颇有些不服气。

葛樱莓是不鸣则已，一鸣惊人。大概从前不说话，把她给憋坏了。现在变得一发不可收拾，成了话密，特别爱表达，说话不急不缓，很有条理，还常常冒出几句小大人话，最爱做的事就是告状。别看葛东风大她好几岁，有时还说不过妹妹。于是，葛樱莓就主动承担了监督哥哥的重任。

要在往常，对儿女要求严格的许子烈早就该赏罚分明了。今天却只是摸了摸女儿两根细细的羊角辫，笑容都很勉强，更无意去捉拿儿子归案。

她有心事。

自打有了清查的事儿，心里的别扭没法说。想和丈夫倒倒苦水，葛校言和她也没什么话儿。难得回趟家，都是着急忙慌的，要不就打岔说别的，脸上的表情远比自己还阴郁。她知道，因为自己，丈夫在单位也受了委屈，差点连任务也参加不上。可这也怨不得自己，作为丈夫一句安慰的话也没有，心里自然有怨气。

在水库劳动，许子烈和魏冬琴的接触变得多起来。这次清查运动，本来就善感的魏冬琴，眼泪可没有少流。聊起来，她总对许子烈感叹，要不是爱人开导，她早就撑不住了。许子烈当时心里还真有点看不起魏冬琴，总不忘自己上海娇小姐的身份，需要别人哄。但再往开里聊，她就不这样想了，转而变成对魏冬琴的羡慕。

沈西元担心妻子情绪不好，身体受影响，总想方设法逗她开心。俩人虽难得相守，可却抓住一切鸿雁传情的机会。那时电话不方便，即便接通了，也不好意思多说。就写便笺，少则几句，多则几页，每天都不落下，凑到见面的时候，就一并带给妻子。要是很长一段见不了面，就托人捎东西。便笺就很巧妙地夹带在所捎物品里，避免了同事的笑话。魏冬琴家里有一个精致的箱子，不大，上面描着花色金边，镶刻着精致的玫瑰，充满异域风情。里面装的全是沈西元给妻子的小物件和便笺。

有一次，两个女人在魏冬琴家聊得高兴，魏冬琴破例端出来，这样的闺房之密，一般是不会示人的。箱子里飘散出淡淡的香味，许子烈粗粗掠过，看到里面有几方做工精细雅致的真丝手帕，还有胸针和几枚发卡，一枚发梳上细细地刻着鸳鸯戏水的花纹，虽是寓意传统，但是从图案到色彩都没有那么张扬浓烈，倒是含蓄精巧，足见挑选人的精心。再就是好几个本子。封面都是用薄纸板刻出花形，然后用彩色丝线搭配编织的封套，绝不亚于一件制作精良的工艺品，这是巧手的魏冬琴的杰作。里面都是她保留的丈夫的便笺装订本，内容不便翻阅，可随手翻检，里面不仅仅有文字，还有许多画页，内容俨然丰富。魏冬琴说，沈西元喜欢画画，常给她画一些只有他们两人才懂得画语，也算寄情于画了。看着魏冬琴的脸上一脸的幸福感，许子烈怎么也不能把那个挺拔刻板、眼神凌厉的沈西元和这些富有情趣的表现联系在一起。女人嘛，内心深处总是欢喜和向往这样的表达的，许子烈虽不能理解这样细致深厚的温情，总还是有些渴望的。

但许子烈现在把怨气暂且搁置，她更担心丈夫的安全。她已多次想到那个"万一"。尽管领导一直强调，凭着中国人的智慧和干劲，这个"万一"不会有，但她还是想到了越来越多的"如果"，越到任务近前，越是想。结婚快十年了，她和葛校言分开的时候远远多于在一起的日子。她从来没有像现在这样，对葛校言牵肠挂肚。捋一捋有限的相聚时光，都是陷入忙乱的慌慌张张，总有些事情在搅乱生活的平静，让她无法平静地和葛校言交流。

是的，交流！葛校言对她多是教育为主，她是葛校言眼里永远不成熟的学生。而她，对丈夫总是有抱怨的情绪，这样的情绪基本已成为婚姻的常态。两人即便难得地在一起，也都是硬碰硬，谁也不会服软，更没有温存软语相待。就算在一起亲热，也是潦潦草草。以前，许子烈总以为天下夫妻都是如此，了解了魏冬琴的婚姻，她才觉得自己的认识出了偏差，原来婚姻可以这样美好。现在，她愿意去发现尝试自己婚姻中的暖色，哪怕只有一点点儿。

可那么久了，葛校言甚至连个电话也没有。他到底怎么样啊？

许子烈不知道，远在几十公里以外的葛校言心里同样不好受。

团长没有食言。任务前一个多月，导弹、原子弹陆续进场，任务焦点全部集中在发射场。

此时，文革的烈火势如破竹，轰轰烈烈，红卫兵大搞串联，造反派四处横行。在混乱的动荡中，唯有基地是平静的。为了确保导弹、核弹头的运输安全和保密，中央专门部署安排，叶帅亲自签发了一道"中共中央军委特别通行证"，上书："这是一列运输紧急重要军事物资的专列，任何人都不要搭乘和阻拦列车的正常运行。沿途铁路职工、铁路民警、红卫兵战士和在无产阶级文化大革命中进行串联的革命师生，都有责任努力协助，保证这次运输任务顺利完成。"

专列绕道北线进入，列车经常是白天停在某个车站，夜里行车。每到一个站停车时，都会有军队对专列进行警戒。专列上没有餐车，没有开水炉供应开水。只有到了大站，车上的不管是首长还是技术专家才有可能在当地铁路军代表安排下，在某个单位的食堂吃顿饱饭，而下一顿饭就不知是何时了。这次直接参加试验任务的，有来自全国十多家单位的上千名人员，他们协作配合，如同一架庞大的机器，咬合紧密，才能运转良好。

气象部队不停地向高空施放探测气球，获取各种气象要素，争取最佳发射时机；通信部队认真维护线路和装备，保证通信联络畅通无阻；测量部队调整好各种仪器仪表，随时准备完成跟踪、观察、摄影、计算等任务；警卫部队加紧在场区巡逻，确保试验安全；后勤部队早就做好供电、供水、医疗、卫生、交通、物资保障。整个基地像一台庞大的机器，高速、稳定、有节奏地运转。

沈西元因为团长和一些人的四处呼吁，从"四清"工作队回到发射团。葛校言也被确定参加任务。

紧接着，在发射团范围内再次进行操作技术考核，考核主要为选拔最后在地下控制室的七名操作手。考核进行了多轮，除了政治上过硬、操作技术过硬，还综合各种因素通盘考虑，比如心理素质、处置应激状况的能力、思想素质、身体素质等等。这些都是必要的考量。如果在关键时刻，你手哆嗦了，跑肚蹿稀了，处理突发状况，脑子转不过来了，或者是美帝苏修派来搞破坏的，那就是惊天大事故，谁也无法担待。葛校言过关斩将，被确定为三号岗。当然，为了以防万一，每个人选都有双备份。宣布人选后，试验部和团领导专门召集入选人员开了会，分别谈话，每个人都表态度、表决心。会后，团长把葛校言叫去，专门交代，这机会来之不易，你好好表现，别辜负我们，别给团里队里抹黑。

地下控制室离地面仅四米多，非常狭窄。葛校言他们做过适应性试验，如果没有氧气发生器，一个多小时，人就透不过气了。控制室备了一周的水和压缩干粮。按照制定方案，如遇险情，他们要在此等待营救。但谁心里都知道，这样的准备是远远不够的。如果真的发生爆炸，不要说导弹原子弹，就是个当量高的大炸弹，这个仅几米深的地下水泥控制室也根本扛不住。所以他们连想都不用想，如果任务失败，后果会如何。几年前，就在苏联的导弹试验发射场发生过导弹意外爆炸，造成了在现场的国防部副部长兼火箭部队司令的一个元帅及数十多名将、校级专家当场全被炸死的惨剧。

没人为此胆怯。没有人要求，也没有相约，但每个人都写下了遗书形式的决心书。葛校言是这么写的："活着，为党的事业而战斗；死了，为党的事业而献身！不管遇到何种情况，绝对向党、向人民负责！"

这一切，许子烈都不知道！

事情还是在悄悄发生变化。

在完成了"空爆"和"冷核"的验证性试验后，各项准备进入倒计时。每个参试人员都在力争使每个环节、每个设备、每个参数的状态达到最佳，绝对可靠。

那天，葛校言正在阵地上忙碌，听见有人喊。扭头看见教导员郑玉龙急急忙忙往这边跑，因为风大，一手还拽着帽子。跑到跟前，喘着粗气说："快，团长政委参谋长都……都在队部，让你马上……马上回去！"

等葛校言跑到队部，见到领导，他已经预感有不好的消息。他站在门口，一时紧张地连"报告"也忘了喊。三位领导个个神色严峻，团长背个手看着窗外，军帽拿在手上，军装的风纪扣和第一颗纽扣都被解开了，露出里面的白布衬衣。不用走近，也能感到他身上的火气。政委一个胳膊架在腰上，另一只手摸着他下巴上零星的胡楂儿，若有所思。参谋长沈西元依旧军容严整，站着也是标准的跨立站姿。看见葛校言，赶忙招呼大家坐下。尽管还是面带微笑，笑容却比以往浅很多。

等葛校言坐下，他才发现，屋子里座位摆放好像三堂会审，他一个人坐在三位领导对面，一丝不安从他眼里闪过。他努力让自己平静下来，把腰板又挺直了些，两手分别放在膝盖上。

团长足足沉默了半分钟，才开始他的讲话。

"葛校言同志，指挥部经过慎重考虑，决定这次任务中，你不再担任操作手工作，改由王华良同志接替。"王华良是葛校言的第一备份。

葛校言最怕的东西还是来了，可他怎么也不愿意相信。喉头像水肿般，艰难地滚了滚，发出的声音很不真实。

"为什么呢？我没有做错什么吧！"他的脑子在拼命搜索，回放。

"你要正确看待组织决定，组织上有组织上的考虑。你踏实工作，不要背什么思想包袱，抓紧做好交接。"团长并不想就这个决定和葛校言更深入地谈下去。停顿了一下，又说：

"组织上临时调配你去转运分队，参加导弹原子弹从阵地运往导弹野战发射场。这个任务一样重大，一样光荣，必须小心谨慎。基地副政委要亲自带队。你有决心把任务完成好吗？"团长沙哑的声音透出威严。他已经连续几天没怎么睡觉了。

团长不想告诉葛校言，让葛校言参加转运任务，也是领导们争取的结果。葛校言之所以被取消操作任务，是指挥部有人还是就老问题提出异议。认为这样重要的岗位，宁可让同志受委屈，也不能掉以轻心。颇有"宁错杀三千，不放过一个"的架势。这说法没什么不对。但团长在给指挥部汇报时，还是把团领导集体商量的，争取葛校言参加转运任务的意见说了。指挥部没有反对。他不想说这些，在他眼里，军人只有无条件接受命令，没有任何纠缠和价钱条件可讲。

"请领导放心，我保证完成任务！"葛校言腾地从凳子上站起来，立正站直，平视前方，目光坚定，两手中指尖紧紧贴着裤缝，声音洪亮地回答。

葛校言没有让团长失望。

夜晚，发射场上灯火辉煌，亮如白昼。导弹在高压水银灯的照射下，像一位巨人，巍然屹立。第三次总检查过后，开始向导弹燃料舱加注，准备做试验。

加注中队的指战员，驾驶着几辆特种燃料车，有序进入发射场。他们头戴防毒面罩，开始小心翼翼地连接管道，轻轻地打开开关，全神贯注地将燃料源源不断注入导弹燃料舱！由于气温的反差，散发出阵阵白茫茫的气体。刹那间，上空白雾弥漫缭绕，好像幻境。

然而，这样的景象并非美景用来欣赏的，而是最要命的险境。一辆燃料车突然起火。蓝色的火舌从车辆与管道的连接处喷出，瞬间，便似跃跃欲试的蟒蛇往上直蹿。导弹的燃料活性大，燃点低。如不及时扑灭，燃烧起来，将引发发射场的爆炸，后果不堪设想。

情况万分危急！整个发射场都震惊了！上下牵动。

在千钧一发之际，战士张涛一个箭步冲上前，迅速将身体扑在起火点，好像扑堵敌人碉堡枪焰的战士，用血肉之躯抵挡熊熊燃烧的火焰。

这个举动发生在瞬间，不容人反应。等大家奔涌而上，起火点终于被制止。然而，张涛的衣服沾满了泄漏的燃料，火势完全转移到他的身体上。他像一个裹挟着火球的火人，迅速奔腾跳跃着离开燃料车。远点，远点，再远点。没有人能看清他的表情，没有人能了解他忍着怎样的疼痛。终于他倒在地上，翻滚着，火终于灭了。

此时的张涛完全是一具黑焦的躯体，空气弥漫着一阵阵焦糊的味道。他用仅剩的意识努力睁开眼，看着猛然醒悟的战友大声叫着向他奔来，视线越来越模糊，声音也越来越小，好像戈壁的风渐渐平静。他的眼睛似压了千斤的石头，怎么努力也打不开，最终契合在沙漠中。

不，不能！在世界黑下来的那一刻，他用尽全身力气抗拒着，微微睁开眼睛。看到了，看到了，那高高耸立的导弹，安然无恙，似乎也在注视着自己，放心吧，放心吧！

他一下子踏实了，甚至觉得自己脸上挂上了淡淡的微笑。其实，他的嘴角只是不被人察觉地抽动了一下，他好累，他想好好睡一觉，眼前一丝一毫的光亮一点点都消失了，世界一点点被拖入寂静。如同剧场，幕毕。

待天幕再次拉开，一切准备工作已完全就绪。全没因一个生命的消失而天旋地转，只是戈壁滩的天气此时又像孩子的脸说变就变。气象预报说，我国西北部地区大面积连阴天气将持续数日。

天气似乎有些反常。一向干旱缺雨的西北部地区，十月份，正是晴好天气，今年却是少有的例外。

戈壁滩的十月，已是深秋季节。阴霾笼罩天空，气温骤降。沙枣树枝上结了一层冰凌，红柳被压弯了腰，芨芨草佝偻着身子，苦豆子耷拉着脑袋，苁蓉、锁阳早就将头缩到沙土下。夜晚狂风大作，飞沙走石，打在人脸上，如针扎一般。风声怪声四起，令人毛骨悚然。

这样的夜晚，许多参加试验的人都无法入眠踏实安睡。团长睡不着觉，轻手轻脚地起来，披着大衣来到屋外，眼望着发射场方向，掏出香烟，狠狠抽了两口。随着烟头一明一暗间，他发现在自己的侧前方远远地还站着一个人，那是参谋长沈西元。看来大家都在担心天公不作美。他走上前，拍拍沈西元的肩膀，两人相视一笑，默契十足。

"按照发射窗口，指挥部将时间定在了二十七号。可我看这天气，丝毫没有好转的迹象，大有愈演愈烈的架势，我这一颗心总是悬在嗓子眼里。"

"不要急，天气很快会好起来的。我不放心的是咱们的参试人员，心情也受到影响。越到发射临近，焦躁不安是万无一失发射的致命大敌。"

"老天实在不长眼，不看看现在是什么时候，刮起风来没完没了！明天下午两个真家伙就要转运进场，千万不要出什么差错！"

说到这里，两人都不再说话，在皎洁的月光下，一起坐到地上一棵粗大、倒卧的胡杨枯树上，只有闪烁的烟头，一亮一灭，注视着他们。寒意一寸寸蔓延，他们浑然不觉，心头的烈焰灼灼。

这样的夜晚，葛校言当然睡不着。他知道发射一队要提前进入阵地，熄灯前，他又专门和王华良过了几遍操作，反复叮嘱在应急状态下要做的操作。不是因为怕王华良记不住，而是完全需要操作手把这些内容内化于心，变成像呼吸眨眼一样自然的反应。虽然不能亲手去操作，可葛校言的心一刻也没有离开那里。

当初葛校言写遗书的时候，不能说他脑子里许子烈和孩子们的影子一点儿没闪过，但他想个人的事情确实想得很少。他想万一自己真的"光荣"了，组织上会把他的家属安排好的。而且，自从经历了许子烈为厂子立了功的那件事后，他对许子烈非常信任，把家，把两个孩子交给许子烈，他完全不必操心。不是他心狠，在他心里，男人战死疆场，是死得其所，是最有意义的，他不怕！可领导不给他机会，让他总有一种被遗弃的感觉，气势明显不足。

这天上午，转运分队分两路分别从两个技术阵地将导弹核弹头转往导弹野战发射场。葛校言是其中一队的负责人。

风沙没有停下来的意思，反而打着旋，怪笑连连，好似在嘲弄这些翘首以盼的人。按规定，风速超过每秒十五米，温度超过摄氏零下十一度，就不能进行试验。而现在最大风速达每秒二十五米，气温降至摄氏零下十几度。但在征求了气象专家的意见后，指挥部决定试验如期进行，所有的设备、人员按计划进场。

门窗不时发出哐哐的响动，旗帜猎猎鼓动，高耸的白杨被吹得左右摇摆，扬起的沙尘令人难以睁眼。狂风旋起沙石，搅得天昏地暗。碎石被抛上天空，又狠狠地摔在驾驶室的顶篷上。沙石打在车厢铁皮上，噼啪乱响，震得人耳膜发疼。

下午三四点钟，正是戈壁滩光线最好的时候。此时，却是天昏地暗，能见度不足十米，长长的车队，一辆接一辆跟着，走走停停，缓慢移动。押车的负责人，不时跑下车打手势。所有车辆打开大灯，后来每辆车的前保险杠上都坐上了人，他们手里拿着灯，打着手电，用手里的灯光指挥司机向左、向右或者直行……五十多公里的路，走了三个多小时。即便是如此小心，还是出了问题，葛校言所在车队走丢了一辆车。

载着核弹头的车走丢了！

这消息无疑晴天霹雳，现场所有人顿时紧张起来。

团长在了解到是葛校言所在车队出了问题，登时脸色大变。

"居然是这小子掉链子，简直……简直不能让人信任！要在战场上，我非崩了他。"

一旁的沈西元赶忙劝慰："别急！别急！应该不会有事！"眼睛却不看团长，一直盯着车队来的方向，他的焦急程度绝不亚于团长。

"你就护着他吧！"团长气哼哼地甩下一句，走到一边去。心烦气躁地又是解风纪扣，又是摘帽子叉腰，不知干什么好，嘴里嘀咕着什么，脖子伸得老长。

一个小时后，当葛校言带着的车慢慢进入人们的视野，稳稳停在预定位置，人们悬着的心终于放下了，现场响起一片掌声欢呼声。走出汽车驾驶室的葛校言面色如土，踏上地面，腿软了一下，勉强站住，却还能感觉到身上微微发颤。他太紧张了。

葛校言觉得这几小时是如此漫长，足足像是过了一辈子。为了保证车辆平稳，减少与原子弹头的冲击，他让司机尽量放慢车速。当他们和前车失去联系后，他果断要求司机顺着路旁的电线杆作为标志，缓慢行进，终于有惊无险，安全到达。

团长脸上的表情很复杂，大怒大喜都在瞬间完成，表情肌还来不及转换。他冲着葛校言，狠狠地瞪了一眼。

葛校言见到领导，想立正站好，进行报告。不知是脚下的沙土太松软，还是底气不足，没站稳，身子歪了歪。这让他又多了些沮丧。再站好后，声音低沉喑哑："团长，是我的责任，我请求处分！"

"怎么？大战在即，还没上战场，先腿软了？你是铁了心要把我整出心脏病来，回头再收拾你！"团长说着就和沈西元急忙跑到转运车前，听取专家下一步意见。

此时在家中留守的许子烈一晚上也没有睡，昨天晚饭后，魏冬琴来找她，说葛校言打电话到家里，让转告许子烈，疏散时把孩子保护好。许子烈觉得奇怪，葛校言有一段时间没有消息了，按照从前的习惯，执行任务前几天，他害怕分心，一般不和家里联系。而且以前从来没有把电话打到魏冬琴家里的情况。和沈西元关系再好，领导和下属的关系丈夫还是有数的。许子烈心下一沉，就问葛校言还说了什么，魏冬琴就把葛校言简短的电话内容又复述了一遍。这样的反常到底是怎么了，许子烈越发心慌起来。魏冬琴看她魂不守舍的样子，就劝，这次打的是原子弹，不是一般的导弹，谁心里也没谱。葛校言又不是石头人，不放心是正常的，正说明他心里惦记着你们娘儿几个。

俩人没顾上多说，魏冬琴就告辞了。按照基地的通知，晚上以警报声为令，各住户做好准备，按指挥统一转移疏散。魏冬琴的不安不比许子烈少，她同样担心沈西元的安全，因为他们离发射场最近。

晚上，许子烈把收拾好的小包放在身边，安顿两个孩子早早睡下。孩子们哪里懂得大人的紧张，疯玩了一下午，早已累了。两个孩子都是穿得相对齐整躺在床上，以便警报声响，就能快速跑出去。许子烈就靠在椅子上打盹，葛校言的影子总在脑子里转，也没怎么睡着。

迷迷糊糊地就听到外边广播里军号响了，紧接着是尖利的警报声。

她赶紧把孩子推醒，抱起葛樱莓，牵着葛东风出了门。赶到集合点，才发现，黑魆魆的全是人。一辆辆解放牌卡车排在那里，大家按照指挥人员的命令，有序上车，前往火车站。许子烈看看表，还不到四点，周围的一切都笼罩在夜幕中。

她不知道，这个夜晚，在远离基地的有些地方，几万群众在部队的组织下也进行了几次防空演习，转移到相对安全的地方。他们所在的地方都是弹道区。

两个孩子都是第一次坐火车。葛樱莓没睡醒，一直趴在妈妈怀里，两只小手不停地搓揉眼睛，并不睁开。虽然只是闷罐子货车，却足以令葛东风兴奋。这节车厢里都是家属和孩子，车厢里昏暗，空气憋闷，味道也不好。车顶上挂着瓦数不高的电灯泡，昏暗得如同大家惴惴不安的心情。

葛东风很快找到了玩伴，几个孩子在车厢里跑来跑去，快活得很。脚步把火车地板震得发颤，打破了车厢里的略显肃穆的氛围。许子烈和那几个孩子的家长大声制止着孩子，还没等起作用，就见车厢门口有两个负责把守的战士，扭头向孩子们走来，严肃、凝重的表情终于让几个孩子安静下来。

许子烈听到旁边的车厢里，传出歌声，童声合唱的《毛主席来到咱们农庄》声音越唱越低，估计很快被制止了。旁边的女人小声对许子烈说，列车共有好几节车皮，估计传出歌声的那节是基地小学的。经过不知多久的等待之后，火车缓慢地开出了车站，一路走走停停。车厢的门一直大开着，除了两个把守的战士，人们都被要求远离那里。

葛东风第一次经历这样的阵势和场面，有点胆怯。看看这里，望望那里，大气不敢吭，安安静静地坐在妈妈旁边。葛樱莓也醒了，睁着眼睛茫然看着周围，并不说话。

火车继续跑着，葛东风怯生生地向许子烈要求撒尿，许子烈看看四周都是人，哪里有撒尿的地方，别的孩子也都安静得很。就小声呵斥儿子："不是上车前，让你去尿了吗？就不能老实一会儿？憋着！"

儿子觉得特别委屈，嘴巴咧了又咧，想忍，终于没忍住，哭着抗议："我想回家，我要尿尿！"

这个要求，像传染似的，刚才安安静静的孩子们，都开始嚷嚷撒尿，引起车厢里一阵骚动。许子烈尴尬地看着大家，一时不知怎么办好。车门口的两个战士替她解了围。就地解决显然不合适，为了保证安全，他们就轮番抱着孩子，让他们对着车门外撒尿。

阳光下，戈壁被涂上了一层金色，奔跑的列车，穿军装的战士，晶亮的、朝着车外滋得高高低低、远远近近的尿线……多年后，这景象好像刀刻般印在葛东风脑海。

终于，火车停下了，许子烈知道，水库到了。除了上厕所，所有人被要求留在车上。经过一阵寂静的等待，葛樱莓在许子烈身上不安分的扭动，许子烈趁机把她放下，轻轻活动着酸痛不堪的臂膀。葛樱莓望着她，急急地说："妈妈，妈妈，我的蛋？我的蛋？"

她的话，让所有人的注意力都集中到她身上。许子烈才想起来，晚上专门给孩子们煮了一个水煮蛋，赶紧在包里翻找。正在这时，前面一阵骚动，很快有消息传过来，原子弹运载成功了。车上的大人们都兴奋起来，有的人还欢呼着，拥抱在一起。女人们七嘴八舌地议论着，好不热闹！

"可算把心放下了，刚才我紧张得都不会呼吸了。"

有的说："这下再也不用怕苏修美帝国主义，胆敢惹我们，赏他一颗原子弹！"

"我家老王就在发射团，为了这一下，几个月没回家，估计这回能给放个假！"

"这就想了？这两年我和我们家老头待在一起的时间加起来不到两个月，都是我自己带着孩子在老家。刚随军没两天，就碰上任务，他又是不着家！"

"你说话真没把门的，不怕臊得慌，想什么想，老夫老妻的，就是觉得他辛苦！"

"得了，别解释，都是女人，说说也没啥，没人说你觉悟低！"……

热闹间，大家好像想起什么似的，纷纷上来把葛樱莓围住。

"小丫头，一说'我的蛋'就成功了！真是长了张金嘴！你可是福星高照呀！"旁边一片附和声。葛樱莓不知发生了什么，也忘了要鸡蛋，吓得紧紧拽着许子烈，往妈妈身上凑。大家又笑。

火车很快往回开了，这回走得痛快，一路欢快顺畅，回到了基地。下了火车已经能听到敲锣打鼓的声音了。

那一天，葛校言他们也近乎一夜未眠，整个发射基地都忙碌着。

天空阴转多云。这对发射基地的参试人员来说，是一个令人高兴的信号。人们的脸也开始"阴转晴"了。

拂晓，发射团的车队最先出发了，紧随其后的是产品结合车、调温车和其他装备车，最后则是各个试验队科技人员乘坐的车和主持试验的领导和科学家乘坐的车。

当车队驶入发射场地时，戈壁滩上的狂风突然加剧，它漫卷黄沙，将本来就躲在云团背后的太阳，遮挡得更加暗淡。狂风将跳下车来查看情况的首长戴着的军帽也刮跑了。司机连忙跑过来，把他拖进车里。

一个多小时过去了，风速终于下降到每秒二十米。

于是，下令开始吊装工作。

风速在继续下降，能见度也越来越高。

终于，结合车与起竖架紧密配合，顺利地完成了导弹与核弹头的对接。

发射转入正常程序：起竖，测试，加注……

按照程序，加注推进剂前，要请首长和无关人员离开现场。首长决定撤离前看望部队，给大家鼓鼓劲。

团长在发射场坪整好队，转身，立正，向首长大声报告：

"首长同志，发射部队列队完毕，请检阅！"

"同志们，你们这支队伍，有着艰苦作战的光荣传统，有着严肃认真的工作作风，有着无私无畏的奉献精神，你们现在正在进行的是一件彪炳史册的光荣事业……为了迎接这个任务，大家已经准备了很久，在最后这个关键时刻，要一鼓作气，认真做好各项检查操作，我等着你们胜利的消息！"

接着，首长和大家一一握手话别："祝你们顺利，祝发射成功！"

葛校言就站在这支队伍中，首长握住他的手，有力，温暖。他全身的肌肉都紧绷着，戈壁的风很硬，他却觉得自己像长在了这块土地上，身板挺直，眼眶发热，身上也热烘烘的。

此时，他的心已经飞到地下控制室，他甚至觉得自己的岗位就在那里。昨天的事，让他一直如鲠在喉。他多么希望在这个岗位上证明自己，无论发生什么，他都无怨无悔。昨晚，团长和沈西元等团领导，专门来到中队，和大家一起吃的晚餐。晚餐是胡辣汤，团长大口喝着，一边猛吸鼻子，做出被辣得够呛的夸张表情。一边招呼着葛校言。

"多喝点，驱寒的，明天就看你们的了！"

葛校言知道，领导在用这种方式给他和他的中队鼓劲。此时他在想象着地下控制室里沈西元、王华良的表情，动作，他在心里默念着口令。

"三十分钟准备！"指挥部发出了命令。

地下控制间里，沈西元拿出上级从北京带来的毛主席像章，郑重地佩戴在每个人胸前。七个人列队站在控制间悬挂的毛主席画像前，举起右拳放在耳边，庄严宣誓：坚决完成党中央、毛主席交给的光荣任务，不怕牺牲，排除万难。人在阵地在，誓与阵地共存亡！

"十五分钟准备！"发射阵地指挥员沈西元下达口令。指挥部用密语向北京报告："卫要武、戴红身体检查合格，可以出发！"

……

"一分钟准备！"

操作员那双操作计算机的双手微微抖动了。荧光屏上开始跳动着倒计时的阿拉伯数字：

"10……9……8……7……6……5……"

几公里外，葛校言穿着防护服，和战友们按照命令分散趴在地上，大家都在等待那揪心的一刻。

"4……3……2……1……0……"

只听一声轰鸣，大地在颤动中形成了波状线。

导弹载着核弹头，按照预定弹道朝着罗布泊落区，呼啸着飞去。

九分钟后，千里之外的核弹试验场传来喜讯，核弹头精确命中目标，准时实现了核爆炸。

西北的大漠中，升起一朵绚丽的蘑菇云，像是一棵拔地而起的大树枝繁叶茂而生。

此刻的发射场已是一片沸腾，在各个掩体、工位里的将军士兵干部战士全出来了，到处是拥抱在一起的身影，笑着叫嚷着奔跑着，有的就地来个单手跟斗，有的干脆哭了，激动的人群将沈西元和他的战友们高高抛向空中，一次又一次。"成功了！成功了！毛主席万岁！毛主席万岁！！"一声声从胸腔迸发的声音穿透云层，空中飘舞着抛起的帽子，防沙镜、红绸布像一枚枚礼花绽放，两只雄鹰振翅飞过，感染着激昂的情绪，奋力向远处飞翔。

美丽与哀愁

我们也要搞人造卫星。这是领袖人物说的。

1966 年 5 月，文革爆发当月，确定了华夏第一个人造卫星的命名"东方红一号"。对这颗卫星的总要求，概括起来就是：上得去，跟得上，看得见，听得到。这年，核导弹发射成功，葛校言同许多人一样又在期待着下一个宏伟目标：为举目看见"东方红一号"在天上巡航做准备。然而，文革这枚精神原子弹的杀伤力，来势汹汹，一路深入到发射基地。葛校言同许子烈也发生了激烈的争吵。

自从"两弹结合"任务几上几下的经历后，葛校言的心与许子烈就隔了一层，这种隔膜不是用言语能够捅开的，也不是用有道理没道理能说得清的。葛校言知道许子烈是最无辜的，可他心里的结却很难解。

在任务前的一个晚上，葛校言托魏冬琴给许子烈传话，在他看来就是鬼使神差。

前两天任务演练时，地下控制室的操作手洪正福晕倒过。葛校言了解自己的手下，洪正福的技术那是没的说，但自小身体弱。地下控制室里，各种设备通电后，散发出许多热量，室温最高时能到四十多度，又闷又热，令人呼吸困难。洪正福之前还拉了几天肚子，虽然现在已好了，但人还是虚，所以发生了晕倒事件。

葛校言就在这时再次向团长请求，希望团长能在指挥部做工作，让他重新担当操作手。结果请求直接被团长否了，还被骂了一顿。说他把任务当儿戏，将组织决定当作小孩过家家，朝令夕改，不讲政治。团卫生队已给洪正福做了身体检查，没有问题。洪正福也表示坚守岗位，还写了血书表决心。团长最后还痛心疾首地拍起了桌子，说："你这种情绪很成问题，不管组织上给你派到什么岗位，都应该愉快服从。你的军龄不短了，还是个当领导的，这种道理不用我讲。我们现在就是全力以赴保成功，其他任何私心杂念不要有!"

一顿批评让葛校言彻底死心了，就下定决心把分配的工作，干得漂亮。没想到，又发生了转运车掉队的事。虽然是客观的天气原因造成的，事后领导也没人打板子，可葛校言不能原谅自己，一时间，他甚至对自己的能力产生了怀疑。他灰心透了。无论是战场上，还是当初确定他是任务操作手写遗书时，他都没有怕过死。可在那天，死的念头瞬间爬上过他的脑海。也就是在这种心理驱使下打的电话，作为告别。但他很快就后悔了，甚至特别鄙视自己的这种非常不男人的行为。他当然不会和许子烈说。

不说，不代表心里没伤，他的脸就是最好的说明书。

这是许子烈发现的。

无论许子烈说什么，哪怕是简单的一句问话，葛校言总是一副极不耐烦的表情，眉头皱得像挂了把锁，两道参差不齐的浓眉揪在一起，一副痛心疾首的样子。嘴角永远耷拉着，好像受了多大的亏欠。

接到葛校言不寻常的电话，许子烈是不安来着。可是后来看到葛校言全须全尾地回来，人也没有什么变化，许子烈不仅踏实了，还觉得魏冬琴的话有道理，感觉葛校言心里是藏着他们娘儿几个的，对婚姻也有了新的憧憬。虽说不奢望达到魏冬琴夫妻的境界，但能有一丝丝甜的意思，她对婚姻就很知足了。

许子烈不仅这样想，还努力这样做了。要想改变，从我做起。她懂道理。她很认真地在心里检讨分析了自己，觉得自己从前对葛校言是不够温柔，无论说话还是态度。再者，她后来也知道了在这次任务中葛校言遇到的曲折。许子烈就越发内疚。人就怕换位思考。她真思考了，也真是认识到了。如此看来，许子烈同志还是很有辩证思维，深得马列之精髓的。

许子烈对葛校言的态度变了。每次葛校言回家，许子烈把家里平时积攒下来的稀罕东西，毫无保留，隆重贡献出来。人也收拾得利利索索，将洗干净的头发，用火钳子夹出个微卷蓬松的发型。换下灰突突的工装，摘下袖套，换上尽管还是灰蓝色的涤卡外套，但终归合身许多，小翻领里露出的衬衣，也是精心挑选的。在破"四旧"的背景里，这样做已经到极限了。偶尔有点好吃的，也是留啊留的。总是要放到快要变质，才心有不甘地吃掉。许子烈一直在工厂工作，说话嗓门大，现在也尽量压住。关键是姿态，原来他们说话总要争个你高我低，七个不服八个不忿，现在她尽力克制，把自己的姿态放低，再放低。

但是葛校言反应平淡，不仅平淡，还表示出从前不曾有过的厌烦，不认可。他对许子烈的变化压根儿视而不见。面对许子烈的精心，他会说："你就是忘不掉剥削阶级的那一套，你看看电影上都是什么女人弄成这样，都是女特务，坏女人！好好的头发你要七弯八绕，艰苦朴素摆到哪里去了？你就缺到贫下中农那里受教育的一课。"

说得义愤填膺，好像他面对的就是要腐蚀革命干部的女特务、美女蛇。见许子烈说话柔声细语，他会说，捏着嗓子干吗？没吃饭怎么的？有气无力。看许子烈不和他争执，会说："你别嘴上不说，心里不服。你看看阴谋家都是这样妄图颠覆革命的。"

原来，葛校言照顾不上家，偶尔还有个赔罪示好的态度。尽管粗枝大叶，嘴笨手拙，但好歹心里是有的。哪怕原来看到许子烈总吃凉馒头就开水对付，冲许子烈发好一通火。被骂得灰头土脸的许子烈也觉得心里舒服。现在不一样了，葛校言回到家颐指气使，觉得一切都是许子烈应该的，谁让她欠着他的。家里的活儿，能搭把手的也不伸手，反要让许子烈去求别人帮忙。关心体贴更谈不上了，对许子烈是从头到脚冒寒气，焐是焐不热的。

林林总总，反正就是不顺眼。刚开始，葛校言的态度让许子烈不解，甚至自卑，私下里哭了好多次。过后又重振精神更加讨好他，但是葛校言油盐不进，没用。一段时间下来，许子烈也算看明白了，原来葛校言就是放着好好的日子不过，没事找碴儿的。

这边的葛校言心里也难受。一个视事业、荣誉比天大的人，还有什么比被怀疑、不被信任的打击更要命的事呢？而这些是老婆带来的。葛校言向来认为是共产党带给自己这个放牛娃重生的机会，给了他很多荣誉，又把自己安排在如此重要的岗位。自己理应拿出身家性命回报也在所不辞。更不可能对组织产生一点质疑。他质疑的对象只能是许子烈和她背后的家庭。即便做了夫妻几年，许子烈的单纯上进他时时感受得到，但身上小资产阶级的毛病也一直相伴，比如打扮。这次任务前，说一说，吵一吵，甚至闹一闹也就算了。可现在，这些毛病在葛校言心里被无限发酵、放大，进而成了头顶上空一块挥之不去的阴云，让他心烦意乱。一个人的时候，他也有些自责对许子烈的态度，她现在一副受气小媳妇的样子，也让他有几分怜惜。可回到单位，面对那些在基层蹲点的政工干部，在讲话里时不时地把他指代为"有些同志"，并动不动以"教训""反省"的字眼来达到"敲山震虎"之功效。就让葛校言的失望、愤怒、阴郁更重一层。

许子烈哪里是受着的命。憋屈了一阵后，也就放开了，针锋相对，家里硝烟四起，常常把葛东风兄妹吓得哭。开始，许子烈一见儿女哭，也忍不住跟着掉眼泪。她是委屈。后来，除了葛东风，她和葛樱莓都不哭了。许子烈吵，葛樱莓就站在一边对着父亲怒目相视，以示声援。要是见两人吵急眼了，开始推推搡搡，葛樱莓就死命地拉着父亲的衣服，去阻挠。在许子烈眼里，女儿贴心，儿子肉头。葛校言也对儿子光会哭的软弱劲儿，十分不耐烦。索性拿儿子撒气，葛东风没少挨父母的揍。

当然，两口子毕竟是两口子，就算做不到床头吵架，床尾和，毕竟也不是不共戴天的敌人。但是心里的结是扭上了，不容易打开。

文革开始，单位里的各种学习、活动安排得满满的，俩人各忙各的，也顾不上摩擦了。

动荡中的激情

1968 年，闰，岁次戊申，太岁徐浩，生肖猴，闰七月。

这一年，地球上发生的事情真多。

以《我有一个梦想》演讲闻名的美国黑人领袖马丁·路德·金博士遭刺杀身亡。美国总统候选人，约翰·肯尼迪的弟弟，罗伯特·肯尼迪也被刺杀了。中国的文化大革命浪潮甚至穿洋过海影响到了欧洲，法国巴黎的青年学生效仿着中国红卫兵的革命行动起来闹革命；"五月风暴"的火焰烧到爱丽舍宫，法国总统戴高乐跑回了他的老家。法国青年的这番作为，令地球这边的革命中心——中国的革命群众很是振奋和躁动，他们意识到解放和拯救世界上另外三分二生活在水深火热中的受苦人的时刻就要到了。

基地也不例外，场区几乎每幢楼房都喷刷上了红色或者白色的语录标语，甚至连楼梯走廊也不例外。早上起来推开窗户，对面一个硕大的惊叹号便注视着你，颇有些惊心动魄。每天出操、工作、吃饭、睡觉前，人们都要对着毛主席像，端着红宝书大声朗诵一段毛主席语录。去发射阵地执行任务，一卡车的人也要在集体朗诵毛主席语录后，才发动汽车。这种局势下，葛校言、许子烈两口子每天扎根单位，无限忠诚地天天学习毛主席著作，天天对着毛主席画像早请示、晚汇报，下班继续留在单位苦练忠字舞。学习学习再学习，提高提高再提高。每天单纯的忙碌，好不容易见了面，除了忙活儿子女儿，就剩下可怜巴巴那点同床共枕的时间，虽说谈不上热度，但生冷不忌存心闹别扭的心思就淡了。

偶尔兴致好，两人还会谈谈政治局势，谈谈刚刚在基地办公楼和大礼堂张贴出来的花红柳绿的大字报。这些都算新鲜事物。文化大革命的火焰越烧越旺，此时的基地还算平静。据说，中央专门对基地有指示，执行好试验任务，稳定部队，不搞"四大"，不准串联，不准抄家，不准冲击军事领导机关。尽管如此，基地参谋长还是被隔离审查了。

许子烈对运动的态度疑惑居多，小有不屑。常常说点被葛校言喻为不着调的话。葛校言虽有时也有犹疑，但到底是男人，绷得住。有天两口子躺在床上闲聊。谈到了许子烈的朋友张梅的丈夫被派去水库负责看管基地试验部的老部长，张梅向她抱怨说丈夫左推右挡也没抽成身，谁都不爱去的差事。想想，昔日的首长如今被冠以了不明所以罪名的敌人，谁能不别扭，不痛心？

试验部老部长是个当年北平学运领袖，地下党员，洋派的将军。基地的很多任务，他都是直接领导者，可谓劳苦功高。这点谁都明白。许子烈对他印象深，就是上次焊接发射架的事，许子烈的奖状就是从老部长手里接下的。为了这个发射架，部长在修理厂、阵地两边跑了几趟，坐下来讨论几次，谁的意见都虚心听，不武断。讨论前甬管干部工人，先笑眯眯地散一圈烟。部长肺上有病，随时都在出汗，大大的蓝灰手帕总是被他挥舞在额头。会场里离他近了，可以清晰听到他呼吸时嗓子里跑出咝咝的声音，像是在纺线。有人忍不住笑，他也笑，没一点架子，烟点得更加勤奋。每次见到许子烈都是一句"女中豪杰"，然后就笑，他笑的声音很怪，短促有力，像打嗝，但你绝对相信出于真心。

部长爱好很多。最大的偏好是听西洋歌剧，家里的唱片都是《茶花女》《费加罗的婚礼》，威尔第、莫扎特这些玩意儿，原先敢大鸣大放地唱，现在就改偷偷摸摸听了。另外就是爱看个电影。苏联专家在那会儿，为了做好专家保障，基地进了些内部供应片，后来也就是些波兰的、阿尔巴尼亚的片子，还有些像《刘三姐》《五朵金花》之类被批为毒草的电影。这些电影平时是特供首长的，其实领导看个片子本身没什么问题，审查嘛。可偏偏部长是个不注意影响大大咧咧的人，极其爱老婆疼孩子，有时拗不过妻女的恳求，也不时带她们一起来看。于是这些就都成了被攻击的靶子。

当然部长的主要罪状是蓄意破坏社会主义建设，是敌人安插的老牌特务。为什么呢？因为既然是科学试验任务，就难免有失误、有失败，否则难符科研规律。但这些问题都算在了部长头上。大字报的花样也不少，什么"带着资产阶级的臭老婆和娇小姐，不爱样板戏，专爱大毒草"，唱歌剧成了用暗语给美苏特务发情报，群众关系好成了"脚踩西瓜皮，手抓两手泥——又圆又滑"……总之，什么都是错的，反动的。如今被隔离在水库，连听个半导体都成了奢望。听说如今部长每天早早起来，服务的对象变成了水库的几十头牛羊，装卸草料、铡草、挤奶他干得乐乐呵呵。但支持他的人心里难受。

许子烈的观点仅仅从做人的朴素道理出发就已经令她愤愤不平。说打倒部长的人怎么就得势当了道。不仅业务不懂，只对搞运动热衷，成天语录出口成章，见谁都是一副运动嘴脸，谁都是阶级敌人。原先见到这些被打倒的领导毕恭毕敬，说句话能酥到骨头里。今天人家一倒霉，就一蹦三尺高，怒目相向，落井下石。人品太差！

许子烈早就在车间练就了一副大嗓门。一番话惊得葛校言从床上跳起来，顾不上披衣就去看窗户关严实没有，再跑到门边贴着门缝听听外面的动静，一番折腾下来，还是止不住心狂跳。

他可知道不谨慎的厉害。单位的小张，多机灵的小伙儿，业务尖子，立了好几次功的。在政治学习时，可能因为犯困走神，随手在《解放军报》上画了个小鸡。娘啊，旁边正好登着一副林彪副主席学毛选的照片。这还了得，马上被打了小报告。好在基地的"革命"氛围到底比不上内地，他没被打成"现行反革命"。虽说领导没有上纲上线，但要没有沈西元力保，小张也差点一撸到底，十来年白干，回家重新扛锄头。最后落个下放水库劳动一年，降级使用，已是万幸。

他知道旁边单身干部楼里，好些人老婆常年不在身边，没事爱溜门缝，听听人家两口子的私房话。许子烈刚才提到的人，现在是基地的红人，一个接了老部长的班，一个是部里的副政委。部里在他们手里已成了"革命试点"，有点人人自危的意思。要是被人听到许子烈的这番话，被汇报上去，可够葛校言一家喝一壶的。

其实葛校言心里也不痛快，单位贴了郭团长和沈西元的大字报，居然说他们处心积虑搞破坏，事件直指运导弹的车失踪。

这他妈的明显颠倒黑白，站里谁不知道郭团长和沈西元的为人。阴谋，彻底的阴谋。

关键问题是当事人葛校言的名字一字未提，矛头指向很清楚。大字报是匿名，虽然只保留了三天，但这样的质疑会让人联想丰富。葛校言想不清楚写大字报人的意图，但并不敏感的葛校言分明感受到了周围异样揣测的目光。

想到这里葛校言恼怒万分："就你明白，别人都傻？女人家家的，嘴上没个把门的。还想害我第二次？再胡说，非一纸休书休了你。"

"虚伪！我看你才是脚踩西瓜皮，手抓两手泥——又圆又滑呢！不用你休，我自行了断。"许子烈佯装鄙视，从床上爬起来，抱着被子就往孩子屋子里走。雪白的两条腿晃着，让葛校言顿时眼热了一下。他好像才发现，别看是两个孩子的妈，老婆的身材还是紧实苗条的。可是再一想，好看有什么用，想不到一块堆儿去，还尽惹麻烦，刚翻出来的好兴致便飞到爪哇国。

这年年底，当许子烈发现自己老是睡不醒、老想赖个床的时候，才发现老三已不知不觉在肚子里潜伏了两个多月了。

不是许子烈心粗，她的勤快在单位有口皆碑。除了忙工作，但凡有一会儿工夫在家，就是洗洗涮涮，屋外的晾衣绳上基本没有闲着的时候。她把一双秀气顾长的手泡得像是透明的红萝卜，当然家里的一式铺盖，穿的用的，甚至女人用的例假带都是干净透亮的。两个孩子的收拾更不必说，是学校幼儿园里最干净的孩子。但论起保养，还是上海女人讲究。在水库一起劳动，许子烈经常能享受到魏冬琴家里带的蛤蜊油。魏冬琴悄悄告诫许子烈：女同志最应注意脖子和手的保养。许子烈虽是不以为然，但还是发现了蛤蜊油的功用，即便风吹日晒，但脸和手都不再皱了。问题是，许子烈不注意经期保养，那几天还是照样干活照样洗涮。戈壁滩的水可是祁连山的雪水化的，冰凉得渗透骨髓。长期下来，痛经、例假不准就找上门。几个月不来例假是常事。所以许子烈习以为常了。待意识到问题，已经晚了。

许子烈感觉沮丧。

自打和葛校言不睦以来，她对床事早都冷淡了。偶尔的，也仅是为了不和葛校言起争执，尽个夫妻义务，图个太平共处。葛校言也很少碰她，哪个男人面对一具冰冷得没有回应的躯体，也不会多有成就感。许子烈的沮丧在于他们太偶尔的交集，就中了招，而且那天葛校言是酒后犯事。

葛校言喝不了酒，学了几回，也不行。

技术员小高结婚从东北老家回来，给他带了瓶自家酿的"小刀"，还冲他挤眉弄眼地炫耀："我家这酒，在嗓子眼儿时像刀，进了肚子可就销魂忘忧了。你一定得试试。"

葛校言一直没喝。那天碰上心头不痛快，周末在家，就自斟自饮喝了不到二两。五十六度的东北小烧，喝了不吐不倒，还真让他销了魂。

在许子烈眼里，这是葛校言的阴谋论在发酵。

发酵的结果是有了老三。老三就在许子烈肚子里稳稳地开花结果。

许子烈跑到魏冬琴那里掉过几次眼泪。

"真不想要这个孩子。"

"说什么傻话，孩子是父母的连心锁。有了孩子，你和小葛就不会惦记着吵闹了，我估计小葛知道了，会特别高兴。我是想怀还不敢怀，要不我早就要了。我这心脏病，老沈不同意要。不过他可真是喜欢孩子！"魏冬琴说起这个话题连连叹气。

"连什么心啊，我们可没法和你们比。见到连话都没两句，快成陌生人了。除了孩子是我们共同的，我们没啥共同点！"

"你们啊，都是硬脾气。有啥了不得的气啊仇的？真搞不懂你们！"魏冬琴嗔怪着，拍拍许子烈的手背，出着主意："你回家乖点，他冷你热，他吵你不吵，他不说话你说话。男同志服软。不行我找老沈和他谈谈。唉，这小葛！"魏冬琴拉着许子烈的手，试图用手掌的温暖传递关切和安慰。她觉得自己是幸运的，男人和男人太不同。

"大姐，别长他志气！我就是担心这个酒后要的孩子以后有什么毛病，别出来是个小酒鬼！"两个女人聊啊聊，许子烈继续膨胀的虚惶多少有了些释放。

倔强的许子烈还愣是没有告诉葛校言。等到葛校言知道的时候，许子烈的肚子都藏不住了。葛校言越来越确认这事是许子烈想拿孩子向自己示威，让他服软。他可不吃这套。但这个消息显然让他振奋，好半天，葛校言嘟嘟囔囔的话音出来了：生孩子才是女人的主业。

他喜欢孩子。

老三体贴许子烈，安静生长，谁也不扰。但许子烈却为孩子是否健康的问题越发焦虑。颧骨上的妊娠斑颜色一点点深了，显得人憔悴无助。

孩子的到来，真是帮助他们和谐了夫妻感情。

对生孩子，葛校言夫妻难得地有了共识。

葛校言是农村出来的，地多房多孩子多，是老家一辈辈人传下来的幸福标准。虽然儿女双全，许子烈还想生个男孩。她总觉得老大葛东风太面，成不了大事。这也是葛校言的想法。

不是许子烈不爱儿子。哪有母亲不疼孩子的。她常常捧着葛东风过于精致的脸蛋一遍遍地看，脑子里却是另一个孩子的样子，一个倔强狡黠的男娃娃形象。葛东风不知道妈妈在想什么，老被扳着脑袋，令他不舒服。他会问："妈妈，怎么了？今天我的脸洗了，你还检查过呀？"他的话立刻让许子烈为自己有这样的想法惭愧。

许子烈、葛校言很认真地讨论过孩子的名字。

可以想象一个被寄予厚望的军二代来到这个世界，除了需要有他象征着雄性生机的把把外，还应该有一个响亮的有着革命意义的名字，这对于一个即将成为革命后备队的孩子来说是意义重大的。两人思考了很长时间，翻了学习的两报一刊，毛主席的最新指示。当时全国正在如火如荼地开展"三忠于、四无限"运动，"忠于毛主席、忠于毛泽东思想、忠于毛主席的无产阶级革命路线"。对毛主席、毛泽东思想、毛主席的革命路线要"无限热爱、无限信仰、无限崇拜、无限忠诚"。于是，葛校言拍板，给儿子取名为"忠信"。既"忠"又"信"，政治上应该非常过关。

俩人就带着美好的期待投身忙碌的工作中。葛校言是真的期待这个孩子的到来。只要回家，进门放下手中东西，第一件事就是找许子烈，表情凝重地趴在老婆肚子上听动静，好像一个仪式。在前两个孩子身上可没表现如此勤奋。葛校言也不知道为什么。他自嘲说，大概年纪大了嘛！

自己被重视，许子烈心里自然美滋滋，但嘴上依旧不饶人。

"以前怎么不见你稀罕？"

"以前稀罕，现在就不稀罕。以前不稀罕，现在就更稀罕！事物总是这样发展的。"

近段日子，葛校言的辩证思想处处体现，看来政治学习抓得紧还是有效果。

"听到什么了？"

"咱儿子唱歌呢，叽叽咕咕的！"葛校言一脸喜滋滋。

"瞎说！我肚子早饿了，吃了一小把沙枣，不顶事儿。"

许子烈用舌头奋力在口腔搅动两圈，嘴里的沙涩还在。

"我儿子在娘胎里就开始尝尝戈壁滩的味道，不知他觉得滋味如何？不会得便秘吧？"

葛校言说完，被自己的调侃乐得牙床都露出来。惹得许子烈瞪他。

"要不是儿子怎么办？"她一手扶腰，忍不住也摸摸肚子。脸上多少有点不自信。

"不可能。"葛校言信誓旦旦，"咱家前楼那个，雷达站的张营长他老婆，看生男生女有绝活，可是祖传的。她早看过你了，说肯定是儿子。原来我不信，上个月老郑的老婆生了，谁都说是女孩，就她说是带把的。你看，果真！把老郑乐得，把藏了多久的半扇黄羊肉拿出来，办了招待。你肯定也没问题！"

"那你都想着怎么招待人家了？"

"早想好了，不用你操心！你就想着怎么把咱们儿子平平安安生下来就行了。"葛校言在屋里忙着登高爬低，做些许子烈现在不方便做的家务。

"唉，你没看出老大这几天情绪不高？听他妹说，他怕我们不喜欢他。咱们是不是在他面前说太多了。"许子烈有些不安。

"一个臭小子哪里来这么多黏糊事！没人对他不好！瞧这扭捏劲儿，大了能有什么出息？"

葛校言正踩在方凳上换灯泡，一生气，灯泡掉在地上，一地的玻璃碴子，脑子里一个念头划过，也不知是否惊扰到老婆肚子里的小家伙。

就这样，许子烈的身子一天天笨重起来。氧气电焊常常需要蹲下工作，一蹲就是个把小时甚至更长，每次一蹲下，总感到憋得喘不过气，蹲不下去，只好跪着干活。回到家里，人累得没有一点力气，总想在床上靠一靠，赖床。

葛樱莓上幼儿园，晚上接。葛东风已上小学二年级。儿子很懂事，从五岁就学会做饭。说起教儿子做饭，许子烈不知担惊受怕多少次。一次，儿子得了猩红热，除了住院治疗，出院还得在家隔离几天。葛东风就被一个人搁在家。儿子淘气，老想往外跑，加上许子烈下班回来做饭时间紧张，为了拴住儿子，就想起教他做饭。家里用的烧煤柴的铁桶炉太危险，许子烈不敢让儿子碰。就把当初生孩子熬奶熬粥用的十二头煤油炉拿出来专门做饭。教他划火柴，教他打米量水，这样回家只要炒菜。后来想想，让这么小的孩子摆弄火，许子烈真是后怕。

现在，儿子知道妈妈辛苦，中午放学早，都是一路小跑回家，把煤油炉点上，打米做饭。然后把土豆、白菜洗净，这才去叫妈妈炒菜，总算能让许子烈歇歇喘口气。晚上放学，先把妹妹从幼儿园接了，兄妹俩一起走回家。到家，许子烈也回来了，锅里熬上了玉米面糊糊，馒头也蒸上了笼屉。一路打仗般地吃了饭，许子烈就急匆匆赶到单位参加晚上的政治学习。葛东风就着窗外大喇叭里放出的"新闻与报纸摘要"的广播，把锅碗瓢盏洗净，再帮妹妹洗脸洗脚。按照许子烈规定，喇叭声一结束，兄妹俩就必须一个写作业，一个在旁画。等许子烈十点结束学习，从单位回到家，孩子们必须写完作业，洗漱完毕钻进了被窝，拉了灯闭上眼睛。她会检查。

这些时间精确到分，哪个环节出了差错，都可能导致许子烈和孩子们迟到。上学迟到，老师要罚。上班学习迟到，就是思想态度不端正，政治上不成熟，都不好受。鉴于后果严重，许子烈家有严格细化的作息流程，逐条抄录，贴在每间房子的墙上。哪条违反，都会引来一顿严厉的惩罚。许子烈、葛校言对孩子的教育方法都是一条，打！葛校言打人手脚并用，脸啊头啊屁股啊，抓到哪里打哪里。许子烈说这样容易伤孩子筋骨，就在家里备着很细的柳条棍，作为惩罚工具。被葛东风悄悄丢了几回，工具就扩张到了织毛衣用的竹签铁签。抽到身上，所到之处就是皮肉上隆起一道红红的杠杠，伤不到筋骨，但绝对疼得惊心动魄，让你记一阵。葛东风没少挨父母打，邻居常能听见他抽抽噎噎的哭声。

风雨飘摇中的疏散

1968 年真是多事之秋，苏联向中蒙边境派出导弹部队，并部署了带有核弹头的远程导弹。随后，中苏珍宝岛之战爆发，两国边防部队进入实战状态。这一年，苏联发射了三十三颗侦察卫星，军事意图明显。靠近中蒙边界的东风基地成为战争一线的事实不可回避，基地拟定了几套应急方案，还举行了大规模的防空袭和疏散演习。1969 年 9 月 23 日和 29 日，在世界都在预测中国可能遭受核打击的严峻时刻，西部国土却进行了第一次平洞地下核试验和一次高爆试验。巨大的震动波搅动了山川河流，更刺激了苏联。此时，中苏之战，剑拔弩张，一触即发。十月份，林彪下达"一号命令"，全军进入紧急战备状态。基地对家属们进行疏散。葛校言同许子烈也面临着分别。

这时，除了基地高层，包括葛校言、许子烈在内的绝大多数基地官兵对急剧恶化的中苏形势还不是十分清楚，更不知道当时有多少枚核弹头已悄悄对准了基地，情况有多危急。部队准备打仗是常态。

基地开始组织官兵紧急抢挖防空洞战备库，基地上下一片忙碌。但令人不安的消息在后面：基地要裁减、撤离人员。

此时的基地已有几万人规模，光家属孩子就有好几千人。十年建设下来，基地刚刚有了些除了军装绿色、沙漠黄色之外不一样的色彩，除了军号和番号声外，刚刚多了些女人和孩子的笑声；有了除食堂外，房子烟囱上飘起的袅袅炊烟；生活里除了横平竖直的单调，还有了日常生活的热乎气……然而这一切就要结束了。有些岗位裁减，转业复员。剩下的部分家属孩子战备疏散。除了留守人员，基地机关撤离转移到外地办公。

一连几天，往车站的路上开过了上百辆的卡车车队，车上载满了军人。也许没有见到过这样大的阵仗。随着车子缓缓开过，许多待在家里的老人、妇女和孩子们追着卡车跑，调皮的男孩子数着卡车的轮子，什么四轮卡、六轮卡、十轮卡等等，最壮观的当属车队最后面的几辆苏制重型载重卡车了，开起来马力充沛，隆隆的声音中伴着股股黑烟。

接到战备疏散的命令，葛校言、许子烈两人都觉得有点突然。所谓战备疏散，就是让家属孩子投亲靠友，谁对形势也没有把握，对持续时间的估算更谈不上，所以选择的去向尤其重要。要考虑人家的接纳能力，家属孩子的就业上学。那段时间，基地很多人家都在收拾行装，虽没有什么值钱东西，可大包小包的行李被褥，加上大人拉扯着两三个叽叽喳喳的孩子，奔向不大的火车站，场面还是颇为壮观，一种慌乱的情绪在升腾蔓延。

这里的男人回避和别人多交流对此事的感受。女人们碰见，也是匆匆地低语几句，交流一下去向，为所知的那点可怜局势担忧，想着可能从此各奔东西，女人那点愁肠百结的情绪就钻出来了。不管男人女人，无一例外的神色凝重，如上了冻的冰，一时半会儿难解。

许子烈第一个反应就是不走。在她的想象空间中，满目疮痍的战争场面多少还是幻象，何况守着这么多部队。当初就是英雄情结促使她来的基地，如今该同生共死才对。许子烈的性格中豪情永远多于柔情。

这个念头在葛校言那里就给灭掉了：你不要命，三个孩子的命总得要吧！

那我把他们带回去，再来！

她的回答让葛校言哭笑不得。许子烈是只盯着鼻子尖，嘴比脑子快的妇人之见，他懒得争执。他知道，几分钟后，许子烈的态度就会自行转变。他急着考虑该送老婆孩子到哪里去的问题。

葛校言自己从家乡出来二十年了，农村的家，日子本就过得艰难，再去几大口子，谁也承受不起。许子烈家在县城，虽说条件稍好，但也是有一堆弟弟妹妹还没工作挣钱，日子也紧巴巴的。是把孩子分开送，缓解压力，还是……葛校言犹豫着。

这事许子烈拍了板。她说不能分，就是要饭几个孩子也得在一起，就去姥姥家。当务之急，就是筹钱。虽说对于这次疏散，基地会解决一些路费，但也不多。但一段时间几口人在许子烈家的生活费必须充分，否则谁家也吃不消。葛校言找了好几个家在内地的单身干部借钱，再加上一点可怜的家底，东拼西凑全给许子烈带上了。

动身出发那天，来了个敞篷大卡车，一共五家人走。颜色各异的行李和二十来口人，把车厢挤了个满满当当。车上的人席地而坐。许子烈搂着女儿，另一边要去搂葛东风，一边搂一个，可儿子拧着身子逃开了。葛东风现在不愿意靠着妈妈肚子里的小家伙，于是就背靠着妈妈。

葛校言坐在对面。这些日子以来，他才第一次有时间仔细端详妻子。许子烈神情木然，呆呆地盯着女儿的脚，心思不知跑到哪儿，眼睛有点肿泡，是昨晚的杰作。很少在葛校言面前表现软弱的许子烈，在打发两个孩子睡下后，就开始向丈夫交代这个，嘱咐那个，婆婆妈妈总也说不完。说着说着就眼泪不断，一边说一边揩着。看着葛校言为她和孩子们捆扎好的大木箱，几个行李包，和一个大号的背篓。她和孩子们的衣服，四季的，被密密实实捆好，外面仔细地裹了塑料布。背篓里装了很多饼子，是葛校言扛着面粉专门找单位的司务长帮忙做的，一个新疆人，做出的饼和馕类似，据说可以放很多天不坏。一只大号铝质饭盒里被腌好的萝卜、雪里蕻塞得满满当当，外面也仔细地裹上了塑料纸。六个鸡蛋煮熟了，摊在圆桌上，准备明天走时再装。葛校言一边走来走去地看，一边问许子烈，还有什么没装上，到车上就晚了。半天没回音，抬头发现许子烈泪水奔涌。不觉心头喉头也有点发紧，出来的话音竭尽轻松。

"稀奇啊，我们铁胳膊、铁脑袋的铁老婆也会哭？"见许子烈还不理，又说。

"又不是见不着，没准一个月后，你们就全被招回来了。还不如我执行任务的时间长呢！"

"你看你收拾的东西，备得我们好像都没了退路，好像回不来了似的。"许子烈坐在床上，也不抬头，鼻音浓重。许子烈明显地在胡搅蛮缠。结婚以来，这是葛校言第一次如此用心地为她和孩子拾掇东西，还专门写了备忘录，把要带的东西一一列出，收拾好，再一一查对，一个个在纸上勾去。她要一起收拾，葛校言不让，说只要做好指挥检查就行了。她看得到，体会得到葛校言的心情。心里更难受，但她也是个不会表达感情的人，于是她选择用最最不可理喻的胡搅蛮缠掩饰心底的灼痛。

"现在是非常时期，什么情况都有可能发生，充分准备只有好处。这点，我打过仗，总比你有经验。"

"这几天闹得我肚子一直坠坠的不舒服，万一孩子早产生路上了怎么办？"对生老二的经历她一直心有余悸。

"预产期不是还有一个多月吗？生老二那样的遭遇是不会次次选上你。我拜托送你们的杨参谋，请他关照你们，毕竟是个大肚婆。来，让我听听忠信发表什么意见了？"为了缓解紧张，葛校言故意轻松地说。

许子烈护着肚子，和轻轻将脸贴在她肚子上的丈夫一起感受着小生命的律动。

火车开动前两分钟，正嘱咐儿子要好好照顾妈妈和妹妹的葛校言，突然想起什么，急急从兜里翻找着什么。许子烈也有些着急，以为落下什么，紧张地看着葛校言的动作。几张带着陈旧折痕的钞票终于露出来。葛校言急急地塞到许子烈手里。"这是连耳柜里铁盒里拿出来的，差点忘了，带上，路上想吃什么买上，别省！"话音刚落，火车就缓缓开动了。葛校言跟着跑了几步，终于在简陋的站台边缘停下。

直到葛校言已远远的看不见了，许子烈才将握在手里的钱看清了，一共九块钱，想起铁盒子里的钱一分一厘都有明确用途，没有多的，该是葛校言这个月剩下未交的伙食费。

泪水再一次涌上眼眶，挣扎着不让它们掉下。一双温暖的小手拉住她的左手，接着右手也温暖起来。不用看，是孩子们。

许子烈努力挑起嘴角，终于有了一个灿烂的笑脸。

"看，戈壁滩的阳光多通透！那地上一丛丛的是骆驼刺，那是红柳。看，这里有野兔子，跑得没有我们的火车快哟！"

"妈妈，骆驼刺扎人呢，可爸爸说它能吃，舌头该被扎出血了吧？"

"妈妈，火车会累吗？"

"火车是不是一会儿就能带我们去外婆家了？"

"外婆家有野兔子吗？能跑过火车吗？"

……

顺着她的手指，刚刚还挂着不及擦去泪花的孩子们，笑声已一点点放大，一个接着一个的问题抛出来，透着喜悦，透着向往。

曾经的悲伤，不可知的将来都随着飞驰的火车，被暂且狠狠地抛下。

列车驶过，在大漠里划出了一道逶迤的弧线后，戈壁滩重又恢复了宁静。

此时，初冬的寒气为戈壁滩抹上了一层灰蒙蒙的颜色，空气干燥得能炝出火花来，西北风旋转着，尖叫着好不得意，到处都留下它凌乱的痕迹。一个漫长和萧条的冬季就要来临了。

已经忙了整整两个月，自打第一枚中远程地地导弹的发射任务下达以来，葛校言所在的发射团就严阵以待了。

这次任务时机非比寻常，中苏冲突针锋相对，层层升级。此时的基地，正在展开中国第一颗人造卫星发射升空的准备工作。而第一枚中远程地地导弹的发射则是之前的先头任务，也是极为关键的步骤。如果成功了，东方红一号人造卫星便能按照原计划发射。

这里是试验任务领导小组会，基地相关部门和试验队的负责人列席。

此时的会议室烟雾腾腾，即便是西北风冲着敞开的窗户怪笑连连，也依旧驱不散这里的焦灼沉郁。沈西元坐在会议室里很久了，仍然感到喘息的急促，阵阵热燥酥软从指尖传导到脚底。摸摸额间，似有湿润的凉意。

"今天发生的严重事故，不仅遥测记录装置将勤务塔的钢柱打弯了，发动机电爆管也爆炸了，没死人算万幸。对任务究竟会有怎样的影响？要马上拿出详细的评估意见。我作为司令员，难辞其咎！"

司令员显然在努力克制，语气停顿间，不忘用凌厉的眼神从会议室里每个人的身上扫过。没人敢接他的眼风。

是的，如此严重的事故尽管发生在测试阶段，没有人能轻松。不过这次事故的出现，并不偶然。革命之火的炽烈，白天黑夜地烧，烧得人人自危，晕头转向。仅在导弹运抵后的阵地单元测试，就发现了快三十个故障。先天发育不良的东西，出毛病是迟早的事。

"国庆的礼炮声还没散，主席总理等着我们的消息，我们就是这么回报党中央的？这是什么性质的问题？破坏革命？我今天也不给你们扣大帽子，但，到底什么原因？到底谁的责任？沈西元，你们发射团要给我好好说清楚！"

沈西元刚刚到任发射团团长，这是司令员力排众议的结果。之前有人说他是黑专家，历史不清等好几条罪状，基地党委那里压着好几封告状信，而基地发一封信出去就有可能惊动北京。据说，党委在考核发射团班子问题上，专门开了好几次会。为了防止再出差池，常委会是连夜开会拍板的。司令员的表情严峻："东方红卫星发射任务上马，发射团是一线中的一线，团长必须过硬。我们完全从工作出发，干部部门专门蹲点考察了一个多月……"他晃着手中厚厚的一叠材料,语气稍作停顿:"把宝压在沈西元身上,不是乱拍脑袋得出的。当然在座的谁能找出比他更过硬的人选,可以!"司令环顾四周,似新疆人般凹陷的眼窝中射出的目光锐利,具有穿透性。会议室在短暂的静默后,有了一些讨论的声音,但很快再次安静下来。这天,关于沈西元的任命意见全票通过。会上,司令表态,如果沈西元出什么问题,我全权负责。

沈西元怎么能不理解司令员今天恨铁不成钢的震怒。

可是,沈西元此时却不知该如何说。九月份,发射团就已全面动员。他在动员会上说得很清楚,这枚中远程导弹,可以打到几千公里以外,射程之远非同寻常,稍有疏漏,就会打到国外,酿成国际事件,引发冲突,给本已面临国际紧张局势的中国雪上加霜。因此,对待此次任务,发射团如临大敌,不仅在岗位上调选精兵强将,而且任务预案做了几套,可谓毫无疏漏。事故原因初步分析,在于导弹设计制造上有重大纰漏。可司令员在会上已点将在身,他不能不有所表示。但是真难啊,喉头哽塞难耐,转了几转才化得开艰涩。

"现场测试操作失当,我承担主要责任。"

教育孩子只能从自己的打起,司令员此时很清楚问题出在哪里。他很恼火,混乱的局势已波及到最讲严谨的科研院所,要找的人找不到,要找的东西找不着,资料也不全。老老实实靠大脑来运行的尖端科技被插入争斗的刀锋,何时是个头?不能总是修修补补,当消防军吧?那得给国家造成多大损失?必须施以教训,让大家膨胀的头脑清醒下来。他在等大家的表态。

现场年龄最大的研制单位试验专家坐不住了,他态度诚恳地检讨:"事故原因基本查明,是我们编写的测试细则出现问题,控制线路设计不合理,继电器断电先后次序有问题。十几毫秒的差异,就造成了电爆管加电的机会。这件事与基地的同志无关,完全是我们的工作失误,我作为试验队系统现场负责人愿意承担责任。"

司令员看着他,摆摆手。

"现在不说责任,要说责任,是我这个现场指挥,试验领导小组组长的责任。现在我们主要讨论下一步怎么办?怎么把损失减到最小?"

……

会议持续到晚上。讨论有了结果:现场更换一级发动机。

月光泼洒在戈壁滩上,周围静得出奇。无边无际的苍茫大漠,密集着无数的沙丘，惨淡的月光在沙丘上颤抖、移动，一座座沙梁像一群巨蟒在爬行。

明天，一个全新的日子。

在沈西元的记忆里，忘不掉败走麦城的时光。多年后，一想到那天，他还是在记忆的屏幕上自动刷新多遍，然后断电屏蔽。

沈西元每看到竖在发射架上的火箭，浑身的血脉便好似通电一般，全身重新清理，排兵布阵，此前身体里松懈的，需维修加固的，模糊的因子，通通紧张起来，恢复状态，清晰无尘。

那天，他的感觉并没有变。

导弹正常点火发射。

开始几分钟，雷达跟踪系统图板上绘出的实际曲线，与导弹理论飞行曲线完全吻合。他甚至在听到报告的几秒间，有了点侥幸。就好像把先天有点不足的孩子好容易养活大，居然还嫁出去了，想到此，他甚至有了把头上戴的帽子掀下，攥在手里，狠狠在大腿上擂一拳的冲动。像沈西元这样的绅士，有这样的冲动委实不多见。可是上天没有给他小小撒野的机会，那点野念止于冥想。仅仅几秒过后，雷达跟踪技术人员从显示屏发现，速度曲线不再上升。接着，落区报告：没有发现目标！

沈西元顿觉眼前黑下来。

魏冬琴听到这个消息的时候，刚刚给单位食堂出了趟公差，将新一批冬储白菜入了菜窖。此时，正一手一鞋泥地在水池台冲洗。

魏冬琴从水库锻炼回到单位没几天，虽然暂时还没让参加业务工作，只在单位打个杂出个公差啥的。但谁都清楚，能回到单位，就是解冻的信号。主任和她谈话时透露过，等这次任务过后就上岗。

她看见同一个办公室的老张经过水池，便主动上前招呼："老张，怎么样？顺利吗？"

待走到跟前，借着灯光，才发现老张一脸的无精打采。看见她，老张紧着走两步，凑到跟前，压低声音说：

"顺什么呀！导弹找不到了，还不知飞哪里去了呢，要是跑出国就麻烦了！还不得惹上国际争端，打起仗来？娘的，还指着发射卫星呢，这下惨喽！"

老张只顾自己撒火发牢骚，完全没注意对方脸色的变化。魏冬琴一下愣在那里，她知道这一发任务对刚刚上任的丈夫来说意味着什么。她觉得呼吸一下弱下来，不知道怎么继续这个呼和吸的简单动作。

"听说消息惊动了中央，司令员急的，把杯子都砸了。这不，满世界找导弹呢！哎，你家老沈现在压力最大啊！"

看看魏冬琴没回应，老张一下觉得失言，掩饰地往鼻梁上推推眼镜，又用手推推。

"哎呀，小魏，你别着急，我这都是听说，没准这会儿工夫找到了呢？那么大个家伙不会说没就没了。哦，不说了。我们一会还要值班，先走了啊！"

魏冬琴马上意识到自己的失态。她心里的声音在叫：魏冬琴，不能这么承不住事。别让人笑话，你是沈西元的老婆，顶呱呱的沈西元的老婆！

她克制住情绪，好像还笑了笑，礼貌地道别。

魏冬琴忘了自己是怎么回的家，脑子里好像很空又很满。除了担心沈西元，她还想念儿子冬冬。

这发导弹寄予了魏冬琴另一种不同的愿望。随着沈西元和自己处境的好转，她本想这次发射成功后，就趁此机会和丈夫商量接儿子回来的事儿。

想到儿子，魏冬琴就抽心扒肚地疼。儿子大名叫国政，爷爷起的名。她还是喜欢叫他冬冬，对这个冬天生的儿子，魏冬琴充满愧疚。因为工作忙，沈西元一直在点号，在家的时候不多。妻子身体不好，他无法照顾，他心疼妻子。所以在孩子很小时，便被送到上海的外婆外公家。儿子三岁时，她就和丈夫商量把儿子接来团聚。两口子写了好多信，做父母的工作，老人好容易勉强同意。可等着沈西元带着箱箱包包，兴高采烈地把打扮得像小王子的儿子带回来，她才知道这个决定有多艰难。

自打外公外婆离开了儿子的视线，只要儿子清醒，就一直在哭。哭得很执着，拿什么哄都制止不了。即便哭到没有眼泪，也一直在哼唧。原以为，小孩子适应能力强，几天便好了，可是他们的希望落空了。不光如此，儿子从来戈壁滩的第四天开始生病，先是嗓子疼，接着就是无休无止地咳嗽，咳咳咳，咳咳咳，那声音越来越揪心，越来越空洞被放到巨大。吃药打针都无效。每天，魏冬琴都满面愁容地看着儿子，儿子咳嗽一声，她的心就扯动一下。她多想替代儿子去咳嗽，越这么想就越绝望，整宿整宿睡不着，嘴唇边上的火泡此起彼伏，只是在唇周的狭小地带转变位置而已，火泡每每都长到极致，开出血色的花，最后被龙胆紫染得面目狰狞。坚持了一个半月，在她觉得心尖子都要被疼掉的时候，于是逃跑似的把儿子送回上海。奇怪的是，儿子的病一回到上海便不治而愈。后来，她把这一个半月的母子共处时间咀嚼了好多年。她才特别悲哀地发现，除了因为生病，儿子对她这个母亲的自觉的依赖外，她竟然在儿子身上捕捉不到别的孩子对爸爸妈妈的亲昵喜爱，这是让她最为绝望的地方。

儿子现在快九岁了，上小学二年级。自儿子到了上学年龄，孩子的外公外婆对孩子回基地上学的态度明确坚决：为了孩子的教育，必须留在上海。

为了孩子，沈西元和魏冬琴妥协了。魏冬琴和上海家里通信很规律，一周一封信，每个月父母便会带儿子去照相馆拍张照片寄给自己。随着孩子越来越大，魏冬琴越来越不能忍受这种只能在照片上的母子相见。常常在睡梦中哭醒，本来身体就不好的她又添上了新毛病，神经衰弱。人像抽去水分一般迅速干枯。因为想念儿子，她对一起出生的许子烈的儿子葛东风有特别的情感。每次许子烈当着她的面训斥儿子，她总是心疼的，背着劝说许子烈。有点好吃的好玩的，她就会给许子烈的孩子送去，许子烈理解她，让孩子们叫她魏妈妈。就为这声称呼，她渴望见到许子烈的孩子们，但有时又会有些矛盾和抵触。因为见了他们，她就会更加想念冬冬。

这一阵，母亲在给魏冬琴的信上说，冬冬的裤子又吊在脚踝上了，个子长高了些。巧手的阿姨给他裤脚镶了圈格子斜纹呢布做了翻边翻上来，很好看。只是孩子没有以前爱说爱笑了，放学回家常常自己待在小屋里，一点声音也没有，外公叫他也不应，不放心悄悄去看，发现他趴在窗前，愣愣地望着远处的天空，好像那里有最吸引他的宝贝。再看看天上，蒙蒙的灰白，一如惯常的上海的天空，没什么稀奇。外公再叫，小家伙好像才清醒过来。问他看什么，他像被别人窥探了秘密，很恼火，居然饭也不吃，老两口哄劝半天，才作罢。母亲有些心酸，说这毛头才几岁，就有心事了。又隐晦表示，上海这个运动那个运动很多，父亲总被叫去开会，每次回家总是很疲惫，咬着烟斗，在书房里一坐好半天，话也懒得说上一句。家里也和上海的梅雨天一样，阴沉沉地发闷。嘱魏冬琴再写信时，多给孩子说点高兴新奇的事情，多劝劝父亲。

自上次冬冬被送回上海，母亲便尝试教冬冬和爸爸妈妈写信。每次来信附上单独的一张冬冬写的内容。冬冬不会写字的时候，就画画，从最初的一颗五角星，一个太阳，一朵花，到看图识意。在他画上的爸爸妈妈总是在他身后，很小，很远，面目不清。拉着他的手的多数是戴眼镜的外公，胖胖的外婆，有时候也会看到高高个子，脖子细长，胸前别着毛主席像章的舅舅，小家伙捕捉人物特征很准。读书了，冬冬就开始写信，不会写的字就用拼音。信很短，从最初的两句话，到现在的半页纸。内容就是汇报又和谁玩了，最近学什么了之类，很规矩，很有礼貌，唯不见亲昵。可是对于每一个纸片，魏冬琴都视如珍宝。买最好的本子贴上，每个日期标的清清楚楚，后来怕时间长了褪色，用塑料膜覆在上面。一张张照片，一张张画，一页页信，就组成了魏冬琴和沈西元对孩子全部的成长记忆，已有厚厚的几本。信纸上稚气大小不均的字迹，就仿佛抚摸着冬冬，拥抱着冬冬。她最喜欢看信的开头，爸爸妈妈的称谓，如同儿子对他们一声声的呼唤。

每次休假回家，魏冬琴总要花上好几天时间，才能和儿子熟悉起来。整个假期里，她的眼睛就像长在儿子身上，儿子的所有要求，她总是百分百满足。最难过的是去年，假期结束，一家老小送她到楼下，她把冬冬搂在怀里，亲不够，久久不愿撒手，抑制不住的泪水沾在冬冬的衣服上，冬冬发现了，马上挣扎出怀抱。眼睛盯着衣服上湿湿的印痕，冲着她说：妈妈，你的鼻涕是不是流在我身上了？哎呀，好脏！

她愣住，慌忙掏手绢去擦，儿子推拒着，已躲到外婆身后。外公外婆怕女儿难受，推着外孙去妈妈那里。面对妈妈再次伸出的双臂，孩子却怎么也不肯被它们包围。在外公外婆的催促下，冬冬就好像送别一个普通的阿姨，脸上带着笑，有礼貌地摆摆手说，妈妈再见，祝你一路平安。便转身靠着外婆，看着魏冬琴。这一幕略显尴尬，她的眼泪好像没了去处，一下子张皇地收住，再次流出时，已比刚才更汹涌。她背过身，用手绢胡乱地擦拭着。父母在一边劝她，孩子不懂事，以后会好起来，一边无措地望着女儿。母亲从衣兜里拿出一个小手绢包，冲她努努嘴，示意她放在兜里。再回身，她已经控制情绪，眼睛虽然红肿着，却努力对父母和儿子笑了笑：冬冬再见！好好听外公外婆话。爸，妈，你们回去吧！

说完，不再抬眼，转身向公交车站跑去。心里却痛得让她没有了再说一句话的力气。从此，把儿子接到身边便成了魏冬琴急迫的心事。

火车跑了很久，她才掏出口袋里的东西，手绢里包着的是几颗牙齿，牙根处，还能看到一点点暗红。冬冬换牙呢！触了电般，她一下把手绢紧紧捂在胸前，像捂着随时跳脱的小生命。

如今境遇刚刚好点，就碰上发射失败。老沈怎么办？她一下觉得离接儿子回家的路又远了！

天地之间的寻觅

巨大而宏伟的金色沙丘绵延向前，强烈的阳光没有丝毫阻拦，似乎要把地面上所有的东西都烤焦了，如同刺啦啦地打闪的镁光灯，无一例外地冲撞着每一个人的眼球。

卡车一路狂奔，司机已把油门踩到底。车上的人的眼睛不敢有一点儿疏忽，都祈望第一时间锁定戈壁的一点闪亮——阳光反射在金属上的光亮。不一会儿，车子上了戈壁滩特有的搓板路，顿时，像个跳舞的匣子，手舞足蹈起来，只听司机大喊一声：大家坐好，咬牙闭嘴！话音未落，一下剧烈的耸动，还没回过神，又一下，上下颠抖，好像舞厅中亢奋的酒徒，毫无章法地跳动，震的人脑瓜仁儿疼。坐在驾驶室的人一个没抓扶好，脑袋把车篷顶撞得梆梆响。卡车大厢里的人更是颠得随时都有可能从车上飞出去。刀片似的风也来凑热闹，在脸上肆无忌惮地划来划去，还呜啦呜啦地狂笑着捉迷藏。眼睛被风刺激着，被强光照射着，一会儿便睁不开眼。在光和风的冲击下，实在站不住了，人便蹲在厢体里，或者索性坐下来，身体一会儿弹起来一下，屁股再结结实实蹾在地板上，多数人不会叫喊，却将牙关咬得紧紧的，只见每个人脸上的肌肉剧烈抖动，表情咬牙切齿甚是怪异，扭曲痛苦。因为张嘴说话轻则会被咬破嘴唇舌头，重则牙齿被磕掉一颗也不奇怪。

在戈壁上这样的搓板路随处可见，坐车在这样的路上跑上一小时，不管你之前吃得多饱，肚子一准饥肠辘辘。这要是搁在现在，肯定是爱美的姑娘们最佳的减肥去处。

然而就是这样撒网捕鱼地疯跑，第一天，没有找到，第二天，还是没有找到。

直升飞机也出动了。飞上天空的它开始慢慢倾斜，地平线和天空呈现了一种奇妙的角度，天空永远是那样干净，地面永远是那样荒凉，生命在这里显得格外的倔强、格外的纯洁、格外的坚强。

"那里，那里，你们看，是不是那里？右侧前方！"驾驶员的声音尖锐，甚至带着颤音。飞机也开始降低高度。

飞机上所有目光都冲着驾驶员所指的方向望去。基地试验部调度参谋何友良就在这架飞机上。

三天了，他们就像沙漠中迷失方向的孤狼，每天重整旗鼓，每天无功而返。眼睛被风沙和焦灼折磨血红。让人不由得想起"会挽雕弓如满月，西北望，射天狼"的意境，把他们当作仰月长啸之西北狼。

是的，尽管经过准确估算，弹着点应该就在原落点七百公里内。可是随着寻找一次次无果，也一次次动摇着这群技术人员看起来比别人更坚硬和骄傲的心。难道真的会飞出国吗？剑拔弩张的中苏关系，如此一来，就会演变成一场严重的涉外事件。想到此，每个人都芒刺在身，不忍再往下想。三天以来，他们就一次次盘旋在天空，天空此时没有了辽阔深远，剩下的竟然是逼仄沉重。

终于看清了，那一堆在阳光下庞大扭曲的黑色就是导弹残骸，看起来是因为一二级没有分离而导致失败的。此时它藏在沙丘的侧面，偶尔会闪出一跳的刺目光亮，更多时候保持暗淡。

何友良和机上的系统张总师，王副总工此刻完全没有了年龄和等级界限，兴奋地互相拍打着肩膀，跳着叫着，声音变了调，尽管裹着厚厚的皮大衣，彼此还是感觉到巴掌的分量。他们脸上的表情更加复杂，悲壮？喜悦？希望？像掺和起来的八宝粥，什么滋味全有。

"返航！"何友良把这一声叫得底气很足。

就在何友良他们大海捞针般找到导弹残骸时，魏冬琴却陷入巨大的孤独中。从办公室出来，好像冰膜顿时就贴敷在脸上了，一喘气，一阵阵白雾在眼前飘散。冷像传导索瞬间从头皮到了脚底。魏冬琴把手从棉手套掏出来，向下扯扯棉帽，把帽耳翻下来，用帽绳尽量紧地把脸圈起来，一张脸只剩小小的一巴掌。一个人往家走。今晚的她颇有兴致，几天没有回家了，突然觉得回家的路格外亲切。关键是以这样轻松的心情。清冽的月光轻柔泼洒在身上，安静地表达她的美丽和柔情。只听得见脚步声，四周看看，是自己的。再往前走，又觉得有人，回头看看，还是自己。

基地只剩下任务的一些关键岗位没撤离，人员走了多半。女人孩子几乎都撤离了，像魏冬琴这样没撤离的女人，凤毛麟角。本身就空旷的基地，此时越发冷清了，灯光稀疏。

魏冬琴的好心情还来源于沈西元的电话，说明天回家。几个月了，不仅见不到人，连电话也稀少。

当然，更重要的是，他们的好心情都来自昨天刚刚成功第二枚中远程导弹的发射。这枚导弹的成功不仅是前次失败的翻身仗，更为关键的是，东方红一号卫星指日可待。

回到几天没有人气浸染的家，到处蒙上一层薄薄的细沙尘。戈壁滩的风沙是无缝不入。酷爱干净的她进屋就开始扫除。

躺在床上，很累，却睡不着。起身拉开书桌抽屉，开始数数攒下的肉票、副食券。她惦记着明天老沈回来，怎么改善生活。

正数着，耳边传拿钥匙开门的声音。这么晚了，会是什么人？她紧张起来。人从床上蹦到地上，连鞋也顾不上穿，紧紧盯着大门。

没想到进来的是沈西元。跟着进来的还有戈壁冬日的寒冽。不等魏冬琴发声，沈西元已把她拥入怀中。

黄色的灯光，整洁的床铺，墙上的合影……这才是家的味道，然而这样的感觉久违了！桌上摆着两杯红茶，袅袅的热气升腾到无形便融合在一起，好像一对情投意合的爱人。屋子的空气也一点点被暖起来。沈西元看拿着水壶正在往暖瓶里倒开水的妻子颇感惬意。她还在为他准备洗澡水。他知道，不把自己"清理"干净，魏冬琴都不会让他坐在那张床上。此时，他困意全无，他只想好好和妻子待一待，说说话。明天还要给基地领导汇报工作，两人在一起的时光弥足珍贵。所以，今晚他提前回趟家。

再一抬眼，摆在床头柜上儿子的照片映入眼帘，这一定是小家伙刚照的，他抓在手里，仔细端详着。心里却叹了口气，到处都在战备疏散，这个时候把孩子留在内地是他们的唯一选择。一会儿，该怎么宽宽小琴的心呢？他深深看了一眼正快活忙碌的妻子。

沈西元变得魏冬琴都快不认识了。人瘦了，双颊不再饱满，原来迷人的酒窝就变成两道竖沟，沧桑感十足。原来总是泛着青色，光洁的下巴，如今胡子拉碴。头上顶着薄薄的一层发楂儿，估计是剃光了，刚长出来的。原来，魏冬琴最喜欢闻丈夫身上那股淡淡的皂香味，清爽洁净。沈西元生活很简单，唯独到哪里都要有块好用的肥皂，他最喜欢上海扇牌的肥皂。这是他在大学里养成的习惯。回家休假，出差，他们都会惦记着多买几块储备着。现在想来，当初会死心塌地爱上沈西元，爱干净也是其中一个因素。都说臭男人臭男人，从城市到乡村，从南方到北方，这个特别的称谓在中国倒是难得的一致。但魏冬琴从见到沈西元的第一眼，她就觉得眼前的男人永远和这三个字无缘。可是，刚才，他搂她入怀，身上的气味差点把她熏倒，汗味油味土味还有一些不明所以混合的味道。她的泪就兀自流下来，她从这些复杂的味道里清楚了解丈夫几个月来的煎熬，她心疼。

"快春节了，你们是不是可以歇歇，休整一下了？看你瘦的。"

魏冬琴忙着从柜子里把丈夫换洗的衣服找出来。

"还不行！现在的局势紧张。你也知道，部队不是在抓训练搞防空演习，就是挖工事打防空洞。我们，就是要保卫星。这发成了，刚具备打卫星条件，离成功还远着呐，哪里敢松懈？"

沈西元喝了几口茶，正感觉身上的每一条神经都在慢慢舒缓，每一个关节都一点点放松下来。这样的回答把魏冬琴刚刚的好感觉生生憋回去。

"道理是如此，可就算机器也不能连轴转，也得加个油，停一停，防止烧坏不是？算了，不多说了，省得你说我落后！快去洗洗吧！"

"不会。我知道你是心疼我！"沈西元笑眯眯地拿着妻子递过来的衣服，去了厕所。心里浮现出下午的场景。

下午，沈西元正在办公室里专心看关于昨天任务的技术报告，葛校言来了。看着风风火火的样子，沈西元知道他有话要说。

"团长，周末能不能申请给大家放天假？"

"怎么？刚成功一回，就骄傲了，就要提条件？"一向克制的沈西元面对冒失的葛校言说话没客气。

"哎呀，团长，你误会了。不是那个意思。几个月了，大家都没休息。这不为了打卫星，一直在战前练兵。我们中队的很多人，手上练得都是血泡。这个冬天，连里病号没断过，病号灶都拉不开栓了。为什么？太累，身体拉警报了！这不，过元旦都没给大家留个洗澡理发的时间……"

说着，看看团长的军容，葛校言的声音弱了很多。沈西元自己的形象也是难得一见的不怎么的。

"要不半天也行？主要是看大家灰头土脸的。全军唯一的导弹发射部队，也不能是邋遢部队吧！士气很重要。从里儿到面儿都要给大家看看，尤其要给那些苏修分子们看看，我们不尿也不孬，离了他们，我们不仅能打导弹、原子弹，我们还能放卫星！"

最后几句话，葛校言讲得调门越来越高，有些斗志昂扬的劲头。

其实，要不是现在形势迫人，有洁癖的沈西元绝不能容忍。无论当初上大学，还是在苏联军事学院进修，沈西元从来不推崇疲劳战，因为疲劳不仅伤人，而且伤"神"。目前部队的锐气再伤不起了。部队作战，首先战的就是个精气神。

"别把这些当口号喊，关键看行动！"

沈西元是实干派，最不喜欢花架子，他最需要心里有数。

"是！"

"明天全团轮班休息一天！整理内务，做好值班登记。你们别到处喳喳，组织好，注意影响！别给我放了羊！"

"是！"

葛校言走到门口，沈西元叫住他。

"家里安排怎样？有困难说！"

"没问题，都挺好！"

"你们这些领导骨干在大战之前，可要轻装前行！"

"您放心！"

沈西元冲他点点头，就抓起了桌上的电话。他要叫军需股安排食堂明天加两个菜，再找政治处落实明天晚上放露天电影的事。

老虎也需要打个盹。今晚就彻底放松一下。想到这里，沈西元自嘲地笑了，舀起两大瓢热水浇在身上，拿起妻子准备好的肥皂抹在身上，认真搓洗着。水珠和皂沫覆盖下的躯体依旧挡不住肌肉轮廓的起伏，标准的倒三角体形，似能扛起更多的重负。

屋里，魏冬琴抓了几颗大白兔奶糖，悄悄揣在沈西元的外衣口袋，又用牛皮纸包了一把，连带一桶麦乳精塞进丈夫的军用挎包。沈西元老熬夜，身体吃不消。这些是母亲寄来，她省下的。

收拾停当，魏冬琴换上平素不舍得穿的那件藕粉色真丝睡衣，又在耳后抹了一点桂花香水。便坐在床边，轻轻抚着睡衣上压出的褶子。整个人的眉眼和线条也一点点柔软起来，静静等待沈西元。

另一层空间的声音

1970 年，岁次庚戌，太岁倪秘，生肖狗年。

这一年 4 月 24 日 21 时 35 分，魏冬琴同基地所有的人一样雀首仰望太空方向，在机房聆听从那繁星中传来的《东方红》乐曲。自此，中国成为第五个能够独立发射卫星的国家，虽然比日本晚了两个月，但"东方红一号"人造地球卫星重量为 173 公斤，比苏联、美国、法国、日本第一颗人造卫星的重量总和还要大。它的巡天遨游，让正处在复杂国际环境和国内乱局中的国人感到了一丝振奋。很多在这一天出生的中国婴儿，都被父母不约而同起名"卫星"。

发射前夜。作为零号指挥员的沈西元感觉备受煎熬。

煎熬来自之前不断来袭的故障。一个故障排除了，第二个又出来，第二个消停了，第三个又来……

紧急会议一个又一个，传达了没有拨盘的红色电话指示，发射场的每一个人都会背：第一颗卫星发射要安全可靠，万无一失，准确入轨，及时预报。绝不能带任何一个疑点上天。

沈西元已几天没能睡觉了。

心惊肉跳的感觉持续到发射前夜。备受煎熬的还有沈西元的妻子魏冬琴。

魏冬琴作为发射场气象预报的主要负责人那几天和丈夫的见面就在会议室。

虽然又是一段时间没见面了，但两人谁也顾不上仔细打量。脸色凝重，说挂着冬天的寒霜也不为过。汇报，汇报，讨论，争论。

沈西元也就是在这间会议室才发现，平时羸弱甚至有些娇气的魏冬琴是有胆魄

145

和气势的。

发射场的天气三天来一直很坏，即便是西北风呜咽，也刮不走天空的灰霾。所有人都在为是否安排在二十四日发射心存疑虑。

会议室里，几天未合眼的魏冬琴发言的声量低得简直听不见，努力清嗓子也不见效果。沈西元看见司令员的眉头皱着，头始终侧着，以便最大限度听清魏冬琴的声音，脸上却早显出不耐烦。他替妻子捏了把汗，自己的手心竟然先有了润意。

魏冬琴语调不急不缓，但意思坚定。经过几天不好的天气，二十四日是个转折，云层一定会减轻，是发射的好时机。为了说明观点，她和同事将半月来的云层分布，以及去年同期云层图都做了曲线分析图挂上，望着图上一目了然的红蓝线图标，与会人员的脸色在逐步放缓。

戈壁滩的天气，就是小孩子的脸，变幻莫测！

发射前准备。

场区一片紧张的景象。发射时间预定在晚上九时三十五分。这时现场的广播喇叭里正在反复播放着来自中央领导人对任务的要求：不要慌张、不要性急，要沉着、谨慎。基地所有干部战士全副武装，准备好背包、水壶、挎包，时刻准备应对突发状况。

就在这天凌晨，还发生了一次险情。在加注塔架工作平台为火箭加注时，由于加注活门有些偏离，造成氧化剂溢漏，塔架顿时黄烟弥漫，味道刺鼻。好在加注手冷静处置，调整活门姿态，终将活门紧紧关闭。从塔架走下来的加注手，两手掌心濡湿，即便在早春的戈壁，身上的衣服也被汗湿，冷风一吹，透心凉，两个膝盖硬硬地不怎么打弯，好像飘下塔架。别人夸他镇定，他说，紧张已让他不太记得当时做了些什么。

晚上八点整，零号指挥员沈西元已下达一小时准备口令。此时，发射场上空的云像厚实的被子铺满天空，云层很厚。

现场所有人的注意力都在天空。按照几天以来测试准备和天气会商的结果，现场的总指挥、技术负责人已经一级一级在发射任务书上签字画押了，中央已批准了发射时间。所有人都在等待。

这非同儿戏。为了保证卫星各观测站与控制中心之间的数据传输，避免敌特分子破坏线路，中央发动全国的六十多万民兵一字排开，日夜守护在绵延万里的电线杆下，动用了全国百分之六十以上的通信线路。

司令员时不时地抬头望天，叼着支空烟斗来来回回踱步，目光犀利地像要把天刺穿。他差人把魏冬琴叫来。按捺不住的焦急。

"怎么样？只有一个钟头了，云层能散吗？"

"没问题，今天的云是高云，相对中低云层薄，会很快过去，与我们的观察结果一致！"

司令员再抬头望天，在他眼里，此时的云层和刚才并没有什么不同。他的脸色也和云层一样黯淡。

"你就这么有把握？要是一会儿云层还不散，你可是负不起责！"口气有了严厉。

"我为我们的观测结果负责，如果因为气象耽误发射，您可以处分我！"声音不急不缓，甚至还是细声细气，但字字都是分量。

"这可是你说的，只怕你到时负不了责！"转身就走，把魏冬琴甩在身后。司令员扭头问政委。

"谁家的老婆？别看说话比蚊子叫大不多少，很有大将风范，比我强！"

"你官僚了不是？咱们的发射站沈西元家的。你可别小看这个女同志，基地气象权威。"

"哼，报错了，一起处分！"说着就哈哈两声，脸上的笑意却收得很快，顿时就不见了踪影。

为这次任务，发射场装扮一新。发射场入口处高高竖立的巨幅毛主席画像，冷静地看着每一个经过的人。"伟大领袖毛主席万岁！""伟大的中国共产党万岁！"的巨幅标语悬挂在吊塔，夺目的红色呼之欲出。几十面红旗迎风招展，映衬着发射台上几个字"誓把卫星送上天"，就等吹号出兵。

随着发射时间向零时迫近，发射场上空浓厚的高云渐渐裂开一道口子，像撕开的天衣，向着火箭即将飞行的东南方向渐渐延伸出去……

十分钟准备！

神色冷峻的司令员再次用目光去搜索吊塔下铁轮外罩上刻印的十六个字：严肃认真，周到细致，稳妥可靠，万无一失。深深吸了口气。

整个发射阵地地下室除了秒表咔嚓、咔嚓的走动声，这里的每个人都清晰地听见了自己的心跳声。刷在这间深埋在戈壁沙丘下的指挥控制间的毛主席语录颜色鲜红炫目，"一定要在不远的将来，赶上和超过世界先进水平！"也似在提醒着大家。

"点火！"

随着"点火"按钮被操作手按下，各种测量、记录设备同时开启，光测设备开始工作。

"发现目标，跟踪良好。"

"星箭分离，卫星入轨！"

"遥测信号良好，乐曲清晰！"

此时，太空中响起了一首中国人乐曲《东方红》。

那一晚，早早备好的锣鼓被敲响。兴奋的官兵甚至端出了脸盆饭盆水瓢铁勺等一切能敲出声响的物件。发射场的锣鼓齐鸣，响彻云天，响到天明。司令员和政委在被欢乐的人群淹没前，没忘商量：

"该给气象处魏冬琴请功！"

"这个女同志不一般！该请！"

"那就这么定了！"

"定了！"

那惊心动魄一刻的微电流，则一点点感应着远方的许子烈。

回家几个月了。可疏散时的慌乱和狼狈还会时时在许子烈的梦中出现。在这些梦里，她无一例外地看到炮弹在身后爆炸，她惊慌地上前护住孩子，转头看时，一脸血肉模糊的葛校言缓缓站起，艰难地向她和孩子们走来，可没几步，他就撑不住倒下了，手还努力地向前伸着，她哭喊着去拉他，却怎么也够不着……她吓醒了。事后，她反复地想，把看过的那点战争电影在脑子里一一筛滤，总也没找到好的说头。但担心葛校言的心情一点不含糊。

是啊，疏散这一路上状况频出，还真让葛校言说中了。由于是集体外迁，是专门调的闷罐车皮，行李和人都在一起，小孩哭，大人叫，一家子一家子的组合，热热腾腾。

车子跑得像蜗牛，见车就让，见站就停。中间还碰上了铁路塌方，一耽搁就是两天。火车坐了，还得倒长途汽车。吃和住，都是马虎对付。一路慌张，让许子烈总有逃难的感觉，非常不好。连从未出过远门，一路保持着高昂兴致的葛东风、葛樱莓兄妹也被折磨成了一对小苦瓜，好容易快熬到家了，人已是疲惫不堪。

许子烈的父母早早打发她两个弟弟拿着扁担去车站接，自己早早等在家门外。当看着挺着肚子的许子烈拉扯着两个孩子，背着大包小包，一地的箱笼背篼，有些狼狈地站在面前，许子烈的母亲兀自就叹了口气，青筋暴出的手撩起身上落满油迹污渍的长围裙一角，揩起眼角。立刻就遭到许子烈父亲的数落：你这个老太婆，天光大好的，惹出你的鬼叫。再狠狠瞪上一眼，就取下女儿背上的背篼，护着从未见过的外孙儿外孙女向屋里走。

许子烈在父母家并不感到轻松。一大家子人如今又添三口，还有一个小家伙就要呱呱落地，十多口子的生活需要安排，经济上生活上的准备都要充分。

许子烈的母亲有些沉不住气，自打接了女儿回家，无来由地总是叹气、走神。问她怎么了，也说不出个所以然来，脸上是摆满的愁云。每当看到母亲脸上的表情，许子烈心头就慌张和自责，她知道是一下添下的几口人和不明朗的局势让母亲愁的。

葛东风、葛樱莓刚来一个新环境还不怎么适应，戈壁滩的干燥多风骤然碰上这里的绵雨潮湿，也蔫了。总板着脸的外婆让孩子们有些怕，倒是更喜欢外公的亲切。每天一早，两个小家伙想躲在被窝里睡会儿懒觉，总能听见外公在外屋叫：香香的白糕（一种米糕）谁要吃？哈，我吃了！嗯，咪咪甜，再不起床，外公都吃了哈！然后就传来夸张的咀嚼的声音，听着真的好香甜。两个小家伙就在这种声音的引诱下，嘻嘻哈哈地穿衣起床，然后"公公""公公"叫着，嘻嘻哈哈跑出来，一天就开始了。其实，香甜的白糕在家里可是奢侈的吃食，小小的，起码三个下肚才能果腹。疼爱他们的外公每次只买两个当作哄逗孩子的道具。

许子烈回家就把带来的生活费都交给了母亲，好在葛校言拿的生活费还是比较充裕，否则她真害怕听见母亲的叹息。没办法，生活困难，谁也高尚不起来。

许子烈这时就特别念葛校言的好。走时，葛校言千叮咛万嘱咐，穷家富路，别抠，谁家都不容易。

她知道，别看母亲爱叹气，爱唠叨，其实，早就在女儿一家回来前，托乡下的舅婆订了鸡蛋鸭蛋各一百个，还和东街卖肉的刘登子订了几只猪蹄和猪尾巴，到乡下捉了肥肥一只老母鸡，攒下薏米仁，又炒了阴米子，说是给月婆子炖汤，下奶。

给孩子联系上学的学校幼儿园，准备待产的物品，许子烈回家后一直忙忙碌碌没停。老三也争气，愣是过了预产期也不肯出娘胎。四天后，许子烈才被推进产房。

"1月20，6.8斤，忠信变蔬蕉，安。"

当葛校言接到老婆发来的好似密电文的电报，一下子回不过神。定睛看了好几遍。

嗬，到底是对付钢铁的媳妇，发的电报都和钢板一样，简明扼要，铿锵有力。

刚一开年，一胖丫头换了我的儿子。连名字都叫响了，什么蔬蕉，白菜的，全和吃的干上了。这个女人，哪里都刚，就是脑袋里的那点小资产阶级意识总也褪不掉。

虽说结果有些意外，有点失望，但多日来的紧张疲惫，曾经的窝囊憋屈，瞬间被冲刷得干干净净。他甚至惦记着哪天找机会逗逗雷达站张营长，看来他神机妙算的老婆也有看走眼的时候。

女儿什么样？像老婆还是像自己多一些？这些当父亲的少不得要想的问题，此时在葛校言脑子里只能和窗外枯树丫上的缩着脑袋，迎着寒风微微战栗的老鸹交流。可这家伙，看着他隔窗盯着自己，心虚一般拍拍翅膀就飞走了，好像在对葛校言说着无可奉告。

南方的四月底的热度已闻得见夏天的味道。许子烈母子三人在娘家上学的上学，上幼儿园的上幼儿园，喂奶带孩子的带孩子，都走上正轨。许子烈如愿吃到很多在戈壁滩心心念念了很久的水果，李子樱桃橙子水花生，再过些天，草莓枇杷杨梅也要上市，想着就舌下生津。但这依旧阻挡不了许子烈内心的毛焦火辣。

这天下午放学，葛东风牵着妹妹葛樱莓的手，风风火火跑进门。人还未见，声音便传到许子烈耳朵。

"妈妈，妈妈，我和哥哥晚上要去参加游街，老师说了，要穿干净漂亮的专门做客的衣服。妈妈，赶快给我们找出来吧。"

瞬时，两个汗津津的小脑袋便凑到许子烈胸前，小胸脯一起一伏地，一脸兴奋。

在孩子们的叽叽喳喳中，许子烈才搞清缘由：说晚上有重要活动，注意收听广播。

晚饭后，她早早打开前面的堂屋的广播匣子，那是政府给家家户户安的，用于通知。她还给一直黏在自己身边的兄妹俩找出了衣服，整理得平平整整。

晚上九点整，匣子里传出中央人民广播电台播音员高八度的声音："同志们，现在报告大家一个极其振奋人心的特大喜讯，我国第一颗人造地球卫星发射成功了！

现在全文广播新闻公报：1970 年 4 月 24 日，中国成功地发射了第一颗人造卫星，卫星运行轨道的近地点高度 439 公里，远地点高度 2384 公里，轨道平面与地球赤道平面夹角 68.5 度，绕地球一圈 114 分钟。卫星重 173 公斤，用 20.009 兆周的频律播送'东方红'乐曲……"

里面果真传来了熟悉的乐曲声，儿子甚至跟着哼哼上了：东方红，太阳升，中国出了个毛泽东！

《东方红》乐曲和遥测信号，是那么清晰、悦耳、悠扬，许子烈听了又听，总怕不真切。兴奋让她的神经稍稍有些麻木。手使劲攥着，也不知在使什么劲。她在想该有多少人像他们一样聆听着这个响彻在浩瀚寂静夜空的天籁之音？她知道，将这个声音送上太空的就是大西北那个荒凉却神奇的地方，艰苦却又令人魂牵梦绕的地方，那群人就是与葛校言一起奋斗的人。这一瞬，她的心早已飞向万里高空，和卫星一起飞翔，旋转。

许子烈多想骄傲地告诉她能见到的每一个人：知道吗？卫星就是从我们那里上去的，我丈夫就参加了这次任务！

许子烈甚至觉得话就在嘴边，堵都堵不住，就要脱口而出了。她一下捂住自己的嘴巴。是保密规定在她嘴上加了一把锁。

就在新闻公报播出后，县城的街市仿佛在瞬间被点亮了。早已准备好的鞭炮齐鸣，锣鼓声四起，连舞狮队也动员起来，比过年还热闹。许子烈牵着葛东风兄妹俩一起加入游行的队伍。街上的路灯从没像今天这样亮堂，她也才发现，街上居然涌进了那么多人，人们高呼着"毛主席万岁""庆祝文化大革命的伟大胜利""无产阶级文化大革命胜利万岁！"，两个孩子自然兴奋到不行，葛东风和许子烈玩上了捉迷藏，在人群里钻来钻去，根本不理许子烈的呼叫。要是往常许子烈早急眼了，可这天她的性子出奇得好。小樱莓也急得扯着妈妈的衣襟让她抱，好让她站得高一点看到身着节日盛装的演员们。许子烈也和孩子们一道，笑啊唱啊喊啊……

广播播了十五天，许子烈听了十五天。她还知道全国各地都有这样的游行欢呼。她并不知道为了能在卫星上顺利播放《东方红》，技术人员不光苦熬设计，还把最为看重的政治生命全押上了。她辗转托朋友从北京寄来套红头的《人民日报》号外，仔细镶在镜框里，放在枕边，好像如此葛校言和基地就都在身边。

许子烈回基地的心情越来越迫切。

当许子烈将丰沛的奶水生生憋回去，把葛东风、葛樱莓、葛蔬蕉三个孩子留在父母家，兴冲冲抱着镜框回到东风的时候，已是半年以后。

迷乱中的触觉

1971 年，岁次辛亥，太岁叶坚，生肖猪年，闰五月。

林彪摔死了。这个一代名将，一代奸雄，一个让人捉摸不定的副统帅头骨戳穿，胳膊腿骨折，他与老婆叶群被烧焦的尸体龇牙咧嘴的。这个当代魏延的死成了一个谜。他的折戟沉沙让随之而来的"批林整风"运动刮进了基地。之前因为这里地处边疆，备战和试验任务繁重，有令不准搞"四大"（大鸣、大放、大字报、大辩论）的精神的庇护，虽然风波不断，但工作重心是确保"东方红一号"卫星上天。现在没有了尚方宝剑，蠢蠢欲动的造反派再也耐不住性子了，一场如火如荼的运动就此展开。预定的发射任务受到干扰，面对前所未有的考验……

对葛东风和葛樱莓来说，回到基地，见到爸爸妈妈是一个进入天堂般的时代。葛校言、许子烈决定把孩子们接回来，已是两年后，此时局势虽略有缓和，但是各种政治运动仍是如火如荼。开学前，葛校言和许子烈一起请假回家把孩子们接了回来。一家五口终于全部聚齐，难得一次的全家旅行，也是这个家庭自此以后唯一的一次。

回来的旅途，对葛家兄妹来说更像是一个新奇的旅程。

旅行中的色彩随着时间的推移，翠绿、青绿、墨绿一点点减少，减少，直至消失，取而代之的是单调的黄，苍凉的土黄，让人沉默进而想流泪的干燥和灰黄。一路兴奋地叽叽喳喳，一路不停在车厢四处好奇打探的孩子们，现在也和他们的爸爸妈妈一样，安静下来，盯着窗外的眼睛累了。窗外的颜色忽而明亮忽而暗如夜晚，那是在钻数也数不清的山洞。尽管爸爸妈妈一趟趟穿过狭长拥挤的车厢过道去打开水给孩子们喝，但孩子们仍感觉嘴干。他们开始怀想刚刚告别的姹紫嫣红，柳绿花红，水色晕染，皮肤上滑腻的水汽。虽说此前，早已熟悉到没有感觉，甚至有点厌烦外婆家滴不完的雨滴，常常染上霉迹霉味的家什，现在却在一忽儿的颠簸中，像梦一样远去。他们更惊诧和恍惚于看似近在眼前的差异。

只有两岁的小妹妹葛蔬蕉一路上咿咿呀呀，说着唱着谁也听不懂的话，在努力接纳着她第一次的"看世界"旅行。小蔬蕉已经可以满地乱跑。外婆说小丫头一点儿也不喜欢几个姨妈在她头上搞出的花样翻新的小辫，每每搅个乱乱蓬蓬才罢休。实在拗不过，索性给她理了个小男孩发型，这才消停。走前，外婆对许子烈说，这丫头别看长得秀气，可一副男孩脾性。

终于在一个看起来很小，有些荒凉的站台下了车，葛东风指着站牌给妹妹们大声读着：清水。

清水堡是一个很小的镇子，在祁连山脚下，山上的雪峰和松树清晰可见。因为有雪，这里的气温一直很低，夏天的蚊子也很少。山上流下的水，汇成溪流，无数条这样的小溪在山下流汇成了河流，流向居延海。

这里很小，周边零星布着一些破落的平房、土坯房。路上行人更是稀稀落落。老乡的穿戴明显和这些从火车上下来的人不同，皱皱巴巴，蒙着一层灰的粗陋。不管冬夏，女人们头上总围着一块头巾，多是红的、蓝的、绿的，厚重的颜色像是要为这个黯淡的小镇子增添些色彩。不管男人女人，黑红的脸上都有明显两坨高原红。

在清水站下车的人不多，都是往基地去的。葛校言一家人和大大小小的行李一起坐上了老乡一辆驴子拉的板车向西前进，去了清水站的另一个站口。这是条秘密铁路，在过去的铁路运行图上根本不见它的踪迹。然而，却是通往基地的唯一且重要的枢纽，尽管只是一个四等小站，却有着举足轻重的意义。一直以来，基地所有物资和生活补给都是通过这里运往基地。

不足三百公里的铁路，进入基地的列车并不多。每天早晚各一班，分管来去。有试验任务的时候，会加开专列，沿途都有战士执勤守卫。碰上大风天气，铁路会停运。

列车很破旧的，机车头是烧煤的蒸汽车头，隔几个站台还要不停地加水、加煤。开动的列车，热气腾腾冒着烟气，鸣叫着一路向西。列车除了客车，还有货车运送供给物资；客车上乘坐的多是军人和家属。虽然在上车前，已对乘客进行了严格查验，但上车后，这样的查验还会再次进行，除了乘车人必要的身份证件，最关键的是一张专用的通行证，没有它是根本不能进入基地的。当天夜里，爸爸妈妈拿着通行证办理手续，军人仔细查验后，他们带着三个孩子上了列车。列车并不长，但车子开得很慢，走走停停。每到一个站，就会有穿军装的战士上来搬东西，说说笑笑，兴冲冲的。爸爸告诉孩子们，这些战士每天的工作就是把掩埋了铁轨的沙子清理掉，保障铁路畅通无阻，大家也叫他们"清沙兵"。他们卸下的是生活供给，粮食、蔬菜、淡水还有燃煤。这些小点都很小，沿着铁路线一路撒开。有的站点只有一间房，两三个人。他们的生活不仅艰苦，而且单调枯燥。因此迎接经过的列车，是他们最盼望的事。就这样日复一日，年复一年。有的兵就在点号一干很多年，有的则一直待在点号，只有入伍、退伍时才到过基地。

葛东风兄妹似懂非懂地听爸爸说，无比崇敬地看着那些上上下下脸膛粗黑的战士。经过他们身边时，孩子们甜丝丝地打着招呼示好：叔叔好！那些战士会还他们一个灿烂的笑，甚至一个逗人的鬼脸。

第二天清晨，他们终于到达了东风基地。三个孩子在迷迷糊糊的睡梦中开始了他们全新的生活。

战争的阴影慢慢消散，此时的基地渐渐开始热闹，疏散到内地的孩子们也被父母天南地北接回来团聚，还增添了一些新面孔，基地少有的人丁兴旺。学校、幼儿园看起来很漂亮，它们都是基地最好的建筑。

趁着刚开学报到，还有几天自由时间。葛东风带着妹妹借着新鲜劲儿，把说大不大，说小不小的基地首区走了一遍。孩子们不停地向父母发问，对基地的情况就有了大致了解。也知道了十号就是首区，是机关和生活区。周边还散落着很多点号，按数字排下来，都超过几十号了。像内部铁路有的经过的小站，甚至连号也排不上，干脆就以那个地方的一标志物件或传说为代号，像"一棵柳"什么的，就是在定点时，看见有一蓬红柳而起的名。这些点号有的大的有几百上千人，少的就几个人，可负担的职责各异，各个都不简单。即便在首区，也区域分明。一条主干道大丁字马路，按照职责功能，分成了若干办公区、生活区、住宅区等区域。

葛校言还是每周回家一趟，许子烈自己带着三个孩子住在首区。刚回到基地的葛东风哪里都新鲜，每天都出去疯跑，总是等到要吃饭了才一头大汗跑回来。许子烈因为好容易才和孩子们团聚，亲热都来不及，自然由着儿子。

开学了，葛东风和葛樱莓兄妹一个上小学五年级，一个上二年级。很快就结识了好多新伙伴。葛蔬蕉则被爸爸妈妈送入幼儿园。家是团圆了，但是葛校言和许子烈的日子过得并不轻松。

每天，各单位都是学不完的文件，开不完的会。今天批这个，明天斗那个。每个人都灰头土脸，人人自危。办公室的外墙上贴着红红绿绿的大字报。虽然烈火的苗头主要针对领导阶层，但对一般人也有波及。许子烈说话直率，爱放炮，也遭了殃。甚至连孩子们的名字也成为单位一些人攻击她的靶子，说她资产阶级思想严重，满脑子花花草草，是极端享乐主义。葛校言则上了漫画，成了为领导抬轿子的吹鼓手。甚至许子烈的"享乐"，也是他立场不坚定造成的。好在职务级别不够，够不上游街批斗，但遭排挤打压，也够两人喝一壶的。

葛校言是个非常爱惜名誉，珍惜政治生命的人，这一切让他觉得前途黯淡，满怀怨气。别的他没办法怨，只能怨老婆。回到家，看许子烈也是愁眉不展的样子，自然脸色不好。灰头土脸的两张苦瓜脸凑在一起，家里的磕磕绊绊又多起来。

许子烈也是一肚子苦水没地方倒。入党申请了多年，组织总说她不够成熟，身上毛病不少，还要继续考验，就把她拒之门外。这次基地有了工改军的名额，说就是为了保留技术骨干。谁都知道，许子烈是厂子里响当当的技术人才，一直工作在一线，干活从来不惜力，而且岗位重要。如果论工作贡献，绝对是第一梯队的人选。可如今这些事儿搅到一起，自然没她的份儿。这件事，她不想和葛校言唠叨添堵，就自己闷着。

孩子们不懂大人世界的纷争。家里冷冰冰，就跑出去玩找乐趣。那些大字报也引起他们的兴趣。葛东风和葛樱莓看到了爸爸的漫画。小伙伴也看到了，嘘声一片。一个孩子大惊小怪道：葛东风，你爸原来是保皇派！吹鼓手！

另一个追着说了一句：我昨天看到他的毛主席语录上有个脚印，正好在毛主席的脸上，这是搞破坏，明天一定要报告老师。

葛东风急的眼泪都要出来了，他脸红红地申辩：不是这样的。我爸参加了发射东方红卫星，他才不是保皇派。我的书昨天掉在地上，搞脏了，可我发现了，还用橡皮仔细擦干净了！不信，我拿给你们看！就是不许污蔑！

一时间，伙伴之间吵吵嚷嚷，葛樱莓也加入捍卫哥哥的阵营。眼尖的她指着对面大男孩的胸前，一点也不发怵的样子，尖着嗓子慢慢悠悠地说：你胸前别的毛主席像章都快掉了，你把毛主席都弄倒着了，你才是最大的坏分子，我也要去报告老师！

在几个男孩子愣怔互相打量的时候，她拽着哥哥就往家跑。背后传来孩子们的起哄声。

当两个跑得汗津津的孩子回家，伶牙俐齿的葛樱莓抢先向大人发问："爸爸，为什么办公楼前有你的漫画，把你画的胖胖的，腿又短，好难看！"

"人家说你是保皇派，吹鼓手，你是吗？"葛东风也加了一句。

两个孩子压根儿没有想到他们的疑问和不解会给这个家带来轩然大波。

葛校言好像理亏的孩子，脸红红白白，说也不是，不说也不是。想想，把葛樱莓揪过来就在小屁股上扇了几巴掌。

"小孩子，不懂乱说什么？"还觉不解气，又拉过儿子，对着他的屁股上踢了一脚。

"你们不好好在家待着，整天在外面疯，不学好，叫你们瞎看瞎说！"又操起拳头在儿子肩膀上捶了几下。两个孩子的哭声立马炸了锅。

正在做饭的许子烈听到，急忙跑过来。一看这架势，知道是葛校言在找出气筒。就把女儿、儿子拉过来，护在身后。

"在外面受气，回家耍什么威风？下手没轻没重的，伤着孩子怎么办？"

其实一直以来两个人在教育孩子时，从来都是一个提刀，一个端血盆子的目标一致，不会一个人唱白脸一个人扮红脸的。只是这回许子烈心情烦躁，再看到葛校言拿孩子撒气也横眉冷对干上了。

这还得了，明摆着挑战权威。葛校言正在气头上，立马找到发泄的出口。他说孩子乱说话就是和许子烈学的，连老子都要质疑还得了？于是疯了似的把许子烈的衣服找出来，把他认为花哨的，具有腐朽意味的衣服统统剪个稀巴烂，又把许子烈的头发夹子、发卷、雕花纹的镜子、镶金边的瓷杯什么的全掰断，摔了砸了，带花边的枕套、床单没舍得剪烂，就把上面的花边拆了个乱七八糟。嘴里头恨恨地说，先让我把家里的资产阶级垃圾清了再说。干完这一切，依旧觉不解气，还嚷嚷着要把两个姑娘的名字改了，叫什么红霞海燕。最让许子烈心疼的是把她攒了多年的《大众电影》画报也扔到炉子里烧了，弄得家里一团糟。

许子烈尖叫着，护了这个护不上那个，最后全完了。绝望的她喉咙里发出的低声颤音连她自己也觉得陌生。终于顾不上形象，扑上去和丈夫扭打在一起。两人以往陈芝麻烂谷子的矛盾怨气，好像积攒了千年，就在嘴边等着，不用想孰轻孰重，后果是什么，哗哗全倒出来。痛快，伤人。

搏斗的惨烈场面把三个孩子吓坏了，俩女儿一边哭着，一边义无反顾加入拉扯的行列。老二坚定站在妈妈一边，用身子使劲推拒着爸爸靠近妈妈的身体，小屁股努力向后顶着。眼见不奏效，干脆抱着爸爸紧攥的拳头，一口咬上，顿时留下一排细密的牙印。这还得了？一掌被爸爸推出老远，尖利的哭声骤起，妈妈急着去护，三人又纠缠在一起。老三眼泪鼻涕一脸，哭着，嘴里嘟囔着爸爸坏爸爸坏，拿小脚从后面偷袭一脚，又马上往后闪，看看爸爸有无回击的企图，没有就再偷偷来一脚，鞋子也跑掉了。就一直在大人身后兜兜转转，倒像一个裁决摔跤比赛的裁判——一个哭泣又偷袭的裁判。大儿子站在一边，一脸的泪水，一脸的无助，正在变声的嗓子嘎嘎叫：别打了，求你们别打了！呜呜呜……他想拉架又不敢，最后哭着跑出家门。留下一锅粥的场面。

出门时，把桌上正在发面的一只搪瓷盆撞翻在地，哐当一声，一地的碎瓷粒和一摊稀糊糊尚未发酵成功的面团。这意外之声倒是阻止了局势的恶化。双方互相指责着就此收兵。此时许子烈的头发蓬乱，左边脸颊红红的，显然是被葛校言的拳头揾的。葛校言胳膊上青紫好几块，被拧的。显然又是两败俱伤。两人怒目相向，目光交会处，便是火光四溅。

两个人不知道以怎样的忍耐力度过了一晚。周一一早，葛校言便搭班车回了单位。这一架打的，两人小半年没缓过来，家里的空气冰冰凉。葛校言一连几个月周末不回家。许子烈的脸上挂着霜散着寒。

这一架，把许子烈的心彻底打散了。许子烈的心里难以接受。从不到二十岁跟着葛校言，虽然磕磕碰碰不断，但她一直全心全意对他。无论顺境和逆境，他的伤就是她的痛，他的一点进步，她由衷为他高兴。为了他的事业，自己怎样付出都会觉得天经地义。可是，每一次运动到来，葛校言把自己看成了阻碍成功的绊脚石，与自己的政治生命相比，妻子似乎真的可以说是可穿可脱的衣服，虽不至于丢弃，却可以恣意发泄，没有一点男人的承担和隐忍。许子烈从没有像这次那样痛彻心扉，心灰意冷。她打定主意，既然葛校言觉得自己拖累，干脆就离婚。

离婚的念头一经出现，就在她心里发了芽。虽然那个年头，女人离婚，相当于给自己判了刑。为了三个孩子，她一时下不了决心真这么做。但从心理上，她已决绝地离开了葛校言。这个决定，也让她轻松不少。

葛家儿女初长成

但是生活有时总是朝着相反的路径发展。抑郁寡欢的许子烈一次意外晕倒，还以为是低血糖。被送医院后，她被告知怀孕，已经快三个月。算算，正是打架前不久的事。

瞬间，许子烈撞墙的心都有。这个孩子不能要。

她告诉医生要把孩子打掉。别人问她为什么，她含糊地说三个孩子已经让她忙不过来，再来一个吃不消。

别看许子烈已是三个孩子的妈，但从体形上根本看不出来，还是高高挑挑。再说，许子烈爱美，已成为她的符号。基地的女同志就那么多，谁不知道谁呢？

所以她的回答顿时遭到医院一班医生护士的奚落。

"孩子投胎是来报恩的，父母高兴还来不及，你简直是扼杀！"

"你肯定是怕体形变了吧？都三个孩子的妈了，甭爱漂亮了，没准生个带把的，你家葛校言不得高兴疯了？"

妇产科的已婚女人说话更是不忌荤素，句句扎人。

"当初办事的时候怎么不怕麻烦？三个月了，小手小脚都有了，简直是不负责任！这么大了做手术，出了啥问题，我们可负不了责！"

……

就是最后这句话，让许子烈妥协了。

回家的路上，许子烈远远避着每个有水或凹凸不平之地，走得很慢很仔细。她悄悄摸了摸小腹，突然有了珍惜和庆幸。两个多月了，这小家伙选择在母亲这么艰难的时候来到身边，如此坚定地留下，一定是想留住母亲，留住这个家，留住和父母的缘分。自己是不能辜负她（他）了，无论如何一定要生下来养大。

她甚至开始感谢那位厉害的妇科大夫，以后两人还成了朋友。

黄昏的戈壁滩在许子烈的眼里，不再粗粝坚硬，倒像一块巨大的金箔，在许子烈的脸上涂上柔和而圣洁的光芒。

这个消息，许子烈谁也没说。几个孩子很懂事，爸爸走后，他们成天小心翼翼，生怕再惹妈妈不高兴。葛东风、葛樱每有了大哥大姐的样子，主动将家务活分担。每天早上，闹钟响第一遍，不用妈妈再叫，两人便起床，洗漱收拾妥当。一个负责照顾妹妹起床梳洗，一个取牛奶，帮妈妈生火做饭。吃完早饭，两人一起先把妹妹送到幼儿园，再去学校。中午回家放下书包，一个淘米择菜捅开煤炉把饭焖上，一个赶紧将刚捡下的不太好的菜叶加上西葫芦剁碎，加上点麸皮和老玉米碎拌了鸡食给鸡窝送去，饭后洗碗刷锅，家务活被安排得井井有条。

在基地，几乎家家都挖了菜窖、盖了鸡窝。基地经过多年建设，物资供应虽比前几年强很多，但自然条件搁在那里，总是不比内地。于是戈壁滩将这里的人都练成能工巧匠，无论地位高低、无论职业背景，都会为了改善生活，想办法自力更生。在戈壁滩能吃上新鲜菜的日子只有一个夏季，其他时候主要靠储存菜。依旧是大白菜、萝卜、土豆这些耐储存的品种。储存在哪里？菜窖。菜窖一般挖一人多深，可大可小，再在顶上搭架，用比小腿还粗的树干做梁子，用钉子钉得结结实实，铺上草袋子，培上土，糊上泥，加上盖子，顶上留一通风口；每次登梯进出。菜窖冬暖夏凉，是天然冷库。手巧讲究的，还在里面砌上砖台，搭上搁板，铺上红砖，分门别类放置物品。菜窖另外还有一个重要功用，是孩子们躲猫猫游戏的领地。

扒下的叶子碎皮什么的下脚料也不会浪费。每周再打发孩子去水库周围什么的挖点灰灰菜、苜蓿叶这些野菜，捉些小虫子，养几只鸡不成问题。这样既能有新鲜鸡蛋吃，还能偶尔打个牙祭，将淘汰下不下蛋的鸡宰了开荤。所以养鸡就成了一天中的一项重要工作。为了吃几只新鲜蛋，付出的努力可不少。女人们将自家的鸡蛋和家里养了公鸡的人家换，回来对着灯光左照右照一脸笑嘻嘻。有个能抱窝的老母鸡自然好，没有也不打紧，用个大瓦数灯泡照着这些宝贝蛋，二十来天小鸡就破壳而出。先是纸箱里养，灯泡照着，毛茸茸地滚在一起，叽叽喳喳，好不喜人。一轮优胜劣汰后，鸡稍大点换铁丝编的鸡笼子，这时不敢把笼子拿出去，更不敢把鸡放在鸡窝里，生怕被老鼠和刺猬吃掉。所以即便家里一股一股鸡屎味乱窜，想想今后一枚枚新鲜的鸡蛋，便嫌弃不起来了。一天几遍地看，哪只鸡打蔫了，哪只鸡蹿稀了，心里门儿清。鸡食里加点土霉素、黄连素压的粉，给鸡灌下，第二天，病鸡一准又精神抖擞，跑跳自如了。如果碰上鸡吃胀肚了，鸡嗉子都歪到了一边，如果这时鸡再喝点水，这只鸡准是死路一条。所以碰到这种情况，巧手胆大的许子烈就会紧急施救，为鸡实施手术，把鸡嗉子切开，把食物清除，再行缝合，干脆利索。精心饲养两天后，鸡重又活蹦乱跳。这手绝活，把几个孩子佩服得五体投地。接着又是一圈优胜劣汰，好容易长成青年，就被投入鸡窝。猪讲究个出栏率，鸡也有。从出生到现在，此时顺利入了鸡窝，就算孩子养大了。可防病抗瘟这根弦得一直绷着，来个流行鸡瘟什么的，鸡会成批死去，只有埋掉，几个月的心血算白费了。到了入夏，还要惦记给鸡抓虱子。一只只抓过来，掀开翅膀，翻开羽毛，一寸寸搜寻，只听两只手的大拇指甲盖对在一起，发出啪啪的声音。要是不小心，把虱子带到自己身上，更麻烦。每周要为鸡窝大扫除一次，提前把鸡装在笼子里待一晚上，然后烫冲消毒。再能干些的，在楼前楼后开块菜地，铲下的鸡粪也有了好去处。迄今，在葛樱莓关于戈壁滩的记忆中，贵为司令员的将军和老伴儿在夕阳下，脑袋凑在一起为鸡捉虱子的画面最令人难忘，也最动人！

每天中午，葛樱莓端着鸡食盆去鸡窝，立马被热情的鸡们团团围住。她愉快地喊着大白、牡丹、黑五类、花花等为各只鸡起的别名，看着鸡们愉快地围在脚下，她觉得简直是享受。饱享美食的鸡们，也不介意她从铺着厚厚稻草的蛋窝中，拿出还带着黏滑热气的鸡蛋，换了别的生人可不行。有时正碰上一只鸡在窝里，吭哧吭哧地使劲，她就会安静等待，直到再收获一个热乎乎的鸡蛋。此刻，她的成就感远远战胜了鸡窝的臭味。回到家里，第一件事，就是在墙上挂的年画上记下今天的成绩。日复一日，和鸡们有了深厚的感情。每当家里杀鸡的时候，她就躲在屋里掉眼泪。等妈妈端上喷香的鸡肉，她也不为所动。

家里买粮、买菜、买蜂窝煤的力气活，葛东风像个小男子汉跑前跑后给妈妈当帮手，几次之后，他就成了主打。自己骑着二八型自行车去买，个子小，骑上去够不着脚踏板，就掏腿骑车也很溜。开始，许子烈并不放心，跟在后面脚底板翻得飞快，跟着去。她怕葛东风嘴笨又心不在焉，说不清，这些都属家里的大宗支出，再买错了，更多的麻烦事都有了。后来，身子日沉，力不从心，便写纸条明示。但是，对于这个家中的两个小劳动力，许子烈是由衷欣慰，也减轻了许多孕中的不适。

孩子到底是孩子。每天早早写完作业，家务活干得飞快，然后就惦记着出去找伙伴玩。妹妹由谁带，兄妹俩就剪刀、石头、布来定夺。

葛樱莓学习认真，好静，每天预习复习的从来不糊弄人。学习完了，一本小人书能看上半天。要不就在楼下扔个沙包玩个"大肚子"工程，跳跳猴皮筋。长大点了，喜欢上拓印剪纸，一张剪纸样，一张彩色蜡光纸，一支铅笔，一把美工刀，就构成了她和伙伴们的快乐世界：精细地复制，一刀刀精雕细刻。跃然纸上的每个人都有着一双大大的眼睛，圆圆的脸，一张花骨朵般的嘴巴，无论男人、女人、孩子、士兵还是农民，都喜兴地表达着他们的幸福生活。并将美好幸福的生活，小心翼翼地夹在厚厚的书中，成为向伙伴们展示的资本。后来，在校宣传队，葛樱莓还学上了二胡，敲上了扬琴。

那时，还没有像现在的父母着急忙慌催促孩子报课外班，逼着孩子学弹钢琴拉小提琴，生怕孩子技不如人，输在起跑线上。孩子们参加课外小组，全凭兴趣，能否坚持到最后还不知道。学之前一定要考虑好一定是否由衷喜欢，否则三天打鱼两天晒网的半途而废，以后就甭想得到父母的支持和投入了。学什么，还要考虑父母的经济承受能力。葛樱莓就是这样，当初报名，老师觉得她性格安静，动员她学二胡。正好学校有一个老师，从上海音乐学院毕业，跟着丈夫随军当了老师，拉的《江河水》堪称惊艳。葛樱莓一下喜欢得迷了。可一把二胡的价格虽不比提琴、手风琴，但也不便宜。她怕妈妈反对。最喜欢她的班主任老师便拉着她到家里一起做许子烈的工作。许子烈年轻时很喜欢文艺，从心里来说并不反对。只是职工的工资比军人干部差了近一倍，家中开销已是吃紧。加上丈夫把工资又捏得很紧，便觉得为难。葛樱莓把捡废铜烂铁几年积攒下的四元钱全部掏出来，摆在父母面前以示决心。这举动把葛校言两口子惊住了。他们谁也没想到这个小姑娘手里有这么大笔钱，谁也都知道，一分一分积攒起来有多不易。他们的心里多少有些不是滋味，这个不吭不哈的小丫头的心思不浅。葛校言最痛恨被胁迫，当场拒绝。没想到，一贯听话的葛樱莓绝食两天，又哼哼唧唧执着哭了两天，一脸怨尤，谁劝也不行，连在睡梦里也抽抽噎噎。一贯强硬的葛校言终于在这个女儿面前服了软。

葛樱莓学二胡时，基本不在家练习展示。她不愿意初学时的聒噪之音让家人笑话。每天放学后，便约着好朋友刘卫华一起跑到学校后面一处水塔练习，到底练得有模有样。认真说来，许子烈听过一次，在葛樱莓参加的红小兵宣传服务队汇报演出上，一曲二胡独奏《田园春色》，被她拉得流畅自如，她的舞台表现力着实让许子烈没想到。平时安静的她一副活泼沉醉的样子，头肩膀胳膊腿潇洒抖动，好像真的触摸到了春天的生机。演奏结束，台底下的掌声、叫好声比之前的节目热烈许多。

葛樱莓学什么都很投入，后来又学了扬琴，音乐老师当她是个宝，不辞辛苦给她吃小灶。她的好朋友杨红的家里有架扬琴，也常常是她放学后及假期光顾的地方。虽也是学校里的扬琴高手，但较之二胡，还是差一点火候。许子烈知道其中原因，女儿好强，花那么大代价争取的事情，绝不能让人看了笑话。

男孩子可玩的东西就多了，乐趣也多很多。上树打沙枣，打鸟，捉兔子、刺猬、游泳、溜冰、探险……不一而足，既新奇又刺激。一天可以冒出八个主意。没条件玩，也要创造条件玩，怎样都好玩。女生的游戏在他们眼里就是太没劲儿了。

老三自小就愿当葛东风的跟屁虫。哥哥姐姐剪刀、石头、布决定她去向的时候，葛蔬蕉总把眼睛瞪得大大的，视线一点不离哥哥姐姐的手。她知道谁也不爱带她这个小累赘，都想自己玩。姐姐玩出手慢、耍赖这些小动作，她从不计较。而哥哥一来小动作，换来的一定是她的尖叫、哭泣和坐地耍赖。好在哥哥的运气总不及妹妹的好，所以小家伙常常一副如愿以偿、志得意满的架势。只要让她跟着哥哥，她就很乖。有一次，怕玩得正尽兴的哥哥甩了自己，就一路憋着尿，也不敢吭声。回家后，妈妈发现老三尿了裤子，老大自然又受了责罚。当然了，嘎小子模样的葛蔬蕉，泼泼辣辣，一点儿不娇气也不让葛东风觉得太麻烦，他也喜欢这个妹妹。

葛蔬蕉理所当然地参加了哥哥和伙伴们的多次重大行动，直到现在说起来都是一脸向往。

戈壁滩上没啥零食，一种叫作沙枣的果实就长久地停留在戈壁滩长大的孩子们的记忆里。沙枣，名不副实，枝、叶、花、果都被一层银白色沙膜覆盖，摸在手里涩涩的，颇有质感。每当开花，一小小的、朴素的、奶油色的、像童话中摇铃般的四瓣小花，一串串绽放枝头，香气浓郁，有人说它的花香味与桂花媲美，故有"飘香沙漠的桂花"之美称。但在孩子们看来，沙枣花的味道太过浓郁，在沙枣林待久了，会觉得脑袋发闷。他们不知道正是这沉郁的幽香，一路伴随他们对基地这个故乡的悠长记忆，至死不渝。而当时他们的关注点不在此。

从夏天开始，至深秋，戈壁滩的孩子们一点点地盼着沙枣从青疙瘩变成披着诱人红衣的果实，孩子们的节日也宣告到来。尝一颗，沙沙甜甜。甜蜜过后，就是嗓子眼处沙沙的感觉，顽强地贴附在喉头，可劲吞咽口水也难消去，但这也丝毫不能阻止孩子们对沙枣的热望。沙枣树枝稠叶密，枝干布满突起，弯弯曲曲，张牙舞爪，颇为高大，却是刺头。爬上树去摘，手上脸上常被沙枣刺划得尽是血道子，衣服也连累遭殃，常被挂破。根据沙枣的个头甜度，也被分了三六九等。其中有一种，个头不大，颜色深红到其尾端显示黑红的被孩子们称为"黑寡妇"，也不知出处何在。通常高品质的多是物以稀为贵，其树形也更高大。艺高人胆大的就冒险爬树，这属翘楚。上了树的孩子，好像林中老大，望着树下眼巴巴的伙伴，傲慢之气顿生。树下平日里玩得好的伙伴，这会子小嘴里哂了蜜，才有分得上树上老大投下的宝贝。有些平日里想得却不可得，想玩却玩不上的画画书、玩具什么的，这时都成了交换的条件。葛东风是爬树高手的其中一员，却算不上艺高人胆大。许是带着妹妹不想被轻看，便豪气冲天哆哆嗦嗦地爬将上去。不过，他为人要忠厚得多，总是开掘潜力，不讲条件地为树下的伙伴服务。妹妹就在树下，一脸崇敬地望着哥哥，一边不停地捡着地下的胜利果实，口袋装满了，就扯着花衣服的衣襟装，一边还不忘往嘴里塞。当然，碰上沙枣结得又高又远的，也非爬树能解决的。孩子们也有办法，拿出早已准备好的自制工具，长长粗粗的竹竿木棍被接续了两三回，颤颤巍巍的顶端绑上结实的铁钩子，用钩子勾，顿时枝啊叶啊果啊的，掉了一地。最不济的方法是用石头砸，用脚踹，但脚丫子踹得生痛，也掉不下几颗，只好眼巴巴地望着。

沙枣也颇受大人青睐。它在基地最困难的时期，为挺过粮食关做了贡献。巧手的主妇还会把枣核收集起来，洗净泡软，将枣核按照大小分出，用线穿出各种摆件、门帘，是非常别致的工艺品。许子烈的家就有两个非常漂亮的门帘，风一吹，一帘幽梦尽可以做。而它们的原材料就是葛东风提供的。沙枣也具有显摆的功用，比谁的甜，比谁的红，比谁的大，成绩好的，也能小小得意一下。它还是最好的子弹，打在身上杀伤力不小。

葛东风带着妹妹还闹过一次"沙枣事件"。有一次，许子烈带葛樱莓外出，没法回家做饭，就让葛东风带妹妹，嘱咐他做饭。没想到，葛东风贪玩，两个人就用沙枣充饥，吃得口干舌燥，满嘴白沫，嗓子发蒴，舌头上厚厚地腻了一层白。把两个孩子吃得胃疼不说，三天拉不出大便，把葛蔬蕉肚胀得直哭。葛东风因此被父母一顿猛削。

可是葛蔬蕉就是痴心不改，就爱跟着哥哥混。为了摆脱妹妹，葛东风也会想点傻主意。许子烈一直在培养葛蔬蕉的淑女风范，扎小辫留妹妹头帘，穿花衣。一天下班回家路上，看到老三可怜兮兮扯着老大的衣襟，抽抽搭搭在哭，央着哥哥带她出去玩。老大指着妹妹的头，吓唬她："这么难看，怎么带你出去啊！还不被我的朋友笑话死！赶紧回家躲着，让谁也找不到你，好不好？"

"就不嘛！不丑嘛！你和其他哥哥也没头帘，也没人说丑！你就带我去嘛！要不我就告诉妈妈！"

许子烈走上去一看不打紧，顿时气恼得哭笑不得。葛蔬蕉的头帘被剪得很彻底干净，只是刀法不过关，头发变成锯齿状，缺一块，多一块，难看到家了。罪状根本就是现行，压根儿不用告状。"拷问"之下，葛东风交代，作案工具是用家里的饭碗比着妹妹头上剪的，没想到她根本不知丑，还是勇往直前。

尽管妹妹给葛东风找了很多麻烦，葛东风还是最疼这个妹妹。他去插队前，正值夏天，拿着父母留给自己的钱，带着两个妹妹上了冰棍房。冰棍房是基地刚刚开起来的，里面卖自制的小豆、牛奶、果味冰棍和自制饮料。里面最贵的冰棍是牛奶鸡蛋冰棍，最初八分钱一根。那时候可真是货真价实，真的是鸡蛋和牛奶做的，闻起来都是奶香蛋香扑鼻。这是奢侈的所在，之前几个孩子谁也没吃过这种高档货。那天葛东风拍着胸脯对两个妹妹说，想吃什么吃什么，管够。葛樱莓秀气地吃了一根，便住了嘴。葛蔬蕉一口气要了四根，还意犹未尽。哥哥还贴心地带着毛巾装了四根带回家，说给爸妈一人一根，其他给妹妹解馋。结果，当天晚上，葛蔬蕉就拉起肚子，急性肠胃炎。让即将下乡的葛东风走得又内疚又牵肠挂肚。兄妹俩是情比金坚。

大概是为了便于管理，基地的办公住宅分区十分鲜明。以东风礼堂为中心，正对面是基地服务处，百货副食等一切生活商品采买都在这里。它的旁边就是红墙灰瓦的招待所。礼堂两侧分别是面积不大却人气爆棚的新华书店、银行和邮局。东风礼堂是基地的标志性建筑，宏伟大气，有小人民大会堂之称，是基地举行大型集会、观看演出和电影的场所。它的后侧是一个露天广场，搭建了舞台，也是大型集会的场所。每次集会，便能看到各单位集合整队高呼队列口号从四面八方赶过来，每个人手臂夹着一个马扎，在马路一侧等待入场，此时基地军务处的参谋威风凛凛站在舞台上，军姿严整，万人瞩目。按照编制序列，等待每个单位的领队挨个跑上前去进行报告，获得批准后，按照指定区域将队伍带入。动作齐整将马扎放下，"啪"，利落得没有杂音。然后入座。两手收起齐齐放在膝盖上方，腰板挺立端坐。一个方阵一个方阵，一色的草绿，甚为壮观。据说基地其他岗位男士找对象困难，但军务处参谋却是例外。

礼堂前后区域变为广场区。以其为轴心，一个宽敞好比长安街的丁字形马路和衍生的众支线便把基地分成若干区域。

基地的司令部、政治部机关堪称大脑中枢，位居大马路的东南方，办公楼后的大片区域便是司政家属宿舍区。基地首长和各部领导都居住在此，因此从神秘度到房子的等级都较高。等级的区分倒不是因为特殊化，而是严格按照军队职务级别来分配住房。除了各路主官，机关处长主任也住在那里，即便是住在同一区域的一些干事、参谋、助理员，也是从基层千挑万选出来的优秀人才，年龄资历也不会太薄。

马路的西南部是后勤部机关和医院，其后便辐射出相应的家属区。这里的房子相对较分散，房子也都不大。在部队的后勤部门管吃喝拉撒，什么营房、财务、军需、劳资、战勤，工作虽然与大家生活紧密相连，很重要，但天天都干的不是主流活计，你总不能说导弹是你打上去的。忙归忙，但给人感觉技术含量不高，也不如司政的干部斯文有派头。反正后勤干部提升慢是军队一个共性的问题，年龄偏大，职务偏低，气势上就逊一筹。

马路的东北部，主要是机关直属队和各技术团站的办公地点和家属区，很多技术场站的干部住在这个方向。这里不属机关，都是些基层单位，级别肯定低，房子自然不大。但住在这里的户主，多数是受过高等教育的知识分子，很多来自大城市。因此从生活品位和子女教育上也和别的区域有了差别。

马路西北部主要驻扎着基地的勤务部队，学校和粮店农场等服务生活区，这些负责生活保障的单位有很多不穿军装的职工，他们的家属区便多集中在这里。在部队，不穿军装，工资待遇与社会地位都和军人有一定差别。在住房上也一样。他们的家属多来自农村，家里孩子也多。在大礼堂的北边马路头便是火车站和铁路处的所在地，家属区自然就在那里。铁路职工多为工人，工人和干部待遇相差更远。住的都是不大的平房。每家一般都是三个孩子以上，那时没搞计划生育，五六个孩子也挺普遍。人多，没人管，孩子自然放了羊。房子也不够住，就想办法凑，几乎家家户户都想办法向外延展，搭个简易房建个棚子储物之类。长此以往，这个区域就成了基地脏乱差区域。

这样的区域划分，却造就了等级的差别。虽是无心之举，却令人记忆深刻，尤其是孩子们。像极了上海的上、中、下只角和老北京"四九城"的划分。北京从前是"东富西贵、南贱北贫"。而上海的上只角为买办、洋人、社会名流聚集，有钱有地位的多。而下只角则多是苏北人聚集的地方，人多是出门打工讨生活的劳动阶层。而所谓的中只角，则是一些文化人，微薄薪酬既住不起上只角，又不愿去下只角，他们住的地方叫作中只角。

所有的差别就来了。司政机关区域在领导眼皮子底下，像极了人的脸面。相对主流，环境干净怡人，秩序井然。孩子们也被家长教育、管教得很严，礼貌待人，谈吐规矩，不大声喧哗。因为大人的身份，都是为官为政的，在他们看来大人管的都是要事正事，事关政策。做派行事颇为严谨，孩子们也受此影响，有些优越感。

技术干部集中住的区域，对孩子的教育抓得紧。虽屈居"臭老九"地位，但知识分子的品位见识，谁也无法否认。再说在这个主要从事高精尖科技事业的地方，知识代表能力和出路，是毋庸置疑的。所以重视孩子学业是这帮大人的不二选择。因此在这个区域里，听说谁家的姑娘学习好，谁家的小子数一数二让老师偏心都不是什么新闻。后勤和医院区域的孩子，在中间晃荡着，自成一派。大马路的尽西头，划归友邻部队，但生活教育还是依托基地。单位不大，人少就在气势上输人一头。基地的孩子以老大自居，动不动就觉得别人侵占了自家的资源，两边的孩子明争暗斗常常起冲突。但那里的孩子自强自爱，不吭不哈，低调不张扬，常常在学习成绩上有惊人之举。

最头疼的就是铁路职工的孩子。他们的父母是基地待遇最低的。家中孩子又多，每天能把家里那么多张嘴安顿好就是最大的功绩。至于考虑如何给孩子一个教育的环境，这个形而上更高层次的问题确实顾不上。这里环境脏、乱、差，卫生习惯不好，穿着也破旧。父母顾不上教育孩子的后果，就是孩子放了羊，调皮捣蛋的多，打架斗殴的多，甚至还会小偷小摸。无形中，这里的孩子就成了调皮捣蛋的代名词。这样的例子多了，无论老师孩子家长，就有了另眼相看，甚至被视为野蛮的、缺乏教养的洪水猛兽。

在孩子们心中自然也垒起了一道无形的墙，各区的孩子分了派，上下学不一起走，玩游戏不在一起，交朋友一般也不在一起，甚至相互敌对怒目相向。

葛东风家住在团站住宅区。这个区里的特点，家里的男人多从事技术工作，多在点号工作，一般都是女人带着一家老小。周末回家，男主人除了解决家庭急难险重的活计，还会言传身教，发挥自身优势，对孩子的学习施以影响。葛东风性格温和，用葛校言的话说是有点肉，但有一点和他老子一模一样，聪明。

葛东风贪玩，和谁都能玩到一起。单调的戈壁滩是他和伙伴们玩耍的天堂。不是躲在防空洞和伙伴们修"工事"，藏猫猫，就是四处游荡，骑车上北山爬狼心山寻奇石，捡弹壳，挖苁蓉、甘草，逮四脚蛇。反正那土灰色的硬戈壁，在这群孩子眼里，宝藏层出不穷，哪里都能被发掘成乐园。

出了集万千人马建设了几十年的场区，便是一望无际的戈壁。到了冬季，尤其荒凉。只有劲风下游动的沙丘、冰封的雪地和一点不见叶脉的光秃秃的灌木和胡杨，戈壁滩显得异常冷清、肃杀。但孩子们的天性还是会想办法给沉寂的冬季带上色彩和喧腾。冰雪便成为他们无尽热情的理想挥洒之地。在开阔的戈壁滩上空地多，围出一块，用水浇在上面，用不了半天时间，一块上百平方米的冰场就有了。

如镜的冰面如同魔镜，一到上面，平时的寂寞冷清便在自由的滑行中一寸寸消散，心儿也飞了出去，任由它奔向更高更远的地方。阳光照射在冰面上，眯起双眼的缝隙中，是细细碎碎七彩的光晕，落在眼中，落在身上，那是怎样的惬意和幸福。

滑冰车是孩子们最喜欢的。冰车犹如将士纵横战场的坐骑，一骑良驹在手，或驰骋或如脱缰的野马一般奔袭，信马由缰，自由无缚，体验速度与激情；或与对手较量冲撞，都是无限快乐的源泉。

如果到了冰封的弱水河，冰场可供游刃的天地便更阔大，冰车可以自由飞驰，轻轻的几下子就能滑出上百米。滑冰车都是大人孩子自己动手制作而成，手工和质量都成为孩子间比试的标准。一块正方形的厚木板，在板子的底面两侧用钢钉固定两根平行的方檩条，檩条上再附上光滑的粗铁丝，有条件找材料的，可以直接用两根角铁替代方檩条和铁丝，用砂纸打磨的角铁更为光滑锋利，再找两根打磨好的铁钎子，用来点插冰面，一个冰车便完成了。滑冰车，老少咸宜，有的冰车做得更大，在上面用三块小木板拼成一个坐凳，变成了双人坐骑，有的人家三个孩子，中间坐一个，后面立着一个，前面盘腿坐一个，便成为一家人欢乐的源泉。

孩子们一般或跪或盘腿坐在冰车上，双手持钎子用力往冰上一戳，向后使劲儿一撑，冰车便缓缓启动，随着加快戳击冰面的频率，使用的劲道越大，冰车的起始速度也就越快。孩子们喜欢在冰面上相互比赛，看谁家的冰车好，谁的速度更快。

只见一溜儿冰车呈"一"字形排开，参加比赛的人双手紧握冰钎子，屏息静气，目视前方，蓄势待发。一声"开始"，一排冰车就晃晃着蹿出去。孩子们个个跃跃欲试，瞪大双眼，鼓着腮帮子，脑袋上下点着如捣蒜一般，拼命向终点滑去。冰场两边的人嘴里高声喊着加油，手上挥舞着头上戴的帽子、脖颈上绕着的围巾——都成为加油的旗子，场面颇为激动人心。

冰车虽好玩，但在速度和灵活性上远不如"单腿驴"轻便，特别在灵活和速度上，"单腿驴"具有无法替代的优势。"单腿驴"是孩子们的形象说法，它更考量技巧。玩得好的孩子总能在"单腿驴"上博得彩头，一个漂亮的急转弯，快速的急刹，刀刃之下削出片片飞溅的冰花，那样子又帅又拉风。

"单腿驴"的制作同样考究的是手艺。利用三十厘米长宽的方木板，前后都有挡板用来卡着双脚，木板底下单镶嵌一条打磨好的冰刀。玩时，双脚站在木板上，掌握好平衡，双手握住冰钎合力一撑，"单腿驴"就快速地飞出，速度极快，再轻轻左右甩摆身体，控制平衡和方向，转弯极为灵活。光平衡就够操练一阵儿的，站在上面更是一种速度和激情的体验。当然，如果技术不到位，或者运气欠佳，不小心遇见冰面上突起的杂物，即便是一株未及覆盖的枯草，也能一个跟头从"单腿驴"上摔出很远。因而它的潇洒度和挑战度是成正比的。当然其中的乐趣，也是后来制作精良的冰鞋无法相比的。

葛东风是制作这两个家伙事的好手。一样的材料到他手里被整合加工出来，总是用起来最舒适，看起来最精致，工艺最细致趁手。有人说，这是得益于许子烈的身传。其实许子烈能干不假，就是缺乏对孩子的耐心。她才不会教孩子做这些在她眼里看来不上进，又充满危险的东西。小伙伴都认可葛东风的手艺，便各路找来好木板，磨着大人打磨角铁，交到葛东风手上。只要葛东风愿意接手制作，孩子们说出去葛东风的名头，腰杆子都要粗上几分，颇有手艺大家的风范。可想而知，葛东风的人气和人缘都很旺。他爱鼓捣的东西还有很多，自制的火枪的精致和爆裂程度，让他很长一段时间都是喜欢打猎的大人和孩子追捧的明星。

葛东风的手巧，托人买来一个矿石和可变电容器，自己用漆包线绕一个线圈，再弄上一根长长的天线，另一根电线接在暖气管子上，接上喇叭，耳边传来的声音："小喇叭开始广播了……"一台简易的矿石收音机就成功了。让葛东风身边的小伙伴看得眼珠子瞪得像牛铃，羡慕之情顿生。他不仅手上巧，水上冰上的技术也精。虽然，人造冰场的魅力显然不及天然的河流，但是危险也如影随形。

每到冬夏两季，也成为家长们提心吊胆的季节。遇见尚未冻结实的冰面，不小心就滑到河里的，棉袄、棉裤、棉鞋被弄湿倒是小事，溺水而亡的悲剧也出现过。但快乐成为压倒一切的动力。

戈壁滩的水碱很大，大人判断孩子是否偷偷到河里游泳或者滑冰的证据就是，看孩子的皮肤能否用指甲划出白道，或者看孩子的衣裤有无一圈圈的水碱印。滑冰难免摔跟头，摔了衣裤上就会留有印记。葛东风最好的朋友徐海明，就是因为游泳结下的莫逆。

　　那年盛夏，十来岁的葛东风刚刚学会狗刨，兴趣正盛。每天午休，便蹑手蹑脚绕过午睡的家长，逼着妹妹给做掩护。邀上三五伙伴直奔二道河，幻想着做浪里白条。有时，他们也去水库边的菜地，那里有一个深深的水池。孩子们在地势高处架上长长的木板，时不时学着电影里高台跳水的表演，也在板子上颠一颠，再一个猛子跳到水里。

　　戈壁滩的河水，即便有炎炎烈日烘烤，也很冰凉。人在水中久游，脚容易抽筋。这天，葛东风和伙伴们便遇了险。他游兴正浓，渐渐忘了离河岸距离。等发觉体冷水急，想往回返，腿却抽筋，加上水草绊脚，挣脱不开，连喝几口水，一路挣扎，却被水没头，眼看着连呼救都没了声气。这时，正在岸边的徐海明看情势不对，一边呼救，一边跳下水，连衣服也未来得及褪尽。几经努力，把人救下。可徐海明已精疲力竭，灌了个水饱，上岸来软软走了几步，便晕过去。吓得伙伴们又掐又捏，醒来第一句话就问：那小子没事吧？

　　事后，一群孩子攻守同盟，没敢告诉各家大人。事情过了许久，许子烈两口子才知道，对葛东风好一通暴揍。但两个孩子却结下一辈子的友谊。

　　徐海明就是铁道北的孩子。

　　"铁道北"是对铁路管理处辖地的简称。在基地早期，铁管处人员最多时，加上家属孩子有几千人，是基地的大团站。从清水堡到额济纳，整个道北地区全是铁管处的地盘，这还不算十号区里的两个生活区。戈壁通往基地沿线上的站点大大小小几十个，一个站点多的三十几号人，所有的生活用品甚至水，全靠列车运送。多数站点方圆上百里无人烟，每天的工作就是养路、修路、护路。甭管狂风烈日、风吹雨打，工人每天肩扛一把笨重的铁镐上路，踏着月色而归，陪伴他们的只是身后传出的自己的脚步声。劳累自不必说，孤独更为深重。看到一棵树都会生出亲切。它就像一个伴儿，和着风，唰唰地伸展着腰身，迎着人来人往，热情地拍着巴掌，远远目送，挥手告别。即便在寒冷的冬季，褪尽了枝叶。匆匆经过的巡道工瑟缩在厚重的老棉袄里，红着鼻头，吸溜着鼻子，双手笼在袖筒中，只匆匆一眼，便有了抚慰，因为知道它活着，等待它春天的复苏，夏天的旺盛生机。

徐海明的父亲徐万虎是巡道工。当年也是参加基地建设的第一批军人。这条近三百公里的铁路，便是他和战友们一锹一镐挖出来的。等到铁路修好，他也行将退伍。他的老家在美丽的海滨城市青岛，家境虽不富裕，对照着兔子不拉屎的戈壁滩，就是天堂。徐万虎早就在心里画上了蓝图腹稿。然而一纸留队改薪的命令彻底改变了他的命运路径。

留队改薪，就是就地脱军装，改成工人。徐万虎家中，只有一个妹妹，已成了家。家中还指望着他回去撑起家，给父母养老送终。但军令如山，不可违。从此他就成了一手提信号灯，一手拎螺丝扳手，腰挂八斤半手锤的"李玉和"。不论三伏、三九，刮风下雨，白天黑夜，巡道工都要用脚底板丈量世界。碰上风沙天阻道，就要挖沙，铁锹施展不开，就跪在那里用手扒。风沙太大，衣服领口、袖口扎紧也不行。棉纤维吸土灰，就套上厚重的军雨衣，用绳系紧，戴上防风镜、口罩，口罩里还要垫上手绢。即便这样，一场活干下来，每个人的鼻孔嘴巴还是飞满了细沙，擤都擤不完，吐都吐不及。

这风里沙里摸爬滚打的营生自然辛苦。徐万虎思乡心切，回老家说下了媳妇。这位身材健美，吃海鱼海菜长大的女人和他来到戈壁滩，一口气生了五个孩子。

站点是孤独的，也是贫寒的。职工的家属随丈夫来到基地，通常没办法安排工作，没了工作也就没了收入，甚至没有粮食配额。除了钞票，更要命的是粮本和那些无处不需要的"票票"，什么布票、粮票、油票、糖票、肉票、奶票、烟票……差不多每一种商品都需要"票"的。徐万虎工资和大多数工人一样，低工资要养活一家老小。生活的问题，全靠自己绞尽脑汁想办法。一家人先在站点住土屋，想着法子开荒开地，种粮种菜。能干的老婆种玉米换黄豆，自己学着磨豆腐，做黄豆酱。因为那东西蛋白质高，吃了经饿。主食主要就是粗粮，玉米面、芽面、黑面为主，几个孩子吃得吐酸水，个个营养不良。

除了生活，就是孩子的教育了。站点前不着村，后不着店，孩子上学要送到几十公里外，学校又不具备住宿条件，孩子只好失学在家。等到好不容易调到基地，在两间阴暗狭小的平房一住十几年。房子是破旧的砖柱土坯房，顶棚是板坯抹灰，墙面石灰砂浆抹灰，地上铺红砖。夏天还算凉快，冬天就需要自己烧火炉保温。

为减轻徐万虎的压力，老婆进了家属队，按照工分计费，打预制板、拉砖、运煤、搬运垃圾，什么脏活、苦活全干了，也挣不到多少钱。为了改善生活，就在离家十来公里的地方开了菜地，种点苞米和蔬菜，补贴一点儿。粮食还是不够吃，就拿粮本上的细粮和家境宽裕的人家换粗粮。老三两岁时高烧不退，因为徐万虎值班，耽误了送诊，孩子都烧抽搐了。结果挺漂亮的小女孩成了聋子，脑子也烧坏了。

等把五个孩子拉扯大，徐万虎和媳妇也熬坏了身体。

铁路上的人也算走南闯北，成天为生计操心，脑子和性子都活络，安静不下来。铁路的孩子身上有了这样的遗传，加上父母对他们通常都是"放养"，性子也就比基地"圈养"的孩子狂野难驯许多。

"爬上飞快的火车，像骑上飞快的骏马。车站和铁道线上，是我们杀敌的好战场。"每当哼唱起这首电影《铁道游击队》的主题歌，"铁道北"的孩子们就觉得是在歌唱自己，亲切感熨帖着每一个汗毛孔。爬火车自然是铁路孩子效仿那群绿林好汉的最佳玩法。胆大的孩子看见过往的货车，只要时速不超过三十五公里的列车就想办法爬上去。货车总是慢车居多。于是，先跟着火车跑一会儿，抓住把手，用手一撑，跳上去。跳下来时危险大些，抓牢把手，一条腿先着地，跟着跑几步，才敢放手，要不随着火车的惯性拖拽，轻者摔得皮青脸肿，重者便有生命之虞。拽拉着火车车厢把手，将身子倾出车外，听着呼啸的火车欢叫，坚硬的风刮在脸上生疼，但却生出大英雄的感觉。很英武，很威风！

在孩子们眼里，货车上总能找点比较稀罕的东西。

尤其是冬天，地窖储存的"老三样"，白菜、萝卜和土豆，早已吃得嘴里寡淡，舌苔起了白膜。看到有基地为了改善官兵生活，专门到内地组织年货的火车，孩子们便趁此悄悄爬上去找点新鲜。价格高的或是稀罕的东西都是不敢拿的，但是碰到那些码在竹筐里，尽管带着冰碴子，但仍然不失可爱模样的小油菜，头顶黄花带着毛刺的翠绿黄瓜，小灯笼一样肉乎乎的青红椒，黄嫩嫩的韭黄，这些平日里难得一见的蔬菜，一掐一苞水，看着都口舌生津，自然忙不迭地塞进早已备好的布口袋，便满足极了。冬天穿得厚，裹在蓝色的工装布厚棉袄里，就成了一道保险的屏障。

爬火车刺激好玩，但毕竟冒着风险。而且，偷拿东西，讲出来事关道德层面，要是被爹妈知道，估计家里的笤帚疙瘩要被打断好几根不说，自己的小身板也会在床上压上好几天。所以，爬火车的事只敢偶尔为之。但是铁路上常有装卸物资的活计，上上下下的总有遗漏或者遗弃，于是那些没有打扫干净的"战场"便成了铁路上的孩子们欢乐的"战场"。

善于发现和琢磨的孩子们总能找到一些好东西，各种型号和规格的铁丝、铜管、钢管，有时还能搞一些硫磺、芒硝和雷管，做点小炸药的材料就差不多齐了。

有了这些家伙事儿的孩子们，开始像个工作严谨的化学试剂员，本来一提到上学就头痛脚心疼的孩子们，把哥哥姐姐的高中课本翻出来，仔细研究，将硫磺和芒硝按照一定比例配比，装进瓶子里，插上雷管和自制的导火索，然后再用石蜡密封起来，一个"手榴弹"就做成了。这样制作出来的"手榴弹"威力很大，说是"凶器"也一点不为过，闹不好就会有性命之忧。加上材料太专业，被大人们严加看管，平日里并不好找。除了手实在痒痒，想去水库炸个鱼虾，才偶尔为之。知道轻重的孩子们一般是不敢用的。他们做的更多的是用石灰石为主原料的"土炸药"，将干石灰石放入瓶子里，加上一些水，用布条封死瓶口，然后快速甩进水里，不一会儿就"嘭"地爆炸了。

另外一个刺激的项目就是用钢管做火枪，自行车链条什么的都能成为枪支撞机的零部件，甚至列车上的废钢砂都能被加工成火枪的子弹，杀伤力也不小呢。孩子们还制作弓箭，想模仿毛主席《沁园春·雪》里称颂的"一代天骄成吉思汗，只识弯弓射大雕"里那个大漠英雄气概，将厚竹筒和钢丝弯成弓架，废旧的道钉、家里的竹帘子拆下来，刀削并在水泥地打磨尖锐，一把上好的弓箭就做成了。那些在成人眼中不起眼，甚至没什么用的废旧之物，都在孩子的脑瓜子里被琢磨透了，变成神奇的宝贝。

家里孩子多，就大的带小的，一个带一个。孩子带得粗糙，却有了更为强悍的生命力。他们的成长轨迹和那些成长在温室里的花朵般的孩子截然不同。

徐海明就在这样的家庭里长大。从小伴着火车的轰鸣和震动入眠。他家兄妹五人，他是老大，底下两个带把的小子。老大就有老大的承担，他就像除了父母之外的又一名家长，手把手地把弟妹们带大，充当他们的保护神。

男孩子在群体里树立地位的一个主要方式就是能打架，讲义气。打架打到见血、挂彩，就更加剧刺激了孩子们身上雄性荷尔蒙的生长。野性滋生如同戈壁滩随处可见的芨芨草，长势凶勇而旺盛。铁道北的孩子打群架是经常的事，他们相信拳头能解决所有问题。

上阵兄弟帮。家里的男孩子越多，越是讨巧，几近成为一种资本。徐家三兄弟虽不是长得虎背熊腰、凶神恶煞，占据打架的先天条件，但是哥仨，精诚团结，有勇有谋。关键是他们哥儿几个从不搞偷袭，下黑手，玩那些下三滥的把戏。不欺负弱小，有了麻烦总是站出来第一个主动承担。有了玩的、乐的、好吃的，甚至有些稀罕物，从不掖着藏着吃独食，而是大大方方和伙伴们一起分享。即便今天打了架流了血，挂了彩，衣服撕烂了，裤子划破了，输了，吃了亏，连爹妈都看不过去，既心疼孩子，又心疼衣服，于是三堂会审，非要找出"元凶"。带着他们去"凶手"家里说道说道时，他们兄弟三缄其口，从不出卖对方。倒是引得护子的母亲气不过，拿着笤帚疙瘩撵着弟弟满屋子窜跑，企图从弟弟们身上找出突破口。但只要徐海明挺住不开口，两个弟弟就像面对铡刀的刘胡兰，金口难开。于是，肇事"凶手"也省了家里大人的一顿胖揍，心下感动，便主动示好。碰到这样的小弟兄，徐海明从来不计前嫌，一定是握手言和，甚至不打不相识，还成为了莫逆之交。加上他们三兄弟聪明，爱捣鼓，上文中所提到的孩子们眼中的"高精尖"，他们都会做，而且工艺考究，在孩子们中口碑最好。

如此下来，徐海明兄弟在孩子们中的人气越聚越旺。一路开拓下来，就成了铁道北孩子里的名人和孩子王。圈外的孩子要加入，首先要拜会三兄弟，自然让他们身上染上了"绿林好汉"的光晕。虽说成长环境粗糙，但徐家兄弟成长苗壮。

在"江湖"上打出名头，徐海明带着弟弟作为家里的男丁，早早就开始为家里分忧。帮母亲拉砖砸石子忙菜地，夏天到河里捞些鱼虾，做成鱼干虾酱存放起来改善伙食，上狼心山打野兔子捉鸟，十八般武艺样样都会，每天都有干不完的活计，帮家里干活成了主业，学习倒成了副业。

徐海明不喜欢铁道北子弟的称呼，平时特介意别人问自己是哪里的孩子的话题。因为这个称呼在别人提起来，总无法掩饰地带有一种莫名的排斥。他却最喜欢踩着那五十厘米距离的枕木沿着铁轨行走，他希望能一路向前，走向看不到尽头的远方，那里有美好和希望。

本来葛东风和徐海明这两个在不同环境里成长的孩子就像两列背道而驰的火车，没有相交会的时候。但因为"游泳事件"，两人的友谊大幕自此拉开。葛东风胆子不大，但聪明手巧，加上为人随和，打心眼里把徐海明当朋友。游泳事件后，葛东风偷拿许子烈钱包里的五块钱，到服务社侧边的小饭馆里买了三斤白菜猪肉粉条蒸饺，外加二两饭馆自制的烧酒，豪气地请徐海明吃了一顿，没吃尽的悉数打包，给徐家的弟弟妹妹带回家。小饭馆的手艺实在不敢恭维，饺子皮粗黑厚实，里面的馅料因为放的油少肉少，干巴巴的，除了齁咸，没有更多香味。那时还没有动不动上馆子吃喝一顿的风气，饭馆承担的主要任务也不是一个交际场所。就是简单的饭菜，为方便从点号来基地办事的人，或者那些单身军官误了饭点偶尔打个牙祭的方便之所，客人并不多。不大的首区，谁看谁都觉得眼熟。谁要是三天两头进饭馆，准定被认为是烧包，是严重的奢侈浪费。不消几天，就会被饭馆里那几个膀大腰圆，眼睛像探照灯，一脸是非的家属工说出去，传个沸沸扬扬。这顿简单的饭，两个孩子却觉得分外香甜，这里让他们第一次有了像成年人上饭馆的仪式感，可以像其他桌的大人一样，把腿翘在粗糙的长条凳上，在攒着二两油泥的桌子上，推杯换盏，说说交心的话。孩子们第一次沾酒，两口下肚，就晕乎乎忘乎所以了，嗓门大了，感情也升温了，眼睛也红了。重感情的葛东风还掉了眼泪。

许子烈是个仔细的人，五块钱找不见，想都不用想，儿子就成了第一号"犯罪嫌疑人"。当葛东风被拧着耳朵站在许子烈面前，两下就说了实话。虽说被许子烈织毛衣的铁签子和葛校言的武装皮带，两下加起上了"家法"，葛东风的屁股有两天不敢沾凳子，但和徐海明的友谊更为深厚。

就是这样投契的两个人在高中毕业后，一起上山下乡，到了内蒙古的塞拉罕。

星星像风筝一样

戈壁滩的冬天除了肃杀和寒冷，带给发射基地的还有希望和热情。

1975 年年末的一天，天气干冷，冰凉的空气刺激得鼻黏膜痒痒的，鼻翼张合也有些黏滞。无人踩踏的空地上，还残留着尚未消融的积雪，白绒绒地诉说着冬季的苦寒和寂寞。积雪压在树梢，形成冰挂，晶莹剔透，在阳光的照射下有了一些迷人的风姿。而在远离首区的发射阵地的气氛，却异乎寻常的焦灼火热。

这天，中国第一颗返回式卫星进入发射程序。发射部队严阵以待。

在沈西元的陪同下，参谋长带着机关作试、航测、通信等负责人组成的发射指挥小组已早早进入位于发射阵地地下室的指挥平台。不大的平台高架于控制室的中心区域，一架黑色的对地观察镜和三部红色的话机分外醒目。这三部话机分别直通地面指挥所的零号、航测指挥间、通信指挥间。上级首长和各个系统的负责人此时也早早进入地面指挥所。

沈西元的眼睛里布满血丝，不用看，其他人也是如此。

快两个月了，自从卫星运抵基地，沈西元就几乎蹲守在测试和发射阵地。最后这十天更是连轴转在发射站。

两天前，试验任务领导小组签署了发射任务书。开完会后，司令员专门找沈西元来办公室谈了话。

办公室里尽管空间不小，但烟味依旧浓重，会议桌的烟缸里还有未燃尽的烟头亮着红点。估计今天这个办公室已来了好几拨人马了。司令正在开窗透气。看到沈西元立在门口喊报告，司令笑着说："快进，知道你小沈不抽烟，怕熏到你。这个节骨眼上，可什么问题也出不起。"

在戈壁滩，酒和香烟是基地人的两个宝贝。它们是减压和抵御、战胜寂寞的坚强后盾。在这里，男人们几乎都能喝一些，抽一些。酒只能在业余时间喝，否则会误事。但烟就不同了，甭管贵贱，即便自己搓制的土烟卷，也能吧嗒吧嗒吸着解点愁闷。烟的功效还不止如此，它还能解压，能让你熬夜时，帮助打掉瞌睡虫多挺一会儿。所以，每临任务期，总会有一些新烟民加入，烟的消耗量也会增加不少。每到此时，服务处也会想尽办法多组织点货源。沈西元也算稀有人群，他年轻时会抽烟，戒了。因为魏冬琴心脏不好，烟终归是不利的。时间长了，不仅抽不了，对烟还有了过敏反应。烟熏重了，胳膊、手背会起连成片的红疹子，奇痒无比。熟悉他的领导同事都了解这一点，都说他是夫妻心相连，是难得的模范丈夫。但他有自己的解压办法，除了喝酽茶顶一顶，在大战前，不管多忙，宁可不吃饭，他也会抽点空把自己的皮鞋全部拿出来擦一遍，擦到光可鉴人，他的心也就踏实了。

看司令这么说，他有些不好意思，连连说，是我小沈没出息。

听完发射阵地各项工作准备情况汇报，司令点点头。一只手拿着一支香烟，来回在铁烟盒上磕击，并不抽。屋子里的空气渐渐凉下来，沈西元忙着去关窗。

转过头，看见若有所思的司令把烟已叼在嘴上，火柴也点着了。又猛想起什么似的，吹灭，再仔细地将烟收进烟盒。沈西元心里过意不去，劝司令点上，说这点烟不碍事。

司令捡起桌上的铅笔在手里抓着，把高大的身躯向椅背靠拢，仰着脸，长长地吸了口气后，看着沈西元，目光炯炯。

"少抽根烟算什么，做不好你们这些专家的保障，耽误了发射才真麻烦。刚才我们几个已提着脑袋签字画押了，下面就看你们的了。要对部队做好再动员，认真做好回想，看看还有什么遗漏。千万不要让去年的悲剧重演啊！"

沈西元知道司令这话的沉重。去年也是差不多这个时候，第一颗返回式试验卫星因为运载火箭出现故障失败了，星毁箭亡。惊心动魄的爆炸声，滚起的烟尘至今还在耳边眼前回荡。八年的心血付之东流，当时现场看到这一幕的专家和官兵心痛到落泪。

发射失利也给基地带来前所未有的压力。

在文化大革命的泥沼中，基地也深陷其中。"批林批孔"运动在全国开展，不久全体官兵，甚至正在上课的学生们被召集起来开会，传达了中央那位女首长同志给基地两位干部的回信。原来这两位干部，给上面写了一封信，揭发基地领导对中央开展的"批林批孔"运动采取消极态度，并压下相关学习材料不向基层下发。女首长很快给这两位干部写了回信，对基地当时的"批林批孔"状况表示"惊讶"。随后，上级派驻的"放火烧荒"工作组深入基地，督促"批林批孔"运动的开展。自此，基地的"火"便越"烧"越旺。大字报贴满办公大楼，基地的领导无一幸免，被帮促的、被斗争的、被打倒的、被查抄的、被看管的、被停止工作的，搞得乌烟瘴气。很快，基地便陷入一片混乱。

司令员白天在发射场工作，晚上到批斗会场交代问题，接受群众批判。官兵们每天一项重要的工作就是抄写大字报，学习"斗争"精神，参加批判会，真正用在正常训练试验上的时间难以保证。抬眼看看航天系统，全国的形势都大抵如此，甚至比此更甚。好几个航天界闻名遐迩的大科学家都含冤而逝，令人痛心。在此情况下，试验任务几近"带伤"进行，细究起来，失败的结果也是可以料想的。

几个月的时间，司令员苍老了许多，白头发好像收到集合令，齐刷刷全冒出来，憔悴得令人心疼。当然，沈西元自己的日子也不好过，检查总也过不了关。

想到这里，沈西元深深吸了口气，看看司令，没想到正与那双犀利的眼神相遇。他们互相体味，寻找着明亮、坚韧和勇气。

也是因为这次失利，中央专委的首长作出指示，上级下决心从整顿试验秩序着手。笼罩在基地上空的雾霾，借了这股清风，一点点消散开来。

"憋屈了这么久，这回咱们一定要打个翻身仗，一雪前耻！"

"底下的官兵早就铆足劲儿，就盼着这一发。我们一定完成任务！"

"先别急着拍胸脯，要把问题想在前面。不能在我们这里掉链子。什么叫完成任务？是必须确保一次成功！"

"是！"

走时，司令把沈西元送到门口，拍着沈西元的肩膀头，使劲按了按，一切尽在不言中。

可能怕沈西元有压力背包袱，司令员临了还说了一句俏皮话："你家小魏火眼金睛，这回还要她开金口，定风向。他们这些气象专家对卫星太苛刻了，只有十分钟啊！回去做做工作，看能不能加个时，哪怕两分钟！啊？哈哈！"

沈西元知道司令员说的是发射窗口的选择，这一回发射卫星的最佳时段只有十分钟。他也知道这是提前几个月，妻子魏冬琴和他们气象室的同志，还有其他相关气象专家经过层层测量会商得出的结果。科学无戏言，司令这么说，完全是为了活跃气氛。

现在沈西元正在地面观察的岗位上。脚上正是那双穿了八年的皮鞋，虽然鞋帮的边缘已磨开了绗线，打了毛，鞋面也有了几道老化的裂纹，但因为主人的精心养护和鞋油的遮盖，依旧透着神气的亮泽。军装打理得平整服帖，一如沈西元自己，无论在什么情况下，都不失精气神和体面。此时，他全身上下每一条神经都调动起来，敏感地搜索着地面上传来的一丝一毫的异动。

发射进入三十分钟准备的关键时刻。突然耳机里传来一个语气急促的报告声：

弹上遥测信号受到干扰！

弹上遥测信号消失！

这一刻，空气似乎凝固了。

弹上遥测信号消失，就表明遥测设备出现问题。如果确认，对卫星的捕捉和跟踪就无从谈起。火箭和卫星就好像断了线的风筝，还何谈返回。

发射指挥小组迅速收集现场各测试部位情况，还是无法判断。无论地上地下，所有人都焦急起来。司令员左手猛捏搓着下巴颏，冷不丁将下巴上那颗绿豆大小的痣弄破了，血珠子登时渗出来，染了一手，他却毫无觉察。

航测和通信专家与沈西元迅速交换意见。向周边遥测活动点下达口令：

系统关机，一分钟后重启！

但是重启后，干扰报告还频频在耳边响起。此时离最后发射只剩八分钟。

此时的现场气氛，如果有个心脏病人在场，一定会紧张到晕厥。沈西元的拳头攥得紧紧的，喉结上下滚动。

又一个口令下达：

天元系统天线开移四十五度。

很快有了报告声：弹上遥测信号干扰消失。

弹上遥测信号接收正常！

天线复位！

干扰信号再次出现。此时沈西元和航测、通信专家心里反而有了底。这应该是设备受到大气电离层干扰。

天线再次开移四十五度。

弹上遥测信号终于接收正常。

随着"一分钟准备""点火！""发射！"口令的下达，烈焰之上，火箭托着卫星稳稳飞上蓝天。

指挥所里掌声按捺不住爆发了。司令员几个箭步登上指挥平台，兴奋地和指挥小组成员轮番握手。轮到沈西元，细心的他指指司令的脸，又举起司令的手，司令才发现端倪。司令哈哈大笑：

"好在血的代价在我这里，不在你那里啊！再迟两分钟，我的心脏就跳出来了！哈哈哈！"

这天，学校上午特意早早放了学。葛东风、葛樱莓从同学那里知道今天上午又该有新奇的东西飞上天了。他们便拉着葛蔬蕉爬上了楼顶平台，一直等着。楼顶平台是个很好的观测点。只是天气太冷，兄妹三人被冻得直流清鼻涕。就算细心的葛樱莓给妹妹带着花棉披风，可葛蔬蕉还是熬不住了，跺着脚直喊冷，这不小鼻子一皱一皱，咧着嘴准备开哭了。

葛东风蹲下把妹妹身上的披风又紧了紧，好言哄劝。一边也在又蹦又搓手搓耳朵的葛樱莓，突然兴奋地喊起来："哥，快看！来了，来了！"

只听见远处有轰隆隆沉闷的声音响起，声波仿佛从最深的地下穿透传导，很快，浓重的灰色团雾裹挟着一段银白色亮柱飞上蓝天，这一天的天空格外高远，空气澄净，没有一点遮挡物。亮柱后橘红色尾巴若隐若现。神奇的好东西越飞越远，渐渐化成一个小黑点，倏地钻入远处的云层再无影踪，只有越飘越淡的啸叫声证明它曾经来过。

葛东风把小妹妹抱在怀里，几个人痴痴地望着天空，强烈的阳光靠一只手掌的遮挡显然是不够的，便都使劲皱着眉头，扯着嘴角，咧着。一脸焦灼难耐的模样迎接着这个堪称伟大的瞬间，直到它从视线消失。

葛蔬蕉吸着鼻子说："还会出来吗？就没有了吗？我好像还没看清。哥，你们在看什么？"

说着，还顺着哥哥姐姐的目光好奇地找。

"没有了！没有了！"

葛东风一脸的意犹未尽，目光黏滞在"神奇"消失的地方，不舍收回。这些年，他和小伙伴看这些"神奇"很多次了，都是在还不明所以时便没了踪影。小时候懂不了太多，但只要成功，大人的欢腾，父母的笑脸，都令他知道，这是个了不得的事。现在大了，似懂非懂，更渴望那些未知的世界，他更想用手术刀般的目光把那些"伟大"解剖，仔细研读，他多想深入那些整天忙得顾不上家、顾不上孩子的大人的世界，看看他们在忙什么？在想什么？在做什么？

"这是卫星！"葛樱莓冒了一句。

说出来，倒像是底气不足似的，看看哥哥和妹妹。葛樱莓又补了一句："老师下来告诉我的！"

"嗨，谁不知道啊。我还知道，它过几天还能回来。"

"吹牛！又不是风筝。"

"咱们打赌！谁输了洗一个礼拜的碗加剁鸡食。"

葛樱莓的班主任喜欢她，家里都知道。葛东风学习不如妹妹好，父母动不动就拿葛樱莓和自己比，多挨了好多揍。他早想灭灭妹妹的威风了。

两兄妹正斗着，却被葛蔬蕉的一连串发问难住了：卫星就是天上的星星吗？它长什么样？是长的还是圆的呢？

"回家问爸爸！爸爸天天和它在一起！"葛樱莓安慰妹妹。

"爸爸真牛！"

葛蔬蕉说得由衷。

三天后，返回式卫星携带着科学家希望拿到的宝贵数据和卫星拍摄的影像资料，通过上天、入轨、遥感、返回的重重考验，跨云破雾悠然归来，可谓准时准点。自此，中国第一颗返回式遥感卫星获得成功。

一直带着发射站苦战数月的葛校言立了功，他把立功的奖状和报纸上刊发的任务成功的公报一起仔细配装镜框，挂在卧室墙上。

扎着冲天鬏鬏的葛蔬蕉最喜欢黏在爸爸屁股后面，帮爸爸看着挂镜框的位置，嘴里喊着："我的这只手这边高了！""又低了！"一边笑呵呵地拍着手，张开的嘴里缺了几颗牙，看起来很有喜感。

许子烈在一边看着丈夫忙乎，高兴之余有些奇怪。

"你都立了几次功了，还没见你这么激动张扬过，还把奖状上了墙。你不总教训我，什么骄傲使人落后，要夹着尾巴做人什么的吗？你就要翘尾巴，不怕落后了?"

许子烈的嘴向来不饶人。兴致高涨的葛校言还沉浸在喜悦中，完全没有计较老婆的话。

"这次和别的不一样，这次是我带着大家参加任务的全过程，不是搞辅助的，是真正的主力军，那感觉完全不一样。这次卫星成功，听说毛主席他老人家非常高兴，亲自修改签发的公报！你说值得不值得我挂?! 再说了，这功劳里也有你的支持嘛!"

葛蔬蕉也来凑热闹，像背书一样，背着手仰着头，一本正经大声说："爸爸真棒！妈妈真好！我爱爸爸妈妈!"

逗得葛校言大笑着，蹲下抱起女儿，作势要拿胡子扎小脸蛋。许子烈心里甜丝丝的，亲了女儿一口，便乐颠颠地去厨房做饭了。

葛校言把女儿抱在怀里，刮着她的小鼻子："你看，你们女的都受哄是不是？可惜你爸的嘴头子硬!"

葛蔬蕉轻轻按着葛校言的嘴唇："爸爸的嘴不硬，是爸爸的嘴唇厚!"

冬日的午后，一只蓝背喜鹊跳上葛校言家对面的枝头，好奇地望着对面发生的一切，那所房子里飘满父女俩的笑声，有了温情的暖意。蓝背喜鹊也受到感染，欢快地在枝头跳来跳去。

许子烈怀老四的时候，没给葛校言找一点麻烦。葛校言几个月没回家，也没人专门和他说。回到家，老婆的肚子早已显怀如盆锣。但见家里井井有条，大孩子勤快，小孩子乖巧，倒是葛校言像足了这个家的局外人。

他有些心惊，惊奇的是生孩子这么大的事，居然没有人告诉他。按照日子计算，他是这个孩子当然的爹；所以局势怎么可以如此发展？他还惊奇，许子烈的脸从来就是晴雨表，总是如同她的名字，热烈又暴烈。有什么绝不埋在肚子里转筋。这次回来，许子烈对他自然是不说话的。他可以理解，两口子打架自然需要时间消化。谁家两口子没有不磕磕碰碰的地方，又不是蜜里调油的，总是你好我好，一路平顺。闹一阵，吵一阵，冷一冷，凉一凉，就算过去了。日子该怎样还得怎样，不能指着把日子过成花，也不至于过掉在地上的豆腐，无法收拾。就冲着三个孩子，就为许子烈肚子里未落地的骨肉，也该差不多就算了。

在葛校言看来，老婆娶进门，就应该一切以丈夫为主心骨。以丈夫的进步为荣，换句话说，丈夫混得差，你老婆能过得好吗？关键是更不能扯丈夫的后腿，给丈夫添堵。上次自己是有些简单粗暴，想想十几年来，许子烈跟着自己，确实付出了不少。追随自己到这个荒凉之地安家就可见她的牺牲和勇气，这基地有多少娶了城里老婆的干部都是年年求着给老婆做工作，可老婆宁愿选择内地也不愿选择团圆。搞得那些干部三四十岁，说起来也结婚有媳妇甚至有孩子，可还像个单身汉，过年过节连个打牙祭的地方也没有，更别说老婆孩子热炕头了。如果说，夫唱妇随是女人的本分，是应该的。可十来年了，许子烈不仅给了自己一个稳定的大后方，一个温暖的家，生了三个可爱的儿女，工作上也要强，家里家外都是自己扛。扪心自问，自己也确实像许子烈说的，油瓶倒了都不会扶一下。没有为家里做过太多，但家，却给予了他最踏心的感觉。这不是福气是什么？不是连沈西元也很羡慕自己儿女绕膝吗？自己几个月没回家，并不全是赌气，真的是焦头烂额。大家都在这场政治运动中求过关，谁敢怠慢？白天晚上平时周末，几乎全天候了。尤其像他这种曾经被点了名的，态度更是决定一切。再说，他也再不愿意把这样的坏情绪带回家，再打一架谁也受不了！就算自己千错万错，许子烈了解自己当前的处境，当老婆的总该有体谅吧？哪个男人没点血性，成天把老婆当老佛爷一样哄着供着，也太没出息了吧？躺在床上，他翻来覆去地想，一边自责，一边骂自己发起火来不管不顾太伤人。可是许子烈喜欢穿戴那些华而不实的东西，这套小资产阶级的东西改不掉，既害人又害己，还不该吸取教训吗？本身出身就不好，还不夹着尾巴做人，专门给人提供靶子，以她这样政治上不成熟的表现，以后还不知道要吃多少苦。自己是在治病救人，她却不虚心。

事情就怕"可是""但是"，一旦这个念头闪现，初衷便变了味。葛校言还是为自己没有及时了解许子烈怀孕的消息而沮丧，但此时的他已觉得这样的错误，各家责任是一半一半，各打五十大板。所以，就没太放在心上。他心想，现在回家了，这样的别扭绷一阵儿就可以了，还能坚持多久？不能惯毛病，家里到底还是男人说了算！

可葛校言错误地估计了形势。一星期这样，两星期这样，三星期还是这样，一个月还是如此！许子烈不表达不满，不兴师问罪，不吵不闹，表情淡淡的，仿佛家里坐着的一个大活人是空气。遇上不得不说的话，也说，却没有好恶悲喜，如同和一个不相干的人说话。晚上睡觉，把大床横着摆三个枕头，母女三人一张床。葛校言只好自觉地爬上女儿平时睡的小床，根本不给两人亲近的机会。孩子们也是，儿子见他是耗子见猫，但凡可以不出现在他眼前，绝不出现。大女儿见他倒是有礼貌，却没有一点亲近的意思，连笑容也少得可怜。就小女儿，年龄小，忘事快。见到他爸爸长爸爸短，笑盈盈的，多少给了他些安慰。一个星期天的中午，葛校言感冒，觉得头有些沉，就想到大床上眯一会儿，却被小姑娘警告："爸爸不能躺。上次床上铺的床单被你剪坏了，妈妈补了好半天，还哭了好半天。她不愿意你躺！"

说话的时候，小姑娘眼神幽幽的，嘴噘着，乜斜着眼，等着她爸的反应。

他才发现，床单被他剪得乱七八糟的地方，都被许子烈用密实的针脚缝上了，可仔细看，还是能看出破绽，如大姑娘脚上的鸡眼一般局促。

葛校言想逗逗女儿，作势要躺下。女儿叫着："我去告诉妈妈！告诉妈妈！"一副不依不饶的样子。

葛校言苦笑一下，站起来。看来，那件事还在持续发酵，可该有个头啊！

最让葛校言担心的是许子烈越来越难看的脸色。脸、手、脚、眼睛到处看着泡泡的，肿肿的，人虚囔囔的，走点路就喘，像拉着风箱跑了三公里。上几次没见她这样。不由分说，就要推车带着许子烈上医院。许子烈也没反对，但坚决不上葛校言的自行车，葛校言只好让儿子推着许子烈，他在后面跟着。

一检查，妊娠高血压糖尿病，贫血严重。化验尿，还两个"＋"号。孕妇好多药不能用，许子烈也坚决不住院。医生只好千叮嘱万嘱咐，一定不要生气、不要情绪波动太大，安静养胎，加强营养低盐饮食。孕妇很危险，需要密切观察，随时来医院就诊。

医生说的时候，许子烈就一眼一眼盯着葛校言。葛校言在一边认真记，一边询问要注意的问题，眼神无意掠过许子烈，两目短兵相接，葛校言能感觉到里面的森森寒意，浑身不自在。许子烈把头扭向一边，再不看他。

家里的副食本上就那点东西，也没什么好买的。葛校言就带着儿子上水库钓鱼捉虾，回来就不加盐炖来给许子烈喝。虽然技术有限、成果有限，但挡不住人的执着。锅子上咕嘟冒出的气息鲜香，平底锅上铺上薄薄一层清油，一层面浆把想安稳享清闲的虾子包裹着下了锅，哔哔剥剥蹦高窜低，一刻不得闲，一会儿白黄红渐成，晶亮酥香。然而这些嗅觉味觉上的侵略如同拳头遇上棉花垛，无用武之地。许子烈就是淡淡的态度，但只要是有利于肚子里的孩子，她都不会拒绝。葛校言已足够欣慰。

老四出生在夜里，虽是足天足月，却是那年月少见的剖腹产。加上包袱皮，五斤的秤才勉强打得起。抱在手里,羽毛一般。许子烈本想自己生,却受了二茬罪。当孩子抱在手,许子烈的眼泪便如珠串,止也止不住。旁边的产妇劝她,别哭了,月子里哭,以后会落下迎风流泪、烂眼圈的毛病。她果真不再哭。

此时的许子烈的心被怀里的孩子铺满,只想自己平平安安,能陪伴这个小猫一样瘦弱的女儿长大。女儿很安静,总在睡觉。即便饿了,不舒服了,哭的声量也很小,嘤嘤呜呜的。但哭腔却很憋屈压抑,总像被捂住了鼻口,听着揪心。也许在胎里受到母亲抑郁的影响,许子烈每想至此,便自责不已。更视这个女儿如珍宝,私人珍品一般不舍得别人碰她。老四长得不硬实,抱在怀里,软面条一样,生怕从怀抱的缝隙中漏下去。因此,许子烈也更有理由,去拒绝别人抱一抱她的愿望。葛校言自是不必说,三个孩子想和妹妹亲近,也常常被拒绝。

虽然,老四出生后,是几个孩子里被照顾最好,物质准备也算最丰富的。但她体质也最弱,许子烈就成了卫生所医院的常客。常常半夜里让葛东风跟着,抱着孩子往医院跑。渐渐地,也成了"医通",叙述病情概要时,医学专属名词一个个往外蹦。家里也多了儿科学、内科学、常见病治疗等书籍。一直到老四很大了,看病向医生陈述病情还是母亲代劳。碰上医生不解的眼神,许子烈一句孩子说不清就交代了。

老四取名的发言权自是在许子烈。老二葛樱莓的学名已被葛校言改成"葛英梅",老三叫了葛红,算遂了葛校言的意。许子烈不认,仍呼孩子原名。于是孩子们就有了家里家外两套名字。许子烈对老四的名字是再也不会相让,取名葛羽珍,虽没有了花花果果的口舌生香,却在宣誓着女儿的宝贝。

春节前,东风菜场组织货源从大连进了一批冻带鱼、冻黄鱼给大家过节。门口墙上的红纸写的喜讯刚贴上,糨糊还没干透,大门口就排起了长龙。对于常年副食供应紧张的基地,来点打牙祭的鲜货蔬菜糖果,稀罕得很。排大队,已是司空见惯。供求永远不平衡,供远远小于求。基地买什么都要排大队。服务处作为消息源头,那些工作人员就成了颇有些特权的人,售货员的手也贴了金,手到之处,刀起刀落,转眼之间,定了乾坤,也丈量了交情。和售货员熟悉的,关系好的,你买到的肉啊、鱼的,成色就好,带鱼宽上那么两指,肉也厚实,那味道口感就有了质的提升。肉呢,部位也好,臀尖肉,肘子肉,瘦肉也多。要是不认识的,或是来晚的,想买到这些好货色的机会基本没有。所以,每次买东西,大家都吵吵嚷嚷,像打仗。能挤的、嗓门大的、气势旺的、身材壮的、手臂长的，就使出十八般手艺开练了，面子薄的、声量小的、没有披荆斩棘精神的就苦了。开卖之前，售货员便戴着皮围裙在一股股肉、鱼腥味的包围中，手提着切肉的刀具，傲然站立在柜台后，看着拥挤的队伍，很有飒然之气。这阵势一开张便让人有了躲避之心。便打发家里的女人、老人或者孩子们去排队买东西。除了一部分真的因工作忙抽不开身，更多的都是顾及面子。

葛校言家购买的活儿原先由许子烈包揽，后来交到葛东风和葛樱莓的手上。今天是周末，想着前几回那兄妹两个买回的带鱼都比两个手指头宽不了多少，还烂糟糟的发黄，许子烈决定自己来看看。单位孙师傅家的老婆当售货员，提前告诉了消息，因此她带着副食券来排队，排队的位置还挺靠前。

等她举着看起来漂亮齐整的五斤带鱼，心满意足地和孙师傅老婆用眼风示意着感谢之情，吃力地从一浪挤过一浪的队伍里滑出来，就听队伍里有人喊她。是医院的杨华琴。

杨华琴把菜篮交给和她一起排队的女儿，忙着朝许子烈跑来。人未站定，张口就说："许姐，好消息！"

"什么消息？看你急的。"两人寒暄两句，直入正题。

"老葛没和你说？天大的好消息！听说基地职工穿军装的名额下了，这可是最后一批，以后没政策了。说方文、李红玉都是板上钉钉的，她们可是你后面来的。你技术这么好，专业也和任务相关，这回该有你了吧？"

杨华琴是医院药剂室的，也和许子烈一样，是没穿军装的干部，但可比许子烈晚来基地好几年。穿军装，对于他们这样的职员干部来说确实是天大的事，在军人的体系里，唯有军装能说明一切。没有军装在身，各个方面的待遇都远远差了一截。之前，基地已争取来两批穿军装的名额，是上级为解决任务线中职员待遇特批的，每次只有几个。如果按照条件，论业务，评贡献，许子烈肯定够得上。大胡子厂长也为她争取了很久，但打了几份报告，都卡在了她的老问题上。说起来，两次受挫，已让许子烈有些心灰意冷了。但李红玉都有资格，让她好像看到了希望。方文和李红玉都在医院工作，一个是锅炉房的，一个是收发室的，都还没转干呢。如果她们能穿军装，自己这个为一线加工产品的工程师，怎么也该轮上了吧？她好像重新看到希望。

"我可听说这最后一次，压力不小，很多人都在暗中使劲，什么招儿都想了。

方文的爱人在基地机关当领导秘书，好递话。李红玉呢，后勤的几位领导，她都找遍了，从办公室出来，哭得眼泡肿肿的，好多人都看见了。"

女的动不动就使出那点杀手锏，找领导哭鼻子，许子烈最看不上。就觉得索然，这才发觉提着带鱼的手僵了，赶紧换把手，从口袋掏出手绢，擦一下鼻子。

"这是人家的本事，换我做不到！"

"她男人不是前几年因公牺牲的吗，后来，单位给解决了她的随军，安排工作，现在说要继承丈夫遗志，还想穿军装呢！你说人还有个知足的时候吗？听说，现在哪个领导一听她来找，都皱着眉头，捏着鼻子，闪不及呢！"

"唉，人和人不一样，到底人家牺牲多，照顾也说得过去。"

"你傻呀？你现在比谁都有资格，可名额有限，一个萝卜一个坑，坑都被这个那个占满了，看你找谁说去。"

"那我怎么办？都是领导定的事儿，我也不能让大风往我这儿刮就刮了。"

"说你怎么就不开窍呢？咱先不说你的贡献，能力和水平，谁不知道你家老葛是发射站的能人，技术好，连基地的参谋长都和他拍肩膀。再说，现在基地和几个部的领导好些都是从发射站出来的，不沾亲也带故啊。赶紧让老葛去找领导说说，要不真没时间了！"

许子烈和杨华琴虽算不得知心朋友，但杨华琴热情仗义，两人就是因为许子烈跑医院认识的，一来二去熟络起来。看着许子烈什么都是自己干，可没少帮着许子烈打抱不平，倒也让郁闷的许子烈消解了不少委屈。这个性格，也让杨华琴结识人多，高高低低，和什么人都能说得起话。因此消息来源多，也准确。

"那你自己呢？不努力一下吗？"

"当然要努力。可我没你有能力，也没有你们几个有资源。我们家男人普通人一个，没说得上话的地方。但肯定会争取。我劝你，别清高，这样的机会就一次，不说改换门庭吧，起码，生活会有一个大的转变。要是穿上军装，咱们左卡一道右减一块的可怜工资会上调一大块，到时咱开会不沾边、入党评先靠后的少数分子待遇也会不一样呢！别的不说，在男人面前说话也提三分气。"

杨华琴停顿了一下，看着许子烈手中的带鱼，开上玩笑。

"涨的工资，够你不费思量买多大一堆带鱼、肘子肉呢！"

说着，队伍里杨华琴的女儿在喊排到了，才止住了她的发挥。她冲许子烈撂下句："别犯傻，自己的事不争取，没人替你急！"匆匆走了。留下许子烈，呆呆看着手中的带鱼，黄褐色的鱼眼狠狠瞪着，为杨华琴的话注解似的，也在埋怨她的傻里傻气。

让许子烈下决心和葛校言说的关键，在于她知道葛校言发射团的老团长就是管这个事的基地参谋长。他不光熟悉葛校言，也了解当年许子烈加工发射架的事情。许子烈对葛校言了解，让他为了老婆的事情去求人，完全不符合葛校言的性格，也不符合自己的风格。她决定自己去找参谋长，但之前要和葛校言打好招呼，毕竟参谋长是他的老领导，问起来，他也可以帮助介绍一下情况。

没想到，遭到了葛校言的坚决反对。

"按规定来，领导会通盘考虑的。你说你条件过硬，你做了贡献，别人都是吃素的？你凭什么能直接找参谋长？跨了好几级，这是越级汇报，违反纪律。你让人家怎么看我？不知道的，肯定以为是我撺掇的，给组织上请功摆好，像什么话？"

一连串的质问，句句都打在许子烈脸上。又来了，永远是只关心领导怎么看，周围同志怎么看，他何时关心过老婆怎么想，怎么看？体恤过老婆的前途，未来的安排吗？

许子烈对葛校言的失望已不想用语言表达。脾气执拗的她也没再去找领导。

开春的时候，许子烈又碰上杨华琴，此时杨华琴白大褂里军装的两枚红领章像两抹跳动的火焰灼烫着许子烈的眼睛，可许子烈的嘴上是忙不迭的"如愿以偿"，"恭喜恭喜"的道贺声。

杨华琴脸上笑意盎然。她拉着许子烈的手，闪到避人的地方，一脸感激加愧疚。

"许子烈，谁都知道最该穿军装的人是你，谁让你面子薄，不去找人？这年头，死要面子活受罪的事不都见多了？说起来，我能穿上还得感谢你呢！"

杨华琴的话，让许子烈一时摸不清头脑。在她一五一十的讲述和许子烈以后了解到的情况，才拼起了事情原委。原来为了这最后一次穿军装的名额，很多人都去找，有些还是为自己的老婆说话的领导。让基地觉得难办。后来卡了几条线，人员还是超。有天参谋长和葛校言碰见，也不知怎么的说起许子烈的事。参谋长只刚刚起了话头，葛校言就认定许子烈去找了领导，心下恼火万分。他向领导表态，许子烈的思想水平和军人还有差距，穿军装的事不急，不让领导为难。表态非常坚决。事实上，许子烈的单位把许子烈早早报上了，但是单位有的领导心眼小，觉得自己老婆还是个老百姓，凭什么给年龄尚轻的许子烈名额，就在后面说小话，上眼药，说许子烈政治上不成熟云云。这些风言风语也传到基地，但组织上考虑许子烈的贡献、能力和技术水平，没有人比她更具备条件，本来还是决定把名额给许子烈的。现在许子烈自己的丈夫这样表态，简直是给基地领导救火。于是乎葛校言就成了基地对付那些给自己老婆讲情的领导嘴的最好挡箭牌，许子烈被牺牲掉，幸运的杨华琴补了缺。

　　得知真相的许子烈恨得翻江倒海，却最终无力回天，永远失去了她的军装梦。回到家的许子烈，和葛校言没吵没闹。把一张大床撤了，换回两张小床，彻底和葛校言分床而居，再无话可说。两人仅仅维持着人前的一点体面。后来居住条件好了，干脆分室而居，直到晚年。

梦萦塞拉罕

夜深了，一切都陷入空寂。一轮圆月静悬当空，好像伸手便能触摸，皎洁莹亮的月光铺洒在房间的各个角落，心也变得轻柔。

此时，葛东风躺在床上，一会儿把脚翘起来放在糊满报纸的墙壁，一会儿又嫌热嫌冷地把被子掀开又盖上，反反复复，心里憋得慌，难以入眠。

下乡不知不觉已有一年。他和三个同学被分配到塞拉罕左旗，当地农牧结合。因他是少有的高中生，看起来斯文亲切，所以来了虽还没有把牛羊青稞的习性全部搞清楚，就被派去当了老师。所谓的小学，就是二十六个大大小小来自农牧民家庭的孩子。

因为来这里下乡的知青不多，起先，他就被安排在那个笑起来嘴有点歪的小男孩巴雅尔的家住下。一顶破旧乌黑的蒙古包，一位肤色黧黑沉默寡言却透着质朴稳重的中年男主人乌拉罕，一位身材健壮，成天乐乐呵呵亲切的阿妈，几个欢蹦乱跳的弟弟妹妹。葛东风似乎一下子就被融入了这个普通的牧人家庭，多少减去了下乡情绪的低落和不安。

基地和塞拉罕左旗是共建单位，困难时期，基地接济民族地区不少粮食。有了这层渊源，加上分来的知青又少，葛东风他们三个人就成了宝贝，牧民们更愿意把他们当成自己的孩子。

刚到那天，热情的巴雅尔爸爸煮了一大锅奶茶欢迎新成员的到来。葛校言没喝过，端起碗就是一大口，结果一股膻腥气冲上来，立刻感到一阵恶心，差点儿就吐了出来。又怕拂了主人的美意，忍了又忍，压了又压，一闭眼，一碗灌了下去，呕了几下，居然没事！眼泪汪汪的还咧着嘴笑，一屋子的人看着他狼狈的样子都笑起来。

阿妈身材健硕，每天忙进忙出，比男人还下力，脸上却永远挂着单纯快乐的笑容。看着她，破旧的蒙古包里时时都洋溢着温暖和灿烂。

家里的大儿子叫吉日格勒，身材精壮，一条胳膊有明显的伤疤，说是被烫的。早早就不上学，却是一个放牧的好手。就是和他爸爸一样，不爱说话。和葛东风混熟了，小伙子就教他拿手的骑马和摔跤绝活儿。

大妹高娃，健康的小麦肤色透着红晕，害羞似的。看到葛东风，总是不好意思地低垂着头，匆匆走过。长长的睫毛垂下，像把扇面。鼻尖像是她情绪的晴雨表，累了、紧张了、害羞了、兴奋了，鼻尖上细密的一层小水珠全暴露出来。高娃爱干净、爱漂亮，人也细心。大概仅有的两件衣服反复穿，已泛旧，却都是平平整整、干干净净，一条红色纱巾是最珍惜的装饰品。小弟弟巴雅尔是家中最受宠的孩子，每天像个小尾巴一样黏在葛东风身后。

这就是葛东风在草原的一家人。

葛东风刚来时，一切都很新鲜。基地大部分下乡青年都分到甘肃金塔附近，只有几个学生到了草原。好朋友徐海明没和他分在一个队，两人要见个面，也要搭车走路三个来小时，每次见面和过节差不多。

在这里上课很松散，牧民的孩子们也是家中的劳力，白天有许多活，所以人常常凑不齐。除了上课，葛东风也要干农活和放牧。年轻的葛东风精神头儿正足，这里好像比他下乡前想象的要适应。最吸引他的就是新鲜玩意儿多。一来，他就为队上做了贡献，把自己之前在家装的一台收音机放在队部，用队上唯一的一架大喇叭，做了些改造，每天当各家各户炊烟升起的时候，便能听到中央人民广播电台的节目。大喇叭的功率到底有限，能听清的人不多。但多少为这个闭塞的地方带来了一丝新鲜。

负责来接知青的支书以前当过兵，他高兴地拍着葛东风的肩膀说，你们这些娃娃识文断字，就是比我们强。好好在这里发挥聪明才智，一起建设咱们的新草原。

旁边的人就打趣：支书看重这个娃娃哩！以后招来当女婿。

支书虽然脸上还带着笑，但说话的口气显然严肃起来："别当着知青瞎说。中央有规定，又有民族政策搁在那里，我们要把好关，知青也会管理好自己。不要整出些花花绿绿的事儿。这也是我最不放心的，非让我说出来！"

说完狠狠瞪那个人一眼，又充满期待地看着葛东风。

葛东风反应很快，大声表态："支书，您放心，我们保证遵守纪律。"

葛东风是个闲不住的人，喜欢以忙碌来调剂单调的生活，他托人到旗上买了本赤脚医生手册，业余时间下功夫苦学。现在那本书的书脊磨得露出白色，书的边沿被手指摩挲得黑了。他还让母亲寄来了塑料的人体模型，拿着针灸对着布满穴位的模型比画。后来开始拿自己练习扎针，从开头疼得龇牙咧嘴，把身上扎得青一块紫一块的，到表情越来越淡定，入针越来越熟练，酸胀麻的火候也到位。

刚来时，他总喜欢围着房东家里那匹枣红大马转。枣红马一看就得到了主人的精心照顾，皮毛水滑光亮。葛东风最喜欢马的一双眼睛，永远充满善意，即便是在葛东风试图攀上它的背，引得它不高兴，冲着他尥蹶子，打响鼻，也还是一双水汪汪的无辜的眼神。和乌拉罕一家熟悉之后，葛东风便恳求房东骑一下。刚骑上没几步，马儿就自顾自地溜达开了，他一慌，脚套进了马镫，脱不出来，正着急。房东从后面吆喝住马，上来牵住缰绳，算是停住，把他解救下来。他狼狈焦急的样子，看得高娃在一边捂着嘴直笑。这样的冒失也一下缩短了他和高娃的距离。

葛东风下乡的地方，地势为南高北低，依次是山、丘、平原和沙窝，在沙窝的南边有一条季节河。牧人的传统生活生产方式是"逐水草而居"，因此每年要搬好几次家。春天是出羊羔的季节，各家从蛰伏了一冬的山中搬出来，到河边驻扎。这时候的羊群是早晚都不能离人看护的，否则母羊下羔，不及时处理很可能会被冻死。当青草刚刚发芽返青时放牧最难。闻着青草香的羊群再也不肯老老实实地闷头吃枯草，而是追着风到处跑着找新鲜的青草吃，又怕它们跑丢了或者跑多了，动了怀孕母羊的胎气，只能不敢大意时时盯着羊群，尤其要把头羊拦着。只有等到草甸子里的草全绿了，放牧才轻省下来。此后一直到八九月份，都是草原的黄金季节，美丽而优渥。

葛东风是个好琢磨的人，他的性格、他心灵手巧的技艺及医学知识，让他在牧民中很快建立了人缘，乡里给他配了小药箱。他还是孩子们心中的偶像，一个不折不扣的孩子王。课下，孩子们总像小兽黏着妈妈一样，趴在他背上，吊着胳臂的，牵着手的，团团围着他，让他挪不动步，缠着他讲故事，做新鲜的玩意儿。巴雅尔家的毡房旁，总听得大叔大妈操着不熟练的汉话叫：葛家娃娃，大叔昨晚咳嗽了一晚上，你来给看看吧！

小葛，你给我编的褡裢，人家见了都说又好看又好用，也想要，你教教我们吧！

葛娃，老三昨天被他爸打了，躲在窝棚不出来，谁劝也不听，你说说他，他就听你的。

葛娃，姊子家今天熬了羊汤，煮了肉，你过来吃吧！

……

这样的声音每天都会在葛东风的房外响起，每当听到呼喊，葛东风都像是刚刚聆听了长官宣读的嘉奖表彰的通令，压抑着兴奋，朗声答到。如此的信任和爱护，也充分调动起他的干劲。当然，他愈来愈向上的冲劲还为那个若隐若现的身影，和扑闪在那双晶亮眼睛里的佩服、欣赏、仰视、爱恋、躲避、羞涩、甜蜜等等杂糅在一起的复杂眼神，他喜欢并迷醉于那种眼神。不管是否能和那眼神对接上，他知道它一直都在，停留在发梢上，在衣服上，在令人沉醉的空气里，黏附在自己并不健壮的身体上。他也喜欢那双眼睛，弯弯的，藏不住心情的眼睛，所有的心思在那里袒露无遗。高兴时，它变成狭长弯弯的彩虹，放射出晶亮的光彩。严肃时，眼睛像被唤醒了般，徒然放大，扑棱棱地逼着你无条件接受，哪怕包含距离、埋怨、执意、委屈、责备、一本正经，在这样眼神的逼视下，你必须卸下一切伪装，绷紧神经，没有一点懈怠地坦诚相见。当有了爱恋，眼睛便成了一泓深潭，千言万语，百转千回成就了水汽氤氲，凝结的便是琼浆玉液，令你唯有沉醉沉醉，不问出处。

他也能实实在在地感受到她，那个叫高娃的女孩子。他的搪瓷水杯里轮换泡着的甘草、胖大海，便是知道他有咽炎，常常在半夜咳嗽的结果。他的衣服常常被她偷去洗好，还拿着大搪瓷杯仔细熨烫，叠好放在床头。带去学校的饭盒，会时常惊喜地躺着一个鸡蛋。口袋里会有一小块用油纸仔细包裹的鲜香的奶豆腐。这些都让葛东风实实在在地感受到了她的存在。

年轻男孩身上正是荷尔蒙分泌旺盛的时候，在睡梦中，他也常常会和高娃相会。相见的场面总是在和电影上一样的美景中。绿草盈盈的草原上，各色的花儿盛开，他拉着她的手一路跑啊跑，可是想象中柔软细腻的小手却像个木头棒子，越来越硬。他好奇地想把她的手拉到眼前仔细看看，却被不知从哪里冒出来的肥嘟嘟毛茸茸的羊儿绊倒，俩人摔倒在地。地上好暄软，摔倒也变成了享受，原来是羊儿厚厚的绒毛织成的毯子。软软的，有东西压着身上。原来是高娃，他能听到她在耳边的喘息，嗅得到她身上和着香甜的青草的芬芳，真想深深嗅下去，沉醉在迷人的香气中。他分明感受到她在微微的战栗，忍不住抱紧，将脸贴上柔软的肌肤，晕眩，沉醉……梦境戛然而止。

醒来时，他才不好意思地发现自己干了丢脸的事儿。有两次，当他不情愿地睁开眼，还想多沉浸回味一下逝去的梦境。却被眼前匐在自己身边的影子吓了一跳，那影子正静静地专注地看着自己。漆黑的夜色中，目光如钻石般莹亮闪烁。看到他突然睁开眼，那影子也惊得一下站起来，迅速退出去。是高娃。

四周只剩下远处偶尔传来的马的响鼻声和一两声温柔的"咩咩"声。

再看到高娃，他开始变得不自然，眼神也有了躲避。

过了美好的金秋，就进入冬贮期。牧民们赶在下第一场冬雪前，把家搬到避风的山坡下，打足牛羊吃的草，还要随时提防前来冒犯叼羊的山狼。冬天里放牧增加了不小的难度。

那天，是葛东风第一次在冬日里独自放羊。临出发前，胖胖的阿妈不厌其烦地嘱咐他："一开始一定要让羊群顶风前进，不然到晚上你可就回不来了。"他高声答应着，只顾新鲜地牵上那峰高大的骆驼走了，并没太放在心上。

到了山坡上，北风像刀子一样刮了过来，硬得几乎不敢面向它。羊群懒懒地顶风缓慢前行，一边翻找啃食着雪地中的枯草裹腹，无精打采。葛东风牵着比自己身材高大几倍的骆驼，艰难地在羊群后面走，从一头走到另一头，不能让羊群停下来，更为了保持羊群的行进方向，顶风前进。冬天放牧，一待一天，寒冷异常。牧人们总是全副武装。这天，葛东风头戴草原特制的羊皮帽，身穿厚重的羊皮袍、羊皮裤，脚蹬厚厚的羊毛毡靴。走了不多久，脚步就越来越沉重。到了晌午，两条腿就像灌了铅块，怎么也走不动了。看着正静静吃草的羊群，一直绷紧的神经顿时松懈下来。转身把牵着的骆驼拉着慢慢卧下来，躲在它避风一侧，倚着宽大的双峰，靠坐着它温暖的肚子旁。拿出水壶喝了几口水，又吃了两块黄米饼。此时，阳光明晃晃地耀着眼，困意很快侵袭了疲惫的身体，眼皮沉沉坠下来，禁不住眯上眼，心里还模模糊糊告诫自己，就睡二十分钟。

等到葛东风觉得冷，猛一睁眼，却见太阳已落山，风吹得更紧了。看看骆驼，稳稳卧着，嘴里悠闲地嚼着几根草，鼻子里喷出重重的鼻息，温和的眼神稍稍令他定下心神。才发现羊群四散，坡上坡下，到处都是。他手忙脚乱地跑来跑去，追赶着四散的羊。可这时候的羊再也没有开始那么听话了。它们执拗地感受着顺风而行的舒适，那些平素何等乖巧柔顺的羊儿任你赶着，骂着，堵截着，置之不理，甚至和葛东风玩起了猫捉老鼠的游戏。哪里管他是满头大汗连踢带踹外加怪叫嘶吼，各种招数都用上，都不行。冬天的暮色，说暗就暗将下来，是一瞬间的事儿，没什么过渡。可离家的距离还远。身后的脚印凌乱，只一会儿便被风吹散了痕迹。他不停地数着羊的数量，生怕也是一转眼的工夫就会消失一只，绝望的情绪起起落落，终于升腾到不可抑制。筋疲力尽，恐惧攫取着他的心脏。突然，远远地出现了一盏马灯的灯光，正惊诧着，灯光很快飘到眼前。是高娃，她骑着家里的枣红色的马儿出现在他的身旁。看着她熟练地吆喝着，轻跑在羊群左右，那刚才还执拗恶作剧的羊群，此时听见她的呼唤，却献媚似的围聚过来，葛东风琢磨半天，也没觉出那呼唤的特别之处，可是羊群就如同得令的士兵迅速聚拢，被快速赶往回家的方向。这样的情景，让一直紧绷着神经的葛东风好像看到了救星，突然放松下来，气息运在长长重重的一声叹息中。高娃这才回头，看看他，笑了，一双豆荚眼藏着狡黠和疼惜。葛东风红着脸问她怎么会来接。她又甜甜地笑了："早上嘱咐你的时候，阿妈就担心你会这样。看到天快黑了，你还没回来，我们都很着急！""我们"两个字被她咬得很重，说着又热辣辣地盯着葛东风，看得葛东风的脸越发红了。只听高娃说，放羊保持队形和方向很重要。不过，看起来，今天羊吃得不错！说着，给他递过来一个羊皮袖筒，里面还有一个热水壶，手揣在里面，顿时暖融融的。

"快暖和一下，阿妈熬了奶茶等我们呢！"

说着，眼神热烈地把葛东风整个包裹住。彪悍！葛东风的脑子里不知怎么冒出了这个词儿。

草原的女孩子爽朗热情。高娃对葛东风的好不再藏着掖着。吃饭时，她当着家人的面把好吃的夹给他，葛东风一有衣服换下来，她第一时间拿走。哥哥酸溜溜地嘲笑她，高娃，你对你哥也没这么好，干脆让葛娃当你哥！她红着脸，瞪哥哥一眼，把衣服抱在怀里，挺着胸脯噔噔地从他身边走过，示威似的。惹得哥哥向阿妈告状。阿妈搅着锅子里的糊糊汤，笑着说，谁让你成天欺负她？现在有葛娃给她撑腰。

葛东风投桃报李，用弹壳给高娃做了一个别致的腰佩环，配上紫色黄色蓝色的丝线编成漂亮的团锦结，挂在腰间，随着步幅飘曳生姿，叮叮当当，婀娜生风。高娃珍惜地佩戴在内衣里，不轻易示人。

徐海明来这里找葛东风玩，从两人的神态眼神，立马让他看出端倪。他不无羡慕。

"你小子可以啊，大家都把下乡知青当作磨练革命意志，吃苦受罪来了。你倒好，掉在温柔乡，和草原少女眉来眼去的，还有心思盘算回基地的大业吗？"

"这话可不敢瞎说！到时是会被扣上破坏民族团结和知青纪律两顶帽子的，让我吃不了兜着走。你可别成心害我！"

"行了，我跟谁说啊？但就算我不说，群众雪亮的眼睛也会发现，瞧你们那眼神腻乎的，扒都扒不开！谁也不是傻瓜。你让我们这些在草原像狼一样孤独的，身体健康生理发育正常的热血青年，情何以堪？"

"哥们儿，你就别卖弄你一嘴的骚词了。说句心里话，我也挺矛盾。明知道这是犯错误的事。可你不知道，在这穷乡僻壤，被一个人关心着，是多美好的一件事。何况，还是一个美好的姑娘。"

"东风，看得出高娃是个好姑娘。我也真的羡慕你。但是，高压线太多了，别把自己套进去，到时机会来了，脱不开身，就把一辈子全交代在这儿了。你能甘心吗？所以，别犯傻，别磨叽。我是肯定要回的，什么也挡不住。"

说完这句话，徐海明捡起一颗石子，狠狠地向远处抛出去。

"现在你能看见回去的希望吗？我妈每封信都在不停地告诉我在想办法，结果怎样？反正我是没看见。当爱情来了，谁又能抵挡？非得当一对矛盾来处理吗？"

葛东风反驳着，但谁都听得出底气不足。

别看胖胖的阿妈没有过问，但年轻人的心事，她看得明白。曾经刻意隔开两人，不给两人更多单独相处的机会。可过了一阵儿，她就知道这样的做法是徒劳无益。河道边、草甸子、杨树林、放牧途中，哪里都能成为情窦初开的年轻人倾诉衷肠的后花园。

放牧的时候，两个人一个用口琴吹出刚刚学来的《草原上的红卫兵见到了毛主席》《北京颂歌》《我爱这蓝色的海洋》，一个用歌声助兴。背人的地方，高娃还是最喜欢和着葛东风吹奏《小路》轻轻哼唱，被视为腐朽的苏联爱情歌曲虽然只能偷偷唱，但年轻人都喜欢。那忧伤温暖美妙的调子总也听不够。每每这个时候，爱笑的高娃会变得安静，神情迷离，长长的睫毛笼着一团雾气。总爱问葛东风，我们以后能在一起吗？

能！只要想，一定能在一起。

更多的时候，葛东风什么也不会说，只轻轻枕在他心中的姑娘的腿上，看着蓝蓝的天，白白的云朵。琴声悠扬，时间好像也陶醉在美丽的画幅中，忘记了脚步。

　　阿妈暗暗地叹气。要说，她很喜欢聪明有礼貌的葛东风，这个斯文的汉族男孩子和草原的小伙子完全不同，会很多新奇的东西，新鲜的感觉将生活约定俗成的沉闷吹开了一道口子，一丝清凉，沁人心脾。这样的感觉恐怕不是阿妈一个人的，周围的男女老少都挺喜欢他。关键是他来自于那个基地，那个有恩于他们的地方。面对从这个地方来的人，她和这个草原的所有人都一样，完全敞开胸怀去信任，没有理由不信任。

　　可阿妈也有担心。要说做女婿，她可从没想过。虽说葛东风来的时候，旗上的干部来事宣讲，扎根草原，接受贫下中农再教育。但在心里，她多少还会把这个白净的城里娃娃当临时安家的客人看，他们完全是两个世界的人。所以每当想到辛苦养大的女儿要是跟了他，她只觉得未来一片空白，完全想象不出来。和女儿嫁给一个健壮能干的牧民小伙子心中的踏实安稳完全不同。想着，她就无法安睡。又没法和寡言但暴躁的丈夫说，因为说了，就意味着一场无法收拾的风暴。她警告女儿，女儿却用沉默对抗。她有些恼恨葛东风，阿妈也年轻过，她多少能够理解，当单调的生活里出现一个完全迥异于周遭的异性对一个年轻女孩子的吸引。可生活只有一个真理，悠长的岁月会把一切磨砺得如同草原上洁白的云朵，好看而不可即，沉淀下的都是和周遭无异的平常。她笃定女儿的生活不会和自己有什么两样，嫁给老实本分的牧民，养群孩子，照顾好男人，喂好牛羊，企盼风调雨顺，平安顺遂。要说对爱人的想象，对方如果善良健壮，是个干活的好把式，脾气温和，不嗜酒打老婆，对一个牧民的老婆来说，都是天大的福气了。一个女人还要多想什么呢？身边只有葛东风一个人的时候，她曾旁敲侧击地说，我们这里的女娃娃，要认定一个人，是绝不回头的，可以把命豁上。

　　葛东风正从水缸舀水，听到这话，笑得一脸真诚。

　　"阿妈，这样的女孩子多可爱啊！谁娶了都是福气！"

　　孩子这样说，阿妈也没话了。只是把两个孩子盯得很紧。看到管知青的干部，总是欲言又止。她想打听打听，这些知青娃娃何时走。干部总说，扎根，扎根，没有接到走的通知，就还要安心锻炼。阿妈的心七上八下，说不上高兴还是难过。好在这时，葛东风已搬到了分下来的知青房。阿妈的心稍稍放下些。隔三岔五，也会做了莜面饼、油茶给孩子送去。她还是惦记疼爱这个小伙子，但是再不让女儿代劳。

这天，葛东风把修好的梯子给队部送去。正在抽烟的支书叫住他。

"葛娃，听说，你现在和乌拉罕家的高娃走得很近？"

葛东风低下头搓着手，嘟囔了一句："是房东家的，走得近没什么不正常吧?!"

支书猛吸了两口烟，抽完了。拿着烟锅在鞋底上使劲磕了磕。发话了：

"多大的娃娃学会了嘴硬？连信物都给了，还正常？如果因为这些七七八八的事儿，折腾出点乱子，搞出点民族纠纷，这可是你和我都担待不了的。民族政策可是大问题。草原上的人，都执着，认死理。你这个小身板担得住吗？担不住怎么办？我们都认为你以后留在草原的可能性不大，可乌拉罕一家都是老实人，你走了，高娃怎么办？乌拉罕一家还怎么在草原挺起胸脯子？傻孩子，凡事要朝远里看，不能眼皮子浅的只有鼻子尖的眼界。今天，是给你提个醒，不是什么组织谈话，你不要背包袱。但一定要往心里去。别到时闹到收不了场，我可是想帮也帮不上忙了。"

这次谈话，确实让葛东风被爱情火焰烧得旺烈的心，冷却下来。他开始有意识地回避，躲闪着高娃。他也不想和高娃解释，也许被认为是个负心人而被厌弃，会让葛东风心里好受很多。几个回合之后，不明就里的高娃慌了神。像一朵饱满带着露珠的太阳花，眼看着突然就失去了水分，蔫巴下来。

这天晚上，葛东风参加了民兵的拉练任务回来，一身泥一身汗，回到知青屋洗洗涮涮。收拾好了，同伴早已睡下，他睡不着，正坐在桌前发呆。就听见毡子门有响动，接着门便被推开。居然是高娃。自打搬到知青屋，高娃没有单独来过，更别说像今天晚上的不打招呼，破门而入。

只见她的脸上还挂有泪痕，睫毛笼着水汽，更加幽怨迷离，平日红润的嘴唇不仅没了血色，还干的起了皮，皱着，翘着。她直直站在门边，使劲盯着葛东风，胸脯剧烈起伏。

"怎么是你？有什么事吗？"葛东风走上前，试图态度平淡，小声询问。

"这些天怎么回事，你得给我一个解释。"

"今天太晚了，别吵醒他们，有什么明天再说吧。"

"今天不说清，我不会走。我就是要让大家知道，草原的女孩子不能被人随便戏弄。"

"谁戏弄你了？没和你说话，没和你见面就是戏弄？你把我说成什么了？"

葛东风这些天的心情也很沮丧，因而被高娃的话刺激，便坐不住了。他拿起外套，和高娃一起来到洼地。之前，他们很喜欢在阳光好的时候，坐在这里晒太阳。

身后是一棵不高却枝繁的杨柳，张开怀抱，把他们罩在身下。

高娃听了事情原委，双手抱膝坐在地上，沉默了半晌。令葛东风有些不安。

"其实无论支书和阿妈都是为了我们好。我确实违反了纪律。"

又静了一会儿。高娃的声音传来，鼻音很重，黑暗里被长发拢着脸也看不清她此时的表情。

"你放心，你如果有个好前程，我不会拖累你。我只要能看到你就好！"

话语戚戚，葛东风忍不住侧过身，抬手按在高娃肩膀上，想宽慰她。这一举动似给了高娃鼓励，也更触及她的伤感。她呜呜哭着，把头靠在葛东风肩上。

两人小声倾诉着，竟然有了不再分开的勇气。高娃把头凑到葛东风眼前，看着他，眼里跳跃着一团火焰，说："我高娃以后不会再喜欢别人，你今天要了我的身子好吗？"

"你疯了吗？这样我们犯的错更大。"

"你是不敢吗？不敢，就说明你没想和我在一起，不喜欢我！"

"别这样，我是为了你好，在一起也不能这样在一起。我会明媒正娶，我会用行动证明，他们说的都是错的。"

一番话，说得高娃心跳得更为激烈。她翻身抱住葛东风。

"东风，你真好！我就想对你好！"

说着便将葛东风的手放在起伏的胸前，只轻轻一触那娇嫩挺拔的胸乳，葛东风好不容易，费尽心力筑起的壁垒，顷刻间土崩瓦解。他强烈感受到身体的变化，一时失去主张。

"我把自己交给你，便成了你的人，就谁也拆不散了。"

高娃的动作更激烈，她把葛东风扑在身下，用滚烫的脸颊贴在心爱的人的脸颊，胸膛，把唇印洒满。

葛东风从来不曾领略过高娃的任性、蛮横和这样的热烈。他的身体胀满燥热，轻轻一触，便可能爆发。此时，他没有时间再去顾虑，他只想去倾听花苞绽放的声音，去享受生命的潮汐一浪跨过一浪的汹涌奔腾，滑起滑落，手指、嘴唇所经之处，分明是一片哔哔剥剥的火石击打淬火的动人声响，生命俏然挺立，明暗交错，起起伏伏中，两个战栗的年轻的躯体努力地镶嵌在对方的胸膛。不管山崩地裂，不管洪水倒灌。

那一夜，静月如画。

也正是有了那样的夜晚，才有了葛东风今夜的辗转反侧。

今天下课，碰上巴雅尔的大哥从队上回来，远远地扬着手，兴奋地冲着他叫："东风，快来，兰州二十七支局的信，是你家里的。"

葛东风接过，果真是妈妈来信了。

妈妈很久没来信了。刚插队的时候可不是这样。葛东风知道，因为他来插队的事儿，母亲许子烈强烈不满，和父亲吵翻了。

基地很多子弟，为了不下乡，有门路的都找着这战友那首长的关系当兵了。即便再没辙，也选了离家近，同去的人多，条件稍好的农村。因为人多，基地专门会派人接洽，会专门补贴当地修知青房、补贴粮食，逢年过节，会派专人探望。不管能帮助多少，起码不会让你产生孤零零地被一个人甩在那里的感觉，好歹有组织的温暖。人多，有个什么难解的事，大家伙儿一起商量，人多力量大。实在不行了，还有组织解决。许子烈早就意识到，葛校言不会为孩子当兵去找什么关系。也就是说，下乡是儿子的必然宿命。可即使下乡，也该找个稍好的地方安置吧！当时学校这批孩子，有二十来个到金塔的名额，是人最多，条件相对较好的大队，基地和他们还有共建关系。其他，七七八八的还有一些地方，人也零零散散。葛东风分去的地方，是基于搞好民族关系，刚开始输送基地子女下乡的地方。不仅离家远，没个照应的，而且，谁都知道，新建立的共建点条件一时都还跟不上。最最重要的，民族习俗不同，许子烈家里的饮食习惯偏南方口味，吃饭生活都会不适应。所以，作为母亲她还找了学校，希望转个知青点。对于一名母亲来说，这样的要求一点都不过分，加上学校教导主任也和许子烈熟悉，答应调剂，说孩子们肯定有愿意去草原的，让她放心，问题不大。

然而，让许子烈揪心的偏偏是葛校言。她认定，葛校言就是自己一辈子的克星。

葛校言果然在知道后，进行了没有任何商量余地的阻拦。他骂："就你的孩子该被照顾，别人家的孩子是钢筋铁骨？你孩子不能受的罪，别人就应该？什么样的阶级意识？什么样的阶级立场？

"葛东风是你儿子，也是我的儿子。我的儿子我知道，他太需要锻炼锻炼，改改他浮在水上不沉底的心性。去草原上，学学别人的胸怀，长点男子汉的血性，我看，是去对了。要是专门找，都没那么合适的地方。"

葛校言并不罢休，专门去学校表达了自己的意见。这件事就这么被他砸实搅黄了。家里狼烟乍起，葛东风成了风暴的中心。

对于葛东风来说，去草原，远没有许子烈想象得那么可怕。他甚至有些向往。作为一个对世界对生活充满梦想的男孩子，骑着马儿驰骋草原是一幅多么美丽的图景，他从没想过拒绝。即便是在这里待了一年，他也没有厌倦。虽然日子辛苦，虽然生活清贫，但被人认可被人需要，是多么简单的快乐。

葛东风不愿意看见父母争吵。从小到大，他目睹了太多次父母的战争。每一次都撕心裂肺、伤痕累累，痛苦至极。父母吵架从不回避孩子，他无从了解大人的感受。但对于自己，他已从小时候的恐惧、伤心，到现在的厌倦、随时想要逃离、消失。他不明白，两个人怎么会有那么多架可以吵？好像随时随地都可以找到触发战争的火星。他在他们的争吵里看到的脸红脖子粗的愤怒，是恨不能掐住对方咽喉的火焰，是眼神中深深的厌弃，是言语中肆无忌惮的伤害，哪里疼往哪里戳，哪里狠、哪里解气，往哪里捅。陈芝麻烂谷子，说一个问题可以牵出十件二十件有联系没联系，搭嘎不搭嘎的一串问题，接着又是火光四溅，刀刀见血。他们吵架的时候，眼眸里看不见一点怜惜，有的只是怨恨的烈焰熊熊燃烧，烈焰过去便是冰冷，彻骨的寒凉。他实在想不出此时的他们如何能结合在一起，同床共枕，成为四个孩子的爸爸妈妈？因为父母吵架，他甚至自卑。他没有勇气制止，但是他可以选择逃离，逃得远远的。尤其，当自己成为父母吵架干仗的理由，他更应该走。

葛东风真的走了，坚持没有让家人送。他没有恨过，怨过父母。他只想离开，在一个离家远远的地方，想念着爱着他的父母，他觉得美好。他想告诉妈妈，他情愿艰苦，他情愿清贫平庸，也不愿意在心惊胆战的吵闹日子中吃香喝辣。他想让妈妈知道，这一年他有多快乐。他还知道，高娃最吸引自己的不是别的，他选择和高娃在一起最重要的原因无关色情，高娃带给他的是温和的宁静，是柔和的化在水里的温柔；是万般烈焰灼身，千百愤怒的拳头在握，只要看见高娃，便熄焰哑火，愤怒的拳头戳在棉花垛，变成绕指柔。他需要这样的感觉，在他十八岁的成长岁月中，独独缺少这妥帖凝心的踏实。

葛东风希望自己走了后，能换回父母之间的平静。确实，两个人是平静了，家里很长一段时间没有了两人的愤怒的高音分贝。但是横亘在他们心中的沟壑却再也难以消除。

葛东风插队后，许子烈一直坚持每十天一封信。他是第一个离开自己单独生活的孩子，许子烈心中的千般不舍和万般不情愿都化成了文字。孩子吃什么，能吃到白米白面吗？孩子爱长口腔溃疡，能吃到新鲜蔬菜吗？听说蒙古包都是睡在地上，冬天怎么办？雪水浸到地里，孩子拿的那一点被褥根本不成，会不会伤了腰？孩子在草原会不会遇上狼？……

一连串的问号堵着许子烈的心扉，让她在最初的几个月里食不甘睡不稳，每一个问号都增加了一分对葛校言的怨艾。偶尔，她也会嘲笑自己。自己参加工作的时候比儿子还小，离家也更远，就算半夜会因为想家而哭醒，不也过来了吗？当年建设基地的时候，什么苦没吃过？哪里有什么新鲜蔬菜，连肚子都吃不饱。可是，她又会想，难道父母受过的罪，儿女也要接着受？难道做父母没有义务为孩子创造更好的生活环境？而且，儿子完全可以不受那么多苦。

于是，更多的时候，许子烈只能靠写信邮寄包裹来缓解她的惦念。她的信，用葛东风的话来说，简直就像一部长篇小说。她每封信，都不是一气呵成，而是今天写一些，明天写一些，主要是提防遗漏。总是事无巨细，全部叮嘱到。她这样一个随性的女人，本身写的是龙飞凤舞的大字。可为了给儿子多写点，信纸上全是憋屈的小字，害怕信超重，就一张信纸正反面全部写满，甚至连信纸四周的空白地带都铺满了字。每次读信，葛东风都要顺着母亲用红笔标注的哪里转哪里，来接续读完整。每至信末，她总要叮嘱一句：除了干活，别瞎玩，好好看看书，多长点本事。插队需要多久，一时谁也说不清。但情况在好转，我们要做好准备。

许子烈又去找人高价换回棉花票，絮了一床十几斤的棉花褥子给儿子寄去。当然每次都有几本书，什么农牧业的、机械的、卫生的、过期的杂志……都有。有两次，破天荒地对儿子说，你爸让你学点哲学，长点心智，向前看，向远看，别觉得苦闷无前途，你的人生刚刚开始。我赞同你爸的话，也希望你谨记！

当得知葛东风住在牧民家，家里有个漂亮的女儿时。许子烈的信中又多了一个内容，嘱咐儿子好好和巴雅尔一家人相处，要时刻记得男女保持距离，举止稳重，不要让别人说闲话。许子烈也说不上为什么，那个叫高娃的女孩，儿子在信中只提了两处，她却一下记住了，心里浮上淡淡的不安。不安在哪里，也说不清，就觉得有些不妥。

好在儿子在信中总是意气风发，这个困难克服起来轻而易举，那个难题解决也不在话下。生活适应了，人黑了，长壮实了，学习了好多新本事，孩子们喜欢他，乡里乡亲的也器重他，都是让人高兴的消息。关键最让许子烈觉得欣慰的，是葛东风好像开朗健谈许多，态度积极，不再像从前唯唯诺诺，压抑。许子烈第一次觉得孩子长大了。

巴雅尔的哥哥吉日格勒别看岁数不大，是民兵队长，常常要到队部开会，所以给葛东风收发信件的活儿就给了他。如此频繁的来信，他总是嘲笑葛东风还是拱在妈妈怀里吃奶的羊羔。葛东风最不爱听这话，尤其在高娃面前。两人就为此打闹一阵，每每吉日格勒便要求掰手腕决一胜负，才能让葛东风顺顺利利拿上信。别看葛东风的个子比他高出半头，力气却远远抵不上。吉日格勒就拿着信逗趣，对着阳光照一照，摸一摸信纸的厚度，有时干脆就顾自撕开信封，怪腔怪调地念，可惜识字不多，常常卡壳，唯有看到"妈妈"两个字他就特别来劲，念的内容也篡改成：小羊羔，妈妈很想你，快回到妈妈身边来吧！惹得他一家人哈哈笑。弟弟巴雅尔心里向着老师，就帮着抢过来。

高娃对这个在远方，和自己一样关心喜爱葛东风的母亲充满好奇，也对他的家庭产生兴趣，最喜欢葛东风讲家里的故事，在他的讲述里，严厉到不近人情的父亲，护儿心切、暴躁能干的母亲，倔强的大妹妹，跟屁虫一样的二妹妹和娇气常生病的小妹妹，她一点点熟悉起来，她发誓要让远方的母亲不担心，好好爱她的儿子。葛东风家里寄的厚厚的褥子并不实用，如果铺在地上，棉花易吸水返潮，压在身下白白糟蹋了，还不暖和。阿妈给了几张老羊皮，让女儿做了结实的皮褥子，隔湿防潮还暖和，再把新棉花褥子拆开，做了一床厚被子，并用旧棉花做了褥子。保证葛东风能暖暖地过冬。

两个年轻人好上之后，葛东风的信里不自觉地会提到高娃，告诉妈妈高娃为他做了这做了那，安慰妈妈不要操心。这些不经意的变化，却让许子烈非常敏感。

此时，已有很多知青通过各种关系回到基地，有关知青返城的消息不断。许子烈一心一意想把孩子尽快上调基地。碰上聊天，他们这些知青的妈妈们也只有这一个话题。在节骨眼上，葛东风释放的信号却让一直神经紧绷的许子烈感觉到不妙。

来来回回的几封信，印证了她的猜测，儿子恋爱了。这是许子烈最不愿意看到的消息。

许子烈想不通，大家绞尽脑汁地要脱离的农村，生怕沾上一点关系。可儿子却一脑门子不管不顾要贴上去，搭上感情，搭上婚姻，他怎么不为妈妈想？自己已使出浑身解数，能否让儿子早点回到基地，还是个未知数。如果儿子和那个女孩子的关系砸实了，儿子肯定甭想回来——这是不容置疑的。想想，许子烈就对那个她未曾谋面的女孩子恨得牙痒，她哪里了解一位母亲的苦心。想到当年生葛东风受的那些罪，苦苦熬心心盼，终于把儿子盼成一个小伙子。现在唯一的儿子却喜欢上了一个牧民家的丫头。她实在想象不出，长得白白净净唇红齿白一脸笑模样的儿子，穿着宽大油腻的袍子，脸上被风沙打磨得粗糙不堪，脑门上的皱纹都藏着沙子的样子。身上是闷头的腥膻气，洗都洗不掉。每天骑着马，牵着骆驼，挎着猎枪赶着羊群，日升而出，日落而归，等着羊儿生满圈，养一堆孩子，一个一个再培养成一个个小牧民。天，想想，都觉得黯淡。

许子烈克制住再继续想下去，免得绝望。她料定这是那个丫头的伎俩，她甚至已经在心里为儿子开脱。在一个人生地不熟的环境，人很容易软弱，条件再艰苦一点，旁边再有一些刻意的温暖和诱惑，很难不动心，况且一个涉世未深的孩子。如果说之前，她在全心全意地为了儿子回基地努力，现在，她已经不打算给自己留下一点空隙，更要以时不我待的精神全速推进。

在和儿子争论无果的情况下，许子烈不再给儿子写信，哪怕儿子一封封信写来辩解，她也不回。她了解儿子，他会因为自己惹母亲生气而内疚。这样也许有助于他的行为收敛。

这样一过几个月。

如今，许子烈来信了。

许子烈在通知儿子，他马上就会接到通知回基地了，前提是他必须马上和那个叫高娃的女孩子断掉。在这一点上，没有一丝一毫商量的余地。

为了葛东风回基地，许子烈去找了魏冬琴。此时的沈西元已到试验部当部长，葛校言当了发射站长。两个人还是干一个行当，忙试验任务。沈西元的儿子冬冬一直放在上海，高中毕业后基地照顾，安排在南京军区当了兵。知道许子烈为了儿子回基地的事操碎了心，也知道葛校言、许子烈两口子为了孩子的事儿，闹得关系非常不好。魏冬琴劝许子烈，沈西元也劝葛校言。可最后两人悲哀地发现，两人是吃了秤砣铁了心，这股筋一时转不开，都声称，之所以还保留夫妻名分，完全是为了四个孩子考虑。沈西元和魏冬琴意识到，也许孩子问题的解决是扭转二人夫妻关系的钥匙。

前不久，沈西元碰上南京军区的战友，正好管兵源。沈西元就拜托对方能否照顾两个当兵的名额。结果，战友爽快，不久就分到基地四个指标。沈西元高兴地让魏冬琴告诉许子烈，特地嘱咐等事情办妥了，再让葛校言知道。

事情一环扣一环，事情办得分外顺利。许子烈怕节外生枝，一边提醒葛东风要把和高娃的关系断了。一边一刻不敢耽误，把葛东风返城和当兵的手续都办好，又请队上通知葛东风立刻回家休假。葛东风还指望着回家说服母亲。拿着阿妈和高娃家做的奶皮子、奶豆腐、干奶酪、油茶面，还给父亲带了一个皮囊装的自酿青稞马奶酒，兴高采烈回到家。没想到两天后就被匆匆打发上了兵车。那些土特产也原封不动地随着他上了兵车。

葛东风一路的心情可谓是兴奋、忐忑、焦虑交织，此时他还纠缠于高娃会不会怨自己，自己该怎么和她和她家人解释，这只是母亲的安排，他被蒙在鼓里，和他们一样什么都不知道。直到穿上军装，站了训练场上，葛东风才开始感到绝望。他甚至都没有机会解释。因为所到部队属于一线，封闭训练，他根本没有机会写信。也没有人来过问，没有人责骂，他被世界遗忘在某个角落，无人问津。

即便是连队如此大负荷的训练量，也不能阻止葛东风的失眠、噩梦。每天他都在惶恐不安中度过，眼前总是那个把清白、柔情、坚定、对爱情的全部向往都给予了自己的女孩子的脸，可那上面没有微笑，浓情蜜意，有的只是忧伤愤怒和委屈的泪水。在梦里，他试图去解释，可满怀的话儿在嘴边，就是没有声音，他徒劳地张大嘴，做着手势，那张焦虑的脸甚至有些扭曲变形。他不知道这次离别对他的未来有多么深远的意义。他只知道自己在这场早有预谋的离别中，变成了一个不折不扣忘恩负义、始乱终弃的坏人。从小到大，他就对这样的人鄙弃痛恨，现在他心中不只有内疚后悔，更多的则是无从解释无法做点什么的委屈无奈。他甚至在某些雨夜或是站岗的时候，有了想当逃兵的冲动，甚至在怀里已揣上了高娃给他做的驼毛鞋垫，上面有用棕蓝黄线绣下的展翅高飞的雄鹰。但他也仅仅是让雄鹰的翅膀贴上了他年轻炽热还略显单薄的胸膛，便没有了下文。令他不安紧张的念头，仅仅止于想法。他的理由是没有钱甚至在这个大山深处百转千回的封闭军营，自己连怎么摸出去的头绪都没有。其实更为真实彻底的理由是，过往的教育和经历，让他根本接受不了规则以外的抗争。这些复杂的情感杂糅在一起，渐渐消磨掉事情的本真——自己到底爱高娃吗？喜欢她什么？诸如此类男女相爱下去选择在一起的理由都变得模糊暧昧，只剩下深深的自责。

许子烈在相当长的一段时间里，都在为自己对这件事的做法颇为得意。她称之为天时、地利、人和之作。在得知儿子恋爱的事，没有烦恼多长时间，就有了当兵的名额。当自己把一切手续全部安排妥当，精心安排儿子休假，根本没有给试图说服自己的儿子机会，便送子参了军。甚至，葛校言最后在知道儿子参军的消息时，也没有像以往任何事都要给予破坏和干预，而是一脸压制不住的喜色，为了掩饰，甚至连刨根问底的打算也没有，真是识趣。许子烈才发现葛校言到底是爱儿子的，面对改换命运的曙光露出，他终于选择了张开双臂去拥抱。她甚至开始后悔，也许之前的事情，都应该和这次一样处理，先斩后奏，成了既成事实，再告诉葛校言，也许能回避很多家庭矛盾。

事情环环相扣到如此，一个环节不到位都会出差池、儿子的历史便会改写的惊险历程，令许子烈既后怕又庆幸。也对几十年来一直深信的唯物主义世界观有了一丝动摇，她更愿意相信这是冥冥中老天爷的旨意，感动于她作为母亲的良苦用心，为孩子的未来铺设金光大道。无论如何，她也要坚决捍卫来之不易的胜利果实，她生怕节外生枝。那些天，无论在单位还是家，只要接到电话，她的心跳就开始加速，放下电话，还是好一阵平静不下来。她当然知道，自己的强势作为伤害了儿子的感情，但她顾不了这么多了，她相信，当儿子开始拥有崭新的生活，面对人人羡慕的红领章红五星，便会理解和感谢母亲。她现在不需要对儿子解释，他需要自己去悟，他会明白为了娶一个牧民的女儿当老婆，敢于过一个与羊群蓝天白云为伍的枯燥人生，是多么不明智的选择。她现在要做的，就是扫清可能潜藏的障碍，彻底断了两个孩子的念想。

要知道太阳明天照常升起，一切都可以重新开始。

许子烈给草原上一切还蒙在鼓里，眼巴巴盼望着葛东风回来的巴雅尔的家人写了一封礼数周到充满热情和感激的一封信。信中说，多谢他们善良的一家人对儿子一年多的无微不至的照顾，虽素未谋面，可从儿子的来信中，她认识了家中的每位成员。信中对每位成员的特点进行了高度概括和热情洋溢的赞美。自然也提到了高娃，说高娃是一位勤劳善良和善解人意的好姑娘，所占篇幅和字数和其他成员相当，甚至略少。信中说，因为事情来得突然，儿子甚至不能和他们道别就去了军营，具体地点，连她这个母亲现在也无从得知。作为母亲，她很感激善良的一家人，也希望他们成为最好的朋友和亲人，儿子虽然不在身边，但是家里有什么需要和困难尽管来信，她一定会把他们的事情当自己的事去办理，请他们一定给机会，让她尽心，也让她替儿子尽心。信中还说，儿子有这个机会非常不容易，所以在一个相当长的时期，即便是作为母亲她也不愿打扰到孩子，影响孩子的进步，也请他们有什么事情，告诉自己来转达。信中还说，葛东风的东西就留给巴雅尔家里，留给其他孩子。

信中还附上了一百八十元钱。这是许子烈很长一段时间的积蓄。写完这封信，许子烈轻松了很多，因为，她了解那家人是懂事明理的，会理解她心中的意思。

无论是许子烈还是葛东风，都没想到这一切对草原这个家庭意味着什么，在高娃的身上发生了什么。

高娃在葛东风走后，沉浸在甜蜜的相思和惴惴不安中。之前，葛东风和她说过母亲反对他过早恋爱，并因此很长时间不给他写信的事，她也知道葛东风的母亲一直在设法为葛东风回基地做着坚持不懈的努力。这些信息，一度令高娃非常惶恐和悲伤，她害怕失去葛东风。但是葛东风的表白令她宽慰，他说会对她负责一辈子，他会想法说服母亲，让母亲接受她。无论在哪里，他都不会丢下她。尽管高娃看得出，葛东风曾经犹豫过，动摇过，对自己能否说服母亲并无十足把握，但是当葛东风向她表白的时候却是目光坚定，情绪激动。那样的神情，没有人该怀疑他的诚意。她在他的眼眸里找到了未来。一切都显得不那么重要了。

自从得知葛东风可能回基地的消息，阿妈成天都在叹气。做活路老是走神，惹得阿爸常发抱怨。高娃知道这全是因为自己，凭着妈妈烙在自己脸上滚烫的眼神，她就能知道妈妈有多担心。所以她怕，她怕妈妈的眼神，那种扒开来周身鲜血淋淋的眼神，她怕和妈妈单独相处。越是害怕，越是需要葛东风的坚定，她需要向妈妈证明，一切猜测都是虚妄。她和阿妈把所有的希冀和期待，都放进了葛东风回家的行囊。无论怎样，她们都会等到一个答案，一种证实。无论是不是她们想要的。

早起的反胃干呕，想吐吐不出的难受，在高娃身上持续了一周才引起阿妈的注意。在排除了食物不洁、肠胃不适的原因后，阿妈突然感到一阵六神无主的燥热，一怔之下，她意识到什么。凉意便一丝丝从后脊梁漫出来，一点点延伸到脚底。她倒了一碗热水，递给高娃，努力平复着情绪。接着向家人编了谎话，带着高娃消失了两天。

一个缺乏想象力的结局，高娃怀孕了。每天泡在各种粗重活路里的青春女孩，没有人关注月经是否准时到来的事。此时的高娃有些蒙，更多的是惴惴不安。她把求助的眼神随时塞给母亲。阿妈没有因为高娃怀孕而怜惜女儿。如果说，从前只是担心，现在她已被愤怒灼伤了眼，她恨女儿不自重，如此轻易把自己交出去，交给一个不知道的未来。她更恨她自己，没有从一开始就坚决阻止。她承认自己从内心深处对这个叫葛东风的孩子是多少存有幻想的，如果他是草原上的男孩子，女儿嫁给他，自己是一百个愿意的。也就是因为相信这孩子的仁义善良，她才隐隐抱有希望，不去阻止。然而，大错就在这样的犹豫和隐隐的企图心的撕扯中酿成。她把刷锅的笤帚头打在女儿的身上，也用拳头狠狠地擂在自己身上。

所谓的祸不单行，果真很灵。在高娃每天顶着肿眼泡，六神无主地抱有最后一线希望时，在阿妈还没有从这个糟透的消息中回过神的时候，许子烈的信到了。

巴雅尔的一家没让远方的许子烈了解到一丝一毫家中曾经发生的慌乱情形。许子烈只是收到了一个超大的包裹，里面是葛东风留在草原的物品，里面有阿妈和高娃给儿子做的羊皮褥子、袄子等物件，当然还有一百八十元钱。翻找了半天，才在羊皮袄的口袋里找到一张纸条。纸条上的字很大，歪歪扭扭，应该是巴雅尔代笔的：祝好运气一直伴随着你们！

许子烈不会知道，因为知道了女儿怀孕，男孩子却跑得无影无踪这件事，高娃的父亲发了有史以来最大的一场火，把老婆女儿一顿痛打，甚至端起了猎枪。在两个儿子的苦求下，子弹留给了天空。阿爸喝得酩酊大醉骑上马跑出去，却摔断了腿。从此成了跛脚。

吉日格勒抄着猎枪，发誓要找葛东风算账，要写信向许子烈讨说法。被母亲死死抱住了。阿妈哭着说：雄鹰即便被啄瞎了眼睛，也还是会朝着高处飞翔。

心里的伤痛需要用流逝的时间修复，但高娃的肚子不能等。算起来，已有两个多月的身孕。在肚子里的孩子是弃还是留的问题，高娃除了泪水，还拿出了佩刀，以死相逼。她要留下那个从自己生活里已经完全消失的男人的孩子，唯有这样，他们还能在世间有扯不断的关系。家里打算在最快的时间里把高娃嫁了，必须赶在肚子显怀前。新郎就是前塝坝的那个脸上有吓人的两道疤印，说话咿咿呀呀比比画画，洞开的大嘴里亮着黄色的大板牙的哑巴，一个快四十的老光棍。眼见天上掉下个如花似玉的女孩做老婆，哑巴脸上的笑容纹路纵横交错，夸张得让人不好意思直视，高娃的阿爸拉着准女婿的手，脸上挂着比哭还难看的笑容，一脸的谦卑，欲言又止的样子。结婚聘礼下得简单，就走了个过场，喜酒也很潦草，高娃就这么简单潦草地嫁了。

高娃从此开始了不堪回首的生活。

婚后的日子，掺和着更多的别扭和泪水。四十岁的光棍汉好不容易讨到老婆，自然希望发挥最大效用。可高娃左推右挡，连亲个嘴都一脸嫌恶，双手横在两张脸中间，把脖子扭得筋脉暴出。惹得光棍浑身钻了上百只蚂蚁一般不爽，顿时失去耐性。一耳光甩过去，打得高娃眼前光星四溅。毕竟是人家的媳妇，心高的高娃不得不认命，日子过得磕磕碰碰。

七个月后，孩子出生了。一个健康的男孩，取名哈达。孩子长得白白净净，活脱脱一个小葛东风。光棍结婚前，觉得能讨上房媳妇，有热汤热饭吃着有人给暖着被窝便也很知足，很多事便当了阿Q，不多计较。可如今小哈达天天在他面前转悠，乡里乡亲的各种玩笑话也刺耳。他到底绷不住劲儿了。

高娃没把月子坐足，就开始屋里屋外地忙开了。晚上把儿子哄睡，她会在第一时间将烧在炉子上的热水打来，给丈夫洗脚泡脚。自打儿子出生后，高娃变化很大，全副心思都在如何为儿子和自己过上平静的生活上，她开始在意眼前这个男人的情绪变化，察言观色。

这天，她把水放在丈夫脚下，之前专门用手掌试好水温。蹲下来，把丈夫的脚小心放进盆里，丈夫脚汗重，捂了一天，脚臭味儿能把人熏倒在地。但她不让自己流露出丝毫不适。没想到，丈夫猛地把脚拔出来，一脚把盆子踹倒，盆子咣当当地在地上旋了几转，洗脚水溅了高娃一脸。哑巴随手甩了她一巴掌，又往她肚子上踹了一脚，高娃一屁股坐在水淋淋的地上。她惊恐地看着丈夫。只看见丈夫哇啦哇啦，大张着嘴，瞪得大大的眼睛一翻一翻，像一条在地上垂死挣扎的鱼。脸憋得通红，手指着高娃，像是要把妻子钉在耻辱架上，他光着双脚，站在地上，比画着说，你这个贱货，别在这儿装可怜。你简直是在把孽种放在我跟前示威，我几辈子的脸都丢尽了。孩子休想让我给你养，要么你抱着他一起滚蛋，要么把孽种送走。我哪怕打一辈子光棍，也不愿意成为别人嘴里的笑柄。

越比画越生气的哑巴，跳过去抱起正在床上酣睡的哈达要往地上摔。高娃冲上去拦腰抱住丈夫，一声似母狼哀嚎的声音从她胸膛蹦出，在草原清凉寂静的夜晚响起。那天，整个草原人家都被这失却了人声的凄厉声音叫醒了。丈夫惊得住了手。此时，高娃拔出靴子上的刀，比在自己的胸膛上。

高娃病了，几天几夜连续高烧。一睡过去，便开始不停地说胡话。说的最多的便是一句，别动我的孩子！说着说着，便惊醒了，呆呆地望着帐篷顶上的图腾，又闭上眼，眼里的泪便滑落在枕边，再次沉沉睡去。好似听不见床铺靠里，因为喝不上妈妈的奶水而哭得声嘶力竭，马上要断气似的儿子哈达的哭声。

哈达被哑巴送到他外婆家的蒙古包，靠着喝羊奶一点点长大。高娃大病一场后，便像着了疯魔般，痴痴呆呆。每天头不梳脸不洗，只顾对着墙头说着些没人听得懂的话。见到哑巴，便把枕头抱在怀里，在屋子里躲着，闪着，一脸的惊恐，满嘴的诅咒。

哈达不到两岁，高娃死了。死在她把自己交给葛东风的那处洼地，枕在听过他们火热情话，为他们的誓言送上风的掌声的土地上。身上没有伤，她那天穿着一件最隆重的客服——玉色镶嵌着金线的蒙古袍子，梳了头，净了脸，神情安宁。

高娃的阿妈不到两年的时间，原先乌黑的发，白了很多。脊背也有些驼了。接到消息，她把哈达抱到女儿跟前，女儿的脸上盖上了洁白的哈达。她拉着外孙跪下，把一碗酒洒在地下。哈达太小，要哭。阿妈捂着孩子的嘴，声音颤抖：

"她是你的妈妈，终于上天去过她的好日子了，我们都不要哭。"

安葬了高娃，乌拉罕一家赶着羊群，驾着勒勒车，带着哈达离开了这片草原。

这些，葛东风和母亲许子烈都不知道，直到几年后。

下

篇

目标的选择

1980 年（闰），岁次庚申，太岁毛梓，生肖猴年。

金猴降临，它的精灵与聪敏注定会带给世界不一般的变化。这一年在葛校言和许子烈的记忆中，新鲜事物出的真不少：中国有了第一家中外合资企业；试办经济特区；包产到户全面实行……这一年底，葛校言和许子烈在报纸和广播中，最为关注一个消息：曾权倾一时、风光无限的两个集团的主犯被公审。如果这些只是他们在字里行间感受到的新鲜的气息，那么，基地的变化才是他们亲身经历到的。

即便是到了四月，戈壁滩的风扎在脸上还是硬翘翘的，颇有脾气。气温也不稳定，像恋爱中的女子，一会儿柔情似水，一会儿热情似火，一会儿又冷脸盖霜。尤其早晚，温差剧烈。此时的人，有的还冬衣未卸，有的则薄薄的春装上身，但有一条是默契的，衣装的角角落落总要添置一点属于春天的颜色，哪怕只是一个小小的内领，也是或红或黄，淡绿荧粉，热闹地凑在一起，一扫冬的沉闷和冷清。

连着十来天，沈西元都和葛校言泡在一起。因为几枚"特别"的导弹陆续运往基地。测试发射工作行将展开。发射站工作最重，作为试验部部长的沈西元来此蹲点不新鲜。

中午，他们和站里的工程师陈鹏亮几个人吃完饭从食堂出来，一起在营院的路上散散步。营院道路两旁的树，有的已冒出嫩芽，点点的青意点缀枝条，几乎是一天一个样，好运势也在一寸寸生发。

在沈西元的印象里，陈鹏亮平时就是个书呆子，言语不多，说话总是讲究根据。和他讨论问题可要留点心，甭管技术上还是一般问题，他最讲究严谨。为了佐证观点，即便在讨论过后很久，对方都快要遗忘的时候，他也会揣着厚厚的书啊册子什么的文字资料找到你，告诉你，他的观点为什么对，出处在哪里。只见书中相关页上被仔细夹上纸条，上面认真写着"参见××行，关于××问题"。神情严肃，完全是学术探讨的状态。本来没当回事的对方看到他此番模样，也只能认真对待了。他常用的一句话叫：我不瞎说，有书为证。也难怪，他的屋子里最多的就是书，桌子上、书架上、柜子里、床上床下全是书。在基地很多书买不到，每次出差，休假，辛辛苦苦驮上上千公里的还是书。不仅如此，他还写信给同学、亲友，请他们帮忙找书、买书。久了，便得一绰号：书痴。前几年，"批林批孔"最激烈的时候，本本主义、教条主义的帽子可没给他少扣，日子不好过。反之，在生活里，他却是极简主义。每次老婆孩子来队，就东家借几个碗西家借口锅，其他的需要啥也说不上，都是把钱交给徒弟，帮助配齐。家里是丁点多余的东西也不要，不攒着。

话题就扯到营院建设上。葛校言兴致可来了："这些树可是咱戈壁滩的宝贝。"每年不待开春就开始准备植树，官兵一个不落，大干好几天，开挖出一条条树沟，再在沟里掏出树坑，拉羊粪换土，等粪土沤上几天，才小心翼翼把树苗植上。谁要是把树苗折断个枝条，或者不小心用铁锹把树苗根部铲伤了，会啧啧难受半天。戈壁滩土质异常坚硬，每人用铁锹铲、铁镐刨，挖沟一天也不过几米。大家为了植树，啥歪点子也敢想，就想用炸药。学化学的老周把材料配好，埋好，营房股股长不放心，磨磨蹭蹭跑在最后，结果爆破溅起的石子将他的屁股都崩青了。好在没出别的事，被葛校言好一顿剋。

"最难的是养护，三天不浇水，树叶就被烈日晒得打了卷，十天不浇水就枯死了。你看我们这里大点的树都有一抱了，尤其夏天，听着风吹沙沙响，真是享受！"

葛校言说着，眼睛也眯缝起来。

"可不是嘛！我听说前两年，有个兵是重庆的，一直在沙漠边上的四十七号驻守，第一次来十号，看着路边的绿树来魔怔了，抱着树痛哭，拉都拉不开。人家孩子从小就是和满眼的绿色一起长大的，来到铺天盖地的沙漠看到的颜色只有黄色，还一看好几年，当然激动了！"

陈鹏亮的一番话，让大家都感叹起来。

连着几天，陈鹏亮他们都猫在厂房里。这会儿，他像个被憋坏的小年轻，把路边的树当成了篮球框，左一下，右一下，做着上篮动作，虽说只是虚晃几招，但扣篮标准利落，技术娴熟，嘴里还哦哦喊着，跟真的在球场上一样。惹得在后面走的沈西元和葛校言哈哈大笑。

沈西元冲葛校言说："鹏亮变化挺大，书呆子气少些了！"

"他呀是越忙兴致越高。这两年，'气候'好了，属他变化大。家里的宝贝藏书更丰富了，不用再像之前偷偷摸摸的。他的两间房，倒有一间半以上装的是书，弄得老婆都不爱来队。这次上'新'弹，他三更半夜来敲我宿舍的门，以为出啥事了。结果他老兄告诉我：'高兴，睡不着！'赖在我那里轰都轰不走，聊得眉飞色舞。反正我是几年都没见他说过那么多话！"

是啊，盼了那么多年，不容易！

天边已经亮了起来，越来越蓝，阳光洒在沙子上，那些沙子就有了光泽，变得刺眼，错落规则的阴影，变成海浪一样的沙波。在浩瀚无垠的大漠戈壁上行车，有时方圆几十公里都见不到一座房屋、一棵小树、一个人影甚至一只小动物。

五月的沙海戈壁中，干燥炙热的风似乎涌着无边无际的沙海如潮般地扑面而来，像要把身上的水分吸干。忽地又漫向遥远的地平线，与笼罩四野的天空融为一体，让人稍稍透过口气。沙波中，远远过来一个小绿点，渐渐越开越近。升腾的蒸汽似乎让空气摇晃起来，摇摇晃晃过来的是一辆吉普车。

车上的副驾驶位上坐的是沈西元，他似乎完全没有受到酷烈骄阳的干扰，对搓板路的颠簸也毫不在意，甚至连身后作训参谋递过来的军用水壶也没有察觉。他依然沉浸在兴奋中，心里好像三伏天喝了家乡的山泉水一样舒坦。

兴奋来自刚刚在发射站开的动员会。

当沈西元面对台下黑压压的人群，说到"党中央、中央专委重新审批了洲际导弹飞行试验计划，指示务必试验成功"这句话的时候，底下掌声雷动，沈西元把双手向下按了几回，掌声依旧不能平息。

沈西元了解大家的心情，他的感叹不是没有来由。虽然中国有了原子弹，又有了原子弹和导弹结合试验的成功。但核弹运载工具射程太有限。而美苏的核威慑愈演愈烈，军备竞赛进入白热化。中国要摆脱被动挨打的局面，必须有射程更远的运载武器。虽说早在1965年初，在中、近程导弹研制任务完成后，中央专委就决定研制中远程和洲际导弹。为了尽快进行试验，代号"129"工程在基地开始建设。经过几年努力，克服重重困难，工程竣工。此后，与此任务相配套，并为今后发展航天技术，基地还按照指示，抽调技术力量，会同军队和地方各方面力量，建起了海上活动跟踪测量系统，建成了从陆地到海上的测控通信网。但是远程洲际导弹的研制却因文革干扰，几起几落，进展艰难。直到今天，举全国之力，才迎来了远程洲际导弹的试验倒计时阶段，当然是一个鼓舞振奋的消息。

但沈西元绷紧的弦不敢有丝毫懈怠。多年的任务经验告诉他，成败只在一线之间，毫厘之差，也足以颠覆多年的努力。在之前总装厂发现推进剂导管里的多余物，就引起了发射场的高度警惕，开始全盘复查。

就在几天前，两个疑难复查部位成了让人放心不下的心头之患。沈西元这几天就蹲在厂房。为了查清一个已焊接密封好的燃料箱，做到心中有数，他亲自和一个工人师傅一起钻入开口细长，狭窄到需要侧身爬入的口子，一点点清查了两个小时，总算排除了怀疑。可另一个输送推进剂的那个又细又深的管道，就让大家无计可施了，别说人的身体钻，连手臂都伸不进去，除非有孙悟空的功夫，能钻进铁扇公主的肚皮。

要不说智慧体现在急难险重的境遇下。在现场的甭管真专家和土专家都在想办法、出点子，甭管什么样的主意，平时要几次三番、反复斟酌的出口的，现在只要想到什么，张嘴就来，没人笑话。有个北京专家是个早期胃癌患者，胃切了三分之一，突然就从自己的身体上找到了"突破点"。何不找胃镜来探查？和人的胃比起来，导弹需要探查的管道应该算宽敞吧？时间紧急，甭管成败，试试再说。胃镜设备真的搬来了，真拍上了照片"问诊"，照片洗出来，效果出人意料得好。经过仔细研判，隐患排除。大家都松了口气。但沈西元不能。

因为如何在满打满算一个月的时间里，完成多枚洲际导弹的测试，除了时间和人员的周密调度，还有测试厂房的调度。

"按照目前的调度运行表，你看还有什么纰漏？"

沈西元知道葛校言此时的脑子像一架高速运营图，全局时时都装着，有的放矢，擅于布控。

"调度上问题不大，只是测试中出现的问题不少。每来一个，都揪心扯肺。压得人透不过气。技术人员很多都有失眠的毛病。"

葛校言瞅瞅沈西元，看对方脸色渐趋凝重。便想活跃一下空气。

"部长，基地和那些试验队都传遍了，说'部长钻了导弹肚子，医生用胃镜给导弹检查身体'，上不了新闻头条，也算奇闻逸事；大家为了能保证导弹上天入海，能想的办法全想到了。所以，您放心，所有困难，我们也要做到兵来将挡，水来土掩。"

葛校言的话，虽说缓解情绪，却并不能让沈西元满意。

就在昨天，控制系统的一次漏电筛查，就让一贯好脾气的沈西元发了火。

漏电是最容易导致失败的故障之一。导致的原因却太多了，而且它不是一直出现，而是和你捉迷藏似的若隐若现，你越急，它越来劲。这就麻烦了。之前技术人员已忙乎两天了，一筹莫展。沈西元就坐镇守在现场，一遍遍查看每次试验记录，操作手的操作动作挨个检查，好像镜头回放。终于一名插拔插头的操作员进入视线，原来操作手图方便，不戴手套插拔，结果手和插头的金属部位接触，漏电就发生了。手要是没动作，漏电现象就没有。

沈西元没有这么轻易放过这个问题，他盯着把试验操作规程逐字逐句，一条条重新捋了一遍，补充强化到一举一动。要求操作手全部在晚上回炉培训。操作时，必须互相检查提醒。

沈西元一路嘱咐提醒着葛校言，和陈鹏亮几人向测试厂房走去。

五月初的一天，基地礼堂楼上楼下齐刷刷地坐满军人，主席台上方的红色横幅上的字表明，试验任务动员大会在此召开。

上级首长的话透过麦克风的传递，清亮地震荡着每一个人的耳膜，汇成一股激流：这次洲际导弹全程飞行试验任务，是我们进入八十年代的第一个硬仗，成败与否，对国家声誉，对我们国家尖端科学技术未来的发展的影响极为重大。为了我国能拥有远程洲际导弹，我们举全国之力，奋战了十多年，成败在此一搏。靠的是谁？要靠我们每一名参试人员的努力。全体参试人员要团结协力，全力以赴，兢兢业业，严肃认真，周到细致，圆满完成这次意义重大的试验任务。

5月18日，在遥远的太平洋。天气碧蓝，朵朵白云如身披薄纱的仙子轻灵飘逸、停留，深情凝望着碧波荡漾的大海。

十分钟后，"发现目标！"在南太平洋公海上执行测量任务的"远眺"号测量船上的各路测量设备相继发现目标、捕获目标，回传数据，一切正常。随后，测量雷达的荧光屏上出现了一个亮点。那是目标刚刚飞出云层，瞬间，亮点突然更为耀眼地闪烁了一下，如天女散花般抛洒下更多的小亮片，白光闪烁，纷纷扬扬，煞是妖烧。燃烧的弹头像枚火球，拖着烈焰，呼啸而来。随着一声巨大的声响，弹出的降落伞，如一枚彩花，稳稳托住急剧下降的弹头，徐徐落下，顺利溅落在预定海域，激起的巨大的浪柱，如奋力蹿上云端的海中蛟龙，雀跃着迎接天外来客。此时温柔的海波之上，天外来客安静随波摇曳，静候着那些翘首以盼的人们的到来……

　　欣闻中国向太平洋预定海域发射远程洲际导弹试验宣告获得圆满成功消息的沈西元和葛校言，在指挥间破天荒地来了个拥抱。两鬓飘白的两人腰板豁然间挺拔了不少，泪光在他们的眼睛里闪烁，紧紧相握的手，一点点温暖起来。

阴差阳错的命运

今天，是葛樱莓值夜班。

吃完晚饭，还没有把病房转完一圈，就听见护士小林在走廊里喊："葛医生，您的电话。"

拿起话筒，刚"喂"了一声，便传出母亲许子烈高亢且有厚度的声音。

"小莓啊，我又考虑了一下，明天上你沈伯伯家，还是你一个人去比较好。国政好不容易回来一趟，该给你们年轻人留些单独相处的时间。我就不去了，到时候，你回家取上我专门从北京工美大楼买的一套刺绣桌布和沙发巾带给魏阿姨就行。"

说着，还意犹未尽，电话里都能看到许子烈沾沾自喜的表情。

"这套是纯手工刺绣，米白色，做工图案都特别好看，人家是出口的。"

"好了，妈。我还在查房呢！就明天去沈伯伯家的事，你这两天已经说了三回了，一会儿一个主意。反正，您要不去，我肯定不去。又不熟悉，跟个傻瓜似的，聊什么呀？"

"哎，小莓，你得听话，妈全是为了你好。国政就回来那么两天，年轻人不谈，怎么恋爱呢？总得要有第一次，才能打开话匣子吧！聊的东西多了，你的工作他的学习大家的生活，还有……"

"行了行了，妈，又不是工作汇报。我就一句话，您要不去，我肯定不去！好了，我查房去了，挂了！"

电话里传来许子烈的声音："你这傻孩子，真不开窍，你魏阿姨可……"

"咔嗒"，电话挂了。身材高挑的葛樱莓对着护士站洗手池前的镜子，迅速整理了一下白大褂，正了正胸前的听诊器，和小林交代了一句："再有医院外线电话找，告诉她我在查房，没空。"说完，便飞快地跑向走廊尽头的病房。

晚上，葛樱莓在值班室写完病历，抬头看看墙上挂着的钟，快十点了。她靠在椅子上伸了大大一个懒腰，想了想，拨通了电话。

电话是打给葛校言的。

"爸，还在加班？"

"噢，小莓。在看文件。出了几天差，手头压了不少，得赶紧处理一下。你在干吗？这么晚了，打电话有事吗？"

"爸，明天周末，我正好下夜班补休。咱们明天中午回家包饺子好不好？好久没见您，我想您了！"

"哈哈，还是我女儿惦记我！有这份心，爸就高兴。明天，我要去测量站看看，不回去了。你回家好好陪陪你妈和小妹妹，包顿饺子慰劳慰劳！"

"爸，你在办公室住了四年了，还打算住多久啊？难道要住一辈子不成？你不打算要这个家，不要我们啦？"

"住办公室怎么了？方便，清静！有空，你晚上可以来我这儿看看，宝贝不少，你肯定喜欢。再说了，我怎么能不要这个家，不要你们呢？前两天，我还到学校看了小四，给她送去我出差给她买的书包。小四还嚷嚷着让我放假带她上水库钓回鱼，我都答应了。"

葛校言说的宝贝，是戈壁滩上的石头。这里有很多造型和颜色独特的美石。葛校言最近几年把收集石头当作修身养性的一个好方法，周末如果没事，他会到北山去捡石头，捡回来，仔细清洗、上油、摩挲，琢磨造型构图景，每个都能说出一番道道来。葛樱莓有时候会从爸爸那里挑选两颗小巧、颜色好看、石料通透的留着。

"我们是希望一家人能像别家一样，和和美美坐在一起，正常说话，正常生活。别让我们姊妹几个当你们的通信员。你和妈别扭了一辈子，也该有个头吧？"

电话那头沉吟了一下，迅速转了话题。

"大人的事儿，你们孩子不要插嘴。对了，小莓，工作还顺利吗？上个礼拜，碰到你们政委，他说你现在是科里的小骨干，是真的吗？还是老张言过其实，给你戴高帽的？啊？！"

电话里传出葛校言的笑声。葛樱莓知道，今天的电话该结束了。葛校言压根儿不需要什么答案，对于他来说，转移话题就是胜利。葛樱莓在心里叹了口气。

"哎呀，他那么一说，您就那么一听。谁没事一见面就批评告状啊！行了，行了，我知道您不爱听了，不说了。常让小郭帮您测测血压啊，别动不动就激动！"

"好！知道了！"葛校言的话音柔和，甜甜的心里也搁下一丝酸楚。大女儿性格温柔，贴心，和她妈妈一点也不一样。许子烈这些年性格越来越强硬，家留给自己的位置越来越小，与其如此，不如两两不犯，换得清净。想到许子烈，葛校言一声叹气出了声，倒惊醒了自己。抓起桌上花镜，继续扎进文件堆儿。不知不觉，又到夜深。

自打葛东风下乡插队，后来又有了恋爱那档子事，许子烈开始把大女儿葛樱莓当成了重点保护对象。这里所谓的"重点保护"，不是宠溺娇惯，而是早早开始为女儿量身定制今后的发展道路。而且，一定不能让葛校言插手。她这些年总结出一点，凡事只要葛校言一掺和，绝对是情势急转直下，没得好。在葛东风身上，就出现了严重纰漏，虽说后来吉人天相，但费了多大周折，一颗心悬了老大一阵子。儿子后来还不理解，和许子烈别扭了很久，真叫当妈的伤心。

等到葛樱莓初中毕业时，突然传出消息，军医大学护校招生，招生面向全国，整个甘肃地区五个名额，基地学校一个。要是考上，肯定就不用下乡当知青了。

家中几个孩子，属葛樱莓性子慢。就说吃个饭，她小口小口不说，能包在嘴里，从左边倒腾到右边，咀嚼出花才肯咽下。一顿饭的时间起码比别人多一倍，非得等到饭菜凉透，油脂凝固。小时候为此挨了许子烈多次竹毛线针的惩罚。每次她都冷冷地瞟着她妈，大义凛然地好像刘胡兰在世，说什么细嚼慢咽有助消化，也有风度，还可以少吃，节约粮食，你们凭哪一点证明你们吃得快就是对的，吃得慢就是错的？把许子烈噎得急赤白脸，她倒镇定地伸出手，对着光仔细查看手上因受罚留下的红肿伤情。

因此在私底下，葛校言和许子烈就断言这个偻头巴脑的丫头肯定适应不了下乡生活。因为满耳朵灌的都是知青缺粮少吃，为了填饱肚子什么招数全上、什么主意都想的惨烈生活。这是个纯生计问题，哪里还容得了你像个大家闺秀装腔作势？所以，听说报考护校的事，许子烈便开始不厌其烦地每天给女儿念紧箍咒。一句话，必须考上，考上才能逃离水深火热。

葛樱莓可没把考护校上升到改变人生方向的这个高度，而是把这次考试当成从前经历的无数考场、竞赛一样，成为证明自己优秀度的标尺。她和班上的蔡萍一直把持着年级头两名，不是葛樱莓第一就是蔡萍第一，始终未论出胜负。于是，葛樱莓就把这次考试当成了最终决战。

因为大多数家长都和许子烈一个想法，所以报名人数多，但名额实在有限，校方不堪每天来咨询的打扰，干脆对报名者秘而不宣。葛樱莓直到拿到准考证才得知所谓的对手蔡萍压根儿没报名。人家是这么说的，虽然这是个难得的机会，但不愿意一辈子当护士伺候别人，我喜欢数学，赌一把，再等机会吧。蔡萍接着上了高中。

两句话，把两个人的差距就拉开了。周围的人都在评说蔡萍是个书呆子，不识时务，傻！评说的人包括许子烈。但葛樱莓在想，是什么让这个白面团一样没有特征的女孩子，主意能这样正？护士！可是白衣天使啊，这么美的称呼怎么被她说的那么低贱？

志愿不可更改，葛樱莓带着不甘和不解上了考场。考试在她眼里，因为没有竞争对手的存在，仿佛病人对着佳肴，诱人的色香味对于她全部失去了意义。出来的考试成绩以她的能力，完全丧失水准。葛樱莓也说不清到底是盼着考上还是考不上。也许都有。结果她还是第一名，毫无悬念地走进了护校。

女儿凭本事穿上了军装，葛校言夫妇自是高兴。但紧接着，他们的担忧又来了："女儿拖拖沓沓的毛病，是部队生活的大忌，她能克服吗？"

必须说，军队就是大熔炉。你怎么歪曲拧巴，哪怕头上长角、身上带刺，只要经过大熔炉的淬火，出来照样横平竖直，方方正正。何况，葛樱莓这样连瑕疵都算不上的小毛病。她在护校不例外地又当上了佼佼者。除了在每月情绪低落的那几天会想到蔡萍以及她说的"伺候人"的话有些小小的不爽外，她都已经死心塌地地为当个光荣的白衣天使而努力奋斗着，她甚至在全省的护理操作比赛上拿到桂冠，照片上了当地日报三版右下方的一个边角。虽然照片小到令面容模糊，但她从那个比两个拇指甲盖大的面积里似乎已看见未来的自己，未来的生活。

命运这个事儿，好像有时候容不得你的精心谋划和测算，只需要你做好准备，等待不期而至的机遇。在两年护校生涯即将结束时，她和另一个同学被推选直升本校临床医学本科，出来就是医生。这样的事在学校历史上，之前没有过，之后也没听说。四年后，她毕业回到基地医院当医生。这条现在看起来鲜花盛开的光明之路，当初完全由父母，不，应该就是许子烈英明决断，一手铺就。说真的，在这点上葛樱莓特别佩服母亲。看看当初和自己在一起玩皮筋丢沙包，一起在班上学习动不动搞个竞赛的同学们如今平庸的生活，在她的嘴里常常蹦出句：人生就是大赌盘。

可不是吗？当初在初中和她玩得最好，和她一起拉二胡的刘卫华中学毕业，没有考上学，没有当上兵，也不愿意离开家，就在服务社当上日用百货组的售货员。基地就一个服务社，买个水杯、脸盆、擦脸油的，都得上她那里。低头不见抬头见，老同学见面的心情可完全不同。第一次到柜台买东西，惊喜，拥抱，互诉衷肠，小叙别后近况。这个那个的，话儿就像手中的抻面，要拉多长拉多长。再彼此打量一下着装，刘卫华的表情开始变得悻悻。是啊，葛樱莓，绿军装、红领章、红帽徽，加上女大十八变，英姿飒爽是必须的。就算军装是涤卡布的，衣服裤子也被收拾得有型有线条，看起来人马上变得不一样了。说白了，军装抬人，甭管男人女人，甭管丑人漂亮人，只要穿上，立马在外形上上了不止一个档次。即便在基地，服务处的女孩子是最爱美、最时髦的。那个年代也不过是发帘卷卷，身上着个红戴个绿，镶着小花边的衬衣领子翻出来，还能怎样？但二者间的气质、气韵可差得十万八千里。只要长眼睛的，都看得出来。

以后再去买东西，刘卫华看到葛樱莓的态度就变了。前几次，态度由大火改为小火，降了温。再往后，远远看见来人，便把身子转过去，装着干别的活，根本不抬头。由同柜台的别人去接待。几回下来，葛樱莓也知趣了，尽量少去买东西。

这样的情况，许子烈碰上两次。每次见了，都这样和葛樱莓说："人生在世，在这里就见了分水岭。要不是，我当初力主你……"

葛樱莓总会接着说："是啊，还是妈英明！"

她还有些话咽下了。回到基地后，她听说，那个长得像白面团的蔡萍上到高中毕业，赶上恢复高考，成为基地第一个考上清华大学的应届毕业生，如今，又考上了研究生。也是基地独一份。好些年，蔡萍都是基地人用来教育孩子的典范。

听到这个消息，葛樱莓心里说不清楚什么滋味。如果当年和蔡萍一起参加了高考，她没准也是名校毕业生，也读了研究生。如果在护校没有直接保送本科，她也就是一个中专生、小护士。也许在病房发药打针，服务的某个对象，就是蔡萍也说不定呢！那样相见的情景，是否也会像刘卫华见了自己那样尴尬熬人？这是否也应了许子烈的话：人生在世，在这里就见了分水岭。

罢罢罢，不去想了，人生没有如果。好在自己的本科学历，当军医，又是女同志，在基地的子弟中也算凤毛麟角。自己也算不得落败吧！想到这里，她多少坦然了些。

唯一让葛樱莓感到不痛快的，是母亲许子烈对自己的恋爱婚姻问题，也觉得有了理所应当干预的责任。

这天下了夜班，葛樱莓回到家。两个妹妹都在。大妹妹葛蔬蕉高一了，成天讲究个人空间，这时候正躲在自己的小屋子里，不知道在干吗。一见她回家，八岁多的小妹妹葛羽珍抛下正在看的《儿童时代》就往她身上扑，肉肉的脸蛋往姐姐脸上贴。葛樱莓好喜欢这样的感觉。

"姐姐，姐姐，你好几天没回来了，咋不回来看我们？来陪我下几盘跳棋吧！"说着，不由分说把大姐往桌子前拖。

葛樱莓平时住在医院集体宿舍，不是天天回家。

"让你二姐陪你下！大姐要去干活。咱们中午吃饺子好不好？哎？妈呢？"

"妈妈把饺子馅都准备好了，刚出去买醋了。大姐，你就陪我玩会儿好不好？二姐天天把自己憋在屋子里，也不知道在忙什么，不让我吵她。好容易等你回来，就陪我玩会儿嘛！"

老四自打生下来就身体弱，三天两头往医院跑，甚至到鬼门关还走了一遭。许子烈说她吃的药多得可以拿麻袋装。葛樱莓大学毕业前，许子烈带着小妹妹专门来过学校，一来看看大女儿，另外就是请军医大学的专家给妹妹看看，到底什么问题。葛樱莓花了大工夫，请来权威教授，又是检查又是化验，结论是先天免疫力低下，要特别小心防止着凉。因为一旦感冒，别人没事，像妹妹这样的体质，就可能出现很多并发症，引出大病来。于是，小四的童年几乎被禁足，总是隔着玻璃窗看着其他小朋友玩耍。一出门，口罩扣得严严实实。上学也是两点一线，许子烈成为她的保护神和代言人，她也几乎成了许子烈的小尾巴。葛樱莓由此特别怜惜这位寂寞的小妹妹。

"好吧！只能玩一盘！要不中午咱们吃不上饺子了！对了，看看大姐包里给你带了什么好东西?!"葛樱莓托休假的同事给妹妹买了一套香味卡通文具。

陪妹妹下了棋，趁着小妹妹拿着礼物左看右看的新鲜劲儿。葛樱莓穿上外套，悄悄骑车去找哥哥葛东风，想问问他能不能回来，一家搞个小团聚。说真的，她有点怵去哥哥家，打怵的原因是嫂子姚志萍。

照例，通过传达室叫电话的方式见到哥哥。按理说，葛东风绝对算个帅小伙，但现在是一脸的暮气沉闷。

"你真行，我还真以为是单位找呢！"

葛东风住的楼和这里隔了两栋，跑得气喘。

"不冒充怎么成？送上门让你媳妇甩我脸子？我才不干。中午回家吃饺子吧，当改善伙食了。我看这两个礼拜，你的脸又小一圈。你们家吃忆苦饭呢？"

想到嫂子那张难缠的脸，葛樱莓就没好气。但哥哥是自家的。

"嗨，她就那样，你别当回事。这几天，又在和我闹，自己回娘家吃饭。我自己有时间下个挂面，没时间就啃个馒头，胃有点扛不住，疼了两天了，所以可能瘦了些。"

葛樱莓一听就急了，说："她又怎么了？总得有个消停的时候吧？哥，她是你媳妇，不是母霸王，你得拿出点样来，管管。这样下去可不成，日子不是这么过的。"

"她爱闹闹吧，我管不了，也不想管。哪天撑不住了，大家就都清净了。挺好！中午我就不回了，妈看到我这样，肯定又要唠叨个不停。我就别去找不痛快了！再说，胃疼，只能喝点粥。"

说着，抬手看看表，说："离开午饭没多长时间了，赶紧回家做去吧！等下回，我连带这次的，一并吃回来。你得好好练手艺，练好了，才能嫁个好人家！"

"喊！谁要嫁！如果结婚就像咱爸妈和你那样，我宁可一辈子不嫁！"

葛樱莓推着车，用脚踢着脚下的小石子，噘着嘴，一脸的不屑。

"爸最近怎样？那天张秘书来我们那里办业务，说上个月，爸自己在办公室晕倒了，张秘书正好有工作要请示，推门进去撞上了。赶紧叫来医生。说是脑供血不足，在办公室输了三天液。你劝劝咱爸别太拼命了，现在就你们姐妹的话，他能听。"

"啊？晕倒？重不重呀？"葛樱莓焦急地看着哥哥，"我怎么从没听他说过？前几天，他还出差呢，说今天也不休息。不行，我这两天去办公室找他，好好说说他。唉，咱家怎么那么多不省心的事儿！你也别大意了，我上班给你开点药，给你送单位去。注意，这几天吃点软和的、热乎的。我走了。"

"对，是要好好劝劝！这次没事不等于下次就没事。"葛东风赞同地点着头。又说："也不知道你来，我给小妹买了几本图画书，在楼上。要不我带到单位，你来送药的时候带回去。哎，这么大的孩子正是玩的时候，她却天天憋在家，只能看看书。真让人心疼！"说着还不忘嘱咐妹妹："你骑车慢着点！"

回到家，许子烈已经系上围裙，正在擀饺子皮，桌上已摆好了装饺子馅的盆子和撒上面粉的盖帘。见到葛樱莓，嘱咐她赶紧洗手来包。一边冲着小屋喊："老三，赶紧出来。你这从吃了早饭一直憋在屋里，搞什么名堂？"

等饺子包了半盖帘，老三葛蔬蕉才揉着短的似钢针一样竖着的头发走出屋。

"哎呀，妈，大姐，我不是早汇报了吗，我在学英语。没听出我舌头都短了半截。"

葛蔬蕉粗门大嗓的没个女孩子样，从小一梳辫子就哭，大了能做主了，一年四季梳着刚健短发。

"中国话还没学好呢，学什么英语？"许子烈撇着皮嘟囔。

"妈，您这就落后了，现在都在鼓励学英语，干四化。英语学好了，走向世界无障碍。连我爸都把我的《follow me》（跟我学，八十年代初，我国第一部原版引进的英国BBC情景会话英语教学节目教材。学英语热潮成为当时全民学习热的一个典型缩影）借走了，说以后肯定用得上。哎，你们叫爸了吗？爸可是最喜欢吃饺子。小时候，一说吃饺子，他可比谁都积极。"

葛樱莓看了许子烈一眼，许子烈没吭声，低头压着面剂子。她赶紧接上话。

"我还给爸打了电话，他今天又到下面单位跑去了。老三，过两天咱俩去看看他，我听说他前不久在办公室晕倒了！"

说完，葛樱莓看了一眼许子烈。果真，许子烈皱起眉头在等着女儿的下文，看到女儿看着自己，忙掩饰着，面部表情回复了正常。一边的葛蔬蕉听了可炸了窝。惹得一边正专心捣乱，琢磨着把包好的饺子捏成个刺猬兔子造型的小羽珍，也嚷嚷着要去见爸爸。

"什么？我爸晕倒了？！到底怎么回事？"见葛樱莓也说不出所以然来，就瞪了母亲一眼，"就说嘛，这几年他过的什么日子嘛，有家难回，住在办公室，除了工作就是工作，身体不出问题才怪！"

葛蔬蕉一脸的焦急和怨气，对着许子烈说："妈，我求你，别再和我爸吵了。从小到大，我看着你们吵了一路。他对咱们家确实照顾得不够，但我佩服他。你知道学校的老师提到他，有多敬重？我才知道，他原来就是一介武夫，干上这行，全凭自己一点点琢磨，从土办法到整套的科学程序，现在是响当当的发射专家。这全是他没白没黑干出来的。"

许子烈也忍不住了，说得痛心疾首："是我害他晕倒的？是我想和他吵？谁不希望好好一个家有个家的样子。我知道他这些年不容易，什么时候拖过他的后腿？你们几个是谁一手拉扯大的？我说过什么吗？男人干事业没错，可也不能踩着老婆孩子的脊背往上爬呀？你们看看你哥现在这样，不全是他耽误的？！"

葛蔬蕉听了，把刚包好的一个饺子，重重往面板上一搁，说："你们的事我不管，反正明天我就拉我爸回家。”

说完，噔噔跑回小屋，把门重重关上。

许子烈也很激动，不顾葛樱莓的阻止，调门提高几度。

“你大了，翅膀硬了，学会给你妈摔摔打打了。还有规矩吗？你整天为你爸唱赞歌，你体谅过我的难处吗？你把我当仇人吗？我想孩子们好，有什么错？你听好了，你爸只要愿意回家，我不拦着。但我这里……”

许子烈的话一下哽住了，不顾满手的面粉，拍在心口上啪啪响。眼圈就红了，声音也有些哽咽。

“这里，有个坎儿谁也迈不过！”

四下，就静下来。

这些年，葛樱莓作为大女儿，看得到母亲的不易，看得到母亲的付出，看到母亲从之前的爱美小资，逼成现在一边是个护犊的老母鸡，一边十足像个男人，工作家庭样样拿得起。作为女人，谁不希望两口子风雨共担，有个人疼着爱着，有个人在耳边说点热乎话。换作是自己，或许会比许子烈还觉得委屈。所以虽然心疼葛校言，但心里是向着母亲的。

中午吃完饭，把一切拾掇完，葛樱莓来到许子烈的卧室，刚才老三的话又揭开了平时一家人都在回避的话题，对母亲刺激不小，她觉得自己应该给母亲宽宽心。

进门，看见小羽珍躺在妈妈床上已经睡着了，两只手还紧紧搂着坐在床边的许子烈的一只胳膊。许子烈的脸上已看不出刚才风暴的影子，回归了平静。看到葛樱莓进来，她小心把胳臂一点点从小女儿的手中抽出，又稍停，观察女儿的表情，看到孩子没有被惊醒，才放心拉上卧室门，招呼葛樱莓到了书房。

一路小声说着：“老四这丫头从小就是要拉着我胳膊才能睡得着。小时候，我手一拿开，她就哭个没完。我要干活怎么办？就一只手干活，一只手给她，只要摸到我，她就不哭不闹。”

说话间，满脸慈爱的神色挡都挡不住。葛樱莓不自觉地也挽起了许子烈的胳臂。

“妈，知道您对我们都好。您也别生老三的气，到时我说说她。”

许子烈用手握着葛樱莓的手，说：“都像你这么知道好就好了！你哥，还有老三，都不理解我。可我这个当妈的还能和儿女置气？都是我身上掉下来的肉，说说就过去了。哎，和你说说正事！”

说着，许子烈松开女儿的手，去把书房门掩上。又从衣柜里取出一个包。

"天凉了，你们要去看你爸，把这个驼毛背心带上。从前，他一到晚上就爱咳嗽，也不知现在怎样？"说着又顿了顿。

"另外，劝他去做个全面体检。别总觉得自己还是小伙子。有了毛病及时治，谁的身体也不是铁打的，耽误就麻烦了！"

葛樱莓把东西接到手里，一边摸着，一边把背心拿着往脸上贴，一脸惊喜。

"妈，真没想到?!……这是您新做的？好暖和！爸肯定喜欢。他要知道是您做的，肯定高兴！"

"就是要嘱咐你，不能告诉他。省得他得意，好像我多贱似的。较了那么多年的劲儿，我们谁服过谁？"许子烈的脸上又回归了强硬。

"哎呀，妈，这和得意和贱有啥关系?!又不是小孩子，较什么劲啊？您难道愿意让爸在办公室住一辈子？您这是大度，大气。我看啊，今天是你们良好的开端。"

听到这话，许子烈脸上有瞬间的羞涩。但只是瞬间。便马上不以为然起来。

"你别在这耍贫嘴，反正不许你告诉他。我就是抱着革命人道主义精神。你又不是不了解你妈，谁遭难了都会搭把手。"

葛樱莓笑着摇着头，说："行，您发扬人道，您同情蒙难的同志，您是个善良的好同志。真服了您，就是啥来着?!煮熟的鸭子，嘴硬！"

看着葛樱莓做着鬼脸，许子烈佯作要打。

"行了，没大没小的。咱们说正事。"

"妈，又有啥正事？这还不算最大的正事？怎么那么多正事啊？"其实，葛樱莓知道许子烈要提去魏阿姨家的事，她不乐意。

母女俩争了半天，最后许子烈妥协了，还是陪着女儿一起去。但她坚持要让女儿穿上自己为她选的一件铁锈红的尖领掐腰的青年衫，还炫耀地对女儿表示，这是北京的女孩子最流行的。

葛樱莓不想让别人觉得自己太刻意。对这次赴约，她完全是不忍拂了母亲的意。所以，她坚持就穿着军装去，要不就不去。

俩人又争执起来，出门时，葛樱莓老大不情愿地穿上了那件流行的青年衫。

沈西元现在是基地的副司令员，住在离葛校言家不远的一栋二层双户的安静小楼里。

虽说戈壁滩的春秋季短暂地近乎可以忽略，但毕竟刚刚入秋。无论楼前院子里养的花、种的树，还是被精心侍弄的菜地里的蔬菜水果，都想要牢牢抓住最后的宝贵时光好好灿烂一把，这会子可着劲儿怒放着。园子里因而翠色喜人，间或一些娇嫩的花色点缀，看起来颇为悦目。小楼在这些风景的衬托下，变得神秘而有分量。眼前的景象让葛樱莓没来由地想到了刚刚看过的小说《花园街五号》，里面写的就是发生在一位市委书记家中的故事。那么这里又会有怎样的故事呢？

刚刚进门，正在餐桌前和公务员忙着摆放杯杯盏盏的魏冬琴便迎过来。魏冬琴还是瘦，不像许子烈，已开始有些中年发福。一件淡青色的薄羊毛衫外套、一件烟灰色马甲，熨烫平整，不仅衬出她保持很好的身材，人也显得雅致有派头。皮肤保养很好，白皙，没太多皱纹。烫过的头发，发卷精心做过，纹丝不乱。人一站过来，就飘过一丝淡淡的珍珠霜的香气。葛樱莓心想，电影里的领导夫人的模样也就大体如此吧。

"可算是把你们盼来了。小许，你知道我不如你的厨艺好，弄这几样菜，就够全面评价我的厨艺水平了。你们千万别嫌弃。咱们吃饭是辅，好久没见面，聊聊天是真的。"

她和许子烈聊了几句，便亲热地拉过葛樱莓的手，盯着她使劲看。让本身就对身上的衣服一直感到不自在的葛樱莓，羞得红了脸，眼神躲避着垂下头。看着魏冬琴手上戴着那块配着棕色小牛皮表带，黄灿灿表盘的英纳格坤表。

魏冬琴上上下下打量着葛樱莓，话里掩饰不住喜爱之情。

"快让阿姨好好看看，几年不见，小莓越长越漂亮了。你看这手指，修长细致，不弹钢琴真是可惜了。"转头对许子烈开着玩笑。

"小莓刚生下来那会儿，你还嫌人家皮肤黑，长得难看，整个是判断失误。瞧人家现在长得秀秀气气，一副大家闺秀的模样，多有气质！不输你当年。你当时要是不要，我就抱回家了。我就想有个女儿，女儿可是妈的小棉袄，你看，多贴心！"

话来话去，全围着葛樱莓转，把葛樱莓搞得越发不自在。魏冬琴意识到了，安抚似的拍拍她的手，转而向楼上喊：

"冬冬，你许阿姨她们来了，赶紧下来吧！"

当沈国政走下楼来，许子烈和魏冬琴互相看了一眼，便不约而同地都把笑吟吟的眼神投向葛樱莓。

沈国政留给葛樱莓的最初印象，便是他的忧郁和苍白的面孔。

细白格子衬衫，铁灰色鸡心领毛衣，一条黑色西裤，一双纤尘不染的黑色三接头皮鞋，配上沈国政高而瘦削的身材，清淡的五官和鼻梁上架着的金丝边眼镜，书卷气便流溢出来。他很有礼貌地和来客打着招呼，声量不高，脸上的表情却始终淡然。

当母亲热情地将之前反复提及的葛樱莓介绍给他时，沈国政在葛樱莓的脸上也仅仅停留了不到三秒钟。

这天饭后，两位母亲便特意给两个年轻人留下时间空间，自己跑到房间说悄悄话。

哪承想，这样煞费苦心的安排，两个孩子并不领情。

葛樱莓和沈国政像为了完成任务一样，从最初的互相介绍，天气冷暖，花园的花花草草，再到最近看的书和电影都聊完以后，他们都在绞尽脑汁在想还有什么话题可聊，最终发现徒劳。便是不自然的沉默，频繁地续水，喝茶，直到茶水的味道转淡，变成白水，如同他们之间的感觉。双方在这样的无趣中，尴尬地笑着。谁都不好意思起身上厕所。此时，两位母亲还没有结束的意思。

葛樱莓周围戴眼镜的人不少。但沈国政的镜片后仿佛藏着特别的秘密似的，让葛樱莓感受到拉不近的距离。她看不清他的眼神，也从他不多的话语里琢磨不出他想要表达传递的意思。好像两个被莫名其妙安排坐在一起的人，在下一秒钟离开后，马上会变成陌生人。中间说过的那些话，都是可以被忽略的废话。

终于，这样的尴尬令葛樱莓感到艰难，她偷偷地看了下手表。她才发现，刚过去的这一个小时是她所有记忆中绝对称得上漫长的一小时。她有些心神不定，终于借着上洗手间，站了起来。转身的那一刻，她听见身后轻轻地长出口气的声音。看来，感觉都是相互的。

从沈家告辞出来，一路上许子烈很兴奋，直到进了家门还沉浸其中。她说沈国政一看就是一谦谦君子，气质文雅，彬彬有礼。有教养的孩子，对女人不会差到哪里去。这个话题自然也带出心头对葛校言的怨气。

"你爸就是太粗糙，不懂感情，所以我们总是磕磕碰碰。活了大半辈子，不得不相信，找个情感细腻的丈夫，才是女人的幸福。和我说说你们聊天的感觉呗！"

"妈，您就别剃头挑子一头热了。我没啥感觉，看的出来，他也没当我是一包蜜。我今天的任务完成，您以后就别为难我了！"

"所以说嘛，要接触接触再接触，感情是小火慢炖出来的，一上来就甜得齁嗓子，山崩地裂的，才靠不住。怎么就成为难你了？你妈不是为你好？"

"妈，您又来了！明天还要上班，您让我静一静，缓一缓。"

想起刚刚那声如释重负的叹息，葛樱莓的挫败感就来了。她不愿再回想之前的尴尬。

其实令葛樱莓心神不安的不只是刚刚过去的小小尴尬，还因为一个人，林占雄。

八十年代初，基地刚刚开始打开招收地方大学毕业生的大门。林占雄便是第一批分到基地的大学生。

林占雄，福建小伙儿，黧黑的皮肤，一头浓密黑亮有些卷曲的头发，却拥有明亮的眼睛和一口洁白的牙齿，第一次见面，你不一定会记清他的长相，但一定会在黧黑的衬托下，被明亮和洁白晃花眼。反正，葛樱莓对林占雄的第一印象就是如此。

没想到，基地对第一批分来的"宝贝疙瘩"的盛情，令这位来自海边的小伙子一下难以消受。

九月的戈壁滩已是秋意浓厚。基地领导亲自来新兵营为这第一批分来的大学生举行接风宴。

偌大的食堂里，每个饭桌上摆的全是大盘大碗，看起来满满当当。仔细看去，一盆大白菜粉丝土豆炖肉片，白白的肉片，厚厚的一层肥膘。沙葱炒鸡蛋，一大盘炸虾片，几个罐头菜，四鲜烤麸，盐水黄豆，还有一个大菜，红白萝卜炖羊肉，底下用酒精灯烤着，咕嘟咕嘟冒着热气。只是，桌上独缺些绿色。

每个桌上还放上来两瓶北京五星啤酒。要知道，粉丝和啤酒都是来基地执行试验任务的北京上海试验队带过来的稀有物资。可以想见，基地对这帮来自五湖四海大学生的厚爱。

只听得一阵热烈的掌声过后，基地政委举着酒杯讲话了：

"今天，我很高兴迎来了你们这一批来自祖国各地的青年才俊，看到你们，我想到二十多年前，数万大军来到荒漠戈壁建设基地的日子。他们大多数人和你们一样，也是青春年华，胸怀理想，一腔热血，满身是劲，艰苦创业，从无到有。如今基地已被建设成中国最大的航天发射港，从第一枚地对地导弹'东风一号'发射成功，到第一枚导弹原子弹结合试验发射成功；从中国第一颗人造地球卫星'东方红一号'升空，到第一枚洲际导弹成功发射，他们和中国致力于航天事业的大军一道，书写了一部可歌可泣的中国航天史，这也是一部争气鼓劲的历史。后面要怎样续写，怎样写好，要靠你们这一代有知识有能力的年轻人，这是一个光荣而伟大的事业。我想问一问大家，有没有信心续写辉煌？"

此时，略显简单的食堂齐刷刷响起三声雄壮的齐吼声："有！有！有！"那声音点燃了在座每个人的胸膛，急剧升温后，穿透了食堂的屋顶，冲出门外，回荡在金色沙漠收获的季节，直冲云霄，如天籁般余音袅袅。

"好！举起杯，就让戈壁青山作证，等待着你们的好消息！"

手中各式各样的搪瓷杯、玻璃杯甚至饭碗，纷纷举起，叮当作响，一干而尽。

一番话，一席酒，一些看起来文弱的年轻人，此刻挺直胸膛，也有了震天的豪气。

首长的声音有了一些压抑不住的振奋。

"当然，戈壁滩还比较艰苦。大家也看见了餐桌上，绿色缺乏。这让你们这群来自内地，见惯了青山绿水，吃惯了新鲜蔬菜水果的孩子们，可能会感到不适应。不用看，我也知道，在座一定有很多人已经尝过嘴上起皮起泡，流鼻血的滋味了。"

下面的人互相看看，果真，嘴唇干裂，顶着火泡的人不在少数。便认可地点头。

"我想说的是，这仅仅是你们刚刚开始面对的小小考验。后面还会有很多考验，很多会意想不到。但比起二十多年前那些前辈，这些都太微不足道了！我相信诸位都能挺过去，环境是适应出来的！"

"今天，我们的厨师已经把他们最好的食品，最好的手艺拿出来了。大家眼前的白菜、萝卜和土豆，是我们戈壁滩的三宝，还有我们戈壁滩最隆重的待客食品——羊肉。它们喝的是祁连山化下的雪水，吃的不仅是草，还有戈壁上特产的中草药——甘草、锁阳、苁蓉长大的，不腥不膻，肉质肥美，也是咱们内地吃不到的美味，大家尝尝。"

听到此话，有的年轻人已忍不住，站起来，把脸凑近正咕嘟着热气的炖羊肉，深深地吸了口气。顿时一层白雾蒙上了眼镜片，一片模糊。

这顿戈壁大餐和首长情真意切的一番话，令这群大学生心里热乎乎、暖洋洋。

在海边长大的林占雄，从小习惯喝凉水。初到戈壁滩，空气干燥得可以爆出火星，每天让他觉得嗓子冒烟吐火，他成为一个不折不扣的亲水动物。新兵班里暖瓶里的水消耗得最快，等不及打水的他就上水龙头接生水喝。没想到首长嘴里圣洁的"祁连山的雪水"的杀伤力却不可小觑，一会儿，那些刚吃到肚子里没有来得及消化的肥肉、羊肉就在生水的化学作用下，令他的肠胃里翻江倒海，势不可挡。上吐下泻，一趟趟跑厕所，后来连跑都跑不及，卫生员的黄连素也不起作用，是急性肠胃炎。终于，林占雄腿一软，晕倒在跑往厕所的路上。

林占雄进了医院，就住在葛樱莓工作的科室。

葛樱莓一上班就听见几个正在交班的护士小声窃窃私语，又捂着嘴，乐不可支地笑。一见葛樱莓，便凑上来神神秘秘地报告，三床来了个怪病人。至于怎么怪，说她看了就知道。

进了病房，三床刚输了液。只见他光着脚站在水泥地上，背对着门，正在床上鼓捣着什么。

走近一看，罩着白被套的军被被他拉出来，正专注地用手掌比着一拃一拃地量着，一边把被子用力抻平整，又是拽，又是用手掌砍，又是两只手细细地勒，细心地抹，嘴里还念叨着："一拃半，一拳……"忙乎得不行。折过来折过去，还是个又泡又翘的鼓面包。原来他在练习叠被子。

"三床，你在干什么呢？不知道自己是病人吗？这么冷的天，光着脚在地板上，会着凉的。你到底想不想让病早点好了出院啊？"

葛樱莓可见识过嫌训练苦泡病号的战士，所以口气有些咄咄逼人。

正聚精会神对付眼前这床被子的三床正是林占雄，冷不防被身后响起的话音吓了一跳，回过头，一看是位漂亮的女医生。

"小看人嘛，谁稀罕在这里憋着。你们今天让我出院，我马上打包就回新兵营。才不会赖在这里呢！医院有什么好，光这消毒水的味道都呛鼻子！"

林占雄一口闽南普通话，这些口气硬藏骨头的话被他软腔软调的鼻前音甩出来，就变得有些滑稽可笑。葛樱莓憋着笑，努力绷着脸。

"那就赶快穿上鞋子，乖乖躺着休息，以后有的是时间折腾被子。刚才看了你的血检和便检报告，还是有点问题。护士查了体温说，你也有些低烧。再折腾，就更出不了院，还得多闻几天消毒水味儿。"

说着准备转身离开，却看到林占雄一屁股坐在床上，一脸痛苦状。

"哎呀，还不正常？我真是出师未捷身先死啊，壮志还未酬呢！"

一席话再也让葛樱莓忍不住，扑哧笑出来。

"知道你学问大，也别太转词了！来的时候，没人告诉你们新兵戈壁滩的生水不能喝？要是那样，他们也太不负责任了！"

"说了说了，是我没当回事。在我们家，哪有什么自来水啊，喝清泉水是家常便饭，也没这样吓人的事啊？"

"别说戈壁滩本身水质不好，盐碱大。就是刚到一个地方，也得容人换换水土，小心肠胃啊！真是，还大学生呢，连这点知识也没有！"

就这样，两人认识了。熟悉了，葛樱莓才知道，林占雄从小打赤脚，惯了。下次查房，他脚上倒是穿上了鞋，却是一双木屐，走起路来趿拉趿拉，自然又惹得小护士捂着嘴笑。

林占雄出院前，还拜军校出来的内务标兵葛樱莓为师，学到了叠"豆腐块"的精髓，不过五分钟，一个漂亮平整的被子就 OK。走的时候欢天喜地，说在新兵营叠被子整内务是他的死穴，老挨批。这下，趁着住院，他也没虚度光阴，还练了把好手艺，回去可以好好给那些同伴展示一下，自己不光能学好物理，也能当个好兵。

葛樱莓就笑话他，会叠被子也不意味着能当好兵啊！他一本正经纠正，当好兵从叠被子始。

一个"始"字，在他卷平舌不分，说出来分外难听，招来葛樱莓一顿前仰后合都止不住的笑。

出院那天，葛樱莓本想着赶早点上班，和这个有趣的新兵告个别。没想到，心急的林占雄早就跑没了影儿。护士指着护士站里一捧插在玻璃罐头瓶中的淡紫色的太阳花，说是他一早跑到后面的花圃里摘的，惹得养花的大爷一通追。说着，又指指葛樱莓的办公桌，说，那里还有他送给你这位恩师的礼物，说着又笑。

原来，是几枝狗尾草，被他细细编织，成了一个别致的手环造型，再用水彩笔简单着色，倒有了几分精致。看得出，这是个有心人。

这些也都成了葛樱莓记住他，并心存好感的理由。

三个月大学生新兵训练下来，葛樱莓没有再见到林占雄，却收到他托人带来的一包青鱼干。来人说林占雄军事考核第三名，当上了优秀学员。还说他现在光测站锻炼。对光测站，葛樱莓并不陌生，她巡诊的时候去过。是离基地首区最远的点号。

后来，葛樱莓开始能接到林占雄打来的电话。还是夹着舌头软腔软调的说话，常常逗得平日里矜持稳重颇有淑女风范的葛樱莓笑得花枝乱颤。他告诉葛樱莓，看了《快乐的单身汉》以后，电影里的主题曲已在他们站里一群单身汉中风靡。他先是在电话里拐腔拐调地给葛樱莓学唱，听到她在电话里乐不可支地笑声，忍不住告诉她，看到漂亮的女演员龚雪的角色就总是将她对号入座。

葛樱莓便收住笑声，在电话的这头颔首摆弄着手指，一阵尴尬静默。那边便知趣地问安挂线，不再续下文。

以后，再来电话，依旧是说不完的点号笑话，讲不完的生活乐子。

葛樱莓听林占雄讲过一件事，这个点号因离首区远，几十口子人，清一色的男性，就连战士们养的大狗，也是雄性。很多战士因为常年值守，鲜见女性。有一次上级文艺小分队几个人来点号慰问，其中来了两位漂亮的女演员，她们不仅献了歌，还跳了舞。虽然因条件所限，没有舞台，就在房前的空地演出，现场观众热情，气氛热烈。看着这些新时期最可爱的人，在如此艰苦单调的环境工作，演员们非常感动，演出后他们和大家一样在沙地上席地而坐，玩击鼓传花。临走前又在一起合影留念。合影的时候，战士们都希望挨着两位女演员近点，登高的，挤缝的，各显其能，一会儿两位女演员四周便被围得像水桶一样严实。一名小战士想表现得和女演员亲近一些，一只手在女演员上方比画半天，终于不敢放下，镜头就拍下了他的手悬在半空的合影照。

演出小分队走了以后，有位小战士立即从宿舍拿来两个脸盆扣在地上，大家不解其意，他不好意思地把脸盆轻轻掀开一角，只见沙地上有个不很清晰的凹印，原来，这是女演员刚才坐的位子。值班队长甩下一句：胡闹。想想，还是没有批评，任由战士去了。于是一连几天，这次慰问演出都是拿脸盆的小战士和同伴业余时间的重要谈资，他们谈论着女演员的歌舞长相身高体重，脸上抹的润肤膏味道是雅霜还是咏梅，她们的视线在谁身上停留的时间长，和谁说了话说得多，总之女演员的一切都是他们谈论的内容，讲到不可开交时，便跑去掀开脸盆看一看，好像在为自己的话寻找什么佐证。这让他们感到十分快乐。第三天晚上，戈壁再次刮起西北风，裹沙挟土地刮了一晚。第二天一早，只见那个拿脸盆的小战士一脸沮丧，眼里似乎还含着泪花，拿着磕得坑坑洼洼已掉瓷斑驳的脸盆，喃喃地说："就这么没了，我压了两块砖呢！"原来，一夜的风，已将小战士精心存留的女演员的"痕迹"抹得无影无踪。小战士没有心疼被打烂的脸盆，却为消失的痕迹懊恼不已。此时的点号小院里，没一个人嬉笑。有人跑过来搂着小战士的肩膀，刮着他的鼻子说，咱有点出息，过段时间，也许还有人来慰问。刚刚从办公室走出来的队长猛抽了一口留在手间的烟屁股，狠狠弹在地上，闷头闷脑来了一句："以后每个月，我让咱的兵周末轮流去首区，谁都别落下。一定让你们把首区的女孩子看个够！"

讲完这个故事，原本一直乐呵呵的葛樱莓觉得心被揪得疼了一下。半晌才问："你讲的都是真的？"

"当然。你们是不会理解点号的生活的！"

不容易！

几次电话以后，葛樱莓和林占雄隐隐感到两个人的感觉更近了。翻年，在基地下发各单位的通报表彰里，葛樱莓看到了林占雄的名字。

当林占雄站在葛校言的面前，葛校言愣住了。他没想到立言解决故障的是这样年轻的一个小伙子。

这次105试验，导弹上一个应答机频率频差变化大，出现了不解码问题。是产品性能不稳定还是产品本身有缺陷造成的？这个问题直接影响发射计划。故障上报到试验部，葛校言敦促光测站协同试验队分析查找原因。光测站攻关小组的成员就有林占雄。

三天过去了，单机试验进行了几轮，可事情一点进展也没有。葛校言有些沉不住气，周末专门来到技术阵地参加技术讨论会。

会开了不到十分钟，会场上便爆发了激烈的争论。争论的双方一个是试验队一个是攻关组。

试验队的一名高工率先开炮："我们和厂家联系过，鉴于应答机在出厂测试时，出现过类似问题，我们认为该产品有质量缺陷，应该报废。建议，发射计划后延，通知厂家解决问题后更换。"

这一结论，立刻让会场炸了锅。发射计划延期可是一个重大问题，不到万不得已不采纳，这是解决问题的下下策。况且，一个产品报废，不仅会在经济上造成损失，一来一去，厂家重新出厂产品，检测、装配、测试、地面试验都将重新来过，时间和精力成本都将是巨大的。问题的关键是，在前期测试时，应答机一切正常，贸然下"报废"的结论，显然不够严谨。

会上，你一言我一语，争论得不可开交。葛校言戴着老花镜，紧锁眉头，正盯着手中的几份试验报告，一只手拿着一根铅笔轻轻敲着纸面，一言不发。

此时，坐在角落里，趴在桌子上认真记录的林占雄，抬起头，环顾了一下四周，有些迟疑地举起右手。在被允许发言后站起来说："各位领导，我想谈谈我的想法。"

这个举动让葛校言眼前一亮。一边的攻关组负责人，靠近他耳边轻声介绍说："这是刚来的大学生，叫林占雄。"葛校言笑着示意："小林，赶紧说说看。"

　　林占雄站起来，操着闽南口音的普通话说："原因还没查到，不能简单认为是机器的问题。我们现在的当务之急是故障定位。"

　　"关键是故障无法定位啊？这不是白说吗？"底下有人沉不住气了。

　　葛校言双手朝下压了压，示意大家安静。然后对林占雄说："别着急，大胆说说你的想法！"

　　刚刚站起来，便觉得脸红冒汗的林占雄，受到葛校言的鼓励，渐渐平复了心情。他拿起笔记本，说：

　　"通过这几天的测试，我梳理了一下，有几个问题。天线部分与频差有直接关系，是不是天线的问题？我复核几天来试验的全部指令参数，发现指令参数不稳定，尽管误差极小，但我们不应该忽略。"

　　想了想，他又补加了一句："如果领导相信我，请再给我们两天时间，我有信心找到症结所在。"说完，便坐下了。

　　葛校言注意到，林占雄头发油腻腻的，脸上的胡子楂儿也胡乱岑着，眼睛里布满红血丝。

　　考虑了一下，葛校言问："小林，几天没睡了？"听林占雄义站起来老老实实回答说："三天。"葛校言笑了。

　　"好，你今晚好好睡一觉，养足精神，明天起，我就给你们两天时间解决问题。不过丑话说在前，任务完不成，我可要兴师问罪！"

　　"谢谢领导支持！保证完成任务！"

　　又是两天不眠不休，故障到底查出来，确实是由于固定弹上应答机天线在弹壳上的螺钉松动造成频率不稳，不是产品的问题。问题迎刃而解。从此，林占雄在葛校言那里挂上了号。

心中的泪滴

今天，葛东风意外接到了一封来信。他的眼神刚刚触碰到信皮上"内蒙古"三个字，便像被灼伤般，感觉到疼痛。信封上贴了好几张邮局投递不畅的说明签，信封的边角也磨得豁了口。看得出，信被转了好多道了。几年过去，自打稀里糊涂踏上当兵的闷罐车，葛东风就和高娃家失去了联系。等到再写信时，信件一一被退回，一张小纸条在信封上嘲弄着向他眨眼：此地址查无此人。他又给当时的村支书写信，可是如石沉大海。后来，他意识到，自己的所作所为一定伤透了高娃的一家和草原上那些善良的人们。在他们眼里，他就是一个不折不扣的感情骗子，一辈子也得不到他们的原谅了。

葛东风也记不得有多少个夜里，他都能看见，高娃戴着他送的纱巾，伏在他的腿边嘤嘤哭泣。不诉说，不骂，不吵，连声质问也没有，只是嘤嘤地哭。他就在这样的哭声里，一次次醒来，一次次自责。也许是精神负担太重，他得了神经衰弱。晚上睡不着，白天训练没精神。几次军事考核下来，他都拖了连里的后腿。这让本来就看不上这些关系兵、后门兵的连长很生气。开大会，当着全连的面怒吼："葛东风，你看看你像什么样子，一天抽了大烟似的萎靡不振，哪里有当兵的样子？熊兵一个！你也别再给我们连丢人现眼了！"

结果第二天起，葛东风就被派到炊事班干活。三年兵当下来，两年在当伙夫。

许子烈原来为葛东风做了很好的规划，争取在部队上入党，提干。结果三年兵当下来，不仅党没有入上，两个兜也没换成四个兜。后来，许子烈通过自己的老领导在某部电子工程学院争取到一个上学名额，只等参加考试，等待录取通知书的到来。

葛东风从小喜欢无线电，自然心向往之。可是葛校言知道了这个事，却有不一样的想法。

　　对于自己唯一的儿子，葛校言当然是爱的。小时候，他跪着把儿子背在背上带儿子玩骑马游戏，听着儿子高兴地咯咯笑着，奶声奶气叫着："爸爸，爸爸，我们快点，快点！"这景象一直留在他的记忆里，消逝不去。都说虎父无犬子，他多希望儿子，能有他这个老子的硬气。可一路看下来，儿子倒是个优柔寡断的软性格。他在检讨，也许是自己这个当父亲的，陪伴儿子的时间太少，儿子一直跟着妈妈的缘故？所以，葛校言尽管对儿子的个性不满意，但还对未来存在期许。他想，也许让孩子早点摔打历练，会好些。所以，对儿子插队这件事，他心里是支持的，他也不允许孩子去挑肥拣瘦，所以即便和许子烈当初有了那么激烈的冲突，他也还是力主让孩子去条件更为艰苦，离家远一些的内蒙古草原插队。男孩子早经风雨，练就一副钢筋铁骨，是每一位做父亲的对儿子的期望。可是，当他知道儿子在插队时谈恋爱的消息后，简直是怒不可遏。十八九岁，大好年华，有着过人的精力和一身的力气，干点什么不好，非要去儿女情长，而且是不被允许的儿女私情，结果弄出蜚短流长。干正事唯唯诺诺，优柔寡断。谈恋爱，倒是敢于违背规定，顶风而上。失望，成为葛校言对儿子的唯一情绪。那一段时间，他回家时，许子烈有时候会把儿子的信交给他看，或者转达儿子对他的问候，他根本不看不理。许子烈骂他冷血，他也不想反驳。关键时刻，许子烈把儿子折腾去当了兵，葛校言似乎又看到希望。他觉得要让一个男人成长得快一些，部队是最好的学校。他甚至有些感谢许子烈，认为许子烈终于干了一件击中他心坎的事儿。他在心里默默地说，所有的机会都给了你小子，抓住抓不住全看自己了。他太希望儿子能给他带来振奋的消息。

　　儿子当兵几年，葛校言变得对他极为关注。只要回家，有一个话题是固定的，询问儿子近况。听到儿子有点进步，他一天的情绪都很振奋。听到儿子不顺当了，这天，他总会找个由头把火发出来。三年下来，他脾气见长，火气越来越大。首当其冲充当炮灰的总是许子烈。失望的情绪到了顶点，便是痛苦。他骂道：真是个不争气的货！不上台面的阿斗！

　　所以看到许子烈又在张罗着让儿子上学。葛校言几年来的期望、失望，几年来积攒的耐心、忍耐，凝结在一起，催化膨胀，到达顶点，骤然爆裂，释放出无数愤怒的因子。

　　"一而再，再而三，他就是烂泥扶不上墙，不配再得到机会。部队上有那么多能干的优秀的战士，那样渴望机会，留给别人上！"葛校言冲着许子烈怒吼。

　　愤怒加失望的葛校言，似乎觉得光怒吼不足以体现他的决绝，他甚至找到许子烈在基地的老领导去阻止这件事，甚至扬言要打长途到葛东风所在的部队，坚决不给儿子机会。此时的许子烈，就像是冲锋陷阵的救火队长，到处扑火。老领导本是念着许子烈的交情，好心为孩子有个好前途，当初也是托关系搭面子费口舌争取到一个名额，如今被葛校言急赤白脸地一阵阻挠，不领情不说，倒好像是显示自己不讲原则似的。虽然老早就知道葛校言、许子烈两口子不属夫唱妇随的夫妻，都倔强似牛，但这样拆台折面儿的事情，还是因为亲生儿子，任谁也觉得不可理喻。自然心下悻悻，连连退却摆手。

　　许子烈觉得委屈得要撞大墙。葛校言的举动，无异于在渐渐饱满、眼看着充盈欲飞的气球上狠狠扎上一刀，就算再眼疾手快，迅速补漏修复，再费尽心力充气，也还是会遭遇瘪将一大块，甚至慢撒气，绝对不会再有之前的轻盈和美好的飞行姿态。这哪里是亲爹的举动，简直比落井下石的仇家不差。气糊涂的许子烈甚至开始怀疑儿子和葛校言的血缘关系，一等一的亲生啊！于是她大骂着葛校言混蛋，心怀着对葛校言的满腔仇恨。是，虎毒还不食子，对如此恶毒亲爹，自然需要仇恨。一边一趟趟上老领导那里，赔上好话，赔上笑脸，赔上数不尽的眼泪，她恨不得当着老领导狠狠扇自己的脸。好在，葛校言在最后一步，没有打出给葛东风部队的那个要命的长途。谁知是良心发现，还是留下最后一道缝，神志稍微恢复。

　　但许子烈已经顾不得去解读了。她迎来了下一个打击。因为葛校言这个半路杀出的程咬金。尽管老领导最后动了恻隐之心，在一声重重的叹息后，还是决定拾起许子烈那张掉在地上摔成八瓣的脸，给孩子一个机会。可惜，时间耽误了，首先录取的本科已无名额，眼睁睁地看着本科变成专科。

　　许子烈彻底与葛校言决裂。从那时起，葛校言开始住上了办公室。为免再生变，许子烈像高度警觉的袋鼠，随时为口袋中的子女免遭侵害，保持着跳跃出击的姿态。直到儿子坐在了学校课堂上，正式在学籍表上填上"葛东风"的大名，她才把一直绷紧的神经松弛下来。

　　葛东风自小喜欢无线电，因此在这所大学，自然是如鱼得水。时间到底是治愈一切痛苦的良药，心情也不再感到压抑，精神面貌大有改观。三年里，他品学兼优，班干部、优等生的头衔不断。老师和同学们都说，以他的能力，上本科没有问题。葛东风所上的学校是定向分配，主要是为军队的科研部队充实力量，因此毕业分回了基地。正碰上一哄而上的文凭热，他一个专科生自然不如本科，没进机关，没到一线技术单位，分在了二线单位。

这些都令好强拔尖的许子烈如鲠在喉。思来想去，这一切都因为儿子在情感的道路上走了弯路。于是，她决定让儿子早些安定下来，尽早解决儿子的终身大事。

许子烈为儿子锁定的目标是和自己同一年来基地的计划处处长姚立德的女儿姚志萍。

姚立德刚来时，在许子烈他们站里当上了汽车兵。别看小伙子个子不高，长得不起眼。可眼里出活，手上勤快踏实，嘴也周到。见了许子烈，一口一个嫂子长嫂子短的，给许子烈留下不错的印象。没多久，就从一名拉装具的司机，调到站里的机关开车。后来提了干，两个兜变成了四个兜，身份变了，可眼皮子不浅。见了许子烈他们这些职工师傅，照样热情恭敬，谦虚有礼。到车间去，搭把手帮个忙，从不惜力，没有孰轻孰慢，没因为自己是军人干部而表露出丝毫的优越感。这恰恰是许子烈最为在意和欣赏的。后来，姚立德调走，老婆随军来基地，许子烈和他们一家一直走动频繁。姚志萍比葛樱莓大一岁，许子烈给女儿做衣服买东西的时候，也常常记得志萍。志萍这丫头，颇有她爸的风范，从小就嘴甜，大大的眼睛里，敛得下轻重缓急，装得住厚薄冷暖。而最让许子烈看重的，就是这个丫头的利索泼辣，能张罗事。葛东风优柔寡断的性格需要这样一位贤内助。再说，知根知底，门当户对，差不到哪里去。

自打高娃的事后，葛东风对再谈恋爱的心思淡薄，脑海里的那个倩影时时蹦将出来，牵着他的心，扯着他的魂儿。看见女孩子，总喜欢两下比较，比着比着，自然谁也超不出那个一辈子歉疚多于了解，美好多于现实打磨的高娃，心思就越来越淡。

对姚志萍，葛东风印象深刻。两人虽谈不上熟悉，但打小认识。他记得初中时，有一次学校红卫兵组织开会。刚刚入了红卫兵的姚志萍早早来到会场，风风火火地为坐在主席台上的大小头脑端茶倒水，两条麻花辫上的小塑料花在肩膀上上下翻飞。腰被武装带夸张地勒得很细，让人担心她喘不上气。胳臂上的红卫兵袖章鲜艳夺目，袖口故意翻上两寸，留出一截刺目的白衬衣。一切都准备得过于隆重精心。那天，她作为学毛选积极分子在台上发言，只见她尖着嗓子，拿着舞台腔，抑扬顿挫，配合着面部表情，脑袋晃动着，手上比画着，无限矫揉造作。听得台下的葛东风身上一阵阵起鸡皮疙瘩，凉一阵，冷一阵的。只听旁边有人窃窃私语：

"这就是初二二班的那位嚷嚷着要给毛主席写信表决心的女孩儿？"

"可不是！听说她张口闭口都是毛主席语录，不说语录不说话。对老师同学都是看人下菜碟。对她有用的，家长官大的，嘴能甜乎、热情得能把你烧死。要是没用的，家里条件差的同学，她连正眼也不会瞧你一眼！"

"呵呵，我还听说头天，人家铁道北的同学和她分在一个帮学对子，她还哭哭啼啼找老师要换人，说受不了人家身上的味道。过几天，学《为了六十一个阶级兄弟》课文，搞座谈，她声泪俱下检讨自己的错误，沉痛地放声大哭，把学习对子的衣服都打湿了。老师带头鼓掌，让同学们向她学习。"

"嘿嘿，这种势利眼、投机分子，就成了老师眼里的红人！哼！"

……

旁边的谈话还在继续，口气轻蔑。但是葛东风已没有兴趣再听下去了。他眼前一直盯着台上那个女孩子肩头麻花辫上两朵小花，它们伴随着主人身体的晃动而微微颤动，受了惊吓一般。当扎着武装带，带着一脸兴奋的姚志萍激情四溢的演讲结束，从主席台走下来，他看到她轻轻扬起的下巴，好像邀约挑战四方的斗士。

姚志萍高中毕业后也下了乡，在金塔。不过不到半年就回到基地，安排进了邮局。这是在那个年代，基地为子女安置的一个较高端的单位，不是谁都可以进的，自然让同学羡慕。听许子烈介绍说，姚志萍现在是单位青年突击队的一个小组长，上进，能干。可葛东风听以前的同学聊到她，又多了一个名称：假正经。

以至于被安排和姚志萍见面时，葛东风对她的印象还是扎武装带，挽起的袖边，扬起下巴的样子。

现在的姚志萍的麻花辫变成一头卷发，一边一个暗红的卡子把两侧头发高高夹起，没有了头发的遮挡，显得她的颧骨更高了。米色夹金银线的翻领春秋两用衫，高领毛衣，整个人看起来柔和温顺不少，这让之前对她有深刻印象的葛东风有些不适应。

葛东风的帅气，是受女孩子青睐的类型。那天的见面在最初的紧张羞涩不安后，姚志萍好像被重新启动了一套系统，开始不停地发问：比如入党没有，工资定级是多少，要交钱给家里吗，单位忙吗，女同志多吗，会不会做饭，有什么爱好，抽烟喝酒吗，反正好问不好问的问题，她都巧妙地通过直线或曲线，以退为进，或者旁敲侧击等各种方式，得到她想要的答案。所有的回答，葛东风都没好好思考，他也懒得思考，因为这一回见面后，他不觉得他们之间还会有什么样的瓜葛。既然不会有瓜葛，那这样的一问一答便成了游戏。一个认真地问，一个敷衍地答，或者顺着另一方想要的答案回答，游戏便不应该有厌烦和愤怒，愉快而有兴致才是游戏的本质。于是，他饶有兴致地想了想，对面的这个女孩子应该有个新的绰号：刨根器。

想到此，他的脸上有了笑容，甚至有些享受，看着那张薄薄的唇一开一合，他的笑意渐渐浓厚。

恰恰是葛东风的笑容打动了高傲的姚志萍，她把那笑容解码成为宽厚、包容、爱慕、欣赏、柔情等等掀动女孩子心扉的要素，划下深刻印记，抹都抹不去。

即便抛开这些要素不说，在她和葛东风的问答的间隙，经过缜密思考，她迅速做了分析判断。葛东风父亲的职位是他们确立关系的要害所在。虽然葛东风不比大学生，工作也不是最风光，但好歹能有家庭帮衬。再说，家庭成员经济政治面貌也没什么可挑剔，两人经历差不多，两家又是故交，实在没什么可以犹豫的。还有，要说自己对葛东风的帅气免疫，恐怕也不是事实。尽管，她在很小的时候就知道，脸蛋子靠不住。但所有这些条件加起来，再权衡之下，姚志萍芳心顿开。

其实，也说不上是姚志萍矫情。基地的男女比例严重失调。大批的单身、准单身汉在等候着另一半的到来。单身女青年就是这里的宝贝疙瘩。为了解决这个问题，稳定军心，基地也想了很多办法，招女兵调动家属，但收效不佳。毕竟来到人烟稀少的戈壁滩安家落户，决心不那么好下。

戈壁滩的未婚女青年金贵，就体现在找对象上。尽管那些当父母的，即便不是扛过枪打过仗，起码也是吃过苦受过罪，一路摔摔打打过来的，所以对孩子的要求也平实。男孩子踏实勤奋有出息，女孩子勤劳善良能干就行，简单的没有更多考量标准的几个字，就把他们对女婿媳妇的要求全部概括了，没有别的附加条件。但在适龄青年男女那里，却是有条条框框的。军人家庭出身的，自然愿意找军人家庭的。自己是军人的，当然再找军人更是没有什么意外。家里是军人的，再找军官也是必然。这里想说的，是那些不穿军装的，也非军人家庭出身的女孩子。她们的上上选是基地的军人子弟，也是军官。要么是那些处于黄金上升期的地方大学毕业生，这是基地一批发展快提拔快的新生力量。缺点是，家庭出身是农村。如果选择嫁，那就一定要把丈夫牢牢把控住，不仅从工资到身体，更要从语言到思想深处驾驭。还有一个选择就是在基地当兵，后又提干的男青年。这部分中，有的家庭是城市的，有的来自农村，于是又有了配置高下的比较。最不济的，就是嫁给也不穿军装的基地子弟。这里也分得细，有家是军人的，有家境好的，有姊妹少的多的，总之，细分起来，道道太多。在姑娘们把对方分了三六九之后，其实自己也二五八地站了队。反正在基地有个真理似的笑话，只要是个母的，都剩不下。而且男方的条件一般都要好过女方。这点，要搁现在城市中的剩女看了，恐怕要羡慕得唏嘘不已了。其实，也无可厚非，姑娘们只是想借着婚姻改换一下门庭，谋条不错的后路而已。尤其是那些双职工家的女儿，离家一辈子的父母老了想叶落归根，可国家当时尚未有政策进行地方安置。因而，完全指望着女儿的婚姻为自己今后的养老找个好去处，好归宿。从这个意义上说，一个女儿肩负着一家人未来的幸福，当然要待价而沽，谨慎从事了。

　　戈壁滩的女孩子多不是金枝玉叶般伺候大的，见识的天地也就基地这么大一块地方，大多数人考虑最多的无非是嫁汉穿衣吃饭这些生计问题，没有什么更为远大的理想抱负。但基地的人来自五湖四海，五湖四海的人聊起来，便好似去过五湖四海。加上基地承担的任务动辄和国家荣誉、国家机密相关，动不动就受到国家领导和军队首长的关注，迎来送往中央级别的视察，尽显着超凡脱俗的特质。尽管山高水长，和北京首都隔着天远水远，可是在心理上，基地和北京的距离仅仅是电话线的这一端和那一端，一个拳头的距离。所以别看这个地方不大，别看自己从事的职业很一般，但带给她们的优越感却着实不少，自我感觉好到有些"作"——这里特指基地的女孩子。她们婚后，一般都占家里的霸主地位，在家中呼风唤雨。在基地这个不大的地方，几乎没有什么秘密可言，三天之内，只要愿意，一个人的家庭出身、背景经历、生活习惯等都可以了解个底儿掉。自然，谁家的女孩子当了外来户的媳妇，没有"拿"住丈夫，就成了一个缺陷，一个致命伤。戈壁滩的女孩子简单，说话大大咧咧，聊天也大大咧咧。凑在一起，除了丈夫，孩子，谁家的丈夫得到重用有本事，谁家的丈夫家世背景优越，谁的单位有个鸡蛋蔬菜的补贴……这些家长里短的便是唯一的谈资，也是这些年轻小媳妇拔高弄尖的资本，自然不愿被比下去。

　　姚志萍就是其中一个典型。所以，在验明正身之后，牢牢抓住葛东风就变成了她的头等大事。俗话说得好，男追女隔座山，女追男隔层纱。葛东风的笑容便是对她和他关系无言的肯定，她也从那个笑容里读出了随和，不，应该说是可以击破的缝隙。总之，吃得定的。

后面的一些日子，她常常和许子烈联系，打打电话，嘘寒问暖，透露个邮局要来新邮票的消息，或者和邮局隔条马路的服务社有点什么紧俏货，或者打着处理品的幌子，却是质量不错的内销货的信息。那时候，基地的集邮刚刚兴起，许子烈也兴致盎然加入了这个队伍。因为有了熟人，再去买邮票，就不担心抢购不到，姚志萍都事先留好了。姚志萍的手工也不错，业余时间爱钻研《上海毛线编织》，织毛衣钩绒线，图案花样翻新，被女伴们奉为天才。姚志萍不仅有了新的花式会和许子烈交流，还给葛东风的妹妹羽珍织过两件漂亮的膨体纱毛衣。两人的关系就热络起来。当然，许子烈是从不让姚志萍破费的。相反，家里做了好吃的，还会让葛蔬蕉给志萍姐姐送去。在她看来，这样敏感的关系，掺杂了物质利益，会让人不舒服。但嘴甜手巧的姚志萍还是令许子烈满意的。所以葛东风上次见面回来，不愿意再和姚志萍继续深入谈下去的想法，许子烈根本没当回事。高娃的教训够深刻了，什么谈不来没共同语言，都是瞎掰，找到一个会持家的媳妇，稳稳当当的，比什么都强。

姚志萍也聪明，早看出把许子烈搞定，就是成功了大半。和许子烈越走越近后，她有时会给葛东风单位打个电话，电话里也不多说什么，只问问最近怎么样？忙不忙？大礼堂刚上映的片子看了没？天气干燥，多喝点水什么的。电话这端温言细语，关切之情满溢，电话那头，拿着公用电话，收到的又是没有实质内容，满盘子的好心好意，压根儿也没有明确的什么目的，只有客客气气收着，陪着客气几句，表达着谢意。几回电话打下来，同事们都知道邮局有个女孩子总打电话给葛东风。基地平时生活太单调了，大家都对这些男女之事极尽敏感，于是打趣开逗就不能避免了。过一阵儿，姚志萍干脆打扮得漂漂亮亮，趁着食堂开完饭，大家刚刚回到宿舍，单身楼里人最齐整的时候，大大方方到了葛东风住的单身楼。她扬着演讲练就的极具穿透力的声音在楼道口拦住一位："请问，××室的葛东风在吗？"一看漂亮女孩子来访，被问者也很热情，忙说："刚看到过他，应该在，我替你喊下。请问您贵姓？"

"我是小姚，说了他知道的！"一脸羞涩的笑容，好像看热恋中的情人。

那边厢，自然没想到女孩子会找上门，面红耳赤地跑出来，一脸错愕，说："怎么是你！"

后面传来嬉笑和口哨声，一两个不识相的家伙装作出门的样子，故意走过他们身边，趁机打量一下眼前的女孩子。再捅捅葛东风，扮着鬼脸，说："好好表现哦！"

搞得葛东风越发不自在。急忙套上外套和姚志萍走到避人的地方。一问，她没什么事。去同事家还书，想起葛东风就住附近，顺带来看看。说着，还扬扬手中的书，作证似的。抬眼看看，是《基督山伯爵》，一本正在年轻人中流行的书。人家这话儿出口，也没上赶着给你送东西，没说什么越过一般同志友谊的话，不急不缓，不痛不痒，你没道理拒绝，也不能拦着，轰走人家吧！

其实，不需要葛东风表什么态，姚志萍只需要这样的事实，就是被大家看见。接下来，许子烈就会知道，姚志萍对儿子很关心，不仅打过电话，人也去看过儿子，可见诚意。

几次三番努力下来，总之，葛东风和姚志萍就有了联系，是写在胖嘟嘟头挨头的"囍"帖上的两个名字，是一辈子的联系。

直到姚志萍脆生生甜丝丝地叫着葛校言"爸爸"、许子烈"妈妈"的时候，葛东风还是不能确信，他和眼前的这个被大家视为得体能干顾家的女孩子就要一起度过以后的人生。想到这些，他突然觉得自己的世界黑了，他心心念念了几年的高娃，即便几年不得音讯，但他心中那一线希望的火苗一直执着亮着，自己还有机会对那个纯真的姑娘说一声抱歉，还有机会为曾经的伤害弥补过失。

直到这一天。

那个时候，基地办喜事很新派，没有繁文缛节。通常都是在晚上下班后，请单位的同事朋友一起热闹一下，做个见证。家长一般不参加，家里人只是在自己家里团聚一下，吃个饭，做些婚礼的幕后工作。举办婚礼就在单位布置一新的会议室，天花板上悬吊着用皱纹纸剪出的彩带和五颜六色的气球，会议桌上早已摆上了喜糖和花生瓜子。当胸前别着红花的新娘新郎被请出来时，大家开始起哄，讲恋爱经过。

这一天，葛东风都感觉木木的，大脑一片空白。即便在热闹的婚礼上，他也有些魂不守舍。单位的同事笑话他，是被幸福冲昏了头脑。此时，身边的新娘用胳膊肘碰碰还在愣怔着的他，他才回过神来。望着众人期待的目光，他开口了：

"我们……我们没有……对，我们是先结婚后恋爱！"

犹豫了一下，他说出了这句话，话一出口，一阵委屈从心底强烈涌将上来。骤然间，喉头发紧，他哽咽了。忙将眼睛垂下，深呼吸，完全顾不得来客已是一片哗然。他在心里反复默念："妈，我只是不愿再伤你的心，只是为了你。"可是他无法压制对自己的厌恶："你就是一个胆小鬼，为什么不敢表达，不敢坚持？高娃是如此，姚丽萍又是如此，你是害人害己！"他一遍一遍自责，好似无数钢针在刺，痛楚之下，他不知道该怎样做了，无论是现在还是未来。绝望中，泪水终于涌出。他努力控制着。

葛东风的异样，新娘看见了，所有的来宾都看见了。短暂的沉默过后，婚礼现场响起新娘好听的嗓音：

"小葛好几天没好好休息了，中午又被我弟弟灌了点酒。结果，有点没出息，话都不知道怎么说了。我来补充吧！我们俩是发小，两家父母都是战友，说起来真是熟悉，也就很自然地走在一起，可能没有其他年轻人谈恋爱那么浪漫。但是，我希望他结婚后能为我补上这一课。刚才小葛要说的就是这个意思，他嘴笨，表达不到位。一着急，加上反胃，倒把眼泪给激出来了。来，我们给他鼓个掌，好好臊臊他！"

说着带头鼓起掌来，脸上挂着笑容，包容大度。一席话，不仅大大方方，周到体面，还给失态的新郎打了圆场，也化解了自己的尴尬和大家疑惑，正沉浸在黑暗中的葛东风也醒将过来，收了泪，嘴角咧着，挤出笑容。

有人就笑，只听说新娘出嫁要哭，因为舍不得娘亲。结果，今天新郎却哭了，是不是也舍不得离开娘啊？

现场终于再度活跃起来。当新郎新娘卖劲地配合着用嘴去咬司仪手中吊着的上下飘荡的苹果时，却都回避着对方的眼神。

虽然力挽狂澜，婚礼总算有惊无险，体面落幕。姚志萍却从葛东风的表现里感觉到，一定有一些自己所不了解的事发生过。一瞬间从幸福的巅峰跌落，心脏被用手抓住使劲挤捏般疼痛。这感觉一度让她呼吸困难。为什么？为什么一定要在一个女孩人生中最重要的时刻让痛苦降临？此时，她再看葛东风的笑容已经有了邪恶的味道。心慌，气短，头皮发麻，她在短短的几分钟之内尝到了从未曾体验的身体上的痛楚，即将要来到的是什么呢？巨大的问号再度攫住她的心脏。

传说中的良宵美景，葛东风和姚志萍都没有等到。两人和衣而卧，背对着背，双人床中间空下一人的距离，露出粉色的丝光棉床单上那朵象征吉祥富贵和美的牡丹，孤独地盛开着。窗外，刚刚还泼洒着亮黄辉光的明月，此时也有了心事，一点点隐退进云层，好似不忍再窥探人间的心事。

一场毫无征兆的飞雪宣示着冬天的来临。虽说戈壁冬来早，但这个冬天似乎来得太早了些。国庆刚过，马路两旁的梧桐的叶片刚刚泛起黄意，便被覆上了白雪，地下铺上了一层猝不及防中落下的叶子，在北风的淫威下，"沙沙沙"地喊着疼，翻滚而去。

晨光带着暖心的红，一点点亮起来。清冽的空气刺激着鼻黏膜，寒意直入心肺。马路两边，三三两两的战士正拿着宽大的竹扫帚清扫地上落叶，各单位出早操洪亮的口令此起彼伏，"跑步走——""一——二——三——四"，配上整齐的脚步声"唰唰唰"，像一部优美的交响乐传入耳际。

葛校言熟悉这样的清晨，也陶醉于这样的声音。走在宽阔的柏油路上，他深吸几口气，甩开胳臂做了几下扩胸运动。顿时神清气爽，压在心上的石头似乎也轻了不少。又过了一个不眠之夜，此刻的葛校言脑子里还在过电影般闪回着几天来的场景。

五天前，指挥厅内，基地和各部的领导坐了两排，室内却异常安静，大家的眼睛紧紧盯着显示屏上不断变化的数字和曲线。这是一枚新型火箭试验。

当时间刚刚显示到160秒时，一直平稳的信号突然消失。大厅里传出"呀？怎么回事？"的惊呼，大家的目光纷纷找向葛校言。

耳机传来地下控制室的汇报：XZ自动笔绘记录仪曲线不正常，显示火箭偏离轨道。

"没有入轨?"不大的指挥厅顿时嘈杂起来。

葛校言拿着笔，比对着另一台显示器上的模拟曲线，低沉地向领导报告："160秒是一级发动机关机，二级发动机点火的时候。初步判断是二级发动机出了问题。"

随后的各个点的报告一个接一个："没有人员伤亡""发现残骸"。

基地领导就地开了现场会，做出彻查原因的指示。葛校言注意到会场一角的何友良脸色苍白，眼睛死死盯着桌面，嘴唇颤动着，却自始至终没有说一句话。

何友良，葛校言太熟悉了。当年复旦大学毕业的大学生，是葛校言手底的兵。后来到了火箭研究院，现在是一名火箭专家。这次任务，他是技术负责人。这些年，尽管两人不在一个单位，可工作接触不少。

这天晚上，熄灯号已经响过很久，何友良还坐在发射阵地的一棵倒地的胡杨树干上，抽着烟，专注地盯着远处的发射架，脚底已经聚起了七八个烟头，丝毫没有听见背后响起的脚步声。

是葛校言。

葛校言拿着一件军皮大衣披在何友良身上，拍了拍他的肩，好像无言的安慰。何友良没有回头，只是将右手举起，握住了肩头那只手，葛校言一握就握到那个短了一截的伤指。这个伤指，他太熟悉了。二十年前，在一次操作中，是何友良毛毛糙糙造成的后果。此时，何友良的泪水一下就出来了。

葛校言知道何友良的泪水为了什么。一枚火箭的研制到完成，需要几年甚至更长的时间，是火箭人心血的结晶。虽说，火箭人将火箭比作蜡烛，燃烧了自己，照亮了飞向太空的路。然而，当看到自己创造的似乎有生命的心血结晶还未完成使命，便在一瞬间变为烈火中纷纷坠落的残骸，是所有人不能接受的现实。他知道，航天人不会轻易流下他们的眼泪。

果真，这一天都没怎么说话的何友良，仰望着黑蒙蒙的天空，叹道："老葛，我现在心里空落落的，什么都没有了！真是'出师未捷身先死，长使英雄泪满襟'。"

葛校言看着何友良。二十年前胖墩墩、头发如钢针一般粗粝的何友良如今身材瘦削，两颊的肉削去般，越发显出了突出的颧骨。头发已是地方支援中央的发型。一阵风吹过，掩在头顶的几缕长长的发丝飘起，耷拉在额头、耳边，显出几许狼狈。

他听试验队的同志说，为了这枚火箭，何工已经连续加班四五个月了，体重掉了十来斤。为了熬夜，他学会了抽烟。而且劲头比几十年的老烟枪还猛，一天三包烟支撑着他完成了从设计、工艺、制造、安装到发射的全过程。他还知道，就在发射场这一个月，何友良连轴转得像陀螺，一天几次爬到几十米高的塔架上。发动机试车的时候，他又是几天几夜没合眼。每天背着水壶、装着几盒烟，盯在现场。说起来也是快五十岁的人了，比小伙子还玩命。在为火箭装火药柱的危险时刻，他把所有的人都赶出去，说危险，他来。

他还听说，何友良和他老婆都是搞火箭的。因为忙，晨昏日月的有大半年的时间在试验场。两个儿子就一直跟着奶奶过，如今十来岁了。好容易见次儿子，买了一堆衣服书籍玩具去看，可孩子就是不叫他们爸妈，等他们前脚走，孩子们就把书撕个稀巴烂。惹得何友良夫妻两个抱头痛哭好几回。两个孩子淘得厉害，四处闯祸。七十来岁的爷爷奶奶也管不了，已经给儿子说了几次，让把孩子接走。何友良已经向老母亲保证，这枚火箭成功就把儿子接走。

葛校言从口袋里掏出一盒"凤凰"，自己掏出一支，然后把整包甩给何友良。两人点上烟，一口烟下去，葛校言就呛得猛烈咳嗽起来。

"老葛，你不是不会抽烟吗？凑什么热闹？"

葛校言抹抹眼角呛出的泪水，清清嗓子："如果抽烟能解决问题，我就陪着你抽！呛死也值了！"说着看看何友良，接着说，"你呀，除了掉了几十斤肉，脑袋变成了列宁式，别的一点没变。还那么酸文假醋的。还有两句诗你别忘了：'长风破浪会有时，直挂云帆济沧海。'只要干工作，就会有失败。我知道你为它付出的心血，理解你的委屈。但现在容不得我们惆怅，航天人就是哭，也得边干边哭！"看着何友良不吭气，葛校言用手把抽了几口的烟在地下摁熄，拍弹着衣服上的烟灰。

"行了，最后一根，抽完，我们回去。我那儿有两大壶热水，回去泡个热水脚，好好睡一觉，明天还指着你解决问题呢！冻感冒了找你算账！"

尽管两人早已没有了隶属关系，可在何友良心里，这一辈子葛校言都是他的领导。他乖乖地跟着葛校言往回走。

一天后，各种测量分析数据通过微波、传真送到，经过计算比对分析，故障原因渐渐浮出水面。火箭姿态失稳，点火控制线路决定着燃料的供应状况。是控制线路上的配电器出了问题。

几经分析、模拟，故障分析审查委员会得出了结论，在程序配电器的导电触点之间，有一丝重量仅为 0.15 毫克的铝质多余物。这让搞了一辈子火箭的专家们仰天长叹。

何友良拉着葛校言的手说："教训够深刻啊！不细致严谨，就是我们航天人的天敌。我会把这一事例编进火箭研究院的教材。"

虽然只是一张薄薄的信纸，葛东风拿在手中，却似有千斤的分量。信纸在他手上捏了一个下午，从单位带到家中，摊开放在桌上，字迹被手上的汗水摸得有些花了。

天色一点点暗下来，妻子姚志萍还没有回家。估计又回娘家去了。四周冷冰冰的，只有房间里的书架、五斗橱、大衣柜泛着幽冷的光泽。这些都是许子烈张罗的，买的好木料请基地最好的师傅打的，花钱不菲。也是让姚志萍在她那些小姐妹中长面子的一桩事。如今看着它们，葛东风心里毛毛的，好似有千条虫在奋力往外拱，令他站也不是，坐也不是。他用双掌使劲摩挲着脸，试图让自己平静下来，却发现，手上连带双脚都是一片湿凉。

信来自内蒙古一个陌生的地方，内容很简单。是高娃的哥哥吉日格勒写的。信中说，高娃已去世六年，给他留下一个儿子叫哈达，一直跟着外公外婆生活。小哈达很乖，刚上小学一年级，除了上课，还管着家里自养的十几只小羊，小羊被他养得很壮实。外公告诉他，家里穷，这十几只羊就是他以后上学的学费。哈达出生以来，葛东风的名字从没出现在高娃家庭成员的口中，小哈达很懂事，也从来没问过自己的爸爸。自高娃死后，阿妈阿爸的身体每况愈下，阿爸摔坏了腿和腰，现在只能躺在床上。本来，按照阿妈阿爸的意思，要把哈达是葛东风儿子的秘密带到坟墓，永远不会联系葛东风。可是看着年老体弱的父母，作为舅舅实在担心小哈达的未来。自己已有四个孩子，即使收留了哈达，也没法再供哈达读书。阿妈阿爸只有一个愿望，让哈达上学，以后走出草原。哈达自己也特别喜欢读书。于是，到处打听，好容易找到葛东风的地址。信中特别强调，他们一家怎么都会把哈达养大。

信中语气淡淡的，没有丝毫的情绪。

然而，这封信不啻为一颗重型炸弹在葛东风头顶当头爆炸。

那个花朵一样美好的女孩子死了。曾经他们是那么亲近，直到如今，他似乎还能闻到她身上的青草芳香和足以令人沉沦的淡淡草原乳香。她漆黑的弯眉，迷蒙的眼睛，扇面一样的睫毛，小巧的鼻子，湿润的唇，近得好像指尖还留有痕迹。她还在等待他的一声歉意。这些年，他笃定她一直会在那里等待，他在心里无数次信誓旦旦。他用这样的信誓旦旦来美化自己和姚志萍糟糕的婚姻状况，他在极力掩饰自己的卑微和懦弱。此时，他才明白，自己其实一直在找借口。他内心是逃避的，逃避什么？逃避贫困，逃避他心里早已认定的，和高娃没有可能的未来。他是想让高娃忘掉自己的，他拖延寻找，时间越长，他的胜算就越大。

葛东风盼着另一种场景：多年后，他回去找高娃，高娃早已结婚，做了一大堆孩子的妈妈。岁月将她变成了一位典型的牧人之妻。黑红的面庞上爬满粗大的毛孔，曾经秀气的脸盘大了几圈，从五官上只能依稀找见从前那位窈窕美好的少女的影子。她头顶着红色的头巾，身上的袍子不再有窈窕的腰身，陈旧的辨不清本身的颜色，腰上绑着油腻腻的围裙，袖子撸得高高的，正在锅子里搅拌着奶茶。长期干粗活的手指不再纤细，粗糙得像泡涨的水萝卜。她茫然打量着眼前的不速之客，眼中瞬间闪出光亮，又再次黯淡。她似乎没有认出他，抑或没打算相认，只是有些局促地在围裙上擦蹭着湿漉漉的手。而他微笑着看着她，只说自己过路来找口水喝。当他端着热腾腾的奶茶，慢慢小口啜饮，她就站在对面，一边准备着午饭，一边还腾出手从口袋里摸出一块奶豆腐放进一直黏在她腿边的男孩子嘴里，安慰似的摸摸他的头。

男孩子看起来只有两三岁，脸上两团高原红，他一边嚼着刚放在嘴里的美味，一边扭过头专注地望着陌生的男人，时不时吸一下快要"过河"的鼻涕。她小心地打量着对面的男人，他们在充满奶茶味和羊膻气的蒙古包里，很少的几句闲话，她有些拘谨。一会儿，男主人握着马鞭回来了。她热情地向他们介绍着彼此，眼神却躲闪着，一脸谦卑。很快匆匆躲去马厩，给跑了一天的马儿准备饲料。热情的男主人倒上新鲜的马奶酒，一定要请远道的客人喝上一碗。微醺中，他脸上挂着安静的笑容，向看起来把日子过得安宁平静的一家人道珍重，最后深深凝望曾经的恋人一眼便挥手离去。有些惆怅落寞，却不再回头。他知道那个女人会在身后偷偷看着他，他不需要她想起。即便想起，也是潭水中投入的石子，一点微澜过后，很快恢复平静。他的脸上湿漉漉的，是泪水，心里却越来越平静敞亮。

是的，这就是他预想过多次的见面场景。他用这样的场景来劝慰自己平静，他也真心希望高娃能过这样的日子。也许，他很多年前就认定他们是无法交集在一起的两条线，无论他曾经在高娃面前怎样的海誓山盟。他肯定，自己爱过那个如花一样的姑娘，但他不能确定，当她变成了阿妈的模样，他还会爱吗？原来，在自己这里，爱情是如此浅薄。原来，这些年的不曾忘却，仅仅是一个冠冕堂皇的忏悔，一个仅仅为了自己的忏悔。自己就戴着自己这顶伪道德的枷锁，走入了和姚志萍的婚姻，折磨着自己，也折磨着另一个无辜的女人。

如此血淋淋地扒开多年来想看却不敢看的灵魂，简直触目惊心。葛东风对自己深深地嫌恶和恐惧。

那个花一样美好的女孩子死了，她用死来完成他的永远记住。她赢了。他仿佛能看见她在不远处对着自己浮起嘲弄的笑容。是的，她用死亡把他永远钉在忏悔的十字架上，他一辈子无法偿还。她留下他们的骨血，让他永远无法摆脱他的罪孽，生生世世，把他拉入无底的黑暗。

葛东风已经不能判断，那强压也无法抑制的，如陷入绝境的狼嚎是自己身体里发出的声音，低沉地徘徊在喉咙间，他紧紧咬着牙槽骨，好似听见胸腔被那声音挤得咯吱破碎的声响。他努力在记忆里搜索那个名叫哈达的影子，他和她的结合体是一个怎样的组合？最终他发现一切都是徒劳。他甚至没有一张高娃的相片，他试着拿出纸笔，他有着很好的素描功底。他要画出姑娘的样子。半个晚上，他脚下的纸团越聚越多，最终他放弃了。那千百次徘徊梦中的只是一个模糊的影像，一个被无限赋予的美好。

怎么办？怎么办？他颓然倒在床上，好像一个耶稣受难图。他需要睡去，睡去，等待明天的到来。

而此时的姚志萍下班后，不想回家。想想这周已回娘家蹭了两天饭了，惹得父母又开始疑心是不是姑爷和女儿出什么岔子，她实在不愿父母为自己烦心。就在办公室看了一会儿新到的杂志，才慢吞吞骑着车往家走。

想到回家，姚志萍就烦，就委屈。结婚快两年了，家就像一口沉闷的锅子，搅不热乎。当初，她是带着对婚姻的美好憧憬走入婚姻的，和全天下的女孩子没有什么两样。婚礼上难堪的一幕，虽然自己极力掩饰过去了。但不表明不需要葛东风的一个解释。可是，她真的没有得到。她从来没有想过一对相亲相爱的年轻人的新婚之夜，一个人生中的里程碑，神圣幸福的时刻，新郎新娘在婚床上可以背对背，带着各自的心事度过原本甜蜜的一晚。什么人可以做到？她和葛东风做到了。

那个晚上，她心中充满屈辱。她听得到背后翻来覆去传来的窸窸窣窣的声音，她在等待，有几次，她甚至忍不住想张口问葛东风，为什么？为什么？我在你眼里算什么？几个字充斥她的胸膛，反复击打着她的神经。她把他们开始交往的每一个细节都仔细回忆，试着自己找出答案，最终，她的喉结只是滚动了几下便作罢，她承认葛东风对她自始至终缺乏热情。可是他为什么要和自己结婚，没有人逼着他，用刀用枪逼着他。而在结婚时，才让她知道他并不在意她，把所有的难堪推给自己，自己却早无退路，这不是残忍吗？思来想去中，她感觉脑子木了，身体每一根骨头都在痛，但她不想翻动身体。她在抵抗越来越浓重的挫败感，她甚至为葛东风找起了理由：无心之举，不会说话。本来嘛，结婚前他们就没有更多恋人的感觉，也许正是意识到这点，他才希望在婚后弥补呢？可是每一个理由都是软塌塌的站不住。在黎明前最黑暗的时候，听着身后轻微却并不均匀的呼吸，知道那个人也没有睡着。她几乎放弃了心里的抵触，想象此时的葛东风哪怕转过身来，抱一抱自己，只要说一句"对不起"，她就可以吞咽下所有的委屈和困惑。等待，再等待，除了翻身和偶尔的一声叹息，她再感受不到什么讯息。在第一缕阳光侧身钻进粉花窗帘的那一刻，她所有的期待苦涩屈辱已盈满胸膛。

也许是出于愧疚，婚后，葛东风自觉承担了所有家务。洗买烧汰，一日三餐。对姚志萍客客气气，对妻子的一应要求，都不反驳，工资每个月全额上缴，但也仅限于此，两人之间总像隔着一层。

记得第一次，婚礼后一个多月。半夜里，姚志萍被噩梦惊醒，想着想着，所有的委屈顿起，泪就涌出来，越来越盛，渐渐变成低声的呜咽。旁边的葛东风也醒了，好一阵儿不说话。他起身拿来毛巾。一会儿，姚志萍感觉到有手在扳动她的肩膀，她能感觉到那手在微微地颤抖。她惊了一下，止住了哭泣，身体却在抵触。耳边传来葛东风的声音："我知道你在生我的气，这些天我也不好受，但不知道该怎么和你说。"

他说话的声音很低，姚志萍听得却分外清晰。她还在等待。

"我们好好过吧！"

一句"好好过吧"一下砸中姚志萍心底最柔软的部分，她的泪水又流出来。身体却不再抵触，任由那个男人将自己揽过。

当两个人赤裸着身体，黑暗中，她看得清葛东风起伏的胸膛，她用被单掩着身体，任由心房怦怦跳动，有些尴尬也有些恐慌和期待。终于，他们缠绕在一起，耳边似有电光火石的噼噼啪啪，刹那间将他们的身体狠狠地吸附，她的身体一点点暖起来，开始发烫。空气中弥散着一股令人迷醉的气息，引出她的渴望，她能感觉到他身体深处的膨大和坚硬，她用火热回应着，抚摸着他光洁的后背，喃喃地问："你爱我吗？"

没有回应，尽管能感觉到对方越发用力的拥抱，她瞬时从澎湃中逃脱出来，仔细搜索着对方的回应。没有，没有，哪怕喉咙中一声含糊不清的"嗯"。渐渐身体上的火焰不再跳跃，温度也一点点冷却下来，膨大在一点点萎顿，软缩。一声重重的叹息后，传来他的声音："对不起。可能……可能是没休息好……"

他还在试图拥抱，似在表达歉意。她却觉得那有力的臂膀此时更像缠绕在身上令她窒息的锁链，需要自己奋力挣脱。逃脱了，她开始感觉皮肤上阵阵凉意，用手在胸前抹去，一层薄汗，很快便无影无踪。同时消失的还有她的忍耐和热情。她赶紧抓住被单，将身体裹得严严实实。眼里又涌出泪水。

"你说不出来你爱我是吗？因为你压根儿就不爱。"此时的姚志萍冷静下来。

"不是都结婚了吗，又不是谈恋爱，要放在嘴上。我们不是都这么亲近了？"

"你不说要先结婚后恋爱吗？现在结婚了，不该恋爱了吗？"

她越说越急切，竟然忽地坐起身，穿上内衣，打开床头的台灯。感觉到晃眼和刺目，真相也逼将出来。

他没料到灯会突兀亮起，显得有些不适应，用手遮挡了一下。她突然就对那张侧过的脸产生了深深的厌恶，像看一个面目猥琐的叛变者。她曾经深深迷恋过的那张英俊的脸，此时写满了谎言和敷衍："我说过，咱们以后好好过。这就是最好的承诺。好了，快睡吧！我去趟卫生间。"

她知道他想逃离。任他去吧！好好过？还怎么好好过？是你说好好过，就能好好过的？这些话在她脑中盘旋翻腾，却没有出口。她伸手关了台灯，重又躺下。第一次，稀里糊涂的第一次，就这样失败了。在不经风情的姚志萍看来，身体的失败不足以败兴。但却更加验证了一个事实，身边的这个男人并不爱自己，爱仿佛是他的痛点，就连仅仅为了哄女人开心的兴致都没有，那便是彻底的不爱和背叛。她的心也彻底凉了。

姚志萍变了，她收起了婚前对婚姻的所有美好憧憬，浑身上下充满了幽怨怒火和不信任。即便在和葛东风有了夫妻生活以后，也难以消融她的怨气。每当两人的身体刚刚离开，便翻身各自睡去。她依然感觉不到和葛东风的亲密，似乎身体和心灵分了家，只是再行一件所有夫妻该有的仪式。仪式就是仪式，不走心。

她用各种过分表现着不满。葛东风下厨做的饭，她不是嫌咸了就是淡了，一会儿说难吃，一会儿说好东西都让葛东风的手艺糟蹋了。于是就打饭，又说是对付她，大锅菜没一点香味，全是熬出来的。反正怎么也不是。一到饭桌上，从拿起筷子到搁下碗，她一直在抱怨。每月她只给葛东风十块钱零花，弄得葛东风捉襟见肘，常被同事笑话。下班葛东风回家晚点，她就甩脸子冷言冷语。似乎为了羞辱葛东风，她把内衣也丢给丈夫洗。洗完了，葛东风嫌不好意思，让她自己晾，晒到窗外，她还不愿意。她把怒火迁怒于婆婆，似乎所有的陷阱都是婆婆挖好，让她跳的。她不再去许子烈家，也不打电话。甚至对葛东风回父母家也不满意。她希望把和葛东风的矛盾挑明了，让葛家老老小小上上下下都知道。她的脾气越发越大，越闹越凶。葛东风越是谦让，越是客气，她就越觉得虚伪。渐渐地，她开始苦恼怒火越来越没有发泄的方向。她甚至希望许子烈有一天会问一问，但是没有。再说，葛东风给自己的委屈是心上的，是暗伤，也不是一桩桩一件件能列出来说明白的。大家能看见的，只能看到她可劲折腾得过分。想起来，姚志萍更觉得葛东风的可恶。她又开始把希望放在生孩子上，老辈人说了，什么都靠不住，孩子才是一辈子贴心肉。有了孩子，就有了希望。但就是和葛东风为数不多的夫妻生活，葛东风从来措施严密。她哭过，闹过，没用。他要么就放弃，要么我行我素。只是在生活的其他方面对她更周到，更迁就。至于说得出口的原因，他总说，生孩子是大事，要一切都准备好。

这些床帏间的秘事，姚志萍是个好面子的人，更是无从可讲。眼看结婚就要两年，同事们见她的肚子总没有动静，就打趣。她也只能尴尬受着。心里就更觉得葛东风阴毒。慢慢地，姚志萍开始觉得回家是个负担，想逃，还要顾及面子。回娘家，串门，轧马路，什么招都想了，都用了。还是要面对，逃无可逃。

这天回到家，姚志萍还真的没有看到葛东风，桌子上是他留的一张便笺：临时出差。便笺上搁着一个小巧的塑料盒，盒子里放着一枚精美的葡萄形状的胸针，说是结婚纪念日的礼物。金色的叶子，淡紫色晶莹剔透的果实，颗颗饱满，栩栩如生。看到这枚葡萄胸针，姚志萍一愣。邮局一个业务组的小刘有一个，是男朋友到北京出差带回来的，别在乳白色的毛衣领上，着实靓丽。姚志萍也很喜欢。此时看见，她心里动了动，一个人坐在沙发上发愣。

白杨树下的情思

　　这段时间，林占雄自称在"闭关"。他在研制一个测试软件。这个测试软件是站里新定制的一台设备上要用的。但是协作单位做的软件不过关，精度达不到。站里派人去了外协厂协调了几次，然而精度这关始终攻不下。最后，厂长对站里来人连说抱歉，技术力量达不到，在要求时间内无法拿出。无奈之下，站里决定自己干，任务就交到已接连完成了几个攻坚任务的林占雄身上。

　　这三个月，对林占雄来说，已是晨昏不分。甚至连宿舍到机房几百米的距离都被他省略了。干脆在办公室支上行军床，白天收起，晚上展开。一次加班到"晚上"，他想上卫生间，就拿着手电筒，准备照个亮。结果出门一看太阳都升得老高，晨昏颠倒了。因为劳累，也不见阳光，累得头发一撮撮地掉，林占雄得了斑秃。葛樱莓来过几个电话，他也是匆匆几句便挂了线。

　　当林占雄在计算机上做完演示，好像耗尽了所有力气。他连专家评审意见也没精力听，坐在会议室的椅子上垂着脑袋睡着了，一直捂得严实的军帽，从端正到歪斜，终于掉在地上。他没有觉察。黑色的短发中赫然现出几块浅色头皮，像被啃噬过一般突兀。

　　软件通过专家评审，编制的测试软件连技术部总体室专门搞软件的同志都拍手叫好。站长激动地站起来，高声叫："小林！"被惊醒的林占雄正弯腰拾帽，大家都发现了林占雄的秘密。会场渐渐安静下来。

　　很久没来首区了，坐在点号到首区的周末班车上，林占雄看什么都觉得新鲜。今天的心情格外轻松，不仅是软件完成，还因为能见到葛樱莓。一路上，他不停地摸着脑袋，好像很不适应。

站长听说他今天约会，就找来理发工具，拉开架势，准备亲自操刀。

"小子，咱可不能在姑娘面前跌份，来，我得把你的发型整整，别像个花皮球似的。"

"站长，要是因为我掉头发，把女朋友吹了，你可得包赔！"

林占雄围着披巾，和站长开着玩笑。

"你放心！你这头发是压力太大闹的，这段时间好好休息，别老想着头发这回事。再说，我托人上总医院给买了特效药，人家还给了我一个偏方。咱多管齐下，没问题。但你得答应我，必须把姑娘拿下。要是成了，你可是咱们站五年计划内脱光的头一份，一定要给咱们长个脸。现在你快给我交代那姑娘的情况。"

得知林占雄心仪的姑娘是葛樱莓，站长一下激动了，手上的推子失了准心，夹住了林占雄的头发，惹得他大叫一声。

"小子，好眼力啊！你知道她是谁的姑娘？"

林占雄愣了，别看和葛樱莓认识了一年，他可从没打听过葛樱莓的来历。

"你不知道？就是技术部葛校言部长的千金啊！"

看林占雄愣怔，站长把眼睛也瞪大了。

"你真不知道？行，要是你没给我打埋伏，就是人家姑娘保密工作做得好！"

戈壁滩的夏天姗姗登场，却来得热烈急切。瞬时点燃了蛰伏等待了许久的花红柳绿，道路两旁的刺玫，带着姑娘的娇羞，红色刚刚露出头，玉兰怒放的盈白粉红已将窗栏装点。高大的白杨好似铮铮铁骨的汉子，敞开宽阔的胸襟，率先对争奇斗艳的兄弟姐妹们，报以热烈的掌声。

为了防风固沙，基地在首区周边种植了大片白杨。这里也成了恋人们约会和拍照的一个景点。

合着风吹杨树叶的哗哗声，葛樱莓和林占雄背靠着一棵高拔的杨树，心中溢满重逢的喜悦。林中无数只大树的眼睛，也在微笑地注视着他们。林占雄闭上眼睛，贪婪地大口呼吸着新鲜而干燥的空气。发出快乐的笑声："戈壁滩，我不流鼻血了，再也不用怕你了！哈哈哈哈哈！"

葛樱莓也笑："傻样儿，戈壁滩把你的头发都吃掉了，看你怕不怕。要是让你爸你妈知道了，还不伤心坏了？"

说真的，今天林占雄的光头造型，委实让葛樱莓不习惯。再一细看，他头皮上的发楂儿颜色深浅不均，追问下来，才知道得了斑秃。葛樱莓十分心疼，也有些隐隐的担心。她早盼着林占雄完成课题，带他去见见妈妈，省得妈妈总是在催促自己和沈国政的事。可是，林占雄的头发肯定会拉低印象分的。葛樱莓可不希望节外生枝。她正想着给军医大学的同学求助买药的事怎么说，前段时间刚看到报纸说军医大学皮肤科专家研制出了专门治疗斑秃的新药。

没想到，一番话半天没得到回音，葛樱莓正纳闷，就看见林占雄立在眼前。

"樱莓，我没有父母了，父亲在我小学毕业前一年，出海遇到台风去世了，一年后，我妈也走了。我是叔叔养大的。"

这个消息让葛樱莓有些吃惊，她无法将这个痛彻人生的经历和眼前这个乐观幽默的男孩子联系在一起。

"童年，我第一眼认识的世界就是大海，潮湿的海风，飞翔的海鸟，飞卷的浪花，夕阳中编织金色的渔网，我曾以为海就是我全部的世界。从来没有想过我会来到戈壁滩。它的荒凉、单调和干燥，曾折磨我很久。"林占雄似乎还沉浸在湿润的海风中，他将后背靠在粗壮的白杨树上，眼睛憧憬地望着远处的蓝天。

"我那时在学校爱胡诌几句词，到哪里都爱来几句，不管成不成诗成句，反正我喜欢。但是来戈壁滩很久，我一个字也蹦不出来。好像原来丰茂的水源像干燥的戈壁一样枯竭了。当我连续一周流鼻血，早上一起来，被子上、衣服上、脸上都是血迹，看着就害怕。走着路，吃着饭，鼻血就滴下来，无缘无故的，总觉得血要在戈壁滩流干了。你知道我有多恐惧？可我现在爱上了这里，因为我干的工作充满神圣，一说就是和太空有关，和国家有关，容不得你来半点闪失。每当拿下一个任务，攻下一个难题，我周身清爽，你不知道我有多快乐，那一瞬间的幸福足以抵消所有所有的付出。我虽然是平凡渺小的，但干的事业是伟大神圣的。有时半夜醒来，我常常会不相信自己，怎么就干上了航天？"

看葛樱莓微蹙眉头用心听着，不时还点点头，林占雄笑着将话锋一转："我爱上戈壁滩还有一个原因，是因为……是因为，这里有我喜欢的姑娘……"

说着，林占雄将热辣辣的目光飘向葛樱莓，一直专注的葛樱莓的脸一下就红了，她躲闪着将眼睛盯着脚上那双方口皮鞋，用脚使劲摩擦着地上的小草。

"就是不知道人家愿意不愿意？"林占雄笑着，伸开双臂抱着杨树的树干，仰头闭目做出一个夸张的陶醉表情。

"但是，我现在我又可以诌两句了，你想不想听？"接着使劲清清嗓子，便大声朗诵起来。

　　　　你的眼睛/望向我的时候/那么专注那样温和/没有丝毫的闪烁和犹疑/从青草含露的晨雾/到晚霞披红的暮阳/你没有桃树甜腻的嘴巴/说不出蜜语芳言/引不来彩蝶共舞/你对这些并不遗憾/你没有垂柳的一树婀娜/没有丝缕与轻风缠绵/没有黄鹂翠鸟的邀约/你对这些并不羡慕/当暴风雨来临的时候/桃树锁上了甜腻的嘴巴/只留下软弱的泣哭和一地的碎缨/当暴风雨来临的时候/垂柳丢失了忠贞与婉约/向风雨臣服为暴虐弯腰/只有你/屹立身躯/任风吹雨打/不哀哀泣哭/不随风倾倒/却用大度的掌声/迎接更加猛烈的挑战……

　　葛樱莓静静地听着这首献给白杨的礼赞，也许算不上什么诗歌，但她却从林占雄不标准的闽南普通话里感受着他的热情和真诚。从他不疾不徐，温和却不失力量和激情的声音里，葛樱莓受到了感染，沉浸其中。

　　天空清透如洗过一般，蓝得令人心醉，阳光正盛，他们席地而坐，聊着天。林占雄说："我才知道，你爸爸就是葛部长，从来没听你说起。"说着看着葛樱莓的反应。

　　"我爸和我们的交往没有什么关系啊？"

　　葛樱莓看出林占雄有些不自在，有些诧异。

　　"你爸爸来过我们那里，他是我们的首长。我有点不习惯……你知道我的想法……但我怕人家会说我攀高枝，那就没劲了。"

　　说这话，林占雄竟然有些扭捏。葛樱莓就笑着明知故问。

　　"你刚才念诗的气势呢？不是不向暴风雨屈服吗？再说你到底有什么想法啊？我怎么不知道？"

　　这话让林占雄有些急了，脸也红起来。他摸着头掩饰着表情。"你……我……我想让你当我女朋友，行吗？"

　　"好了，看把你急的。你先好好把头发治好，我再带你去见我妈！要不就算我答应，我妈也不会让我找个没头发的人！"

　　虽然是开着玩笑说的这话，但想到母亲，葛樱莓心里多少有些打鼓。但也只是一闪而过。她安慰着林占雄。

"你别紧张，一定要放松心情，按时作息，我去找同学买药！"

"哈哈哈，这么说你答应我了？樱莓！"林占雄此时高兴地一把抓住葛樱莓的手，喜不自禁。

葛樱莓不好意思地往后挣着，涨红了脸叫着："哎哎，别拉拉扯扯的，当心让别人看见。"红云跑到葛樱莓脸上。

林占雄才觉出自己的失态，忙把手松开，一只手贴在额际，做了个立正敬礼的动作。

"请首长放心，保证按要求做到！"

杨树林中一只只大眼睛含笑望着两个年轻人，见证着他们的喜悦和幸福，在清风的指挥下，又哗啦哗啦地鼓起掌，似乎在为两个年轻人加油鼓劲。

而在另一个时间段，魏冬琴从儿子沈国政的房间出来，门刚刚关上，就听见门里有什么东西摔到地上，"哐啷"一声，声响不大，却砸在她心里。她在门口站了一下，几欲开门询问，终于放弃。她的神色沉郁，有些恍惚往楼下走，下台阶时脚下踏空，差点摔倒，亏得抓住了楼梯把手，才没从楼梯滚下去。这一声动静不小，房子里都会听得见。惊魂未定的她没有忘记抬头看看刚刚那扇紧闭的房门，里面没有一点声响。却瞥见自己紧紧抓住楼梯扶手的那只青筋暴出的手，上面贴着胶布和醒目的淤青，她的眼圈倏地红了，急急走下楼。

魏冬琴还是习惯像儿子小时候一样叫他冬冬。即便是如今儿子已经和他爸爸一样，一米八二的个子，比自己高上大半个头，看起来比当年的沈西元更显文气。上大学时的魏冬琴喜欢看书，郁达夫的小说和徐志摩的诗都是她喜欢的。在她眼里，儿子的形象气质与她喜欢的这两位作家很像，清秀舒朗，温文尔雅。然而，这亲切的形象却并不让魏冬琴觉得亲近。

儿子从小没在父母身边长大，每年的见面也来去匆匆，与父母感情上有疏离隔阂，魏冬琴都能理解，也为此感到无尽的内疚。转眼间儿子已经二十多了，可在魏冬琴眼里还是那个笑呵呵，圆头圆脑，两颊上鼓着两块肉，让人禁不住想捏上一捏的小鬼头。每次见到妈妈，一两天就熟悉了，爱往妈妈的背后左躲右藏，玩藏猫猫的把戏，逗得一家老小哈哈大笑，再爬上妈妈的膝盖，仰起脸给妈妈一个湿乎乎甜丝丝的吻，那是魏冬琴记忆里多么甜蜜的时刻。以至于魏冬琴现在想起，总是想摸摸脸颊，仿佛还沾着湿漉漉的唇印，无限回味。

可惜，那都是很久之前的辰光了。自打儿子上了初中，再见到久别的父母，便不再有这样的亲昵。每次相见，总是在外公外婆的再三催促下，礼貌问候。叫一下，说两句，好像新兵训练走正步的一步一动科目，不说不动。见面如同仪式，仪式结束，便大大松口气，躲回自己的小屋，任大人再怎么叫，怎么拿好吃的好玩的引诱，都不愿出来。见魏冬琴哭得伤心，外婆就劝，孩子平时很有礼貌的，就是见得少，要给他时间。大了，懂事了，就会好的。

现在，儿子的外公外婆都去世了。和儿子见面连这样的仪式，对沈西元魏冬琴夫妇也成了奢望。儿子当兵，又上了军校，寒暑假总是直接回上海，看外公外婆，直到二老过世。就算回父母家过假期，儿子也没在家待满过日子。每次都是沈西元两口子齐上阵，反复劝说，好话说尽，儿子才答应多待几天，非常勉强。即便在家，儿子对父母也总是淡淡的。不到迫不得已，不会开口叫爸妈。张嘴叫了，也没有亲亲热热的热乎气，声音小的需要凑上前才能听见。儿子长大成人，已经不愿意父母叫他小名。碰上父母忘了，"冬冬，冬冬"叫出口，他只当没听见。改叫"国政"，才答应一声。说话也是有事说事，没一句多余的话。从眼镜里射出的光，总是冷的，令夫妇俩有着透过脊梁的寒意。两口子很少见到儿子的笑容，除非家里来了客人。当着外人的面，顾及礼节，儿子对父母的态度还要亲近些。

所以儿子不在家时，沈西元和魏冬琴就盼着，叨唠着儿子何时回家。儿子回家前两天，这家里就笼罩上一层紧张气氛。他们会商量着，儿子回来两人准备什么，说什么，问什么。揣摩着该怎样做怎样说，能令儿子开心一点。接着还要商量儿子在家期间，要请谁来家里，什么样的密度，聊什么话题等等。今天这样商量妥了，睡一晚上，其中一个人主意又变了，就又凑在一起商量。说严阵以待，如临大敌，有些说不过去，总之是小心翼翼。等儿子真的回到家了，一句话出口之前，当父母的总是把它们嚼在嘴里，翻过来倒过去地琢磨，怕一个不当心惹儿子不高兴。说如履薄冰也不恰当，毕竟是亲生的儿子。所以，儿子回家，是两口子最高兴也是心最累的时候，尽管不愿承认，但每次送走儿子，他们都会在心底舒上一口气。沈西元这些年无论在事业上还是在个人发展上，经历得高高低低多了，留过学，和外国专家交朋友，多次为来基地视察的中央领导和军委首长做过陪同，做过汇报，见识不可谓不多，从来都是不卑不亢，气定神闲有风度。唯独在儿子的问题上，沈西元再也淡定不起来。有一次终于忍不住对魏冬琴发了牢骚。

"再大的领导来，我都没这么紧张。一天要看着他的脸色说话，累都累死了。

也不知道我是爹他是爹。你没看见儿子看我们的眼神，让人心有多凉，简直就是刀锋上的寒光。"

魏冬琴心里虽然认同，却决然不给丈夫这个机会。一贯和气从不与丈夫争个高下的她，这会儿忍不住有些气势咄咄。

"咱们谁也怨不着。要是早点把孩子接来，早点培养感情，也不至于今天和我们这么生分。我总觉得他心里有怨气，恨咱们。自从我爸我妈去世了，这道沟好像再也填不平了。也是，天下有多少父母能忍心对孩子生而不养？我想着就后悔，可哪里有后悔药呢？"

说着，兀自掉起眼泪。沈西元拍拍妻子的肩，识趣地不再继续这个话题。自从发觉儿子有意疏远和冷淡父母，他就意识到自己错了。他还记得儿子在妻子肚子里第一次胎动，妻子兴奋得一晚上都摸着肚子和还不知男女的孩子说话，又让父母从上海托运来家里那台老式德国产的留声机，每天给儿子听交响乐，进行胎教。几经波折，留声机托运来了，碰坏了唱针，好不容易才修好。妻子又是音乐又是古诗词地教着未曾谋面的儿子，曾一脸憧憬对他说，他们这两个大学生，一定要把儿子培养成一个中国的爱因斯坦。想起来，好像昨天才发生的事，清晰可见。

这些年，导弹火箭一个个上天，自己每天都在忙着上天的事，身边的事就忽略了。儿子小的时候，想着两人都忙，妻子身体也不好，儿子跟着老人起码有人照顾，不受罪。儿子大些上学了，又想着大城市教学质量好，物质生活也比戈壁滩优越，孩子在那里见识多，可能更有利于成长。再说，老人们从小帮他们把孩子拉扯大，孩子简直成了二老的精神寄托，再说接回来，那和夺走老人的心肝也差不多。所以，当初妻子那么强烈要求要接回孩子，自己也没答应。总在想，等孩子长大了，一定会了解父母的苦心。唯独忽略了孩子的情感。当初意识到这个问题后，一辈子没为自己打算过的他，托着老战友的关系，把儿子送去当了兵，又上了军校。然而，这样的弥补，是弥合不了多年缺失的情感的，事情似乎比他所料想的还要糟。

前两天，沈西元回家，避着儿子，给魏冬琴看了一封信。信是儿子的学校学员队的队长和政委一起联名写的。信中附上了儿子两学期的成绩单，开了十二门课，五门主课不及格。补考还是有三门不过关，按照规定，本身是要降级的。在军校，学习是一方面，学员的纪律养成和德才表现也是很重要的考量。信上说，儿子很孤僻，常常逃避集体活动。还自由散漫，泡假条溜小号都是他，找个理由就不去上课训练，内务和军事训练科目总是给班级拖后腿。调了几个班，最后谁也不愿意收他，成了令领导和同学都很挠头的问题学员。大家批评帮助他，他不吭声，也坚决不改。和老师和同学们的关系并不好。有一次，不吭不哈地给几个他认为总和自己过意不去的学员饭碗里放了泻药，后来调查出是他干的，让他在全学员队面前做检查。他居然走上前，面无表情地说了一句：大家看好了，这就是下场。就扬长而去。关了几天禁闭，还是没有悔改。本来学员队考虑给他处分。但因为他是首长关照过的，学校就压了下来。目前，鉴于他的表现，综合学习成绩，几方面考虑下来，学校准备对他作劝退处理。开学后，学校教学训练处的正式文件就会下来。考虑到该学员的性格，也考虑到家长也是军人，还是一名领导干部，希望提前和家长通个气，请他们做好学员工作。毕竟惩戒不是目的，还是要治病救人。信末，还很正式盖上了学员队两位主官的红印章，鲜红刺目。

魏冬琴拿着信的手一直在哆嗦，她有些无助，又像是求助似的望着丈夫。丈夫背着手，站在窗前不说话。身姿却没有平时挺拔。魏冬琴又不甘心地拿着信反复看，信末所说"毕竟惩戒不是目的，还是要治病救人"的话，一次次刺激着她的双眼，心里也像刚开锅的水，起起伏伏。活了半辈子，她和丈夫一直洁身自好，受人尊敬，从来不曾和别人红过脸，斗过气，都是极其顾及尊严和名誉的人。然而，手中的这封信却打破了平静，令他们无地自容。她简直不能相信看起来文质彬彬的儿子会有这样的作为，这样不被别人接纳。从来和儿子聊天，问到学校问到学习，儿子总是"好好好"地简短作答，好像自己都是多余问。想想儿子在客人面前礼仪周到，断然和信中那个不上进、目无师长、心胸狭隘的孩子联系不到一起。

她急火攻心，又不知如何是好，冲着丈夫，叫起来。

"都这会儿了，你别当哑巴了，倒是说句话吧！"

沈西元闻言转过身，魏冬琴这才发现丈夫脸色憔悴，眼睛里都是红血丝，想必他受到的煎熬更甚。叹了口气，沈西元才说："最后一年了，不能让他退学，还是找找老战友吧！我来想想办法。"

两口子又憋在屋子里商量了半天。决定让魏冬琴先和儿子谈谈，了解一下孩子的想法，动之以情，晓之以理，唱白脸。沈西元再严肃地谈，说影响说后果，唱红脸。最为关键的是第三步，赶在开学前，看看有无可能联系转学。他们都意识到，以儿子的性格，退学就是把他往绝路上逼。转学谈何容易，但沈西元决定再努力一次，夫妻俩希望给儿子一个改过的机会。

急火攻心之下，魏冬琴当天夜里就病倒了，发高烧。卫生所的护士来家给输了两天液，人就瘦了一圈，眼睛也凹陷了。母亲生病，儿子只是在第一天输液时，来房间看了一下，话也没多说。以后再没过问。两天里，魏冬琴在楼下的卧室躺着，儿子待在楼上的房间，母子俩没有交集。

就在刚才，魏冬琴和儿子进行了一场艰难的谈话。她一开始还是照例问儿子在学校怎样，她希望儿子能自己告诉她实情，没想到儿子又是好啊好的敷衍，甚至还有些不耐烦。魏冬琴到底忍不住了，把信拍到了桌子上。沈国政似乎没有想到学校的处理会是这样的结果，他也完全没有想到队长、政委会给父亲写信。眼看纸里包不住火了，他更失去了耐性。愣了半晌，看着垂泪的母亲，他显得异常焦躁，几句话说得魏冬琴差点背过气。

"我压根儿就不想当兵，不想上什么军校，你们现在嫌我丢脸了？以前你们什么时候问过我的感受？"

不待母亲有反应，沈国政近乎歇斯底里嚷嚷了起来："你们就不该生我。早知道这样，我就该和外公外婆一块走，活着没一点意思！"

魏冬琴万万没有想到儿子会说出这样一番话，她惊住了。她看见此时的儿子像一个防御性很强的小兽，一脸悲怆，嘴角抽动着，手也在微微颤抖，似乎忍受了无数的委屈，现在是在做着爆发前最后的忍耐。骤然间，她这个当妈的，心像撕裂了般一阵剧痛。她哭着跑上去抱着儿子，她多希望儿子会像小时候一样扑到她的怀里，伸出小手，为妈妈擦掉眼泪，再在妈妈脸上印上一个沾着口水的吻。耳边是他脆生生的笑声，还故意恶作剧打着笑嗝，拖着长音使劲笑着。仿佛全天下都是笑不尽的欢喜。然而，没有，在她怀中，儿子身体僵硬得像一块铁板，甚至连双手也无措地张举着，不肯给母亲一个安慰的拥抱。面对这样的亲昵非常不习惯，在短短的十几秒过后，他甚至有些生硬地推开母亲，自己坐在椅子上，不看母亲一眼，好像和谁生着闷气，留下魏冬琴像做了坏事的孩子，尴尬地站在那里，站也不是，坐也不是。

也是在这一天，魏冬琴发现了儿子左手腕上内侧两条清晰的伤痕，追问之下，儿子告诉她，是用刀子划的。沈国政自杀过，而且不止一次。

五雷轰顶，万箭穿心，这些词都无法准确描述魏冬琴的绝望和痛苦。她想象不出，眼前这具年轻鲜活的躯体藏着怎样的痛苦。她抚摸着儿子手上的疤痕，泪如雨下。

此时，葛校言的家里如同揣着五百公斤的炸药，一点点火星儿都足以立刻引爆，把这里掀个天翻地覆。

葛东风从内蒙古回来了。

第一眼看见哈达，葛东风的心和眼睛便定在孩子身上。除了皮肤黑里透红，和小时候的葛东风有些差别，但眼眉就和小时候的葛东风一个模子倒出来的，尤其是那一紧张就噘着嘴的样子，活脱脱一个小东风。小家伙大概刚剃了头发，绒绒的毛楂儿围着圆圆的脑袋。穿着一套蓝色的蒙古袍，袍子肥大且不合身，肩缝快垮在大臂上了，脚上那双靴子似乎也大了些，哈达拖着它，走着八字步。穿这身是为了照相，舅舅专门去借的。大概是第一次面对镜头，眼睛正对着炽烈的阳光，哈达的表情看起来有些局促，努力咧着嘴笑，咧开的嘴里能看见缺了两颗牙。第二张，第三张就自然多了，小家伙还对着镜头使上了道具，手握着牧鞭，把骑马的架势做得很足。还拿双手比画出打手枪的样子，一只眼睛还闭着瞄准，嘴里模拟着声效，纯真的表情挡不住。

如今，照片就放在许子烈的面前。

屋子里就许子烈母子二人，很久没人说话。

许子烈的太阳穴现在还在突突地跳。她还在为葛东风带来的两个不亚于原子弹爆炸的消息所震惊，呼吸似乎也变得不那么畅快，小心翼翼的。

儿子结婚后，她和所有娶了媳妇的婆婆一样，憧憬过当奶奶的感觉，也问过儿子。但看到儿子不情不愿，吞吞吐吐的样子，联想到媳妇婚后对葛家人态度的变化，便再没问过。她能感觉到儿子的婚姻出了问题。但婆婆的尊严让她无法马上追问。有一阵子，她甚至在心里检讨起自己的自作主张。在挑选儿媳妇的问题上失察，觉得对不住儿子，甚至一直在寻找契机帮到儿子化解婚姻危机。

她毫无准备，对从天而降的这么大的一个孙子，一个有着异族血统和名字的孩子会和自己有着如此紧密的联系。看到那一张张照片，她心底最柔软的地方顿时被击中了。那就是自家的孩子，没错，那轮廓、神态，她一点点感觉着血缘的奇异。她拿着照片仔细端详着，放在稍远处，又凑在眼前，她在那张脸上飞快地搜索着那个和自己素未谋面的女孩子的影子。看着看着，眼泪就模糊了双眼。

许子烈为那个未曾谋面，却在心里埋怨过的女孩子哀悼。愧疚如潮水一般涌上来，一浪接着一浪。那女孩一定美好得像花儿一样，单纯，青春。否则一向不敢悖逆父母的儿子不会如此坚决地要和她好。也许两个年轻人相爱无罪，错就错在他们相爱在错误的时间、错误的地点。如果没有葛东风，她现在一定活着，嫁了一个能干的牧民，生几个孩子。日子谈不上富足，但一定舒心平安，能看着儿女婚娶生子，像别的草原女人一样。而不会像现在成了孤魂野鬼，牵挂未了。可怜啊！许子烈也在反复问自己，如果当初知道了真相，自己会怎么做？会顺顺当当让高娃做了自己的媳妇吗？这一问，许子烈便矮下去。心里的痛楚更深，她无法想象也不曾想象。只有对地下的以死来祭奠爱情的女子说：我们会看护好哈达，安息！

自打第一眼看到哈达的样子，许子烈的心就开始疼。孩子这些年怎样过的？自小没有父母的呵护，受了多少委屈？她有一肚子的问号，她想知道孩子的每个细节。不能再想下去了，过去的无法挽回。要想点实在的、管用的。手绢擦在眼上，才看到对面的男人也在无声地掉泪。

这些日子对葛东风来说，是二十多年的人生中最大的煎熬，他面容哀戚，面色枯黄，瘦了不少。尽管一路都在设想与高娃家人再见面的情景，可是当吉日格勒领着他，掀开棉门帘子进了屋，他的眼睛好一阵才适应了屋里的灰暗。眼前的景象让葛东风吃惊不小。

阿妈的样子变得他几乎认不出，从前乌黑粗大的辫子不见了，变成两根花白的辫子盘在头上，瑟缩着，不仅少了光泽也不再有气势。丰腴的身材像抽干了水分，变得黑瘦干枯。人也像变矮了，不时地扯着衣襟处掖着的手绢擦眼睛，眼里像蒙上了一层阴翳，目光空荡荡的。阿爸靠在地榻垫起的被褥上，周围摆着茶碗和药瓶。身上摊着一个已辨不清本色的竹箩，里面放着加工过的羊毛，他在搓毛线。偶尔移动一下身体，老人总会一脸痛楚地张着嘴停上一会儿，才会将身子摆正。估计是碰到腰上了。在他身上，再也找不到昔日彪悍威风的牧民的样子。听吉日格勒说，父母一个躺在床上，一个也身体不好。阿妈的眼睛快看不见了，总是淌泪。弟弟巴雅尔现在是家中的主要劳动力，小哈达放学回家，就是帮着大人做家务，作业都是插空写的。

对于葛东风的到来，虽然出乎预料，但是阿爸阿妈反应冷淡。当年的学生巴雅尔除了见面时点点头，打了招呼，干脆不再理葛东风，找个借口躲出去。要不是哥哥吉日格勒帮着打打圆场，葛东风简直无法在这个家待下去。吉日格勒的话也不多，尽量避开高娃的话题。但这不是想避开就能避开的。说起来，阿爸就骂女儿傻，也不看葛东风，就更加奋力搓着毛线，好像要立刻让手中的线绳刚硬起来，变成一根根利针刺向眼前的这个负心人。

对着这个陌生人的到来，哈达起初的兴奋在吉日格勒舅舅告诉他，眼前的人是

"阿爸"的时候消失了。他求助似的望向屋子里的每一个人，外公、外婆、舅舅，没有人再说什么，再做一点解释。葛东风想说什么，最终没有说出来。这时候，说什么都是多余且没有丝毫的说服力。他紧张地看着孩子，像等待末日的宣判。

哈达哭了，先是大颗大颗的泪水涌出眼眶，再一颗颗砸向土质的地面，也重重地砸在葛东风心里。他不敢看孩子，只有死死盯着地面，他似乎看到地面升起袅袅烟尘，高娃随着那尘雾移步上前，眼含泪水，却在他面前立住，仰头大笑而去，她在惩罚自己。接着，葛东风便听见哈达越来越急促暴烈的哭声，好像要把来到人间所受的全部委屈倾倒。从小尽管不能完全懂得，他也能体会到自己和别人家的孩子不同。那些大人或同情或异样的眼光，他多少能捕捉到。孩子们在一起比试，阿爸通常是被拿出来比试的英雄。外婆早就预见到这是一个男孩子必然会碰到的问题，就告诉哈达，他的阿爸死了。于是，没有阿爸的孩子，永远觉得身上的力量缺了一块，和别人不同了。如今，一个陌生的男人，就这样莫明其妙地当上自己的爸爸，他承受不了。

哈达再看葛东风的眼神，变得倔强，像刺一样扎在葛东风的心上。他只在那里待了两天，他实在难以忍受那个家庭压抑的气氛，不忍看善良的阿爸阿妈的眼神，他知道他们在心里恨着怨着，但没有人说出口，但那眼神足够残忍了。他是揣着哈达的照片走的，那是在舅舅的反复劝说下，哈达配合完成的。走时，是舅舅带着哈达来送行。自打得知阿爸是葛东风后，哈达便不再主动和他说话，更不可能有葛东风有过小小奢望的一声"阿爸"。分手时，葛东风试图想抱一抱哈达，和儿子拥有一份迟来的父子亲昵。但哈达用身体做着抵触，努力了两次，葛东风放弃了，因为他又看见哈达夺眶欲出的眼泪。

"哭，哭，都是大男人了，什么事也承不住。现在不是哭的时候，你赶紧打算打算怎么办？"许子烈忍不住了，起身拿了张干净手绢塞到儿子手上。

听说了这事的第一反应，许子烈立刻想到儿媳妇姚志萍，如今这生米煮成熟饭，总不能害了一个，又伤一个吧？她开始同情起儿媳妇，心里涌起一阵烦躁。

"小姚知道了吗？"

到水房用凉水洗了把脸，葛东风已经镇定许多。"不知道，我没法开口。"

"小姚这两年对我们家态度的变化，和你们俩的关系都和高娃有关吧？"看着儿子点头，许子烈忍不住摇头叹气，一脸恨铁不成钢的神情。

"妈，别问了，都是我的错！当初你极力撮合，虽说心里觉得对不住高娃，但我也已经认命了，只是我对小姚始终没有那样的感觉，这两年也伤她不浅。我努力过，尝试过从心里接纳她，可我除了把家务活全承担了，把工资全部上交，对她态度好，其他我什么都给不了她。我知道她现在想要孩子，可我一碰她，心里的负罪感就像山一样压着我！如果再让她为我生个孩子，却不爱她，我的罪过就更大了！妈，你知道我的难受吗？每天回家，就像惩罚的开始，想逃，可又无处逃。她也有感觉，也有情绪。周而复始，我们越来越远，现在的家对我们都是一个冰窟，碰都不想碰。妈，我也不知道该怎么办，该怎么弥补过失。现在更不知道！"葛东风站起来，越说越激动，多年的压抑，现在全在他涨红的脸和大幅度的手势中宣泄出来。他悔恨，他想知道老天爷的手在哪里点了一下，命运的战车在哪里拐了弯，瞬间改变了所有人的命运。让他欠下的债越滚越多，却不知从哪里还起。是那个不肯与自己相认的孩子？还是无辜被伤害的妻子？

许子烈从未见过儿子如此激烈的样子，那该是憋屈了多久的积蓄？这么些年了，她一直是儿子眼中的严母，在她眼里，儿子是除了不成熟，还有些磨叽窝囊。作为母亲把他的生活未来安排好了，就是对孩子的爱。她没有关心过儿子是怎么想的。此时，她特别想上前拥住儿子，像小时候儿子受了委屈，去摸摸他的头，给他安抚。但她犹豫了一下，没有这样做。只是把茶杯往儿子面前移了移，示意儿子坐下。

"妈今天才知道你的心情、你的难过。我知道你是有情有义的孩子。当初要是知道事情发展到那一步，我不会那么简单粗暴处理，起码也会一起和高娃家想一个更好的解决办法，说不定高娃也不会那么早离世。但现在说这些都无济于事，事情还得朝前看。咱们理智地考虑，即便一切如愿，你和高娃在一起也根本不现实。你们一定会幸福吗？我看未必！"说着，许子烈看看葛东风，斟酌着自己的用词和语气，她不想再刺激儿子。

"现在你已经结婚了，看得出小姚也是喜欢你的，起码最初是想和你好好过的。你已经错了一回，不能再错上加错。感情是慢慢培养出来的。以前的事情我们改变不了，但要学会放下。只有放下了，全心全意对人家好，我想她不是焐不热的。这么大了，不能再由着性子来！"

"可是，我想把儿子接回来。孩子太可怜了，他妈早早过世，我这个做父亲从来没尽过责任，连一天也没带过他。"

这几天，葛东风睁眼闭眼全是哈达倔强和拒绝的表情。去内蒙古之前，想着这些棘手的问题，他并没有想好自己该怎么办。他也知道吉日格勒希望自己能把儿子接走。虽说阿爸阿妈不愿意，但这个家老老小小，病的病，伤的伤，过两年巴雅尔也要结婚，负担确实太重了。但是葛东风没有提，只是把之前向一圈同事朋友借的三百元钱，交到吉日格勒手上。那一刻，葛东风深深鄙视自己，好像自己用金钱出卖了父子亲情，他和儿子之间的联系似乎只剩下薄薄的一叠纸。他甚至不再敢看吉日格勒和哈达的眼睛。

"把孩子接来，小姚会接受吗？你们俩的日子还过得下去吗？别人会怎么看你？你让我和你爸怎么做人？"许子烈一连串的发问，她希望能点醒儿子。

"我知道你心疼孩子，我是奶奶，也心疼。但孩子的事，要从长计议，慢慢来！"

"我和小姚结婚整整两年了，我觉得自己无法带给她幸福。妈，我真的不想我们的生活像你和我爸那样，永远生活在争吵里，冷漠里。如果我们再有了孩子，孩子也不会快乐，更伤害了孩子。我想她一定接受不了哈达，那对她也不公平。可我却不能无视哈达的存在，只是每个月寄钱给他，用钱来证明我这个父亲的存在。这个我做不到。我也不想装了，也不想再骗小姚了，我想和她离婚，自己带孩子生活。"

"离婚"两个字说出来，两个人都吓了一跳。也是在这两个字出口，葛东风却觉得松了口气，态度也更坚决。

儿子的话好像抽空了许子烈全身的力气，她不知道这个家庭会迎来怎样的风暴。

寒风乍起，树上的叶子几乎一夜之间便"脱了光"。又是一年老兵退伍的日子。每到这个时候，葛校言总是无法保持平静。没有办法，铁打的营盘，流水的兵。所以，每年老兵退伍的日子，所有管辖范围内的点号，他一个也不会落下——去看望老兵。

这天下午，基地开出的列车到达170号，一下火车，站台上迎接他的是一棵棵像白杨树一样挺拔站立的士兵们，笑容或憨厚或青涩。八名胸前挂着大红花的老兵站在队伍中间，一眼便能看出他们和新兵的不一样，皮肤已被戈壁的烈日熏染出沙漠的粗糙质感，军装洗得泛白，膝盖和肘部的白印最明显，军胶鞋的鞋头胶皮也磨出了毛楂儿。他记得他们中间有上海和西安的城市兵，现在却一下无法从肤色辨认出来。看到葛校言，大家齐声喊：班长好！队伍便响起热烈的掌声。

一声"班长"，勾起了葛校言二十多年前的回忆。那年他下连队锻炼，来的正是建设中的170号，这里曾被称为最苦的点号。从那时起，"班长"的称呼延续至今。

在这里，他像一名小学生，每一条管道，每一个阀门，都要亲自动手去摸一摸，向大家请教。在土建工地上，和战士们一起挥汗挖土方，在安装机器设备的时候，满脸油污地和战士们一起推敲图纸。机器检修，和战士们脚跟着脚，踏着仅一尺宽晃晃悠悠的梯子，下到二十多米深的地下。和大家一起念叨不知谁写的顺口溜："白天兵看兵，晚上数星星。天上无飞鸟，地上不长草。风吹石头跑，人烟无处找。"一边哈哈大笑。

对这里，每一个地方、每一台设备、每个管道，葛校言都了如指掌。以至于后来的点号领导每次向他汇报，总是捏把汗，因为担心说出来的数字和情况，还不如葛校言了解得准确、具体。

如今点号上也有了一方绿荫，整齐的小院，兵们换了一茬又一茬。望着一张张年轻或不年轻的脸庞，和一双双如同戈壁蓝天一般不蒙一丝瑕尘的眼睛。葛校言的心头一阵阵发热。走上前，他将队伍里的每一个人的手握了又握。

"你们辛苦了！"

"不辛苦！当兵是我们人生的财富。"

"后悔来这里当兵吗？"

"永远不会！在这里战斗过，是我们的光荣和骄傲！是军人的荣誉！"

阳光下，葛校言两鬓间的白发格外醒目，他抬起右手，伸向眉际，敬了一个标准的军礼，以一名老军人的名义向点号上所有的军人致敬。对面，队列整齐的队伍，齐刷刷的军礼，这是流淌在他们之间无言的表白。

这天晚上许子烈翻来覆去睡不着，便扭亮了床头灯，看看枕边手表上的时间，凌晨两点二十。她也记不清，这一晚上自己已经折腾了几次，好像在数着分钟一点点苦挨。

是葛樱莓今天带回来的那个小伙子令她不安。

从葛樱莓的笑容和看小伙子的眼神，许子烈就知道女儿恋爱了，还陷得挺深。女儿把小伙子颇为隆重地介绍给自己，这个功那个奖的一长串，背下来也需要工夫，可见女儿的用心。在和小伙子聊天的时候，坐在一边的女儿一会儿看看母亲，一会儿望着小伙子，脸上的表情好似她第一次见未来的婆婆。小伙子把许子烈递到手上的茶水，差点弄洒了，看来比女儿紧张更甚。

但许子烈的想法却真的无法让两个年轻人轻松起来。

以许子烈半辈子的人生经验，爱情真的就是最远处的风景，想起来看起来都很美，却难以抵达。就算抵达了，也淹没在凡尘俗世中，再难见识从前的美。当初自己和葛校言也算是有感情吧？为了结婚，葛校言也用了不少招数。自己嫁给葛校言，也是自觉自愿，没人逼着哄着吧？两人婚后，也有过甜得发齁的时候。可是怎样？虽然两个人现在不再像乌眼鸡，不再谁也见不得谁，但这些年感情也是被击打得七零八落，所剩无几。要不是四个儿女，他们不会坚持走到现在。

许子烈有时候觉得自己越来越像个男人，拳打脚踢应对世界，有一身钢筋铁骨，容不得你去叫屈撒娇示弱。这都是拜葛校言所赐，哪个二八年华的姑娘在婚前没做过爱人体贴、默契相知、花前月下的美梦？可婚姻让自己彻底梦醒梦碎。归根结底，许子烈认为是自己和葛校言出身的差异。结婚这些年，关于出身的问题，为她和葛校言婚姻设置了多少障碍。葛校言爱拿许子烈的出身揶揄妻子，许多年来，许子烈总觉得自己就没在葛校言面前昂起过头。这还不是重要的，由于家庭背景和个性差异，这些年，他们鲜有交流，就算是聊天，也常会因为观点不同认识不同，发生争执，不欢而散。没有和父母一起生活的经历，葛校言的脾气暴烈无节制，情感粗放，不懂得关心体贴。在他眼里，女人就该是个面团，想怎么捏就怎么捏。想要她钢筋铁骨，硬邦邦，就能马上变身穆桂英。想要她柔软屈从，变成我见犹怜的尤二姐也是分钟的事。所以，许子烈觉得婚姻中，门当户对很重要，不是她嫌贫爱富，而是两个人成长环境和生活经历要差不多，才能有共同语言，相互理解。这些年，她尤其羡慕沈西元和魏冬琴的婚姻，虽然不奢望有他们之间的浪漫，但互相尊重体贴，情感依赖，她以为那才叫珠联璧合，琴瑟和谐。

可那个叫林占雄的小伙子的经历和葛校言太像了。出生渔村，父母在他未成年时离世。林占雄每说一句话，都不会看着对方的眼睛，眼神像躲闪游移，几个回合下来，让许子烈感觉不舒服。眼神都不敢对接，还谈得上诚恳和坦然吗？从他的经历来分析，林占雄也是肚里有数、主意特大的人。一想到这里，许子烈马上就想起葛校言。这让她的情绪立刻低落下来。

许子烈不能再让女儿受同样的委屈。樱莓的性格不像自己，有不痛快可以自我消化，女儿都是闷在肚子里，往后要是受了委屈，还不得闷出病来。

有了这些不满意，许子烈的脸上就透出一些信号。林占雄是个敏感的人，从小的经历，让他对脸色有超强辨识力。人也越发不自在，之后几个人聊了几句无关痛痒的话，林占雄便起身告辞了。连事先和葛樱莓说好一会儿去副食部买了蒸饺回她宿舍吃的事似乎也忘了。

本来许子烈还在琢磨着怎么劝说葛樱莓，现在不用了。客客气气送走林占雄，脸上写着不满和焦灼的女儿问许子烈什么意思？许子烈风轻云淡地笑着，故意不解其意说，小伙子挺能干的。但怎么突然走了？到底是孩子，不懂礼貌。有些小家子气。

"他为什么走您不知道吗？您脸上都快结冰了，不把人吓跑才怪！您还说风凉话！"

葛樱莓像被兜头浇了盆凉水，心里窝火极了。

"你们这个年龄别动不动把一点好感钦佩就全当作爱情。就像当初我和你爸。了解一个人可不是那么简单！"

"这就不用您操心了。他和爸不一样，我也不是您！"葛樱莓甩下这句话就出了家门。留下许子烈在屋里生气跺脚："我绝对不会让我的孩子重走我的老路！"

今晚睡不着还有一个原因，许子烈想到了魏冬琴。有段时间了，魏冬琴常打电话来，每次的话题绕不开樱莓。她知道魏冬琴中意樱莓，常半开玩笑半认真地和自己说看着沈国政、葛樱莓特般配。许子烈就问沈国政的态度。魏冬琴说已经让儿子给葛樱莓写信了，不知收到没有。这话让许子烈握着话筒的手抖了一下，有些奇怪，也有些不悦。看上看不上的，男方怎么让母亲提醒写信呢？沈国政到底什么态度？她想起来自己也旁敲侧击问过葛樱莓，女儿态度倒是特坦然，说沈国政和她通过几封信，就是一般说说学习工作，一切正常。许子烈此时盼着沈国政能加强攻势，自己拔下女儿这座山头。对沈国政，许子烈是满意的。有那样的父母，有那么好的家庭氛围，教育出来的孩子错不了。加上孩子斯斯文文的，有礼貌有修养，脾气应该不会差。关键是孩子学历相当，家庭背景相似。许子烈越想越觉得这个事错不了。

有了儿子婚姻的教训，许子烈不敢再生硬干涉儿女生活，她希望女儿能自己体悟最好，实在不行，也要找个缓和的介入方式。怎么做好呢？许子烈深深叹了口气，夜似乎变得沉重起来。

魏冬琴心里也有苦衷。儿子转学后，似乎好了一些。好在快毕业了，她现在就盼着儿子谈恋爱尽快结婚，能早点把他带出阴郁，让他快乐起来。娴静大方的葛樱莓就是她认为的理想人选。两个孩子在她和许子烈的操持下见了两面，追问儿子的态度，总是不置可否，不是"就那样"就是"还行吧"，从表情上也看不透。魏冬琴心里着急，再三催促下，儿子终于答应和葛樱莓通信了。

在儿女婚姻问题上，两位母亲心里已达成共识。

当回到家面对姚志萍的时候，葛东风积蓄已久的勇气再一次垮塌。

桌上专门铺上了白粉相间的针织小花的桌布，是姚志萍钩的。看上去不仅漂亮而且隆重。桌上摆着四菜一汤，青黄白绿红都有了，看着都有食欲。还有一瓶果酒和两个擦洗锃亮的玻璃酒杯。最关键的是系着围裙，忙进忙出的女主人。这一切让葛东风感觉温暖，又有点不适应。

当两人举起酒杯，葛东风看见的是一张笑盈盈的脸。

"今天算是补过结婚纪念，你刚出差回来，怪忙的。你看好看吗?"姚志萍仰起脖子，葛东风才注意到她鹅黄色的高领毛衣上别着那枚晶莹亮泽的葡萄胸针。

这顿饭是两人恋爱结婚以来，气氛最温馨的一次。也许因为愧疚使然，葛东风第一次对妻子用了很多赞美肯定的语言。也是此时，葛东风才知道在意和赞美是道催化剂，它可以让一个女人瞬间变得容光焕发，温和动人。姚志萍不断往葛东风碗里夹菜，她侧脸的弧度和眼里的光彩，都闪动着希翼和满足。如果一万公里的鸿沟，可以这样慢慢消解，岂不是自己从前太过冷血? 葛东风心里凌乱起来，搁在心里的那些喷薄欲出的如滚烫岩浆的话，便和着嘴里的食物一并吞咽下去。他的心挣扎着呻吟了一声，只有他听得见。

接下来，是一个充满着女主人"精心"经营的夜晚，微醺的酒意，一杯暖胃的红茶，柔和的灯光，温度刚刚好的泡脚水，嗅得出阳光味道，摸起来松软的被褥，电唱机里传出舒缓轻柔的《春江花月夜》，女主人身上散发出淡淡的脂香气，温柔的话语……如此良辰美景。

然而，葛东风还是辜负了。当臂弯中那具从炽热中慢慢热度尽失的身体翻身离去，黑暗中，他的泪水打湿了枕巾。

生活的颤音

陈鹏亮正心急火燎往办公大楼赶,手里的人造革公文包,塞得鼓鼓囊囊。走得急,引发一阵剧烈咳嗽,肩头一耸一耸的,然而都没有阻碍他的步速。

他门也没顾上敲,推门就进了葛校言的办公室。一边嚷嚷着:"葛部长,这不是胡闹吗?"一边解开风纪扣,摘下军帽,掏出手绢擦着满头的汗。微秃的头顶上细密的汗珠清晰可见。

"陈高工,你不在家好好休息,怎么跑来了?来,来,赶紧坐下,喘口气!"葛校言张罗着拉出办公桌前的椅子。前一阵,全任务联合演练中,负责测试工作的陈鹏亮突发脑梗,倒在工作台前。好在抢救及时,现在刚刚出院,还在家休养。看他着急的样子,葛校言料定有事。

"老葛,我在你这里敢说话。我不懂你们官场上的事,我只懂点技术。现在我们那里最懂技术的张敬谦被转业了,这不是胡闹吗?"他本来白净的面孔此时涨红着,激动起来,亮起了湖南口音的大嗓门。陈鹏亮是葛校言认识二十来年的老战友,是当时基地少有几个老牌的哈军工高材生。技术没得说,就是固执,说话爱放炮。他来基地二十多年,和老婆俩人的拉锯战持续了二十年。老婆在家乡的市委机关工作,听说官当得比他大。老婆劝他转业,他动员老婆调来基地。谁也说服不了谁,两地分居的日子一过二十年。每年两口子休假见一回。碰上人家和他开玩笑,说:"不怕媳妇跑了?"他会不高兴地回敬一句:"反正现在还是我老婆!"就背起手走了。

别看老陈是南方人,却有着宽肩膀,高身材,弹跳性好,走路腰板挺得溜直,一弹一弹地大跨步。他爱好不多,喜欢篮球,当过篮球前锋。一个人生活简单。业余时间只要有哪个单位组织篮球比赛，他不仅看得津津有味，还乐意当个"义务教练"，站在球场的白线外替别人着急。

"张敬谦？怎么回事？"张敬谦，葛校言当然知道，他是基地数得上的测试人才。这两年，为精兵简政，部队在搞大裁军不假，但"裁"是为了"精"，怎么也不可能裁掉这样的技术人才。葛校言的眉毛聚在一起，口气也急了。

"还不是因为去年顶撞机关检查组的后遗症！你想联试最紧张的时候，大家恨不能把一分钟掰成四瓣用。偏偏检查组来了，说要听汇报，那就根据汇报内容，让相关人员去，其他人接着忙。不行，人家非要全体参加，还打官腔。小张是负责人，一下没忍住，没屌他们。"葛校言没想到被称为"大知识分子"的陈鹏亮也会说出脏话，料定他气得不轻。陈鹏亮自己尚未意识到，还在愤愤不平打着手势向葛校言控诉。在断断续续的叙述中，葛校言大致搞清了事情原委。

"我承认，小张大庭广众没给他们留面子，知识分子，傲气是毛病。但他们不懂行在那儿瞎指挥，就不许别人提意见？这次转业名单，听说首当其冲就是他，这不是打击报复，不是卸磨杀驴是什么？"

一句话把葛校言逗笑了。把人都形容成驴了，看来委屈不小。他宽慰着陈高工，让他安心回家休息。转业名单各单位早已确定，现在确定转业的干部已在联系工作，准备包装皮收拾东西。葛校言决定去找老领导沈西元。果真沈西元也很吃惊，那也是他心尖上的宝贝疙瘩。一边抓起电话准备打给政治部主任询问情况，一边催葛校言赶紧去张敬谦家看看。

还没下车，葛校言就看见张敬谦在楼下的空地下，架上条长凳，他穿着件土黄色的军绒衣，袖子撸得老高，单脚踩在横在凳子上的一根板材上，刨子锯子的全招呼上了，热火朝天的。地下一堆木板子，还有做好一个大木箱。按规定，转业调动工作，单位都拨给一定数量的木料做包装箱。看来北大高材生也是一个木匠的好把式。

葛校言叫了一声："小张，手艺不错嘛！"

满头大汗的张敬谦回头见是笑吟吟的部长，愣了。一下松开脚，脚下的木板咣当一声掉在地上。

刚把葛校言招呼到家里，正忙着倒茶水的张敬谦听葛校言说，正想办法留下他时，却意外地拒绝了。

葛校言细问之下，才知道，张敬谦知道自己被转业，生了几天闷气。他和妻子都是北京人，当年为了团圆，妻子随他调到基地。随着两个女儿渐渐长大，为了孩子到教学质量更好的北京上学，这两年反复劝说张敬谦转业。张敬谦一直不松口。现在他被通知转业，最高兴的人是妻子。因为被转业，张敬谦心里也有疙瘩，就回北京联系接收单位。没想到，事情非常顺利，北京科委直接向他伸出了橄榄枝，不仅如此，还给他安排了一个部门副主任的职务。妻子晕晕乎乎乐了好几天，正忙着联系两个女儿上学的事呢。

眼看木已成舟，葛校言虽觉惋惜，便也不再劝说。临走时，他握着张敬谦的手说："太可惜了，沈副司令一心要把你留下，还是晚了一步。不过，铁打的营盘流水的兵，大家迟早都会分开。科委是好单位，也能接触科技前沿，有机会还可以为基地做贡献。好好干！是金子到哪里都会发光，等着你的好消息！"

张敬谦没想到自己转业的事惊动了司令员，之前的委屈不服气顺势烟消云散，好生感动。他双手握着葛校言的手，情绪有些激动："部长，之前我真没想过走，也不愿意走。这么多年，我每天摸着那些设备，已经习惯得好像身体的一部分，真不让我干了，就好像失去一只手、一条腿，很不习惯。"

他把头发掀起来给葛校言看。

"宣布转业后，不几天，我的头发就白了一大把。基地就是我的家啊！就算走了，这里还是我心里的家。只要你们需要，有用得上的地方，我一定不遗余力！"

两个男人分手时，熠熠闪动的目光里燃烧着团火焰，那团火焰仿佛照得见未来。

一轮满月，慢悠悠地从窗外的树梢缝隙中爬上比楼顶高得多的夜空挂着，那么近，那么大，那么圆，那么亮，仿佛看得见月影中舞动的霓裳、佳人轻盈的舞姿。它又像晶莹透明的玉镜，照得见人世间悲欢离合，美丑善恶。

又是一个中秋佳节。

灯下，葛校言戴着老花镜，面前铺着信纸，此时，他正仔细端详着手中的照片。那是孙子哈达的，小子看起来长得蛮高，连喉结都鼓起来了。葛校言心里喜滋滋地想，小公鸡快学会打鸣了吧？

他用手摸着照片中孩子的脸，脸上的笑容，正在抽条的身体，仔细地看着。脑海里是孙子活泼的样儿。他喜欢啊，真喜欢，不，更多的是亲近。看着，看着，一阵心酸袭来。这个大孙子，他是几天前才知道的。那天，许子烈陪着儿子一起来告诉他的。

说真的，葛校言已记不得有多久不曾正眼看过儿子了。儿子在自己眼里真是一个扶不起的阿斗，本想着结婚以后，他能成熟起来。结果又错了。

葛校言最看不上儿子在儿媳妇面前唯唯诺诺的劲儿，说句什么，都要看老婆的脸色。他是没亲眼看见过，但几个女儿那绘声绘色的描述，让他绝对相信儿子就是那样的。这点让他嗤之以鼻。男人嘛，连自己的女人都征服不了，还当什么男人？这还不算，结婚几年，媳妇通过儿子，或者各种各样的途径来提要求，一会儿是给儿子调到机关，一会儿是职称评定打招呼，前一阵居然提出让把儿子调到北京的总部机关。如果儿子来提，混蛋加滚蛋骂一顿是肯定的。儿媳妇提，总是打着儿子的牌子，一副全心全意为了丈夫着想的样子。作为公公，自然不能发脾气，拒绝是理所当然的，可是烦不胜烦。他们以为自己的父亲是什么人？他们以为自己是什么顶级人才？简直没有一点轻重。想想都替他们脸红。在儿子身上，葛校言找不到一点自己的影子。那副冲劲也远不及许子烈。

接着，媳妇又闹上了离婚，动静还不小。基地成立几十年，听说过几对离婚的？儿子别的方面不突出，竟在离婚上拔得头筹，让他们当父母的，脸都丢尽了。按照时间推算，这事发生在没答应儿媳妇最后提出调北京的要求不久。在葛校言这里，姚志萍功利心重的印象是种下了。他一方面看不上儿子，一方面又觉得儿子离开这样的女人也没什么了不起。

儿子单位的政委还专门到葛校言办公室汇报情况征求意见，据说是女方提出的，态度很坚决。亲家老姚刚转业到了内地，也为此回基地一趟劝说孩子，临走时，亲家愁得拉着葛校言的手直叹气。

这几年，葛校言没怎么和儿子好好说过话。因为离婚这个事，他分头找了两人。葛东风倒好，要不就睁着布满红血丝的眼睛，低着头发呆。要么就是把手指插在乱蓬蓬的头发中，将眼皮子搓得往上吊着，鼓着眼睛盯着天，就是没有说的。鼻下人中处鼓着一个火疖子，亮亮的，顶着白头。好像地上长着解密人间所有困惑的密钥。稍一凑近，身上一股子浓重的头油味汗味口气混合的味道，一看就是近段时间过得潦草没心思。葛校言就看不上儿子这副德行，天塌了，地陷了？有什么事解决什么事，消沉有用吗？可是葛校言说半天，算是晓之以理动之以情了，儿子还是没啥话。问急了，就是一句："我们不合适，省得耽误人家。"

葛校言一听这种不负责任的话就来气，不合适早干吗去了？一气话就难听，大发雷霆之下书桌上厚厚的玻璃板也被擂碎，话也说不下去了。至于儿媳妇，葛校言本不想直接碰面，倒是她自己找到办公室。上来没说个啥，就开始哭，先是默默流泪，再抽泣，后来演变成悲泣，鼻子嚷着，也说不出话来。葛校言最怕也最烦女人哭，坐也不是，站也不是，劝也不是，不劝也不是。就看着儿媳妇又是手绢擦泪，又是手纸擤鼻涕，一通折腾。末了，向葛校言说得也很简单："离婚丢人我知道，曾想再过两年再看，可实在没法继续了，这婚一定要离，爸爸，你们就成全了吧！"

总是事出有因吧？再问下去，人家就甩来一句："葛东风最清楚！"这一句就够了，够让葛校言灰头土脸一阵子了。一定是那看起来蔫头巴脑的小子做了对不起人家的事，否则人家也不可能理直气壮跑来。不能再管了，再管下去，葛校言就怕到最后脸皮保不住，怎么下来台？自己承担后果吧！

儿子离婚了。这是几个月前的事儿。无论外面怎样风言风语，在这个家，离婚似乎是个充满险道沟栈的禁区，需要绕着走，淡化再淡化。

当然，这都是在孙子的事出来之前的想法。现在，他也就明白为什么许子烈专门找了一个休息日，大家的心情还算平复的下午，把家里其他人打发出去，陪着儿子来请他，和他交代了这个事。

原来，儿子最初是想把哈达接到身边，甚至已鼓足勇气向姚志萍摊牌。可回来，见到姚志萍设下的温柔宴，他又没了勇气。这时，吉日格勒写信来，说父母弟弟哈达几个人都不愿意，接哈达的事还是暂时放放。这封信把正在为此事苦恼的葛东风暂时解救下来，他想事情拖一拖，放一放，也许会迎来转机，就顺水推舟搁下了。不怪葛校言轻看儿子，葛东风此时就成了鸵鸟，以为脑袋扎在草丛里，能避一时是一时。但是钱必须要寄的，葛东风和朋友同事借了一圈过后，他只能动用唯一的收入来源——工资。再说姚志萍，本一心希望和葛东风要个孩子，葛东风却说自己受伤，无法过正常的夫妻生活。原来上交到自己手里的工资，现在只剩下一半，剩下的说拿走寄钱买药了。本来姚志萍一直以来对葛东风对这事的解释将信将疑，况且也没见葛东风吃什么药。问了几次，都是吞吞吐吐的回答，就更怀疑了。直到发现寄往内蒙古的汇款单。葛东风疏忽了，自己的老婆就在邮局工作。

姚志萍和葛东风提的最后一个要求就是调到北京再离婚。她也向葛东风承诺保守秘密，因为她很清楚这也是在保全自己的脸面。

把事情的原委讲了之后，许子烈和儿子就忐忑等待着一场暴风骤雨的来临。这可不是五六级的西北风，而是一场伤筋动骨的灾难级海啸。

葛校言的反应却完全出乎两人的预料，他坐在饭桌前呆呆坐了良久，没有一句话，慢慢地，脸上却显出好像心脏不舒服才有的痛苦表情。在旁边一直惴惴不安地观察的许子烈有些不放心，就起身给葛校言茶杯续了水，递给他。葛校言像被惊醒了一般，看着她，使劲摆摆手，起身拿了衣服便出了门，急急地，好像逃跑。

　　出了门，葛校言下意识地仰起头做了几个深呼吸，才觉心头的憋闷释放了些。又觉脸上像有虫爬，再一摸，湿漉漉的。赶紧掏出手帕揩干，深深叹口气，便大步向前走，却并没想到要去哪里。

　　"哗"，是青菜下锅一声过瘾的脆响，接着铁铲在锅里翻炒的声音。那边，不知谁家的厨房里高压锅传来"嗞嗞"的冒气声，女人在喊："把灶门开小，我看下时间！"一股浓醇的肉香飘出。

　　葛校言用鼻子仔细辨别着是排骨还是牛肉的味道，闻着闻着，哑然失笑。他这个通过阀门开关的声音都能辨别设备是否正常的敏锐度，对柴米油盐却完全失效了。看看四周，他才发现自己不知不觉走到了场站家属区，今天是周末，所经之处不时地看到有孩子在楼前玩耍，吱吱喳喳地像快活的小鸟。在寂寞的戈壁滩，即便是孩子们你高我低地争执吵嚷，也显得格外动听悦耳。当然，这样的感触在今天，在葛校言这里，被格外放大许多。

　　那不是司令部的杨文介吗？背朝着葛校言的他正带着宝贝小女儿在学骑自行车，看着父女专注的样子，葛校言没有打扰。二六型号的凤凰牌自行车对一个身量单薄的小姑娘来说，还是庞大了些。小姑娘坐在车座上，使劲弓着背，脚尖离脚蹬还差一点距离，完全靠蹬力把脚蹬绕过去，使另一只脚尖能衔接上，小屁股在车座上扭得更加欢实。虽然吃力，但小姑娘兴致颇高，头上两把大刷子一甩一甩的，兴奋地喊着："爸爸，爸爸，你扶好了，我要骑快了！"

　　"压着车把，放正！慢点慢点，别往后看，爸替你掌着呢！"

　　瘦瘦的杨文介躬身扶着后座，努力随着车子跑，嘴里不忘叮嘱着。父女俩的笑声越飘越远，葛校言出神地望着，脸上也挂着笑容，意犹未尽似的。

　　杨文介他熟悉，参加过淮海战役的小兵伢子，司号兵，也上过抗美援朝的战场，别看受过炮火熏染，却是个绵软脾气，从不跟人红脸。爱拉京胡，唱的《苏三起解》是每次联欢活动的保留节目。说起老杨，命运多舛，大儿子生下来，发生新生儿窒息，虽然抢救过来，但脑子不好使。两口子怕再生下孩子，会疏忽了病儿，让孩子觉得委屈，就一直没再要。没想到，好不容易把孩子拉扯到十二岁，妻子却病故。他只好把老母亲，一位小脚农村老太太接来照顾儿子。一次试验任务，他在发射阵地忙，好些天没回家。儿子想爸爸，惦记着爸爸说过的，要是看到天上火箭飞，爸爸便能回家了。他儿子就趁着奶奶不注意爬上了楼顶，要去看火箭，不慎失足掉下，摔死了。这件事对老杨打击很大，人也变得木木呆呆。单位把他送到内地疗养院休养了几个月，才慢慢缓过来。他四十多岁才再婚有这个女儿，宝贝得像看护眼珠子。冬天，他专门在楼后给女儿浇出冰场。自己又动手做了冰车，盘着腿，把女儿护在怀里，带着她滑冰车，教孩子滑冰，让女儿成为小伙伴羡慕的对象。夏天，他托人从内地带来各种花籽，自己跑到水库运来熟土，种上，精心护养，他说要把女儿养得像花儿一样美好。

正想着，听得自行车铃铛响，惊得葛校言往后避让了一下。定睛一看，原来是一家四口，他们对着葛校言抱歉地笑笑。男的推着自行车，前梁自制的儿童车座里坐着一个两三岁的孩子，正摁着车铃自得其乐，女人牵着一个七八岁的女儿跟着，一家看着其乐融融。看路线和女人手上扬着的尼龙布袋，估计一家人要去服务社转转。戈壁滩生活单调，处于中心地带的服务社、书店、邮局便成为基地人周末必去的几个景点，也是一家人在一起相处的最好休闲方式。葛校言冲他们招招手，"这是上哪里转转？"得到的回答果然是："服务社！"

望着一家四口说说笑笑离去的背影，有一种温馨像涓涓细流在葛校言的心里一寸寸弥散开，家，从未像今天在他心底映得如此清晰，唤醒了他的渴望、冀求。葛校言仔细搜索着脑海里关于服务社的记忆，关于一家子相处的记忆，他才发现这些年关于家关于孩子的记忆几乎是空白，所有的记忆似乎都很遥远，他记得出差上海，为女儿买系在辫梢的绸子头绳，拿不准什么颜色会让女儿喜欢，就"慷慨"地把各种颜色都买齐了一大把带回家，惹得许子烈笑话他，说这些头绳够用到女儿十八岁。他和女儿相视而笑，许子烈也望着父女俩笑。那场景长久地印在心里，现在想起依旧心里暖意融融。小女儿自小身体不好，很多时候没有办法和小朋友一起玩。他怕女儿寂寞，只要休息，无论去哪里总把女儿带着。爷俩儿一辆车，女儿缩在前梁，他讲着故事，女儿哈哈笑着趴在前梁，半天不抬头。有一晚，他们骑车经过一个没有路灯的小路，跌入一个窝坑，在车子跌倒的瞬间，他用肩膀和胳膊护着女儿，自己从胳膊到脸都被严重擦伤，碎沙石嵌进皮肤，血肉模糊。女儿毫发无损却被爸爸的伤情吓坏了，抱着爸爸大哭，一边摸着爸爸的耳朵，拿脸去贴爸爸的脸和额头，眼泪汪汪的模样令葛校言喉头也一热。

可与儿子亲密的印象却像从记忆中洗刷掉一般，苦苦搜索却是零星。仔细一搜索才觉得心惊。从前光顾着给儿子挑毛病，好像他除了让自己看不上眼，提供自己挑毛拣刺的靶子，没有什么存在的价值。他不知道儿子喜欢什么，擅长什么，想什么，为什么喜悦烦恼，记忆中与儿子最亲密的时刻在儿子尚未学会走路，牙齿刚刚露头，骑在他的背上，高兴地咯咯咯咯笑着，晶莹的口水掉下来，顺着他的白跨栏背心往腋下滑，湿腻腻的。小家伙手里拿着扫床的木刷子，高兴地在他头上敲了一下，木刷太重，没拿住，砸在他的头上，痛得他眼泪打晃，回过头来一巴掌，原本咯咯的笑声终被哇哇的哭声取代。他为好不容易才跳入记忆中的温馨场面，引入这样的结局觉得沮丧。是的，太多次了，他见惯了儿子看到自己时的躲闪。有时仅仅是想摸一下儿子的头，表示父子之间的亲昵，儿子却警惕性极高地把头一偏一躲，骤然间情绪从温暖变成无名火。他印象深的是儿子惊恐的目光，通常都是儿子挨打时，或者是他和许子烈吵架甚至动手的时候，也许是太多次了，惊恐的目光几乎成了想起儿子时的标志。想到这里，他的心窝处竟然被堵住般，闷闷地疼。

仅仅这一路走来，看似并不相关的景象，此时却急剧膨胀，将他的大脑，心脏充得满满当当，悲伤懊悔也一起袭来。他知道自己没有资格再埋怨、再指责，他不知道未来该如何对待儿子，或者想象儿子会怎样对待自己，他有些灰心，但又充满希望，急切的。走了很远，他才发现自己正在走向家的方向。

爱情是什么

　　在林占雄看来，首区宽阔的马路显得过于逼仄和狭窄了。他没有想到有一天自己会和葛樱莓以这样的方式，迎头撞上，再擦肩而过。

　　看样子，葛樱莓怀孕了。腰腹突出，即便是宽大的衣服也遮掩不住。脸和眼睛都有些浮肿，白皙的面庞更加苍白无一点血色。身边一位陌生的中年女性推着自行车，陪着她，不时地说着什么，一脸关切。而她，似乎话不多，点头，摇头，浅笑，是主要的应答方式。他们之间只离着不到五十米的距离，正在他愣怔犹豫着是否该打招呼的时候，她也看见他了。只深深一眼，便匆匆低下头。似又觉得不妥，便把头转向陪着她的中年妇女，刻意热烈迎合着对方。

　　林占雄只感到一阵扯心的灼痛。他放弃了搜索和探究那双曾经熟悉清亮的眼睛，也不再奢望能从那里读出什么样的心思，既然当初的放弃是自己的选择，他还要求她怎样呢？他还想要得到她怎样的谅解呢？唯有祝福，他真心地希望这个将永远被自己藏在心底的女孩子幸福。是的，在他眼里，无论她已经成为别人的妻子还是即将当上母亲，她都是那个有点骄傲，安静善良，有着清亮目光的女孩子，他心中的女神。他会记得她所有的好，把它刻在心里，融在骨血里。

　　林占雄重又抬起头，嘴角挂着一抹微笑，朝着葛樱莓走来的方向。他不再奢望眼神的碰撞，甚至不想了解对方是否看到，是否接纳，只想用微笑表达他的祝福。他带着浅浅的笑容与她相错而行，并没有擦肩而过，一个在马路的左侧，一个在马路的右侧，相隔数米的距离，但都知道，他们如两条平行线般再不会有交集，或许那背道而驰的身影，便是他们一生缘分的注解也不一定。

　　葛樱莓当然看见了林占雄，目光所及的刹那，便调拨出藏匿心头久远的伤感。

是的，那次安排林占雄和母亲许子烈见面，她是一心一意想和这个中意的年轻人一并走下去的。在她的揣度里，母亲对一个有着炙手可热的大学学历，上进且有能力的年轻人，是不会过多挑剔的。起初也只是怕他的斑秃，让母亲有所微词，但那是会治愈的。她甚至在想，以母亲自己的经历，以她的细腻、辨识，这些都不会成为女儿在婚恋上的阻碍。所以，那天的结果大大超过了葛樱莓的预测。她知道母亲的态度一定刺激到了林占雄。所以她负疚。她想向他做出解释，想给他安抚。她甚至在怨恨的眼神中向母亲示威：爱情这个东西，越有阻力越会逆向生长，不仅如此，还会长势迅猛。

　　她是凭了心愿不管不顾去了，也做好了放下身段，承受他抱怨情绪的准备。然而林占雄的反应还是出乎她的预料。

　　林占雄避而不见，回到了点号。打电话过去，电话那头反复告诉她，他刚刚出去，不在。急于解释的葛樱莓心急如焚地等待了几日，休息日直接出现在林占雄面前。他对她始终淡淡的，好像一切都不曾发生，像对待一个刚刚认识的朋友，冷淡又不失礼节。葛樱莓告诉他，无论母亲的态度如何，她对他的一切都不会改变。一些之前两人在甜蜜的时光里，也不曾说出口的直白话，都因为葛樱莓的焦急，出了口。她像个忐忑的学生，小心翼翼地观察着他的反应。他只是静静地听，没有态度地听，表情淡淡的。镇定，不为所动，并不从正面回答她的疑问。碰到同事，他大大方方把葛樱莓介绍给对方，说她是来做病员回访的，因为她参加学校治疗斑秃药物的一个课题，他是几个病例中的一个。他还和别人介绍说，她是他所认识的最为负责、好学钻研的医生，自己感动之余，也有责任好好配合她的工作。

　　其实这些面上的话不说也罢，之前大家对他们的关系也有所耳闻。此番的表白，并没有让他们相信他和她只是一个愿意配合的旧患者和一个负责任的医生那样普通的关系。但是大家都看得出，他们中间出现了波折，而且是他处于明显的态度优势，而她则身居下风。他的坦然，甚至不以为意，倒加强了大家的揣测，越发激起了外人要探究情势何去何从的热望。她在如此揣测中无限忧虑，变得灰溜溜，挫败感越来越强烈。这样的挫败让她更加焦灼地想取得他的共识，他却开始沉默。

　　葛樱莓回到首区。在短短一月中，脸上似削去两块肉，端着的双肩也削塌下去，原先合体的军装宽出寸余。刚刚体味着的初恋甜蜜的味道，便被苦涩充盈。初恋于她是悄悄来到身边的，回想起他的幽默热情，想起他的诗意浪漫，想起他的点点滴滴，一寸寸被放大，变得弥足珍贵。放弃于她是不甘不愿的，她甚至在如此反复掂量中着了魔发了狂，越发舍不下，她愿意拼却一搏。她收起女性的自尊，写了两封信给他。之间的每一个字每一个词，都是她仔细斟酌过的。不是考虑是否恰当得体，而是怕说得不够充分，说得有缝隙，被对方捡了去，成了拒绝的理由。所以写写，停停，添添、补补。最后一遍誊写，信纸之间的诚意和浓情可谓密不透风。信是和着泪水写的，每一封信写好，她都觉得泪已流尽，无尽的哀怨也包围着她，眼睛却是被希望灼得红亮。那段时间，她的上牙总是下意识地狠狠咬着下唇的，觉得疼了才发觉。

信寄出多日，石沉大海。葛樱莓在等待的日子里仿佛待在炼狱，自尊和希望如剥掉的茧壳，一点点蜕去。蜕变也是一种成长。当有一天，葛樱莓不再有什么要紧的盼望时，收到了林占雄的信。信中很简单，说感谢她的在意和看得起，他为这么长时间搅扰了她的生活，为自己带给她的困惑伤心而抱歉。他说自己远未如她想象得那么好，无论是家庭条件、性格养成、生活习性，都和她有很大差异，他认为自己不可能带给她真正的幸福云云。这些说辞，没什么稀奇。再往下看，他却说，其实他对于和葛樱莓的关系，一直在犹豫。上次回家休假，家里介绍了一位女教师，两人都还感觉不错，一直在通信联系交往，现在他们就快要结婚了。他也希望她能有自己的幸福云云。算算时间，他和女教师的交往在他见母亲之前。这个事实一下击中她，她在反复看了薄薄的那页纸后，就捏着一直呆坐。从下班拿到信，一直到第二天天亮，人泥塑般地坐着，脑子却飞速运转。

可笑的失败者！葛樱莓在反复的思考中这样定义自己的爱情。这些日子，她像一个傻呵呵的奋勇向前的勇士，却不知她跃跃欲试的是一场根本不存在的战场。她在悲壮的凄风苦雨中，那边却是轻飘飘的莺歌燕舞，无异于一场羞辱。这一夜，她流尽了属于那个叫林占雄的男人的所有眼泪。把一本他送给她的惠特曼的诗选和几页曾被自己视若宝物的他写给自己的诗，一张张仔细撕碎了，冲进了最为污秽的地方——厕所。当阳光再次如约抚摸着她的脸颊时，她感到从未有过的轻松，自己也变得崭新起来。她不相似的，试图再去想他，想那个曾经刻骨铭心的名字，却发现自己很平静，关于他的一切都不再有分量，甚至鄙夷，在不屑中她一点点重拾被撕扯得七零八落的尊严。她很满意地看着厕所中强大的水流把手中的薄薄一页信纸残骸瞬间便冲刷得无影无踪，她知道他在自己心里也变得无影无踪了。

此时的葛樱莓可能永远无法了解，是许子烈的最后通牒让林占雄对葛樱莓彻底关上心门。许子烈告诉林占雄，葛樱莓会最终嫁给沈国政，希望他不要成为阻碍。

所谓的与女教师交往，在当时也仅仅一面之缘。

但葛樱莓已经不需要知道了。她服从了母亲的安排。她甚至觉得老话讲得好，"姜是老的辣"。母亲的眼光到底犀利得多，早早看出对方是个薄情寡义之人。

沈国政的信来了几封，都似工作汇报一般的平淡，偶尔加了些花红柳绿的言情文字，也加得生硬突兀，大概是些抄来的中外古今有口皆碑的美好眷侣的名言壮语。马克思和燕妮的书信情话，曾带给鲁迅、许广平爱情的勃朗宁的诗歌都在他的来信中寻得见踪迹。甚至当时刚刚上映的外国电影《追捕》里的经典台词也被他引用了，火辣辣地留在信纸上。

每每对着那让人热血沸腾、心跳耳热的文字，葛樱莓却没有丁点激动人心的感觉。但她照单收下了这份情意。不善言辞，甚至有些枯燥的沈国政肯在纸面上写上这些话，令葛樱莓完全没有想到。她有些感动，感动对方的有心。不管怎样，起码态度真诚。刚刚遭遇林占雄的背叛，她将此前的激情判断成技巧，她鄙视技巧。她进而开始责备自己，太容易被所谓的激情淹没，激情和诚恳相比，孰轻孰重早已见了分晓，自己难道还要执迷不悟？

再见到沈国政，葛樱莓心里倒比从前多了安妥。恋爱中男女都有的羞涩、慌乱、胡乱猜测、躁动，在她身上都不见踪影。静，安静，安宁，安详，她愿意用很多类似的形容词说明自己和沈国政交往的心理状态。

看到女儿的变化，最高兴的属许子烈了。但女儿前后判若两人的巨大反差，多少还是令她不安的。她悄悄问女儿，是不是因为伤透心，心灰意冷了？

葛樱莓合上正在翻看的新版《内科学》，认真地看着母亲，正迎上许子烈热切的目光。她笑了，转过身对着窗户。窗外的角落上一只蜘蛛正勤勉地编织着蛛网，一只蛾子深陷蛛网里，徒劳地扑扇着翅膀，频率越来越慢。

葛樱莓愿意好好想想母亲的问题。她搜索着记忆中的角角落落，想找出对往事的失落而产生的消极。好一会儿，她认真地回答母亲：真谈不上。

葛樱莓的感觉更像浴火重生，一切都是新的，整个世界都刚刚入了眼，没有对爱情的向往，也没有对爱情的失望。也许是世界活泛前的寂静，身体从里到外都干干净净，放空了。沈国政的表情也是静静的，和这个世界不合拍的抽离。面对他，除了安静，还有一点点心疼，因为这个男人的眼睛似乎有一种不安，需要她的安抚。她的安抚，和他所需要的安抚，都无关情爱。这点是葛樱莓确定的。

葛樱莓奔着安静去了。她觉得这远比情感奔腾，永远能听见心脏"怦怦"的跳动舒适得多。她和沈国政结婚了。

许子烈一直把女儿女婿新婚时和两家父母的合影挂在卧室墙上。照片里的六个人都在笑，看起来，四位家长的笑容倒比新婚小夫妻的笑容更加灿烂。起码都咧开了嘴，露了牙齿。尤其是自己和魏冬琴，一副如愿以偿、志得圆满的样子。小夫妻反而矜持，只是抿着嘴，安静地微笑。两位新人好像在为家长们庆贺着人生中的大喜事。这也确实是两家的大喜事。两家结亲后，老同事老伙计就不用说了，是真心祝贺。但也有一些平时不了解，走得不近的人听到消息，见到许子烈就说：恭喜，恭喜，祝贺你家姑娘成了司令员家的儿媳妇，珠联璧合，珠联璧合啊！

这些话，让被喜气包围的许子烈也听出了一丝弦外之音，好像葛家高攀嫁闺女。平心而论，家庭因素许子烈确实考虑过。她更愿意用门当户对来说明。这也没错，哪一位母亲不希望女儿有个好归宿呢？何况两家多年的交情摆在那里。"高攀"这两个字确实刺耳，别说自己没想过，就是真有此心，倔老头葛校言答应吗？清高的女儿会愿意吗？人家沈西元副司令干吗？

虽然这些话是意料之中的，许子烈还是觉得没必要解释，这些年风啊雨啊的经多了，她不在乎。何况到了这把年纪还会为这一两句不入耳的话烦恼吗？她担心会伤害女儿。所以她特别在意女儿的变化。她仔仔细细看着照片中的女儿，笑容浅淡却明亮地透出眉眼，看到的是见底的坦然。倒是女婿，透过眼镜里的眉眼里看不出过多喜悦，平淡了些。不知为何，一些细微的寒就钻进心里。

葛樱莓和沈国政在一起交流的时间不多，恋爱时，除了寒暑两个假期，因为在学校骨折，沈国政就回家休养了两个月。在回家休养的日子，魏冬琴见天就要求儿子给葛樱莓打电话，请她来家。魏冬琴对葛樱莓的到来自然欢喜，炖了补品，或借着给孩子上楼送小零食和削好的水果的机会，看看他们在干什么。她总有些担心，担心儿子不会照顾女孩子，让葛樱莓受冷落。她已认准葛樱莓做儿媳妇，所以害怕节外生枝。此时，她希望沈国政能像沈西元当年对自己那样呵护备至，完全捕获姑娘的芳心。

哪知每次在儿子门口停留半天，都安安静静的，想象中两人聊着说不完的话题，笑着，甜不够腻不够的样子完全没有。敲门进去，却见两个人各忙各的，要么各自看书，要么葛樱莓拿着钩针勾着膨体纱的帽子、手套，甚至还细心地为沈国政钩织了一副护膝。沈国政独自在写字台上对着围棋谱摆着黑白子。棋盘上已杀得云黑雾暗，沈国政的神情还是没有什么变化。两人安静地互不相扰，偶尔搭句话，却反而削弱了室内已有的和谐。总之在两人身上压根儿看不出恋人间的卿卿我我。

魏冬琴在心里叹气。私下悄悄问葛樱莓和沈国政相处的感觉。葛樱莓微微红了脸，瞪大眼睛，调皮地看着魏冬琴笑。

我觉得挺好的！

葛樱莓说的是实话，她真的很投入很享受这样平实的幸福。曾经的卿卿我我靠得住吗？她巴不得远离。

魏冬琴又去问儿子同样的问题。嘴里嚼着大白兔奶糖的儿子奇怪地望着母亲："怎么了？说什么？应该怎么样？和谁待在一起不都一样吗？我要怎么说？"

一连串的问号顿时击退了魏冬琴。和沈西元聊起时，她开始怀疑自己，甚至自嘲：谁说谈恋爱都该一个模式啊！沈西元也怪她瞎操心。

不过魏冬琴还是有隐约的担心。她时不常找点东风大礼堂的电影票，甚至一所小礼堂的内部电影票交给儿子，催着他们去看。彼时，看电影是年轻人最好的消闲和恋爱方式。在黑暗中，有曲折动人的情节与你相伴，让你忘我。再者，八十年代的爱情片刚刚兴起，银幕上男女之间的美好极尽所能，也是坐在下面观影男女感情升温的催化剂，底下拉个手，有个你侬我侬的小小亲昵，该是多大的欢喜和幸福呢！再说，一所小礼堂的内部片，一般人看不到，有时也会放映一些很有情致的外国电影，年轻人总是喜欢的。

两地相处有时也有好处，短暂的相聚抓住的都是美好，缺点甚至缺陷被悄悄遮住，隐去身型。

安排蜜月旅行，是沈国政和葛樱莓两个人难得的交集点。两人走的是江南行。从黄山一路苏、杭、扬州、无锡、上海走来，对江南的精致婉约，氤氲缠绵有了细致的体会。也是在此行中，葛樱莓才开始真正了解沈国政。

其实也就是些细碎的生活细节。比如，五月的江南已经和盛夏一般炎热。走累了，停下买瓶汽水，沈国政通常不会主动问及新婚妻子的感受，自顾自先灌下肚再说。再说游玩，人家情侣虽不好意思勾肩搭背，但牵手并肩而行总是不过分的。男人迁就女人的步速，照应着，更是基本礼仪。何况新婚蜜月，正是小夫妻相互捧着黏着，喜爱到不知该如何爱的地步。但沈国政，全然没有这种意识，他更像个跳脱牢笼的孩子，一心一意被美景吸引，追寻美景。早早落下葛樱莓，脚底板儿翻得勤快，步幅又大又冲，让妻子横竖赶不上。提醒了多少遍，都不见成效。两人到一个景点，最先做的一件事就是"寻找"。找来找去的烦恼，大大折损了欣赏景观的兴致。两人虽隐而不发，怨气总是有的。

下黄山时，葛樱莓的脚崴了。红肿是由内而外慢慢生发的，开始葛樱莓告诉沈国政，沈国政挑着眉毛说："又没红又没肿，别那么娇气。"葛樱莓赌气，踮着脚又走了一会儿，眼睁睁看着秀气的脚踝变成膨胀的馒头，彻底走不了了。沈国政背背扶扶地好容易将葛樱莓带回旅馆，一句："看你瘦瘦的身上没啥肉，还真沉！"在嘴头上翻滚了七八遍，让本来很心疼丈夫的葛樱莓不胜其烦，倒恨不得多生出两斤肉。

细节颠覆世界观啊！

等晚上两人躺在旅馆床上，憋了好几天的葛樱莓有些委屈，就问："你的信和你这个人的反差还真大！"

正往嘴里塞着刚洗好的杨梅，嘴里一边夸张地"咝啊哈"的沈国政扑哧乐了。

"我这人是真的，信也真是我写的。可里面的材料都是我妈找给我的。我是来料加工，要不我哪里有那么多说辞呀？现在想想我都臊得起鸡皮疙瘩。谁叫你们女孩子爱听啊？"一副洋洋自得的样子，完全没注意妻子的脸色。

一席话，倒让葛樱莓灰头土脸。于是，给对方一个沉默的后脊背独自睡去。话虽这么说，葛樱莓还是在想方设法拿着放大镜去找沈国政的好。不找又怎样呢？谁让自己已经嫁给他了呢！

有这样的见识，葛樱莓的心态得以迅速调整。放大镜还是有功效的。起码，沈国政的单纯、真实是葛樱莓考察出来的。碰上个男人天天和你玩心眼，斗心机，不说实话，那会怎样？想到这里，林占雄便会适时地跑进大脑。比较下来，她真的觉得庆幸。不仅庆幸，还接受得自觉自愿。有时候，她甚至觉得自己和魏冬琴变得越来越像，完全把沈国政当成了宠溺的孩子。不当成孩子又如何呢？好在心里是真的平静下来。她忘了是谁说过的，当一个妻子不能被丈夫宠爱，就变成坚强的母亲，默默守护她的爱人。

尽管许子烈在女儿面前躲躲闪闪，葛樱莓还是能感受到母亲的关切。许子烈还是怕自己亲手安排的婚姻，让葛樱莓不幸福。为了让许子烈安心，葛樱莓什么也没说。

葛樱莓还一直记得沈国政第一次触碰到她身体时，身体因为紧张而微微的发抖。

她又笑了，像母亲看着自己的孩子。自己突然就放松下来，甚至希望就这样睡去，那该是一种多么阔达的安静。

毕竟是学医的，葛樱莓严格按照医书上写的，开始了她平静的婚姻生活。因而结婚第二年，女儿的到来可谓如约而至，丝毫不让葛樱莓医生意外。

虽然沈国政不在身边，当葛樱莓也没太觉得有什么不适应。但魏冬琴可不这样想。婚后，她劝说本想自己住的葛樱莓搬回沈家。碰上葛樱莓有事晚归，或者单位值班，魏冬琴肯定在电话里千叮咛万嘱咐。不论何时回家，桌上总摆有一小盅熬得黏糊透亮的银耳桂圆大枣羹，口感刚刚合适。魏冬琴还喜欢打扮儿媳妇。不论到哪里出差，总少不了给儿媳妇带这带那的，葛樱莓的好多"装备"都是婆婆给买的。魏冬琴总爱摸着葛樱莓薄薄的肩胛骨，心疼儿媳妇身体太瘦弱，于是回家变着花样给葛樱莓调剂。让难得和儿媳妇聊天的沈西元有次饭后指着自己有些发福的身体说："小莓啊，你只有向我学习，你妈才会消停。"周末葛樱莓和婆婆结伴上趟街，见到的人都说两个人从身高到气质简直像娘儿俩。这时，魏冬琴的笑容最舒心。

医院的女同志多，小媳妇多，谁都少不了和婆婆打交道的经历，不说和婆婆过招难，几句牢骚总归是有的。但葛樱莓嘴里的婆婆，能配得上所有赞美的词。葛樱莓受到婆婆宠爱，脸上溢出的光彩，完全胜过天天和丈夫腻在一起的小媳妇。再看看葛樱莓越来越讲究的穿着，年轻姑娘媳妇们便把脸上心上的羡慕，一点不剩地交给葛樱莓。

怀孕后，葛樱莓更成了家中的重点保护对象，陪伴葛樱莓最多的就是婆婆魏冬琴和母亲许子烈。葛樱莓安然地度过怀孕的适应期。她爱摸着越来越鼓胀的肚子，一边用钩针飞快地勾着给未来宝宝的小衣服小帽子小鞋子，一边在嘴里哼唱歌曲。虽说是下意识的随口而为，多数时候溜出嘴的都是于淑珍那首脍炙人口的《我们的生活充满阳光》，向肚子里那个不知男女的小家伙表达心情。一开口"幸福的花儿心中开放"，她便觉得由衷贴合心情，声调也立刻悠扬，如歌里一般"随风飘荡"起来。等唱到"亲爱的人啊携手前进，我们的生活充满阳光"，她和她的孩子都感到未来的敞亮，对于这一切她知足极了。安安静静地等待孩子的降生，安安静静地当好妻子、儿媳妇，还有好妈妈便是她的最大愿望。

黄沙万里情

又一发试验任务来临。

任务誓师大会刚刚召开完毕，宣传组负责整理留存资料的小战士正在空出的主席台上倒录音带。喇叭里传出站长宣读动员令高亢的声音，和全体人员的誓词。

许子烈没有离开礼堂，她站在那里仔细聆听。熟悉，太熟悉了，快三十年了，这声音曾伴随她和同事们一起投入到每一次试验任务。岁月让她从当年俏丽的新媳妇，成为四个孩子的母亲，还有了第三代，如今她就快退休了。可这声音一直就在耳边，她在熟悉的声音中，一点点回顾那些抓也抓不住的岁月，一桩桩往事清晰如昨，起起落落。她朝如青丝暮成雪的人生，也许还有些可以永远铭记的。

"团结攻关，发奋图强，誓夺任务新胜利！"随后三声齐刷刷的——"必成！必成！必成！"

虽然，每一次听到誓词，总是让人激动振奋，可今天听来那一声声从胸腔迸发的呐喊，让她周身的血液再次燃烧沸腾，她似乎看到那个倔强不服输，爱美爱顶牛的自己就站在眼前，"她"冲自己微笑着：

"还有精神头再搏一把吗？"

"当然。一定！"

这次任务是许子烈争取来的。

任务从一个钢板箱子开始。

按照技术专家设计图纸，需用稍厚的钢板，可厂里没有，时间又急，于是她详细询问专家箱子受力情况。

受力情况的直接数据是绝密的，专家无法告诉她。许子烈非常理解。于是她问专家，单位受力的范围。

"每平不低于××公斤。"计算后，许子烈斩钉截铁说，"厂里现有钢板可以，只是需要我稍稍改造一下。"

让专家很惊奇："你根据什么说可以？"

"箱子是四方的，仰角是××度，我把孔切割成××度不变，把下边给改造一下。我保证没问题，你给我两天时间。"

专家看着这位鬓角染霜，气质不俗，说话掷地有声的女师傅，下决心似的点点头。

两天的"密制"时间一晃而过，验收时，这个钢铁匣子的耐压力超过所要求的承力标准近三倍。专家高兴地左右端详着这个不同凡响的匣子："还是许师傅有办法！"

运送导弹的拖车上的增压齿轮坏了，技术人员拿着图纸到了哈尔滨、北京等地的厂家请他们帮助加工配，对方为难地回答："这样的齿轮，需要研制专用设备。加工量必须要上千，要不没办法干。"

还是许子烈挑头接下来。

这是种螺旋齿轮，外边是斜的，里面带内滑间，里外齿的误差是百分之三毫米。她就在一个大盘子上画分度线，又是铣齿，对接……

许子烈埋头大干。她好像又回到多年前，浑身上下装了个小马达，用不完的劲儿。那次怀着老二，亏得肚里的小家伙儿体谅，才得以完成任务。今年又碰上让她这个当妈的颇为棘手的事，老三葛蔬蕉高考。而她最忙的这段时间，正是女儿备考的冲刺阶段。

三女儿从小崇拜她爸，觉得那才是干大事的人。而她妈成天风风火火，张罗的都是家里鸡毛蒜皮那点事。孩子们大了也不撒手，什么都要插一把手，还总是打着"为你们好"的幌子，不容你置疑。葛蔬蕉的青春期正赶上改革开放，各种思潮活跃。她对母亲的强势自然不接受，而且总是要奋力表达观点。所以，母女俩的摩擦就多了。人说一物降一物，此话不虚，老三就是许子烈眼中的铜豌豆，蒸不烂，煮不熟，捶不扁，炒不爆，让她没辙。现在面临女儿人生的一个最重要的节骨眼，自己不能全心全意照顾她，陪伴她度过，会不会让女儿有想法，说自己厚此薄彼呢？说真的，许子烈还真不踏实。

不过，只要在车间里，和那些硬邦邦的铁疙瘩待在一起，听见机器的轰鸣声，她的注意力就聚了焦，竖起的铜墙铁壁把外界的一切干扰屏蔽。

几天后，许子烈"交卷"。带队接车的张参谋问，许大姐，这个咱能用多久啊？

许子烈知道大家心里不落底，毕竟是发射场上的运送车，出点纰漏谁也担待不起。但是多次试车，她心里有数。

"长了不敢说，两年之内，我能打包票。"

厂长冲着张参谋说道："我们的许师傅出马，就是上了双保险，你们把心放在肚子里好了！"

许子烈这天回家，包没搁稳，换下衣服，就开始到冰箱拿存货解冻，接着就在厨房里叮叮当当开始准备晚饭。一口气做了两条红烧鱼、炖了一锅排骨。接着又揉面调馅料，做了一锅水煎包，是葛蔬蕉最爱吃的韭菜鸡蛋馅的，她还根据女儿的口味加了虾皮。算了算，除了晚饭，还够孩子们吃三天的。又把几天没打扫的房子做了扫除，把搁了几天换下未及洗的衣服鞋子，拿上搓衣板刷子等家伙事儿吭哧吭哧洗了。便惦记着给大女儿葛樱莓打电话，交代自己不在的这几天，让她过来照顾两个妹妹。

外孙女两岁了，她婆婆给请了保姆，一直都是奶奶那边照应。此时，魏冬琴就在葛樱莓身边。电话里听说许子烈要忙些天，便抢过话筒爽快地说："老许，你忙你的，家里的事儿你放心。到时，我和小莓可以换班去，办法有的是。总之肯定把两丫头照顾好了。只是你自己要注意身体，别再像年轻时那么不要命，毕竟当外婆的人了，也得顾惜身体！"

许子烈心里过意不去，也说不出更多。连说，樱莓好福气，有个好婆婆，我们有个好亲家。外孙甩给你们了，连我家的事还让你受累。

一家人不说两家话。咱们都一样，站好最后一班岗！

等放下电话，窗外的大喇叭里的熄灯号已经响了。她赶紧安顿小女儿睡下，又轻手轻脚推开葛蔬蕉的屋门，给她冲了杯牛奶，杯子底下卧了一只荷包蛋。看女儿正在聚精会神做习题，便没多说什么。回到屋里，她又把服务中心的订饭卡放在饭桌上，孩子们可以去那里打饭吃。想想还是不放心，在外屋灯下，把家里物品的存放位置和一些嘱咐的事又写在纸上，一并放在桌子上。

就这样想想写写，等到躺在床上，许子烈却难以入睡了。吃晚饭时，孩子们都惊诧，不年不节的，妈妈怎么会一下做那么多好吃的。便大快朵颐，吃得满嘴油渍麻花。等她把最近要在单位加班的事说了，小女儿葛羽珍最先一脸的不情愿，推开碗，眼皮子耷拉着，一副随时要哭的样子。也难怪，这些年她几乎没离开过母亲，猛不丁离开确实不适应。

老三葛蔬蕉的态度截然不同，她一把拉过许子烈的手，顾不上自己满手的油腻腻，倒把许子烈吓一跳。

"妈，别听小妹的，我支持你。人整天陷在家里这些琐事中有什么劲啊！又不是家庭妇女！有事干，被人需要，才能体现出价值嘛！"

"说得轻巧！谁给你炖排骨，做水煎包啊？姐，你现在嘴巴上还沾着韭菜叶子呢！哼！"

葛羽珍说话细声细气的，嘴可不饶人。葛蔬蕉赶忙把嘴揩净，瞪了妹妹一眼。

"就你娇气，多大了？还当黏在妈身上的小尾巴，甩都甩不掉！我无所谓，有就吃，没有也不惦记。"葛蔬蕉白了一眼妹妹，从桌上又拿起个包子大大地咬了一口，示威似的。

"好了，好了！你们俩遇到一起就不安生！姐姐不像姐姐，妹妹不像妹妹的！"

姐妹俩一个向着爸，一个向着妈，常在家为此一争高下。

等葛蔬蕉了解到许子烈为自己高考的事内疚，不以为然地向许子烈保证：

"哎呀，我亲爱的妈，您真多虑了！我的学习啥时候让您和爸操过心啊？高考就高考吧，学习是自己的事，不用那么兴师动众。放心，要真考不好我也不会怨您的！家长不在旁边盯着，我还没那么心情紧张呢！您就踏踏实实把工作干好，让我们也光荣光荣！到时，多给我们烙几锅水煎包就成！是吧？"说着，转过头向老四挤眉弄眼求得支持。

葛蔬蕉说话蹦豆子一样，一说一大串儿，连个喘气的机会都不给。母女三人都笑了。

老三的体谅让许子烈有些意外，现在家长都重视孩子学习和考学。再忙，都要做好参加高考的孩子的后勤保障，省得日后自己不安，孩子埋怨。孩子们自己也互相比呢。许子烈就听同事说过，他家的孩子模拟考试分低了，怪家长伙食开不好，影响脑细胞生长。虽说听了大家都当笑话讲，但真碰自己身上了，还是得掂量掂量办。想想这些，许子烈心里真的踏实很多。她又起身把包里刚买的几桶奶粉和鸡蛋拿出来放好，又写了张纸条给女儿：好好复习，我们等着你的好消息！

这一夜，许子烈睡得格外安稳。

任务当前，各个参试单位拿来的活儿都是急件，跟在屁股后面催得急，谁的都耽误不得，也就不好意思强调拖延的理由了。除了加班加点，没别的办法。

任务前，基地新购进一台钻机，然而，试过才知道钻头工作起来偏差太大，只好重新设计新钻头。新钻头生产任务下达，一个难题就搁眼前了。什么马配什么鞍，新钻头需要重新制作安装钻头的大刀盘。但现有车床能车的部件，要达到大刀盘需用的宽度，两者相差不是一星半点儿。别说车床干不了这么大的活儿，就是这种钢的焊接性能也不知道啊！

干不了也要干！没有道理可讲。中国航天的很多成绩都是这样出来的。虽然身边比自己资格还老的师傅也在摇头，但许子烈决定试试。照旧又是先拿方案。谨慎的厂长和技术骨干讨论了两天，终于决定按照许子烈的方案办。

许子烈就地取材，将两台车床拼接安装。但必须先解决钢板的焊接。为此，她找来了老搭档钱师傅。

焊接方案磨了一个礼拜，一个个提出来，一个个又被推翻。平焊，不能保证受热均匀；立焊，又没有合适的固定设备。尽管有打硬仗的准备，可刚开始就遇上的坎儿还真不小，许子烈开始有点怀疑自己了。很快，她的扁桃体化脓，说不出话，也吃不下饭。厂长嘱咐伙房的师傅把菜和大米搅成菜糜汤，让许子烈既当水又当饭，每天灌下几大杯，保持体力。说不成话，有笔纸伺候着。活是耽误不得的。

最后，两人一口气做了十来种辅助工具，先把钢板埋进地里一米多深，再用辅助工具内承外顶，保证了钢板不变形。

一路折腾下来，开始车大刀盘，这才进入加工的核心。许子烈和钱师傅此时的状态说是熬红了眼的赌徒，一点不为过。两人一个把床板子铺在机床旁，一个把铺盖卷在库房，熬了快二十天。实在累极了，两人也聊会儿家常。钱师傅瞅着许子烈说不了话着急的样子直乐："哎呦，老许，看你现在的样子可一点也找不见曾经大美女的风采喽！"

许子烈泡了一大杯葛樱莓姐妹送来的金银花胖大海茶，小口小口噙着往嘴里吸上几口，便压着嗓子连说带比画："别说我，你也没好到哪里去，比大白兔的眼睛还红！不过说实话，真过了困劲儿，反倒睡不着，每天打个盹就醒，咱们成天就惦着这一件事，煎熬得厉害。"

"谁说不是呢。咱们都是熬鹰的。我们老爷们儿这么熬就罢了，你们女同志可真吃不消啊！只怕你家老葛要找厂长算账了。"钱师傅一忙，嘴也不闲着，俏皮话满天飞。

"他才顾不上呢，我是忙一阵，他是天天忙得脚底板儿打后脑勺，自顾不暇呢！"

"老葛是个好人啊！在他眼里，能干的，甭管黑猫白猫，能捉耗子都是好猫！就说我那小老乡孙福明，当年老婆随军几年办不下来，他一个人恨不得每天长在岗位上，还把节日值班全包揽下来。每个礼拜从他手里出的技术文件没有二十份也有十几份，小伙子是真能干。打字员看他辛苦，有点儿好吃的就给他留着，一来二去，两人有了感情。没多久，就叫啥？东窗事发！结果，我老乡被处分，当年就要把他转业。关键时候，老葛站出来说话，说年轻人犯错也难免，影响恶劣，好在及时悬崖勒马，没造成严重后果。不能一棍子打死。关键看主流，观后效。一句话，改变了孙福明一辈子的命运。后来，他更加玩命工作，这不都提科长了。"

这个孙福明，许子烈知道。当年葛校言为他说那几句话，可是顶了好大压力呢。生活作风问题在部队都是大问题。可是，回头想想，在戈壁滩，恨不得地上的石头都是公的地方。夫妻两地分居的准单身汉多，一旦把持不住，抛锚、擦枪走火的事不少，但不是每个人都有孙福明的运气。只是，作为女性，许子烈还是保留看法，当年也为此呲儿过葛校言。所以，对钱师傅的话，许子烈并没有表态。

"来，尝尝我老伴做的肉末辣酱，又香又开胃！这阵子着急上火，我的舌苔又厚又白，吃啥也没味道！有了这酱，就着馒头就是一顿，方便又好吃！"钱师傅适时转移了话题。

"瞧你多幸福啊，有老伴天天给送饭，还变着花样来。你还老嫌人家耽搁你时间，真是身在福中不知福。"

"唉，我就是不会说好听的，其实心里挺美的！"

一想到自己别说有人送饭，两个女儿还在食堂拼伙食呢！想到女儿，许子烈心里沉了沉。

"老钱，你有个孩子和我家老三差不多大吧？"

"你说的我家二小子？他刚上的技校。"

"技校"是基地的人对基地中专的别称。七十年代末，基地因为办学师资基础薄弱，能考上大学的孩子凤毛麟角，为解决子弟上学就业，就办了这所学校。考分低于高考分数线。开设的专业全部和基地试验任务有关，学生毕业后经过专业岗位培训，便可以成为一名操作手、试验员什么的，干些初级的技术工作。学校里的教员，全部是军人，学校实行的也是完全的军事化管理，学生们除了不穿军装，训练和军人的要求没有两样，也叫"准军校"。

"你家老二不是听你说学习很好吗？"

"老二学习是不错，但他想穿军装，所以分数够了高考线，他也没去。"

"真可惜了，中专哪里有大学牌子硬！"

"想想也没啥，上个不咋地的大学，毕业后还不知道分到哪里去呢！技校毕业能穿上军装。我家老二就想穿军装，说一定要给我家改换门庭，光耀门楣。他从小到大就能感受到双职工父母，不仅待遇低，受气也不少。我这话不假吧？老许？当年要是老葛肯为你出个头，你也穿上军装了。现在比那些穿上军装的，待遇差一大截。难道咱们比他们贡献就小吗？"

钱师傅越说情绪越大，正戳到许子烈的痛处。她可不想继续这个话题。

"那你不还在这儿自觉自愿加班加点赶活儿吗？谁逼着你睡在车床边上了？人家值班的都困得人仰马翻了，你不是还睡不着，熬鹰似的浑身是劲吗？"她就逗钱师傅。她知道钱师傅就是嘴上图热闹，干活稳当着呢！

"嗨，你个女同志都想得开，我个大老爷们儿还计较啥！我们不是为哪个人、哪个领导干活，咱都是凭良心，凭责任干！不让干，还手痒呢！"

钱师傅一脸的愤愤然不见了，换上了一副不在乎的笑脸，有了点英雄好汉的劲儿。

"说的就是，咱做好该做的，图的就是个心安！走，开工！"

"开工喽！"

两人戴上工作帽，许子烈仔细把头发掖到帽子里，又走到车床旁。

新钻头如期交付使用。许子烈的肾炎累犯了，人在医院住了半个月。葛蔬蕉的高考，她是彻底没使上劲。厂子里要为她和钱师傅立功。许子烈推了。她开玩笑说："我干这活儿，就图个过瘾，踏实。三等功我有一个了，反正一个还是两个，退休工资都一样。就别在我这里浪费了，名额留给年轻人吧！"

发射明天就要启动，许子烈向厂长提了一个特别的请求，要个名额去发射场去看一次发射。在基地工作几十年，许子烈没正正经经到发射阵地观摩过一次发射。

原先总想着有机会，还有机会。临退休了，她想是该了结心愿了。厂长特别痛快地答应了许子烈的请求。那天发射结束后，正值夕阳西下，她伫立在旷野上，默默地感受着沙漠中的黄昏美景。浑圆的太阳渐渐西坠，一团红红的火球落到地平线上，显得那么大，那么红，那么明艳纯净。余晖将沙丘熔成一片赤金，罩上一片绯红。天与地之间的距离被这团绯红缩短了，人在其中，被靠近，被融入……

　　淡定的许子烈没想到女儿葛蔬蕉的选择会令她如此不淡定。
　　葛蔬蕉高考成绩不错，排名第六。她报考的志愿是内地一所不错的师范大学，比录取分数线高了十分，上那所大学几无悬念。然而，她却选择上了"技校"。老师同学都不理解。她却说，自己的性格当园丁，会把学生们带的脾气暴躁，不适合。她更愿意像她爸一样，继续在基地当兵。此番言论，自然只有葛校言一人支持。而且，为了避免许子烈的"干扰"，技校开学前，葛蔬蕉在葛校言的"支持授意"下，到北京、济南、上海、武汉玩了一大圈，故意避开许子烈的唠叨，葛蔬蕉的主意最大。

天河之缘

转眼几年过去了，时间进入了九十年代，此时，代号"天河之家"的工程已正式启动。

从"三棵柳"再到"三棵柳"，葛蔬蕉是两进两出的熟户。"三棵柳"是基地的一个点号，相比几个人的点号，这里要大些，有个两百多人。初建时因为赭黄戈壁中发现三株喜人的红柳得名，虽然长得并不蓬勃，但足以慰心。它在场区的南面，公路和铁路都要在此短暂停留。经过几代人的建设，今日的"三棵柳"虽然四周仍然寂寞荒凉，但内里已是花红柳绿，夏日里，营院里绿树成行，芳草玉立，加上自己开垦的花圃和菜园，倒也生机勃勃。外面分来的大学生活跃，叫着叫着"三棵柳"就变成英文谐音"三克优"，即"谢谢你"，有向前辈致敬的意思。

但外部再怎么建设，点号也好似一方孤岛，去不掉内里远离人群远离社会的单调枯燥。即便基地也不过如此，只是此时的点号把基地当作了心中的都市而已。戈壁的日子过得异常有规律，人们循着高音大喇叭发出的号音便安顿了一天。钟表似乎只是成为人们日常的装饰品，时间在这里缓缓流动，熄灭了憧憬，耗去灯油枯干的激情，也渐渐将一颗浮躁的心打磨平整，让你在不知不觉中习惯，习惯。

大喇叭发出不同号音，分别为起床，上下班，午休，熄灯号。精力无限的年轻人为了区分号音，颇花了点心思进行编排区别：起床号，都达 都达 都达都……达……，好像在说，小猪 小猪快快 起……床……；熄灯号，都……达 都达 都达……，在说，睡……吧 小猪 小猪……。

这里的生活没有悬念，便也不存在丝毫妄想。风起风落，对着戈壁的夜空数着星星入梦，却不是文学家眼中的美好。

既然没有了选择，但在点号生活的人却变着法子在寂寞中寻找着快乐。打牌、打篮球、踢足球、吹牛聊天，上山采石玩根雕，挖肉苁蓉、锁阳、甘草，当沙漠"暴走族"。顾惜嘴的养猪、养兔、种菜，甚至当起泥瓦工，在戈壁滩开始造个凉亭，修个纪念物啥的。总之要想办法通过劳作把多余的精力消耗掉，排解心中寂寞，让枯燥的生活变得相对充实一些。虽然每个人都在努力习惯，但寂寞是无法掩饰的，对外面的世界的向往更是无法抑制的。年轻人都在寻找机会走出点号，走向更大、更好的发展空间。

　　葛蔬蕉技校毕业就分在三棵柳，后来她考上国防科技大学，毕业后又主动要求回到这里，因为她舍不下专业。

　　这天，正在机房看书的葛蔬蕉接到在基地指控站工作的吴碧华的电话，吴碧华是她国防科大的同学，虽然不是一个专业，但关系铁瓷。别看同在一个基地，两个人也很久未见面了，拿上电话嘻嘻哈哈个没完，半天才拐到正题上。

　　"大头说，眼见快过年，咱们科大的同学也很久没聚了，趁着这阵人还齐，后天把大家叫一起聚聚，你怎么样？是单刀赴会啊？还是夫妻双双把家还啊？"

　　"大头"本名王江，因头大而圆闻名，最大的一号军帽也紧箍箍地卡着脑袋，他最怕大众场合脱帽，因为一脱帽头沿一圈勒出的印子清晰可见，配合上他的大头，简直就和圆圆的柿子一样。不过"大头"的外号不是白叫的。他极聪明，不仅学习从来以拿头等奖学金为任，还是个杂家，足球、乒乓球、围棋、象棋，能动能静。最绝门的是，他做的手工，比女孩子做得还精巧别致。他还会裁衣服，大学里搞过服装表演，他可是最受欢迎的服装设计和制作，那手绝活让一众女生眼睛都看直了。千好万好总会有不好。"大头"懒，不仅不爱收拾，穿着也邋遢。衣服总是不爱洗，经常把所有能穿的衣服穿个遍，实在脏得看不下去就在脏衣服堆里翻找出一件稍干净点的继续穿。袜子被脚汗捂成硬壳标本，也不愿洗，就东一只西一只地甩放着。脚上的皮鞋更是一年到头打不了几次油，时间久了就变成了翻毛"破皮鞋"。走进宿舍里，扑面而来的就是一股臭脚丫味和说不清的霉味，搞得没人愿意和他住一个宿舍。也是因为懒，个人婚姻大事总也没个着落。

　　"你就贫吧！既然是大头召集，怎么要你充当发言人啊？他自个不打电话？敢情配秘书了？"葛蔬蕉知道吴碧华和大头关系好，同学们也总想把两人往一堆儿里凑，大头早有此心，就是吴碧华一直绷着劲，搞得大头心里七上八下的。葛蔬蕉就此揶揄打趣好友。

"好了好了，就你嘴不饶人。大头出差了，明天回来。你总不能让人家打着长途请大家吧！快说你几个人来，我好张罗地点。"

"我的同学聚会，当然我自己去了！都有谁啊？"

"凡是在基地的同学，都通知到了，差不多都说来呢！哦，对了，别说我没告诉你，徐海鹏也来！"

吴碧华的话让葛蔬蕉大脑有了瞬时的空白。她有几秒钟没接话。

"哎，怎么不说话了？徐海鹏还说由他来请客呢，被大头坚决拒绝了。想想也是，自打你们俩吹了，同学聚会他从不参加。这回，不知为啥，特主动！所以，我还想着，问你要不要带你家何公子一起来！……"

吴碧华还在絮絮叨叨，葛蔬蕉却再也无心听下去，打断她，说："回头你安排好了，把具体时间地点告我！我肯定来！这边还有点事，先挂了。"

放下电话好长时间，葛蔬蕉的眼睛搁在书上，心却早已跑了。

那不是一段愉快的记忆。

徐海鹏是徐海明的弟弟，比葛蔬蕉高一届，也是技校毕业的。尽管原来两人并不认识，可在技校读书时，徐海鹏可是学校的风云人物。他是学生区队长，学习成绩虽不拔尖，但组织能力、号召力都极强。但凡学校有大小活动，他总是指定的学员代表。轮到上台发言，也是慷慨激昂，侃侃而谈。他还是学员中第一批在校入党的。技校虽是学校，但更像一个小社会。对一个人的评价体系，已不简单以学习成绩论高低。思想品行、军事训练、日常养成、操行评定、学习成绩这些要素综合而成了一个学生的好与坏。军事训练达标、学习成绩是硬性的杠杠。但思想品行、日常养成、操行评定这些软指标和你的社会交往、人际关系、领导是否赏识有很大关系。所以说技校是学生进入社会角色的提前预演，绝不为过。而徐海鹏恰恰是在这个社会熔炉中，如鱼得水找到了位置。这些，是那个时候的葛蔬蕉并不能深入了解的。

葛蔬蕉是低一届的学员队的学习委员。一个技校，除了一些干部战士的短训班，作为生长学员的教育，就他们两个学员队，几百号人。两个人虽无甚交集，但都因为各自的拔尖优秀知道彼此。

技校为了将子弟身上的骄娇二气彻底根除，以军事化管理严格著称，对学员们绝不手下留情。两年的学习生涯，二十四小时集体管理，多一半时间用于学习，少一半时间是军事训练和义务劳动。校区路上、围墙、苗圃的每一块砖皆为学员所铺，拉垃圾、扫厕所，修猪圈、铲猪粪，砌墙、铺路、打土坯皆是亲手所为。有人比喻说，甭看戈壁滩的风大土大，但技校的路，即便是没有水泥红砖的土路，都比狗舔过还要干净。入校时大部分人都经历过叠军被整理内务的"折磨"。被子后梁塌陷，叠得没有见棱见角，不仅会被队长把被子拽到地下扔着，大晚上让你在水泥地上狂练叠"豆腐块"的手艺不算，还把内务分扣得泪水狂飙；精心藏在储藏室、叠在衣服里，甚至吊在水房窗户外的零食眼睁睁被队长组织的"清扫队"全部扫进垃圾桶，操行被扣五分记过；上课、下课、吃饭、看电影的路上，但凡将番号喊得像蚊子哼哼不够响亮，集合晚一步、站队说句话、负责清扫的责任区被发现有一个纸片树叶的学员，操行两分就没了等等的连连噩梦。当然，也有规则详尽的补救办法，比如你得上炊事班帮厨一天才能加一分扳回，或者发现同学异动及时报告，批评帮扶也有加分机会……除学习成绩不合格外，一些不服管理者，自由散漫者一旦逾越纪律红线，或者期末操行评定翻红不及格，无任何情面可说，即刻卷铺盖回家。所以两年学习下来，学员们各个被培养成钢筋铁骨，身体素质、思想素质、心理素质都以几何量级地提高。周末一群同学结伴上个街，甭管刚才步子多么凌乱，不出十步，大家从左右出脚到步幅步速肯定能调整成一致，而且是按照整齐的队列行进。不用说明，别人就知道是技校出来的学生。在如此高压态势下，苦熬打拼过来的学员像极了同甘苦的难兄弟难姐妹，自是有了一辈子的战斗友情，生死莫逆。葛蔬蕉虽然顺利毕业，但对如此简单粗暴的管理模式一直不以为然。但看到风头正劲，滋润上佳的徐海鹏还是不由得佩服。听同学议论，当初上技校，徐海鹏的名额一度被基地一名干部的孩子给顶了。是他妈扛着他爸因为工伤事故安的假腿，那副毅然决然的样子，把办公大楼站岗的哨兵也搞蒙了，以致这位大无畏的母亲能顺利找到基地训练处长的办公室，一把"啪"地把假肢扔在办公桌上，一把鼻涕一把泪地哭诉了一上午。最后上面下指示多批了一个名额才算了事。也是因此，徐海鹏和上学时内向的性情大变，变成了现在的模样。不过话里话外，同学的口气里透出的还是佩服。

徐海鹏毕业时，大家都在猜想，以两年打下的基础，毕业分到首区的单位不成问题。没想到，他主动要求去了"三棵柳"，离首区最远的一个点号。这一举动不仅令他的同学瞠目结舌，也让一直密切观察总结毕业分配趋势的后辈学弟学妹也大跌眼镜。没过多久，另一种传言又来了，"三棵柳"出来的干部在基地颇受青睐，人家是有备而去。

不管如何，葛蔬蕉毕业时，父亲葛校言也学着老领导沈西元的样子，和分配干部打"招呼"，把孩子分到点号锻炼。葛蔬蕉也到了"三棵柳"和学长徐海鹏成为同事。在戈壁滩，女学员分到单位，通常呈"狼多肉少"的趋势。学员分配名单尚在基地干部处的文件柜，便进入单身汉的"目标人群"，横向比较，纵向分析，锁定目标，重点培养，一路分解消化了。

别看葛蔬蕉总爱把头发削得短短的，脑后的发楂插入手指都盖不住，说话也虎里虎气不带拐弯，少些年轻姑娘的柔曼，多了些嘎小子的爽声脆利劲儿，却一点不耽误被站里的单身小伙子青睐。其中不乏站里站外，一些外来的名牌学校毕业的大学生、硕士生的表白。也奇怪，葛蔬蕉偏偏恋上了学历不占优势，也没有家世背景，初出茅庐的中专学员徐海鹏。

多年后，葛蔬蕉也常常问自己，当年为什么就那么死心塌地爱上了徐海鹏。想来想去，还是因为他的"钻"和"实"。

在单位，新来的人要嘴乖手勤是颠扑不破的真理，谁都认。但有几个人能做到几年如一日，且心口如一，从无牢骚怨言？徐海鹏可以。几年了，徐海鹏总是上班最早到，下班最晚走，不仅把办公室清理得利利索索，把公共办公区域像楼道啥的都拖得锃亮如新，才迎来上班的同事。做的连战士公务员也自愧弗如。平时不管是领导、前辈还是平级、下属，嘱咐他的事，从不挑肥拣瘦、讨价还价。全当成自己的，一丝不苟去办，而且随叫随到，如同时刻等待出征的士兵。节假日加班顶班最多，却安之若素，没有丁点抱怨情绪。他对人的热情，好像阳光均匀洒满全身，温暖宜人，不会有冷热不均的惊跳突兀感。别人说，干事总有一图，否则不是傻就是憨。结果，年终评功授奖，名额给了他，他也全部推拒。这些还属能干事会办事的范畴，并不足以叩响葛蔬蕉的心扉。

但说到工作，一贯重视一个人的学习和能力的葛蔬蕉也对徐海鹏钦佩有加。八九十年代正是唯学历论的时候，技校也就是子弟中专的学员在技术单位最不受待见。多是干些打杂，或是技术含量低，重复操作性工作，一干好几年。而徐海鹏不仅踏实肯干，而且还极好钻研。为了学技术，他对技术组里的每位前辈都周到服务，查找技术文献，他手勤腿快。一手漂亮工整的小楷是他在为前辈抄写技术文件时练就的。不多时，技术组里的各位前辈，都愿意找徐海鹏一起干活，带带他，遇上他有疑问，也愿意耐心教导。进而专门找一些针对性较强的技术书籍文献，还把重要研读部分做上标记带给他。徐海鹏有了如此得天独厚条件，加上苦攻苦学，不多时，便成为站里重点培养的年轻技术骨干，单位有了培训机会，他总是被领导力荐推举。很多技术文件上的完成人的条目栏上都能找的见他的名字，有的排名还在前一二位，周围的同事也都心服口服。

事业属于上升期的男人，脸上展现的光彩在女人眼中颇具魅力。一段时间里，徐海鹏简直就成为葛蔬蕉的榜样。无论待人接物，工作学习，她都以徐海鹏的所为作为标尺和动力，时时反观自己的不足。她最欣赏的是无论对上对下都完全找不到他的谄媚和势利的踪迹，对男对女，对老对少，都是热情有加，大大方方，不卑不亢。

到了两人在国防科大同学的几年，他们就成了志同道合比翼双飞的恋人。一开始，徐海鹏没有对葛蔬蕉表现出特别的好。但葛蔬蕉是极为在意自己感受的人。那些黏在身后的追求者，打动不了她，反倒是徐海鹏的低调让她主动出击。

毕业后，葛蔬蕉和徐海鹏回到基地。一般人眼中的比翼双飞，此时有了小小波折。

波折来自于是毕业回到"三棵柳"还是借此机会到首区谋发展。两个人第一次有了分歧。

葛蔬蕉是个事业型的女孩子，在她看来，当初单位送你考上科大，回来报效单位，理所应当。再者说，自己学的计算机专业，让她早已对回单位进行软件升级改造有了规划，在那片天地应该会大有作为。她对此信心满满。而徐海鹏学成归来，也是有规划的。一路没白没黑奋斗了几年，他希望有更大的发展空间。成为技术骨干只是他奋斗的第一步，也是一个铺路石而已，他希望未来能在仕途上有所斩获。男人想走仕途，一点儿也不过分啊。"三棵柳"的格局在他眼里到底小了一些。进到首区，天地才广啊，况且寒假回基地办事，总体室的主任见到他，已笑眯眯地向他抛出橄榄枝。

在毕业前夕那些焦灼的夜晚，两人把校园的梧桐树道踩得矮下一厘米总是有的，那些梧桐树看见两张熟悉的脸孔也哗啦哗啦表达着自己的不耐。葛蔬蕉也是在这条路上第一次知道了徐海鹏光鲜背后的心路。

徐海鹏告诉她，打小他就为出生在铁道北有深深的自卑，所以他们三兄弟特别团结，想用侠义的拳头来解决碰到的不公和伤害。可是随着渐渐长大，他发现，拳头以外的伤害并没有消失，他们反倒成了名声在外的坏孩子。家长嘱咐自家的孩子远离他们，甚至动用武力，隔离阻挠两拨孩子的接触。父母依旧在为生活操心，餐桌上永远粗茶淡饭，衣服依旧是破旧潦草。放了学，别人家的孩子写作业看书玩耍，在父母的注视下成长。而他们却要和成年人一起参加劳动，扛起家庭重担，连写作业都成了副业。学校里除了那些圈里的兄弟惺惺相惜，干部子弟照旧对你另眼相待，主动保持距离。他们怕你，所以敬而远之。背后你在他们嘴里什么玩意儿也不是。老师的眼神最伤人，那些眼睛背后闪烁的目光，看干部子弟和他们这群人完全不同。一个是暖暖的，透着欣赏和由衷的爱护，另一个则是冰冷的带着轻视。一旦在学校里发生什么丢东西、打架斗殴这样的坏事，老师第一个把怀疑的目光和呵斥投向他们这群人。成绩好了干了好事，眼巴巴地等待表扬，老师的眼光依旧是怀疑不信任，好像他们天生就是打小抄作弊的。总总这些，让不懂事的他在高中猛然觉悟，刻苦学习，誓为自己挣份前程。他说，当得知自己考分高出技校的录取分数线二十多分的时候，他和父母高兴地聊了一晚上，畅想着自己技校毕业当了军官的生活。他妈一口气给他煮了三个糖水蛋端给自己，抹着泪说："苦日子终于熬出头了。"他望着母亲花白的头发和一直不见舒展的脸，难过地哭了。没想到他妈一直爱勾着的背挺得直直的，人也像一下高了几分。轻斥儿子道：别没出息，以后咱们要多笑，把日子往好里奔。

徐海鹏这辈子也不能忘记母亲扛着他爸的假肢找领导哭诉的情景。虽然没能亲眼看见，但他想象的出来。母亲是个没有正式工作的家属，一辈子都在躬身干活，家里的大事小情都是父亲出马。父亲工伤后赔偿低，母亲一夜急白了头。可也只是在家叹气抹泪，捶着自己的腿，怪自己说话说不到理上，没出息，不敢去找领导。也难怪，平时母亲接触的最大的官也就是管他们家属队的队长，自然是怕见官的。

为了儿子她是再也不能怕了。去找领导的头天晚上，他爸这辈子第一回陪媳妇儿喝上了老白干，两人躲在小屋里，也不让孩子打扰，你一口我一口地抿着，借着酒劲活跃了思维，开始对明天和领导见面的情景做预演。两人预想了各种可能性，被拦住怎么办，见了领导第一句话怎么说，如果被拒绝怎么办……两口子商商量量一直到深夜。酒劲上了头，踏踏实实睡了一觉，母亲梦里还在发表演说，说着说着就哭出声，一睁眼，满脸是泪，再一伸手去摸身边，老头子也睁着眼。两口子就叹息着，睁着眼熬到天亮。

徐海鹏早上看到母亲穿戴整齐，拿着父亲的假肢要出门，身上的裤子是父亲铁路上发的工装蓝。细看下，膝盖上的布磨薄了，怕绽开，里面衬了布，用缝纫机踩出一圈圈密实的纹路。他知道，母亲在家属队的工作是垃圾焚烧回收，常常需要跪着清理那些又臭又脏的东西，所以手套和裤子是坏得最快的。他一问才知母亲的用意，哭跪着要拦，因为他知道父母这辈子最珍惜脸面。母亲却发了火，举着假肢挥到儿子腿上，生疼。喝道：

"你妈今天为了老徐家的未来，是准备豁出这张脸去了，要是你造化好，就在家好好思量思量你以后的打算。要是造化不好，以后再别怪你娘老子，娘老子的本事就这么大，最后一步都走了。你现在最好别挡妈的道，陪你爸在家等信儿。"

转脸望去，父亲坐在旁边，低头叹气。徐海鹏便起身向母亲和父亲深深鞠躬，说："儿子没能耐，为难了爸妈，对不起。"说完他和母亲哭着抱在一起，那一刻，他第一次觉得母亲的怀抱暖暖的，令人踏实。

那一上午是他一辈子里度过的最漫长的时间。他根本不敢安静地坐在屋里，便在家里四处找着活干。给父亲的搪瓷缸里泡上一杯浓浓的花茶末子，便出门上了自家菜地，他想让母亲回家来吃个现成的，为全家做顿饭。择菜洗菜，又跑菜市场买了斤瘦的臀尖肉，就在厨房叮叮当当忙活上了。越是临近中午下班，越是心神不宁起来，平时熟门熟路的厨技全找不见踪影，一会儿被刀切了手，一会儿被锅里溅出的油星崩到脸。好不容易几样菜上了桌，摆好碗筷，添了饭，母亲还没回家。他和父亲坐在桌旁心里慌得要蹦出心口，爷儿俩谁也不说话。

等到大喇叭传出的午休号响过，周围都陷入安静好一会儿，母亲才回来。一进门，望着眼巴巴的爷儿俩，什么也不说，搁下假肢，冲他们摆着手，一屁股坐下，猛灌了一杯晾好的茶，这才透过气。爷儿俩就盯着她的一举一动，也不好问。母亲这才笑出声来，半天收不住。

"儿子，领导也没那么可怕，还是讲道理的。"

这才细细讲了上午发生的事，连带表情动作口气，兴奋得像个第一次登上舞台的演员。她说训练处长见了她挺和气，把主管参谋叫来一起仔细了解情况，还做了记录，把她和老伴的情况都问清楚了。又找教育处核查了分数，安慰她一定给她一个答复，就开会去了。她不放心，一直守在办公大楼外，怕人家看到假肢不方便，早就揣进了面口袋。下班号吹半天了，才等到训练处长推着自行车出来。看到她，处长一口一个老嫂子叫着，满脸含笑，说刚刚会上就是研究录取的事。他说不会漏下一个好学上进的孩子，让他们等消息。这就意味着是办妥了。

爷儿俩听了这番话，也许是太顺利了，不放心似的又细细地问，连对方表情也析解开来细细琢磨，这才敢笑出声了。母亲把饭菜重新热了上桌，说了一句："我今天才觉得自己有用一回！"

听了这话，刚还沉浸在喜悦里的徐海鹏突然就哭了。越哭越伤心，谁也劝不住。

讲到这里，徐海鹏的声音有点哽，掩饰般地把头望向天，突出喉结一滚一滚的。好一阵儿才对着葛蔬蕉一字一字咬得重重地说："从那天起，我就发誓，一定不再让我妈我爸受苦，当人上人！"

徐海鹏还是和葛蔬蕉一起回到了"三棵柳"，葛蔬蕉说服他的就一句话，到大机关，基层经验很重要。先在"三棵柳"这样的任务一线单位干，也许更好。

葛蔬蕉和徐海鹏恋爱的事儿一点儿也没瞒着双方家庭。许子烈的态度非常让葛蔬蕉意外：没有态度，既不反对，也不赞成，只说自己看好。

许子烈退休后，养花养草，偶尔还打打太极，说是要改改从前的急躁性格，修炼心性。果然有变化，脾气变得随和许多，和葛校言的关系也有了很大的改善。"天河之家"工程的论证工作正在进行中，葛校言是发射场系统论证领导小组的成员，虽然还是很忙，但他尽可能抽时间回家吃饭。晚饭后，两人有时会在一起散散步。当然还是要为诸如谁走得快谁磨蹭，谁叨叨的话题无聊谁没有生活情趣偶尔争上几句，互相翻几个不耐烦的白眼，但两人走在一起的背影已经是很久不曾出现的风景了。

毕业后，徐海鹏就总是向葛蔬蕉表达，希望早点和双方父母见面，把两人的关系确定下来。葛蔬蕉能感觉到，自己的家庭背景是徐海鹏在意的。在两人关系稳定之后，徐海鹏告诉她，当初葛蔬蕉分到"三棵柳"，他其实和别的男孩子一样，早早就开始关注她了。但他不会像别人主动往上贴，而是刻意保持距离。他了解这些干部子弟，在和家庭差距大的恋人交往时，往往会受到阻力。即便没有家庭的阻力，也会有外界无形的压力，轻易开始的恋情，往往更容易动摇。而一旦认定了，自己去赢得的感情，便会更为珍惜，外界的阻力再大，也难更改。他才不想让自己成为炮灰。直到上了科大，两人的差距变得小了，他才敢敞开心扉，接受心爱的姑娘。他会有意无意流露出，能和葛蔬蕉这样的干部子弟恋爱的骄傲，而且还是女追男。不过有了毕业前夕在梧桐树下的倾心交流，这一切剖白葛蔬蕉愿意视为徐海鹏的坦诚，去理解包容。

在见父母的问题上，许子烈是一步也不退让，她不想正式见徐海鹏。她说，见面放在结婚前更合适。徐海鹏为此失望了很久，就提出要尽早和葛蔬蕉完婚。

说到结婚，葛蔬蕉有些犹豫。虽然没有明确的规划，但她在工作上是有些小小的野心的。站里的那套老的软件系统升级换代已做了明确规划。她交上的论证报告，站里领导和几位主任都觉得架子不错，虽现在还属于务虚阶段，但她是一心一意想要拿下的。这个工程量不小，怎么也要一年半载，她憋着劲想完成了再结婚。要知道，葛蔬蕉是个一心一意做事的人，不想几件大事搅在一起，互相牵扯精力。可为了安慰徐海鹏，她跟着他去铁道北的家吃了次饭。

那天一大早，徐海鹏的父母把几个孩子都招呼回了家，两姐妹和大嫂帮着母亲张罗了一大桌饭菜，又包了胡萝卜羊肉馅饺子，看上去很丰盛。老太太赶在葛蔬蕉他们来前，到小屋换上了那件出场合才穿的铁锈红带米灰色花的羊毛针织外套。那还是徐海鹏前几年到北京出差时在王府井百货大楼买的，她一直稀罕着不舍得穿。还从女儿留在家里的"万紫千红"香脂盒里抠了一坨润肤膏擦在脸上和手上，摸着脸照着镜子，直追问老伴，头发乱不乱。老伴笑眯眯在一边围着她左看右看。

"挺好，挺好！老太婆，多少年没见你这么讲究过了，现在才开始臭美，我还挺不适应。"

虽是老夫老妻几十年，一番话还是让她有点难为情。

"我还不适应呢！不是为了见海鹏媳妇吗？咱们也不能太寒碜。人家是讲究惯了，你瞧我这手糙的，能拉人。一会儿要是握手都怕伤了人家姑娘。这不才擦点润润手。你也赶紧把衣服换上，我出去看看还有啥没准备好的。"

葛蔬蕉那天一进徐海鹏家门，就被屋里的隆重热情烫着了。一屋子人跟迎接贵宾一般，齐刷刷站着。看着徐海鹏把她领进屋，递上手里提的给老年人选购的营养品和两瓶"尖庄"酒，以及一堆水果饼干等食品。"爸，妈，小葛今天来看望二老，认认家门。""好，好，欢迎！欢迎！"兄弟姐妹们就开始鼓掌，徐海鹏的弟弟还应景地开了瓶汽酒，"嘣"的一声开了瓶，酒泡子也随之冲出来。海鹏的妈一脸喜色，笑容像绽开的菊花，上来亲热地拉着葛蔬蕉的手，羊毛外套散发着一股很重的樟脑味，衣服上还留着叠衣的折痕。她的手很硬很粗很温暖，些微地颤，能感觉到老人的紧张。

徐海鹏的母亲一直抓着葛蔬蕉的手，引到两个方桌拼起的餐桌旁坐下。屋子太小，两张不大的方桌加上座椅，就差不多占满了。海鹏的爸爸穿着羊毛衫外面套着马甲，羊毛衫看来是第一次穿，浅色的商标吊牌醒目地挂在脖子后。大家坐下后，海鹏爸爸作为家长打开话头，招呼着。

"欢迎小葛第一次来家里做客，多吃，吃好，别拘谨！海鹏，你别愣着，给小葛夹菜。"

"爸，这酒都倒上了，先别忙着开席，说点祝酒词吧！"海鹏弟弟年轻活跃，马上张罗上了。

"哎呀，那些讲究词我也不会。来来，都举杯！欢迎小葛常来家里玩！"老人高高举起杯，眉眼，甚至皱纹里都带着浓厚的笑意。

放下酒杯，弟弟又忍不住了，当着葛蔬蕉起哄："二哥，你看啥时让我们改口叫嫂子？"

于是，气氛更加热闹起来。两姐妹一个着急地用手比画，一个马上就小葛嫂子长，小葛嫂子短地叫上了。尽管葛蔬蕉平日里不是个扭捏的女孩，面对如此场景，也还是脸红。大家你一句我一句聊得高兴，葛蔬蕉坐在海鹏母亲身边，老太太欢喜地得空就抓住她的手，好似安抚一般。葛蔬蕉跟前碗碟里的菜堆得冒出尖，葛蔬蕉认真地回应着一家人的话，倒也落落大方。桌上的男性，早已将酒换成老白干，海鹏父亲话最少，只是低着头认真听，除了偶尔夹口菜抿口酒，双手总在裤子上摩挲着，局促得好像自己才是客人。偷着看一眼徐海鹏，他的脸上喜色盎然，早已被酒烧成紫红，连耳朵根也红了。

在乘班车回"三棵柳"的路上，徐海鹏凑在葛蔬蕉耳边，说，嫁给我吧！你没看我家人有多喜欢你！

已调到站机关的徐海鹏得到消息，"天河之家"工程上马，基地机关一些试验部门准备招兵买马，充实队伍。他跑来找葛蔬蕉，希望她能帮自己给葛校言说说，打个招呼调上去。

两人原打算五一结婚的，结果葛蔬蕉牵头设计软件，忙的人都焦了。所以又拖到十一。家具都打的打，从酒泉订购的订购，徐海鹏都张罗好了，只等将新娘子娶进门。葛蔬蕉还是天天忙碌在机房，好在春节前能完成，两人商量着转年春节，天上下刀子也把婚事办了。看着徐海鹏忙里忙外，而自己不仅当了甩手掌柜，而且还两次食言，葛蔬蕉心里特别过意不去，便答应了徐海鹏。其实葛蔬蕉对此一点也没有把握，父亲是什么样的性格，她当女儿的最了解。否则也不会有父母这些年那么深的矛盾。但想到已经把徐海鹏正式介绍给父母，葛校言挺喜欢徐海鹏的。这让葛蔬蕉心里多少有些踏实。

葛蔬蕉知道，葛校言对身边人要求严格是严格，但绝非不近人情。他的下属，谁该调职调级，为谁争取个提前晋职，谁家里困难，需要解决什么问题，他都心里有数。只要有机会，他还会去主动做工作，该争取的争取，该照顾的照顾，没什么含糊。为了给一位生活困难的下属办家属随军，他干部处、后勤部、劳资处跑了好几趟，电话打了几十个，不仅帮下属的爱人办了随军，还解决了工作难题。下属带着爱人孩子拿着一大包家乡特产来家里感谢，他没有要，还让许子烈把专门去买的米面油等生活必需品让下属搬回家。

葛校言对下属说："工作也是讲感情的。有困难，就要搭把手。安下心工作，就是最好的回报。但千万不要庸俗化。新安置个家不容易，这些东西，你用得着。"那位下属感激涕零，后来转业到地方很多年，还隔上几年就要火车飞机坐着来专门探望葛校言。

葛校言的一个参谋，很优秀，但在他这里发展受限。他就在总部检查工作时，力荐他的下属。参谋很争气，考察结果很好，很快到了总部机关任职。后来跟随工作组来基地调研指导，倒是葛校言向他和工作组做的汇报。会下，这位昔日的下属有些不好意思，反复表达着谢意。葛校言说："你们是代表上级机关来的，听我汇报理所应当。你发展得好是通过你自己的努力得来的，我只是牵线搭桥的。要有机会，我愿意手下每个优秀的干部都有更好更大的发展空间，都比我强了，我才高兴！"

如此看来，开明的葛校言也能举贤不避亲吧？

葛蔬蕉和徐海鹏都是这样想的。但葛校言让他们失望了。

葛校言专门把徐海鹏找来，聊了一次，说："小伙子，我专门到你单位了解了你的情况，从领导到群众反映都很好。而且听说，你参加了载荷试验任务，而且是主力。我看很好。载荷试验是验证咱们现在论证三大垂直技术能否顺利进行的关键试验，你们的担子很重啊！所以，我的意思是，专注完成工作，不要想其他。机关工作重要，但我们一线工作更重要，把试验任务完成好，比现在着急到机关找位置更有意义。现在工程上马，你们年轻人发展机遇会很多，不要急于一时，以后还有的是机会。多摔打历练，对你今后的发展更有利。我的意见，调机关的事不急。"

一番话，让徐海鹏无法辩驳，他嘴上赞同着，心里像烧着的火盆被兜头的一盆凉水浇下，冒出怨气的白烟。

葛蔬蕉能明显感觉到徐海鹏对自己态度的变化。这次谈话过后，他们的联系明显少了。她虽然对父亲的决定感到有些失落，但她也没觉得什么大不了。搞技术的，实实在在要有些成果，比在机关陷在事务堆里强。但她去找徐海鹏劝解的时候，徐海鹏只是闷头吸烟，并不多搭腔。烟头的红星一闪一闪，衬得他脸色阴郁。自打进了站机关，徐海鹏变了很多，交际多了，应酬多了，不仅学会了抽烟，喝酒也越来越厉害。好几回都是喝得酩酊大醉，被别人扶回宿舍的。

又是一周……半个月了，葛蔬蕉没有看见徐海鹏的人，也没接到他的电话。葛蔬蕉人在机房忙碌，心里到底有几分索然。往常晚上加班，徐海鹏早就拿着在服务中心买的或者家里做的好吃的送来，打电话把她叫出来一会儿，两人说说话，看着她吃得心满意足也是一脸幸福的样子，互相打打趣。等她加了"油"再回到机房，人变得精神百倍。那真是值得留恋啊。想着，葛蔬蕉偶尔会悲伤流泪，置个气，但想想，这和两人多年的感情比起来，压根儿不算事，以后慢慢补偿好了。到底是个女汉子，说服自己化解情绪也就一会儿工夫，工作一忙，啥也不在了。

徐海鹏把葛蔬蕉甩了。彻底，毫无回旋余地，全站都知道。

等到葛蔬蕉的软件升级改造工程结束，兴冲冲地来找徐海鹏，想着怎么好好和他商量一下结婚的事儿。徐海鹏把早已准备好的，在服务中心买的一堆牛肉、猪蹄、扒鸡切了上桌，还在宿舍电炉上炒了俩青菜，外带一瓶彰化甜葡萄酒。郑重向葛蔬蕉举杯祝贺。随之而来的祝酒词却让葛蔬蕉惊呆了。

"小葛，你是我特别钦佩的女孩子，事业心比我们这些老爷们儿还重。这几年，工作学习你没输过谁，都是最棒的。祝贺你！"

仰脖而下，一杯酒进了肚。葛蔬蕉急急去挡，嗔怪道："慢点喝，都快一家人了，怎么说话这么外道？"

徐海鹏微微一笑，不以为意，再满满斟上一杯，举起。

"结婚的事不忙。我徐海鹏出生寒微，从小见识不多。我只知道一个家庭里都是男主外女主内，我爸妈是这么过来的，我爷爷奶奶更是这么过来的。我也希望自己不例外。小葛，你家庭好，工作好，人也好，什么都好，只是我配不上你。你有你的世界，我也要有我的生活。对不起，我就不高攀了！"

说完，又是仰脖喝尽。好半天，葛蔬蕉愣怔在那里，没有动。她的眼圈红了又红，终于忍住没有让眼泪掉下来。深呼吸，也把面前的杯子斟满，站起来，冲徐海鹏微微一笑，仰头喝下。拿起外套和包，冲出那件熟悉的小屋，那间曾留下两人无数欢笑的小屋。屋门碰上的声音并不大，却砸在两人的心头，他们知道彼此的心门在这一刻关闭了。

这是个很简陋的餐厅，叫小吃部更合适些。别看格局小，野心可不小，叫成吉思汗餐厅。里面唯一的包间叫"胡杨情"，这家餐厅的手把羊肉、烤全羊、羊汤都很有特色。基地这一年对外营业的餐厅刚刚开始露脸，没有几家。所以吴碧华嚷嚷着要提前预定呢。掀开厚厚的、沾着油腻的棉门帘子，一股浓重的羊膻味便扑鼻而来。地下也油腻腻的，人走在上面有些打滑。推开包间的门，十几个同学差不多都来齐了，一见葛蔬蕉，大头鼓掌起哄："欢迎我们的大硕士检查指导工作。"葛蔬蕉忙不迭地一一招呼。吴碧华跑过来亲热地一把搂住她，笑着耳语："徐海鹏下午来电话说，今天单位有应酬，不一定能来。我这一颗心就放下来。咱们这些同学好好乐和乐和！"

葛蔬蕉和徐海鹏分手后，把全部精力放在工作上。当年单位批准她报考了国防科技大学的研究生，现在毕业答辩已经顺利通过。

今天同学聚会还有一个好消息，原来吴碧华终于被大头几年的执着努力"软化"，两人正式向婚姻的大门迈进。于是，餐桌上的话题多起来，大头挺身保护吴碧华，被同学你一杯我一杯灌得酒兴正酣，活跃劲儿被激发到极致，妙语连珠。大家你一言我一句，把酒言欢，气氛正浓。这时，有个身影裹着一阵冷风走进来，进门便道歉："各位同学，我来晚了。"浑厚的男中音再熟悉不过，在烟雾和热腾腾的水汽中，大家看到了徐海鹏魁伟的身型，纷纷站起来。

大头赶紧张罗着给徐海鹏端上酒，徐海鹏自己也另外倒上两杯。环顾四周，说："今天公务缠身，我怎么也要赶过来见见大家，当面赔罪道歉。等这阵忙完，我做东再邀大家聚在一起。我先为迟到自罚三杯。"

桌子斜对面的葛蔬蕉，再次看到那张熟悉的面庞。这世界就是这般有意思，当你不想再见到某些人时，老天就开恩为你回避。两年多不见，徐海鹏胖了一些，头发梳得十分工整，应该是抹了发油发蜡之类的护发品，黑亮的头发倒显得他意气风发。她也看到他刻意停留的目光，于是微笑着轻轻点头示意，便把眼睛垂下，喝了一口杏仁露。

徐海鹏一路寒暄着一边轮流给每个人敬酒，轮到葛蔬蕉时，他脸上已开始泛红，但绝无醉意。他轻轻和葛蔬蕉碰杯，问："好久不见，还好吗？"得到肯定答复。又说："听说你结婚了，也不给我们随礼的机会，代我问你爱人好。"他说话的样子很自如，没有一丝尴尬，就像两人除了同学关系，再无其他发生。他的眼睛里也找不到一点装的痕迹。葛蔬蕉礼貌点头示意，他们的交集结束。一个曾经差点成为自己的新郎的人，就这样擦身而过。

葛蔬蕉突然觉得一阵轻松。来之前的顾虑是多么多余，是的，他们早已走出了对方运行的轨道，不再相干了，便不应该有什么回避。

徐海鹏像一阵风一样又旋走了，也抽走了聚会的一丝热度。

坐在一起的吴碧华挽着葛蔬蕉的胳膊，不满地说："真虚，不来就不来，来就来。非要这样蜻蜓点水地来一趟。显得他多忙似的。他们处长的老婆和我一个单位的，晚上下班还说今天晚上和处长到礼堂看演出队的演出。就他还在这口口声声说，和处长应酬上级来人呢！他和谁应酬啊？"

"大家同学一场，人家礼数周到，你就别挑理了！"大头打着圆场。

吴碧华还是不客气，说："我就是生气，他那时伤小蕉多深啊，现在却像没事人一样。"

席上有同学就应和："徐海鹏调到机关后，确实变化挺大，滑多了。"另一个同学接口说："现在海鹏可是基地参谋长的外甥女婿。别看那女的腿因患小儿麻痹带点后遗症，是个邮局职工，人也不漂亮，但帮助他进了基建工程处，那儿是个肥缺。他也算是如愿以偿吧！"

葛蔬蕉不想他们再说下去，适时地把话题转移。心里想起了另外一个场景，就在半个月前，她到服务社买东西，刚把自行车锁好，就碰上往外走的徐海鹏的妈妈。老人看到她，有些尴尬。葛蔬蕉亲热地迎上去，叫了声阿姨。尽管过去很久，她依旧记得这位朴实的母亲那双粗糙却异常温暖的手。很久不见，也不阻碍那份亲切。海鹏的母亲显然没想到她会是这个反应，受到鼓励般，上来拉住她的手，脸上的笑容更浓了："小葛，你还好吧？哎，我们家海鹏没福气……"后面的话老人无法说下去，葛蔬蕉笑着用另一只手把老人的手捂在手里："阿姨，我挺好的。"老人说："好，好，我挺惦记你的，有空来家啊，一定来家。"那天，老人离开时总也忍不住回头看，一遍一遍地，眼神复杂。她可能用这样的方式替儿子表达歉意，这让葛蔬蕉感叹不已，人生的变数都在不经意间发生了。

大头找来一辆四处透风破吉普，把几个在点号住的同学一一送回家。到家都十一点了，丈夫何逸帆在看书等她。一路被寒风吹着冷得够呛，人坐下半天没有缓过来。何逸帆跑到厨房熬了姜糖水端到她手边。葛蔬蕉心里一下就暖起来，说："还是家里好啊！"何逸帆就笑："同学聚会还不好？你不盼了很久吗？"葛蔬蕉叹口气："当然好！可惜看见了不该见的人。"

葛蔬蕉等着何逸帆来问，偏偏他不问。这是葛蔬蕉喜欢上何逸帆的一点，分寸感强，即便是面对最亲密的人。他知道葛蔬蕉和徐海鹏的事，但只要妻子不主动说，他一个字都不会提。

葛蔬蕉和丈夫说了见到徐海鹏的情景和同学的议论。末了，她说："难道感情也可以功利吗？这是我这几年心里过不去的坎儿！"何逸帆劝她，每个人都有每个人的活法，只要自己觉得心安理得就好，没有什么想不通的。说着还逗她："你现在是我老婆了，可不许你心里还有什么抹不平的。你就是太较真，忘了咱们是怎么认识的？"

葛蔬蕉怎么会不记得。

她在参加新型号任务系统合练时认识了刚刚调来的何逸帆。他是从北京航空航天大学毕业的博士，来了一年多，是他们这组的测试负责人。这是这个型号的系统第一次合练，指挥模式尚在摸索磨合中。一个合练发现二十多个问题，有设备工作不正常的，也有操作失误的。在发射场，一旦发现问题，要让故障重现，定位，从机理探查，解决，这就是所谓归零。归零也是最折腾科研人员的过程，没有十天八天的拿不下来。但目前看时间根本来不及。

在更换设备还是追查归零的问题上，葛蔬蕉作为设备负责人和何逸帆出现分歧。葛蔬蕉是个风风火火的性格，抓紧时间先把设备更换，下来再彻底清查。何逸帆坚决不同意。他只说了一句："我们不能简单地归于设备问题，牵出内在的隐患谁也担不了责，必须就地查清楚。我是不会答应的。"

其余的话他再不多说，对一遍遍来和他论理的葛蔬蕉置之不理。何逸帆高高瘦瘦，闲暇爱穿风衣，不系扣子。走起路来，两腿紧夹，姿势拘泥，有点歪有点晃。现在穿着浅蓝色工作大褂，也爱如此，衣摆随风呼扇呼扇，很是威风。面孔白白的，一副大大的黑框眼镜架在鼻梁上，越发显出脸的清瘦。他和你意见不同时，并不多说什么，只拿眼斜睨着，带些不屑，甚至轻蔑。这回，对待葛蔬蕉就是这副样子，把存着满腹理由，想拉开架势辩论一番的葛蔬蕉晾在那里，憋屈地不得了。而何逸帆则带着几个小伙子，摆出不查到底誓不罢休的架势就"焊"在了厂房。

因为合练受影响，受到指挥部通报批评。葛蔬蕉忍不住对来检查的站长说了自己的意见。没想到站长说，按照何博士说的办，基地那里我去汇报。

何逸帆一副文弱书生的模样，却有着和外表全然不同的强韧和定力。四天，整整四天，他们做了许多次试验，终于把故障定位，原来是受温度影响，造成设备内的继电器性能不稳定所致。这就意味着，即便更换设备也还可能出现同样的问题。等何逸帆疲惫地拿着一叠验证报告向站长复命，葛蔬蕉彻底服气了。

这次不打不相识的经历，也成为两人相知相恋的黏合剂。

大漠神仙会

葛校言的离休命令宣布了。猛然退下来，他很不适应。一连半个月，他都憋在家里，闭门谢客。所有问候电话一律不接，都让老伴处理。谁劝也不听。

许子烈知道葛校言心里苦闷，便把早就托人给他买好的全套渔具拿给他，动员他和对门的老袁一道结伴去水库钓鱼。又给他找来一摞老年杂志，说："从现在起，保养身体，修心养性就是你的头等大事。"

葛校言一下就像找到了一个发泄的出口："对，对，你们现在都觉得我不中用了，只能每天喝喝茶，看看报，早上太极，中午气功，晚上对着月亮数星星是不是？那样就算能活到一百五，我也不愿意。我才不愿意当什么行尸走肉呢！"

说着，还泄恨似的把渔具踢了一脚，说："我可做不了姜太公，闭目垂钓，唏嘘感叹，回顾一生。我做不到。"

许子烈也来了气："行，不管你了，你就当你的壮小伙，永远二十岁，活成妖怪！真是癞和尚念歪经，好心当了驴肝肺！"

到底憋不住，这天葛校言揣着二女婿孝敬的一瓶法国红酒来找亲家沈西元。沈西元早几年便退了。

沈西元打趣道："稀客呀！几次电话左请右请，你都不来，今天怎么主动上门了？"

葛校言故意作势转身做出要走的架势："怎么，老哥不欢迎啊？看来我又碰壁了。"

说完，两位老人哈哈大笑起来，头上的白发也跟着一耸一耸的。两人拿杯子找盘子，葛校言掏出自带的炸花生米，沈西元让老伴拿出火腿酱菜的，又泡上两杯铁观音搁着。茶几上放得满满当当，葛校言这才觉得多日里憋着的劲儿缓下来，放松不少。索性把脚上的老头布鞋也脱了，蜷腿坐在沙发上。

"我今天来跟领导取经，特拿来一瓶红酒贿赂。说这个叫啥干红，对心脏有好处。我看也是红汪汪的，没啥特别。知道你不怎么喝酒，咱们就喝个意思吧！"

"干红是红酒的一种特殊的酿酒工艺，这可是好东西，软化血管，解油腻。咱们今天可以好好放开聊！"沈西元掏出老花镜仔细地研读着酒瓶上的说明，高兴地把酒给两人倒上。

"我好像一下回到十多二十年前，那时候，咱们老在一起这么喝茶聊天，聊着聊着，解决的思路就有了，半夜两三点也不困，那时候劲头真大啊！"

两人感叹着，说着从前那些事儿，话匣子便合不上了。从东方红一号到"天河之家"工程，从各自的孩子，到一起工作过的老同志的情况，无所不谈，相交甚欢。

"刚退下来那阵儿，和你一样，从高负荷的工作状态一下子停下来，真的受不了，心里全掏空了，简直无所适从。我们家老魏害怕我闷出病来，就给我从外面买了好多音乐的光盘好多书啊名人回忆录什么的。她知道我原来就喜欢，但疏淡很久了。哈哈哈哈，那阵我家里成天响着交响乐，小提琴曲钢琴曲，像开音乐会。什么一战史二战史，什么丘吉尔巴顿斯大林传，我全部看了一遍，慢慢地，心就静下来。后来我还真找到自己要干的事儿，现在每天觉得安排满满当当，常觉得时间不够用。看来心态调整靠自己啊！"

"嗨呀，你的爱好都是些洋娃娃的玩意儿，我这个土里刨出来的土疙瘩，可玩不转这个！不过，你别说，你编的几本发射场事故和故障事例，现在已经成了基地的培训教材，每个参试上岗的人员都必须要学，让后面的工作少走了很多弯路，真是笔不小的财富。厚厚几大本，真不容易。"

"是啊！那里包含了咱们几十年的经验教训，有的简直是血与火的洗礼啊！现在我正在弄手头这本指挥模式探讨，基地成立了一个课题小组，让我当顾问呢！今天正好你来了，我还想发动你也加入进来，你一直在一线干，对发射测试这块比我的实战经验更丰富。"

"不用你发动，我这不是等不及，主动跑来报名了嘛！咱们本来就是一个战壕的。"葛校言高兴地用手拍着沙发扶手。

退下来后，基地把沈西元和葛校言都聘请为工程发射场系统的专家顾问组成员。

沈西元看葛校言态度上已没有了之前的沮丧和消沉，非常高兴，连说："好啊，好啊！"

"只是我真想在一线和大家真刀真枪再干几年，你说人一辈子能赶上几个国家的大工程呢，光务虚顾着问，蜻蜓点水似的，太不过瘾。"葛校言想起来还是不免惆怅。

"这话可不对。咱们已经很幸运了，'两弹一星'咱都赶上了，开天辟地啊！看着国家在航天领域从无到有，从弱到强，扬眉吐气，这辈子真是没虚度啊！这也是咱们最骄傲的事。但是科学是发展的，长江后浪推前浪，年轻人已经成长起来了，你看原来咱们有个大学生都宝贝疙瘩一样。现在'天河工程'上马，多少硕士博士都被这个事业吸引过来，他们的知识水平都比咱们强。现在只是需要实践经验，历练摔打，咱们这些老同志虽然在知识上老化了，但我们还有一些实战经验，这就是财富。理应把有能力有作为的年轻人扶上马送一程。这也算老有所为吧！"

"是啊，是啊！我卸任前，还把点号都走了一遍，发现二三十岁的年轻人现在都是主力啊。听干部处长讲，清华、北大、北航、北理工、上海交大、西安交大、国防科技大学这些名牌大学毕业生不在少数。每年还有不少重回学校攻读硕士、博士的，还有不少地方引进人才，现在基地的科研力量是几十年来最好最强的。"

"可不是！听说你家老三和她爱人现在都是任务专家了，你好福气啊！你有几个多好的孩子啊！"

提到孩子，葛校言顿时哑了口，他一时不知道该怎样回应。他抬眼仔细看看沈西元，是啊，自打沈国政离世，人一下老了很多，原先高大的身材也好像缩了水，抽干了水分。他不想再去戳那块永远也难痊愈的伤疤，于是两人沉默下来，可思绪还是被回忆牵累着。

沈国政毕业以后，因为沈西元、魏冬琴只有一个孩子，就分到了基地。但沈西元一直有块心病，为当年儿子调换学校的事，他总有被孩子"绑架"的感觉，认为对孩子的发展并不利。所以就打招呼把沈国政分到了点号，还是最远的一个测量站。他希望一直在父母羽翼下成长起来的孩子，经风雨，抗摔打，真正成长起来，而不是一朵温室里的花儿。

没想到，沈国政对父亲的做法愤怒不已，差点和父亲反目。但木已成舟，反抗无效，他和家里的矛盾渐深。这回，沈西元面对魏冬琴的眼泪没有就范。

沈国政所在的测量站因任务增加刚刚组建，原来只是一个测量点。主要测量卫星和导弹的飞行轨迹，通过无线电通信接力将分散测量点的数据实时发送到东风和上级的测控系统。只有四十多人。对学无线电通信专业的沈国政也算是专业对口。站里直接让他们这些新分来的学生兵住进中队战士班。

营区还在建设中，条件简陋，房子破旧，有的还是土坯房。老式营房的外表早已被风沙磨去了最后的光泽，这种条件在基地也算艰苦。食堂吃饭，来晚了凳子不够，还要站着吃，夏天还能忍受，到了冬天就有些难过，食堂地上结上一层薄薄的冰，经常会出现有人端着碗滑倒，饭菜洒一地。吃饭的人冻得一边吸溜着鼻子，一边狼吞虎咽吃饭，因为吃得稍慢一点，饭菜就会变得冰凉，肚子受不了。

为了建设营区，站里的官兵全上手自力更生。自己砌围墙，年轻人点子多，围墙带着充满创意的纹路，平整如专业的泥瓦匠手艺。到战士班锻炼，要和战士一样参加巡逻站岗。红砖砌的宿舍的地板土大，屋子里总有股土味。屋子的中间是一火炉，每年过了十月十五就开始烧炉子，冬天全靠烧火炉取暖。睡觉怕炉子中途熄灭，所以半夜要排班爬起来添加煤块。赶上刮风，风向转变，就会发生"倒烟"，满屋子的人都会被浓烟熏醒，只好开窗子放烟，房间里顿时冷得像冰窖。厕所是旱厕所，离宿舍有几百米的距离，冬天晚上起夜，跑个来回，就冻得浑身打颤，躺在床上半天再睡不着。三九天的，天太冷，有的只好偷偷躲在墙角撒尿。尿水到地上很快就结上冰柱，只差拿棍子敲打了。

营区地处沙漠边缘，风是它的地域特色。每年三分之一的时间都在刮八级以上的大风，"一年一场风，由春刮到冬"。冰冷的风刮在脸上如刀割一般。伴随风的是是让你睁不开眼又呛鼻子的沙尘，瞬时天昏地暗。

营区附近野狗猖獗，年轻人精力旺盛，冬天到了，就琢磨着怎么来填补被单调的萝卜、白菜、土豆剐到虚空的胃。于是晚上结伴到食堂找点肉，用绳子挂在铁钩子上，向围墙外扔一块石头，听到有狗叫，赶紧把钩子甩过去。也是肠胃寡淡，四处觅食的狗闻到肉香味就急火火跑来，连钩子带肉一口吞下肚。围墙里的人看到绳子动，赶紧拉绳子，钩子就卡在狗的嗓子眼。可怜的狗叫也叫不出，就被拖进院子，被了结了性命。早已磨刀霍霍的年轻人，趁热扒掉狗皮，把狗肉剁成几大块，放些盐、辣椒、花椒、生姜，捂在锅里煮到七成熟就取出来，放到铁架子上，隔着炭火上烤，面上撒上点辣椒面和孜然，不一会儿肉就变得外焦里嫩，肉香味飘得很远，于是又招来一群晚上睡不着、饿得慌的人。大家吃着烤肉，喝着狗肉汤，单调的日子也算有了一点安慰，冬天熬着也不那么苦了。

年轻人总会想方设法在寂寞中淘出点乐趣来。装备测试闲暇时，平时一本正经的年轻人也会放松一下，利用调试好的几辆通信车，钻在里面进行私聊，碰上少得可怜的女同志加入，便像过了节，说着"地瓜"、"土豆"的暗语。因为一辆车聊天，其他几辆车都知道，像当年的地下工作者一样。他们还用在夜间拍摄弹道轨迹的光电经纬仪，用过期的底片拍照，图片不仅清晰，而且可以久存。

夏天，营区远处的高高低低的沙丘便成了这些年轻人新的乐园。他们脱去鞋袜，光着脚丫踏上被阳光晒得滚烫的沙坡，灼热的沙子烫着脚底板，于是蹦蹦跳跳一路往上爬，为了省劲，他们很快摸索出诀窍，就沿着沙坡Z字形绕着爬，沙子松松垮垮的，上面的沙子往下滑，走两步又被沙子往下退几步，一步一步耐心地与沙进行较量。等到爬到坡顶了，禁不住欢快地跳跃，扬起一阵沙粒，钻进到衣领内、嘴里、眼睛里。痒痒的，硌硌的。年轻人拿出自制的带脚挡板的大木板，把领口袖口扎得密不透风，闭上眼睛嘴巴，开始从坡上往下滑行，那种欢畅的感觉，让人禁不住大呼小叫往下冲，沙粒很快充斥嘴巴。下来后，头发里脸上都是沙子，大家互相打量着，为彼此的狼狈乐不可支。

任务来了，站领导在庄严的誓师大会上下达了任务动员令。做好开拔的准备，庞大的车队便按照指示向测量区进发。到达测试位置后，大家便开始架设天线，联通设备，固定车辆，做好所有的前期准备工作。

试验期是枯燥的，每天重复同样的工作和程序，通讯联调、系统联调、测控系统联试和全区合练，不断地模拟演练。测控是庞大的系统工程，上百个测试点一起行动，战线联通天南地北，一个环节出错就可能造成整个任务的失败，思想必须高度集中。

有些设备很陈旧，还是电子管、晶体管做的，都是简陋的三极管、二极管之类的元件集成的，稍微晃动一下都有可能造成毁坏。让人无法相信跟踪卫星导弹这样尖端的技术工作，是这些老掉牙的设备创下的功劳。屋顶上那座"锅盖"式的雷达天线，一旦任务来临，它都会随着跟踪目标的轨迹而旋转。远处那座孤零零的高塔，被称之为"校零塔"。每一次工作，雷达天线都要与之对接来校正零标位。它就像忠诚的卫士，守护着这些沙漠飘零者。

任务最后的实施在冗长的反复合练后到来，辛苦几个月就为了几十秒。等口令解除，操作结束，大家便下车坐在沙坡上等候，不一会儿就看见夜空有一个亮点缓慢地从远端飞来，几十秒后便消失在夜空。此时测量的数据已实时传送到指控中心，当得知目标精准，便是大家的庆祝时刻。大家在测试车旁欢呼雀跃，把身边所有能抛的都抛向空中，几个能闹的力气大的年轻人起哄着，大家干脆把指挥员也抛起来，空旷的沙漠中响彻了他们的欢呼声……

戈壁滩是没有路的，车跑多了，顽强的车辙和不知疲倦的浮沙较上劲，拼着耐性，终于车辙旗开得胜，就慢慢形成了一条土路，弯弯曲曲，起伏不定，跑在上面就如同在搓衣板上一颠一颠的。除非经验丰富的司机，在一望无际的沙漠中，充斥着赭黄，走着走着，便迷失了方向，忘记了时间，从哪里来，到哪里去……好在那渐次而列，一路向沙漠深处延伸的电线杆成为前行的导航和希望。

夏天的戈壁天空干净得没有一丝云彩，只剩下赤裸裸的骄阳，晒得人头晕脑涨，头皮发红疼痛的时候，会恍然发现远处的沙漠线开始抖动，地上所有的水汽似乎都蒸腾起来，变成一团团迷离的雾气飘散在空中。突然，前方出现一片蔚蓝色的海，浮动在海面上的是造型古典精致的亭台、楼阁、白塔，朦朦胧胧的，揉揉眼睛，景色越来越清晰。刚想陶醉其中，它却突然消失在眼前，重又变成雾气飘散在空中，好像做了个美梦。这就是传说中的海市蜃楼。这样的景观在点号炎热的天气里并不稀奇。

夏日的傍晚，夕阳西下，一颗躁动的心也渐渐平复下来，坐在沙丘上静观日落。等待彩霞由内向外扩散，红的、绿的、紫的，渐次散开，如火烧般。随着太阳一点点隐没在地平线，云的色彩也逐渐变深，直到最后的一丝霞光也收住，天也黑将下来。

点号的夜生活是单调的，电视机那满是雪花的节目，实在让人没了耐性。甩扑克，钻桌子，聊大天，用闲聊来打发日子。实在无聊，便走出营院，用脚步丈量沙漠。

点号就像一个永远走不出的孤岛，没有人知道自己什么时候能离开。手中握着大把的日子，没有指望地重复流过，如果没有一副坚强的脑神经抵挡寂寞，说不定会疯掉。

沈国政恰恰属于那一类不会排解的。那些年轻人生造出的欢乐，在他看来完全没有意义。他迷上了气功，每天下了班就把自己关在宿舍盘腿练习，沉浸在自己的世界里。练过一阵儿，自称手心脚心发热，似有股股热流通便全身，便更加迷信神道。打坐练功时，谁要打扰他，会令他怒不可遏，骤然翻脸。久了，和大家日渐疏远，交流越发稀少。单位上上下下把他视为怪人。每个月好不容易回趟家，他还是会把自己关在屋里，和家人也没什么多余的话，夫妻间的恩爱交流更加谈不上，连抱抱亲亲孩子也勉为其难。对父亲更是不理不睬。不到两年，得了重度抑郁症。住院、回家休养，反复折腾，抗抑郁药物大把大把吞咽。人变得消瘦，头发也变得稀疏，怕冷畏光，每天把自己捂得严严实实，更是不愿出门，唯有目光变得尖锐，砸到哪里，哪里就能听见噼里啪啦细碎一片，见伤见血。所谓的事业、前程离他越来越遥远。

葛樱莓对于丈夫的变化，似有心理准备。在魏冬琴哭天抹泪，沈西元长吁短叹时，还能镇定地安慰老人，照顾病人，忙前忙后。生活将她磨砺得慢慢强大，她成为这个家庭的顶梁柱，公公婆婆将她视为己出。但只要出了家门，所有的苦楚不如意便被关在房里，一丝缝也不透。把自己收拾得精致讲究，连头发丝都一丝不苟。在同事和病人眼里是兢兢业业的医生，在外人眼里照旧矜持稳重，让人羡慕的领导儿媳。就连在母亲许子烈面前，不到万不得已，也不会对自己的境遇吐露一个字。平时问到，就一个"好"字当头，这好那好什么都好。当妈的虽说不上全部了解情况，但对女儿的脾气秉性还是了如指掌。想到当初自己的阻挡和撮合，懊悔之意心里早已存下了。叹气神伤也罢，但木已成舟，孩子都有了，还能怎么办，认命不认命都要继续走。便也不再细问，相互间留得最为看重的体恤和尊严。

女儿雪晴是葛樱莓的全部希望。如今倒是没有辜负美意，出落得乖巧可人，爱唱爱跳。每天从幼儿园回家，便几个屋里跑着去把刚刚学的自己编的节目都献宝似的一股脑端上来，进行"汇报演出"。给爷爷奶奶表演，给爸爸妈妈表演，远的还有外公外婆。表演时还像模像样地针对不同对象，把他们也编进歌里，小表情丰富，缺了牙的小嘴唱出的词还丝丝漏着风，惹得大家哈哈大笑，把一屋子的抑郁都赶跑了。爸爸沈国政怕吵，不爱开玩笑。每次进门，她都怯生生地，先用乌溜溜的大眼睛判断一下爸爸的情绪阴晴，再跑上去问安，征询意见。唱歌表演的状态都安静下来，纯净的童音和干净的眼神，把小屋的颓废沮丧和说不清的灰霾雾气全部驱散，如同天使带来的圣洁之音，再不明澈的心也有了一丝感动。到底是血脉连通，每当这时，沈国政总是扫去眼中的尖锐，变得温和下来，会和女儿交谈两句，安安静静的。小姑娘和父亲告别的仪式是特别的——请爸爸闭上眼睛，在爸爸的额头印上自己轻轻的吻，便挥挥手，一步一回头出去。在这个房间里，女儿是用自己的克制，盼着爸爸需要自己，接纳自己。偷偷站在门外的葛樱莓，每每看到这一切，便会默默流泪。

沈西元离休的消息把儿子仅存的希望彻底摧毁了。没过多久，他就在点号的宿舍里上吊自杀，等到被发现搬下来，身体都凉透了。宿舍收拾得很整洁，桌上的一本《周易》里，夹着一张纸，上面用钢笔画着很多未解的卦相，三屉桌的中间抽屉里放着一个白色信封，上面写着"启"。里面装着叠得整整齐齐的两页信纸，便是遗书了。

母亲、父亲大人：我很早就盼着这一天，终于来到了。它对于我是个解脱，你们不必伤心。很多年了，我一直在想一个问题。我为什么来到这个世界？在我成长的记忆里，我的父母总是不在身边，我的梦里常常会重复一个场景，梦到我哭得满脸开花时，躺在一个女人的身边，她轻轻拍着我的背安慰着，我便心满意足地踏实睡去。身边一个男人拿着扇子，一下一下扇着，燥热消退，他给我讲着三国、水浒，绘声绘色，我就在那些故事人物里游啊游，畅快无比……醒来后，我才反应过来，女人男人该是我的母亲父亲，我心里的父母应该是那样的：母亲美丽温柔，父亲慈爱，更是孩子心中的英雄。可他们的样子压根儿和你们不一样。你们在哪里？

我承认，我的童年是泡在蜜罐里长大的，有慈爱到宠溺我的外公外婆一路陪伴。但你们要知道，外公外婆和爸爸妈妈是不一样的。我不快乐！从来就不！我是多余的，没有任何存在价值。你们既然不愿意要我，为什么生我？难道你们的高尚需要牺牲我来达成，那我就是牺牲品吗？

我很羡慕那些虽然物质生活贫瘠，却能和父母一起睡大炕，一家人大锅里喝汤的苦孩子。我羡慕懂得爱，并知道怎么去爱的所有人，那一定是一种非常愉悦幸福的感觉。我不想谈恋爱，不想结婚，不想有孩子。但这一切在你们的安排下我都有了，可我还是不快活！我想葛樱莓也不快乐，我什么也给不了她，她很无辜，难道我不无辜吗？

我一直怕听雪晴给我唱歌，却又忍不住想听。听了她唱的歌，便像回到了我沉醉的梦境，那是她在帮助我感受久违的幸福。在她小时候，我没怎么抱过她，可我却是她的爸爸。这个身份令我痛苦，因为我无法让她分享我的爱，因为她让我想到了你们！

放我走吧！好几次了，我都听见外婆外公在叫我，我想该去了。我走后，不要阻拦葛樱莓再婚，但是她一定要找个爱她爱雪晴的男人。我走了，你们不必伤心，就当我从没有来过！这辈子我们的母子父子缘分尽了，下辈子我也不希望再继续！你们也许是好人，高尚的人，却不是好的父母！让我们在梦境里相遇吧！

当沈西元夫妇拿到这封儿子的绝笔，他们惊呆了，心也彻底碎了。沈国政的离去，带给葛樱莓的打击更是毁灭性的。像个一直维系着，运转良好的五彩泡泡，突然间破碎了，连痕迹也狠心地抽走了。其实，无论沈国政怎样对待她，她都不会甚至不知道该如何挑剔，因为女儿，她甚至视沈国政为生命中的贵人，那是他带给她的。她习惯守护着这个家，守护着面前的两个孩子，雪晴、沈国政，像生命中的一双眼睛。她甚至不奢望对方做什么，说什么，只要在身边，就是圆满。如今，谎言破碎，她原本以为一直会守候在那里的宝贝不在了，生活顷刻之间天倾地覆，她需要紧紧抓住的，就是那双还显稚嫩的手。别的什么都不能！所以当她面对两位通情达理的老人劝她为今后早作打算时，她坚决地说："我的生活有女儿足够了。"再不多言。

想到这里，葛校言的心脏好像拉上了无数条绳索，伴着他的呼吸，牵牵绊绊地扯着，那是一种比疼痛更难以言说的苦楚。樱莓是从小到大很少令父母操心的孩子，此时却成了他和许子烈的心病。命运这个东西，很难说清楚。起起落落，从来不打算给你准备的时间。回头看，徒增烦恼，还是向前大胆走吧，没有人能真正解救你，那些高高低低的坎儿只有靠自己闯过去。葛校言从沙发上把脚放下，换了个姿势坐着，拿起酒杯自己喝了一口，皱了皱眉，注意力全转移到味觉上，心里不再压得慌。

"我就不明白，这酒酸了吧唧，有什么好？看在你说它对身体的好处，我再喝它两口。对了，老哥，听小莓说，你最近心脏总是不舒服，可要注意啊！工作要干，身体也得要。"

"没事，估计是最近忙累了，休息一下就没事。小莓贴心，把医生给我配的急救包每天都要检查，生怕用时不在手边。一天两次给我监测血压和脉搏，你这个当爸的都没这个待遇吧?"说到这里,沈西元心里觉得暖融融的。他的话也让葛校言觉得欣慰,他希望沈西元天天都能像这样乐乐呵呵的。

"过段时间,我们就要搬进北京的干休所,小莓的调令也来了。小莓、雪晴和我们一起走。换个环境可能对大家都有好处。你和小许放心,小莓和我们的女儿一样,无论她做什么决定,我们都支持。只是,你们身边少了个孩子,要不适应了。"沈西元望着葛校言笑了笑,一丝落寞浮上脸颊。

"孩子有孩子的生活。只要她能过得好,过得愉快,我们父母怎么都高兴。小莓有你们这样的公婆也是她的福气。只是雪晴让人舍不得,前两天到家里,给我和她外婆唱《世上只有妈妈好》,唱得我们的眼泪都快掉下来了。不过,北京的教育质量好,我们再舍不得也得舍得!"

"以后孩子放假就送她回来看你们!"沈西元转移了话题,"那我们都抓紧时间开始整理吧,这可是大事,大好事,整理出来也为我们在东风奋斗的一辈子做个交代。"

接着两人就资料的整理开始了热络地探讨交流,没有了时间,没有了杂念。魏冬琴过来看过几次,到底没忍心打扰。就把熬好的米粥、小菜端过来,冲沈西元指指手表,提醒他吃药。此时,已月上树梢,两位曾经的战友依旧兴致勃勃。

其实,葛校言也有不太舒心的事,是关于孙子哈达的。

哈达一直在叔叔身边生活,葛东风每月寄钱。中途,不止一次动了想把哈达带到身边的念想。可征求儿子的意见,孩子就是不愿意。后来,葛东风再婚,又有了孩子,接儿子到身边的事就搁置下来。聪敏用功的哈达一路学习不错,葛东风对他上大学寄予了厚望,眼看着差一年要高考了,哈达突然给葛东风来了一封信,要求当兵,而且一定要到基地当兵。葛东风写信劝他好好参加高考,上个好大学,学个对口的专业,再说来基地当兵就是顺理成章的事。信反反复复写了几回,哈达的态度却更坚决。后来,干脆自己办了辍学手续,天天在外游荡,以此来胁迫父亲答应他的要求。他给父亲的回信中说,没当过兵的锻炼不成男子汉!

也就是这句话促成葛东风准备答应下儿子的要求。

对儿子哈达,葛东风的愧疚是要相伴一生了。尽管有着父亲的名义,他却一直到有了第二个孩子天坤,才真正有了当父亲的体验,养儿不易。这种体验越深,他对哈达的愧疚就越深。

葛东风现在卫星通信站工作，是工程师。一次任务联试，卫星通信站的设备出了故障，当班人员解决不了，必须找他到现场处理。

葛东风和现在的妻子都是从事技术工作的，出差加班多。那天，正好碰上妻子出差。其实，在他们这个家属楼住的几户家庭，工作性质都差不多。碰上老婆出差，老公加班，孩子没人带，就把孩子托付到邻居家。吃饭，睡觉邻居帮着照顾，直到父母回来接手。在基地长大的孩子似乎都有过吃百家菜、睡百家床的经历。偏偏那天因为是葛东风临时加班，没细作打算，碰上周围的几户邻居加班的加班，外出的外出，谁也不在。没办法，葛东风就骑车带着儿子赶到单位。按照规定，非工作人员不许进入机房。他就把四岁的儿子放在楼里大厅坐着，给他手上塞上小画书、水壶饼干，反复叮嘱他。

"爸爸在大楼执行任务，一会儿就来接你。见不到爸爸，哪里都不能去，不能大声说话，不能哭，要不天上的卫星该飞不动了。"看着儿子如同被交办了一项重大任务，听话地直点头，小脸紧绷着，眼睛睁得大大的，尽管有些怯生生的，但更多的都是郑重。

葛东风摸摸儿子的脑袋，表示满意。基地的孩子哪怕在幼儿园，所受的启蒙教育里也会有卫星火箭，早早就分得出轻重。但是他想简单了，原以为两个小时就能处理好的问题，结果从半上午一直排故到天擦黑，还剩一个小尾巴没处理好。因为紧张、专注，他彻底把儿子忘了。

大厅的光线一点点暗下来，终于变成漆黑一团，儿子坐在大厅里，小画书早翻了几遍，饼干吃光了，水也喝干了。剩下的就是害怕、寒冷和肚子里空空如也的鸣叫。他在座位上时断时续抽泣着，压抑着自己的哭声。刚才他尿裤子了，已憋了几个小时，因为不敢跑，也不知道厕所在哪里，实在没办法，就尿在裤子里。现在体温已经把湿裤子烘干了。他有些委屈，有些惭愧，可也不敢大声哭。因为他记住，哭声会让天上的卫星受惊吓，便不会飞了，那可是一个天大的问题。他想想，哭哭，迷迷糊糊睡过去。等到葛东风抱着儿子坐上自行车，一看表，都快夜里十一点了。孩子被冷风激醒，张嘴第一句话就说："爸爸，你不要我了？我没有乱跑，也没有哭出声，就是害怕！卫星还在天上吗？它没被我吓跑了吧？"

儿子的表情很紧张，小脸蛋上的泪痕还在。葛东风的眼圈一下就红了，把脸紧紧贴着儿子的脸，喃喃道："天坤最棒，最听话，卫星正高兴地在天上飞呢！"

"在哪里？在哪里？"儿子来了精神，把头仰得高高的。

很奇怪，那天晚上天上一颗星星也没有，天特别黑，路灯大概坏了，连路也看不清。怕摔着儿子，便推着车一步一探向前走，嘴里说："到家了，咱们就能看到了。"

一路上磕磕绊绊，每一次遇上险情，儿子总要给葛东风鼓励："爸爸不怕，天坤也不怕。"好容易走上主路，骑上车，厚厚的冬衣贴着后背，湿湿的，凉凉的。突然，儿子突然指着天空："爸爸，你看是那个卫星吗？"此时的夜空，真的有一颗微弱的亮点。葛东风忙不迭地应声："是的，是的，就是那颗卫星。"那一刻，他真的希望有一颗星星会永远住在他和儿子的心里。他想到了哈达。

这一次的经历，留给葛东风和儿子的印象都很深，上学后，这段经历被儿子写进了作文叫《卫星伴我回家路》，竟然在全国的一次小学生作文比赛得奖。

葛东风却通过这次经历，感受到陪伴孩子成长的可贵。在哈达的成长中，他作为父亲缺席了。所以，面对儿子的请求，他要想办法满足。

在葛东风再婚前，他如实地将自己的经历和孩子的情况告诉了妻子丽娟。丽娟什么都答应。只有一条，她没有让步。她说既然孩子从小不在身边长大，不如等到今后转业到了地方再公开父子关系。她说，人人都知道自己是个大姑娘嫁给葛东风，她希望能在基地保个脸面。要是接儿子来基地当兵，必须做好妻子的工作。

果真，自打和丽娟说了，丽娟便黑着一张脸，除了天坤在旁边时，勉强说几句不得不说的话敷衍，其余时间都是不理不睬。直到他拿出天坤的作文，给她讲了那天的经历。他说："那天我在儿子的眼睛里是世界上唯一能拯救他的人，是他的整个天。可哈达需要我的时候，我在哪里？我害怕再不做就什么都来不及了。孩子没有错，错的是我！我相信你会理解的。"

丽娟没有吭声。第二天眼睛红肿得睁不开的她只对葛东风说了一句："我不管了，你有本事就去办吧！"

丽娟一句话点到葛东风的短板。

每年基地各单位接兵都是分地方的，这个单位接甲地的兵，那个单位接乙地的兵。不是想接哪里就接哪里的。怎么能让孩子当上兵？就算丽娟不拦着，这也够让葛东风挠头的。

听消息说今年只有雷达测量站要到内蒙古接兵，但也不到哈达所在的地方。再打听得知，今年负责接兵的人叫林占雄，他是姚玉萍现在的丈夫。

这着实让葛东风为难。一个现在的丈夫，一个前夫，造成这个结果的症结正是哈达。现在要为哈达的事，前夫要去求现夫，这个结果够尴尬，老天爷的安排也耐人寻味。葛东风还是想试试托人求情。于是连着几个晚上，做贼似的，拿着东掖西藏的礼品，总是在要去的人家楼下犹豫好久，才一横心上去敲门。葛东风面薄，每一次都犹如炸碉堡的英雄，给自己鼓劲：“为了儿子，上！”

尽管腆皮伤面，把葛东风攒了小四十年的自尊快要消磨殆尽，回馈的消息却不好，牵线的人都摇头表示为难，说林占雄铁板一块，讲原则，难说话。

葛东风像困兽一般闷着想了几天，眼看接兵日子就要到了，他不能再等了，决定去找林占雄。林占雄现在是测量站的参谋长，他负责今年站里的接兵工作。他没有去林占雄的家，而是到办公室。

林占雄瘦了，从前的圆脸现在挂上了两把刀。不仅再也不写诗歌，生活里也再没有诗歌。脸上总带着股寒气。口音也脱去了一些闽南味道，加了一些西北腔。他是站里的狠角色，曾经为了参加任务，胃疼到穿孔休克，被抬着去了医院。做事风格干脆，绝不拖泥带水。他的情感生活自葛樱莓后变成空白，他拒绝相亲，把找上门的女孩子也拒之千里，一直把自己耗到三十多岁。直到从前的老站长专门找他聊了一次，上来就说：“我看不起你。”

林占雄梗着脖子斜着眼看他，想说点啥，最终没出口。老站长待他像自己的孩子，这些年关系一直很好。他狠狠瞪林占雄一眼。

“你别和我斜眼，也别不服，你就是没出息，为个女人连老婆都不要了。你不要可以，老林家的宗业香火你也打算在自己手里葬送了？”

看林占雄把头低下不吭声。他接着说：

“再说了，当年你就是死要面子活受罪，也不怨人家姑娘。分了就分了吧，拿自己赌气，是男人应该干的事吗？把自己耗得老大不小的，就是提拔任用，人家也还要考虑你这个人是不是成熟，是否稳定。你这样的做法，我看就是不成熟的表现！”

林占雄此时的态度全然柔和下来，知道老站长是为自己好，考虑问题比自己全面。他悻悻地辩解：“也不是……不是没合适的吗？”

“你给我说说怎么是合适？能踏下心实实在在和你过日子，敬老护小，对你好就是合适。你呀，别在这些问题上误了自己的成长进步。”老站长话里有话。因为近来林占雄提职的呼声很高。

林占雄全听进去了。后来就有人介绍了姚玉萍，对方虽是再婚，可没孩子，关键是介绍人把姚玉萍的人品和能干说得天花乱坠，所以不久两人就结婚了。

说实在的，结婚头两年，姚玉萍对他可谓照顾周到，不仅回家是饭来张口，衣来伸手。累了，姚玉萍连洗脚水也会给他打来，让他泡个热乎的，解解乏。出差不用他操心，箱子整理得规规整整，该准备的东西一样不少。还想着给他带药，还提前配些调理胃的药茶，怕他忘了，一路追着打长途提醒。那两年，林占雄过得很知足。仕途上发展也好，一路当上了站的参谋长。唯一的遗憾就是两人最在意最盼望的孩子迟迟不来。两口子求医问药，林占雄只要有时间到大城市出个闲差，姚玉萍肯定请假跟上，到地方先奔医院。检查来，检查去，两人谁也没看出啥问题。医生就分析是两人的心情不放松导致的。

因为看的医生吃的药物良莠不齐，孩子没生出来，姚玉萍的外形变化却很大，不仅人变得臃肿，汗毛也粗重许多，唇上甚至有一圈黑色的绒毛，好像小胡子一样。这些林占雄都不以为意，反过来还安慰姚玉萍。但姚玉萍大长的脾气，却让他连呼吃不消。唠唠叨叨也能忍受，关键是把林占雄看贼一样防着。每天必要掌握丈夫的去向，和谁在一起，必须要知道得清清楚楚。丈夫该回家的日子，如果他晚了，或者临时安排个事，桌子上的电话能被姚玉萍打得蹦起来。时间长了，林占雄扛不住，干脆在单位住的时间更长了。姚玉萍当然不依，背着林占雄把他身边可能接触上的女性排查一遍，时不时地坐着班车上林占雄单位来个突然袭击，再见到那些女同事女下属，那眼神就像小刀子一样扎人，挑衅意味十足。弄得单位的女同事对林占雄是躲得远远的，连正常的工作也是想着办法闪了。这下，林占雄被姚玉萍折腾得没了脾气，便正常回家。对姚玉萍的态度也客气，但多一句话都不说。姚玉萍前几年还因为自己二婚女嫁个头婚汉，对婚姻对丈夫都存有敬畏之心，但渐渐就放松了警惕，原来身上的骄妄之气又时不时冒头，嫌弃林占雄的生活习惯，尤其反感丈夫大冷天打赤脚的习惯，直说他是上不了台面的渔民之类的，令丈夫心生反感。他有一次对朋友发牢骚："我就不明白，这些东风子弟甭管是凤凰还是麻雀，身上哪里有那么多优越感啊？"

听的人就笑着调侃："发射的火箭都上天了，生下的孩子也觉得能长上翅膀呗！不过，我看还是见识太少，从小到大在一个又小又偏僻封闭的地方待着，不和井底之蛙差不多嘛！"

姚玉萍也在委屈，自己掏心掏肺对人好，怎么一而再地拢不住人，还让人家和自己离心离德呢？索性将林占雄看管得更紧，甚至哭闹。渐渐耗去了林占雄对妻子仅存的一点怜悯和爱意，两人就不好不坏地生活在一个屋檐下，不说像冰窖，但也焐不热彼此的心。

对葛东风，两人虽没有交集，但林占雄是知道的。所以，见到自然客气招呼，当然还有一丝警觉。葛东风也是开门见山，直抒来意。林占雄嘴角上残留的一抹笑意，看着他，久久不答话。那眼神显而易见地高高在上。葛东风虽心里有些毛，但眼睛坚定地迎向他，成败在此，什么也不顾了。

"你知道，违背规定的事儿我不会做。这次有好几个让我把家里的亲戚或者朋友的孩子带出来当兵，我都回绝了。你怎么就会觉得我不会拒绝你？"沉吟了一会儿，林占雄说。

说完，似乎为了缓和气氛，又戏谑地加了一句："人家还拎着很有分量的'炸弹'上的我家，你可是两手空空。"

说完，两人都笑了。屋里的气氛一下轻松了起来。葛东风想了想，便前前后后给林占雄讲了哈达的身世，后头又讲了天坤的经历，连带上一场失败的婚姻，原原本本说出来，没有一点隐瞒。这是葛东风第一次让家人以外的人了解这个事，说出来，竟然有点轻松。

"这是笔孽债，我必须偿还。不怕你笑话，你是我决定求的最后一个人。办到办不到，我都尽力了。"

林占雄静静地听，一点没有打断葛东风。他能理解，作为父亲，他被这个称呼压抑了太久太久。

不过直到把葛东风送出办公室，林占雄都没有给葛东风一个明确的答复。

直到过了一周，葛东风接到林占雄从内蒙古打来的长途，向他仔细询问了哈达所在的地址和个人情况。才说了一句："看看吧！"

哈达如愿当上兵，就在测量站勤务连。哈达当兵的地方在点号，平时没有机会见到葛东风。葛东风还是哈达在新兵团时，请人安排他们父子见了一面。

哈达长得很结实，个头不高，宽宽的脸膛黑红，透着青春和健康的亮泽，唯有牙齿白得耀眼。他是从训练场上被叫回来见面的，一路跑过来，耳朵根子被冻得红红的，好像轻轻一碰就会折掉。见到面，立正站好，梗着脖子一声响亮的："报告，新兵哈达前来报到！"看起来很有一个兵的样子。等到只有父子俩，他也还拘谨地站着，两个拳头紧握在裤腿上蹭啊蹭，手上黑乎乎的，像卖相不好刚从地里刨出来的红萝卜，裂了好些细密的小口子，估计是长了冻疮，遇暖就发痒。哈达一声叔叔，把葛东风叫回了现实。他给哈达送来几件厚冬衣，毛衣毛裤是许子烈给孙子织的，便装棉服是丽娟买的。葛校言给哈达带去一块普通的石英手表。还有一些日常用品和一些食品。哈达抱着一大包东西，想了想说："以后别给我带东西了，我都有，用不上。"葛东风凑上前，想和儿子凑得近一些，哈达却向后退了两步，盯了父亲一眼，再把目光搁在地上。葛东风叹口气，说："哈达，无论你怎么看我，我都希望你好。你能当上兵不容易，好好珍惜机会。"

父子俩分手时，葛东风舍不得离开，一路看着儿子，而哈达却和大赦一般，扭脸就跑了，只肯给父亲一个背影，连头也不回。

勤务连的兵干的活多活杂也重，正是"革命战士一块砖，哪里需要哪里搬"。勤务连的兵最怕干的活就是拉煤。供暖煤都是从外地调运过来的，车皮到站马上卸煤。卸煤时，战士们翻出最为破旧的衣服，将自己裹得严严实实，即便如此，不一会儿就会被煤灰搞得满脸黢黑，双手冻得僵硬，鼻涕吸溜吸溜往下淌，止不住，只好不停地用袖子抹。六十吨一车的煤七八个人卸，一场下来，除牙齿是白的外，其余部位都是黢黑，耳朵、指甲缝里的煤灰，连着几天洗都洗不干净。

冬天最重要的工作就是供暖。锅炉的水泵声轰鸣着，烟尘迷漫着，在这里待上半天就会变成黑鬼，凡是脸上带孔的地方，都掏得出黑泥。大家笑话说，烧锅炉的兵两鼻孔可当烟囱使。锅炉需要人工除渣、清灰，长久的轰鸣声让人彻夜难眠。刚上岗的新兵没经验，没几天就把锅炉炉排拉偏了，造成停暖，冻得大家嗷嗷叫。哈达好琢磨，他当班烧锅炉从来没有出现这个情况，让连里的新老兵们刮目相看。哈达还自学了理发手艺，一到军容风纪检查，就成了连里最受欢迎的小理发师，一水儿的"板寸"，可以拿纸来对着头发比，没有高高低低，头型绝对漂亮。理出了口碑，后来连长指导员的头发都由哈达来理。

在连队，能得到连长的青睐不容易，干活眼明手快，点子多的哈达到了连队没多久，就成为连长器重的兵。

点号生活条件艰苦，站里的管理处长就琢磨着开展生产自救，每天在田间地头上晃悠，寻思着如何改善官兵的伙食和生活条件。除了手下几个助理员，他爱把勤务连长拉在身边，连长身边就常缺不了哈达。

在戈壁滩，冬天大家把"老三样"萝卜、白菜和土豆已经吃得烦不胜烦，就算是年节上从外地调运点时令菜，用车皮拉回来，烂的剩下一半就算不错，冬天吃点新鲜蔬菜难道只是奢望吗？长相粗鲁的后勤处长偏不信这个邪，他不满地在菜地比画着："奶奶的，凭什么我们戈壁滩的人就只能啃白菜土豆，不能奢望像别地的人想啥时候吃脆生生鲜灵灵的蔬菜就啥时候吃得上，喝碗青菜汤总行吧？我就不信这个邪！"

管理处长说干就干，专门去北方的几个农业示范基地取经，带了一堆资料，几经转手，交到哈达手里。自打后勤处长动了这个心思，连长就派哈达几个文化好的战士到图书室、到书店查资料，又委托家里购买了和借阅了不少关于温室培育的书。这些书在一般人眼里多为无趣，看到这些书，不是一个小时看不进去两三页，就是看得直打瞌睡，只有哈达全部看完了，不仅如此还摘抄了大本笔记，还真的就在脑子里"照了相"。等到拿到温室的资料，理论和实际对照分析，再根据戈壁滩的气温、光照、土壤等实际情况，进行改造。变成了投资小、效益高的自创土温室。当然，这还只是理论和图纸上的估算，接下来就是动手操作。勤务连用推土机在戈壁滩推出了一块空地，修土墙，又找木工班做木工活，两厢配合，土墙两侧用木板夹着，中间一层一层的夯土，再在上边搭上竹条，铺上棚膜，用了一个礼拜时间，一个简易土温室就建成了。土温室白天吸收太阳光照，晚上铺草帘保温。接着组织战士到很远的地方去拉来熟土。然后再去远处的牧区拉羊粪。等到满身羊粪味道，双脚鞋底子上腻着厚厚一层羊粪的兵们将拉粪车装好，好客的牧民会煮上一锅羊肉款待大家。这样的好事连长总是带着哈达。

在站里的官兵第一次吃上大棚里种植的新鲜蔬菜的庆功宴上，管理处长和连长都喝多了。平日里凶巴巴的管理处长，脚下划着虚步，帽子戴得有点歪，军装的风纪扣和第一颗纽扣敞开着，露出白线钩的护领，上面灰乎乎地腻着一层油汗渍。举着杯子对饭堂里官兵说："今天我们吃上了自己亲手种的蔬菜，好吃不好吃？"

得到大家响亮的肯定回答，处长颇受鼓舞，举着酒杯醉醺醺地夸下口："以后，我保证大家每天喝上一碗热乎乎鲜溜溜的青菜汤！"

处长又走到哈达面前，咧着大嘴笑得哈哈哈的，全然不顾一小片菜叶子黏在他的牙齿上。用一只手猛拍哈达肩膀，力道大得差点把没有思想准备的哈达拍一个跟头，将大拇指翘得高高的，莽声大气对哈达说："小子，脑瓜真好使，是可造之材！"有点受宠若惊的哈达咧嘴傻笑望着处长，露出的白牙划过一抹动人的白线。等处长走过去，连长也拍拍他的肩膀，打了个酒嗝，浓重的酒气熏眯了哈达的眼。

他忙举起手中的半杯可乐，说："连长我以这个代酒敬您！"

"兄弟，好好干！以后大有前途！"

没想到，哈达自毁前程。

人走顺了，难免飘飘然。

点号生活枯燥，为了活跃业余生活，常常组织些乒乓球、篮球、足球赛什么的。年轻人大把的精力无处消耗，于是在球场上，就拼硬斗狠。不是在技巧上取胜，而是想着好勇争胜，放翻对方。像篮球、足球这样对抗性强的比赛更是如此，场面也属惨烈。别看哈达个子小，但喜欢打篮球，在场上灵活似小鹿，传球时虚虚实实，闪转腾挪，球就像长在他的手上，不会丢失。常博得场外观众的鼓掌叫好。每当这时，哈达就笑得眯起眼睛，嘴张得老大，露出他招牌似的白牙。但新加入比赛阵营的炊事班伙头军张军和黄克就不服这一套，仗着自己强壮，在篮球场上像两辆坦克一般来回冲撞，对方的队员经常被他们撞得人仰马翻的，弄得大家怨声载道。可那两个小子把这当作杀手锏，用得乐此不疲。终于，发生了流血事件。哈达不仅被这两辆大马力的坦克撞翻在地，那冲力还把他一路磕在场边地上拱起的水泥沿上，嘴唇被划豁了口，肉翻了出来，血一下流出，嘴上，衣服上，地上全是血，一会儿便肿得老高。右腿上也被划出一道五六厘米的深深的伤口，在医务室缝了几针。虽说那俩小子当面道了歉，但在背后，猛吹自己多么多么神勇，哈达多么多么不堪一击，说早就看他牛逼不顺眼，想教训教训了，没想到这么容易就被他们制服了。再传到哈达耳朵里，可是太刺耳了。

报仇的机会终于到了。快过年了，站里很多人休假，加上老兵退伍，新兵要年后才到，平时就不热闹的点号，显得越发冷清。这天哈达和两个战士拿着工具到办公楼修了半天暖气，暖气管子里跑出的水把他们的裤子大头鞋弄得精湿，出门被风一吹，冻得咔咔的，脚指头都冻木了。几个人回到宿舍把衣服换了，其中一个人拿出不知偷偷藏了多久的大半瓶"闷倒驴"，招呼着让大家喝点暖和暖和。平时战士不准饮酒。所以几个人喝了，还不忘一人吃几瓣大蒜盖盖味道。哈达哪里是这种七十多度酒的对手，不多会儿便醉了。哈达的醉意是表现兴奋。于是跑到炊事班，热情地邀请张军和黄克中午开车出去兜风。两个嘎小子你看看我，我看看你，不知道这个平日里笑眉搭眼的兵葫芦里卖的什么药。

"兜风就兜风，多大的事儿！你有本事搞到汽车我们一定奉陪。"

哈达炫耀似的举着一把车钥匙，那是连里出公务的唯一一辆北京吉普212，钥匙成天像宝贝似的在连长屁股后面挂着，须臾不离身。怎么跑这小子手里了？

原来哈达和连长关系好，能够经常出入连长的小屋。这把钥匙就是他偷偷配的。那天中午，天气很长脸，太阳把天空晒得碧蓝如洗，晒得人身上舒服得暖，像搔痒痒。天空找不到一丝云彩，一条笔直的路将大地和天空连在了一起，看不到尽头，只有凭借那遥遥的蓝和灰黄的色块分界线将天与地分割开来。

哈达开车是和司机偷偷学的，今天是第一次真正施展拳脚。三个人趁着午休跑出来，看见营区大门在身后越变越小，成了一颗绿豆，一会儿工夫就看不见了。几个人好像放风一般兴奋，张军和黄克还放心大胆地号上几嗓子。哈达一边开车，一边陪着他们乐。脸上却有着一丝诡异。

坚硬的戈壁，零星的碎石，车过掀起一阵尘土。已经离开路很远了，四处也望不到路。哈达的驾驶技术还不是太熟，坐车的人比开车的还紧张。终于，哈达将车停下来。看看天，阳光的劲烈缩了头，天气冷下来。

"下车吧！"哈达冲车上的两人努努嘴，示意下车。

"这是哪里？连个兔子都看不着。时间差不多了，咱们回吧！一会儿露馅儿谁也担不住！"张军和黄克迟疑着走下车，有点摸不着哈达的心思，看看手表，催促着哈达。

"我就不奉陪了！你们哥儿俩自己走回去吧！喏，可惜只有一件大衣留给你们，小心冻坏了！"说完，将车上的一件大衣扔给他们，吹着口哨，一踩油门，将车开走了。留下张军和黄克一路狂追大喊："你小子停下，停下，操你大爷呀，我们怎么回呀！"看着车子变成绿豆，终于看不见了。两个人的骂声也渐弱，渐渐变成了哭音。

这天晚上，全连紧急动员出动寻找，终于在凌晨找到两个冻得哆里哆嗦的战士，他们在大戈壁上迷路了。

从连长到后勤处长再到林占雄都力保，哈达最后做退兵处理。当葛东风问他为什么会这么做时，从出事到现在一直说话不多的哈达此刻好像找到了爆发的理由，他冲着父亲大喊："我绝不容忍别人欺负我！我就想看到你们被折腾，为了我保不住面子，反正看到你们难过我就高兴！"

说完放声大笑起来，笑得似乎连气也喘不过来，待抬起头，却是一脸的泪水。

他恨恨地望着葛东风，那眼神有渴望有拒绝有惭愧有倔强，种种对立的情绪掺杂在一起，令葛东风不忍直视……

葛校言从心里喜爱这个倔强的孙子，孙子来部队当兵，他满以为孙子总算入了葛家的正根，巴望着曾经在儿子身上的遗憾能在孙子身上弥补回来，孙子的聪明能干被部队认可，他还对许子烈夸口说，这才是我们葛家的男人，天生当兵的料！骤然得知这个消息，葛校言急火攻心，突发心梗。好在许子烈发现及时，抢救过来，人的精神却大不如前。

永远的精神故乡

第一艘载人飞船快要发射了。

这天，正在干休所守着电视看新闻的葛校言听到电话响，拿起电话，眼睛还舍不得离开电视画面。那上面正在播苏联航天英雄加加林从太空归来，伴着两侧欢迎的人群，独自走在莫斯科红场的地毯，加加林带着微笑和拥有整个世界的骄傲，气宇轩昂地向主席台走去……

直到话筒另一端传来沈西元的声音：

"老葛，你好吗？过几天我们能在基地见上面吗？"

"哈哈，老哥，我最近感觉不错，这不接到基地邀请，后天就动身出发，咱们好久没见面了，这回好好聊聊！"

"是啊，是啊！终于盼来咱们中国人飞上太空这一天了！真高兴啊，这两天老是失眠。所以，我等不及啊，明天就启程。我在那里等着你！"

两位老人兴奋地聊着，聊着遥远的太空，聊着第一个将要飞上太空的中国航天员，聊着将要见到的老战友，聊着家人和孩子的近况，直到电话筒都有些烫了，才意犹未尽放下。

循着沈西元的电话，几年间的一幕幕浮现在葛校言眼前。

即将发射的一艘无人飞船按计划已进入发射场测试阶段。虽然之前已进行过两艘无人飞船的发射，而这艘是完全按照载人标准来执行的，上级要求慎之又慎，确保稳妥。

按计划完成飞船舱体对接后，要进行电缆导通测试。但当测试接近尾声时，技术人员突然发现穿舱插座有一处接点信号不通。这个插座很特殊，因为舱里外信号沟通，都通过这个插座。这种插座，在飞船上共有几十个，涉及的接点却高达一千多个。如果仅仅是个别插座的问题，只要单独更换就可以了。但如果是整个批次存在隐患，飞船上天后很难保证不出问题。

不好的消息再次传来，负责生产插座的厂里，也出现过触点不导通现象。看来，这不是简单更换那么简单了。要想彻底清查，必须对飞船"开膛破肚"全面检查。

这个消息震惊了工程领导，各个系统的老总齐聚基地，商讨解决问题的办法，渐渐，两种意见激烈交锋。一种意见认为，此前飞船用的都是同类型产品，所以不会有批次问题，只需将问题插座更换，因为此时飞船"开膛破肚"，可能会造成别的损伤，得不偿失。另一种意见认为，载人航天不是开玩笑的，不能带着疑点上天，无论代价多大，也要按照五条归零标准彻查。

担任发射场测试工作的葛蔬蕉和丈夫何逸帆都持后一种观点。

此时，发射日期已上报中央，各系统近千名试验队人员已经进驻发射场。如果因为这个问题耽误，则会影响大局。

发射场迎来了好几个不眠之夜。

为了尽快查清故障真相，指挥部决定，由北京的元器件专家组立即赶赴发射场，对故障插座进行判定，依据专家组的结论，决定飞船的命运。

斟酌再三，专家组给出：很难排除是批次性问题的慎重结论。就像母亲十月怀胎，孩子都到了八九月，即将出生，结果说不行，要终止。这让谁也难以接受。

沈西元和葛校言都是任务聘请专家，这个消息让他们难以平静。为了验证此说，专家们再次赶赴生产厂家，真是插座确实属于生产和设计都存在批次性问题。

问题上报中央，中央作出彻底解决问题的指示。飞船推迟发射，近千名试验队人员，被迫"打道回府"。

作为老专家，葛校言和沈西元都被请回基地做技术顾问。闻此消息，葛校言心情沉重地冲沈西元说："有必要吗？代价太大了！上千号人啊！"

"为了我们的工程顺利往前走，为了我们的航天员早日飞上太空，这样的狠心必须下，代价必须付，这就是载人航天！老葛，现在的标准比我们那时候更高了，不能拿老眼光看问题了！"

冷静的沈西元考虑了一下，催促着葛校言。"走，咱们现在把新近总结的一些故障隐患疑点汇总一下，去找小安，发射场这块也不能掉以轻心。"

他们嘴里的"小安"是新上任的发射场总指挥。

整个工程各系统都以此为戒，开始了大规模的查找整顿工作。一系列严格的措施出台了，一系列苛刻的规章下达了。这是中国航天工业内部的一次大手术，它使从仓库看门人到系统设计总师都明白无误地知道了自己的职权和责任，甚至细致到每一根电线和每一颗螺丝钉。在中国航天工业内部颁布、实施的"定位准确、机理清楚、问题复现、措施生效、举一反三"的质量问题归零五条标准，成为航天人必须执行的生死令。

一切都为保证载人飞行的万无一失。

随着几艘飞船的发射成功，测试软件专家何逸帆的名气大振。然而在他即将被任命为测试站副站长时，却被他拒绝了。而且突然提出离开。原来何逸帆在北京的同学邀请他去中关村创业，不仅条件丰厚，而且前景喜人。何逸帆决定转业。

这个决定让葛蔬蕉颇为震惊。夫妇俩谁也说服不了谁，冷战了几天。

这天，葛蔬蕉想做一次最后尝试。她拿出大衣柜中的一个盒子，盒子装着用一块黄色丝绸仔细包裹的火箭模型。火箭是用木头和子弹壳做的，都是原色，没有装饰，没有一般商品夺人的色泽，但是手工精制，一看就是精心之作。

"你忘了它了？"葛蔬蕉拿着模型看着何逸帆，神情有点哀伤。

"我从来不曾忘记。如果忘记了，我就不会博士毕业来到基地。"何逸帆望着葛蔬蕉手中的火箭。何逸帆的父亲曾经在基地工作，在他五岁的时候转业回到北京。在何逸帆上大学时，因癌症离世。这个火箭模型是父亲留给他的遗物。

"记得我五岁时和父母回到北京，基地的很多事情已记忆模糊，但是基地的色彩却深深刻在我的脑海。到处是灰黄的色调，望不到头的沙漠是灰黄的，房子是棕黄的，连天也常常是黄沙密布。唯有那一身身的绿色军装，红色的领章帽徽，改变了它的色彩，特别醒目。所以，当我和父亲一样成为一名穿着绿军装的航天人，你不知道我觉得多幸福，多神圣！"

"那你今天怎么会舍得主动舍弃这身军装，这份事业？"话题到这里，葛蔬蕉觉得更加难以理解。

"小时候听爸爸讲他们建设基地的誓言是'死在戈壁滩，埋在青山头'，我曾想有什么比生命还重要？戈壁滩有什么神奇夺人的魅力？我还听说，在基地艰苦的创业时期，冬天天寒地冻住帐篷，西北风一刮，帐篷都被刮倒刮飞了。人冷的根本受不了，他们单位有位战士就缩在大衣里，靠着干活的工具上，在笔记本上写道："天气再冷，冻不了我们的热心，花岗岩再硬，硬不过我们的双手。'是什么在支撑这些人这么不要命地干活？……像这样的事听得越多，随着我慢慢长大，我就越发不能理解，却又渴望了解。我爸走的时候，没有留下什么，我就把他一直视为宝贝的这个模型带在身边，他曾经多次和我说，希望我有机会到他工作和生活了十多年的地方去看一看。博士毕业后，我主动要求到基地，当时在基地还引起轰动，因为我是基地引进的第一名博士。因为我想来，想了解这里。我爸要是知道，肯定也会高兴。"

"那你后悔了？后悔当初的选择，所以要离开？"葛蔬蕉忍不住追问。

"没有，我从不后悔。当我踌躇满志、意气风发地走出象牙塔来到基地，迈进了纪律严明、管理森严、生活单调的戈壁滩上这座荒凉的军营。我的许多同窗好友已经走出国门，或者来到繁华大都市，或者去了国家最好的科研机构开拓起他们驰骋梦想的天地。我却从来没有羡慕过，后悔过。咱们来的时候，基地还没有像现在声名鹊起，还处在高度保密中，生活物质保障也不像现在这样丰富。我却觉得内心无比充实，激情满怀。三个月的军训，你是知道的，多苦？每天在泥里土里滚着，每个夜晚靠着墙角站军姿。累得躺在床上就不想再起来，可我真的不觉得苦。那段日子，我觉得是我们父子离得最近的时刻，我每天都能和他对话，我们一起见证着我从一个普通老百姓一点点地向军人的转变。我能感觉到天堂里父亲的欣慰。我们去参观了场史展览馆，那里一件件实物，一幅幅图片，老同志的一场场报告，回忆的一段段历史，都使我仿佛回到了父亲奋斗的岁月。当远方的同学来信说他们的科研条件是多么优越，技术是多么高端，生活是多么优越，待遇是多么丰厚，业余生活是多么丰富时，而我们只能吃到贮藏的蔬菜，拿不到他们收入十分之一的津贴，晚上唯有孤灯月影相伴，我一点也不觉得失落，从没有后悔过。因为，每个人的追求和实现价值的走向是不一样的。

"我之前不敢相信，在如此恶劣的自然条件，艰苦枯燥的生活条件的地方，竟然成就了中国航天那么多的科学壮举，成为世界第三大航天发射场，这里奋斗着怎样一群人？是怎样一种信念支撑起这片澄净的天空？我想更多地了解父亲这代人的所思所想。我用了十年的岁月，寻找着，实践着，也被感动着。我时时都在扪心自问，为什么他们能在这里一住就是几十年？为什么他们能回到繁华的都市却要放弃机会，不舍得离开？为什么一批批航天人会前赴后继地涌向这里？为什么年轻的夫妻要把年幼的孩子送回老家？为什么节假日的加班夜战他们没有怨言？当发射成功的消息传遍祖国大地，举国欢庆的时候，他们却疲惫地在操作台前睡着了；他们才能急切地奔上回家的火车，去告慰刚刚逝去亲人，去诉说内心的愧疚；才想起给远方的父母打电话唠唠家常；他们才内疚地为几天没有见到爸爸妈妈的孩子做桌丰盛的饭菜。去同事家串门，包括咱们自己的家，家里都是拼拼凑凑，没有什么像样的家具。有的人家更简单，大部分家什就放在木板钉的包装皮箱子里，家里的电视机就放在那上面，其实大家都是一颗红心两种准备，因为铁打的营盘流水的兵，谁也不知道哪一天组织上会确定我们转业……这不是高调的政治宣传，这不是不关痛痒的作秀，这些就发生在身边，就发生在你我身上，为什么是这样？为什么会这样？这些问题常常问的我潸然泪下，心灵一次又一次被震撼！这就是军人，这就是航天人，国家利益，个人利益，大家掂得清轻重。

"十年里，我有多少机会重新选择？你是最了解的。同学们的荣耀和成就，我羡慕吗？实话说，羡慕。但我从没后悔，我没有急切地寻找关系转业地方，我也没有更多抱怨环境生活条件的恶劣，因为我事业的目标还没有实现。因为在这里我找到了志同道合的爱人，我有了你，我们有了爱情的结晶，有了女儿皓月。所以我选择留下。

"十年里，我在这片澄净的土地上还感受到很多弥足珍贵的东西，比如单纯而质朴的环境。比如令行禁止，说干就干，不讲条件的严明作风，这些也形成了我们特殊的情感与做人和处事原则。在这里没有行人的路口不会有车辆抢行，没有上锁的自行车不会丢失。家里遇上困难，孩子没人看管，老人没人照顾，你可以放心托付给邻居。不会有人和你大谈金钱，锱铢必较。在这里说话敞亮，情感真挚单纯，没有埋在肚肠里勾心斗角，弯弯绕绕，没有复杂的人情世故，无论谁只要能力强就会有施展才能的舞台。这些都是现在社会里弥足珍贵的财富，是用金钱无法衡量的。我们会不会被外面的花花世界吸引？会！因为人都向往更为广阔的天地。想去看看更大的世界有没有错？没有错！很多人走了，但也有一批批新人来到这里。新老更替，生生不息，才是一个地方一个事业焕发生命力的所在。回来访故忆旧的人，他们之所以回来，因为他们怀念这里，因为这里曾实现过他们存在的价值，因为无法辩驳的是，这里永远都是他们无法替代，最为宝贵的人生记忆，是最后一片精神净土。

"最完美的人生是怎样的？我认为要有丰富的经历，有价值，有故事。这样，当你老了的时候回想起来，心才不会觉得空。我们从事的航天事业，太空的博大遥远未知，让一切都向高处升腾，它是神圣的。航天作为这个时代的标志性事件，能参与其中，就是人生经历的丰富。它代表着梦想和高度，因此我们的奋斗变得更有价值，这其中必有常人所不知道，所不了解的故事。这几个完美人生的要素在我看来如今全齐了。所以我为自己从事的工作自豪。

"今天，我选择离开，也并不是背叛。我已经为这个事业倾尽全力付出过，奋斗过，我实现了我当初的目标。航天之路是无尽求索的，而个人的力量总是有限的，人生有各种各样的机会，怎样选择都不是错。我相信会有一批批人如我一般选择来，或选择走，可不管我们在哪里，这里永远都是我的精神故乡。此时，留下或者离开都不重要，重要的是我们实现了生命的价值。即使离开，我们依然会用自己的方式热爱它，为这个事业出一份力。"

何逸帆一个人动情地说了很多，他渴望着妻子的理解，他看到了妻子眼中闪动的泪光。

何逸帆转业回到北京，带走了女儿皓月。他说要让女儿受最好的教育，有更为开阔的眼界。他希望女儿长大后能选择一条自己的路。夫妻俩一个在基地，一个在北京，为各自的事业忙碌。几年间何逸帆和几个同学创办的公司，很快因研发的多种电子产品成名，公司成功上市。由何逸帆作为主力研发人员的国内最先进的低能带电粒子测量仪在航天任务中得到应用，和妻子葛蔬蕉一道也作为航天功臣代表参加了人民大会堂举办的表彰大会，受到中央领导的亲切接见。

葛校言和沈西元在发射场再次重逢，当听到任务总指挥宣布中国首次载人飞船发射成功的消息，两位白发苍苍的老人紧紧拥抱在一起。

等载着航天员的飞船按计划降落在内蒙古主着陆场，航天员安全返回，航天城举行盛大庆典的夜晚，沈西元却突然心脏病发作，在基地宾馆房间里安详离去。离去时，星空被航天城璀璨礼花的光芒映亮，如一颗颗星辰镶嵌在遥远的夜空……

按照沈西元的遗愿，他要把自己永远留在这块他工作了一辈子的戈壁滩。

魏冬琴来了，瘦弱的她难掩一脸的悲戚，却努力挺直腰身，她要陪着老伴走完最后一程。她的脚步是那么慢，那么轻，好像生怕惊扰了老伴，是的，他太累了，有数不清的夜晚和假日，他和那些冰冷的元器件一起，和一群永远满怀热情的同事一起，和戈壁的黄沙皓月一起，无眠无休。现在就让他好好睡一觉，睡一个这辈子最踏实的觉，做一个这辈子最长久最美好的梦……搀扶着她的是葛樱莓。她作为女儿来为最为敬重的爸爸送行。想起相处的日子，她脸上的泪水怎么也揩不干。老人辛苦奋斗一辈子，走了还要继续坚守在这里。葛樱莓自从离开基地后，把自己的世界和基地完全屏蔽了，她不再愿意听到"基地""东风"这两个词，这些年再也没有回过基地，专心致志地照顾女儿，照顾年迈的公婆。

走在最前面捧着沈西元遗像的是孙女沈雪晴。想当年爷爷奶奶身边的百灵鸟，今天真的成为了一名歌唱演员。少女时代和母亲、爷爷奶奶生活在一起的雪晴，也曾有过叛逆期。她唱摇滚，唱 RAP，听重金属，化小烟熏妆，头发总是愤怒地夯着，一如她的心情。心里每天像着火般的燥，不停地蹿着火苗。她不想母亲和爷爷奶奶过于关注自己，她烦，她想过一过大人禁令中的生活。所以她逃课，她晚归，她见惯了母亲的泪水，她自己写歌词，自弹自唱，指肚指尖到处是拨动琴弦划出的血口，她却在痛感中感受快乐。歌曲发了一首又一首，她也少年成名，获取奖项无数。可她却觉得心静不下来，找不到方向的空落时时侵扰着这个早熟的少女。直到有一天，她听奶奶避着妈妈，给她讲起她出生地方的故事，翻出爷爷写的自传，沉浸在爷爷奶奶的世界里，她突然静下来。她像一叶漂萍渐渐长出根蔓，有了滋养。冥冥中那个遥远的生养她的地方好像为她单薄的肌体输入营养，红晕一点一点在她苍白的两颊漾开，也许那就是故乡的力量。此刻她脸上脱去了少女的稚嫩，一个圣洁的声音在胸腔回荡，那是献给爷爷和几百个和她爷爷一起在这里安息的人们的一首安魂曲：在遥远的大漠荒野中/有这样一群人/在凛冽的寒冬，抵御寒风坚强守望/在迟来的春天，滋养贫瘠催生希望/在灼热的酷暑，静听蝉鸣唱响光荣/在金黄的晚秋，遥望胡杨传承永恒/在那万籁静寂的夜晚/我们在早已熟悉的星海中/搜寻被我们看护在身旁的发射架/送往苍穹的卫星和飞船/亲人走了/战友走了/飞船和卫星也走了/可是，我们还在/我们是永远守望大漠飞天传奇的人……爷爷，您听见了吗？

葛校言、许子烈来了，葛东风、葛蔬蕉来了，他们要送在一起并肩奋斗一辈子的老战友一程，沈西元是晚辈们眼中的英雄，是令人崇敬的老首长和前辈。走在后边的那个结实的小伙子，连着鬓角的络腮胡刚刚刮去，泛着青色，一脸肃穆。这是哈达。当年回乡后，哈达谁也没有告诉，一个人跑到兰州打工，一边挣钱一边上课补习，常常一个烤饼就些咸菜就是一顿饭，生活清苦。虽然，他没有向亲人们承认，其实心里早已后悔了。选择外出打工，就是希望能用身体上的苦和累，惩戒从前的错误，洗去内心的负疚。直到有一天，一直在寻找儿子的葛东风出现在儿子面前，父子终于冰释前嫌。哈达考上了北京师范大学学习心理学，研究生毕业后来到航天员科研训练中心，成为了一名航天员教员。几年后，他作为千挑万选出的志愿者，代表中国参加了国际航天组织的飞向火星的太空实验，和他的四位外国志愿者伙伴荣登美国时代周刊封面。

那一天，护送的灵车汽笛长鸣，刚刚还晴空万里的天空突然乌云密布，当由卫兵护送载着沈西元的骨灰灵车缓缓经过送行的数千官兵面前时，刚才还烈日灼人的天空上，突然淅淅沥沥地下起了雨，当灵车停下，雨水也奇迹般地停住。随即烈士陵园的上空便出现一道彩虹桥，金色的阳光铺满了整条通往烈士陵园的道路。这是老天爷迎接一位航天老兵的最高礼仪。

明天，葛校言就要回干休所了，走前，他想到烈士陵园再来看看昔日的战友，陪他们坐一坐，聊一聊。

这里，安息着近七百名牺牲的将士和职工。

这里白杨傲立，红柳摇曳，眼前如林的墓碑，俨然是一方威武的军阵——

这里曾有中国航天事业的奠基人，将星闪耀。

他们从不知道火箭长什么样子的外行，凭着一股子豪情壮志，带着他们的士兵们，将新中国的第一枚导弹绑上了发射架。

将军们的墓后，是一个个士兵的墓碑。墓碑呈纵队静静排列，似乎还在等待将军的调遣。

这是加注战士张涛的墓碑，牺牲时只有二十四岁。

葛校言清楚地记得，那位为挽救周围战友生命，而自己却在液氧分子的包裹中，成了一支熊熊燃烧的"火炬"的张涛，那位有着一张娃娃脸，总是带着生动笑容的年轻士兵和戈壁滩上留下了几十个焦黑的脚印……

在这名英雄士兵的墓旁边，是一个入伍不到两年的河南籍战士的墓碑，他已在这里长眠了四十多个岁月。他是在执行试验搜索任务时迷失在茫茫大漠中的。夏日的沙漠地表温度高达七十多摄氏度，当战友们在沙漠中找到他时，他已被晒成一具干尸，仍保持着行走的姿势……

在整齐的队列中，还有一块墓碑引人瞩目。这是第一位在这座陵园安息的烈士。人们只知道他是 1958 年第一批开进戈壁滩特种工程兵的一位战士，但没有人知道他的名字，他的墓碑上只留下"烈士之墓"四个字。

这里航天战士的英魂组成的兵阵，那样壮观，葛校言的心颤抖了。他们安静地守护着生前战斗过的发射场，静静地见证着一个个航天传奇的诞生。在离烈士陵园不远处，生长着一种植物叫胡杨，它在干旱、多变的恶劣气候中，依旧枝繁叶茂，人们又将胡杨称为"沙漠的脊梁"。这是一名将军的诗句：胡杨，生，千年不死；死，千年不倒；倒，千年不朽。它们是英雄的树，选择了戈壁，就选择了它们顽强的一生。

此时，寂静的陵园里走进一位男军人手牵着一个年幼的男童，他们走到一座墓碑前，墓碑前一个小花圈上写着：妈妈安息。孩子问男人："爸爸，我妈妈在哪儿？"男人默默无语。孩子又说："我妈妈在一个小黑箱子里睡着了是吗？"他又问："妈妈什么时候能醒来？她会觉得黑吗？"男人抚摸着他的头，轻轻地说："她在天上望着你呢！你和妈妈说说心里话吧，在这里她什么都能听见，什么都能看见！"孩子听话地跪在墓碑旁，用他的小脸贴着冰凉的墓碑，喃喃地说："妈妈，我非常想您，您什么时候再来陪我一起玩吧。我学会了滚铁环，还能折返跑呢！等您来看我时，我跑给您看。昨天在幼儿园睡午觉，彬彬淘气，把臭袜子放到我的脸上，把我熏醒了。我气得打了他一拳，他还委屈得不行，哭了，老师还批评了我。我有点不服气。不过一会儿我就想通了，没啥大不了的，下午我和彬彬就又在一起玩了。老师说我大度，有的小朋友说我软弱，妈妈，您觉得我做得对吗？……"孩子好似还有很多话和妈妈倾诉，男人静静地听着，不时地搂搂孩子，目光充满慈爱……

葛校言坐在沈西元的墓碑前，收回目光。

"呵呵，老哥，看看我们戈壁滩孩子的胸怀，我看这孩子以后错不了！你说是吧？"

他从随身带着的布袋里掏出一叠报纸，整整齐齐放在沈西元的墓碑前，接着说："老哥哥，我把这几天的报纸带来了，上面是咱们中国人太空出舱成功的消息。就在昨天咱们中国人不仅来到太空，而且走出飞船，漫步太空了。太空终于有了我们中国人的脚印。听了这个消息，你肯定特别高兴吧?！老哥，转眼，你都走了五个年头了，一切还好吗？那天看发射点火前倒计时的时候，我真的绷不住了。虽然经历了那么多次，也知道每一次发射，都是咱们航天人心脏抽紧的煎熬。可我还是紧张地气都透不过来，因为火箭每一发状态都不一样，就是准备得再好，有一点哪怕是很微小的地方考虑不周，也怕发生意外。大家的眼睛都在这一时刻随着倒计时向'0'终点奔腾……终于看见火箭喷着火焰稳稳当当启程了，可心里那根弦还是绷得紧紧的，从火箭发射到飞船进入轨道要经过约680秒的过程。对咱们航天人来说，那可是死去活来的680秒！直到通过大屏幕看到航天员身旁的舷窗有阳光射入，进入失重状态，航天员通过视频朝地面挥手，我们才终于松了口气。那种感觉，你最清楚。要是你在现场，该多好！唉，不说了，老哥哥，你耐心地等着我吧，总有一天我会来陪着你，咱们一起守着发射场，聊天看发射！"

　　葛羽珍最为得意的一件事情，是她一岁多开始有的记忆。

　　母亲曾经难以置信，但葛羽珍绘声绘色地描述，那些绝无二致的场景却让她不得不相信了。相信之后，便对这个最小的女儿，也是最不让她省心的女儿开始用上揣测的目光。

　　那是些温暖的场景，温暖得葛羽珍时时想把它揣在梦里，永远不再醒来。

　　在葛羽珍一岁的世界里，她的周围永远有不停歇的人声，具体发出的是什么意思，她自然无法了解。然而她只要睁着眼睛，身边就一定有一束束射向自己的目光。这是葛羽珍最早领略到的关注，虽然她并不明白目光背后的表情是什么，担心、愤怒、嗔怪、喜悦、幸福、监视、欣赏、慈爱、骄傲……她通通不能了解。但无论怎样，她喜欢被关注的感觉，所以总是睁着眼睛，只要有一丝精力，她都努力打开眼睛。

　　今天葛羽珍在梦里再次与一岁的记忆撞了个满怀。

　　淡绿色的童车，很宽敞。胖嘟嘟的葛羽珍像个大头娃娃坐在车上，黄黄软软的绒发被母亲扎成了两个细细的冲天辫支棱着。她的小童车被安置在家里的饭桌旁，小车里可容两个孩子面对面就餐，中间的小搁板抬起来就是小饭桌。桌上搁着白色染着绿斑点的搪瓷碗，那是她的专属品，她则悠闲地用肉乎乎顶着五个小酒窝的小手，握着勺子一下下无目的地捣着小碗，一边仰着小脸笑眯眯地看旁边围坐饭桌的大人吃饭，表情里带着好奇。

　　每一张闪过的脸都挂着笑，一边端着葛羽珍的碗抓住空往她嘴里塞上一口食物，一边做着各式表情与一岁的葛羽珍做着交流，表情随着她的咀嚼也在变化着。

　　葛羽珍最喜欢大人将童车的车篷放下来遮住自己，以便她透过丝丝缕缕的缝隙观察大人，放下的车篷让她觉得放松安全。她通常靠呀呀的呓语达到诉求。

偶尔，毛躁的哥哥或姐姐放篷子时，夹住葛羽珍嫩小的手指，她毫不犹豫的哭声顿时响彻家中。大人们马上会立刻放下手中的一切活计，直向她扑来。

在葛羽珍看来，夹手指带来的痛苦远不及被所有人重视更让人快乐。她喜欢被重视的感觉。于是即便自己的搪瓷碗里时常有些褐色的黏黏糊糊的东西，后来她知道那是那个年代的营养品，藕粉。她不喜欢那种味道，也因为大人哄喂她时，脸上呈现的温暖灿烂生动的表情，让她把不乐意忍了，大口大口吞咽，做出香甜的样子。

以至多年后，这些温暖的画卷永远定格在葛羽珍的记忆中。一岁的葛羽珍已经知道感动。

询究起来，葛羽珍之所以对一岁的记忆如此不能忘怀，那实在是因为这样温暖的场面在她今后的记忆中逐渐稀淡的缘故。而这稀淡，在她看来与故乡有着不可分割的联系。

葛羽珍幼时的经历却并不美妙。六岁那年，因为一场感冒，她徘徊在了死亡边缘。生病时恰逢许子烈和葛校言都在单位忙，许子烈只是擅自做主开了些药片颗粒的给女儿喂下，便又去忙碌。两天之后，葛羽珍还是小脸通红，浑身酸痛，哭闹不止，许子烈回家，一摸女儿浑身滚烫，意识到不好，就抱着女儿上了医院。正值新春佳节，医院的大夫也完全没有心思仔细检查瞧病，循着经验，又开出另外一些药片颗粒，便打发母女回了家。一直到过完春节，葛羽珍的高烧倒是退了，但每天打了蔫般昏昏沉沉，体温顽强地在三十七度四左右傲然挺立。收入院详查，定性白血病的指标超高。一连几个月待在带着大玻璃窗的隔离病房，一周总要从小细胳膊上抽三回血，一管子一管子的，看得许子烈心疼掉泪。每天接受着各种针药的镇压，口服激素迅速将葛羽珍从一个纤细的、从来需要大人从楼上追到楼下喂饭的瘦子变成一天四顿海碗满盛还喊饿的吃货，每天眼巴巴等着下午三点病房食堂推来的加餐：四片粗糙的麦麸饼干加一碗稀汤灌水奶粉冲的牛奶，不仅将它们风卷残云入肚，连嘴角边一点饼干屑儿也毫不犹豫用舌尖仔细舔进嘴巴。女儿的食欲不仅惊呆了父母，也让每次送餐的大婶总感惭愧，转脸悲愤地向许子烈抗议：你们怎么带大这女娃的，吃的是什么？怎么像是饿牢里放出来的？葛羽珍的小脸像充了气的皮球，把皮肤撑得吹弹欲破，能清楚看见面部丰富的毛细血管密密麻麻的走向。你总在担心，这样美好的小脸在下一秒会不会裂开。

关于食欲肥胖，不说也罢。自打进了玻璃房，葛羽珍与外界的世界隔离开来，她再也见不到小朋友和老师。每天除了裹着白大褂白帽子的医生护士，就只能见到仔细消毒也戴着白口罩的父母。日子单调，令葛羽珍渐渐失去了说话的兴趣。她就每天在床上趴着看母亲带来的图书。连隔壁护士站里的阿姨也动了恻隐之心，总是刚刚在葛羽珍的小屁股上施虐扎完针，就放下针药盘子，趴在床头柜上教葛羽珍画个小狗小猫啥的，逗得葛羽珍破涕为笑，偶尔也会掏出裹着五彩玻璃糖纸的一两颗糖。葛羽珍不爱吃糖，只对那五颜六色的玻璃糖纸情有独钟，她在集糖纸。以至后来，儿科从主任医生到护士卫生员，一有糖纸便会替葛羽珍攒着，上班献宝似的拿给葛羽珍，换来小女孩一个甜甜的笑容。

葛羽珍呕血了，化验结果好于她、同病相怜的小病友突然走了两个，都是头两天还看着好好的，病情一下子恶化的。都是聪明伶俐惹人疼，不仅是当父母的心头肉，也是儿科的宝贝儿。那些天天为孩子治疗的护士一个个哭得鼻头通红。平时严肃的儿科主任在一天内来看了葛羽珍几次，听诊器在她小小胸膛后背听了几回，生怕有什么疏漏。隔着厚厚的镜片也能看到他眼睛里藏着无尽的哀伤。看到主任把妈妈叫到一边小声交谈，主任把头摇了又摇的时候，葛羽珍正想着用手中一沓平整的糖纸和那个并不知道死去的小伙伴换那两张描金线的稀罕糖纸的事，他们交换礼物都是各自戴着口罩站在阳台上，拿着棍子拴着画书什么的传递。

葛羽珍被紧急转到外地上级医院会诊，火车上，葛羽珍高兴地想在铺位上翻跟斗，她可不理解一路抹泪、几天间就把自己折腾得黄皮寡瘦的许子烈。又折腾了两个月，一管子一管子的血，骨髓也抽了两回，谁都不再吝啬，眼巴巴地等待检查结果。终于一位头发花白的儿科权威专家不再冲着许子烈摇头，而是说，估计这孩子先天免疫力低下，如果是白血病，她早就没了。她现在活着，就证明不是。不过，这孩子要避免感冒和受伤出血。许子烈激动地握着权威的手，猛点头，泪水哗哗的。葛羽珍却高兴不起来，她知道未来的日子在劫难逃。

一直到上中学，葛羽珍的体育课都是免修，室外活动取消。每天上完课就被关在家里，作业写完，就趴在窗台看外面的小朋友热火朝天地玩。看得馋巴巴守着许子烈掉眼泪，可许子烈的心是不锈钢刻的，压根儿不动心，词汇贫乏到除了"不行""不可以""不准"之外，没有别的词。葛羽珍从此不再看窗外，家里没大人时，一把大锁把她锁在家里，她就自己抱着娃娃自说自话过家家，还挺忙。最喜欢的一出戏就是自己当医生，给娃娃打针动手术。可怜那无辜的洋娃娃不久之后，屁股便被扎穿扎破，身体里装的荞麦皮一点点泄漏出来，露出丑陋的破洞。娃娃的手指头也被小刀切掉几个。虽然许子烈用针线修补了几次，但无法阻止娃娃变得越来越难看。恼恨不已的葛羽珍，用油笔芯在娃娃姣好的脸上画上胡子黑斑，八字眉，彻底和丧眉搭眼的娃娃分手了。

在别的孩子在外边跳猴皮筋丢沙包二道河北山狼心山疯玩的时候，葛羽珍就憋在家里看大人书架上的书、央求许子烈掏钱买的书和班上同学换着看的书，什么《收获》《十月》《译林》《啄木鸟》《水浒》《第二次握手》《高尔基文选》《鲁迅文集》《木偶奇遇记》《安徒生童话选》《毛泽东选集》《三毛流浪记》《家庭百科大全》《少年文艺》《基督山伯爵》等等这些乱八七糟的书无一遗漏，站着看、坐着看、躺着看、趴着看、歪着看、靠着看、蹲在厕所里也看，没人的时候一个人对着镜子把书里的情节弄个真人版或者来个发挥演绎版，咿咿呀呀的，沉浸其中，偶不然地也会流把清泪自怨自艾。她真的就把外面的世界抛弃了。当然外界先抛弃了她。

她的身体慢慢变好，但变得很宅。沉浸在书里文字世界的葛羽珍比一般孩子早熟敏感。初二时，她暗恋上学校高她几届的男孩。那个男孩是公认的学习尖子。学习尖子不稀奇，稀奇的是那个男孩子不仅学习好，而且会玩。足球、篮球、吉他都玩得好，还是学校活动的风云人物，学生会的主席。学校的老师一提到他，喜爱地会把眼睛眯起来地欣赏。她尤其喜欢在身后看着那个细脚大仙似的男孩子走路一摇一耸，额前的发绺一飘一飘的样子。所有的春风得意，意气风发全在乎那摇曳的身姿里。上学放学路上看到他，葛羽珍都有心跳加速要窒息过去的感觉。这份好感是断然说不出口的，遇见，倒像自己做了贼般，快闪而过。

夏天，家人为葛羽珍买来连衣裙，她就洗了澡换上，把录音机摁响，听着她最喜欢的日本电视连续剧《血疑》主题歌，等着及肩的长发慢慢晾干。把头发梳理整齐，绑上精心配色的发带，在穿衣镜前左照右看，看着蓬松的发尾随着走动，微微跳动在肩头，闪出乌黑亮泽，心也飞起来。走出门，迈着自以为最优雅的步伐经过那个男孩家的窗户，不着痕迹地绕上两圈，心抖抖的，颤巍巍的，便心满意足地回家了。她把所有的心事都在姐姐送她的一本漂亮精美的日记簿里毫无保留倾诉。

直到暑假里有天回到家，她看到放在自己抽屉的日记簿四仰八叉地出现在饭桌上，背对着她的母亲和大姐葛樱莓正悄悄说话，丝毫没有察觉她的归来。

"我看这丫头人小鬼大，小小年纪就思想复杂，学会谈恋爱了，说出去都让人难为情，以后学坏出了事怎么办？学校里不是没有那种出了事的女生，父母出去都抬不了头！"

葛樱莓安慰着母亲，"别着急，小女孩这会儿青春期，盯得牢点儿就没事了，等会儿我来问她！"

"白纸黑字写着呢，问什么问?！你赶在她回家前马上走，别让她以为又有撑腰的。我给你爸打电话说了，他也气得够呛。等会儿我收拾她，我们就是太惯着她！"

"妈，小妹大了，有话好好说，别打！"

她躲在小屋里，似乎看得到母亲把试图阻拦的姐姐赶走，又从门背后拿出了那个挑窗帘加惩戒人的竹竿，气势汹汹等着自己。

等了一会儿，葛羽珍自己从小屋慢吞吞走出来，她用冰冷的眼睛盯着正在火头上的母亲，低沉的声音似乎冒着寒气。

"你们凭什么看我的日记? 你们太不尊重人！"

母亲抄着小棍就冲上来："有没有搞错? 我还没问你，你倒来责问我? 反了天了? 难道要看着你干出丢人败兴的事还蒙在鼓里吗?"

竹条已经很疼地打在身上，一下又一下。痛感神经灵敏的葛羽珍此时感觉不到更多的痛，她看着竹条打下去，手臂上横起的棱印，这武器太厉害，下手马上肿。突然就丧失了理智地大声喊叫："你们干吗要生我? 生活有什么乐趣? 我要离开这个专制血腥暴力的地方，它太让人窒息！"反反复复喊着的就这几句，泪哭干了，嗓子也喊哑了，一头的汗水，身上手上腿上布满竹条留下的红印，葛羽珍像才恢复知觉，觉得火烧般的痛。许子烈拿着已打断的竹条，自己跑一边哭去了。

那些漂亮裙子那个男孩子看见没有，葛羽珍不知道。但她哭号的声音她料定他是一定听见了。

葛羽珍在床上躺了一个礼拜。许子烈上班就把她锁在家里，桌上搁着吃的东西。

快开学了，她向许子烈提出到外婆家读书。她觉得没法再面对那个连话也没说过的男孩子。估计许子烈早就这么盘算了，转学手续办得异常迅速，她被送到外婆家读书。

直到大学毕业进了报社，葛羽珍才认识到拿自己置气是件多么荒唐的事。

葛羽珍的外号叫"沉默白咖"。

自"日记事件"后，不仅从此她与日记绝缘，沉默也与葛羽珍如影随形，也可能更早，从"玻璃窗"时代起，沉默就注入她的基因。她没什么朋友，不是她不想说话，而是不会说话，话一说出口，硬邦邦地打人，总让人不能亲近。别人说什么，她很敏感，总把一句话的意思分析出几种可能性。渐渐地她害怕说话，怕说错话。于是，她和人交流多数靠笔，靠小纸条，写在纸上的文字也是稳妥的。在外婆家上学三年，加上上大学的四年，她和家人的联系也是靠通信。母亲写来的信很长，就像她当年给插队的儿子写信习惯一样，一写就是十几篇，信纸背后也全是字。即便不在跟前，也把葛羽珍全部生活了解得没一点缝隙。后来，她在高考语文作文得了高分，她认为全是拜小纸条和写信所赐。也是为了赌气，高考她报了新闻专业，想逼着自己把口才和与人打交道的能力改天换地。

葛羽珍皮肤白，白得晃眼，简直像了欧洲白人。虽然白是女孩子求之不得的，但她的皮肤异常娇气。不仅爱过敏，蚊虫叮咬一下，轻轻一挠，就红一大片，接着就溃烂起泡，好一阵儿都不能痊愈。而且心情紧张，皮肤也会出现过敏症状。她的心也和皮肤一样容易过敏，所以在人际交往上一受挫，就紧张，皮肤上也会显露。

由于葛羽珍学习好，性格也登峰造极的古怪，加上她又爱喝也颇为古怪的白咖啡，所以这个外号就一直跟随她。

葛羽珍毕业后留在北京，成为一家新闻周刊的记者。虽然家里有亲人在北京，她却不愿和他们多联系，每天独来独往。然而，葛羽珍始终在这个城市中找不到自己的位置，性格也成为事业发展的最大障碍，她抢不到头条，挖不到深度。每个采访都干巴巴的。被组长警告了几次。她把自己与这个城市有疏离感，全部归咎于她从小成长的环境太单纯直接封闭。北京，基地。两个完全不同的地方，连个起承转合的过渡都没有。她慢慢失去了交流的欲望，辞了职。那天，她从那座富丽堂皇的写字楼走出来，一个人走在街上。穿梭的车流，步履匆匆表情淡漠的行人，风格迥异高耸入云的建筑群，葛羽珍在这个城市灿烂的阳光中放声大哭。

她入职到一家航天科普网站当编辑，这个工作很适合她，岗位更多需要和文字打交道。即便与人沟通，也多是通过互联网邮件或者 QQ 交流，连面都不需要见。指尖在键盘上翻飞，人隐藏在网络后，不再顾及对方的脸色，不必猜测他们的所思所想，文字变得趣味横生，沟通变得顺畅。唯一不满意，是鬼使神差地又入了航天的行当。自打离开基地，她一点也不希望自己再和航天有什么关联。她把自己在成长中的挫折全和那片土地、那个事业联系在一起。

下来班，她喜欢一个人在北京的大街小巷溜达，因为把自己抛入一个陌生的环境，谁也不认识，令她安全无压力，心也安稳闲适。

有一天，在世贸天阶，她和一个衣着时尚，手指尖点点朱红的黄发女子相遇。

虽然擦身而过，总觉得面孔熟悉，大脑一下又没搜索出在哪里见过，便又迟疑着回头去看。没承想，对方也停下转过头。在愣怔的瞬间，两人几乎同时发声："姜飞非。""葛羽珍。"

那是葛羽珍初一时最好的伙伴。姜飞非拉着她，一起进了一间咖啡厅。她好像是那里的熟客，一进门，不停地和一些红男绿女打招呼，还有一些洋面孔老外，她的英语显然很好。和葛羽珍在一起，两人的气质完全不一样，葛羽珍文气，姜飞非洋派。

姜飞非随转业的父母在初二时就回到北京。异地相逢，两人高兴地说这扯那，时间一会儿就过了一个多小时。考虑到第二天还要上班，葛羽珍要了姜飞非的联系电话准备告辞。姜飞非临分手嘱咐了葛羽珍一句："见到咱们东风的同学，别说见过我。"

看到葛羽珍惊讶的样子，姜飞非说："我从来不和我的朋友说我长在那里，多傻多土啊?! 我那时在基地待的憋屈死了，什么都没有。全靠我爸我妈回北京带着东西往那边扛，才算不跌份，要不跟个小老甘一样，那口音甭提多冒泡了。我现在朋友圈里的人，都是从幼儿园开始论，小学中学大学研究生，一个个排。要是人家知道我在基地的子弟学校读的书，非让人笑掉大牙不可! 咱俩这是好朋友，才联系的，别人，我才不呢!"

葛羽珍虽然也不喜欢基地，可听见姜飞非这么说还是不理解，这不是忘本吗?

有段时间姜飞非电话特勤，鼓动葛羽珍拿出积蓄投资认养林木，说得天花乱坠。好像她给葛羽珍指出了一条一本万利的发财之路。后来，她才从姜飞非的只言片语中判断，姜飞非一心一意出国，出去嫁个外国人，现在是为了留学挣点学费。幸好葛羽珍正筹钱时，看到报道得知认养林木的事是个骗局。她马上找姜飞非。电话已不通了。此时的姜飞非已坐上了去法国的班机。

几年后，她在网上偶尔看见了一条新闻，姜飞非现在是巴黎艺术圈里炙手可热的装置艺术策展人。网上还挂出了她和她的法国伴侣，一个秃着脑袋，又高又胖的男人的合影。据说那个快七十岁的男人经营着法国南部一个葡萄酒庄，生意遍布世界各地，并涉足艺术界，有关他的消息常常占据媒体的版面。关键是相当有女人缘。只要看看他交往过的女性名单便可看出，明星超模好几个。照片上的姜飞非亲密地倚靠着男人，小女儿的情态十足，脸上挂着志得圆满的笑容。

因为在媒体工作，基地还是有人会辗转打听到葛羽珍的联系方式，有用没用的先建立上联系。所以，她见到了父亲的老上级王伯伯的女儿王欢。当初王伯伯是倒在工作岗位上去世的，王欢的母亲提的唯一要求就是让女儿在基地当兵，守着父亲。而此时的王欢早已离开部队，成为一个专做部队生意的商人，是基地一些单位和领导的座上宾。见了葛羽珍总是拉她陪着参加一些应酬。开口就介绍她是葛校言的女儿，现在是某某新闻周刊的首席记者。她说的是葛羽珍以前供职的那家著名的新闻周刊。葛羽珍给她纠正多次，无效。只见桌上一席人便会因为这样的介绍，对王欢和葛羽珍多了些信赖和欣赏。慢慢葛羽珍才吃过味来，原来王欢拉着自己来，是为了增加可信度。葛羽珍是个一见应酬就傻眼的人，不知该说什么，也不会喝酒，坐在那里和上刑一样难受。去了两次，便再也不去了。

再传来王欢的消息，令葛羽珍惊呆了。为了拉到工程，赚取暴利，王欢向已成为基地主管基建工程的处长徐海鹏行贿，企图在招标上做手脚，却东窗事发，他们和其他涉案人员一起锒铛入狱。

葛蔬蕉去监狱探望的同学说徐海鹏在监狱里搞科研，居然还通过了一项国家发明专利。看着同学无限感叹的样子，葛蔬蕉说，其实，徐海鹏可以成为一名优秀的技术专家。不过，现在也不晚。

爸爸从前的同事中，葛羽珍小时候最喜欢的会变魔术的李叔叔和妻子，为了让双胞胎儿子回内地受到好的教育，从小把孩子送到奶奶家。两口子在戈壁滩一待二十年，一家人团聚时，孩子都成人了。孩子们与父母感情淡漠。由于老人的溺爱，两个孩子吸上了毒，为了凑上毒资，他们一而再再而三向父母提出要钱。在一次次满足要求后，已经入不敷出，再也无力承受的老人终于对孩子们说了"不"。毒瘾发作，慌不择路的兄弟居然亲手将父母杀害。逃亡途中，弟弟被击毙，哥哥被抓。

听到看到这些事，都让葛羽珍满心的不舒服。有些固执偏激的葛羽珍把这一切都归罪于联系这些负面事件的共同因素——基地。光荣、奉献的背后，难道要承受如此之多牺牲、疼痛和沉重吗？

葛羽珍闲暇时爱上网看论坛。在一个晚上，她发现了叫"弱水河畔"的论坛。当熟悉的几个字映入眼帘，葛羽珍情不自禁拿着鼠标点击进入。这是关于东风基地的一个论坛。帖子很多，她慢慢浏览着。渐渐就被吸引进去。她看到很多不认识的人发的文章，全是写基地的。无论是曾经在基地当过兵的，工作过的，转业到地方的，还是曾经生长在基地的子弟都把论坛当成了精神家园，论坛人气很旺。

有人写道：

竹树林，松树林，怎比咱东风胡杨林；

东黄山，西华山，酷不过东风狼心山；

泾水河，渭水河，最难忘东风弱水河；

西子湖，青海湖，替不了心中东风湖；

鸟巢馆，水立方，亲不过东风大礼堂；

中环路，步行街，平不过东风航天路；

玫瑰艳，牡丹俏，香不过东风沙枣花；

巴黎塔，比萨塔，高不过东风发射塔；

天有情，地有情，东风人到哪儿都能行！

人参，鹿茸难比咱沙漠中的苁蓉；

伟哥壮阳不如咱盐碱地的锁阳；

冬枣，红枣，最难忘的还是沙枣；

西瓜，甜瓜，最甜的还是反修瓜；

泰山石，寿山石，奇特当属戈壁石。

东风人家有三宝，鸡窝、菜窖、柴火垛。三宝一度风靡小城三十载，可谓是户户有、家家有，三宝形态各异，几经演变，从杂乱无章，到统一规格，错落有致，它环绕于东风人家房前屋后，房左屋右。在当时，三宝是东风人家生活的必需品，它对稳定东风人生活质量起到了其它物质所不可替代的作用，几度风雨，几度年华，它演绎了东风人许多鲜为人知的故事，如今三宝早已随着社会变迁而难寻踪迹，但东风人自始至终不会忘记三宝存在的那一段历史，因为它曾经是东风人家生活中密不可分的一部分，说成是东风人家的生活血液也不为其过，让东风人永远记住它吧！
　……

看完这些帖子，葛羽珍会忍不住笑起来。那么多熟悉的地方，那么多熟悉的戈壁特产，被这样一比较，真有些豪气冲天的感觉在其中，更带着浓浓的感情。说起三宝，她想起了自己喂鸡和躲在菜窖点着蜡烛看书被熏倒了的趣事。

再看，还有一篇是写东风湖的，"东风有湖，湖在城西南，名曰湖，实为坑，蓄水之用。戈壁缺水，挖此坑，缓解因旱而备，东风人爱美，称之湖。湖面三十亩，水深均七尺，湖南岸中轴线有小溪连弱水，补水源，四角水泵数台，常抽水，做灌溉用，也可循环水质。湖岸因挖坑，泥沙堆积成斗笠状。周边有菜园数十亩，有兵看园，湖水浇灌，土质肥沃，产瓜果蔬菜。湖西段多水草，水中有鱼，多为鲫、草、大头鱼等。春秋季节常有大雁、野鸭等在此停留。岸边几棵稀疏翠柳，平增婀娜。黄昏夕阳，倒映水中，构成美丽画卷。微风吹来，湖水碧波荡漾，令人陶醉！炎炎夏日，为戏水理想之所。东风人对此沙漠之湖情有独钟，至今念及它，依然眉飞色舞，赞之有加。"

葛羽珍想起母亲讲起当年为修建东风湖，她和男同志一样，晃晃悠悠地挑着两担土，唱着劳动号子，一路运土。那天她和男同志一样挑了一百多担，累得第二天爬不起来床。可许子烈讲起来，却兴奋得眼里直放光。就在参加劳动时，发现怀上了老二。

每读到一篇文章，看着回复的帖子，每一次跟着乐，跟着感叹，便牵出葛羽珍丝丝缕缕的记忆，那样牵牵扯扯的感觉，令她意识到自己其实从来不曾忘记过基地，她是想念那块土地的。无论是遗憾、怨气、悲伤、喜悦、愉快、回避、苦难和疼痛，她终于找到一个词去总结——爱。因为有爱才会在意所有。

那天晚上，葛羽珍在电脑前坐了一夜。第二天，她迫不及待拨通了其中一个论坛管理员的电话，她更没有想到这个网名叫"沙枣花开"的管理员，就是当年被开除的校友梁俊。梁俊也是学校里赫赫有名的人物，淘气出了圈，当年可是基地的家长教育孩子的反面教材。没想到今天成了一家企业的老总，企业在业界也是赫赫有名。他们很快见了面。葛羽珍没有想到眼前这个沉静斯文的男人会有那么痛的经历。这个成熟的男人向她完全敞开心扉，只因为他们都是东风的孩子。

"我从小跟父亲没什么感情。小时候，甚至看不起父亲。

"在父亲火化那天，看到那样多的叔叔阿姨哭成那样，才意识到，自己对父亲的认识，也许有问题。

"对父亲认识的转变，也让我对他们那一代人、他们那个时代，有了一个全新的认识。

"我对父亲很陌生。因为父亲话极少。小时候我和姐姐常听母亲对父亲发牢骚：'人家当爸爸的都知道给孩子们讲个故事，说些什么，你怎么从来也不知道说点儿什么啊？'父亲吭哧了半天，最后好像还是没有说什么。从我记事一直到父亲去世，父亲没有跟我们说过一句多余的话。'开饭了!''把锅端过来!''上学了!'除此之外,父亲不会跟我们有任何其他的沟通交流。

"父亲病危时,在意识模糊的情况下,破天荒地说了很多话,甚至还跟我们说起了玩笑。其实那也算不上玩笑,只是讲一个警卫员小战士偷偷摘他种的西红柿吃被他发现的事情。因为没有听父亲说过这样的事情,我们自己硬要把这理解为极力让我们开心的玩笑而已。

"于是父亲病危的时候,竟然成了我们跟父亲相处最开心的时候。

"很长时间,父亲以前有过什么经历,父亲从事什么工作,我全然不知道。关于父亲,我都是从别人那里听说的。

"父亲参加过抗美援朝,回国后去了哈军工,之后一直在导弹卫星基地工作。父亲好像永远都在想什么、思考什么。

"所以有时母亲大叫他好几声:'同志!'父亲才会愕然惊醒地回头答应。我们的父母在家里一直称对方'同志',后来年龄大了,两人才互相称对方'老伴儿'。陌生不仅仅因为父亲话少,也因为跟父亲接触很少。我们一般每周只能看见父亲一次。周六晚上回来,周一早上,又坐着那辆绿色的吉普车走了。赶上有发射任务了,几个月都不回来。回到家里,父亲永远都是在没完没了、默默无声地干家务。父亲只是跟母亲有交流。但也一定是母亲主动说什么。母亲也是军人,有自己的工作。但是,还要带我们三个孩子。在那深处戈壁荒漠的基地,大家都没有亲人亲戚可以帮忙。母亲偏又是一个极要强的人,甚至还有洁癖。所以她操持家务的烦琐、辛苦,又更甚于旁人。身心疲惫的母亲跟父亲发牢骚、发脾气也是经常。父亲从来不会跟母亲争吵,更不会对骂、动手。这对父亲来说,是绝对不可能做的事情。父母发生不愉快时,永远只能听到我母亲又高又尖的声音。父亲最多涨红着脸说母亲一句:'你这个人啊!太主观!'以前一直因为父亲在我母亲面前的这样一种表现,感觉他很窝囊、很没有男人气,于是很是看不起自己的父亲。大了,我才明白,父亲不窝囊,我更没有资格看不起自己的父亲。

"父亲病危的时候,我才第一次见到了父亲老家的亲戚。从他们的嘴里我才第一次对父亲的过去、童年有了些许的了解。原来爷爷是教书的。在当地教育界好像还有些名气。但是很穷。奶奶早早就去世了。后妈对几个孩子非常不好。打骂是经常的事情。父亲偏偏又很倔强,常常要据理力争,所以境遇也就最惨。我一下就理解了父亲跟自己的亲人冷漠,没有任何亲近温情表现的原因。他没有这个习惯也没有这样的经验。母亲也在父亲去世后才第一次跟我们谈论起父亲的一些往事。母亲说，我父亲跟她讲过，小时候他眼睛一直近视，看东西模糊，但是从来没有人管他、关心他。参军以后，是部队给他配了一副眼镜，他才能够看清楚东西了。他是到了部队，才吃上了饱饭、穿上了好衣服，上了大学，才有了开心幸福像人的感觉。所以，父亲对党、对军队的感情，真的是发自内心的……以他们那样一种家庭状况和成长经历，也就难怪他们那一代人，在成为军队、成为党的一员之后，对组织可以那样的忠诚、为工作可以那样的尽心尽力。仅仅是艰辛的成长经历当然也是不够的，学习、思考才使他们变得更加坚定和忠诚。父亲最后留下的遗言竟会是：'不要给组织添麻烦！'

"我曾经对影视作品中先烈豪言壮语式的遗言很是不屑。没有想到，自己的父亲在今天这个时代，最后说出的竟然也是这样的遗言！

"这让我不得不重新审视他们那一代人、他们那个年代。

"关于他们那一代人，我思考最多的两个问题就是：

"他们活的为什么那么快乐、充实？

"现在想想，其实答案很简单。

"因为一个共同目标——要干一番让中国人提气的事业。跟父辈相比，自己多么渺小。但我又知道，我会努力做到不渺小。"

他现在尽自己所能帮助农民工，热心做公益。

他告诉葛羽珍，当年在基地的成长经历直到现在在他心里总是挥之不去，于是闲暇时记录下来，慢慢开起了这个论坛。最初只是想把自己曾经的同学老师故知邀请来，大家虽不能见面，也能通过这里来聊一聊，聚一聚，寻找一片心灵的净土。没想到，天南地北的基地人都来了，甚至异国他乡的基地人也汇聚在这里，越来越多。这块人气颇旺的虚拟网络成了东风人的一块文化阵地。

那天，两人聊得忘了时间。后来通过梁俊，葛羽珍认识了很多发帖子的人，和帖子里主人公，他们的职业各异，但情感都是共通的。通过他们，对那块土地，对那里的人，葛羽珍渐渐有了新的认识。她决定用手中的笔去寻找，把这一切崇高的、平凡的，关于信仰、关于牺牲、关于承诺，有过的爱恨、有过的困惑、有过的遗憾、敞亮不敞亮的都记录下来，让曾经的人记住，让后来的人了解。在葛校言迎来八十寿辰的时候，他收到女儿的礼物，一本装订精美散发油墨芬芳的诗集《天地之链》，那些都是女儿记述基地的文字。

在书的尾页她引用了梁俊在论坛里的一段话：虽然弱水潺潺并不奔腾，北山矮矮的山包也非巍峨，沙枣花芳香却并不艳丽，但弱水承载着我们奔涌的情感，北山托举着我们深沉的寄托，沙枣花永远绽放在我们心中，似长江，像珠峰，如黄山黄河永远根植于你我——东风儿女的心田。

葛樱莓的女儿沈雪晴以一首《大漠航天情》唱响大江南北。在庆祝中国第一个空间实验室建设成功的庆典上，葛樱莓随慰问演出的女儿第一次正式到基地故地重游，久违的笑容再次浮现在她的脸庞。

林占雄因为工作出色，能力强，被选调到总部工作。两年后，姚志萍随夫调往北京。走前，她在基地大摆筵席，走得热闹风光。林占雄为了给没有学历没有专业的姚志萍联系个好工作，费了九牛二虎之力，但他没有和姚志萍提起。等他把一切安顿好，适应了新环境，购买了住房后，向姚志萍提出离婚，净身出户。当他回基地参加庆祝会时，意外和回基地故地重游的葛樱莓重逢……

许子烈在病床上躺得太久了，大剂量的利尿剂没有消去她腹部的积水，两条腿却萎缩细瘦得抓在手里能一掌合拢，身上没有一点润色，稍稍一动，干燥的皮屑就落在床单上。葛校言双手拄着拐棍坐在床头，从前挺拔的腰背塌缩下来，身高又减了几分。他低头专注地望着妻子。许子烈也吃力地试图将头转向丈夫的方向，葛羽珍赶忙将母亲身体另一侧的靠垫垫高。许子烈的眼睛望向葛校言，早已失去神采，眼珠定定地，半天才转动一下，停留到她能支撑的极限，闭眼休息一会儿，再睁开眼看。葛校言也回应着她，仔细端详。在一起快六十年了，他们从没有像现在这样好好端详过彼此，目光里不再有质疑、埋怨、嗔怪，甚至曾经强烈的厌嫌，恨意早已不见踪影，此时涌进脑海的全是对方的好。在惺惺相惜中，葛校言感受到无尽的眷恋。

"老太婆，你有什么要说的，告诉我，我好好听着呢！"说着，葛校言把手张在耳边，吃力地向许子烈俯身。

"我走了，你，你怎么办？"许子烈嘴唇翕动，声音颤抖着，似有似无。还是被一辈子粗枝大叶的葛校言精准捕捉到了。他的喉头滚动变得艰难，眼眶也发胀发热。他转过头，佯装着咳嗽了几声，深吸了两口气，才恢复了常态。转过头，正迎上许子烈的目光。

"别担心我，孩子们都在，我说话还是作数的，你放心！"

许子烈肿胀的眼睛微微开启，还是侧头凝望着葛校言，似有满腹万语千言萦绕，却说不出，嘴里重重呼着气，吸进的气息微弱。葛羽珍实在不忍再看，起身，将水杯中的吸管伸到母亲嘴边。声音有些颤抖。

"妈，别担心爸，我们会好好照顾他的。您还有什么心愿就慢慢告诉我们，一定帮您完成？"

这话，许子烈听得真切。她翕动着干燥的嘴唇，没有声音。眼睛转向对面墙上，墙上是两幅放大的照片，那是儿子拍的。一副是戈壁胡杨林的风景，一张是老两口在胡杨林中的合影。那是儿子的得意之作。镜头中许子烈坐在枯树干上，抱着件风衣，葛校言站在身后挎着相机，夕阳中，两人侧身眺望远方，笑意盈盈。那是两人在离开基地前拍的照片。现在许子烈的眼睛就盯在那里，仿佛置身其中，重又经受着戈壁骄阳的炽烈，但那是多么温暖，暖洋洋地，不愿睁开眼，曾经抱怨过的风沙轻抚脸庞，痒痒的，痒到心里。葛羽珍看到母亲脸上浮出一丝不易觉察的笑意。葛校言紧握着她的手，许子烈慢慢闭上眼睛，体温从手指尖一点点凉下来，沁出一滴泪水顺着眼角缓缓流下来。

葛校言拄着拐棍慢慢起身，俯下身在老伴儿的额头最后印下一个吻。告别之吻。

"老太婆，放心去吧，等等我后面就来陪你！"

又是一个收获的季节，秋阳躲迷藏似的一会儿露个头，一会儿又隐去身型。接着，便定定地稳住心神，立在天边。屋子里一点点明亮温暖起来。映衬着摆放在五斗橱上照片，和花瓶里新鲜的百合花和康乃馨。照片中的许子烈在夕阳下的笑脸也变得年轻而生动起来。

这个周末，葛东风、葛樱莓、葛蔬蕉、葛羽珍四兄妹几家难得地聚在一起，回到了葛校言家中。

葛校言患上老年痴呆症几年了，如今已过了八十八岁生日，但身体状态还好。孩子们一进门，他就甩开保姆，一颠一颠跑到大门口迎接。看见一个，就笑容可掬地问候："你好啊？你叫什么名字？"

"爸，我是樱莓，老二啊！您忘了？昨天还陪您一起去了诗书公园，就不记得了？"葛樱莓挽着父亲的胳膊。葛校言认真地想，狐疑地望着其他人，跟着女儿往屋里走。

"老二？哦！樱莓？呵呵！知道了！我去和老太婆说一声！"又不放心地问女儿，"那他们是谁？"

"他们您也不记得了？不是昨天还和我念叨吗？这是老大东风，老三蔬蕉，老疙瘩羽珍！他们都回来看您了！"说着，一一把兄弟姐妹拉到父亲面前。

"爸！""爸！""爸！"几兄妹亲热地呼唤着，拥在父亲身边。

葛校言的背已佝偻了，身高矮了几厘米，但坐在沙发里努力挺着背，望望这个，打量打量那个，嘴微张着在笑，露出缺了几颗牙的粉红色牙床。

"怎么不记得，好像都又长点个儿！"他认真地看着，然后冲着保姆喊，"老太婆，快来！孩子们回来了！"

保姆好像已习惯了这样的话，一边忙着给大家沏茶，一边笑着说："爷爷，奶奶看着呢！您没看见她笑得多开心！"

"好！好！看见就好！"葛校言对这个回答颇为满意。用另一只手覆上小女儿羽珍握着他的手，看着她笑眯眯地问："你是谁呀？你个老太婆又气我，又把头发和衣服闹得花里胡哨的，你想拉大我们的差距啊？我才不许！"

四个孩子里，羽珍越长越得母亲许子烈真传，听了爸爸的话，倒是把羽珍的眼泪引出来，可看到葛校言说话的样子，她又擦干泪水，咧嘴笑了，她揽着爸爸的肩头，和他头挨着头，大家都笑了。屋里好像又暖了些。

桌上放着基地寄来的请柬，红彤彤的，镶着金色的边牙。一个如影集大小的锦盒里装着一副刺绣作品，上面绣着基地建场以来创造的中国航天史上的多个"第一"：我国第一枚近程弹道导弹、第一枚地地导弹、第一枚导弹核武器、第一颗人造地球卫星、第一颗返回式科学实验卫星、第一枚远程运载火箭、第一次"一箭三星"发射、第一次为国外卫星提供发射搭载服务、第一艘载人飞船，第一枚地对地导弹"东风一号"发射成功；第一枚导弹原子弹结合试验发射成功；第一颗人造地球卫星"东方红一号"升空；第一枚洲际导弹成功发射；第一艘无人飞船"神舟一号"起步；"神舟五号"飞船开始了中国人的首次太空之旅；"神舟七号"飞船中国人首次漫步太空；第一个空间实验室"天河一号"升空……

厨房里，保姆和樱莓在忙着做饭，屋子里飘出阵阵菜的清香。阳台书房里，葛蔬蕉和葛东风一边一个陪着父亲一起看着老照片，书桌上摆满了一本本影集。葛蔬蕉将照片一张张指给父亲，一边冲着耳朵不好的父亲大声说："爸，这不是您和沈伯伯他们的合影吗？在大礼堂，礼堂记得吗？基地的一个主要标志。"她提示着。

照片上有葛校言和沈西元，还有两位同事微微侧身在礼堂门前站成一排，沈西元在排头，紧跟其后的葛校言手里捧着奖状。他们穿着老式军装，帽子上的五角星、红领章颇为显眼。照片上的每个人都在笑，正值壮年的他们在阳光下笑得意气风发……

葛校言咧开嘴笑着，嗯嗯地含糊作答。他戴着老花镜，手握一只放大镜，头微微颤着，一边看着，一边在子女的提示中频频点头，好像重新恢复了记忆……

书房的另一头，葛羽珍在书架上找到一个又厚又大的笔记本，本子被塑料纸精心包裹着，估计是为了防潮。翻开看去，都是一些零零碎碎的回忆文字，因为记载的年份不同，墨水的颜色各异，有的褪去了颜色，变得浅淡。本子还夹着、贴着一些从书报上剪下或者复印的关于基地的报道文章。本子上最后一段文字引起葛羽珍的注意，那是葛校言的字，一笔一画，笔迹依旧有力：

> 孩子们，我的记性越来越差了，以前是近前发生的事记不住。最近连从前那些记得牢牢的旧事，也一点一点不见了踪影。我还在努力记。不得不承认我老了，尽管我多么不愿意。
>
> 对这个世界，我越来越无能为力。回头想想，有遗憾。但还好，几十年的基地岁月，留下了我、你们的母亲，还有你们四个孩子几乎一辈子的记忆。无论走到哪里，它都和我们在一起。也因为它，我觉得我们一家人从未分开。我从没有后悔过我的选择，当然，更多是历史和命运的选择。个人在历史面前，总是微不足道。我有幸参与和见证了那段历史。
>
> 孩子们，未来的世界，是你们年轻人的。趁现在，我想给你们提点希望：无论走到哪里，无论做什么职业，都不要忘记基地，因为你们的根在那里。有机会，帮我和你们的妈妈，多到那片土地走走，看看！那里有你们父辈的荣光，你们还在继续着这份荣光！
>
> 　　　　　　　　　　　　　　　　　　父亲　葛校言

看到几年前父亲留下的文字，泪水早已打湿了葛羽珍的脸庞。她望向书房的另一端，望向她的父亲，望向和她血脉相连的兄弟姐妹，望向那个存在于所有人心中的故乡。不知谁说句什么什么，葛校言被儿女们逗笑了，仰着头像孩子般开心。

屋外的阳光执拗地照着葛校言光光的头顶，两鬓的白发，闪动着生命顽强的亮泽。在他身边的玻璃柜里放着一个罩在透明体里的火箭模型被擦拭得锃亮，那是基地成立五十五周年的纪念品。火箭被镶在一个弧形的抛物线上，正在穿云破雾而去。

2014 年 11 月 6 日终稿

缘起：我与东风的今世之约

关于东风，刻入脑海中的是横平竖直单调的线条；是灰黄色的冷清戈壁绿色的军装；是鼻孔里永远充斥焦裂土腥味的干燥；是礼堂门前因军容风纪不合格而被罚踢正步的官兵；是任务来临时的紧张神秘，父母的不着家；是熄灯号响起前广播里悠扬如诉的小提琴曲，伴我入梦的是气质有些特别，眉清目秀嗓音甜美的广播员的一颦一笑，那基本上就是对"文艺"的美好想象。

当然，令我心痒艳美的也绝对少不了活跃在礼堂排练厅的基地业余演出队召来的一群文艺兵。那些骄傲地挺着胸脯，头梳发髻或马尾，亮出光洁饱满额头，透过阳光能看到脸上唇上一层若隐若现细小的绒毛的十七八岁的姑娘们，闪着光泽的弹力练功裤包裹着修长结实的秀腿，走起路来像脚下安着弹簧，青春气息扑面而来。她们刻意模仿专业舞蹈演员走路的小外八字，既有条儿又有范儿。尤其配上黑色的印着大大"舞"字的大 T 恤，窈窕摇曳的身姿却在腰间看似不经意打的结中无限显露。

哦，那是在封闭到百无聊赖的地方对于有关美好青春时尚的最好想象。

东风似乎与外界毫不搭嘎，除了广播里的新闻和从外地休假出差归来带来的零碎信息，很难对外面的世界有一个整体的描画。也确实，电视是录播转播，报纸都是几天前的。嘴上的孤单寂寞绝不是矫情的代名词，甚至连欢乐和悲伤都是寂寞的。一说外部，我们首先想到的就是北京，因为那是与基地联系最紧密的地方，所有指令都是从那里发出的。甚至父母的故乡也难以和它比拟。

时光的流动似乎也是最慢的。以至于如今我每每叹息时间飞逝，总要狠狠怀念东风带给我的奢侈时光。可那时的我，却觉得厌倦，总喜欢一遍遍看桌上的座钟，墙上的挂钟，盼着时间能快点过去，自己能快快长大，离开这个封闭得让人透不过气的地方。

在东风有很多"不被允许"的规章条文，不能问出处的令行禁止或者不成条文的"规矩"，"保密"常常被父母和老师挂在嘴边，像紧箍咒一样限制着我们。当然还有自家订的"家规"，还有专门针对我这个体质欠佳"小老病号"的管束，在外部的内部的高压下，更像生活在一座孤岛上，不敢越雷池半步的我的生活线路就是学校和家的两点一线。直至离开基地，在老人嘴里"一泡尿转三圈的"东风，很多地方我都未去过，更不要提周边地区。

至今记得第一次上东风的北山时的狼狈场景。那其实根本谈不上"山"，顶多是个小山包，不会爬山的我居然照着电视上登山者的架势开始勾身撅臀去"爬山"，样子狼狈，一双新鞋就此报废。然而快到"山顶"时，一直处于紧张状态的我才突然醒悟，原来可以轻松自在走上来。可如此一来，又怎么叫爬山？

所谓少年宫、课外班、小提琴、各种玩具、郊游、画架、音乐会、歌舞晚会、餐厅等等词语都像飘在空中的五彩肥皂泡，都只存在电影上画报上的向往罢了。那些转学回来的学生，一年甚至更长时间都会是班上年级里的明星，哪怕他们只来自于名不见经传的县城。

见识，见识。它就像软肋，令我一直为此气馁。

好在对外部世界的渴望，让我在书里找到一些平衡。有些文艺细胞的妈妈和口袋中数目可怜的零钱帮助了我，大书小书都能看到些。还有东风那家唯一的新华书店。放学后，囊中羞涩的我常常在店员冷漠的眼神下，脸红红地站在心仪的书柜前蹭书看。店员巡视的目光，如芒刺在背，至今难消。

和单调封闭的环境比起来，常年吃不到新鲜蔬果，物资单调带给我的记忆，简直没什么不得了。但日后到了内地，我对吃鱼虾等鲜活水产超乎寻常的热情，还是把自己吓了一跳。谁让小时候见不到呢？

抱怨了无数次的东风，终于变成了我义无反顾的逃离。曾经我特别渴望摆脱，逃离，向往外面的世界。我一直以为自己挺恨航天这个行业的，因为看惯了父辈这代人非同一般的艰苦，因为它冰冷枯燥。我对那种封闭的憎恨可能谁也想象不到。封闭的环境让我一辈子都和这个世界是疏离的。我像一条离水少氧的鱼儿拼命游向热闹接地气的生活激流中。

我从苍凉的戈壁沙漠来到绿水青山的西南，尽管只是一个川北乡镇，然而满眼的绿色，花色繁多的时令蔬菜瓜果和那些没有被冷冻过的鸡鸭鱼肉，一切都是鲜嫩活泼的。更多的惊喜是一周一次的班车可以拉着我走进时尚的城市，热闹的街市，看到各色人等，见识各样新鲜。我从未如此接近内地的生活。我贪婪地大口呼吸，苍白的脸上涂抹上了红晕。

后来，我的世界不仅远离了东风，还远离了航天。在新的领域，我努力工作，见识了很多原来连想也不敢想的人和事，也收获了许多荣誉。人也进了首都，不再有那么多约束和封闭，只要你愿意，天天都可以感受城市的火热，新鲜甚至匪夷所思。可我却感到不适应，浮躁，甚至凄惶。心很毛，找不到方向。世界在我面前急剧放大。

我开始如此深刻地想起六岁住院的那间玻璃房，想起它带给我的与外界的隔膜。虽然只是一层窗户的距离，虽然玻璃窗是那么透明、易碎，我却无力穿过。那就是封闭的力量。即便我在人群中学习、生活，与大家呼吸一样的空气，却始终无法将自己真正融入其中。

此时，东风又不可阻挡地来到我的记忆，曾经它让我抱怨、烦恼、迁怒，想逃离，可现在它又是如此鲜活扎实地刻在心上。我想那便是故乡，我的生长之地，我的根脉，我的父母为之奋斗一生的地方。它带来的不仅有成功的荣耀，也有生命、血泪和汗水。

我难以割舍。

几年后，我来到中国航天员科研训练中心工作。从北京的四环边跑到西北郊区的北京航天城，远离都市喧嚣，重新与静谧封闭偏远为伍，心头不悔，甚至觉得格外踏实。这时我才发现自己是真的与航天难以割舍。

妈妈是个讲故事极富感染力的人，她喜欢给我讲，喜欢讲基地。尤其在离开基地，进了干休所以后。基地过去的故事里，那些看起来普通甚至有点窝囊的叔叔伯伯阿姨像一个个传奇立在我的面前。还有那些年龄跨度曲线一路排过来的基地子弟，虽然遍布大江南北，只要话题和基地沾上边，任你熟悉还是不认识，都会立刻亲密起来。他们都令我尊敬和感动。我总在妈妈身边夸海口：总有一天，我要把你们的故事写下来。

我相信，我和东风今世有约。

然而，妈妈终于没有等到这一天。

也就是因为她的离去，让我觉得开始着手人生第一部长篇小说《第四级火箭》。

在这一阶段我完成了长篇报告文学《中国飞天梦》和一系列航天小说等作品，我试图用我的书写为中国航天文学留下一丝痕迹。《第四级火箭》被选为中国作协重点扶持作品，《中国飞天梦》被选为全军重点扶持作品。这些为我写作《第四级火箭》增添了信心。

《第四级火箭》是我倾注的心血之作，也是父亲第一次陪伴我写下的作品。我的父亲，一位建设东风基地的开拓者，在基地工作生活了四十年的航天人，对子女教育恪守批评为主原则的老人，从来不看我发表的作品，却第一次主动看了我的《第四级火箭》书稿。不顾眼疾困扰，一连数个白天晚上，一字不落读完。这辈子破天荒第一次由衷表扬我：没想到，你还写的挺像回事，引的我很多记忆都回来了！不错啊！

那天夜里很晚了，父亲房间的灯还亮着。

然而，父亲离开我回到成都家中仅仅19天，就传来他病重抢救的消息。两个多月重症监护室的抢救，命悬一线的父亲终于顽强挺过来。醒来的父亲却失去了近期的记忆，忘记了老伴过世，忘记了身处何地，忘记了今天做了什么。却还清楚记得东风基地，那些经历过的事，那些一起奋斗过的老人，如数家珍。

将这部书献给父辈们就是对他们及其不朽事业的纪念。

今天，当人们仰望中国航天事业的辉煌成就时，却鲜有人知道，为了那一次次火箭的腾飞，身为"第四级火箭"的群体付出了怎样的代价。他们披荆斩棘、披肝沥胆，在大漠戈壁中创业创造，献出了毕生的精力。身为"航二代"的我从小耳闻目睹那些父辈风餐露宿、抛家舍业的艰辛。我们这些被称为"东风子弟"的子女，面对着父辈开创的祖国尖端科技事业，却并未像人们想象的那样，受过良好的教育。因在这荒无人烟的地方由于条件地域所限，教育师资都是处在流动状态中，很难系统化。我们又因父辈们工作全身心的投入，难以顾及，而被忽视在一边。为此，我们抱怨过、迁怒过，但面对着那呼啸而去的巨型火箭，我们也会由衷地在心里升起一股自豪感。

父辈们在逢山开路、筚路蓝缕、骨肉离散、政治风云变幻无常的境遇中负重致远，让火箭轰鸣、让卫星上天、让载人飞船划过日月、让探月嫦娥飘上月球。可以说这些成功，有时是在"非人道"的特定状态下完成的。但正如鲁迅先生说的：我们自古以来就有埋头苦干的人，有拼命硬干的人。也正是在这种精神的激励下，面对强敌四伏的局面，我们才建立起了共和国海陆空的防御壁垒，才让人民有挺直腰杆的本钱。书写他们，作为"航二代"，我有义不容辞的责任。但苦于笔力不劲，加之受创作条件限制，难以全面表现。徐坤老师评述我是在"螺蛳壳里作道场"，真乃点睛捉脉。而今端出的这件作品，也成为了这四级火箭的燃烧物，但愿它是优质的。

《第四级火箭》是写众手托举火箭的人群。在此特别感谢欧阳自远院士为我的书拔冗作序；感谢我的鲁院导师、中国作协何建明副主席所给予的鼓励和指导；感谢总政艺术局的老局长汪守德、李亚平干事给予的支持和鼓励；感谢我工作的航天员中心政治部领导牟加金、王利方和同事们对我创作的大力支持；感谢东风基地的小伙伴杨培红、贺养平、江中发、李翔、莫凡及认识和不认识的子弟们为我提供了鲜活生动的素材；感谢作家出版社；特别感谢我的父亲母亲，他们的爱是我创作不竭的动力。也感谢我的家人在创作中给予的默默支持。

在此一并致以最真诚的谢意！

此文谨作为后记。

2015 年 7 月 8 日于北京圆明园西路一号

图书在版编目（CIP）数据

第四级火箭 / 赵雁 著. -- 北京：作家出版社，
2015. 7（2016.4重印）

ISBN 978-7-5063-8200-7

Ⅰ. ①第… Ⅱ. ①赵… Ⅲ. ①长篇小说 – 中国 – 当代
Ⅳ. ①I247. 5

中国版本图书馆CIP数据核字（2015）第180295号

第四级火箭

作　　者：赵　雁
责任编辑：雷　容
装帧设计：设兴视觉
出版发行：作家出版社
社　　址：北京农展馆南里10号　　　　　邮　　编：100125
电话传真：86-10-65930756（出版发行部）
　　　　　86-10-65004079（总编室）
　　　　　86-10-65015116（邮购部）
E-mail:zuojia@zuojia.net.cn
http://www.haozuojia.com（作家在线）
印　　刷：北京京华虎彩印刷有限公司
成品尺寸：170×240
字　　数：360千
印　　张：23.5
版　　次：2015年10月第1版
印　　次：2016年4月第2次印刷
ISBN 978-7-5063-8200-7
定　　价：38.00元